UMA CASA PARA
O SR. BISWAS

V. S. NAIPAUL

UMA CASA PARA O SR. BISWAS

Tradução
Paulo Henriques Britto

Copyright © 1961, 1969, 1983 by V. S. Naipaul

Grafia atualizada segundo o Acordo Ortográfico da Língua Portuguesa de 1990, que entrou em vigor no Brasil em 2009.

Título original
A house to Mr. Biswas

Capa
Jeff Fisher

Preparação
Jô de Melo

Revisão
Adriana Moretto
Flávia Yacubian

Dados Internacionais de Catalogação na Publicação (CIP)
(Câmara Brasileira do Livro, SP, Brasil)

Naipaul , V. S., 1932-
    Uma casa para o sr. Biswas / V . S. Naipaul ; tradução Paulo
Henriques Britto. — São Paulo : Companhia das Letras, 2010.

    Título original : A house to Mr. Biswas.
    ISBN 978-85-359-1454-2

    1. Ficção inglesa I. Título.

10-04940   CDD-823

Índice para catálogo sistemático:
1. Ficção : Literatura inglesa 823

2010

Todos os direitos desta edição reservados à
EDITORA SCHWARCZ LTDA.
Rua Bandeira Paulista, 702, cj. 32
04532-002 — São Paulo — SP
Telefone: (11) 3707-3500
Fax: (11) 3707-3501
www.companhiadasletras.com.br

SUMÁRIO

Prefácio à edição Vintage 7
Prólogo *17*

PRIMEIRA PARTE
1. Bucólica *25*
2. Antes dos Tulsi *54*
3. Os Tulsi *97*
4. The Chase *164*
5. Green Vale *237*
6. Uma partida *333*

SEGUNDA PARTE
1. "Cenas extraordinárias" *348*
2. O novo regime *410*
3. A aventura de Shorthills *440*
4. Entre os leitores e estudiosos *487*
5. O vazio *553*
6. A revolução *597*
7. A casa *639*

Epílogo *653*
Sobre o autor *659*

PREFÁCIO À EDIÇÃO VINTAGE

Entre todos os meus livros, é deste que me sinto mais próximo. É o mais pessoal; foi criado a partir do que vi e senti quando criança. Além disso, nele estão contidas, creio eu, algumas das passagens mais engraçadas que já escrevi. Comecei minha carreira como humorista e tal ainda me considero. Agora na meia-idade, não tenho ambição mais elevada no campo literário do que escrever um texto de humor que complemente ou se equipare a este livro, uma de minhas primeiras obras.

Levei três anos para escrevê-lo. Foi como toda uma carreira literária; e houve um breve período, mais para o final, em que, a meu ver, eu sabia de cor todo o livro ou a maior parte dele. Findo o trabalho, o livro começou a se distanciar de mim. E constatei que não tinha mais vontade de entrar de novo no mundo que eu havia criado, de me expor novamente às emoções subjacentes ao humor. O livro passou a me causar mal-estar. Não o leio desde que terminei a revisão das provas, em maio de 1961.

Meu primeiro contato direto com o livro desde então ocorreu dois anos atrás, em 1981. Eu estava em Chipre, na casa de um amigo. Uma noite, já tarde, o rádio foi ligado no Serviço Internacional da BBC. Eu esperava um noticiário. Porém foi anunciado um capítulo de um seriado baseado em meu livro. No ano anterior, o seriado tinha sido apresentado pela BBC na Inglaterra, no programa "A Book at Bedtime"; agora estava sendo reprisado no Serviço Internacional. Comecei a ouvir. E logo — embora o trecho transmitido fosse humorístico, embora naturalmente o livro tivesse sido muito condensado e as palavras que eu ouvia nem sempre fossem as que eu escrevera — fui levado às lágrimas, dominado pelas emoções das quais vinha tentando me proteger há vinte anos. *Lacrimae rerum*, "as lágrimas das coisas", as lágrimas nas coisas: aos sentimentos ligados às coisas sobre as quais eu havia escrito — as paixões e tensões de minha infância — somaram-se os sentimentos relacionados à época em que escrevi o livro — ambição, tenacidade, inocência. Minha ambição literária se originara de minha infância; as duas estavam interligadas; as lágrimas eram por uma inocência dupla.

Quando tinha onze anos de idade, em 1943, em Trinidad, vivendo num meio e num ambiente familiar semelhante aos que aparecem neste livro, resolvi que ia ser escritor. Esta ambição me foi transmitida por meu pai. Em Trinidad, pequena colônia agrícola, onde quase todos eram pobres e a maioria das pessoas não tinha instrução, ele havia se tornado jornalista. A uma certa altura — não por dinheiro, nem por fama (não havia lá um mercado para este produto), e sim movido por alguma necessidade interior — ele começou a escrever contos. Meu pai não tivera instrução formal e, como leitor, não devorava livros, porém limitava-se a mordiscá-los; e tinha pela literatura e os escritores a mais profunda admiração. Para ele, a vocação de escritor era a mais nobre de todas; e eu resolvi tornar-me o mais nobre dos seres.

Eu não tinha nenhum dom. Ao menos, não tinha consciência de tê-lo. Não manifestei nenhuma desenvoltura precoce com as palavras, nenhum talento imaginativo nem narrativo. Porém comecei a construir minha vida em torno da ambição de tornar-me escritor. O dom — pensava eu — se manifestaria depois, quando eu crescesse. Apenas com base no desejo de ser escritor, eu já me considerava escritor. Creio que, desde mais ou menos a idade de dezesseis anos, não passou um único dia em que eu não tenha pensado na minha condição de escritor. Havia no Queen's Royal College de Trinidad um ou dois meninos que escreviam melhor do que eu. Havia pelo menos um (o qual se suicidou pouco após sair do colégio) que tinha muito mais leituras e uma mente mais refinada. A superioridade literária deste menino não me levou a duvidar de minha vocação. Eu simplesmente achava aquilo estranho — porque, afinal, quem ia ser escritor era eu.

Em 1948, aos dezesseis anos, ganhei uma bolsa de estudos oferecida pelo governo de Trinidad. Esta bolsa me possibilitava estudar em qualquer universidade ou instituição de ensino superior na Comunidade Britânica e me formar em qualquer área. Resolvi ir para Oxford e formar-me apenas em inglês. Fui em 1950. Na verdade, fui a Oxford com o propósito de finalmente começar a escrever. Ou, mais precisamente, deixar que o dom de escrever viesse a mim. Eu sempre havia pensado que este dom me viria por si só, como uma espécie de iluminação e bênção, uma justa recompensa pela ambição nutrida há tanto tempo. Pois não veio. Quando me esforçava, os resultados eram forçados, sem sentimento. Eu não via como conseguiria escrever um livro. Naturalmente, eu era jovem demais para escrever; praticamente não tinha ainda formado o discernimento adulto e ainda estava perto demais da infância para ver aquela experiência como um todo e apreender seu valor. Porém na época eu não entendia isso. E, sozinho na Inglaterra, questionando minha vocação e a mim mesmo, tive uma espécie de doença mental. Este estado perdurou durante a maior parte do tempo que passei em Oxford. Justamente quando a depressão estava começando a se dissipar, meu pai morreu em Trinidad.

Quando criança, em Trinidad, eu encontrava sustento na ideia de que viveria como escritor quando crescesse. Era um sonho romântico. Assim, eu me encontrava num estado de indigência psicológica quando — ainda por cima sem dinheiro — fui de Oxford para Londres em 1954, já formado, para fazer carreira de escritor. Trinta anos depois, ainda consigo facilmente evocar a ansiedade daquela época, em que eu não descobrira nenhum talento em mim, não tinha escrito nenhum livro, não era ninguém e não tinha protetores naquele mundo tão indiferente. É esta ansiedade — o medo da miséria sob todas as formas, a visão do abismo — que se encontra por trás do humor deste livro.

Esta obra, feita de emoções que me tocavam tão de perto, não me surgiu de imediato. Surgiu apenas quando eu já estava em Londres há três anos e havia escrito três obras de ficção.

Foi necessário que eu desenvolvesse uma técnica e, através da prática, começasse a ver a mim mesmo e formar uma ideia da natureza de meu talento. Ocorrera-me a intuição — apenas uma intuição, nada que fosse formulado — de que aqueles anos de ambição, em que me considerava escritor, haviam de fato me preparado para escrever. Eu havia me tornado observador; tinha desenvolvido minha memória e adquirido a faculdade de evocar lembranças.

Do mesmo modo como, por pretender tornar-me escritor, eu adquirira em criança o hábito (se bem que não na escola) de falar muito depressa e, logo em seguida, repetir silenciosamente as palavras que acabava de pronunciar para conferi-las, eu automaticamente — encarando a coisa como um jornal da tela — repetia em minha imaginação todo encontro ou aventura vivida para conferir e avaliar o significado e o objetivo das palavras ditas pelas pessoas. Quando criança, eu não escrevera nem contara histórias, porém desenvolvera em mim uma sensibilidade aguçada para perceber as manifestações do caráter através de palavras, expressões faciais, gestos e formas de corpos. Quando comecei a escrever em Londres, minha vida me parecia uma folha em branco. Através do ato de escrever e da necessidade de sempre escrever mais, descobri que eu havia assimilado e armazenado muita coisa.

Assim, a concepção deste livro caudaloso me ocorreu quando eu já estava pronto para escrevê-lo. A ideia original era simples, até mesmo formal: contar a história de um homem semelhante a meu pai e, para fins de estruturação da narrativa, narrar a história de sua vida como a história da aquisição dos pertences modestos de que ele dispõe ao morrer. À medida que foi sendo escrito, o livro foi mudando. Tornou-se a história de um homem à procura de uma casa, das implicações da posse de uma casa para se morar. A ideia principal — pessoal, existente em mim desde a infância, porém talvez reforçada pela lembrança quase inteiramente apagada de um conto de D. H. Lawrence intitulado "Things" ("Coisas") — não era falsa, porém formal demais para um romance. A segunda, a ideia da casa, era maior, melhor. Além disso, continha mais verdade. O romance, ao deixar de ser apenas uma ideia e passar a existir enquanto romance, criou sua própria verdade.

Para mim, escrever a história de um homem semelhante a meu pai era, inicialmente, ao menos, um empreendimento de ficção pura, quanto mais não fosse por eu estar escrevendo sobre coisas ocorridas antes de meu tempo. A cultura rural hinduísta e muçulmana de Trinidad à qual meu pai pertencia ainda tinha sua integridade; era uma cultura próxima à Índia. Quando cheguei à idade de começar a observar as coisas, esta cultura já começava a definhar; e a época em que ela havia sido íntegra me parecia tão distante quanto a própria Índia, quase imemorial. Eu sabia pouco a respeito da vida numa aldeia indiana de Trinidad; era um garoto da cidade: fora criado em Port-of-Spain. Eu guardava lembranças de conversas com meu pai; tinha também seus contos. Estes contos, que não eram numerosos, tratavam principalmente de velhos rituais. Constituíam as reminiscências de meu pai nos tempos ruins em que ele estava na faixa dos trinta e dos quarenta. Era esta a base sobre a qual minha fantasia teria de trabalhar.

Assim, este romance parte de acontecimentos duplamente remotos, localizados numa época antiquíssima, "bucólica", e numa terra quase imaginária. Aos poucos o mundo real se define; porém, para o autor, continua sendo um mundo imaginário. O romance já está bem desenvolvido, seu tom estabelecido, quando minhas recordações mais nítidas entram em cena. Assim, o livro é obra de imaginação. Evidentemente, não se trata de algo totalmente inventado, criado a partir do nada. Porém também não é o relato de uma verdade literal. A estrutura da narrativa, em que a visão vai se alargando e o mundo vai se ampliando, embora seja, a meu ver, historicamente verdadeira em relação aos indivíduos em questão, também deriva em parte da maneira como a criança vivencia suas experiências. Foi com base no conhecimento parcial que tinha uma criança — eu próprio — e nas suas intuições e emoções que a imaginação do escritor se baseou. Há mais fantasia, e mais emoção, neste

11

romance do que nos outros que vim a escrever posteriormente, nos quais a inteligência tem maior peso.

Levei algum tempo para pegar ritmo neste romance. Comecei-o, ou comecei a trabalhar no que veio a ser este romance, no segundo semestre de 1957. Eu estava morando num sótão cheio de correntes de ar, num casarão do início do século em Muswell Hill, no norte de Londres. A sala de estar estava entulhada de móveis dos quais minha senhoria havia enjoado. Aquela mobília era do tempo de seu primeiro casamento; ela havia morado na Malaia antes da Guerra, tinha visto Somerset Maugham lá, e me disse, como quem conta um segredo, que ele era "um homenzinho horrível". Quando, no andar de baixo, se realizava um típico jantar de classe média de Muswell Hill (com a ajuda de uma velhíssima empregada de uniforme, a qual, como sua patroa, era relíquia de uma época já morta), havia no ar um cheiro modesto de charutos holandeses. Lá em cima, no meu sótão, o velho tapete da sala de estar, de cores desbotadas e obscurecidas pela poeira velha, balançava com as tempestades de inverno. Havia também um rato em algum lugar.

Móveis velhos, "coisas", a sensação de não ter um lar: quando comecei a escrever, estes elementos eram mais do que simples ideias. Eu havia acabado de largar, após dez semanas, um emprego bem pago, porém irritante e sem sentido (meu primeiro e único emprego de horário integral). Assim, após uma fase em que eu tinha dinheiro, novamente via-me sem nenhum. Estava também tentando escrever resenhas para a *New Statesman*, cuja reputação, em 1957, estava chegando ao auge. A revista me atormentava mais do que o romance. Eu estava empenhando esforços excessivos nas críticas que escrevia, a título de teste, para a *New Statesman*, torturando-me, chegando a ficar nauseado, dia após dia. Porém a revista me deu mais de uma oportunidade; até que, finalmente, e de súbito, encontrei o tom apropriado como crítico. Dois ou três meses depois, o romance ganhou vida; tal como ocorrera no caso das resenhas, a coisa pareceu acontecer num momento específico.

Logo o entusiasmo pelo romance suplantou o *frisson* de escrever para a *New Statesman*. E, então, durante dois anos escrevi em circunstâncias ideais.

Mudei-me do sótão em Muswell Hill para Streatham Hill, ao sul do Tâmisa. Aluguei, por vinte e cinco libras por mês, todo o andar de cima de uma casa geminada, com entrada separada saindo do *hall* ladrilhado do térreo. A filha de minha senhoria morava sozinha no andar de baixo e passava o dia na rua, pois trabalhava fora. Eu não havia apenas mudado de residência: pela primeira vez na vida, eu gozava de solidão e liberdade numa casa. E do mesmo modo como, no romance, eu podia me soltar, eu pude agora me soltar na privacidade daquela casa silenciosa e simpática em Streatham Hill. Há no livro uma cena de tempestade, com formigas pretas e agressivas. Foi escrita (creio que o segundo rascunho) com as cortinas fechadas, à luz de vela. Eu queria aquela atmosfera, e queria também evocar as sombras inquietas projetadas pelos lampiões de minha infância.

A filha de minha senhoria lia muito e comprava livros em quantidade. Creio que não apreciava os que eu havia publicado, mas durante todo o tempo em que morei na sua casa ela foi sempre uma presença compreensiva e incentivadora, jamais intrometida. Uma vez ela me deu de presente um pequeno tapete quadrado, de lã, que ela própria havia feito. Foi só algumas semanas depois que, ao mudar o tapete de posição, verifiquei que o desenho não era abstrato, pois formava minhas iniciais. Ela assinava a *New Statesman*; e era para ela, tanto quanto para o editor literário da revista, que a cada quatro semanas eu escrevia minhas resenhas de romances.

Nesta semana eu também fazia outros trabalhos no campo do jornalismo, principalmente para as transmissões internacionais da BBC. Então, durante três semanas seguidas, eu me dedicava inteiramente ao romance. Eu escrevia com entusiasmo. E, à medida que escrevia, minha convicção fortalecia-se. Meus sonhos infantis a respeito da vida de escritor eram sonhos de fama, fuga e um estilo de vida elegante que eu imaginava. No exemplo e nas conversas de meu pai, não houvera nada que me preparasse para as dificuldades da prosa narrativa, de encontrar um tom certo, de passar de um livro para o outro e para o outro, buscando em si próprio material para literatura. Por outro lado, também nada me havia preparado para a sensação de libertação e enlevo deste trabalho literário prolongado, o prazer de deixar a fantasia atuar sobre a experiência armazenada, o prazer do humor que se oferecia de modo tão natural, o prazer da linguagem. As palavras exatas pareciam dançar acima de minha cabeça; eu as colhia a meu bel-prazer. Eu corria riscos com a linguagem. Antes, com minha cautela de principiante, eu era severo comigo mesmo.

No último ano, a exaustão mental e física me atingiu. Nunca eu experimentara tamanha exaustão. Dei-me conta do quanto eu havia colocado naquele livro, e parecia-me que nenhuma recompensa estaria à altura de um esforço como aquele. E creio poder afirmar que o trabalho havia extinguido o estímulo de uma recompensa futura. Com frequência, quando eu andava pelas ruas de Streatham Hill, momentaneamente afastado de meu trabalho literário, fazendo compras, por exemplo, vinha-me à mente o pensamento seguinte: "Se me oferecessem um milhão de libras com a condição de que eu deixasse o livro inacabado, eu não aceitaria a proposta". Embora não houvesse necessidade de fazê-lo, comprei uma máquina de escrever nova para bater a preciosa versão final. Porém estava cansado demais para levar a cabo esta tarefa; tive de contratar uma pessoa para terminar o serviço.

Após entregar o livro à editora, viajei durante sete meses. O governo de Trinidad havia me oferecido uma oportunidade de viajar pelas Antilhas e pela América do Sul. A colônia de Trinidad me enviara a Oxford em 1950, e eu me tornara escritor. Agora, em 1960, o governo autônomo de Trinidad me possibilitava uma viagem pelas colônias, e por obra deste acaso tornei-me um viajante. Ainda não foi o fim da casa em Streatham Hill — eu ainda voltaria lá por nove meses, para escrever um livro sobre minhas viagens. Mas isto já era um outro tipo de literatura, uma nova técnica. De certo modo, era tão exigente quanto a ficção: era necessário ser igualmente completo como homem e escritor. Porém puxava por outra parte do cérebro. Não exigia voos de fantasia; o escritor jamais contemplaria com espanto o que ele conseguira arrancar de dentro de si próprio, as verdades insuspeitas desencavadas pela imaginação.

Os dois anos que passei em Streatham Hill trabalhando neste romance foram os mais exaustivos, os mais gratificantes, os mais felizes de minha vida. Foram meu Éden. Daí, mais de vinte anos depois, as lágrimas em Chipre.

V. S. Naipaul
março de 1983

PRÓLOGO

Dez semanas antes de sua morte, o sr. Mohun Biswas, jornalista, residente à Sikkim Street, St. James, Port-of-Spain, foi demitido. Já estava doente há algum tempo. Em menos de um ano, havia passado mais de nove semanas no Hospital Colonial e mais tempo ainda em casa, convalescendo. Quando o médico lhe recomendou repouso integral, o *Trinidad Sentinel* viu que não havia alternativa. Deu ao sr. Biswas um aviso prévio de três meses e continuou, até sua morte, a enviar-lhe todas as manhãs um exemplar gratuito do jornal.

O sr. Biswas tinha quarenta e seis anos de idade e quatro filhos. Ele não tinha dinheiro. Sua mulher, Shama, não tinha dinheiro. Por conta da casa na Sikkim Street, o sr. Biswas devia — há quatro anos — três mil dólares. Os juros, a oito por cento, chegavam a vinte dólares por mês; o aluguel da terra era dez dólares. Dois dos filhos estavam na escola. Os dois mais velhos, que poderiam estar ajudando o sr. Biswas, haviam recebido bolsas de estudos e estavam no estrangeiro.

Era com certa satisfação que o sr. Biswas constatava que, apesar da situação em que se encontravam, Shama não foi direto pedir ajuda à mãe. Dez anos antes, teria sido este seu primeiro impulso. Agora, porém, ela tentava tranquilizar o marido e elaborava seus planos.

— Batatas — disse ela. — Podemos começar a vender batatas. O preço por aqui é oito centavos a libra. Se a gente comprar a cinco e vender a sete...

— E confiar no sangue ruim dos Tulsi — disse o sr. Biswas. — Eu sei que vocês são geniais nessas coisas de dinheiro. Mas olhe ao redor e conte quantas pessoas estão vendendo batatas. Melhor vender nosso velho carro.

17

— Não. O carro, não. Não se preocupe. A gente dá um jeito.

— É — disse o sr. Biswas, irritado. — A gente dá um jeito.

Não se falou mais nas batatas, e o sr. Biswas nunca mais ameaçou vender o carro. Agora ele preferia não fazer nada contra a vontade da mulher. Com o tempo, viera a aceitar seu discernimento e respeitar seu otimismo. Confiava nela. Desde que se mudaram para aquela casa, Shama passara a identificar-se com o marido e os filhos; afastada da mãe e das irmãs, aprendera a manifestar essa identificação sem sentimentos de vergonha, e para o sr. Biswas isso representava um triunfo quase tão grande quanto a aquisição de uma casa própria.

Ele considerava a casa coisa sua, embora há anos ela estivesse irrecuperavelmente hipotecada. E, durante esses meses de doença e desespero, a toda hora o sr. Biswas deslumbrava-se com a maravilha de estar na sua própria casa, com a audácia que isso implicava: entrar pelo portão de sua casa, impedir a entrada de quem ele bem entendesse, fechar suas portas e janelas todas as noites, não ouvir senão os ruídos produzidos pelos membros de sua família, perambular livremente de um cômodo a outro ou pelo quintal, ao invés de ser condenado, como antigamente, a recolher-se, tão logo chegava em casa, a um quarto espremido de uma das casas da sra. Tulsi, cheia de irmãs de Shama, com seus respectivos maridos e filhos. Quando menino, morara numa sucessão de casas pertencentes a gente estranha; e desde que se casara tinha a impressão de que só morara em casas de propriedade dos Tulsi, na Casa de Hanuman em Arwacas, na casa de madeira caindo aos pedaços em Shorthills, na desconfortável casa de concreto em Port-of-Spain. E agora, por fim, ele estava em sua própria casa, em seu meio-terreno, seu pedaço de mundo. Ser ele responsável por esse fato lhe parecia, nesses seus últimos meses de vida, algo estupendo.

A casa podia ser vista de uma distância de duas ou três quadras; era conhecida em todo St. James. Parecia uma enorme guarita achatada: alta, quadrada, com um telhado piramidal de ferro corrugado. Fora projetada e construída por um escriturário, que construía casas nas horas vagas. Este escriturário tinha muitos contatos. Comprava terrenos que, segundo a Câmara Municipal, não estavam à venda; convencia donos de grandes propriedades a dividir os lotes ao meio; comprava lotes de terrenos pantanosos que nem sequer haviam sido aterrados direito, perto de Mucurapo, e conseguia permissão para construir neles. Em lotes inteiros ou equivalentes a três quartos de um lote normal, construía casas de um andar, de seis metros por oito, que podiam passar despercebidas; em meios-lotes construía casas de dois andares, seis por quatro, uma diferente da outra. Todas essas casas eram feitas basicamente a partir de acampamentos militares americanos desativados em Docksite, Pompeii Savannah e Fort Read. As estruturas nem sempre se encaixavam muito bem, mas graças a elas o escriturário podia se dedicar a seu *hobby* praticamente sem a ajuda de profissionais.

No andar térreo da casa de dois andares do sr. Biswas, o escriturário havia colocado uma cozinha minúscula num dos cantos; o resto do espaço, em forma de L, sem divisões, servia de sala de visitas e sala de jantar. Entre a cozinha e a sala de jantar havia um vão de porta, mas sem porta. No primeiro andar, imediatamente acima da cozinha, o escriturário fizera um cômodo, com acabamento em concreto, no qual havia uma privada, uma pia e um chuveiro; por causa do chuveiro este cômodo estava sempre molhado. O espaço restante, em forma de L, era dividido em três: quarto, varanda, quarto. Como a casa estava voltada para o oeste e não tinha proteção contra o sol, durante a tarde apenas dois cômodos eram habitáveis: a cozinha no térreo e o banheiro úmido no andar de cima.

No projeto original, aparentemente o escriturário se esquecera de colocar uma escada unindo os dois pavimentos, pois a que ele acrescentou parecia algo feito na última hora. Na parte voltada para o leste as paredes haviam sido furadas e fora instalada uma escada de madeira tosca — tábuas pesadas sobre uma estrutura irregular, um único corrimão empenado, sem tinta, e por cima um telhado curvo de ferro corrugado —, precariamente equilibrada nos fundos da casa, contrastando vivamente com a fachada, de tijolos e argamassa branca, com madeira branca e vidro fosco nas portas e janelas.

Por esta casa o sr. Biswas havia pagado cinco mil e quinhentos dólares.

O sr. Biswas já havia construído duas casas e passava boa parte do tempo contemplando outras. Porém não tinha experiência. As casas que construíra no interior eram estruturas rústicas de madeira, pouco mais do que cabanas. E, durante todo o período em que procurava casa, jamais lhe ocorreu que uma casa nova e moderna, de concreto, pintada de novo, estivesse a seu alcance; não havia olhado para muitas casas assim. De modo que, ao ver uma casa por um preço viável que tinha uma fachada sólida, respeitável e moderna, ficou imediatamente deslumbrado. Jamais visitou a casa quando exposta ao sol da tarde. A primeira vez que o fez foi numa tarde chuvosa, e na vez seguinte, quando levou as crianças, já era noite.

Havia, naturalmente, casas à venda por dois ou três mil dólares, construídas em lotes inteiros, em partes mais altas da cidade. Porém eram casas velhas, caindo aos pedaços, sem cerca, sem qualquer conforto. Havia muitos lotes com aglomerados de duas ou três casas miseráveis, com uma família morando em cada cômodo, famílias que legalmente não podiam ser despejadas. Que diferença entre aqueles quintais, cheios de galinhas e crianças, e a sala de visitas do escriturário, que, sem paletó, sem gravata, de chinelos, parecia descansado e confortavelmente instalado em sua poltrona ajustável, cercado de pesadas cortinas vermelhas, que se refletiam no chão encerado e tornavam o ambiente tão aconchegante e suntuoso quanto o cenário de um anúncio publicitário! Que diferença entre isso e a casa dos Tulsi!

O escriturário morava em todas as casas que construía. No tempo em que estava morando na casa da Sikkim Street, construía uma outra, a uma distância discreta, em Morvant. Ele jamais se casara; morava com a mãe, viúva, uma senhora distinta, que servia ao sr. Biswas chá com bolos que ela mesma havia feito. Entre mãe e filho havia muito afeto, o que comovia o sr. Biswas, cuja mãe, por ele abandonada, morrera na miséria cinco anos antes.

— Nem sei lhe dizer o quanto me entristece sair desta casa — disse o escriturário, e o sr. Biswas percebeu que, embora falasse em dialeto, ele evidentemente tinha instrução e usava o dialeto e um sotaque exagerado apenas para exprimir franqueza e cordialidade. — Só mesmo por causa da minha mãe. É o único motivo para eu me mudar. A velha não consegue mais subir a escada. — Com um gesto de cabeça indicou a escada, oculta por trás de pesadas cortinas vermelhas. — Coração, sabe? Pode falecer a qualquer momento.

Desde o começo Shama foi contra; nunca foi ver a casa. Uma vez o sr. Biswas perguntou-lhe:

— Então, o que você acha?

Shama respondeu:

— O que eu acho? Eu? Desde quando você me considera capaz de achar alguma coisa? Se não tenho condição de ir lá ver a sua casa, como é que posso ter condição de dizer o que eu acho?

— Ah! — exclamou o sr. Biswas. — Emburrada. Contrariada. Aposto que você diria outra coisa se fosse a sua mãe que estivesse comprando essa casa com a porcaria do dinheiro dela.

Shama suspirou.

— Não é? Você só ficaria satisfeita se a gente continuasse morando com a sua mãe e toda a sua família tão feliz. Não é?

— Eu não acho nada. *Você* é que é o dono do dinheiro, *você* é que quer comprar casa, e *eu* não tenho que achar nada.

A família de Shama ficou sabendo que o sr. Biswas estava comprando uma casa. Suniti, uma sobrinha de vinte e sete anos, casada, com dois filhos, que durante longos períodos era abandonada pelo marido, um vagabundo bonitão que cuidava dos prédios da rede ferroviária em Pokima Halt, onde os trens paravam duas vezes por dia, disse a Shama:

— Ouvi dizer que a senhora agora está toda chique, tia. — Ela não disfarçou o sorriso que lhe veio aos lábios. — Comprando casa e tudo mais.

21

— É, minha filha — disse Shama, com seu jeito de mártir.

O diálogo transcorreu na escada dos fundos e chegou aos ouvidos do sr. Biswas, deitado de cuecas e camiseta na cama Slumberking, no quarto que continha a maior parte dos pertences que ele havia acumulado durante quarenta e um anos de vida. Ele estava em guerra com Suniti desde o tempo em que ela ainda era menina, porém seu desdém jamais conseguira vencer o sarcasmo dela.

— Shama — gritou ele —, mande essa menina ir ajudar aquele malandro do marido dela a tomar conta das cabras deles lá em Pokima Halt.

As cabras, uma invenção do sr. Biswas, infalivelmente irritavam Suniti.

— Cabras! — exclamou ela para o quintal, e mordeu os lábios. — É, algumas pessoas pelo menos têm cabras. Já outras, nem isso.

— Hm! — disse o sr. Biswas baixinho; e, recusando-se a entrar numa discussão com Suniti, virou-se de lado e continuou a ler as *Meditações* de Marco Aurélio.

Já no dia em que compraram a casa começaram a colocar defeitos nela. A escada era perigosa; o assoalho do primeiro andar estava afundando; não havia porta dos fundos; a maioria das janelas não fechava; as placas de celotex embaixo dos beirais haviam caído, deixando buracos pelos quais podiam entrar morcegos no sótão. Discutiram esses problemas com toda a calma possível, tendo o cuidado de não manifestar decepção abertamente. E pouco depois, surpreendentemente, a decepção já havia passado, logo eles se acostumaram a todas as peculiaridades e esquisitices da casa. E, quando isso aconteceu, eles pararam de olhar para a casa com olhos críticos, e ela tornou-se simplesmente seu lar.

Quando o sr. Biswas voltou do hospital pela primeira vez, percebeu que a casa havia sido preparada para ele. O pequeno jardim estava limpo, as paredes do andar de baixo estavam caiadas. O automóvel Prefect estava na garagem; fora trazido da redação do *Sentinel* por um amigo. No hospital, sentia-se num vácuo. Ao sair desse vácuo, via-se num mundo novo, já pronto, que o recebia de braços abertos. Ele não conseguia acreditar que havia criado aquele mundo. Não entendia por que havia naquele mundo um lugar para ele. E todas as coisas que o cercavam foram examinadas e redescobertas, com prazer, surpresa e incredulidade. Cada relacionamento, cada objeto.

O guarda-comida tinha mais de vinte anos. Ele o comprara logo depois do casamento, branco e novo, de um carpinteiro em Arwacas, com a tela sem pintura, ainda com cheiro de madeira; quando novo em folha, e ainda por mais algum tempo, ele soltava serragem na mão de quem o empurrasse de uma ponta da prateleira à outra. Quantas vezes o sr. Biswas o escurecera e envernizara! E pintara também. Em alguns trechos da tela havia coágulos, e o verniz e a tinta haviam formado uma camada espessa e irregular sobre a madeira. E as cores de que o havia pintado! Azul, verde, até preto. Em 1938, na semana em que o papa morreu e o *Sentinel* saiu com uma tarja preta, o sr. Biswas encontrou uma lata grande de tinta amarela e pintou tudo de amarelo, inclusive a máquina de escrever. A máquina fora comprada quando, aos trinta e três anos de idade, ele resolveu que ia ficar rico escrevendo para revistas americanas e inglesas; um período breve, feliz, cheio de esperanças. A máquina permanecera sem uso e amarela, e sua cor há muito tempo não surpreendia mais ninguém. E por que — senão por ter acompanhado a família em todas as suas mudanças e ser portanto considerado um de seus pertences — ainda guardavam o cabide de chapéus, o espelho já descascado, a maior parte dos ganchos quebrados, a madeira enfeiada por tantas camadas de tinta? A estante fora feita em Shorthills por um ferreiro desempregado que trabalhava como marceneiro para os Tulsi; ele revelava a sua profissão verdadeira em cada peça de madeira que fazia, em cada encaixe entre duas peças, cada ornamento que arriscava. E a mesa de jantar: fora comprada barato de um Pobre Merecedor que havia recebido dinheiro do Fundo dos Pobres Merecedores, uma iniciativa do *Sentinel*, e que queria demonstrar sua gratidão ao sr. Biswas. E a cama Slumberking, na qual ele não podia mais dormir por ficar ela no andar de cima e ele ter sido proibido de subir escadas. E a cristaleira: comprada para fazer a vontade de Shama, ainda bonita, ainda praticamente vazia. E a mobília da sala: a mais recente aquisição, pertencera ao funcionário e fora por ele deixada na casa de presente. E, na garagem lá fora, o Prefect.

Maior que tudo isso, porém, era a casa, a casa do sr. Biswas.

Teria sido terrível estar agora sem ela, morrer entre os Tulsi, na promiscuidade daquela família grande e indiferente, em franco processo de desintegração; deixar Shama e as crianças entre eles, socados num único quarto; pior ainda, ter vivido sem sequer tentar apoderar-se de um pedaço de terra; ter vivido e morrido tal como nasceu, supérfluo e amontoado.

PRIMEIRA PARTE

1. BUCÓLICA

Pouco antes de o sr. Biswas nascer, sua mãe, Bipti, e seu pai, Raghu, brigaram mais uma vez. Bipti pegou seus três filhos e foi a pé, apesar do sol quente, até a aldeia onde morava sua mãe, Bissoondaye. Lá chegando, Bipti chorou e contou as velhas histórias de sempre sobre a avareza de Raghu: ele anotava cada centavo que dava a ela, contava todos os biscoitos que havia na lata, caminhava quinze quilômetros para não ter de pagar um pêni ao carroceiro.

O pai de Bipti, que a asma tornara inválido, recostou-se na cama de cânhamo trançado e disse, como sempre fazia nos momentos difíceis:

— É o destino. Não se pode fazer nada.

Ninguém lhe deu ouvidos. Fora o destino que o trouxera da Índia para aquela plantação de cana-de-açúcar, o fizera envelhecer rapidamente e agora o deixava morre não morre numa choupana de barro no meio de um pântano; porém ele falava do Destino com frequência e num tom afetuoso, como se o simples fato de ainda estar vivo fosse uma graça a ele concedida.

Enquanto o velho falava, Bissoondaye mandou chamar a parteira, preparou uma refeição para os filhos de Bipti e aprontou camas para eles. Quando a parteira chegou, as crianças já dormiam. Pouco tempo depois, acordaram com os gritos do sr. Biswas e da parteira.

— É o quê? — perguntou o velho. — Menino ou menina?

— Menino, menino — gritou a parteira. — Mas que diabo de menino! Seis dedos e nasceu errado.

O velho gemeu, e Bissoondaye disse:

— Eu sabia. Eu não tenho sorte mesmo.

Imediatamente, embora já fosse noite e a estrada estivesse deserta, ela saiu da choupana e caminhou até a aldeia mais próxima, onde havia uma cerca viva de cactos. Voltou trazendo folhas de cacto, cortou-as em tiras e pendurou uma tira acima de cada porta, cada janela, cada abertura pela qual um espírito mau pudesse entrar na choupana.

Mas a parteira disse:

— A senhora pode fazer o que quiser, que este menino vai devorar a mãe e o pai.

Na manhã seguinte, à luz de um sol forte que dava a certeza de que todos os espíritos maus haviam desaparecido da face da Terra, veio o pândita,* um homenzinho magro de rosto sarcástico e modos desdenhosos. Bissoondaye o fez sentar na cama de cânhamo, da qual o velho havia sido retirado, e lhe disse o que havia acontecido.

— Hm. Nasceu errado. À meia-noite, a senhora afirma.

Bissoondaye não dispunha de relógio, mas tanto ela quanto a parteira imaginavam que o evento ocorrera à meia-noite, hora nefasta.

De súbito, o pândita, sentado à frente de Bissoondaye, que estava de cabeça baixa e coberta, deu um sorriso.

— Ah, isto não importa. Sempre se dá um jeito de contornar estas infelicidades. — Abriu sua trouxa vermelha e tirou de dentro dela um almanaque astrológico, um maço de folhas grossas, compridas e estreitas, soltas, entre dois pedaços de papelão. As folhas estavam amareladas com o tempo e tinham um cheiro de mofo que se misturava com o odor da cola de sândalo, vermelha e cor de ocre, que havia sido salpicada nelas. O pândita levantou uma folha, leu um pouco, umedeceu o dedo indicador na língua e levantou outra folha. Por fim, ele disse: — Em primeiro lugar, as feições deste pobre menino. Ele terá dentes bons, porém um tanto largos e bem

---

* Brâmane versado em sânscrito e em filosofia e religião hinduísta. (N. T.)

separados. Acho que a senhora sabe o que isto quer dizer. Este menino vai ser um devasso e um perdulário. Provavelmente será mentiroso também. É difícil dizer exatamente o que significam estes dentes espaçados. Pode ser só uma dessas coisas, ou então as três.

— E os seis dedos, pândita?

— Isto é mau sinal, naturalmente. O único conselho que posso dar é que devem mantê-lo afastado das árvores e da água. Principalmente da água.

— Nunca dar banho nele?

— Não é bem isso que quero dizer. — O pândita levantou a mão direita, juntou os dedos e, inclinando a cabeça para o lado, acrescentou, falando lentamente: — É preciso interpretar o que o livro diz. — Deu uns tapinhas com a mão esquerda no almanaque desengonçado. — E, quando o livro fala em água, creio que é a água no estado natural.

— Estado natural.

— Estado natural — repetiu o pândita, porém com um tom de incerteza. E acrescentou rapidamente, com um toque de irritação na voz: — O que quero dizer é que devem manter o menino afastado dos rios e lagos. E do mar, é claro. E mais uma coisa — ajuntou, satisfeito —, o espirro dele dá azar. — Começou a guardar as folhas compridas de seu almanaque. — Boa parte do mal que este menino certamente há de causar será atenuada se impedirem que o pai o veja durante vinte e um dias.

— Isso é fácil — disse Bissoondaye, falando com emoção pela primeira vez.

— No vigésimo primeiro dia, o pai *tem* que ver o menino. Mas não em carne e osso.

— No espelho, pândita?

— Acho desaconselhável. Use um prato de latão. Bem areado.

— Claro.

— É preciso encher este prato de óleo de coco, o qual, aliás, tem de ser preparado pela senhora, feito com cocos que a senhora mesma colheu; e o pai deve ver o rosto do filho refletido neste óleo. — O pândita amarrou as folhas do almanaque e embrulhou-as no pano de algodão vermelho, que também estava salpicado com cola de sândalo. — Creio que é só.

— Esquecemos uma coisa, pândita. O nome.

— Quanto a isso, não posso lhe dar uma orientação completa. Mas me parece que não há nenhum perigo em usar o prefixo *Mo*. Cabe à senhora escolher o resto.

— Ah, pândita, o senhor tem que me ajudar. Só consigo pensar em *hun*.

O pândita ficou surpreso e sinceramente satisfeito.

— Mas é excelente! Excelente. *Mohun*. Eu mesmo não seria capaz de achar um nome melhor. Pois Mohun, como a senhora sabe, quer dizer "o amado", e foi o nome dado pelas ordenhadoras ao Senhor Krishna. — Seu olhar enterneceu-se quando ele se lembrou da lenda e por um instante pareceu esquecer-se de Bissoondaye e do sr. Biswas.

De dentro do nó na extremidade do véu Bissoondaye tirou um florim e o ofereceu ao pândita, murmurando desculpas por não poder dar mais. O pândita respondeu que ela fazia o que podia e que não se preocupasse. Na verdade, ele estava satisfeito, pois esperava menos. O sr. Biswas perdeu o sexto dedo antes de completar nove dias de idade. Uma noite, o dedo simplesmente caiu por si só, e Bipti teve a desagradável surpresa de ver, ao sacudir os lençóis certa manhã, aquele dedo minúsculo cair no chão. Bissoondaye achou que aquilo era um excelente sinal e enterrou o dedo atrás do estábulo, nos fundos da casa, perto do local onde havia enterrado o cordão umbilical do sr. Biswas.

Nos dias que se seguiram, o sr. Biswas foi tratado com atenção e respeito. Seus irmãos ganhavam tabefes quando perturbavam seu sono, e a flexibilidade de seus membros foi encarada como um assunto de grande importância. De manhã e à noite, faziam-lhe massagens com óleo de coco. Todas as suas juntas eram exercitadas; seus braços e pernas eram dobrados na diagonal sobre seu corpo vermelho reluzente; o dedão do pé direito era levado até o ombro esquerdo, o dedão do pé esquerdo era levado até o ombro direito e os dois dedões eram levados até o nariz; por fim, juntavam-se todos os membros do menino à altura do ventre, quando então eram soltos, com um bater de palmas e uma risada.

O sr. Biswas reagiu bem a esses exercícios, e Bissoondaye tornou-se tão confiante que resolveu fazer uma comemoração no nono dia. Convidou gente da aldeia e serviu comida a todos. O pândita veio e foi de uma cortesia inesperada, embora seus modos dessem a entender que, não fosse sua intervenção, não haveria o que comemorar naquele dia. Jhagru, o barbeiro, trouxe seu tambor, e Selochan dançou a dança de Shiva no estábulo, o corpo todo impregnado de cinzas.

Houve um momento desagradável, em que apareceu Raghu, o pai do sr. Biswas. Ele viera a pé; sua tanga e sua jaqueta estavam sujas e suadas.

— Ora, muito bem — disse ele. — Uma comemoração. E onde está o pai?

— Saia desta casa imediatamente — disse Bissoondaye, vinda da cozinha. — Pai! Que espécie de pai é esse que expulsa a mulher cada vez que ela fica de barriga?

— Isso não é da sua conta — disse Raghu. — Onde está meu filho?

— Pois vá. Deus castigou seu orgulho e sua avareza. Vá ver seu filho. Ele vai devorar você. Tem seis dedos e nasceu errado. Vá ver seu filho. E, além disso, o espirro dele dá azar.

Raghu estacou.

— O espirro dá azar?

— Eu avisei. Você só pode vê-lo quando ele completar vinte e um dias. Se fizer alguma besteira agora, a responsabilidade é sua.

De sua cama de cânhamo o velho resmungava ofensas dirigidas a Raghu.

— Sem-vergonha, malvado. Quando vejo as coisas que esse homem faz, começo a achar que chegou a Era Negra.

A briga e as ameaças que se seguiram limparam a atmosfera. Raghu admitiu que não tinha razão e que já havia sofrido muito por isso. Bipti disse que estava disposta a voltar para ele.

E Raghu concordou em voltar quando se completassem vinte e um dias.

Em preparação para aquele dia, Bissoondaye começou a catar cocos secos. Abria-os, ralava as polpas e extraía o óleo recomendado pelo pândita. Era uma atividade trabalhosa: tinha de ferver a massa, recolher o material sólido que subia à superfície, ferver de novo; e era espantoso o número de cocos necessário para se fazer um pouco de óleo. Porém Bissoondaye conseguiu preparar o óleo a tempo, e Raghu veio, bem vestido, o cabelo esticado e reluzente de brilhantina, o bigode aparado, e com toda a educação tirou o chapéu e entrou no quarto escuro no interior da choupana, que cheirava a óleo e sapé velho. Segurou o chapéu do lado direito do rosto e olhou para o óleo no prato de latão. O sr. Biswas, escondido do pai pelo chapéu e todo embrulhado da cabeça aos pés, foi seguro de rosto para baixo, um pouco acima do prato. Não gostou daquilo; franziu a testa, fechou os olhos com força e começou a berrar. A superfície do óleo, cor de âmbar, ondulou-se, dissolveu o reflexo do rosto do sr. Biswas, já distorcido de raiva, e a sessão terminou.

Alguns dias depois, Bipti e as crianças voltaram para casa. E a importância dada ao sr. Biswas foi diminuindo pouco a pouco. Até que mesmo a massagem diária foi abandonada um dia.

Assim mesmo, porém, ele tinha uma certa distinção. Jamais esqueceram que era uma criança azarenta, principalmente quando espirrava. O sr. Biswas se resfriava com facilidade e na estação das chuvas ameaçava lançar a família à miséria. Se o sr. Biswas espirrava antes da hora de seu pai ir para a plantação de açúcar, Raghu ficava em casa, cuidava da horta de manhã e passava a tarde fazendo bengalas e tamancos ou pondo entalhes decorativos em cabos de alfanjes e castões de bengalas. O desenho favorito de Raghu era um par de botas de cano alto; ele jamais possuíra botas desse tipo, porém já vira o superintendente usando-as. Mas Raghu não saía de casa de jeito nenhum. Assim mesmo, muitas vezes pequenos desastres ocorriam depois que o sr. Biswas espirrava: perdiam-se três *pence* nas compras, quebrava-se uma garrafa, virava-se um prato. Uma vez o sr. Biswas espirrou três manhãs seguidas.

— Esse menino vai devorar a família mesmo — dizia Raghu.

Certa manhã, quando tinha acabado de atravessar a vala que separava a estrada do terreno da casa, Raghu parou de repente. O sr. Biswas havia espirrado. Bipti saiu correndo e disse:

— Não faz mal. Ele espirrou quando você já estava na estrada.

— Mas eu ouvi. Perfeitamente.

Bipti convenceu-o a ir trabalhar. Uma ou duas horas depois, quando estava escolhendo o arroz do almoço, ela ouviu gritos vindos da estrada e foi ver o que era. Encontrou Raghu deitado num carro de boi com a perna direita envolta em bandagens ensanguentadas. Estava gemendo, não de dor, mas de raiva. O homem que o trouxera recusava-se a ajudá-lo a andar até a casa: o espirro do sr. Biswas já era famoso. Raghu teve de ir mancando, apoiado no ombro de Bipti.

— Esse menino vai transformar todos nós em mendigos — disse Raghu.

Falava movido por um medo profundo. Embora economizasse e privasse a família e a si próprio de muitas coisas, jamais deixou de pensar que estava prestes a afundar na miséria. Quanto mais dinheiro acumulava, mais se convencia de que ia desperdiçar e perder tudo, e mais cuidadoso se tornava.

Todos os sábados ele entrava na fila de trabalhadores à porta do escritório da plantação para receber o salário. O superintendente ficava sentado à frente de uma mesa pequena, na qual colocava o chapéu cáqui de cortiça, um desperdício de espaço, porém símbolo de riqueza. À sua esquerda sentava-se o funcionário indiano, altivo, severo, preciso, de mãos pequenas e hábeis que escreviam números pequenos e nítidos em tinta preta e vermelha num grande livro-razão. À medida que o funcionário indiano anotava as cifras e anunciava nomes e quantias com sua voz aguda e precisa, o superintendente ia escolhendo moedas das pilhas de prata e montes de cobre a sua frente e, com maior parcimônia, retirava cédulas das pilhas de notas azuis de um dólar, da pilha menor de notas vermelhas de dois dólares e da pilha mínima de notas verdes de cinco dólares. Poucos trabalhadores chegavam a ganhar cinco dólares por semana; aquelas notas estavam ali para pagar aqueles que estavam recebendo por si próprios e por seus cônjuges. Cercando o chapéu de cortiça do superintendente como que para protegê-lo, havia sacos de papel, massudos, cortados em cima, com precisão, com uma tesoura denteada, que ostentavam números grandes e ficavam perfeitamente na vertical devido ao peso das moedas que continham. Havia furos nítidos e redondos nestes sacos, graças aos quais as moedas podiam ser vistas e, segundo haviam dito a Raghu, podiam respirar.

Estes sacos fascinavam Raghu. Ele havia obtido alguns deles e depois de muitos meses e algumas manobras um pouco desonestas — como trocar uma moeda de um xelim por doze pênis, por exemplo — conseguira enchê-los. Depois, nunca mais conseguiu perder essa mania. Ninguém, nem mesmo Bipti, sabia onde ele escondia os sacos; porém comentava-se que Raghu enterrava seu dinheiro e era talvez o homem mais rico da aldeia. Esses rumores muito preocupavam Raghu; para neutralizá-los, ele adquiria hábitos ainda mais austeros.

O sr. Biswas crescia. Os braços e pernas que antes eram massageados e banhados em óleo duas vezes por dia agora ficavam sujos e enlameados e passavam dias sem serem lavados. A desnutrição que lhe dera o sexto dedo azarento agora o atormentava com o eczema e feridas que inchavam e supuravam e criavam casca e supuravam outra vez, até começarem a feder; os tornozelos, joelhos, pulsos e cotovelos eram os mais afetados, e as feridas deixavam cicatrizes semelhantes a marcas de vacina. A desnutrição o deixara com o peito bem fundo, os membros bem finos; reduzira-lhe o crescimento e lhe dera uma barriga mole, cada vez maior. E, no entanto, percebia-se que ele crescia. Nunca se dava conta de estar sentindo fome. Nunca se importou de não ir à escola. A única coisa desagradável na vida era o pândita tê-lo proibido de chegar perto de lagos e rios. Raghu nadava muito bem, e Bipti queria que ele ensinasse os irmãos do sr. Biswas a nadar. Assim, todas as manhãs de domingo Raghu levava Pratap e Prasad para nadar num riacho não distante, e o sr. Biswas ficava em casa, onde Bipti lhe dava banho e abria-lhe todas as feridas de tanto esfregar-lhe o corpo com sabão azul. Porém uma ou duas horas depois as feridas paravam de doer, começavam a criar cascas, e o sr. Biswas sentia-se feliz novamente. Brincava em casa com a irmã, Dehuti. Misturavam terra amarela com água e faziam lareiras de barro; cozinhavam alguns grãos de arroz em latas vazias de leite condensado; e, usando as tampas das latas como tabuleiros, faziam *rotis*.*

Dessas brincadeiras Prasad e Pratap não participavam. Com nove e onze anos respectivamente, já haviam deixado para trás essas frivolidades e trabalhavam, colaborando de bom grado com as plantações, nas quais era burlada a lei que proibia a contratação de crianças. Haviam adquirido maneirismos de adultos. Falavam com folhas de capim entre os dentes; bebiam ruidosamente e suspiravam, enxugando os lábios com as costas das mãos; comiam quantidades enormes de arroz, davam tapinhas na barriga e arrotavam; e aos sábados entravam na fila para receber o salário. Seu trabalho consistia em tomar conta dos búfalos que puxavam as carroças carregadas de cana-de-açúcar. Os búfalos tinham predileção por uma poça cheia de lama, de águas açucaradas, a pouca distância do engenho; ali, juntamente com mais uma dúzia de meninos de pernas magras, barulhentos, alegres, cheios de energia e cheios de si, Pratap e Prasad passavam o dia todo no meio da lama, entre os búfalos. Quando chegavam em casa, tinham as pernas cobertas de lama que, ao secar, ficava branca, de modo que pareciam essas árvores de delegacia ou de corpos de bombeiros que são caiadas de branco até a metade dos troncos.

---

* Pães redondos, semelhantes ao pão árabe, porém mais finos. (N. T.)

Por mais que quisesse, dificilmente o sr. Biswas iria trabalhar com os irmãos na poça dos búfalos quando chegasse na idade certa. O pândita o havia proibido de chegar perto d'água; e, embora se pudesse argumentar que a lama não era água, e embora a ocorrência de um acidente lá talvez pusesse fim à fonte das preocupações de Raghu, nem Raghu nem Bipti fariam algo desaconselhado pelo pândita. Dentro de dois ou três anos, quando se pudesse confiar uma foice ao sr. Biswas, ele iria cortar capim junto com as outras crianças. Entre os cortadores de capim e os meninos dos búfalos havia disputas constantes, e não restava dúvida quanto à superioridade destes. Os meninos dos búfalos, que, com suas perneiras de lama branca, faziam cócegas nos búfalos e lhes batiam com gravetos, exerciam poder. Enquanto as crianças cortadoras de capim, que andavam em fila indiana, em passo rápido, ao longo da estrada, as cabeças praticamente ocultas pelos feixes largos e compridos de capim úmido, de modo que mal podiam enxergar alguma coisa, e, devido ao peso sobre suas cabeças e ao capim que lhe roçava as faces, só conseguiam responder às provocações com grunhidos breves, eram alvos fáceis de zombarias.

E o sr. Biswas estava destinado a tornar-se cortador de capim. Posteriormente ele seria transferido para a plantação de cana-de-açúcar, para capinar, limpar, plantar e colher; seria pago por tarefa, e sua produção seria medida por um capataz, com um comprido pedaço de bambu. E lá permaneceria. Jamais se tornaria capataz nem pesador, por não saber ler. Talvez, depois de muitos anos, conseguisse economizar o bastante para arrendar ou comprar uma roça onde pudesse fazer sua própria plantação de cana, e venderia sua cana ao dono da plantação grande por um preço determinado por este. Porém só chegaria até lá se tivesse a força e o otimismo de seu irmão Pratap. Pois foi isso que Pratap fez. E Pratap, analfabeto a vida toda, viria a se tornar mais rico do que o sr. Biswas; viria a ter casa própria, uma casa grande, sólida, bem construída, anos antes do sr. Biswas.

Porém o sr. Biswas jamais chegou a trabalhar na plantação. Logo ocorreram eventos que o afastaram desse rumo. Não o tornaram rico, porém permitiram que, muitos anos depois, ele se consolasse com as *Meditações* de Marco Aurélio, deitado na cama Slumberking no quarto que continha a maioria de seus pertences.

Dhari, que morava na casa ao lado, comprou uma vaca prenhe; quando nasceu o bezerro, Dhari, cuja esposa trabalhava fora e não tinha filhos, ofereceu ao sr. Biswas o trabalho de levar água para o bezerro durante o dia, serviço pelo qual lhe pagaria um pêni por semana. Raghu e Bipti ficaram contentes.

O sr. Biswas adorava o bezerro por causa daquela cabeçorra que parecia equilibrar-se de modo tão precário em seu corpo esguio, por causa daquelas patas calombudas e trêmulas, daqueles olhões tristes, daquele focinho rosado e bobo. Gostava de ver o bezerro abocanhando, com avidez e falta de jeito, as tetas da mãe, as patas finas esparramadas, a cabeça quase escondida sob a barriga da vaca. E fazia mais do que simplesmente dar água ao bezerro. Levava-o para passear em campos úmidos cobertos de carriços e pelos caminhos sulcados entre os canaviais, querendo dar-lhe de comer diversos tipos de capim, sem entender por que o animal não gostava de ir de um lugar para o outro.

Foi num desses passeios que o sr. Biswas descobriu o riacho. Certamente não era ali que Raghu levava Pratap e Prasad para nadar: era muito raso. Mas sem dúvida era ali que Bipti e Dehuti vinham nas tardes de domingo para lavar as roupas, voltando com os dedos brancos e engelhados. Entre capões de bambus, o riacho corria por cima de pedras lisas de tamanhos e cores variados, e o som fresco da água fundia-se com o farfalhar das folhas afiadas, o rangido dos bambus altos a balançarem-se, gemendo quando um roçava no outro.

O sr. Biswas entrou no regato e olhou para baixo. O movimento rápido da água e o barulho fizeram-no esquecer que era tão raso; as pedras eram escorregadias; em pânico, ele correu para a margem e olhou para a água, agora novamente inofensi-

35

va, enquanto o bezerro, parado a seu lado, parecia infeliz, sem se interessar pelas folhas de bambu.

Ele continuou a frequentar o riacho proibido. Parecia uma fonte inesgotável de delícias. Num pequeno redemoinho, no escuro da sombra da margem, encontrou um cardume de peixinhos pretos que se confundiam tão bem com o fundo do rio que se podia tomá-los por plantas. O sr. Biswas deitou-se sobre as folhas de bambu e esticou a mão lentamente, mas, assim que seus dedos tocaram a água, os peixes estremeceram e sumiram num átimo. Depois dessa experiência, quando via os peixes não tentava pegá-los. Ficava a observá-los e depois jogava coisas dentro d'água. Uma folha seca causava uma pequena perturbação entre os peixes; já um raminho de bambu os assustava mais; mas, se depois ele não jogasse mais nada no rio e não mexesse n'água, os peixes ficavam calmos de novo. Então ele cuspia. Embora não soubesse cuspir tão bem quanto seu irmão Pratap, o qual, com uma violência que não lhe exigia esforço, conseguia fazer com que o cuspe estalasse onde quer que caísse, o sr. Biswas gostava de ver seu cuspe rodando lentamente em círculos acima dos peixes pretos antes de ser carregado pela correnteza. Às vezes tentava pescar com uma vara fina de bambu, um pouco de barbante, um alfinete torto, sem isca. Os peixes não mordiam o anzol; mas quando ele sacudia o barbante com força eles ficavam assustados. Quando enjoava de ficar olhando para os peixes, jogava um graveto dentro d'água; gostava de ver todo o cardume desaparecendo de repente.

Então, um dia, o sr. Biswas perdeu o bezerro. Distraído, olhando para os peixes, ele havia se esquecido do animal. E quando, após jogar o graveto n'água e espantar os peixes, lembrou-se do bezerro, não o encontrou. Procurou-o pelas margens do riacho e nos campos adjacentes. Voltou ao lugar onde Dhari havia deixado o bezerro naquela manhã. A estaca de ferro, de cabeça amassada e reluzente de tanto ser martelada, estava lá, porém não havia nenhuma corda amarrada nela, não havia bezerro algum. O sr. Biswas ficou muito tempo a procurá-lo em campos cheios de ervas altas de ponta penugenta, nas valas que corriam, como feridas vermelhas e retilíneas, entre os canaviais e no meio das canas. Pôs-se a chamá-lo mugindo baixinho, para não atrair a atenção das pessoas.

De repente concluiu que o bezerro estava irremediavelmente perdido; que ele saberia se arranjar sozinho e daria um jeito de voltar para o lado da mãe no quintal de Dhari. Enquanto isso, a melhor coisa a fazer era esconder-se até que o bezerro fosse encontrado ou, talvez, esquecido. Já estava ficando tarde, e ele concluiu que o melhor lugar para se esconder era em casa.

Era quase noite. Para os lados do poente, o céu estava cor de ouro e fumaça. A maioria das pessoas da aldeia já havia voltado do trabalho, e o sr. Biswas tinha de andar com cuidado, não se afastando muito das sebes e por vezes escondendo-se nas valas. Sem que ninguém o visse, chegou até os fundos do quintal de sua casa. Entre a choupana e o estábulo viu Bipti lavando pratos esmaltados, de latão e de lata com cinzas e água. Escondeu-se por trás de uma sebe de hibiscos. Chegaram Pratap e Prasad, com folhas de capim entre os dentes, os chapéus de feltro úmidos de transpiração, os rostos queimados de sol e riscados de suor, as pernas recobertas de lama branca. Pratap enrolou as calças sujas num pedaço de pano de algodão branco, despiu-se, com um decoro de adulto e muita perícia, e depois com a cabaça despejou sobre o corpo a água que pegava num grande barril preto de óleo. Prasad subiu numa tábua e começou a raspar a lama branca das pernas.

Disse Bipti:

— Vocês vão ter que sair para pegar lenha antes que escureça.

Prasad se descontrolou de raiva; e, como se ao raspar a lama branca das pernas tivesse perdido a compostura de adulto, jogou o chapéu no chão e chorou como uma criança.

— Por que é que a senhora me pede *agora*? Por que é que a senhora me pede *todo dia*? Não vou.

Raghu aproximou-se, uma bengala ainda inacabada numa das mãos e, na outra, um arame fumegante com o qual estava queimando desenhos na bengala.

37

— Escute, menino — disse Raghu —, não fique achando que você já é homem só porque está ganhando dinheiro. Faça o que a sua mãe está mandando. E vá depressa, antes que eu experimente essa bengala em você, apesar de ainda não estar pronta. — Sorriu de seu próprio gracejo.

O sr. Biswas ficou apreensivo.

Prasad, ainda furioso, pegou o chapéu e foi com Pratap em direção à frente da casa.

Bipti levou os pratos para a cozinha, na varanda da frente, onde Dehuti a ajudaria a preparar o jantar. Raghu voltou à fogueira no quintal da frente. O sr. Biswas atravessou a sebe de hibiscos, cruzou a vala estreita e rasa, no fundo da qual corria uma água cinza-escuro e cheia de cinzas vinda do tanque misturada com a água enlameada do banho de Pratap, e chegou à pequena varanda dos fundos, onde havia uma mesa, o único móvel da choupana que fora feito por um carpinteiro. Da varanda foi para o quarto do pai, passou por baixo da sanefa da cama — tábuas apoiadas em troncos fincados no chão de terra batida — e preparou-se para esperar.

Foi uma longa espera, mas ele a suportou sem desconforto. Debaixo da cama havia cheiros de pano velho, poeira e sapé velho que se fundiam num único cheiro rançoso avassalador. Para passar o tempo, ele tentava separar um cheiro do outro, ao mesmo tempo em que seus ouvidos percebiam os sons que vinham de dentro e de fora da choupana. Eram sons longínquos e muito vívidos. Ouviu os meninos chegando e jogando no chão a lenha seca que haviam trazido. Prasad ainda reclamava, Raghu advertia, Bipti aplacava. Então, de repente, o sr. Biswas ficou alerta.

— Eh, Raghu! — Ele reconheceu a voz de Dhari. — Onde está o caçula de vocês?

— Mohun? Bipti, onde está o Mohun?

— Com o bezerro de Dhari, imagino.

— Pois não está — disse Dhari.

— Prasad! — gritou Bipti. — Pratap! Dehuti! Vocês viram o Mohun?

— Não, senhora.

— Não, senhora.

— Não, senhora.

— Não, senhora. Não, senhora. Não, senhora — disse Raghu. — Mas que diabo é isso? Vão lá procurar por ele.

— Ah, meu Deus! — exclamou Prasad.

— E você também, Dhari. A ideia foi sua, foi você que inventou essa história de fazer o Mohun tomar conta do bezerro. Considero você responsável.

— O juiz não vai ser da mesma opinião que você — disse Dhari. — Um bezerro é sempre um bezerro, e para alguém que não é tão rico quanto você...

— Tenho certeza que não foi nada — disse Bipti. — O Mohun sabe que ele não pode ir para perto da água.

O sr. Biswas surpreendeu-se ao ouvir alguém chorando. Era Dhari.

— Água, água. Ah, esse menino azarento. Como se não bastasse devorar o pai e a mãe, agora está me devorando também. Água! Ah, mãe de Mohun, o que foi que você disse?

— Água? — Raghu parecia não estar entendendo.

— A lagoa, a lagoa — chorava Dhari, e o sr. Biswas ouviu-o gritar para os vizinhos: — O filho de Raghu afogou meu bezerro na lagoa. Um bezerro tão bom. Meu primeiro bezerro. Meu único bezerro.

Rapidamente formou-se uma multidão ruidosa. Muitas pessoas tinham ido à lagoa naquela tarde; algumas tinham visto um bezerro por lá e uma ou duas tinha até visto um menino.

— Bobagem! — exclamou Raghu. — Vocês são todos uns mentirosos. O menino nunca vai para perto da água. — Fez uma pausa e acrescentou: — O pândita deixou bem claro que ele não pode chegar perto de água na forma natural.

Disse Lakhan, o carroceiro:

— Onde já se viu! Esse homem pelo visto não está interessado em saber se o filho morreu afogado ou não.

— Como é que você sabe o que ele está pensando? — disse Bipti.

— Deixe, deixe — disse Raghu num tom de quem foi magoado, porém perdoa. — Mohun é *meu* filho. E, se eu não estou interessado em saber se ele morreu ou não, o problema é *meu*.

— E o meu bezerro? — perguntou Dhari.

— Dane-se o seu bezerro! Pratap! Prasad! Dehuti! Vocês viram seu irmão?

— Não, senhor.

— Não, senhor.

— Não, senhor.

— Vou mergulhar na lagoa para ver se acho — disse Lakhan.

— Você quer mas é aparecer — disse Raghu.

— Ah! — gritou Bipti. — Vamos parar com esse bate-boca e procurar o menino.

— Mohun é *meu* filho — disse Raghu. — E, se alguém vai mergulhar na lagoa para ver se acha meu filho, sou eu. E peço a Deus, Dhari, que no fundo da lagoa eu encontre o seu maldito bezerro.

— Testemunhas! — gritou Dhari. — Vocês todos são testemunhas. Estas palavras terão que ser repetidas no tribunal.

— Vamos para a lagoa! Vamos para a lagoa! — gritavam os aldeões, e aqueles que acabavam de chegar eram logo informados: — Raghu vai mergulhar na lagoa para procurar o filho.

O sr. Biswas, debaixo da cama de seu pai, ouvia tudo aquilo primeiro com prazer, depois com apreensão. Raghu entrou no quarto, ofegante, xingando a gente da aldeia. O sr. Biswas ouviu-o despir-se e chamar Bipti para esfregar-lhe no corpo óleo de coco. Ela veio, untou-o e os dois saíram do quarto. O ruído de vozes e passos na estrada aumentou, depois foi diminuindo aos poucos.

O sr. Biswas saiu de debaixo da cama e verificou, desconcertado, que a choupana estava às escuras. No quarto ao lado, alguém começou a chorar. Ele foi até a porta e olhou. Era

Dehuti. Ela havia retirado do prego na parede a camisa e duas camisetas dele e as apertava contra o rosto.

— Mana — sussurrou ele.

Ela ouviu e viu, e seus soluços transformaram-se em gritos. O sr. Biswas não sabia o que fazer.

— Está tudo bem, tudo bem — disse ele, mas suas palavras não surtiram efeito. Voltou ao quarto do pai. Ainda bem, porque justamente naquele instante Sadhu, um homem muito velho que morava a duas casas dali, entrou e perguntou o que estava acontecendo, sibilando pelas falhas entre os dentes.

Dehuti continuava a gritar. O sr. Biswas enfiou as mãos nos bolsos das calças e, pelos furos que havia neles, apertou os dedos contra as coxas.

Sadhu levou Dehuti embora.

Lá fora, de algum lugar, veio o coaxar de uma rã, a qual, depois, produziu um ruído de sucção borbulhante. Os grilos já começavam a cantar. O sr. Biswas estava sozinho no casebre escuro, e tinha medo.

A lagoa ficava num terreno pantanoso. Havia plantas saindo de toda a extensão de sua superfície, e vista a distância ela parecia não passar de uma depressão rasa. Na verdade, havia nela muitas valas profundas e abruptas, que os aldeões faziam questão de dizer que não tinham fundo. Não havia árvores nem morros a seu redor, de modo que, embora o sol já tivesse se posto, o céu ainda estava claro. Os aldeões estavam reunidos em silêncio ao lado da margem rasa da lagoa. As rãs coaxavam, e um pássaro entoava um canto tristonho. Os mosquitos já estavam em atividade; de vez em quando alguém dava um tapa no braço ou levantava uma perna para bater nela.

Lakhan, o carroceiro, disse:

— Ele já está lá dentro há muito tempo.

Bipti franziu a testa.

Antes que Lakhan tivesse tempo de tirar a camisa, Raghu rompeu a superfície, suas bochechas incharam e ele cuspiu fora

41

um longo jato fino e curvo de água; depois respirou fundo. A água escorria de sua pele recoberta de óleo, porém o bigode caía por cima do lábio superior e os cabelos formavam uma franja sobre a testa. Lakhan ajudou-o a sair de dentro d'água.

— Acho que tem alguma coisa lá no fundo — disse Raghu.

— Mas está muito escuro.

Ao longe, as árvores formavam silhuetas negras contra o céu cada vez mais pálido; as faixas alaranjadas do poente tinham manchas cinzentas que lembravam marcas de dedos sujos.

Bipti disse:

— Deixe o Lakhan mergulhar também.

Alguém disse:

— Deixe isso para amanhã.

— Para amanhã? — disse Raghu. — E envenenar a água que todo mundo usa?

Disse Lakhan:

— Eu vou.

Raghu, ofegante, sacudiu a cabeça.

— O filho é *meu*. O dever é *meu*.

— E o bezerro é meu — disse Dhari.

Raghu ignorou-o. Correu os dedos das duas mãos por entre os cabelos, inflou as bochechas, pôs as mãos na cintura e arrotou. Em seguida, mergulhou outra vez. A lagoa não dava oportunidade para mergulhos de estilo: Raghu simplesmente afundou. A superfície da água rompeu-se e formou ondas circulares. O brilho que a água refletia do céu era cada vez mais fraco. Enquanto esperavam, desceu da serra do norte um vento fresco; entre as plantas d'água, que estremeciam, a superfície reluzia, como se recoberta de lantejoulas.

Disse Lakhan:

— Ele está subindo. Acho que está trazendo alguma coisa.

O grito de Dhari os fez compreenderem o que era. Então Bipti começou a gritar também, e Pratap e Prasad, e todas as mulheres, enquanto os homens ajudavam a carregar o bezerro até a margem. Um dos lados de seu corpo estava verde de limo; havia algas grossas, de um verde vivo, em torno de suas patas finas. Raghu sentou-se à margem e ficou olhando para a água escura por entre as pernas.

Disse Lakhan:

— Agora eu vou procurar o menino.

— Vá, sim — disse Bipti. — Deixe que ele vá.

Raghu ficou onde estava, respirando fundo, a tanga grudada à pele. Em seguida mergulhou, e todos fizeram silêncio outra vez. Esperavam, olhando para o bezerro, olhando para a lagoa.

Disse Lakhan:

— Aconteceu alguma coisa.

Uma mulher retrucou:

— Deixe de bobagem, Lakhan. O Raghu mergulha muito bem.

— Eu sei, eu sei — disse Lakhan. — Mas ele está dentro d'água há muito tempo.

Então todos se calaram. Alguém havia espirrado.

Viraram-se e viram o sr. Biswas, um pouco afastado, no escuro, coçando com o dedão de um pé o tornozelo do outro.

Lakhan mergulhou. Pratap e Prasad rapidamente levaram embora o sr. Biswas, à força.

— Esse menino! — exclamou Dhari. — Matou meu bezerro e agora devorou seu próprio pai.

Lakhan veio à tona carregando Raghu, desacordado. Deitaram-no no capim úmido e rolaram seu corpo, tirando água de sua boca e narinas. Mas já era tarde demais.

— Avisar — Bipti repetia. — Precisamos avisar.

E a gente da aldeia, prestativa e agitada, levava a notícia para toda parte. Acima de tudo, era preciso avisar Tara, a irmã de Bipti que morava em Pagotes. Tara era pessoa de certa importância. Quisera o destino que ela não tivesse filhos, mas em compensação dera-lhe o destino um marido que, de uma só vez, se libertou da terra e enriqueceu; já era proprietário de um bar e uma loja de artigos domésticos e fora uma das primeiras pessoas em Trinidad a comprar um automóvel.

Tara veio e imediatamente assumiu o controle. Tinha os braços cobertos, do pulso ao cotovelo, de pulseiras de prata, sobre as quais ela com frequência comentava a Bipti: "Não são muito bonitas, mas com elas a gente derruba qualquer agressor com um golpe só". Usava brincos e uma *nakpuhl* [flor de nariz]. Tinha uma espécie de colar de ouro maciço e grossas pulseiras de prata nos tornozelos. Apesar de todas essas joias, era uma pessoa capaz, cheia de energia, e havia adotado o jeito autoritário do marido. Deixou as lamentações para Bipti e encarregou-se do resto. Havia trazido seu pândita, com o qual ralhava o tempo todo; explicou a Pratap como devia se comportar durante as cerimônias; trouxe até mesmo um fotógrafo.

Advertiu Prasad, Dehuti e o sr. Biswas para que se comportassem condignamente e não atrapalhassem e encarregou Dehuti de cuidar para que o sr. Biswas estivesse sempre apresentável. Como o caçula da família, o sr. Biswas era tratado por todos com respeito e compaixão, porém esses sentimentos vinham mesclados de um pouco de medo. Constrangido com todas essas atenções, ele zanzava pela casa e pelo quintal e tinha a impressão de que percebia um cheiro novo, forte, no ar. Havia também um gosto esquisito em sua boca; nunca havia comido carne, mas agora tinha a impressão de que comera carne branca crua; uma saliva nauseabunda formava-se constantemente na sua garganta e ele era obrigado a cuspir o tempo todo, até que Tara lhe disse:

— O que há com você? Está grávido?

Banharam Bipti. Partiram-lhe os cabelos ainda úmidos e encheram o sulco assim formado de henê vermelho. Depois retiraram o henê e colocaram em seu lugar pó de carvão. Agora ela seria viúva para todo o sempre. Tara deu um gritinho e fez um sinal; as outras mulheres começaram a gemer. Nos cabelos negros úmidos de Bipti ainda havia algumas manchas de henê, que lembravam gotas de sangue.

Era proibido cremar corpos; Raghu ia ser enterrado. Colocaram-no num caixão do quarto, de tanga, blusa e turbante, as melhores roupas que tinha, com um colar de contas em volta do pescoço e estendido sobre a blusa. Sobre o caixão haviam sido espalhados cravos-de-defunto da mesma cor que o turbante. Pratap, o filho mais velho, executou os ritos fúnebres, andando em torno do caixão.

— Agora a foto — disse Tara. — Rápido. Todos eles juntos. Pela última vez.

O fotógrafo, que estava fumando embaixo da mangueira, entrou na choupana e disse:

— Muito escuro.

Os homens se interessaram e deram sugestões, enquanto as mulheres gemiam.

— Levem o caixão lá para fora e encostem na mangueira.

— Acendam uma lamparina.

— *Não pode* estar escuro demais.

— Como é que você sabe? Você nunca tirou foto. Na *minha* opinião...

O fotógrafo, descendente de chineses, negros e europeus, não entendia o que estavam dizendo. Por fim, ajudado por alguns dos homens, ele levou o caixão para a varanda e o colocou em pé, apoiado contra a parede.

— Cuidado, senão ele sai de dentro!

— Meu Deus. Os cravos-de-defunto caíram todos para fora.

— Deixe assim mesmo — disse o fotógrafo, em inglês. — Dá até um toque interessante. Flores pelo chão. — Montou o seu tripé no quintal, bem embaixo do beiral irregular de sapé, e enfiou a cabeça embaixo do pano preto.

Tara interrompeu as lamentações de Bipti para endireitar-lhe os cabelos e o véu, e enxugou-lhe os olhos.

— Cinco pessoas juntas — disse o fotógrafo a Tara. — Difícil achar o jeito exato que elas devam ficar. A meu ver, tem que ser duas de um lado e três do outro. A senhora faz mesmo questão de todas as cinco?

Tara foi inflexível.

O fotógrafo mordeu os lábios, mas o gesto não era dirigido a Tara.

— Olhe só. Por que é que ninguém põe um calço no caixão para ele não cair?

Tara deu as instruções necessárias.

Disse o fotógrafo:

— Está bem. A mãe e o filho mais velho, um de cada lado. Ao lado da mãe, o pequenino e a menina. Ao lado do garoto maior, o segundo.

Os homens continuavam dando palpites.

— Eles deviam olhar para o caixão.

— Para a mãe.

— Para o menorzinho.

O fotógrafo resolveu o problema dizendo a Tara:

— Mande todo mundo olhar para mim.

Tara traduziu, e o fotógrafo se enfiou debaixo do pano. Quase imediatamente, saiu outra vez.

— Que tal a mãe e o mais velho botarem a mão na beira do caixão?

Acatada a sugestão, o fotógrafo se escondeu de novo embaixo do pano.

— Espere! — exclamou Tara, saindo correndo da choupana com uma coroa de cravos-de-defunto. Colocou a coroa no pescoço de Raghu e disse ao fotógrafo, em inglês: — Pronto. Tire a foto agora.

O sr. Biswas jamais possuiu uma cópia dessa foto, e só foi vê-la pela primeira vez em 1937, quando ela surgiu, com moldura de *passe-partout*, na parede da sala de visitas da bela casa nova de Tara em Pagotes, um pouco perdida em meio a tantas outras fotos de enterros, retratos ovais com bordas desfocadas de amigos e parentes mortos e gravuras coloridas de paisagens da Inglaterra. A fotografia, desbotada, era de um sépia pálido e boa parte dela era ocupada pelo carimbo arroxeado do fotógrafo, ainda nítido, e por sua assinatura espalhafatosa, borrada, feita a lápis preto macio. O sr. Biswas ficou surpreso ao ver como ele era pequeno. As marcas de feridas e do eczema eram claramente visíveis nos joelhos ossudos, nos braços e pernas muitos finos. Todos na foto estavam com olhos tão anormalmente grandes, arregalados, que pareciam ter os contornos ressaltados com tinta preta.

Tara tinha razão quando disse que a foto mostraria a família toda reunida pela última vez. Pois, alguns dias depois, o sr. Biswas e Bipti, Pratap e Prasad e Dehuti, todos foram embora de Parrot Trace, e a família dividiu-se para sempre.

Começou na noite do enterro.

Disse Tara:

— Bipti, você tem que me dar a Dehuti.

Bipti estava mesmo querendo que Tara desse essa ideia. Dentro de uns quatro ou cinco anos, Dehuti teria de se casar, e era melhor que ela ficasse com Tara. Ela aprenderia boas maneiras, ia adquirir prendas e, com um dote oferecido por Tara, talvez até fizesse um bom casamento.

— Já que a gente precisa de alguém em casa — disse Tara —, melhor que seja alguém da família. É o que eu sempre digo. Não gosto de gente estranha metendo o nariz na minha cozinha e no meu quarto.

Bipti concordou que era melhor que os criados fossem gente da família. E Pratap e Prasad, até mesmo o sr. Biswas, a quem nada fora perguntado, concordaram com a cabeça, como se já houvessem pensado muito na questão da criadagem.

Dehuti olhou para o chão, balançou os longos cabelos e murmurou umas poucas palavras que indicavam que ela era muito pequena para manifestar sua opinião, porém estava muito contente.

— Compre umas roupas novas para ela — disse Tara, apalpando a saia de *georgette* e a anágua de cetim que Dehuti havia usado no funeral. — Compre umas joias para ela. — Contornou o pulso de Dehuti com o polegar e o dedo médio, levantou-lhe o rosto e examinou-lhe o lóbulo de uma das orelhas. — Brincos. Ainda bem que você furou as orelhas dela, Bipti. Agora ela não vai precisar mais desses pauzinhos. — Nos furos das orelhas Dehuti usava pedacinhos duros de galhos de coqueiro. Tara puxou de brincadeira o nariz de Dehuti. — Uma *nakphul* também. Você queria uma flor de nariz?

Dehuti sorriu, tímida, sem levantar a vista.

— Bem — disse Tara —, as modas estão sempre mudando hoje em dia. Eu é que sou antiquada, só isso. — Levou à mão a sua flor de nariz de ouro. — Ser antiquada sai caro.

— Você vai ficar satisfeita com ela — disse Bipti. — O Raghu não tinha dinheiro. Mas ele criou os filhos direito. Educação, religião...

— Sei — disse Tara. — Não é mais hora de chorar, Bipti. Quanto que o Raghu deixou em dinheiro?

— Nada. Não sei.

— Não sabe? Você está querendo guardar segredo de mim? Todo mundo na aldeia sabe que o Raghu tinha muito dinheiro. Garanto que ele deixou o bastante para você investir em alguma coisa.

Pratap mordeu os lábios.

— Ele era um pão-duro. Escondia o dinheiro dele.

Disse Tara:

— Então foi essa a educação e a religião que o seu pai lhe ensinou?

Começaram a procurar. Pegaram o baú de Raghu debaixo da cama e tentaram encontrar nele algum fundo falso; Bipti deu a ideia de procurarem emendas na madeira que talvez revelassem algum esconderijo. Cutucaram o sapé sujo de fuligem e apalparam os caibros; furaram o chão de terra batida e as paredes de bambu e barro; examinaram as bengalas de Raghu, desmontando os castões de ferro, a única extravagância de Raghu; desfizeram a cama e arrancaram os troncos que a sustentavam. Não encontraram nada.

Bipti disse:

— Acho que ele não tinha mesmo dinheiro nenhum.

— Você é uma boba — disse Tara; e, irritada, mandou Bipti fazer a trouxa de Dehuti e depois foi embora com a menina.

Como não se podia cozinhar na casa deles, comeram na casa de Sadhu. A comida não tinha sal; assim que se pôs a mastigar, o sr. Biswas começou a achar que estava comendo carne crua, e sua boca encheu-se novamente de saliva nauseabunda. Correu para fora da cabana, esvaziou a boca e limpou-a, mas o gosto permaneceu. E o sr. Biswas gritou quando, de volta à casa, Bipti o pôs na cama e cobriu-o com o cobertor de Raghu. O cobertor era áspero e espetava; parecia ser a fonte do cheiro forte que ela vinha sentindo o dia inteiro. Bipti deixou-o gritar até que ele se cansou e adormeceu à luz amarela e bruxuleante do lampião a óleo, que deixava os cantos do cômodo imersos na escuridão. Ficou a ver o pavio diminuindo, diminuindo, até ouvir os roncos de Pratap, que roncava como um homem feito, e a respiração pesada do sr. Biswas e de Prasad. Ela própria dormiu mal. Dentro da choupana estava silencioso, mas lá fora havia ruídos altos e constantes: mosquitos, morcegos, rãs, grilos, o passarinho de canto triste. Se de repente o grilo parava de chiar, ela acordava, assustada.

Dormia um sono leve quando foi acordada por um barulho diferente. De início não sabia direito o que era. Porém o ruído vinha de perto e obedecia a uma sequência irregular; aquilo a perturbou. Era um ruído que ela ouvia todos os dias, mas que agora, isolado no meio da noite, era difícil de identificar. O barulho voltou: um baque surdo, uma pausa, o som prolongado de algo se quebrando, depois uma série de baques mais suaves. E então recomeçou. De repente ouviu-se um ruído diferente, de garrafas se quebrando, um som abafado, como se as garrafas estivessem cheias. E Bipti sabia que os ruídos vinham de seu jardim. Alguém estava tropeçando nas garrafas que Raghu havia enterrado de cabeça para baixo ao redor dos canteiros.

Ela despertou Prasad e Pratap.

O sr. Biswas, acordando com o ruído de cochichos e as sombras que dançavam na parede, fechou os olhos para proteger-se do perigo; imediatamente, como no dia anterior, tudo ficou muito vívido e distante.

Pratap distribuiu bengalas para Prasad e Bipti. Cuidadosamente abriu o trinco da janelinha e de repente escancarou-a com violência.

O jardim estava iluminado por uma lanterna de tempestade. Havia um homem enfiando um forcado na terra entre as garrafas.

— Dhari! — chamou Bipti.

Dhari não olhou nem deu resposta. Continuou furando o chão, sacudindo o forcado dentro da terra, rasgando as raízes que davam consistência à terra.

— Dhari!

Ele começou a cantar uma canção nupcial.

— O machete! — disse Pratap. — Me dê o machete.

— Meu Deus! Não, não — disse Bipti.

— Vou lá fora bater nele como se fosse uma cobra — disse Pratap, levantando a voz sem querer. — Prasad? Mãe?

— Feche a janela — disse Bipti.

A cantoria parou e Dhari disse:

— É, podem fechar a janela e ir dormir. Estou aqui para tomar conta de vocês.

Com um gesto violento, Bipti fechou a janelinha, trancou-a e ficou com a mão no ferrolho.

O ruído de cavar e quebrar garrafas prosseguiu. Dhari cantava:

> *Sê resoluto em tuas tarefas diárias,*
> *Não temas ninguém, confia em Deus.*

— Dhari não está metido nisso sozinho — disse Bipti. — Não o provoque. — Então, como se o fato não apenas reduzisse a gravidade do que Dhari estava fazendo como também os protegesse a todos, acrescentou: — Ele está só procurando o dinheiro do seu pai. Que procure.

Logo o sr. Biswas e Prasad adormeceram de novo. Bipti e Pratap ficaram acordados até que não mais se ouvia a cantoria de Dhari nem o ruído de seu forcado entrando na terra e de garrafas se quebrando. Não falavam. Só uma vez Bipti disse algo:

— Bem que seu pai sempre me disse para não confiar nessa gente da aldeia.

Pratap e Prasad acordaram quando ainda estava escuro, como de hábito. Não falaram sobre o ocorrido, e Bipti insistiu para que fossem trabalhar na poça dos búfalos como sempre. Os canteiros haviam sido escavados; havia orvalho sobre a terra revirada, que cobria em parte as plantas arrancadas, já moribundas. A terra da horta não havia sido mexida, mas os tomateiros tinham sido cortados, as estacas estavam quebradas e as abóboras, estraçalhadas.

— Ah, mulher de Raghu! — chamou um homem da estrada, e Bipti viu Dhari pular por cima da vala.

Distraidamente, ele arrancou uma folha de hibisco úmida de orvalho, esmagou-a na palma da mão, colocou-a na boca e aproximou-se da mulher mastigando.

A raiva de Bipti cresceu.

— Saia daqui! Agora mesmo! Você não tem vergonha? Vagabundo. Sem-vergonha, covarde.

Ele passou por ela, passou pela choupana, foi até o jardim. Ainda mascando, examinou os estragos. Estava com roupas de trabalho, o machete enfiado na bainha de couro na cintura, a marmita esmaltada numa das mãos, a cabaça d'água pendurada no ombro.

— Ah, mulher de Raghu, o que foi que fizeram aqui?

— Espero que você tenha encontrado alguma coisa boa, Dhari.

Ele deu de ombros, olhando para os canteiros destruídos.

— Eles vão continuar procurando, *maharajin*.*

— Todo mundo sabe que você perdeu o seu bezerro. Mas foi um acidente. Quanto a...

— É, o meu bezerro. Acidente.

— Eu não vou esquecer disso, Dhari. E os filhos de Raghu também não.

---

* Senhora (em híndi). (N. T.)

— Ele mergulhava muito bem.

— Selvagem! Vá embora!

— De bom grado. — Cuspiu a folha de hibisco em cima de um canteiro. — Eu só queria lhe dizer que esses homens maus vão voltar. Por que a senhora não os ajuda, *maharajin*?

Bipti não tinha ninguém a quem pudesse pedir ajuda. Não confiava na polícia, e Raghu não tinha amigos. Além disso, ela não sabia quem poderia estar aliado a Dhari.

Naquela noite, a família reuniu todas as bengalas e machetes de Raghu e esperou. O sr. Biswas fechou os olhos e ficou a escutar, porém à medida que as horas iam passando era-lhe cada vez mais difícil permanecer alerta.

Foi acordado por cochichos e movimentação dentro da cabana. Tinha a impressão de que alguém ao longe estava cantando uma canção nupcial, lenta e tristonha. Bipti e Prasad estavam de pé. Machete na mão, Pratap corria freneticamente da janela para a porta e vice-versa, tão depressa que a chama do lampião ora virava para um lado, ora para o outro, e uma vez, com um estalo, desapareceu. O quarto mergulhou na escuridão. Imediatamente a chama reapareceu, vindo acudir a todos.

A voz que cantava vinha se aproximando, e quando já estavam bem perto ouviram, misturados a ela, ruídos de outras vozes e risadas abafadas.

Bipti destrancou a janela, abriu-a um pouco e viu o jardim todo iluminado por lanternas.

— São três — sussurrou ela. — Lakhan, Dhari, Oumadh.

Pratap empurrou Bipti para o lado, escancarou a janela e gritou:

— Vão embora! Vão embora! Vou matar vocês todos.

— Chhh — exclamou Bipti, afastando Pratap da janela e tentando fechá-la.

— O filho de Raghu — disse um dos homens no jardim.

— Chh coisa nenhuma — gritou Pratap para Bipti. Seus olhos se encheram de lágrimas e sua voz entremeou-se de soluços. — Vou matá-los, todos eles.

— Menino barulhento — disse um dos outros homens.

— Vou voltar e matar todos vocês — gritou Pratap. — Eu prometo.

Bipti tomou-o nos braços, consolou-o como a uma criança e, com a mesma voz suave e tranquila, disse:

— Prasad, feche a janela. E vá dormir.

— Isso, meu filho. — Reconheceram a voz de Dhari. — Vá dormir. Vamos vir aqui todas as noites para tomar conta de vocês.

Prasad fechou a janela, mas os ruídos não cessaram: cantoria, conversas, o ritmo metódico de forcado e pá. Bipti sentou-se e ficou olhando para a porta, ao lado da qual estava sentado Pratap, um alfanje do lado, com um par de botas de cano alto esculpido no cabo. Estava imóvel. Os olhos estavam secos, porém vermelhos, e as pálpebras, inchadas.

Bipti acabou vendendo a choupana e o terreno para Dhari e indo com o sr. Biswas para Pagotes. Lá passaram a viver como dependentes de Tara, embora não na casa dela, e sim com uns parentes de seu marido, por ele sustentados, numa ruela afastada da estrada principal. Pratap e Prasad foram morar com um parente distante numa plantação de cana em Felicity; já estavam acostumados àquele tipo de trabalho e crescidos demais para aprender a fazer outra coisa.

E assim o sr. Biswas abandonou a única casa à qual tinha algum direito. Durante os trinta e cinco anos que se seguiram, viveria vagando de uma moradia a outra, sem uma casa que pudesse chamar de sua, sem família, a não ser aquela que tentaria criar no seio do mundo sufocante dos Tulsi. Pois, estando os pais de sua mãe mortos, seus irmãos morando na plantação em Felicity, Dehuti trabalhando como criada na casa de Tara, ele próprio cada vez mais distante de Bipti, que, arrasada, se tornava cada vez mais inútil e indevassável, o sr. Biswas sentia-se completamente só.

2. ANTES DOS TULSI

O sr. Biswas nunca mais conseguiu descobrir exatamente onde ficava o casebre de seu pai nem o local onde Dhari e os outros fizeram as escavações. Jamais soube se alguém encontrou o dinheiro de Raghu. De qualquer modo, não devia ser muita coisa, já que Raghu ganhava bem pouco. Porém havia mesmo um tesouro naquela terra. Pois ela ficava no sul de Trinidad, e posteriormente encontrou-se muito petróleo naquele terreno que Bipti vendera tão barato para Dhari. E quando o sr. Biswas estava escrevendo um artigo importante para a revista dominical do *Sentinel* — SONHO DE RALEIGH SE REALIZA era o título, com o subtítulo "Mas o ouro é negro. Só a terra é amarela. Só a mata é verde" —, quando o sr. Biswas procurou o lugar onde havia passado seus primeiros anos de vida, só encontrou torres de perfuração e bombas sujas de graxa balançando de um lado para o outro, feito gangorras, incessantemente, cercadas de cartazes vermelhos que avisavam: PROIBIDO FUMAR. A casa de seus avós também tinha desaparecido, e quando uma choupana de sapé é derrubada não fica marca nenhuma. Seu cordão umbilical, enterrado naquela noite agourenta, e seu sexto dedo, enterrado pouco tempo depois, há muito haviam tornado ao pó. A lagoa fora drenada e toda a região pantanosa era agora um bairro residencial com bangalôs brancos de madeira e telhados vermelhos, caixas d'água em torres altas e jardins bem cuidados. O riacho onde ele costumava ver os peixinhos pretos fora represado, desviado para um reservatório, e seu leito irregular e sinuoso fora recoberto por gramados, ruas e travessas retilíneas. O mundo não guardava nenhuma relíquia do nascimento e da primeira infância do sr. Biswas.

Foi o que ele constatou em Pagotes.

— Quantos anos você tem, menino? — perguntou Lal, o professor da escola da Missão Canadense, dedilhando com suas mãozinhas peludas a régua cilíndrica que marcava a linha de sua lista de chamada.

O sr. Biswas deu de ombros e deslocou o peso do corpo de um pé descalço para o outro.

— Como é que vocês querem melhorar de vida, hein? — Lal, originário de uma das castas mais baixas do hinduísmo, fora convertido ao presbiterianismo e tratava com desdém todos os hindus não convertidos. Como manifestação do desprezo que sentia, dirigia-se a eles num inglês estropiado. — Amanhã você traz certidão de nascimento. Ouviu?

— Certidão de nascimento? — disse Bipti, repetindo as palavras inglesas. — Não tenho, não.

— Não tem, não? — disse Lal no dia seguinte. — Vocês nem sabem nascer, hein?

Porém escolheram uma data plausível, Lal completou a ficha e Bipti foi consultar Tara.

Tara levou Bipti a um advogado cujo escritório era um barraco minúsculo e torto apoiado sobre oito troncos em estado natural. A pintura em suas paredes já havia virado pó. Havia uma placa, claramente pintada pelo próprio dono do escritório, anunciando que F. Z. Ghany era advogado e tabelião. Pois não parecia nada disso, sentado numa cadeira de cozinha quebrada à porta do barraco, debruçado para a frente, limpando os dentes com um palito de fósforos, a gravata dependurada perpendicularmente. No chão empoeirado havia pilhas de livros grossos e cheios de pó e na mesa de cozinha atrás do homem havia uma folha de mata-borrão verde, também empoeirada, sobre a qual se via uma geringonça metálica toda enfeitada que parecia uma versão em miniatura do roda-roda que o sr. Biswas tinha visto no *playground* em St. Joseph, a caminho de Pagotes; dele pendiam dois carimbos, sob os quais ficava uma lata suja de tinta roxa. O resto do equipamento de escritório de F. Z. Ghany ficava no bolso de sua camisa, que transbordava de canetas, lápis, folhas de papel e envelopes. Ele tinha de andar com todas essas coisas; só abria seu escritório de Pagotes no dia da feira, quarta; tinha outros escritórios em Tunapuna, Arima, St. Joseph e

Tacarigua, que abriam nos dias de feira destes lugares. "Com três ou quatro casos de cachorro ou de bate-boca por dia", dizia ele, "eu vou vivendo muito bem, sabe?"

Ao ver o grupo de três indianos atravessando a tábua colocada sobre a vala, F. Z. Ghany levantou-se, cuspiu fora o palito de fósforos e saudou-os com uma ironia bem-humorada.

— *Maharajin, maharajin* e menininho. — Os hindus eram sua principal fonte de renda; porém, sendo muçulmano, não confiava neles.

Os três subiram os dois degraus e entraram no escritório, enchendo-o completamente. Era assim mesmo que Ghany queria que fosse; isso atraía clientes. Foi até a cadeira atrás da mesa, sentou-se nela e deixou os clientes em pé.

Tara começou a explicar a situação do sr. Biswas. Tornou-se prolixa, estimulada pela expressão intrigada no rosto pesado do advogado, marcado por uma vida desregrada.

Numa das pausas de Tara, Bipti disse:

— Certidão de nascimento.

— Ah! — exclamou Ghany, mudando de expressão. — Certidão de nascimento. — Aquilo era um problema comum. Assumiu um ar profissional e disse: — Um documento. Quando foi que ocorreu o nascimento?

Bipti disse a Tara, em híndi:

— Não sei direito. Mas o pândita Sitaram deve saber. Foi ele que fez o horóscopo do Mohun um dia depois que ele nasceu.

— Não sei o que você vê nesse homem, Bipti. Ele não sabe *nada*.

Ghany compreendia o que elas diziam. Não gostava daquela mania das mulheres indianas de usar o híndi como linguagem secreta em lugares públicos; perguntou, com impaciência:

— Data do nascimento?

— Oito de junho — disse Bipti a Tara. — Deve ser isso.

— Está bem — disse Ghany. — Oito de junho. Quem é que vai dizer o contrário? — Sorrindo, levou a mão à gaveta de sua mesa, mexeu-a para um lado, mexeu-a para o outro e abriu-a. Tirou uma folha de papel ofício, rasgou-a ao meio, guardou uma das metades na gaveta, mexeu-a para um lado e para o outro e fechou-a, colocou a outra metade da folha sobre o mata-borrão empoeirado, carimbou seu nome no papel e preparou-se para escrever. — Nome do menino?

— Mohun — disse Tara.

O sr. Biswas ficou acanhado. Correu a língua pelo lábio superior e tentou tocar com ela a ponta arredondada do nariz.

— Sobrenome? — perguntou Ghany.

— Biswas — disse Tara.

— Belo nome hindu. — Fez outras perguntas e escreveu. Quando terminou, Bipti assinou em cruz, e Tara, com muita ponderação e muitos floreios com a caneta no ar, assinou. F. Z. Ghany abriu a gaveta relutante outra vez, pegou a outra metade da folha, carimbou seu nome nela, escreveu e depois fez todo mundo assinar outra vez.

O sr. Biswas estava agora inclinado para a frente, apoiado numa das paredes sujas, os pés bem afastados para trás. Estava cuspindo com cuidado, tentando fazer com que o fio de cuspe chegasse até o chão sem se partir.

F. Z. Ghany pendurou o carimbo do nome e pegou o outro, o da data. Mexeu numas rodas dentadas, bateu com força na almofada roxa quase vazia e também no papel. Dois pedaços de borracha se soltaram.

— Essa porcaria estragou — disse ele, examinando os destroços sem irritação. Explicou: — O ano até que sai direito, porque nisso a gente só mexe uma vez por ano. Mas, o dia e o mês, a gente fica rodando o tempo todo. — Pegou os pedaços de borracha e ficou a contemplá-los, pensativo. — Tome, dê isso para o menino. Para brincar. — Escreveu a data com uma de suas canetas e disse: — O resto eu mesmo faço. Essas coisas caras, declarações, selos, vocês sabem. Dez dólares tudo.

Bipti mexeu no nó na ponta de seu véu e Tara pagou.

— Tem mais filho sem certidão de nascimento?

— Três — disse Bipti.

— Traga-os — disse Ghany. — Todos eles. Qualquer dia de feira. Semana que vem? Melhor resolver essas coisas logo, vocês sabem.

E foi assim que o mundo foi oficialmente informado da existência do sr. Biswas, e ele entrou no novo mundo.

Zero vez zero, zero,
Zero vez dois, zero.

Aquela ladainha de vozes infantis agradava a Lal. Ele acreditava em meticulosidade, disciplina e persistência, virtudes que, na sua opinião, faltavam aos hindus inconversos.

Uma vez dois, dois,
Duas vezes dois, quatro.

— Silêncio! — gritou Lal, agitando sua vara de tamarindo.
— Biswas, zero vez dois é quanto?
— Dois.
— Venha cá. Você, Ramguli, zero vez dois é quanto?
— Zero.
— Venha cá. Aquele menino com uma camisa que parece um corpete da mãe dele. Quanto que é?
— Quatro.
— Venha cá. — Segurou a vara pelas duas extremidades e ficou a dobrá-la, com movimentos rápidos. As mangas de sua jaqueta deixavam entrever os punhos sujos da camisa e os pulsos magros cobertos de pelos negros. A jaqueta era marrom, porém ficara amarela nos trechos em que absorvera o suor de Lal. Durante todo o tempo que cursou a escola, o sr. Biswas jamais viu Lal usar outra jaqueta.
— Ramguli, volte para o seu lugar. Agora vocês dois. Quanto é mesmo que dá zero vez dois?
— Zero — choramingaram em coro.
— Isso, zero vez dois é zero. E você disse dois. — Segurou

o sr. Biswas, esticou-lhe as calças sobre as nádegas e começou a bater com a vara de tamarindo, dizendo: — Zero vez dois é zero. Zero vez zero é zero. *Uma* vez dois é dois.

Liberado, o sr. Biswas voltou chorando para sua carteira.

— Agora você. Antes de mais nada, me diga: onde você arranjou esse corpete?

De um vermelho muito vivo, com mangas bufantes, o traje do menino era claramente um corpete e fora reconhecido como tal, sem comentários, pelos outros meninos, a maioria dos quais usava roupas herdadas de alguém.

— Quem lhe deu isso?

— Minha cunhada.

— E você agradeceu?

Não houve resposta.

— Bem, quando estiver com sua cunhada, quero que você dê um recado a ela. Quero que você... — e neste ponto Lal agarrou o menino e começou a descer a vara de tamarindo — quero que você diga a ela que zero vez dois não é quatro. Quero que você diga a ela que zero vez zero é zero, uma vez dois é dois e *dois* vezes dois é que é quatro.

Também ensinavam outras coisas ao sr. Biswas. Ele aprendeu a rezar o Pai-Nosso em híndi na *Cartilha híndi Rei Jorge V*, e aprendeu de cor muitos poemas em inglês na *Cartilha real*. Lal ditava e ele anotava inúmeras informações, nas quais ele nunca acreditava muito, a respeito de gêiseres, vales, divisores de águas, correntes, a corrente do Golfo, uma série de desertos. Aprendeu a respeito dos oásis, e por todo o resto de sua vida "oásis" ficou sendo para ele apenas umas quatro ou cinco tamareiras em volta de uma poça rasa de água doce, perdidas numa imensidão de areia branca e sol quente. Aprendeu a respeito dos iglus. Na aritmética, chegou a aprender a calcular juros simples e a converter dólares e centavos em libras, xelins e *pence*. A história ensinada por Lal era, para ele, apenas mais uma matéria a estudar, uma disciplina, tão irreal quanto a geografia; e foi através do menino do corpete vermelho que ouviu falar pela primeira vez sobre a Grande Guerra, sem acreditar muito naquilo.

Este menino, chamado Alec, tornou-se amigo do sr. Biswas. As cores das roupas de Alec nunca deixavam de causar espanto, e um dia ele escandalizou a escola mijando azul, um tom claro e límpido de turquesa. Alec respondeu às perguntas intrigadas que lhe fizeram com o comentário:

— Não sei, não. Acho que é porque eu sou português, sei lá.

E durante dias deu demonstrações muito sérias, fazendo com que os colegas renegassem suas próprias origens raciais.

Foi ao sr. Biswas que Alec revelou seu segredo pela primeira vez, e certa manhã, na hora do recreio, depois de Alec dar sua demonstração, o sr. Biswas, com um gesto dramático, desabotoou a braguilha e deu a sua. Houve um tremendo clamor, e Alec foi obrigado a mostrar a todos o vidro de Pílulas Renais Dodd. Rapidamente o frasco esvaziou-se, restando apenas meia dúzia de cápsulas que Alec disse que teria de guardar. As pílulas, como o corpete vermelho, pertenciam a sua cunhada.

— Não sei o que ela vai fazer quando descobrir — disse Alec. Àqueles que continuavam a lhe pedir aconselhou: — Quem quiser que compre. Na farmácia tem um monte.

E muitos seguiram seu conselho; por uma semana, os mictórios da escola ficaram azulados; e o farmacêutico atribuiu o súbito aumento nas vendas ao sucesso do Almanaque das Pílulas Renais Dodd, que, além de piadas, continha uma sucessão de casos de curas rápidas efetuadas pelas pílulas em pacientes de Trinidad, todos os quais haviam escrito aos fabricantes cartas que transbordavam de gratidão, muitíssimo bem escritas, e tinham sido fotografados.

Com Alec, o sr. Biswas pôs pregos de quinze centímetros nos trilhos do trem nos fundos da estrada principal, para que, achatados, virassem facas e baionetas. Juntos foram a Pagotes River e fumaram pela primeira vez. Arrancavam os botões das camisas, trocavam-nos por bolas de gude e, com essas bolas, Alec ganhava ainda mais bolas, constantemente se esforçando no sentido de compensar as depredações realizadas por Lal, que considerava aquele jogo plebeu e o proibira no pátio da escola.

Sentavam-se à mesma carteira, conversavam, levavam surras e separavam-se, mas sempre acabavam juntos outra vez.

E foi através dessa amizade que o sr. Biswas descobriu seu dom caligráfico. Quando Alec se cansava de fazer desenhos eróticos incorretos, desenhava letras. O sr. Biswas começou a imitá-lo, com prazer e perícia crescentes. Uma vez, durante uma prova de aritmética, ao encontrar um número astronômico de horas em resposta a um problema sobre caixas d'água, escreveu SEM EFEITO, em letras muito caprichadas, de um lado ao outro da página, e ficou absorto na tarefa de preencher as letras e sombreá-las. Quando chegou a hora de entregar a prova, não havia feito mais nada.

Lal, que havia percebido e aprovado a concentração do sr. Biswas, teve um acesso de raiva.

— Ah! Seu pintor de tabuletas. Venha cá.

Não bateu no sr. Biswas. Mandou que ele escrevesse SOU UMA BESTA no quadro-negro. O sr. Biswas esboçou umas letras estilizadas, irônicas, e a turma não conteve uma risada de aprovação. Lal, correndo de um lado para o outro, brandindo a vara de tamarindo para impor silêncio, esbarrou de leve no cotovelo do sr. Biswas e um risco saiu torto. O sr. Biswas transformou este risco num floreio adicional que lhe agradou e causou sensação na turma. Já era tarde demais para Lal dar uma surra no sr. Biswas ou mandá-lo apagar o quadro-negro. Irritado, deu-lhe um empurrão, e o sr. Biswas voltou para seu lugar, sorridente; era um herói.

O sr. Biswas frequentou a escola de Lal durante quase seis anos, e durante todo esse tempo foi amigo de Alec. Porém pouco sabia sobre a vida familiar do amigo. Alec nunca falava sobre seus pais; tudo o que o sr. Biswas sabia era que ele morava com a cunhada, proprietária do corpete vermelho, usuária (ainda que não fotografada) das Pílulas Renais Dodd e, segundo Alec, adepta de surras frequentes. O sr. Biswas jamais viu esta mulher. Nunca foi à casa de Alec, nem Alec foi à sua. Havia um acordo tácito entre eles, pelo qual cada um mantinha sua casa escondida do outro.

61

O sr. Biswas teria ficado muito constrangido se algum colega seu visse onde ele morava, num quarto de uma choupana de sapé numa ruela distante. Ali não se sentia feliz, e mesmo quando já estava morando lá há cinco anos continuava considerando aquela moradia provisória. A maioria das pessoas que moravam na cabana ainda lhe era estranha, e seu relacionamento com Bipti era prejudicado por ela ter vergonha de dar demonstrações de afeto pelo filho numa casa cheia de estranhos. Além disso, cada vez mais ela se queixava do Destino; nesses momentos, ele se sentia inútil e desanimado; ao invés de consolá-la, saía atrás de Alec. De vez em quando Bipti tinha uns acessos de raiva impotente, brigava com Tara e passava dias resmungando, num tom ameaçador, sempre que havia alguém para ouvi-la, dizendo que ia embora trabalhar com o pessoal que construía estradas, tarefa em que as mulheres eram usadas para carregar pedras em cestos na cabeça. Quando estava com ela, o sr. Biswas tinha constantemente de reprimir a raiva e a depressão.

No Natal, Pratap e Prasad vinham de Felicity, já homens feitos, de bigode; vinham com a roupa de domingo, com calças cáqui passadas a ferro, sapatos marrons sem graxa, camisas azuis abotoadas no colarinho e chapéus marrons, e eram também como estranhos. Suas mãos eram tão duras quanto seus rostos ásperos e queimados de sol, e pouco tinham a dizer. Quando Pratap, com muitos suspiros, risinhos e pausas de modéstia, que lhe permitiam proferir uma frase curta em várias e suaves prestações sem quaisquer prejuízos para sua estrutura, lhe falava sobre o burro que havia comprado e as muitas tarefas que o ocupavam no momento, o sr. Biswas não conseguia se interessar por esses assuntos. Para ele, a compra de um burro não passava de algo simplesmente cômico e era-lhe difícil acreditar que aquele sujeito reservado era aquele menino exaltado que uma vez correra de um lado para o outro dentro da choupana ameaçando matar os homens que cavavam o jardim.

Quanto a Dehuti, ele raramente a via, embora ela morasse bem perto, na casa de Tara. Raramente ia lá, senão quando o marido de Tara, por ela instigado, realizava uma cerimônia religiosa e precisava de brâmanes para dar-lhes comida. Então o sr. Biswas era tratado com o maior respeito; sem suas calças e camisa rasgadas, com uma tanga limpa, tornava-se outra pessoa, e jamais lhe pareceu impróprio que a pessoa que lhe servia comida com tanta reverência fosse sua própria irmã. Na casa de Tara ele era respeitado, por ser brâmane, e mimado; porém, assim que terminava a cerimônia e ele ia embora com o dinheiro e as peças de fazenda que lhe davam de presente, voltava a ser apenas um filho de trabalhador — *profissão do pai*: *trabalhador* era o que vinha escrito na certidão de nascimento enviada por F. Z. Ghany — que morava com a mãe paupérrima num quarto de um casebre de sapé. E durante toda a sua vida viveu nessa situação. Como um dos cunhados da família Tulsi e como jornalista, via-se entre pessoas ricas e, às vezes, refinadas; com elas sentia-se à vontade e podia dar vazão a seus instintos de ricaço; mas acabava sempre tendo de voltar para seu quartinho apertado e miserável.

O marido de Tara, Ajodha, era um homem magro, de rosto fino e azedo, capaz de manifestar benevolência mas não simpatia, e o sr. Biswas não se sentia à vontade com ele. Ajodha sabia ler, porém achava mais condizente com sua dignidade que lessem para ele; e às vezes o sr. Biswas era chamado para ler, por um pêni, uma coluna no jornal que agradava ao sr. Ajodha particularmente. Tratava-se de uma coluna norte-americana intitulada "Este seu corpo", que a cada dia abordava uma espécie diferente de ameaça ao corpo humano. Ajodha escutava, sério, preocupado, alarmado. O sr. Biswas não entendia por que ele se sujeitava àquele tormento, nem como o autor, o dr. Samuel S. Pitkin, achava tanto assunto para aquela coluna. Mas o doutor nunca falhava; vinte anos depois a coluna ainda estava sendo publicada. Ajodha jamais enjoou dela, e de vez em quando o filho do sr. Biswas a lia para ele por seis centavos.

Assim, quando o sr. Biswas ia à casa de Tara era na qualidade de brâmane ou na de leitor, e portanto com *status* bem diverso do de Dehuti; por isso tinha poucas oportunidades de falar com ela.

Os filhos davam a Bipti um motivo específico para preocupação: nem Pratap, nem Prasad, nem Dehuti haviam se casado. Não fazia planos em relação ao sr. Biswas, já que ele ainda era jovem e ela achava que a educação que ele estava recebendo era uma proteção suficiente. Mas Tara não era da mesma opinião. E, justamente quando o sr. Biswas estava começando a estudar compras e vendas de ações, transações que eram tão irreais para Lal quanto para ele, e a aprender a declamar um poema do *Livro do declamador* para a visita do inspetor escolar, Tara tirou-o da escola e disse-lhe que ele ia aprender a ser pândita.

Foi só quando estavam fazendo sua trouxa que o sr. Biswas percebeu que ainda estava com o exemplar do *Livro do declamador* que a escola lhe emprestara. Era tarde demais para devolvê-lo, e jamais o fez. Para onde foi subsequentemente o livro foi também, e terminou naquela estante, feita por um ferreiro, na casa da Sikkim Street.

Durante oito meses, numa casa de madeira espaçosa, sem tinta nem ornamentos, que cheirava a sabão azul e incenso, de assoalhos brancos e lisos de tanto serem esfregados, de uma limpeza e santidade impostas por um regulamento que só ele não achava difícil de seguir, o pândita Jairam ensinou híndi ao sr. Biswas, apresentou-lhe as escrituras mais importantes e o fez praticar as diversas cerimônias. Pela manhã e à noite, sob o olhar de Jairam, o sr. Biswas oficiava o *puja** para a família do pândita.

Todos os filhos de Jairam estavam casados, e ele morava sozinho com a esposa, uma mulher massacrada pelo trabalho, cuja única obrigação agora era tomar conta de Jairam e da casa. Ela não se queixava. Entre os hindus, Jairam era respeitado por sua sabedoria. Tinha também certas opiniões que causa-

---

* Culto prestado a uma divindade hindu. (N. T.)

vam escândalo e que, embora não fossem levadas a sério por serem polêmicas, lhe haviam granjeado muita popularidade. Ele acreditava em Deus com todo o fervor, porém afirmava que isso não era necessário para ser hinduísta. Criticava o costume que tinham algumas famílias de hastear uma bandeira após uma cerimônia religiosa; porém o jardim de sua casa era um verdadeiro bambuzal de mastros de bandeiras vermelhas e brancas, algumas já apodrecidas. Não comia carne, mas atacava o vegetarianismo: pois, quando o Senhor Rama ia caçar, seria só por diversão?

Ele estava também preparando um comentário em híndi sobre o *Ramayana* e ditava partes de seu texto para o sr. Biswas com o intuito de aumentar seus conhecimentos do idioma. Para que o sr. Biswas aprendesse vendo, Jairam levava-o consigo quando saía a trabalho; e, onde quer que fosse com o pândita, o sr. Biswas, munido do fio sagrado e de todos os outros distintivos de sua casta, via-se, tal como na casa de Tara, tratado com o maior respeito. Nessas ocasiões, cabiam-lhe as tarefas puramente mecânicas do trabalho de Jairam. Era ele que ia levando o prato de latão com a cânfora ardente; os devotos colocavam moedas no prato, passavam os dedos na chama e levavam-nos à testa. Era ele que servia o leite adocicado consagrado, com pedaços de folha de manjericão flutuando na superfície, uma colher de chá de cada vez. Finda a cerimônia, chegada a hora de servir comida aos brâmanes, ele sentava-se ao lado do pândita; e quando Jairam comia, arrotava e pedia mais e comia outra vez era o sr. Biswas que preparava o bicarbonato de sódio para ele. Depois o sr. Biswas ia até o santuário, uma plataforma elevada de terra enfeitada com farinha e com pequenas bananeiras plantadas, e o escavava em busca das moedas que tinham sido oferecidas, procurando cuidadosamente e por toda parte, sem mostrar nenhum respeito pelos holocaustos nem por coisa alguma. As moedas, cobertas de farinha, terra ou cinzas, úmidas de água benta ou ainda quentes da chama sagrada, ele as entregava ao pândita Jairam, que nesses momentos estava por vezes absorto numa discussão filosófica. Sem olhar para ele,

65

Jairam despachava o sr. Biswas com um gesto. Porém, assim que chegavam em casa, Jairam pedia-lhe o dinheiro, contava-o e apalpava o sr. Biswas dos pés à cabeça para certificar-se de que ele não havia guardado nada para si próprio. Cabia também ao sr. Biswas trazer para casa todos os presentes recebidos pelo pândita, normalmente cortes de algodão, porém às vezes embrulhos incômodos contendo frutas e legumes.

Um dos presentes mais volumosos foi um cacho de bananas-da-terra. Chegaram a Jairam ainda verdes e foram penduradas na ampla cozinha para amadurecer. Com o tempo o verde foi clareando, ficando manchado, e alguns trechos amareleceram. Rapidamente o amarelo se espalhou, e as manchas ganharam um tom profundo de marrom. O cheiro de banana quase madura, mais forte do que o cheiro acre da seiva viscosa que escorria do talo, encheu a casa; Jairam e sua esposa pareciam indiferentes, mas não o sr. Biswas. Ele achou que as bananas iam ficar maduras muito em breve, que Jairam e sua mulher não conseguiriam comê-las todas e, portanto, muitas acabariam apodrecendo. Achou também que ninguém daria pela falta de uma ou duas. E um dia, quando Jairam não estava em casa e a mulher não estava na cozinha, o sr. Biswas pegou duas bananas e comeu-as. Ficaram no cacho duas falhas que o surpreenderam. Elas não eram apenas visíveis: agrediam a vista.

Jairam não era dado a surras. Quando se irritava, às vezes dava um soco no ouvido do sr. Biswas; mas normalmente não era tão violento. Quando o *puja* saía malfeito, por exemplo, ele obrigava o sr. Biswas a decorar uma dúzia de dísticos do *Ramayana*, proibindo-o de sair de casa enquanto não cumprisse a tarefa. O sr. Biswas passou o dia todo pensando no castigo que receberia por ter comido as bananas, enquanto copiava versos em sânscrito, ininteligíveis para ele, em tiras de cartolina, pois já tinha revelado a Jairam sua perícia como letrista.

Jairam chegou tarde aquele dia, e sua mulher deu-lhe de comer. Então, tal como fazia toda noite após jantar e descansar, ficou andando com passos pesados pela varanda vazia, falando sozinho, rememorando as discussões que tivera naquele dia.

Primeiro enunciou a posição do antagonista. Depois ensaiou diversas réplicas de sua lavra; sua voz elevou-se, estridente, no remate da versão final da réplica, a qual ele repetiu várias vezes, interrompendo-a para cantarolar o trecho de um hino. Deitado em sua cama de sacos de açúcar e farinha, o sr. Biswas escutava. A mulher de Jairam estava lavando pratos na cozinha; a água suja escorria por uma calha de bambu até uma vala, onde caía ruidosamente sobre o mato.

Durante a espera, o sr. Biswas adormeceu. Quando despertou, já era manhã, e por um momento não sentiu medo algum. Então seu erro voltou-lhe à lembrança.

Tomou banho no quintal, quebrou um galho de hibisco, esmagou uma das pontas e limpou os dentes com ela; partiu o graveto ao meio e raspou a língua com as metades. Então colheu cravos-de-defunto, zínias e oleandros no jardim para o *puja* matinal e, sem nenhum fervor religioso, sentou-se diante do santuário rebuscado. O cheiro de latão e pasta de sândalo velha desagradou-lhe; era um cheiro que ele viria a reconhecer em anos futuros em todos os templos, mesquitas e igrejas, e seria sempre desagradável. Mecanicamente limpou as imagens, cujos traços e entalhes estavam negros ou esbranquiçados de pasta de sândalo velha; mais fácil era limpar os pequenos seixos lisos, cujo significado ainda não lhe fora explicado. Normalmente, a essa altura o pândita vinha ver se ele estava obedecendo rigorosamente ao ritual, porém essa manhã Jairam não veio. O sr. Biswas recitou as escrituras apropriadas, passou mais pasta de sândalo nas imagens e nos seixos, colocou flores recém-colhidas, tocou o sino e consagrou a oferta de leite adocicado. Com as marcas de pasta de sândalo ainda úmidas em sua testa, a pinicar, o sr. Biswas foi à procura de Jairam para lhe oferecer um pouco de leite.

Jairam, lavado, vestido, estava no canto da varanda, recostado numas almofadas, os óculos na ponta do nariz, com um livro hindu no colo. Quando os pés descalços do sr. Biswas fizeram a varanda tremer, Jairam levantou a vista, depois baixou-a novamente e virou uma página do livro encardido. Os óculos o faziam parecer mais velho, absorto e benévolo.

O sr. Biswas aproximou-se, com o cântaro de latão cheio de leite.

— *Baba.**

Jairam aprumou o corpo, mexeu numa das almofadas, estendeu a mão em concha, tocando o cotovelo do braço estendido com os dedos da outra mão. O sr. Biswas serviu. Jairam levou o punho até a testa, abençoou o sr. Biswas, derramou o leite na boca, passou a palma da mão úmida nos cabelos ralos e grisalhos, endireitou os óculos e voltou à leitura.

O sr. Biswas foi para seu quarto, vestiu as roupas de trabalho e veio tomar o café da manhã. Comeram em silêncio. De repente Jairam empurrou seu prato de latão em direção ao sr. Biswas.

— Coma.

Os dedos do sr. Biswas, que agarravam uma folha de alface, imobilizaram-se.

— É claro que você não vai comer. E vou lhe dizer por quê. Porque eu estou comendo deste prato.

O sr. Biswas dobrava e esticava os dedos, sentindo-os secos e sujos.

— Soanie!

A mulher de Jairam veio da cozinha com passos pesados e colocou-se entre os dois, de costas para o sr. Biswas. Este olhou para os pés da mulher e viu que as solas eram duras e sujas. Isso o surpreendeu, porque Soanie vivia lavando o chão e tomando banho.

— Vá pegar as bananas.

Ela levantou o véu.

— Não acha melhor deixar isso para lá? Uma coisinha à toa.

— À toa! Um cacho inteiro!

Ela foi até a cozinha e voltou trazendo as bananas nos braços.

---

* Pai (em híndi). (N. T.)

— Ponha as bananas aqui, Soanie. Mohun, agora só você pode comer essas bananas. Quando as pessoas, por pura bondade, me dão presentes, os presentes são para você. Não é? — Então sua voz perdeu a aspereza e ele voltou a ser o pândita bonachão e paciente de sua imagem pública. — Não devemos desperdiçar comida, Mohun. Eu já lhe disse isso muitas e muitas vezes. Não devemos deixar que essas bananas apodreçam. Você tem que terminar o que começou. Vamos!

O sr. Biswas se deixara levar pelo tom tranquilo e controlado de Jairam, e aquela ordem súbita o pegou de surpresa. Olhou para baixo e flexionou os dedos, em cujas pontas estavam grudados pedaços secos de alface.

— Vamos!

Soanie estava parada à porta, bloqueando a luz. Embora fosse dia claro, a sala, com os quartos de um lado e o teto baixo da varanda do outro, estava escura.

— Veja. Já descasquei uma para você.

A banana pendia da mão limpa de Jairam diante do rosto do sr. Biswas. Ele pegou-a com seus dedos sujos, mordeu-a e a mastigou. Para sua surpresa, sentiu o gosto. Porém o gosto era tão localizado que não lhe dava prazer. Então descobriu que, quando mastigava, o gosto desaparecia; começou a mastigar com determinação, sem sentir o gosto, apenas ouvindo o ruído líquido que lhe enchia a cabeça. Nunca ouvira o ruído de comer bananas tão alto.

Logo terminou de comer a banana, restando apenas o pequeno cone enterrado no centro da casca, aberta como uma flor silvestre, grande e feia.

— Veja, Mohun. Descasquei outra.

E, enquanto o sr. Biswas comia a segunda, lentamente Jairam descascou mais uma. E outra. E outra.

Após comer sete bananas, o sr. Biswas passou mal, e Soanie, chorando baixinho, levou-o para a varanda dos fundos. Ele não chorava, não por valentia: sentia apenas tédio e desconforto. Com um mau humor súbito, imediatamente Jairam levantou-se e caminhou pesadamente até seu quarto.

Nunca mais o sr. Biswas comeu banana. Foi naquela manhã também que tiveram início seus problemas gástricos; durante o resto de sua vida, toda vez que ele se sentia excitado, deprimido ou zangado seu estômago inchava até doer.

O resultado imediato do episódio foi uma prisão de ventre. O sr. Biswas não conseguia mais evacuar de manhã; e estava consciente da ofensa aos deuses que representava fazer o *puja* antes de aliviar o ventre. A vontade lhe vinha em momentos imprevisíveis; e foi isso que o fez abandonar o mundo de Jairam e voltar àquele outro mundo em que entrara em Pagotes, cujos símbolos eram a escola de Lal e os carimbos gastos e livros poeirentos de F. Z. Ghany.

Certa noite acordou em pânico. A latrina ficava longe da casa, e ele tinha medo de ir até lá caminhando na escuridão. Tinha medo também de andar por aquela casa de madeira cheia de rangidos, abrir trincos e ferrolhos, talvez acordar Jairam, que levava o sono muito a sério e com frequência tinha acessos de raiva mesmo quando o acordavam na hora por ele estipulada. O sr. Biswas resolveu fazer suas necessidades ali mesmo no quarto, num de seus lenços. Ele tinha dezenas de lenços, feitos com os cortes de algodão que lhe davam nas cerimônias que oficiava com Jairam. Quando chegou a hora de jogar fora o lenço, saiu do quarto e foi na ponta dos pés, pisando as tábuas que rangiam, passando pela porta aberta, até a varanda dos fundos. Cuidadosamente abriu o ferrolho da janela com a mão esquerda e jogou o lenço o mais longe que pôde com a direita. Porém suas mãos eram pequenas, a janela era pesada, havia pouco espaço em que pudesse tomar impulso, de modo que ele ouviu o lenço cair perto da casa.

Sem trancar a janela, voltou apressado para a cama, onde ficou acordado por muito tempo, sempre achando que a vontade ia voltar. Parecia-lhe que tinha acabado de adormecer quando sentiu que alguém o sacudia. Era Soanie.

Jairam estava parado na porta, de cara amarrada.

— Você não é um brâmane — disse ele. — Eu o recebo na minha casa, tenho a maior consideração por você. Não peço gratidão em troca. Mas você está tentando me destruir. Vá lá ver o que você fez.

O lenço havia caído em cima do oleandro de que Jairam tanto gostava. Nunca mais suas flores poderiam ser usadas no *puja*.

— Você nunca será um pândita — disse Jairam. — Outro dia estive conversando com o Sitaram, o que leu o seu horóscopo. Você matou seu pai. Não vou deixar que você me destrua. Sitaram me alertou especificamente para não deixar que você chegasse perto das árvores. Vá, faça a sua trouxa.

Os vizinhos ouviram tudo e vieram ver o sr. Biswas, de tanga, trouxa ao ombro, atravessando a aldeia.

Bipti não estava com disposição de dar boas-vindas a ninguém quando o sr. Biswas, após andar e pegar caronas em carroças, chegou a Pagotes. Estava cansado, tinha fome e coçava-se constantemente. Vinha pensando que a mãe o receberia com júbilo, maldizendo Jairam e prometendo que nunca mais deixaria que ele fosse levado por estranhos. Mas assim que pisou no quintal da choupana percebeu que se enganara. Ela estava moendo milho na cozinha aberta, suja de fuligem, com outra parenta pobre de Ajodha e parecia deprimida e indiferente; assim, o sr. Biswas nem se surpreendeu quando observou que, longe de dar mostras de satisfação por vê-lo ali, ela ficou alarmada.

Beijaram-se mecanicamente, e Bipti começou a fazer perguntas. Ele achou-a áspera e encarou as perguntas como críticas. Deu respostas mal-humoradas, zangadas. Ela foi ficando mais furiosa ainda e começou a gritar com ele. Disse que ele era um ingrato, que todos os filhos dela eram ingratos, que não tinham noção do trabalho que davam a todo mundo. Então a raiva passou, e ela ficou compreensiva e protetora, tal como ele esperava encontrá-la antes. Mas agora aquela atitude já não lhe era tão doce. Ela trouxe-lhe água para ele lavar as mãos, o fez sentar-se num banco baixo, serviu-lhe comida — que ela não tinha o direito de oferecer, já que era a comida comum da

71

casa, à qual ela só contribuíra com seu trabalho ao prepará-la — e cuidou dele da maneira apropriada. Porém não conseguiu fazê-lo desemburrar.

No momento, ele não compreendeu como era absurdo e comovente o comportamento da mãe: estava a recebê-lo numa casa que não era sua, dando-lhe comida que não era sua. Porém a lembrança permaneceu, e quase trinta anos depois, quando fazia parte de um pequeno grupo literário em Port-of-Spain, ele escreveu e leu em voz alta um poema simples, em versos brancos, sobre esse encontro. A decepção, seu mau humor, tudo o que nele houvera de desagradável foi ignorado, e as circunstâncias foram transformadas em alegoria: a viagem, as boas-vindas, o alimento, o abrigo.

Depois da refeição, ficou sabendo de mais um motivo para o aborrecimento de Bipti. Dehuti havia fugido com o jardineiro de Tara, demonstrando não apenas ingratidão para com Tara e trazendo vergonha para ela, pois o jardineiro era o que havia de mais baixo, mas também subtraindo-lhe, de um golpe só, dois criados experimentados.

— E era a Tara que queria que você fosse pândita — disse Bipti. — Não sei o que vamos dizer a ela.

— Fale-me sobre Dehuti — disse ele.

Bipti não tinha muito a dizer. Ninguém procurara Dehuti; Tara havia jurado nunca mais pronunciar seu nome. Bipti falava como se ela própria merecesse ser recriminada pelo comportamento de Dehuti; e, embora afirmasse que agora não podia mais ter qualquer tipo de contato com a filha, falava como se tivesse que defendê-la não apenas contra a raiva de Tara como também contra a do sr. Biswas.

Porém ele não sentia raiva nem vergonha. Quando pediu à mãe que falasse de Dehuti, pensava apenas na menina que havia apertado contra o rosto, chorando, as roupas sujas do irmão quando pensou que ele havia morrido.

Bipti suspirou.

— Não sei o que Tara vai dizer agora. É melhor você mesmo ir falar com ela.

E Tara não ficou zangada. Fiel a seu juramento, não falou em Dehuti. Ajodha, a quem Jairam mencionara apenas por alto a falha do sr. Biswas, soltou uma risada aguda, ofegante, e tentou fazer com que o sr. Biswas explicasse exatamente o que havia acontecido. O constrangimento do sr. Biswas deliciou Ajodha e Tara, e ele acabou rindo também; e então, no ambiente acolhedor da varanda dos fundos da casa de Tara — embora as paredes fossem de barro, era sustentada por pilares decentes, tinha um bom telhado de sapé e prateleiras de madeira nas paredes enfeitadas com gravuras de deuses hindus — ele falou das bananas, a princípio em tom de chacota; mas, quando percebeu que Tara se condoía dele, deu-se conta, com muita clareza, do que havia sofrido e começou a chorar, e Tara apertou-o contra o peito e enxugou-lhe as lágrimas. Assim, a cena que, segundo ele imaginara, ocorreria com sua mãe, acabou se dando com Tara.

Ajodha havia comprado um ônibus e aberto uma oficina, e era na oficina que trabalhava Alec, que não usava mais corpetes vermelhos nem mijava azul, porém fazia coisas misteriosas que envolviam muita graxa. A graxa enegrecia-lhe as pernas peludas, os sapatos brancos de lona, as mãos e mesmo os braços; as calças curtas de trabalho estavam duras e negras de graxa. Porém ele tinha o dom, admirado pelo sr. Biswas, de saber segurar um cigarro entre os dedos sujos, ou prendê-lo nos lábios sujos, sem manchá-lo. Seus lábios ainda se contorciam com facilidade, e seus olhinhos gozados ainda se apertavam; porém em seu rostinho quadrado as faces já estavam chupadas, e em seus olhos havia sempre uma expressão de alheamento e lascívia.

O sr. Biswas não foi trabalhar com Alec na oficina. Tara mandou-o para o bar. O bar fora o primeiro empreendimento comercial de Ajodha que lhe fornecera os recursos necessários para financiar seus negócios subsequentes. Mas, à medida que estes prosperaram, o bar foi perdendo importância; agora era administrado pelo irmão de Ajodha, Bhandat, a respeito do qual corriam boatos desagradáveis: dizia-se que ele bebia, batia na mulher e tinha uma amante de outra raça.

Bipti, que não fora consultada, ficou muito grata a Tara. E o sr. Biswas achou empolgante a ideia de ganhar dinheiro. Não ia ganhar muito. Ficaria morando no bar, sendo alimentado pela mulher de Bhandat; de vez em quando ganharia roupas novas; receberia dois dólares por mês.

O bar era um prédio alto e comprido, de linhas simples, de paredes de concreto encimadas por um telhado alcantilado de ferro corrugado. As portas de vaivém só deixavam à vista o chão molhado e os pés dos fregueses, dando ao bar, numa terra onde todas as portas vivem escancaradas, um ar de vício. As portas eram necessárias, pois muitas das pessoas que ali entravam estavam dispostas a beber até perder a consciência. A qualquer hora do dia, havia ali pessoas caídas no chão molhado, homens que pareciam mais velhos do que eram na realidade, e mulheres também; pessoas inúteis chorando nos cantos, sua angústia perdida na zoeira e na multidão de fregueses que, em pé, engoliam o rum de um gole só, faziam uma careta, rapidamente bebiam água e pediam mais rum. Ouviam-se palavrões, fanfarronadas, ameaças; havia brigas, garrafas quebradas, policiais; e num ritmo constante as moedas de cobre e prata e as notas se acumulavam na gaveta suja embaixo das prateleiras.

E todas as noites, quando o bar era esvaziado, os bêbados adormecidos eram colocados na rua, os cacos de vidro eram varridos e o chão era lavado — embora água nenhuma conseguisse acabar com aquele cheiro de rum vagabundo —, a gaveta era puxada para fora e o lampião a gás Petromax, retirado do arame comprido pendurado no teto, era colocado sobre o balcão, ao lado da gaveta. O dinheiro era disposto em pilhas organizadas, e Bhandat anotava a receita do dia numa folha de papelão pardo, liso de um lado e áspero do outro. Bhandat escrevia no lado liso com um lápis macio que borrava com facilidade. Os cantos do bar ficavam imersos numa escuridão profunda; o cheiro de tábuas sujas e rum velho era intenso; e Bhandat fazia seus cálculos em sussurros, tendo ao fundo o sibilar do lampião, que, perdido no ruído do bar cheio, agora, no silêncio, era como um ronco.

A voz de Bhandat, mesmo quando ele falava baixo, era um gemido com um toque de rabugice. Era um homenzinho pequeno, de nariz tão afilado quanto o de Ajodha e de rosto igualmente fino; porém o seu rosto jamais exprimia benevolência; sempre parecia sofrido e irritado, mais do que nunca ao final do expediente. Estava ficando calvo, e a curva de sua testa repetia a de seu nariz. O lábio superior era fino, com contornos fortes e dois calombos nítidos e iguais no meio, que quase escondiam o lábio inferior. Enquanto Bhandat fazia seus cálculos, o sr. Biswas examinava aqueles calombos.

Bhandat deixava claro que considerava o sr. Biswas espião de Tara e não confiava nele. E não demorou para que o sr. Biswas descobrisse que Bhandat estava roubando, que aqueles febris cálculos noturnos visavam burlar as fiscalizações semanais de Tara. Não ficou surpreso nem indignado. Ficou apenas envergonhado ao perceber quais eram alguns dos métodos empregados por Bhandat.

— Depois que essa gente já tomou três ou quatro doses — disse Bhandat —, sirva doses menores.

O sr. Biswas não fez nenhuma pergunta.

Bhandat desviou a vista e explicou:

— É para o bem deles.

O sr. Biswas passou a perceber os momentos em que Bhandat concluía que já servira um número suficiente de doses menores para poder embolsar o preço de uma dose. Bhandat ficava encarando de frente o homem que o havia pagado, por alguns instantes dizia umas bobagens sem nexo e então começava a brincar com a moeda. Sempre que o sr. Biswas via uma moeda sendo jogada para o alto, sabia que terminaria caindo no bolso de Bhandat.

Imediatamente em seguida, Bhandat ficava muito alegre com os fregueses e desconfiado e irritadiço com o sr. Biswas. Dizia-lhe:

— Você aí, está olhando para quê? — E às vezes dizia aos

fregueses: — Olhem só para ele. Sempre sorrindo, não é? Como se fosse mais esperto do que todo mundo. Olhem só para ele.

— É — diziam os fregueses. — Ele é muito esperto. Melhor ficar de olho nele, Bhandat.

Assim, entre os fregueses o sr. Biswas passou a ser conhecido como "o homem esperto" ou "o garoto esperto", alguém de quem se podia fazer troça.

Ele se vingava cuspindo no rum ao engarrafá-lo, o que fazia todas as manhãs. O rum era o mesmo, mas os preços e rótulos variavam: "Moça Índia", "Galo Branco", "Periquito". Cada marca tinha seus defensores, o que para o sr. Biswas era uma vingança adicional e lhe proporcionava um prazer pequeno, porém constante.

A sala de engarrafagem ficava num dos prédios anexos que circundavam uma espécie de pátio de terra batida. Bhandat morava com sua família, mais o sr. Biswas, em dois cômodos. Quando o tempo estava bom, a mulher de Bhandat cozinhava na escadinha que levava a um desses cômodos; quando chovia, trabalhava num barraco de ferro corrugado, feito por Bhandat numa época em que estava sóbrio e responsável, no quintal. Os outros cômodos eram usados como depósitos ou então alugados para outras famílias. O quarto no qual dormia o sr. Biswas não tinha janela e era sempre escuro. Suas roupas ficavam penduradas num prego na parede; seus livros ocupavam um pequeno espaço no chão; ele dormia com os dois filhos de Bhandat num colchão duro e malcheiroso de fibra de coco, estendido no chão. Todas as manhãs o colchão era enrolado, deixando algumas fibras espalhadas pelo chão, e enfiado embaixo da cama de baldaquino de Bhandat, no quarto ao lado. Feito isso, o sr. Biswas achava que o quarto não era mais seu até o final do dia.

Nos domingos e nas tardes de quinta-feira, quando o bar fechava, ele não sabia aonde ir. Às vezes ia até a ruela longínqua visitar a mãe. Dava-lhe um dólar por mês, porém ela continuava fazendo-o sentir-se impotente e melancólico; assim, ele preferia procurar Alec. Mas agora era difícil encontrar Alec, e muitas vezes o sr. Biswas terminava indo à casa de Tara. Lá, na varanda dos fundos, um dia a estante de livros inesperadamente apareceu cheia, com os vinte volumes altos e negros do *Livro dos conhecimentos gerais*. Ajodha havia acertado comprar os livros de um caixeiro-viajante americano; mesmo antes de ele pagar a entrada, os livros foram entregues; em seguida, foram aparentemente esquecidos. O vendedor nunca mais deu as caras, ninguém veio cobrar, e Ajodha disse, satisfeito, que a companhia havia falido. Não tinha intenção de ler os livros, mas fora um bom negócio; e quando o sr. Biswas comprovou a utilidade dos livros vindo lê-los toda semana, Ajodha ficou muito satisfeito.

Em pouco tempo, o sr. Biswas já tinha uma rotina dominical. Pela manhã ia à casa de Tara, lia para Ajodha todas as colunas "Este seu corpo" que haviam sido recortadas durante a semana, ganhava seu pêni, almoçava e então podia explorar à vontade o *Livro dos conhecimentos gerais*. Lia histórias do folclore de diversas terras; lia, rapidamente esquecendo o que havia lido, a respeito da fabricação do chocolate, dos fósforos, dos navios, dos botões e de muitas outras coisas; lia artigos ilustrados por gravuras bonitas, mas que não ajudavam muito, que respondiam a perguntas como: Por que o gelo esfria a água? Por que o fogo queima? Por que o açúcar adoça?

— Você devia convencer os filhos de Bhandat a ler esses livros também — dizia Ajodha, entusiasmado.

Mas os filhos de Bhandat não queriam saber disso. Estavam aprendendo a fumar; suas cabeças viviam cheias de revelações escandalosas e inacreditáveis a respeito de sexo; e à noite, com sussurros, teciam chocantes fantasias sexuais. O sr. Biswas tentava contribuir para essas fantasias, mas nunca captava o espírito da coisa. Suas contribuições eram sempre ou tímidas e desinformadas demais, fazendo os outros rirem, ou tão depravadas que eles ameaçavam contar para os adultos. Os dois passaram semanas a atormentá-lo por causa de uma indecência específica que ele havia pronunciado, até que, irritado, o sr. Biswas disse que contassem logo de uma vez, e constatou, surpreso, que com isso pararam de ameaçá-lo. E, uma noite, quando perguntou ao filho mais velho de Bhandat como ele adquirira tantos conhecimentos sobre sexo, o menino disse:

— Ora, eu tenho mãe, não é?

Era cada vez mais frequente Bhandat não aparecer no bar nos fins de semana. Seus filhos falavam abertamente da amante do pai, de início com animação e um pouco de orgulho; depois, quando as brigas entre Bhandat e a esposa se tornaram mais frequentes, com medo. Havia momentos de susto e humilhação em que Bhandat gritava obscenidades como as que seus filhos sussurravam à noite com a maior naturalidade. Nessas horas, o silêncio da mulher de Bhandat era terrível. Às vezes ouviam-se objetos sendo jogados, e os meninos, inclusive o sr. Biswas, começavam a gritar. Então a mulher de Bhandat vinha, muito tranquila, e tentava acalmá-los. Eles queriam que ela ficasse, mas ela sempre voltava para Bhandat, no quarto ao lado.

Na loja, Bhandat brincava cada vez mais com as moedas, e com frequência havia cenas nas noites de sexta, quando Tara vinha examinar as contas.

Então, num fim de semana, o sr. Biswas se viu sozinho nos dois cômodos. Um parente de Ajodha havia morrido em outra parte da ilha. A loja não abriu no sábado, e de manhã cedo Bhandat e a família foram ao enterro com Ajodha e Tara. Aqueles quartos vazios, normalmente opressivos, agora continham possibilidades ilimitadas de liberdade e vício; porém o sr. Biswas não conseguia pensar em nada de pecaminoso que fosse interessante. Fumou, mas aquilo não lhe dava muito prazer. E aos poucos os quartos foram perdendo a graça. Alec havia pedido demissão do emprego na oficina, ou fora demitido, e não estava em Pagotes; a casa de Tara estava fechada; e o sr. Biswas não tinha vontade de ir à ruela longínqua. Porém permanecia a sensação de liberdade e de ocasião a aproveitar. Ele andava sem rumo pela estrada principal e por transversais onde jamais pusera os pés. Pegava ônibus e saltava pouco depois. Tomou uma infinidade de refrigerantes, acompanhados de bolinhos, em barracos à beira da estrada. A tarde esvaía-se. Havia grupos de homens, descansando do trabalho da semana, endomingados, parados nas esquinas, à frente das lojas, em torno de carrocinhas de cocos. À medida que o cansaço o dominava, o sr. Biswas começou a ansiar pelo fim daquele dia, daquela liberdade. Voltou para os quartos escuros cansado, vazio, infeliz, porém ainda excitado, ainda sem vontade de dormir.

Acordou com Bhandat parado ao lado de seu colchão. Seus olhos estavam vermelhos, as pálpebras inchadas, como se ele estivesse bêbado. O sr. Biswas não esperava que ninguém voltasse antes da noite; havia desperdiçado um dia inteiro de liberdade.

— Venha cá. Deixe de fingimentos. Onde foi que você pôs? — Os calombos no lábio superior de Bhandat tremiam de raiva.

— Pus o quê?

— Ah. Homem esperto. Quer dizer que não sabe, é? — E Bhandat arrancou o sr. Biswas do colchão, agarrou-o pelos fundilhos e o pôs de pé. Segurando-o desse modo — o que na escola de Lal era chamado de "golpe do policial" —, Bhandat levou o sr. Biswas até o quarto ao lado. Não havia mais ninguém lá; a mulher e os filhos de Bhandat não tinham voltado do enterro. Nas costas de uma cadeira havia uma camisa por cima de uma calça cuidadosamente dobrada. No assento da cadeira havia moedas, chaves e um punhado de notas de um dólar amassadas.

— Ontem à noite eu tinha vinte e seis dólares em notas. Hoje só tenho vinte e cinco. Hein?

— Não sei. Eu nem vi o senhor entrar. Eu estava dormindo o tempo todo.

— Dormindo. Sei, dormindo como a cobra. Com os dois olhos abertos. Olhos grandes e língua comprida. Falando o tempo todo para a Tara e o Ajodha. Você pensa que isso vai lhe valer alguma coisa? Acha que por isso eles vão lhe dar uma libra e cinco xelins? — Estava gritando, ao mesmo tempo que retirava o cinto de couro da calça. — Hein? Vai dizer a eles que me roubou um dólar? — Levantou o braço e desceu o cinto na cabeça do sr. Biswas. Quando a fivela acertava em algum osso, produzia um som agudo.

De repente o sr. Biswas soltou um grito:

— Meu Deus! Meu Deus! O meu olho! O meu olho!

Bhandat parou.

O sr. Biswas levara um corte à altura do malar, e o sangue havia escorrido sob seu olho.

— Vá embora daqui, seu delator miserável! Vá embora agora mesmo, senão eu lhe arranco a pele das costas. — Os calombos no lábio de Bhandat estavam tremendo de novo, e seu braço, quando ele o levantou, tremia.

O sol ainda não havia nascido e a ruela estava silenciosa e deserta quando o sr. Biswas acordou Bipti.

— Mohun! O que houve?

— Levei um tombo. Não me pergunte nada.

— Vamos, me diga o que foi. O que houve?

— Por que a senhora insiste em me mandar para ficar com outras pessoas?

— Quem bateu em você? — Ela pôs o dedo sob o corte no seu rosto, e ele se afastou num movimento involuntário. — Foi o Bhandat? — Bipti desabotoou-lhe a camisa e viu os vergões em suas costas. — Ele bateu em você? Ele bateu em você?

Ela o fez deitar de bruços em sua cama e, pela primeira vez desde seus tempos de bebê, untou-lhe o corpo com óleo. Serviu-lhe uma xícara de leite quente adoçado com açúcar mascavo.

— Eu não volto mais para lá — disse o sr. Biswas.

Ao invés de lhe proporcionar o consolo que ele esperava, Bipti disse, como se estivesse discutindo com ele:

— Então para onde que você vai?

Ele ficou impaciente:

— A senhora nunca fez nada por mim. É uma indigente.

Falara com intenção de magoá-la, porém ela não se ofendeu.

— É o meu destino. Não tive sorte com meus filhos. E com você, Mohun, foi que tive menos sorte. Tudo o que o Sitaram disse sobre você era verdade.

— A senhora, todo mundo vive falando nesse tal de Sitaram. O que foi exatamente que ele disse?

80

— Que você ia ser um perdulário, um mentiroso e um devasso.

— Ah, sei. Perdulário ganhando dois dólares por mês. Dois dólares inteirinhos. Duzentos centavos. Pesa muito se colocar tudo num saco. E devasso, é?

— Levar uma vida ruim. Com mulheres. Mas você é muito pequeno.

— Os filhos de Bhandat são mais devassos do que eu. E, ainda por cima, com a mãe deles.

— Mohun! — Então Bipti acrescentou: — Não sei o que a Tara vai dizer.

— Lá vai! Por que é que a senhora sempre se preocupa com o que a Tara diz? Não quero que a senhora vá falar com ela. Não quero nada dela. E o Ajodha que fique com aquele corpo dele. Os filhos do Bhandat que leiam para ele. Para mim, chega.

Mas Bipti foi ter com Tara assim mesmo, e naquela tarde, ainda de luto, cheia de joias, recém-chegada do enterro e da briga com o fotógrafo de enterros, Tara foi até a ruela.

— Coitado do Mohun — disse Tara. — Esse Bhandat é um sem-vergonha.

— Garanto que foi ele mesmo que roubou o dinheiro — disse o sr. Biswas. — Ele tem muita prática. Ele rouba o tempo todo. E eu sei quando ele rouba. Ele sempre joga a moeda para o alto.

— Mohun! — disse Bipti.

— Ele é que é devasso, perdulário e mentiroso. Eu, não.

— Mohun!

— E eu sei também da outra mulher dele. Os filhos dele também sabem. E ainda contam vantagem por isso. Ele briga com a esposa e bate nela. Eu não volto para lá nem que ele venha aqui me pedir de joelhos.

— O que eu acho muito pouco provável de acontecer — disse Tara. — Mas ele já se arrependeu. A nota estava lá. Estava no fundo do bolso e ele não reparou.

— Ele estava era bêbado. — Então a humilhação voltou a doer-lhe, e o sr. Biswas começou a chorar. — Está vendo? Como eu não tenho pai para cuidar de mim, as pessoas fazem comigo o que bem entendem.

Tara ficou carinhosa.

O sr. Biswas, contente com a manifestação de carinho e deliciando-se com seu próprio sofrimento, continuou a botar a raiva para fora.

— A Dehuti fez muito bem em fugir da senhora. Aposto que a senhora a tratava mal.

Ao mencionar o nome de Dehuti, ele foi longe demais. Imediatamente Tara endureceu e, sem dizer palavra, foi embora, balançando a saia comprida, chacoalhando as pulseiras de prata.

Bipti saiu correndo atrás dela até o quintal.

— Não ligue para o que ele diz, Tara. Ele é só um garoto.

— Eu não ligo, não, Bipti.

— Ah, Mohun — disse Bipti quando voltou para o quarto —, você vai nos levar todos à miséria. Vou acabar no asilo de indigentes.

— Vou arranjar emprego por minha conta. E vou arranjar também uma casa para mim. Para mim, chega disso tudo. — E indicou, com o braço dolorido, as paredes de barro e o telhado de sapé, baixo e sujo de fuligem.

Na segunda de manhã, o sr. Biswas saiu à procura de emprego. Como procurar emprego? Ele imaginava que o jeito era sair olhando. Ficou a subir e descer a Main Road, a estrada principal, olhando.

Passou por um alfaiate e imaginou-se cortando um tecido cáqui, alinhavando, trabalhando com uma máquina de costura. Passou por um barbeiro e imaginou-se afiando uma navalha; começou a elaborar mentalmente um dispositivo para proteger seu polegar esquerdo. Porém não gostou do alfaiate que viu, um homem gordo e de cara amarrada, costurando numa oficina sórdida; quanto aos barbeiros, jamais gostara daqueles que cortavam seu cabelo; pensou na indignação do pândita Jairam quando soubesse que seu ex-discípulo se tornara barbeiro, uma profissão das mais baixas, desde o passado mais longínquo. Seguiu em frente.

Não sentiu vontade de entrar em nenhum dos estabelecimentos pelos quais passou para pedir emprego. Portanto, começou a impor a si próprio condições difíceis de observar. Tentou, por exemplo, cobrir uma certa distância com vinte passos; como não conseguiu, interpretou isto como um mau sinal. Por um momento, sentiu a tentação abjeta de entrar na agência funerária, um barraco de ferro corrugado que não fazia quaisquer concessões à dor alheia, cheirando a madeira fresca, cola de peixe e verniz, com caixões espalhados pelo chão entre lascas de madeira, tábuas brutas e serragem. Havia caixões baratos e pedaços de madeira encostados numa das paredes; caixões caros, envernizados, em prateleiras; caixões inacabados em torno de uma bancada; pedaços de caixões por toda parte. Num canto, havia uma pilha instável de caixõezinhos em miniatura, baratos, para bebês. O sr. Biswas já vira muitos enterros de bebês; lembrava-se de um em particular, em que o caixão era carregado debaixo do braço de um homem que pedalava vagarosamente sua bicicleta. "Arranjo um emprego aqui", pensou ele, "e ajudo a enterrar o Bhandat". Passou pelas lojas de artigos domésticos, casebres bambos abarrotados de panelas e pratos e peças de fazenda e alfinetes reluzentes enfiados em cartões e caixas de carretéis de linha e camisas em cabides e lampiões novinhos em folha e martelos e serrotes e pegadores de roupa e tudo o mais, como destroços de uma enchente violenta que tivesse arrebentado as portas das lojas, espalhando mercadorias pelo chão e por mesas colocadas na rua. Os donos permaneciam dentro das lojas, perdidos na escuridão e cercados de mercadorias. Os ajudantes ficavam na rua com lápis atrás das orelhas ou batendo com eles em blocos de papel em que fúnebres folhas de carbono se divisavam por baixo da alvura da primeira página. Mercearias com um cheiro úmido de óleo, açúcar e peixe salgado. Bancas de legumes, úmidas mas limpas, cheirando a terra. Sujos de óleo e confiantes, as mulheres e filhos dos merceeiros por trás dos balcões. As mulheres das bancas de legumes eram velhas e sérias, de rostos finos e melancólicos; ou então eram jovens e gorduchas, de olhar desafiador e agressivo; com uma ou duas crianças de olhos arregalados atrás das batatas-doces roxas, ainda sujas de terra; e bebês nos fundos, dentro de caixas de leite condensado. E o tempo todo carroças puxadas a burro, cavalo ou boi sacolejavam ruidosas pela rua, as rodas pesadas, com aros de ferro, rangendo desconjuntadas sobre o cascalho e a areia da estrada esburacada. Chicotes compridos, com nós nas pontas, sibilavam e estalavam sem parar, despertando um entusiasmo momentâneo nos animais. Os cocheiros adultos iam sentados; os garotos iam em pé, gritando e assobiando para os animais e para seus rivais; havia sempre meia dúzia de corridas em andamento.

O sr. Biswas voltou para a ruela, sua determinação um tanto abalada.

— Não vou arranjar emprego nenhum — disse a Bipti.

— Por que não vai fazer as pazes com a Tara?

— Não quero falar com ela. Vou me suicidar.

— Seria a melhor solução para você. E para mim também.

— Ótimo. *Ótimo.* Não quero comer. — E saiu do casebre, possesso.

A raiva lhe deu energia, e ele resolveu caminhar até se cansar. Na Main Road, seguiu na direção oposta e passou pelo escritório de F. Z. Ghany, ainda mais sórdido do que antes, porém intato, fechado por não ser dia de feira; passou por lojas iguais às outras, os donos iguais, as mercadorias iguais, os ajudantes iguais; e tudo aquilo o fazia sentir a mesma depressão.

No final da tarde, quando estava a alguns quilômetros de Pagotes, um rapaz esbelto, de olhos vivos e bigode grosso e lustroso, aproximou-se do sr. Biswas e lhe deu um tapinha no ombro. O sr. Biswas ficou constrangido ao reconhecer Ramchand, o ex-jardineiro de Tara, agora marido de Dehuti. Ele o vira algumas vezes na casa de Tara, porém nunca se falaram.

Ramchand, longe de demonstrar embaraço, agia como se conhecesse o outro muito bem há anos. Fez-lhe tantas pergun-

84

tas tão depressa que o sr. Biswas só teve tempo de acenar com a cabeça.

— Como vão as coisas? Que bom ver você. E sua mãe? Vai bem? Bom saber. E o bar? Gozado. Sabe o rum Periquito e o Moça Índia e o Galo Branco? Sou eu que fabrico agora. É tudo igual, sabia?

— Eu sei.

— Trabalhar para a Tara não dá futuro para ninguém, pode crer. Como você sabe, agora estou trabalhando nessa destilaria, e sabe quanto estou ganhando? Vamos, tente adivinhar.

— Dez dólares.

— Doze. Mais um bônus no Natal. E ainda posso comprar rum ao preço de atacado. Nada mau, hein?

O sr. Biswas ficou impressionado.

— A Dehuti vive falando em você. Uma vez todo mundo pensou que você tivesse se afogado, lembra? — Então, como se essa lembrança tivesse abolido qualquer resquício de estranheza entre os dois, Ramchand acrescentou: — Por que você não vem visitar a Dehuti? Ontem mesmo ela falou sobre você. — Fez uma pausa. — Você aproveitava e comia alguma coisa também.

O sr. Biswas percebeu aquela pausa. Ela o fez lembrar que Ramchand pertencia a uma casta inferior; e, embora fosse absurdo pensar, ali na Main Road, que um homem que ganhava doze dólares por mês e mais um bônus e outras coisas era de uma casta inferior, o sr. Biswas sentiu-se lisonjeado de ver que Ramchand o encarava como uma pessoa que merecia adulação e agrados. Aceitou o convite de visitar Dehuti. Satisfeitíssimo, Ramchand continuou a falar, demonstrando saber muita coisa sobre o resto da família. Disse ao sr. Biswas que a situação financeira de Ajodha não era tão sólida quanto parecia e que Tara estava ofendendo gente demais. Se Tara havia jurado jamais pronunciar outra vez o nome de Ramchand, ele parecia fazer questão de mencionar o dela tanto quanto possível.

O sr. Biswas jamais questionara a deferência com que o tratavam quando ele ia à casa de Tara para ser alimentado enquanto brâmane ou quando saía com o pândita Jairam.

85

Porém jamais levara aquilo a sério; para ele era apenas uma das regras de um jogo que só era jogado de vez em quando. Quando chegou à casa de Ramchand, mais do que nunca achou que era apenas um jogo. Nada havia no casebre que denotasse inferioridade. As paredes de argila haviam sido recentemente caiadas e enfeitadas com impressões de palmas de mãos em azul, verde e vermelho (o sr. Biswas identificou as marcas das mãos largas e dedos curtos de Ramchand); o sapé do telhado estava novo e limpo; o chão de terra batida era alto e bem compacto; havia nas paredes gravuras de calendários e, na varanda, um cabide de chapéus. O efeito era bem menos deprimente do que o daquele casebre caindo aos pedaços da ruela longínqua.

Porém parecia que o casamento não fizera Dehuti feliz. Ela ficou sem jeito ao ser surpreendida em meio a seus pertences domésticos e tentou dar a entender que eles nada tinham a ver com ela. Quando Ramchand começou a indicar algum detalhe atraente do casebre, ela mordeu os lábios, e ele se calou. O sr. Biswas achou que Dehuti nunca havia falado sobre ele, ao contrário do que dissera Ramchand. Praticamente não dizia nada, mal olhava para ele. Sem qualquer expressão no rosto, foi até um dos quartos, voltou com um bebê feio, adormecido, e mostrou-o, ao mesmo tempo dando a entender que não o havia trazido para mostrá-lo. Parecia envelhecida e melancólica, sem nem um pouco daquela vontade borbulhante de agradar que seu marido manifestava. Porém, lá à sua maneira lerda, fez o que pôde para que o sr. Biswas se sentisse bem-vindo. Ele compreendeu que ela temia uma rejeição e os comentários desfavoráveis que ele pudesse fazer junto à família, e isso o fez sentir-se pouco à vontade.

Dehuti, que nunca fora bonita, agora estava realmente feia. Seus olhos orientais pareciam sonolentos, as pupilas opacas, os brancos dos olhos encardidos. As bochechas, vermelhas de espinhas, estavam caídas, formando papos em torno da boca. O lábio inferior proeminente parecia esmagado pelo peso das bochechas. Estava sentada num banco baixo, a parte de trás da saia presa com firmeza entre as pernas e as coxas, a parte da frente cobrindo os joelhos. O sr. Biswas ficou surpreso por vê-la tão adulta. Era a maneira como estava sentada, os joelhos separados, porém pudicamente cobertos; ele associava aquela posição apenas a mulheres maduras. Tentou encontrar naquela mulher a menina que ele conhecera. Porém, ao vê-la manifestar uma impaciência desnecessária enquanto Ramchand, seguindo suas instruções, acendia o fogo e se preparava para cozinhar o arroz, o sr. Biswas sentiu que aquela imagem de Dehuti havia apagado a antiga. Isso representava uma perda: aumentava ainda mais a infelicidade que começara a sentir assim que ela entrou na choupana.

Ramchand veio da cozinha e esparramou-se no chão do modo mais descontraído possível. Estava de calças curtas; esticou uma das pernas e agarrou com as duas mãos o outro joelho, dobrado. As ondulações de seus cabelos espessos reluziam de óleo. Ele sorriu para o sr. Biswas, sorriu para o bebê, sorriu para Dehuti. Pediu ao sr. Biswas que lesse o que estava escrito nas gravuras dos calendários e imagens religiosas cristãs e ficou a ouvi-lo com o maior prazer.

— Você vai ser um grande homem — disse Ramchand. — Um grande homem. Já sabe ler desse jeito nessa idade. Eu costumava ouvir quando você lia aquelas coisas para o Ajodha. Nunca conheci um homem mais saudável que ele na minha vida. Mas um dia ele vai ficar muito doente, ele que se cuide. Ele está querendo. Eu tenho até pena dele, para falar com franqueza. Tenho pena de toda essa gente rica. — Pelo visto, Ramchand tinha pena de muitas outras pessoas também. — E o Pratap. Está encrencado por causa daqueles burros que ele não para de comprar, sabe Deus por quê. Os dois últimos morreram. Você soube? — O sr. Biswas não sabia, e Ramchand narrou-lhe o fim trágico dos animais; um deles havia se espetado numa estaca de bambu. Falou também de Prasad, que andava procurando uma esposa; com humor tolerante, mencionou a amante de Bhandat. Cada vez parecia mais condescendente; estava claro que considerava sua atual situação perfeita, e essa perfeição o deixava

87

muito contente. — A decoração ainda não está pronta — disse, apontando para as paredes. — Vou arranjar mais dessas figuras religiosas. Jesus e Maria. Hein, Dehuti? — E, com uma risada, jogou o palito de fósforo que estava mastigando em direção à criança.

Dehuti, irritada, fechou os olhos, inflou as bochechas mais ainda e virou o rosto para outro lado. O fósforo caiu sobre o bebê, inofensivo.

— Fazer umas reformas também — disse Ramchand. — Venha.

Dessa vez Dehuti não mordeu os lábios. Foram até os fundos, e o sr. Biswas viu que estavam acrescentando mais um cômodo ao casebre. Galhos de árvores haviam sido enterrados; os caibros, feitos de galhos menores, estavam nos seus lugares; entre as colunas havia bambus entrelaçados; o chão de terra já estava aplainado, mas ainda não socado.

— Mais um quarto — disse Ramchand. — Quando estiver pronto, você pode vir morar conosco.

A depressão do sr. Biswas aumentou.

Percorreram o resto da cabana. Ramchand ia destacando as melhorias que havia feito: prateleiras nas paredes de argila, cadeiras, mesas. Na varanda, Ramchand apontou para o cabide de chapéus. Havia nele oito ganchos, dispostos geometricamente em torno de um espelho em forma de losango.

— É a única coisa nessa casa que não fui eu que fiz. Dehuti se apaixonou por ele. — Sentou-se no chão outra vez e jogou a bolinha de terra com que estivera brincando em direção ao bebê.

Dehuti fechou os olhos, emburrada.

— Eu? Não fui eu, não. Eu preferia que você parasse de dizer às pessoas que ando cheia de ambições modernas.

Ele riu, sem graça, e coçou a perna nua; as unhas deixaram marcas brancas.

— Não tenho nenhum chapéu para pendurar nesse cabide — disse Dehuti. — Não quero espelho para ver minha cara feia.

Ramchand coçou-se e piscou para o sr. Biswas.

— Cara feia? Cara feia?

Disse Dehuti:

— Não fico horas parada na frente do espelho penteando o cabelo. Meu cabelo não é bonito, não é ondulado.

Ramchand aceitou o elogio com um sorriso.

Na varanda, negra e amarela à luz da lamparina, sentaram-se em bancos baixos para comer. Porém, embora estivesse com fome e soubesse que tanto Dehuti quanto Ramchand gostavam muito dele, o sr. Biswas sentiu que o estômago começava a inchar e doer e não conseguiu comer. A felicidade daqueles dois, da qual ele não podia compartilhar, fizera-lhe mal. E sentiu-se ainda pior ao ver o entusiasmo inseguro de Ramchand ser substituído pela dúvida. A expressão contrariada de Dehuti não se alterava nunca; ela estava preparada justamente para aquele tipo de desfeita.

O sr. Biswas foi embora pouco depois, prometendo voltar para vê-los algum dia, sabendo que jamais voltaria, que os vínculos que o uniam a Dehuti, nunca muito fortes, haviam sido rompidos, que também dela ele agora estava separado. A vontade de continuar procurando emprego havia passado. Ele sabia desde o começo que ia acabar recorrendo a Tara. Ela gostava dele; Ajodha gostava dele. Talvez ele pedisse desculpas, talvez eles o pusessem para trabalhar na oficina.

Então Alec reapareceu em Pagotes, sem nenhum sinal de graxa. As mãos, os braços e o rosto estavam manchados e listrados de tinta de várias cores, como também estavam suas calças cáqui e sua camisa branca, nas quais cada mancha de tinta estava contornada de óleo. Quando, ao final de uma longa semana de ócio e incerteza, o sr. Biswas o viu, Alec estava com uma latinha de tinta numa das mãos e um pequeno pincel na outra; estava no alto de uma escada encostada num café na estrada principal, pintando um cartaz; já havia escrito CAFÉ BEIJA-FL.

O sr. Biswas ficou cheio de admiração.

— Gostou, hein? — Alec desceu da escada, tirou um pano grande manchado de tinta do bolso de trás e limpou as mãos. — Agora tenho que sombrear. Em duas cores. Azul na horizontal, verde na vertical.

— Mas aí vai estragar tudo.

Alec cuspiu fora o cigarro, que queimara até encostar em seus lábios e se apagara.

— Vai ficar um verdadeiro carnaval quando eu terminar. Mas é assim que eles querem. — Com um gesto de desdém, indicou com a cabeça o dono do Café Beija-Flor, que estava debruçado no balcão encarando os dois com ar desconfiado. Nas prateleiras atrás dele havia garrafas de água gaseificada. As moscas revoavam a seu redor, atraídas pelo suor que cobria seu pescoço e as partes de seu corpo não cobertas pela camiseta; outras moscas, de gosto diferente, haviam pousado no açúcar grosso dos bolinhos expostos na vitrine.

O sr. Biswas expôs seu problema a Alec, e os dois conversaram um pouco. Então entraram no pequeno café, onde Alec pediu duas garrafas de água gaseificada.

Disse Alec ao dono:

— Este é o meu ajudante.

O dono olhou para o sr. Biswas.

— Mas ele não é muito pequeno?

— A firma também é nova — disse Alec. — Tem que dar oportunidade aos jovens.

— Ele sabe pintar beija-flor?

— Ele quer um monte de beija-flores no letreiro — Alec explicou ao sr. Biswas. — Em volta e atrás das letras.

— Igual ao Café Ariramba — disse o dono. — Está vendo o letreiro de lá? — Apontou, numa direção oblíqua, para o outro lado da rua, onde havia outro barraco que servia lanches, e o sr. Biswas viu o letreiro. Eram letras pesadas, de três cores, sombreadas em mais três cores diferentes. Havia arirambas pousadas no A, empoleiradas no B, dependuradas no C; e sobre o A e o S duas arirambas roçavam os bicos.

O sr. Biswas não sabia desenhar.

Disse Alec:

— Claro que ele sabe pintar beija-flor, se o senhor quiser. Só que ia parecer imitação.

— E fora de moda também — disse o sr. Biswas.

— É isso mesmo — disse Alec. — E o que eu estava querendo dizer. A coisa moderna é botar um monte de palavras nos letreiros. Lá em Port-of-Spain as lojas todas só têm palavras nos letreiros. Diga a ele como é.

— Que tipo de palavra? — perguntou o dono.

— Refrigerantes, bolos e gelo — disse o sr. Biswas.

O dono sacudiu a cabeça.

— Cuidado com o cachorro — disse Alec.

— Aqui não tem cachorro, não.

— Frutas frescas diariamente — prosseguiu Alec. — Expressamente proibido colar cartazes.

O dono sacudiu a cabeça.

— Propriedade privada. Estrangeiros bem-vindos. Se não vê o que você quer, queira pedir. Nossos ajudantes terão prazer em servi-lo.

O dono estava pensando.

— Não precisamos de ajudantes — disse Alec. — Entre para olhar.

O proprietário arregalou os olhos.

— O problema aqui é justamente esse.

— Proibido vagabundar neste local — disse o sr. Biswas.

— Expressamente — disse o dono.

— Expressamente proibido vagabundar neste local. Bom letreiro — disse Alec. — Esse menino faz isso num minuto.

Assim, o sr. Biswas tornou-se pintor de letreiros. Surpreendia-se por não ter pensado antes em utilizar este seu dom. Com a ajuda de Alec, trabalhou no letreiro do café, e para sua surpresa e alegria o serviço ficou benfeito o bastante para satisfazer o dono. Ele estava acostumado a desenhar letras com a caneta ou a lápis e temia não saber usar pincel e tinta. Porém descobriu que o pincel, embora de início o desconcertasse quando se achatava ao encostar na superfície, podia ser

91

controlado por pressões mínimas; os traços saíam mais finos, as curvas, mais precisas. "É só rodar o pincel entre os dedos bem devagar quando chegar na curva", disse Alec; e daí em diante ficou mais fácil fazer as curvas. Após EXPRESSAMENTE PROIBIDO VAGABUNDAR NESTE LOCAL, ele fez outros letreiros com Alec; sua mão ficou mais firme, seus traços mais confiantes, sua sensibilidade mais apurada. Achava o R e o S as letras mais bonitas do alfabeto latino; nenhuma letra podia, sem perder a beleza, exprimir tantas sensações diferentes quanto o R; e o que poderia ser comparado ao balanço e ao ritmo do S? Com o pincel, as letras grandes eram mais fáceis de serem feitas do que as pequenas; e o sr. Biswas sentiu grande satisfação quando ele e Alec terminaram de cobrir compridas cercas com anúncios de Pluko, que era bom para os cabelos de diversos modos diferentes, e de Cigarros Anchor. O maço de cigarros os preocupou um pouco; teriam preferido desenhá-lo fechado, porém os homens exigiram que estivesse aberto, condenando o sr. Biswas e Alec a desenhar não apenas o maço como também o papel estanhado, amassado, e oito cigarros, puxados para fora do maço, uns mais, outros menos, todos com a inscrição ANCHOR.

Após algum tempo, o sr. Biswas voltou a frequentar a casa de Tara. Ela não guardava nenhum rancor, mas ele ficou decepcionado ao ver que Ajodha não lhe pedia mais que lesse "Este seu corpo". Agora era um dos filhos de Bhandat que se encarregava disso. Duas coisas haviam acontecido no bar. A mulher de Bhandat havia morrido de parto e Bhandat abandonara os filhos para ir morar com a amante em Port-of-Spain. Os meninos ficaram com Tara, que acrescentou o nome de Bhandat à lista de nomes jamais pronunciados por ela. Durante anos, ninguém teve notícias de onde Bhandat morava e do que ele fazia, se bem que corressem boatos de que ele estava morando numa favela no centro da cidade, cercado por toda espécie de gente briguenta e desqualificada.

92

Assim, os filhos de Bhandat mudaram-se do bar sórdido para a confortável casa de Tara. Era o tipo de mudança que o sr. Biswas já fizera muitas vezes, e não se surpreendeu ao constatar que em pouco tempo os meninos se adaptaram tão bem às novas circunstâncias que Bhandat foi esquecido e tornou-se difícil imaginar seus filhos morando em outro lugar qualquer.

O sr. Biswas continuou pintando letreiros. Era um bom trabalho, porém nem sempre havia o que fazer. Alec vagava de um distrito a outro, ora a serviço, ora à toa, e a parceria entre os dois era intermitente. Às vezes, durante muitas semanas o sr. Biswas não tinha o que fazer e ficava lendo, desenhando letras e praticando desenho. Aprendeu a desenhar garrafas e, em preparação para o Natal, começou a desenhar papais-noéis, até conseguir reduzir a imagem a um desenho simples em vermelho, rosa, branco e preto. Quando aparecia trabalho, era sempre tudo de uma só vez. Em setembro, os lojistas, em sua maioria, disseram que naquele ano não iam querer saber dessa bobagem de enfeites de Natal. Em dezembro, já haviam mudado de ideia, e o sr. Biswas ficava trabalhando até altas horas pintando papais-noéis, ramos de azevinho e letras cobertas de neve; as placas prontas rapidamente empolavam ao sol tórrido. De vez em quando, inexplicavelmente, havia uma febre de cartazes novos, e durante uns quinze dias todo um distrito ficava cheio de pintores de letreiros, pois nenhum lojista queria dar trabalho a um pintor que tivesse feito alguma coisa para algum rival. Assim, cada placa tinha de ser mais elaborada que a anterior, e trechos inteiros da Main Road ficavam tão cheios de letreiros deslumbrantes, que chegava a ser difícil de se ler. A sobriedade só era exigida quando se tratava de fazer cartazes para as eleições dos Conselhos Rodoviários Locais. O sr. Biswas fez dezenas destes cartazes, inclusive muitas faixas de algodão, que ele tinha de esticar e pregar à parede de barro da varanda da casa na ruela longínqua. A tinta vazava, e a parede ficou coberta por um amontoado de mensagens diferentes em cores também diferentes.

Para satisfazer os gostos extravagantes dos donos de lojas, ele folheava as revistas estrangeiras. Se no início fazia-o apenas por causa das letras, passou depois a ler os artigos, e durante suas longas semanas de lazer leu os romances que pôde encontrar à venda em Pagotes. Leu os romances de Hall Caine e de Marie Corelli.* Estes livros lhe revelaram mundos inebriantes. Em particular, as descrições de paisagens e climas o empolgavam; faziam com que ele perdesse as esperanças de encontrar romantismo naquela sua terra verdejante e monótona, em que um sol impiedoso brilhava todos os dias; jamais gostou muito de histórias de faroeste.

Cada vez sentia-se mais impaciente com aquela ruela distante; e, embora sua renda, apesar do Natal, das eleições e dos lojistas invejosos, fosse pequena e instável, tinha vontade de mudar-se. Porém Bipti, que antes vivia falando em mudar-se, agora dizia que já estava lá há muito tempo e não queria passar a velhice no meio de gente estranha.

— Eu saio daqui. Aí um dia você se casa, e o que vai ser de mim?

— Nunca vou me casar. — Era sua ameaça habitual, pois Bipti começara a dizer que agora só faltava ver o sr. Biswas casado, que sua missão na vida estaria cumprida. Pratap e Prasad já estavam casados, Pratap com uma mulher alta e bonitona, que a cada ano e meio tinha um filho, Prasad com uma mulher de feiura aterradora, felizmente estéril.

— Você não devia dizer essas coisas — disse Bipti. Ela ainda conseguia irritá-lo levando a sério tudo que ele dizia.

— Ah, é? A senhora quer que eu traga minha esposa para cá? — Andava de um lado para o outro no quarto amontoado, agora sempre cheirando a tinta, óleo e aguarrás, chutando as pilhas empoeiradas de revistas e livros no chão.

---

* *Sir* Hall Caine (1853-1931) e Marie Corelli (pseudônimo de Mary Mackay) (1855-1924), romancistas populares ingleses, autores de obras sentimentais e melodramáticas. (N. T.)

Ficava na casa da ruela distante lendo Samuel Smiles.* Havia comprado um dos livros do autor achando que era um romance, e agora estava viciado em suas obras. Samuel Smiles era tão romântico e agradável quanto qualquer romancista, e o sr. Biswas via a si próprio em muitos dos protagonistas do autor: era jovem, pobre e imaginava-se esforçado. Porém havia sempre um ponto no qual a semelhança terminava. Os protagonistas de Smiles tinham ambições rígidas e viviam em países em que se podia ter ambições e agir em função delas. Ele não tinha ambição nenhuma, e naquela terra quente o que mais poderia fazer senão abrir uma loja ou comprar um ônibus? O que poderia inventar? Porém, esforçou-se. Comprou manuais científicos elementares e os leu; nada aconteceu; apenas tornou-se viciado em manuais científicos elementares. Comprou a edição cara, em sete volumes, do *Guia elétrico Hawkins*, construiu bússolas, cigarras e campainhas elementares e aprendeu a enrolar induzidos. Não conseguiu passar disso. Daí em diante os experimentos tornavam-se mais complicados, e ele não sabia onde arranjar, em Trinidad, os equipamentos que Hawkins mencionava com tanta naturalidade. Seu interesse por eletricidade morreu, e ele contentou-se em ler sobre os heróis de Samuel Smiles em seu mundo mágico.

E no entanto havia momentos em que ele conseguia convencer a si próprio de que sua terra tinha um potencial de romantismo — quando, por exemplo, tinha de fazer um serviço às pressas e trabalhava até tarde da noite à luz do lampião a gás, e seu entusiasmo e aquela iluminação tinham o efeito de transformar a choupana; conseguia então esquecer que a manhã banal havia de chegar e aquela tabuleta seria pendurada à entrada de uma lojinha espremida, de portas abertas, numa estrada quente e poeirenta.

---

* Escritor escocês (1812-1904), autor de obras didáticas e edificantes sobre jovens que, por força do trabalho e da disciplina, conseguiram sair da pobreza e subir na vida. (N. T.)

Havia também os dias em que ele trabalhava como cobrador em um dos ônibus de Ajodha, que apostava corrida com os outros ônibus, seguindo uma rota sem paradas definidas. Ele gostava da sensação de velocidade e da rivalidade barulhenta, e corria riscos desnecessários debruçando-se exageradamente no estribo para cantar para os passantes: "Tunapuna, Naparima, Sangre Grande, Guyaguayare, Chacachacare, Mahatma Gandhi, ida e volta": os magníficos nomes ameríndios formavam uma rota imaginária que abarcava os quatro cantos da ilha e mais um lugar — Chacachacare — que ficava além-mar.

E havia também ocasiões em que o esquivo Alec, com seu rosto que insinuava devassidão, vinha a Pagotes, falava em prazeres e levava o sr. Biswas a certas casas que primeiro o aterrorizavam, depois o atraíam e por fim apenas o divertiam. Ia lá também com os filhos de Bhandat; mas a eles o que parecia dar mais prazer era a ideia de que estavam mergulhando no vício.

E agora havia também outras fontes de fascínio que não os livros e revistas e as visitas àquelas casas: um rosto visto de relance, um sorriso, uma risada. Porém sua experiência já o conduzira além do ponto em que uma garota era algo cuja beleza lhe doía, e admirava-se de ver criaturas tão suaves e belas se interessarem nas atenções de homens duros e feios; e agora poucas pessoas o atraíam. Sempre havia alguma coisa que terminava provocando-lhe repulsa — o tom da voz, a consistência da pele, um lábio demasiadamente grosso e sensual; um lábio, em particular, tornara-se grosseiro e obsceno num sonho que o deixou sentindo-se poluído. O amor era algo que lhe causava constrangimento quando pensava nele; evitava usar a palavra e, quando o fazia, era em tom de troça, tal como faziam Alec e os filhos de Bhandat. Porém, no fundo, ele acreditava.

Alec, num erro de interpretação, lhe dizia:

— Você se preocupa demais. Essas coisas acontecem quando a gente menos espera.

Porém ele jamais deixou de se preocupar. Agora não mais

se limitava a viver. Começara a esperar, não apenas pelo amor, mas também pela hora em que o mundo revelaria sua doçura e seu romantismo. Adiava todo o prazer de viver para aquele momento. E foi nesse clima de expectativa que o sr. Biswas foi à Casa de Hanuman, em Arwacas, e lá viu Shama.

3. OS TULSI

Em meio às casas precárias de madeira e ferro corrugado da High Street, em Arwacas, a Casa de Hanuman parecia uma fortaleza alienígena. As paredes brancas de concreto pareciam — e eram — grossas, e quando se fechavam as portas estreitas da Loja Tulsi no andar térreo a casa transformava-se num bloco volumoso, cego e inexpugnável. As paredes laterais não tinham janelas, e nos dois andares superiores as janelas eram meras fendas na fachada. A balaustrada em torno do telhado plano ostentava uma estátua em concreto do benévolo deus-macaco Hanuman. Da rua, suas feições caiadas eram quase invisíveis e pareciam até um pouco sinistras, pois as partes proeminentes haviam acumulado poeira, de modo que se tinha a impressão de ver um rosto iluminado de baixo para cima.

Sendo uma família religiosa e conservadora de proprietários de terra, os Tulsi gozavam de certa reputação entre os hindus. Mesmo em outras comunidades que nada sabiam sobre os Tulsi ouvira-se falar do pândita Tulsi, o fundador da família. Fora uma das primeiras pessoas a morrer num acidente de automóvel, e sobre ele havia uma canção irreverente e extremamente popular. Assim, para muitos o pândita Tulsi não passava de um personagem fictício. Entre os hindus circulavam outros boatos a seu respeito, uns românticos, outros obscenos. A fortuna que ele acumulara em Trinidad não derivava do trabalho braçal, e portanto os motivos que o levavam a emigrar como trabalhador permaneciam envoltos em mistério. Um ou dois emigrantes, oriundos de clãs de criminosos, vieram para fugir da lei. Um ou dois vieram para escapar das consequências da participação de suas famílias no Grande Motim.* O pândita Tulsi não se enquadrava em nenhuma dessas duas categorias. Sua família ainda prosperava na Índia — de lá chegavam cartas com regularidade — e sabia-se que sua posição social lá fora mais elevada do que a da maioria dos indianos que haviam emigrado para Trinidad — pois quase todos eles, como Raghu, como Ajodha, tinham perdido contato com suas famílias e já não sabiam em que província poderiam encontrá-las. O respeito que o pândita Tulsi inspirava em seu distrito natal o acompanhara até Trinidad e, após sua morte, se estendera aos membros de sua família. Na verdade, sabia-se pouco a respeito dos Tulsi; os estranhos só punham os pés na Casa de Hanuman durante certas comemorações religiosas.

O sr. Biswas foi à Casa de Hanuman para pintar letreiros para a Loja Tulsi, após uma demorada entrevista com um homem grandalhão, bigodudo e autoritário chamado Seth, cunhado da sra. Tulsi. Seth obrigou o sr. Biswas a baixar seu preço e lhe disse que só o estava contratando por ele ser indiano; depois o fez baixá-lo mais um pouco e disse que o sr. Biswas devia sentir-se satisfeito por ser hinduísta; por fim diminuiu o preço ainda mais e disse que, na verdade, os letreiros não eram necessários, e só estavam encarregando o sr. Biswas de pintá-los por ser ele um brâmane.

A Loja Tulsi era decepcionante. A fachada, que prometia um espaço tão amplo, na verdade ocultava um prédio em forma de trapézio, de pequena profundidade. Não havia janelas; toda a iluminação provinha das duas portas estreitas da frente e da porta dos fundos, que dava para um pátio coberto. As paredes, de espessura desigual, ora recuavam, ora se abaulavam, e havia na loja uma abundância de cantos imprestáveis, vazios, cheios

---

* Motim ocorrido em 1857 em que soldados indianos mataram oficiais ingleses e deram início a uma rebelião antibritânica que só foi esmagada em 1859. (N. T.)

de teias de aranha. Além disso, havia um grande número de colunas grossas e feias, o que encheu o sr. Biswas de desânimo, porque ele havia se comprometido, entre outras coisas, a pintar letreiros em todas elas.

Começou enfeitando a parte superior da parede dos fundos com um letreiro enorme. Ilustrou-o com um Polichinelo sem cabimento, que parecia, com seu ar alegre e maroto, deslocado naquela loja austera, em que os produtos eram mais propriamente armazenados do que expostos e os vendedores, sérios e desprovidos de entusiasmo.

Os vendedores, conforme o sr. Biswas ficou sabendo, surpreso, eram todos da família. Assim, ele não podia correr os olhos com a desenvoltura costumeira pelas moças solteiras. Portanto, pôs-se a examiná-las do modo mais circunspecto de que era capaz, ao mesmo tempo que trabalhava, e concluiu que a mais bonita era uma moça de seus dezesseis anos, a quem os outros chamavam Shama. Era de estatura mediana, esbelta, porém forte, com feições finas; e, embora sua voz lhe desagradasse, seu sorriso o encantava. Tamanho era o encantamento que alguns dias depois o sr. Biswas sentia uma vontade imensa de cometer o ato vil e possivelmente perigoso de falar com ela. A presença das irmãs e cunhados o desestimulava, bem como as aparições imprevisíveis e ameaçadoras de Seth, vestido mais como um superintendente de plantação do que como um gerente de loja. Não obstante, ele olhava para a jovem de modo cada vez mais enfático. Quando ela percebia seu olhar, ele desviava a vista, ficava muito absorto em seu trabalho e colocava os lábios numa posição de quem está assobiando baixinho. Na verdade, não sabia assobiar; só sabia expelir ar de modo quase silencioso por aquele espaço entre os dentes, que era sinal de devassidão.

Depois que a moça correspondeu algumas vezes a seus olhares, o sr. Biswas convenceu-se de que uma certa comunhão fora estabelecida entre eles; e quando encontrou Alec em Pagotes, onde estava trabalhando novamente na oficina de Ajodha como mecânico e pintor de ônibus e letreiros, o sr. Biswas disse:

99

— Arranjei uma namorada em Arwacas.

Alec deu-lhe os parabéns.

— Como eu disse, essas coisas acontecem quando a gente menos espera. Por que é que você se preocupava tanto com isso?

E alguns dias depois o filho mais velho de Bhandat lhe disse:

— Mohun, soube que você finalmente arranjou uma namorada. — Falava num tom condescendente; sabia-se que ele estava tendo um caso com uma mulher de outra raça, que já tinha um filho seu; ele orgulhava-se do filho e do fato de ele ser ilegítimo.

A notícia da namorada em Arwacas se espalhou, e o sr. Biswas gozou desta glória em Pagotes por algum tempo, até que o filho mais moço de Bhandat, um garoto prognata e desdenhoso, disse:

— Eu acho que você é um grandessíssimo mentiroso.

Quando, no dia seguinte, foi à Casa de Hanuman, o sr. Biswas levava no bolso um bilhete que pretendia entregar a Shama. Ela passou toda a manhã ocupada, mas logo antes do meio-dia, hora em que a loja fechava para o almoço, houve um momento de tranquilidade, e o balcão onde ela trabalhava ficou livre. Ele desceu a escada assobiando à sua maneira. Começou a empilhar e reempilhar suas latas de tinta, à toa. Então, muito sério, de cenho franzido, andou de um lado para o outro, procurando latas que não estavam lá. Passou pelo balcão de Shama e, sem olhar para ela, pôs o bilhete sob uma peça de fazenda. O bilhete estava amassado e um pouco sujo e parecia ineficaz. Porém ela o viu. Desviou o rosto e sorriu. Não era um sorriso de cumplicidade nem de prazer; aquele sorriso significava que o sr. Biswas havia feito papel de bobo. Ele sentiu-se terrivelmente ridículo e chegou a considerar a ideia de pegar de volta o bilhete e esquecer Shama.

Enquanto hesitava, uma negra gorda aproximou-se do balcão de Shama e pediu meias cor da pele, que na época estavam na moda nas áreas rurais de Trinidad.

Shama, ainda sorrindo, pegou uma caixa e tirou dela um par de meias pretas de algodão.

— *Eh!* — A exclamação da mulher se ouviu por toda a loja. — Você está me gozando? Que história é essa de se meter a engraçadinha comigo? — Começou a xingar. — Me gozando! — Pegava caixas e peças de fazenda no balcão e jogava-as no chão, e cada vez que se ouvia um ruído mais estridente ela gritava: — Me gozando! — Um dos cunhados dos Tulsi correu até ela para acalmá-la. Ela o repeliu com um tapa. — Cadê a velha? — perguntou, e começou a gritar: — *Mai! Mai!** — como se estivesse sentindo dores atrozes.

Shama havia parado de sorrir. O medo estava claramente estampado em seu rosto. O sr. Biswas não sentia nenhuma vontade de tranquilizá-la. Agora ela lhe parecia tão infantil que ele sentia mais vergonha ainda de seu bilhete. A peça de fazenda que antes o ocultava fora jogada no chão, e o papel agora estava exposto, preso na ponta do metro de latão parafusado ao balcão.

O sr. Biswas tentou aproximar-se do bilhete, porém foi obrigado a recuar pelos braços gordos da mulher que se agitavam no ar.

Então fez-se o silêncio na loja. Os braços da mulher imobilizaram-se. Pela porta dos fundos, à direita do balcão, apareceu a sra. Tulsi. Estava tão coberta de joias quanto Tara; não era tão agitada quanto Tara, porém tinha mais imponência; seu rosto, embora não fosse gordo, era mole, como se por falta de exercício.

O sr. Biswas voltou a suas latas de tinta e pincéis.

— Sim, senhora, eu quero falar é com a senhora mesmo. — A mulher estava ofegante de raiva. — Quero falar com a senhora. Quero que a senhora dê uma surra nessa menina. Quero que a senhora dê uma surra nessa sua filha mal-educada e metida a besta.

---

* Mãe (em híndi). (N. T.)

— Está bem, minha senhora. Está bem. — A sra. Tulsi apertou os lábios finos diversas vezes. — Me diga o que foi que aconteceu. — Falava inglês de um modo lento e preciso que surpreendeu o sr. Biswas e o encheu de temor. Agora ela estava atrás do balcão, e seus dedos, que, como o rosto, eram cheios de rugas que mais pareciam pregas, corriam ao longo do metro de latão. De vez em quando, enquanto escutava a outra, apertava o canto do véu contra os lábios, que não paravam de se mexer.

O sr. Biswas, agora muito ocupado em limpar seus pincéis, enxugá-los e passar sabão nas cerdas para mantê-las flexíveis, estava certo de que a sra. Tulsi não estava prestando muita atenção na mulher, que seus olhos estavam cravados no bilhete: *Eu te amo e quero falar contigo.*

A sra. Tulsi disse a Shama, em híndi, uns desaforos cuja obscenidade surpreendeu o sr. Biswas. A mulher parecia apaziguada. A sra. Tulsi prometeu que a coisa não ficaria por isso mesmo e deu à mulher de graça um par de meias cor da pele. A mulher começou a repetir toda a sua história. A sra. Tulsi, numa atitude de quem encerrou o assunto, repetiu que estava dando as meias de graça. A mulher continuou, sem pressa, a contar sua história até o fim. Então, com passos lentos, saiu da loja resmungando e balançando exageradamente os quadris volumosos.

O bilhete estava na mão da sra. Tulsi. Ela o segurava logo acima do balcão, longe dos olhos, e o lia, apertando o véu contra os lábios.

— Shama, isso não é coisa que se faça.

— Foi sem querer, *mai* — disse Shama, e, como uma criança que sabe que vai levar uma sova, começou a chorar.

O desencanto do sr. Biswas agora era total.

A sra. Tulsi, ainda com o véu nos lábios, balançava a cabeça, distraída, olhando para o bilhete.

O sr. Biswas saiu de fininho da loja. Foi até o café da sra. Seeung, um estabelecimento espaçoso na High Street, e pediu um sanduíche de sardinha com água gaseificada. As sardinhas estavam secas, a cebola forte demais, e a casca do pão machucou-lhe o lábio. Seu único consolo era a ideia de que não

102

havia assinado o bilhete e, portanto, poderia negar que o havia escrito.

Quando voltou para a loja, estava decidido a fazer de conta que nada havia acontecido, a nunca mais voltar a olhar para Shama. Cuidadosamente preparou seus pincéis e começou a trabalhar. Ficou aliviado ao perceber que ninguém parecia interessado nele; e mais aliviado ainda por ver que Shama não estava trabalhando naquela tarde. Mais animado, traçou o contorno do cachorro de Polichinelo sobre a superfície irregular da coluna caiada. Embaixo do cachorro traçou uma pauta e esboçou as palavras PECHINCHAS! PECHINCHAS! Pintou o cachorro de vermelho, a primeira PECHINCHAS! de preto e a segunda de azul. Desceu um ou dois degraus da escada e traçou mais linhas, entre as quais começou a enumerar algumas das pechinchas oferecidas pela Loja Tulsi por meio de letras brancas formadas quando ele pintava de vermelho o espaço a sua volta na coluna caiada. Desse modo, ficou uma faixa vermelha; na parte de cima e na de baixo da faixa, deixou pequenos círculos brancos e depois riscou-os com uma pincelada vermelha para dar a impressão de que uma grande placa vermelha fora parafusada ao pilar; era um dos macetes de Alec. O trabalho o absorveu durante toda a tarde. Shama não apareceu na loja, e às vezes ele passava minutos sem pensar no que ocorrera na parte da manhã.

Pouco antes das quatro, hora em que a loja fechava e o sr. Biswas encerrava seu expediente, entrou Seth. Parecia ter passado o dia na fazenda. Calçava umas botinas enlameadas e usava um chapéu cáqui manchado; no bolso da camisa cáqui suada levava um caderno preto e uma piteira de marfim. Foi até o sr. Biswas e lhe disse, num tom áspero e autoritário:

— A velha quer falar com você antes de você ir embora.

O sr. Biswas não gostou daquele tom; além disso, preocupava-o ter Seth se dirigido a ele em inglês. Sem dizer nada, desceu da escada e lavou seus pincéis, assobiando inaudivelmente, com Seth parado a seu lado. As portas da frente foram trancadas com ferrolhos e trancas, e a Loja Tulsi tornou-se um lugar escuro, quente e protegido.

O sr. Biswas foi atrás de Seth, saindo pela porta dos fundos e atravessando o pátio úmido e escuro, onde ele jamais havia entrado. Daqui a Loja Tulsi parecia menor ainda; olhando para trás, viu estátuas em tamanho natural de Hanuman, pintadas com cores grotescas, uma em cada lado da entrada da loja. Do outro lado do pátio havia uma casa grande, velha e pardacenta, de madeira, a qual — ele pensou — deveria ser a estrutura original da casa dos Tulsi. Na loja, ele jamais imaginara que ela fosse tão grande; e da rua ela era quase escondida pelo alto prédio de concreto, ao qual era ligada por uma passarela de madeira, de aparência nova, que nunca fora pintada e servia de teto ao pátio.

Subiram uma pequena escada de concreto rachado e entraram no salão principal da casa de madeira. Estava vazio. Seth deixou o sr. Biswas, dizendo que tinha de se lavar. Era um salão espaçoso, e cheirava a fumaça e madeira velha. A tinta verde-claro se tornara desbotada e suja, e nas vigas viam-se os estragos feitos pelos cupins, que faziam a madeira parecer nova em folha nos lugares em que estava podre. Então o sr. Biswas teve outra surpresa. Através da porta na outra extremidade do salão viu a cozinha. E as paredes da cozinha eram de barro. Lá o teto era mais baixo que o do salão, e parecia não haver luz nenhuma. A entrada da cozinha era negra; as paredes e o teto eram negros de fuligem, de modo que o negrume parecia preencher a cozinha como se fosse uma substância sólida.

O móvel mais importante que havia no salão era uma mesa comprida de pinho, sem verniz, de textura dura e bordas quebradas. Num dos cantos ficava uma rede feita com sacos de açúcar. Em outro canto havia uma máquina de costura velha, uma cadeira alta para crianças e uma grande lata de biscoitos preta. Espelhados pelo cômodo, viam-se algumas cadeiras e bancos descasados, um dos quais, um banco baixo, com desenhos toscos, feito de uma única peça de madeira, ainda estava tingido de amarelo, indicando que fora usado numa cerimônia de casamento. Alguns móveis mais elegantes — uma penteadeira, uma escrivaninha, um piano tão soterrado por papéis e cestas e outros trastes que era pouco provável que estivesse em uso — amontoavam-se no patamar da escada. Do outro lado do salão havia uma espécie curiosa de sótão. Era como se uma gaveta gigantesca tivesse sido retirada da parede; o espaço vazio então formado, escuro e poeirento, estava completamente cheio de objetos de todo tipo, os quais o sr. Biswas não conseguia distinguir.

Ele ouviu um rangido na escada e viu uma saia branca e longa, mais uma anágua branca e longa, balançando-se sobre dois tornozelos cobertos de pulseiras de prata. Era a sra. Tulsi. Andava devagar; pelo seu rosto via-se que havia passado a tarde deitada. Sem dar sinal de reconhecer a presença do sr. Biswas, sentou-se num banco e, como se já estivesse cansada, repousou os braços cheios de joias sobre a mesa. Ele viu que numa das mãos, lisa e ornada de anéis, estava o bilhete.

— Você escreveu isso?

O sr. Biswas fez o possível para parecer intrigado. Olhou fixamente para o bilhete e espichou o braço para pegá-lo. A sra. Tulsi retirou o bilhete e levantou-o no ar.

— Isso? Não fui eu, não. Por que é que eu ia escrever isso?

— Eu pensei que fosse, porque uma pessoa viu você colocando isso no balcão.

O silêncio lá fora foi interrompido. O portão alto da cerca de ferro corrugado no pátio bateu diversas vezes, e um bando de crianças barulhentas e buliçosas encheram o pátio, vindas da escola. Vieram em direção a casa, passando por baixo da varanda coberta pelo sótão protuberante. Uma criança chorava; outra explicava por que ela estava chorando; uma mulher gritava pedindo silêncio. Da cozinha vinham ruídos de atividade. De repente a casa ficou povoada, cheia de vida.

Seth voltou ao vestíbulo; suas botinas ressoavam no chão. Havia se lavado e estava sem o chapéu; os cabelos úmidos, com laivos grisalhos, estavam penteados. Sentou-se à mesa, em frente à sra. Tulsi, e enfiou um cigarro na piteira.

— O quê? — exclamou o sr. Biswas. — Alguém me viu com *isso?*

Seth riu.

— Não há por que ficar envergonhado. — Prendeu a cigarreira entre os lábios e abriu os cantos da boca, para rir.

O sr. Biswas estava confuso. Seria mais compreensível se aceitassem sua palavra e lhe pedissem que nunca mais pusesse os pés naquela casa.

— Acho que eu conheço a sua família — disse Seth.

Lá fora e na cozinha a barulheira não cessava. Da porta escura da cozinha veio uma mulher com um prato de latão e uma xícara esmaltada de bordas azuis. Colocou os objetos à frente da sra. Tulsi e, sem dizer palavra, sem olhar para um lado nem para o outro, voltou apressadamente para o negrume da cozinha. A xícara continha chá com leite; o prato, *roti* e feijão com *curry*. Uma outra mulher veio trazendo a mesma coisa, com igual deferência, para Seth. O sr. Biswas reconheceu as duas: eram irmãs de Shama; pela sua roupa e seus modos, sabia que eram casadas.

A sra. Tulsi, pegando um pouco de feijão com um pedaço de *roti*, dirigiu-se a Seth:

— Servimos comida a ele?

— Você quer comer? — perguntou Seth, num tom de quem acharia graça se o outro quisesse mesmo comer.

O sr. Biswas não gostou do que viu e fez que não com a cabeça.

— Puxe essa cadeira e sente-se aqui — disse a sra. Tulsi, e quase no mesmo tom de voz deu a ordem: — C, traga uma xícara de chá para esta criatura.

— Conheço a sua família — repetiu Seth. — Quem é mesmo o seu pai?

O sr. Biswas esquivou-se:

— Sou sobrinho de Ajodha. Pagotes.

— Ah, claro. — Com um gesto de perito, Seth retirou o cigarro da piteira, jogando-o no chão, e esmagou-o com a botina, soprando fumaça pelo nariz e pela boca, com um sibilo. — Eu conheço o Ajodha. Vendi a ele umas terras. As terras de Dhanku — acrescentou, virando-se para a sra. Tulsi.

— Ah, sei. — A sra. Tulsi continuava a comer, levantando a mão pesada de prata até a altura da boca.

C era a mulher que tinha servido a sra. Tulsi. Parecia-se com Shama, porém era mais baixa e mais robusta, e suas feições não eram tão finas. O véu cobria-lhe o rosto pudicamente, porém, quando ela veio trazer a xícara para o sr. Biswas, encarou-o de frente com um olhar crítico. Ele tentou retribuir o olhar, mas não foi rápido o suficiente; ela já tinha se virado e se afastava, com pés rápidos e descalços. O sr. Biswas levou a xícara alta aos lábios e bebeu um gole demorado e ruidoso, enquanto examinava seu próprio reflexo na superfície do chá e imaginava qual seria a posição de Seth naquela família.

Pôs a xícara na mesa quando ouviu que alguém estava entrando no recinto. Era um homem alto e sorridente, esguio, vestido de branco. Seu rosto estava queimado de sol, e suas mãos eram ásperas. Falando atabalhoadamente, com muitos suspiros, risos e pausas para engolir, fez a Seth um relatório sobre diversos animais. Estava ansioso por parecer cansado e por causar boa impressão. Seth ficou satisfeito. C veio da cozinha outra vez e subiu a escada atrás do homem; este era claramente seu marido.

O sr. Biswas bebeu mais um gole de chá, examinou seu próprio reflexo e ficou a imaginar se cada casal teria seu quarto; queria saber também onde dormiriam as crianças que ele ouvia lá fora gritando e recebendo tabefes (apenas das mães?), as crianças que ficavam olhando para ele da porta da cozinha até que eram arrancadas de lá por mãos cheias de anéis.

— Quer dizer que você gosta mesmo da menina?

O sr. Biswas, por trás de sua xícara, levou um instante para perceber que a pergunta da sra. Tulsi fora dirigida a ele e mais outro para entender a que menina ela se referia.

Achou que seria falta de educação dizer que não.

— Gosto — respondeu. — Gosto da menina.

A sra. Tulsi mastigou e não disse nada.

Disse Seth:

— Eu conheço o Ajodha. Quer que eu vá lá falar com ele?

A confusão, a surpresa e por fim o pânico dominaram o sr. Biswas.

— A menina — disse ele em desespero. — E a menina?

— A menina? — disse Seth. — É muito boazinha. Sabe até ler e escrever um pouquinho.

— Ler e escrever um pouquinho... — ecoou o sr. Biswas, tentando ganhar tempo.

Seth, mastigando, pegando com a mão direita, jeitoso, um pouco de feijão com um pedaço de *roti*, fez um gesto de menosprezo com a mão esquerda.

— Só um pouquinho. Não é motivo para você se preocupar. Daqui a uns dois ou três anos, ela é até capaz de esquecer. — Deu uma risadinha. Usava uma dentadura que estalava cada vez que ele mastigava.

— A menina... — começou o sr. Biswas.

A sra. Tulsi pôs-se a olhar para ele.

— Quer dizer — acrescentou o sr. Biswas —, ela sabe?

— Absolutamente nada — disse Seth, tranquilizador.

— O que eu quero saber — disse o sr. Biswas — é se... a menina gosta de mim?

A sra. Tulsi fez cara de quem não está entendendo. Mastigando, com pequenos ruídos provocados por líquidos, levantou o bilhete do sr. Biswas com a mão livre e exclamou:

— Qual o problema? Você *não gosta* da menina?

— Gosto — disse o sr. Biswas, impotente. — Eu gosto da menina.

— Isto é que é importante — disse Seth. — Não queremos forçar você a fazer nada. Nós estamos forçando?

O sr. Biswas não disse nada.

Seth soltou outro risinho debochado e derramou chá dentro da boca, sem encostar a xícara nos lábios, mastigando e estalando a dentadura.

— Ô menino, nós estamos forçando você?

— Não — disse o sr. Biswas. — Não estão me forçando.

— Então por que é que você está aborrecido?

A sra. Tulsi sorriu para o sr. Biswas.

— O coitadinho está envergonhado. Eu sei.

— Não estou envergonhado nem estou aborrecido — disse o sr. Biswas, num tom de voz tão agressivo que ele próprio se assustou; e prosseguiu, com uma voz mais suave: — E só que... bem, é que eu não tenho dinheiro para começar a pensar em casamento.

A sra. Tulsi ficou tão severa quanto ficara, naquela manhã, na loja.

— Então por que foi que você escreveu isso? — disse, sacudindo o bilhete.

— Ha! Não ligue para ele — disse Seth. — Não tem dinheiro! A família de Ajodha não tem dinheiro!

O sr. Biswas achou que seria perda de tempo explicar.

A sra. Tulsi se acalmou.

— Se seu pai estivesse preocupado com dinheiro, ele não teria se casado nunca.

Seth concordou, balançando a cabeça, solene.

O sr. Biswas não entendeu aquele "seu pai". De início imaginou que ela estivesse falando com Seth, mas depois percebeu que aquela afirmativa tinha outras implicações um tanto alarmantes.

Rostos de crianças e mulheres apareciam na porta da cozinha.

O mundo era muito pequeno, a família Tulsi era muito grande. Ele sentia-se preso numa armadilha.

Quantas vezes, em anos subsequentes, na Casa de Hanuman, ou na casa de Shorthills, ou na casa de Port-of-Spain, morando num único quarto, com algumas das crianças dormindo na cama ao lado enquanto Shama, a brincalhona, a vendedora das meias pretas de algodão, dormia no andar de baixo com as outras crianças, quantas vezes o sr. Biswas não lamentaria sua fraqueza, sua dificuldade de se expressar naquela tarde! Quantas vezes não tentaria fazer com que os eventos parecessem mais grandiosos, mais planejados e menos ridículos do que foram na realidade!

E o mais ridículo daquela tarde ainda estava por vir. Quando saiu da Casa de Hanuman, ao voltar para Pagotes de bicicleta, ele sentia-se exultante! Naquele salão enorme, cheirando a mofo, com a cozinha suja de fuligem de um dos lados, o patamar entupido de móveis de outro e o sótão escuro, cheio de teias de aranha, do outro, ele se sentira esmagado e ameaçado por Seth e a sra. Tulsi e todas as mulheres e crianças da família Tulsi; eles eram estranhos e pareciam-lhe fortes demais para ele; na hora, tudo que ele queria era escapulir daquela casa. Porém a euforia que sentia agora não era alívio. Era a sensação de que ele havia participado de eventos importantes. Sentia que havia ganhado *status*.

Seguia pela County Road e a Eastern Main Road. As duas estradas eram ladeadas, em longos trechos, por casas ambiciosas, incompletas, sem pintura, às vezes apenas esqueletos, com estruturas de madeira já pardacentas e bolorentas, cujos donos moravam em um ou dois cômodos semiconcluídos. Através de paredes de divisão inacabadas, completadas com pedaços de papelão, zinco e lona, viam-se as roupas da família penduradas em cordas estendidas nos quartos desabitados, como bandeirolas; não se viam camas, talvez uma mesa e uma cadeira e muitas caixas. Duas vezes por dia ele passava de bicicleta por essas casas, mas aquela tarde ele as viu como se pela primeira vez. Daquele fracasso, que até aquela manhã o aguardava, ele havia se livrado de um golpe só.

E quando, naquela noite, Alec lhe perguntou, num tom zombeteiro de familiaridade: "E como vai a namorada, rapaz?", o sr. Biswas respondeu, alegre:

— Bem, eu falei com a mãe dela.

Alec ficou estupefato.

— Com a mãe dela? Que diabo, por que é que você tinha que se comprometer?

Todos os temores do sr. Biswas voltaram, porém ele disse:

— Está tudo bem. Não sou bobo. Família boa, sabe? Dinheiro. Terras e mais terras. Para mim, chega de pintar letreiro.

Alec não parecia tranquilizado.

— E como você conseguiu isso tão depressa?

— Bem, eu olhei para a garota, sabe? Ela estava olhando para mim e eu estava olhando para ela. Aí fui chegando com aquela conversa mole de sempre e vi que ela estava gostando de mim também. Aí, para encurtar a história, pedi para falar com a mãe dela. Gente rica, sabe. Casa grande.

Mas ele estava preocupado e passou boa parte daquela noite se perguntando se devia ou não voltar à Casa de Hanuman. Começou a achar que fora ele quem agira, e não queria concluir que agira de modo insensato. E, afinal de contas, a menina era bonita. E haveria um dote respeitável. A isso só se opunha seu medo, bem como uma tristeza que não poderia explicar a ninguém: ele perderia para sempre o romantismo da vida, porque nada de romântico poderia existir na Casa de Hanuman.

Pela manhã, tudo parecia tão normal que tanto seu medo quanto sua tristeza tornaram-se irreais e ele não via razão para não agir de modo habitual.

Voltou à Loja Tulsi e pintou mais uma coluna.

Foi convidado a almoçar no salão — lentilhas, espinafre e uma montanha de arroz num prato de latão. As moscas zumbiam sobre manchas de comida fresca ao longo de toda a mesa de pinho. Ele não gostava daquela comida, nem gostava do hábito de comer em pratos de latão. A sra. Tulsi, que não estava comendo, sentou-se a seu lado, olhou para o prato dele e ficou a espantar as moscas com uma das mãos, falando.

A certa altura, dirigiu a atenção do sr. Biswas para uma fotografia emoldurada na parede abaixo do sótão. A foto, desfocada nas margens e em muitos outros trechos, era de um homem de bigode, turbante, jaqueta e tanga, com um colar de contas no pescoço, as marcas de sua casta na testa e um guarda-chuva aberto preso no braço esquerdo dobrado. Era o pândita Tulsi.

— Nós nunca brigamos — disse a sra. Tulsi. — Por exemplo, eu queria ir a Port-of-Spain e ele não queria. Acha que a gente brigava por causa de uma bobagem dessas? Não. A gente se sentava e conversava, e ele dizia: "Está bem, nós vamos". Ou então eu dizia: "Está bem, não vamos". Nós éramos assim, sabe?

111

Ela estava chegando às raias do pieguismo, e o sr. Biswas tentava manter um ar solene enquanto mastigava. Mastigava bem devagar, pensando se seria o caso parar; mas toda vez que parava de mastigar a sra. Tulsi parava de falar.

— Esta casa — disse a sra. Tulsi assoando o nariz, enxugando os olhos com o véu e fazendo com a mão um gesto que denotava cansaço —, esta casa foi ele que construiu com suas próprias mãos. Essas paredes não são de concreto, sabe. Você sabia?

O sr. Biswas continuava a comer.

— Elas parecem ser de concreto, não é?

— É, parecem de concreto.

— *Todo mundo* pensa que é concreto. Mas todo mundo está enganado. Essas paredes são de tijolo de barro. Tijolo de barro — repetiu ela, olhando para o prato do sr. Biswas e esperando algum comentário de sua parte.

— Tijolo de barro! — exclamou ele. — Nunca eu ia imaginar uma coisa dessa.

— Tijolo de barro. E ele mesmo foi quem fez todos os tijolos. Aqui mesmo. No Ceilão.

— Ceilão?

— É assim que a gente chama o quintal dos fundos. Você ainda não viu? Um belo terreno. Muitas árvores que dão flor. Ele gostava muito de flores, sabe. Até hoje ainda temos a olaria e tudo mais lá. Muitas pessoas não sabem nada sobre essa casa. Ceilão. É melhor você ir aprendendo esses nomes. — Ela riu, e o sr. Biswas sentiu uma pontada de medo. Ela prosseguiu: — E, então, ele estava indo um dia a Port-of-Spain para acertar a ida de toda a família à Índia. Só uma viagem de férias, sabe? Pois veio um carro e o atropelou, e ele morreu. Morreu — repetiu ela, e esperou.

O sr. Biswas engoliu apressadamente e disse:

— Deve ter sido um choque e tanto.

— Um choque. Só uma filha casada. Dois meninos para criar. Foi um choque. E nós não tínhamos dinheiro, sabe.

Isso era novidade para o sr. Biswas. Ele ocultou sua confusão olhando para o prato a sua frente e mastigando vigorosamente.

112

— E, como diz o Seth, no que aliás eu acho que ele tem razão, quando morre o pai, a família não deve ficar toda cheia de exigências quando se trata de casar as filhas. Sabe... — acrescentou, levantando os braços pesados de pulseiras e fazendo um gesto desajeitado de dançarina, que ela própria achou engraçadíssimo — essas coisas de tambores e danças e dotes polpudos. Não gostamos dessas coisas. Isso é coisa de quem gosta de se mostrar. Você sabe, esse tipo de gente. Que vive toda emperiquitada. Mas vá ver de onde elas são. Você conhece essas casas da County Road. Inacabadas. Sem móveis. Não, nós não somos assim. Além disso, esses casamentos todos cheios de coisa faziam sentido no meu tempo. Para vocês, não. Você acha importante todas essas comemorações nupciais?

— Não muito.

— Você me lembra *ele* um pouco.

O sr. Biswas acompanhou o olhar da sra. Tulsi e examinou as outras fotos do pândita Tulsi na parede. Numa ele aparecia ladeado por vasos com palmeiras contra um fundo de pôr do sol de estúdio. Numa outra era um pequeno vulto indistinto, sob a arcada da Casa de Hanuman, estando a High Street deserta, salvo pela presença de um barril quebrado que, por estar mais perto da câmara, destacava-se com nitidez. (O sr. Biswas ficou a imaginar como eles teriam conseguido esvaziar a rua. Talvez a foto tivesse sido tirada numa manhã de domingo, ou então eles fecharam a rua com cordas para excluir o populacho.) Havia uma outra foto em que ele aparecia atrás da balaustrada. Em todas as fotos ele aparecia com o guarda-chuva aberto.

— Ele teria gostado de você — disse a sra. Tulsi. — Teria se orgulhado de saber que você ia se casar com uma das filhas dele. Não ficaria preocupado com coisas como o seu emprego ou o seu dinheiro. Ele sempre dizia que a única coisa importante era o sangue. Só de olhar para você eu sei que seu sangue é bom. Você só vai precisar é de uma pequena cerimônia no cartório.

E o sr. Biswas se deu conta de que havia concordado.

Na Casa de Hanuman, tudo lhe parecera simples e razoável. Lá fora, ficou estupefato. Não tivera tempo de pensar nos problemas que o casamento implicaria. Agora esses problemas pareciam enormes. O que ia ser de sua mãe? Onde ele ia morar? Ele não tinha dinheiro nem emprego, porque pintar letreiros, ainda que servisse para um rapaz que morava com a mãe, estava longe de ser uma profissão capaz de dar segurança a um homem casado. Para arranjar uma casa, primeiro teria de arranjar um emprego. Precisava de muito tempo, mas os Tulsi não lhe estavam dando tempo nenhum, embora estivessem a par de sua situação. Ele imaginava que eles tinham resolvido lhe dar mais do que um simples dote, que lhe ajudariam a arranjar emprego ou casa, ou as duas coisas. Seria bom conversar sobre essas questões com Seth e a sra. Tulsi; mas desde que o cartório fora notificado se tornara impossível ter acesso aos dois.

Não havia ninguém em Pagotes com quem ele pudesse falar, porque, por vergonha pura e simples, ele não dissera a Tara, a Bipti nem a Alec que ia se casar. Na Casa de Hanuman, no meio daquela multidão de filhas, cunhados e crianças, ele começou a se sentir perdido, insignificante e mesmo assustado. Ninguém lhe dava muita atenção. Às vezes, durante a refeição coletiva, ele era incluído; mas por enquanto não tinha uma mulher que o cobrisse de atenções, que fizesse por ele as pequenas coisas que as irmãs de Shama faziam pelos maridos: a concha sempre a postos, as perguntas, a preocupação formal. Shama só raramente aparecia; e, quando ele a via, ela o ignorava de modo ostensivo.

Jamais lhe ocorreu que ele poderia voltar atrás. Tinha a impressão de que estava totalmente comprometido, sob todos os aspectos legais e morais. E, após dizer a Bipti certa manhã que ia ter que se ausentar de casa por uns tempos, a serviço, ele pegou algumas roupas e mudou-se para a Casa de Hanuman. De certo modo, era uma meia verdade: ele não conseguia acreditar que os eventos nos quais se envolvera tinham solidez e podiam afetá-lo de algum modo. Seus dias eram absolutamente normais; nada de fora do comum podia acontecer com ele. E

114

em pouco tempo — disso não tinha dúvida — ele voltaria, tal como antes, para a ruela distante. Como garantia desse retorno, deixou a maioria de suas roupas e todos os seus livros na choupana; e foi também em parte para garantir sua volta que mentiu para Bipti.

Após uma breve cerimônia no cartório, uma coisa tão faz de conta quanto uma brincadeira infantil, com flores de papel em vasos diferentes sobre uma mesa cor de palha, de aparência oficial, o sr. Biswas e Shama receberam uma parte de um quarto comprido no andar de cima da casa de madeira.

E agora ele tornou-se cauteloso. Agora pensava em fugir. Para que essa alternativa permanecesse aberta, evitou o compromisso final. Não a abraçou, nem sequer a tocou. Além do mais, não teria conseguido fazê-lo com uma pessoa que jamais dirigira uma palavra a ele e em cujos lábios ele ainda via o mesmo sorriso zombeteiro daquela manhã na loja. Para não cair em tentação, não olhava para ela, e sentiu-se aliviado quando a viu sair do quarto. Ele passou o resto do dia prisioneiro daquele quarto, ouvindo os ruídos da casa.

Nem nesse dia nem nos dias que se seguiram ninguém lhe falou a respeito de dote, casa ou emprego; e o sr. Biswas percebeu que não se falava sobre essas coisas porque a sra. Tulsi e Seth não viam problema nenhum a ser discutido. A organização da casa dos Tulsi era simples. A sra. Tulsi tinha uma única criada, uma negra chamada de "Pretinha" por Seth e pela sra. Tulsi, e de "dona Pretinha" por todos os outros. As tarefas que cabiam a dona Pretinha eram mal definidas. As filhas da sra. Tulsi e as crianças varriam, lavavam, cozinhavam e trabalhavam na loja. Os maridos, sob a supervisão de Seth, lavravam as terras dos Tulsi, cuidavam dos animais dos Tulsi e trabalhavam na loja. Em troca, recebiam casa, comida e um pouco de dinheiro; seus filhos recebiam cuidados; e eles eram tratados com respeito pelas pessoas de fora por serem ligados à família Tulsi. Seus sobrenomes eram esquecidos; passaram a ser considerados Tulsi. Algumas das filhas, na loteria matrimonial dos Tulsi, haviam sido premiadas com maridos que tinham dinheiro e posição social; estas seguiam o costume hindu de morar com a família do marido, e não faziam parte das organizações Tulsi.

Até então o sr. Biswas achava que estava recebendo um tratamento privilegiado da parte dos Tulsi. Porém, quando chegou a inteirar-se da maneira como a família despachava suas filhas, ficou sem entender por que motivo Seth e a sra. Tulsi tinham se esforçado tanto, durante dois dias seguidos, no sentido de tornar a ideia do casamento atraente para ele. Haviam-lhe entregue Shama simplesmente porque ele era da casta adequada, do mesmo modo como haviam casado a filha chamada C com um vendedor de cocos analfabeto.

O sr. Biswas não tinha dinheiro nem posição. Esperava-se dele que se transformasse num Tulsi.

Ele se rebelou desde o início.

Fingindo não saber o que se esperava dele, terminou os letreiros da Loja Tulsi e resolveu que chegara a hora de fugir, com Shama ou sem Shama. Tudo levava a crer que teria de ser sem Shama. Ainda não haviam se falado; e, seguindo sua política de cautela, ele não havia tentado estabelecer quaisquer relações com ela no quarto comprido. Estava convicto de que Shama era uma Tulsi autêntica. E ficou satisfeito com sua política de cautela quando ela começou a chorar abertamente na sala, cercada de irmãs, cunhados e sobrinhos, dizendo que o sr. Biswas estava casado há menos de duas semanas mas já estava tentando de todos os meios partir seu coração e semear a discórdia na família.

Num tremendo acesso de raiva, o sr. Biswas começou a guardar seus pincéis e suas roupas.

— Isso mesmo, pegue as suas roupas e vá embora — disse Shama. — Você chegou nessa casa só com uma calça cáqui vagabunda e uma camisa velha e suja.

O sr. Biswas saiu da Casa de Hanuman e voltou para Pagotes.

Sentia-se o mesmo de antes, imune ao casamento. Tivera apenas um susto dos bons, mas havia dado um jeito de escapar.

Em Pagotes, porém, descobriu que seu casamento não era segredo. Bipti o recebeu chorando de felicidade. Disse que sabia que ele não a decepcionaria. Jamais dissera nada, mas sempre achara que ele ia casar com uma moça de boa família. Agora ela podia morrer feliz. E, se vivesse, teria algo para alegrar sua velhice. Que o sr. Biswas não se sentisse culpado por ter guardado segredo; que não se preocupasse com ela nem um pouco; a vida era dele, ele podia vivê-la como bem entendesse.

E, apesar dos protestos do sr. Biswas, Bipti vestiu suas melhores roupas e foi a Arwacas no dia seguinte. Voltou entusiasmada com a amabilidade da sra. Tulsi, o recato de Shama e o esplendor da Casa de Hanuman.

Descreveu uma casa que ele mal reconheceu. Falou em uma sala de visitas com duas cadeiras altas de mogno que mais pareciam tronos, grandes vasos de latão sobre mesas de mármore com palmeiras e samambaias, pinturas religiosas e muitas esculturas hindus. Falou numa sala de oração acima desta sala que, com suas colunas finas, parecia um templo: um cômodo de teto baixo, fresco, branco, vazio, contendo apenas o santuário no centro.

Ela só vira os andares superiores do prédio de concreto — ou melhor, de tijolo de barro. O sr. Biswas não lhe disse que aquela parte da casa era reservada para as visitas, a sra. Tulsi, Seth e os dois filhos menores da sra. Tulsi. E achou melhor não mencionar a velha casa de madeira que a família chamava de "a velha caserna".

Passou dois dias escondido na choupana para não ter de encarar Alec nem os filhos de Bhandat. No terceiro dia sentiu necessidade de mais apoio moral do que aquele que sua mãe era capaz de proporcionar-lhe e à tardinha foi à casa de Tara. Entrou pelo portão lateral. Do curral vinha um som característico do entardecer: o ruído preguiçoso das vacas se remexendo sobre a palha fresca. A varanda dos fundos, que dava para a cozinha, estava inundada de luz cálida. O sr. Biswas ouviu a voz monótona de alguém lendo em voz alta.

Encontrou Ajodha balançando-se lentamente, a cabeça jogada para trás, o cenho franzido, os olhos fechados, as pálpebras palpitando de angústia, ouvindo o filho menor de Bhandat ler "Este seu corpo".

O garoto parou de ler quando viu o sr. Biswas. Seus olhos se iluminaram de prazer e seu rosto abriu-se num sorriso prognata de escárnio.

Ajodha abriu os olhos e soltou um guincho de alegria maliciosa.

— Homem casado! — exclamou, em inglês. — Homem casado!

O sr. Biswas sorriu, sem jeito.

— Tara! Tara! — chamou Ajodha. — Venha ver o seu sobrinho casado.

Ela veio da cozinha, muito séria, abraçou o sr. Biswas e chorou por tanto tempo que ele começou a sentir, com tristeza e uma profunda sensação de perda, que estava mesmo casado, que havia sofrido uma mudança irrevogável. Tara desfez o nó na ponta do véu e tirou dele uma nota de vinte dólares. Ele resistiu um pouco, depois aceitou-a.

— Homem casado! — gritou Ajodha outra vez.

Tara levou o sr. Biswas até a cozinha e lhe serviu uma refeição. E, enquanto, na varanda, o filho de Bhandat continuava a ler "Este seu corpo", as mariposas chocando-se constantemente contra a manga de vidro do lampião a óleo, Tara e o sr. Biswas conversavam. Traída pelo rosto e pela voz, ela não conseguia disfarçar a tristeza e a decepção, o que o estimulou a dar vazão a todo seu ressentimento dirigido aos Tulsi.

— E qual foi o dote que deram a você? — perguntou ela.

— Dote? Eles não são antiquados a esse ponto. Não me deram um tostão.

— Cartório?

Ele mordiscou um pedaço de manga em conserva e fez que sim.

— É um costume moderno — disse Tara. — E, como a maioria dos costumes modernos, é muito econômico.

118

— Nem mesmo me pagaram os letreiros.

— Você não pediu?

— Pedi — mentiu ele. — Mas a senhora não sabe como essa gente é. — Teve vergonha de explicar a organização da casa dos Tulsi e dizer que os letreiros que ele pintara provavelmente foram considerados como uma contribuição ao patrimônio dos Tulsi.

— Deixe isso comigo — disse Tara.

O sr. Biswas desanimou. Queria que ela dissesse era que ele estava livre, que não precisava voltar, que podia esquecer os Tulsi e Shama.

E não ficou nem um pouco mais satisfeito quando Tara foi à Casa de Hanuman e voltou com uma notícia por ela considerada boa: ele não ficaria morando lá para sempre: os Tulsi haviam resolvido instalá-lo o mais depressa possível numa loja em uma aldeia chamada The Chase.

Ele estava casado. Agora não havia nada, salvo a morte, que pudesse alterar essa situação.

— Eles me disseram que só queriam ajudar — disse Tara. — Que você disse que não queria dote nem um casamento cheio de pompa, e que eles não ofereceram nada porque era um casamento por amor. — Havia um toque de censura em sua voz.

— Casamento por amor! — exclamou Ajodha. — Ouça essa, Rabidat. — Deu um soco no estômago do filho mais moço de Bhandat. — Casamento por amor!

Rabidat sorriu com desprezo.

O sr. Biswas dirigiu um olhar irado e acusador a Rabidat. Considerava Rabidat o principal responsável por seu casamento e tinha vontade de dizer que foram as zombarias de Rabidat que o fizeram escrever aquele bilhete para Shama. Em vez disso, porém, ignorando as risadinhas e gritos de Ajodha, ele disse:

— Casamento por amor? Que história é essa? É mentira.

Com uma voz cansada e cheia de desapontamento, Tara disse:

— Eles me mostraram um bilhete amoroso. — Ela usou a expressão inglesa; o termo parecia obsceno.

119

Ajodha gritou outra vez:

— Bilhete amoroso! Mohun!

O filho de Bhandat continuava a sorrir.

Tara pareceu entrar no estado de espírito dos outros.

— A sra. Tulsi me disse que achava que você gostaria de continuar trabalhando como pintor de letreiros e que a Casa de Hanuman era o melhor lugar para você ficar. — Havia começado a sorrir. — Agora está tudo bem, menino. Pode voltar para a sua *esposa*.

Aquela ênfase à palavra "esposa" doeu no sr. Biswas.

— Você se meteu numa bela enrascada — acrescentou ela, num tom mais compreensivo. — E eu que tinha planos tão bons para você.

— A senhora podia ter me dito — retrucou ele, sem ironia.

— Vá pegar sua esposa! — disse Ajodha.

Sem ligar para Ajodha, perguntou a Tara:

— Gostou dela? — Falou em inglês; o híndi era demasiadamente íntimo e carinhoso.

Tara deu de ombros, como quem diz que isso não é da sua conta, e isto magoou o sr. Biswas, pois acentuava sua solidão. Se Tara se interessasse por Shama, tudo seria mais suportável, talvez. Resolveu manifestar indiferença também. Num tom despreocupado, sorrindo para Ajodha, perguntou a Tara:

— Imagino que eles estejam até aqui comigo por lá, não é?

Aquele tom a irritou.

— O que é isso? Você já está com medo deles, como todos os homens daquela casa?

— Medo? Não. A senhora não me conhece.

Porém ele levou alguns dias para se decidir a voltar. Não sabia quais eram os seus direitos, não acreditava na tal da loja em The Chase, não tinha senão uns planos vagos. Só que achava improvável que algum dia voltasse à choupana da ruela distante, e quando foi arrumar suas coisas levou tudo. Bipti, satisfeita, chorava sem parar. Ao passar de bicicleta pelas casas inacabadas e abertas da County Road, ele se perguntava quantas noites haveria de passar por trás da fachada indevassável da Casa de Hanuman.

— O quê? — exclamou Shama em inglês. — Já de volta? Cansou de pegar caranguejo em Pagotes ?

Embora fosse uma profissão cheia de aventura e perigo, o pescador de caranguejo era considerado o mais baixo dos mortais.

— Resolvi voltar para ajudar vocês a pegar uns caranguejos por aqui mesmo — respondeu o sr. Biswas, calando todas as risadinhas a seu redor.

Não se fizeram outros comentários. Ele imaginara que seria recebido com silêncio, olhares fixos, hostilidade, talvez um pouco de medo. Os olhares não faltaram; o barulho continuou; o medo, naturalmente, era apenas uma esperança remota; e quanto à hostilidade ele não tinha certeza. O interesse manifestado por sua volta foi momentâneo e superficial. Ninguém se referiu a seu desaparecimento nem a seu retorno, nem Seth nem a sra. Tulsi, os quais continuaram praticamente a ignorá-lo, tal como já faziam antes de sua fuga. Não se fez nenhum comentário sobre as visitas de Bipti e Tara. A casa era cheia demais, movimentada demais; tais eventos eram insignificantes, porque pouco afetavam a vida da família. Agora sua posição lá estava determinada. Ele era um criador de casos, uma pessoa desleal, em quem não se podia confiar. Era fraco e, portanto, desprezível.

Ele não esperava que se voltasse a falar na loja em The Chase. E não se falou mesmo. Começou a questionar a existência da loja. Continuou a pintar letreiros, e passava em casa o mínimo de tempo possível. Porém ninguém o conhecia em Arwacas, e havia pouco trabalho. O tempo custava a passar para o sr. Biswas, até que ele conheceu outra vítima do subemprego, um homem chamado Misir, correspondente em Arwacas do *Trinidad Sentinel*. Conversavam sobre empregos, o hinduísmo, a Índia e suas respectivas famílias.

121

Todas as tardes o sr. Biswas tinha de se preparar mais uma vez para voltar à Casa de Hanuman, se bem que, após abrir o portão grande da entrada lateral, a viagem não era longa — bastava atravessar o pátio, entrar no salão, subir a escada, percorrer a varanda, atravessar o Quarto dos Livros e chegar a seu canto no quarto comprido. Lá ficava de cuecas e camiseta, deitado em suas cobertas, lendo, apoiado no cotovelo. Suas cuecas feitas por Bipti com sacos de farinha eram uma tristeza. Apesar de lavadas muitas vezes, ainda eram claramente visíveis muitas letras, até mesmo palavras inteiras; e elas iam até os joelhos, fazendo-o parecer menor do que era na realidade. Não demorou para que as crianças reparassem nessas cuecas, porém o sr. Biswas, recusando-se a dar ouvidos às risadas, aos comentários feitos no salão e aos pedidos insistentes de Shama, continuou a ostentá-las.

Era impossível guardar qualquer segredo das crianças. Assim que escurecia, preparavam-se camas para elas no Quarto dos Livros e em toda a extensão da varanda de cima. À medida que as horas passavam, mais e mais leitos eram estendidos no chão, e o andar de cima ficava entupido de pessoas adormecidas; havia gente dormindo na passarela de madeira que ligava o andar de cima da casa velha à casa de concreto. Além da passarela, chamada de "quarto novo", ficava a sala de visitas silenciosa e espaçosa que tanto impressionara Bipti. Mas, mesmo que aquela parte da casa não fosse reservada para Seth, a sra. Tulsi e seus dois filhos, o sr. Biswas não ia querer frequentá-la. Era um ambiente nada acolhedor, com aqueles grandes vasos de latão e mesas de mármore. Não havia nenhum lugar para se sentar além das duas cadeiras que Bipti comparara a tronos. E o que mais tornava o ambiente opressivo eram as inúmeras estátuas de deuses hindus, pesadas e feias, que o pândita Tulsi havia trazido da Índia em suas viagens. "Ele deve ter comprado essas estátuas no atacado, todas na mesma loja", disse o sr. Biswas a Shama mais tarde. No andar de cima, ficava, ainda mais isolada, a sala de oração, ligada à sala de visitas por uma escada tão íngreme quanto uma escadinha de marinheiro (uma maneira de testar os fiéis ou, talvez, se devesse apenas ao fato de que o pândita Tulsi, como a maioria dos construtores da ilha, ia tirando ideias de todos os lugares por onde passava). Mas na sala de prece não havia nenhuma mobília: o chão, naturalmente, era sagrado; e o cheiro de incenso e sândalo era, para o sr. Biswas, insuportável.

Assim, cercado de gente adormecida, ele ficava no quarto comprido. Seu canto era curto e estreito: o cômodo alongado, que fora antes uma varanda, tinha sido fechado e dividido em dois quartos. Era ali que Shama trazia-lhe comida e ele fazia suas refeições de cócoras, vestido, a mão esquerda apertada entre a barriga da perna e a coxa. Nessas ocasiões, Shama não era aquela mesma pessoa que ele via no andar de baixo, uma autêntica Tulsi, a antagonista que a família lhe havia imposto. De diversas maneiras sutis, porém principalmente por meio do silêncio, Shama demonstrava que o sr. Biswas, por mais grotesco que fosse, era dela, e que cabia a ela contentar-se com o que o Destino lhe havia concedido. Por enquanto, porém, seu relacionamento era pouco amistoso. Falavam-se em inglês. Ela raramente lhe fazia perguntas sobre seu trabalho, e ele tinha o cuidado de não lhe dar informações que pudessem mais tarde vir a ser usadas contra ele, se bem que bastaria a vergonha para impedi-lo de revelar a ela o quanto ele ganhava.

E era durante as refeições que o sr. Biswas se vingava dos Tulsi.

— Como é que vão os deuses, hein? — perguntava ele.

Referia-se aos irmãos de Shama. O mais velho estava no colégio católico de Port-of-Spain e voltava para casa todo fim de semana; o menor estava tendo aulas particulares para poder entrar no colégio. Na Casa de Hanuman, eram mantidos afastados da turbulência do andar de cima da casa velha. Estudavam na sala de visitas e dormiam num dos quartos que dava para ela; os quartos eram pequenos e mal iluminados, mas as paredes pareciam grossas, e a escuridão em si indicava riqueza e segurança. Os irmãos com frequência faziam o *puja* no quarto de prece. Apesar de sua pouca idade, participavam das reuniões de

Seth com a sra. Tulsi, e suas opiniões eram citadas com respeito pelas irmãs e pelos cunhados. Para ajudá-los nos estudos, os melhores alimentos eram automaticamente destinados a eles; além disso, recebiam comidas especiais, boas para o cérebro, principalmente peixe. Quando os irmãos apareciam em público, estavam sempre sérios, por vezes sisudos. De vez em quando trabalhavam na loja, sentados perto da caixa, com livros abertos sobre o balcão.

— Como vão os deuses, hein?

Shama não respondia.

— E o Chefão, como é que ele está hoje? — Era Seth.

Shama não respondia.

— E como está a velha rainha? — Era a sra. Tulsi. — A galinha velha? A vaca velha?

— Ninguém mandou você entrar para a família, não é?

— Família? Família? Você chama esse galinheiro maluco de família?

E com essa o sr. Biswas pegou seu pote de latão e foi até a janela, onde ficou a gargarejar ruidosamente, ao mesmo tempo dizendo cobras e lagartos da família, sabendo que o gargarejo distorcia suas palavras. Então cuspiu a água com ódio no pátio lá embaixo.

— Cuidado. A cozinha é bem aí.

— Eu sei. Eu queria mesmo era ver se cuspia em alguém da sua família.

— Pois você devia se dar por feliz por ninguém se dar ao trabalho de cuspir na sua.

Era muito desgastante morar numa casa cheia de gente e só falar com uma pessoa, e após algumas semanas o sr. Biswas resolveu procurar aliados. Os relacionamentos eram complexos na Casa de Hanuman, e por enquanto ele só compreendia uns poucos deles. Já percebera que, quando duas irmãs eram amigas, os maridos eram amigos também e que, quando dois maridos eram amigos, as irmãs eram amigas também. Irmãs

124

amigas conversavam sobre os achaques dos maridos, e os nomes das doenças e dos remédios obrigavam as conversas a serem em inglês.

— Ele anda com dor nas costas.

— Dê sais de amoníaco a ele. O meu também teve dor nas costas. Ele tomou as Pílulas Renais de Dodd e as Pílulas Hepáticas de Beecham e Carter e um monte de pílulas. Mas o que o curou foram os sais.

— O meu não gosta de amoníaco. Prefere o Unguento de Sloan e Óleo Curativo Canadense.

— Pois o *meu* não gosta de Unguento de Sloan.

Para selar sua amizade, uma irmã falava com franqueza a respeito dos filhos da outra e até mesmo dava uma surra neles de vez em quando. Quando a criança surrada, sem compreender o relacionamento que havia entre as mães, queixava-se para a sua, ela dizia: "Benfeito. Ainda bem que a sua tia está castigando você. Com *ela* você aprende". E a mãe da criança surrada esperava a sua vez de dar uma surra num dos filhos da irmã.

Entre Shama e C havia uma amizade perceptível, e o sr. Biswas resolveu tentar aproximar-se do marido de C, o ex-vendedor de cocos, que se chamava Govind. Era alto, forte e bonitão, embora de modo convencional, sem nada de extraordinário. O sr. Biswas achava um despropósito um homem tão vistoso ter sido vendedor de cocos e agora fazer trabalhos braçais na fazenda. E doía-lhe ver Govind na presença de Seth. Seu rosto atraente tornava-se fraco sob todos os aspectos. Seus olhos ficavam pequeninos, brilhantes e inquietos; ele gaguejava, engolia a seco e dava umas risadinhas nervosas. E depois, quando, já livre, sentava-se à mesa comprida de pinho para comer, sofria outra transformação. Falando alto, ofegante, bufando e suspirando, atacava a comida como se estivesse ansioso para demonstrar entusiasmo por essa atividade, ansioso para provar que o trabalho lhe dera um apetite tamanho que ele seria capaz de comer qualquer coisa e ansioso ao mesmo tempo para demonstrar que não ligava para comida.

O sr. Biswas encarava Govind como um companheiro de infortúnio, porém uma vítima que havia se rendido aos Tulsi e se degradado. Mas havia se esquecido de que tinha reputação de palhaço e criador de casos e constatou que Govind reagiu com desconfiança a suas abordagens. De vez em quando, à tardinha, Govind permitia que o sr. Biswas o levasse até lá fora. Sentado sob a arcada, nervoso, balançando as pernas compridas e sorrindo, mordendo os lábios e explorando os dentes com as unhas sujas e irregulares, Govind não parecia nada à vontade. Era difícil encontrar assunto. Naturalmente que não podiam falar sobre mulheres, e Govind não gostava de falar sobre a Índia nem sobre o hinduísmo. Assim, o sr. Biswas só conseguia falar sobre os Tulsi. Perguntava se ele gostava de trabalhar para Seth. Govind respondia que não era mau. Perguntou o que Govind achava da sra. Tulsi. Ela era boa pessoa. Os filhos dela eram bons meninos. Todos eram boa gente. Então o sr. Biswas resolvia falar de trabalho. Govind manifestava um pouco mais de interesse.

— Você devia parar de pintar letreiros — disse ele uma tarde; e o sr. Biswas ficou surpreso e até um pouco melindrado de ver justamente Govind lhe dar conselhos, e de modo tão categórico.

— Estão precisando de bons capatazes na fazenda — disse Govind.

— Parar de pintar letreiros? E a minha independência? Não, rapaz. Meu lema é: melhor remar a canoa da gente. — E começou a citar um poema incluído no *Livro do declamador*. — E você? Quanto eles estão lhe pagando?

— Estão pagando bastante.

— Conversa. Essa gente é um bando de sanguessugas, rapaz. Para não ter que trabalhar para eles, prefiro pegar caranguejos ou vender cocos.

Ao ouvir aquela menção a sua antiga profissão, Govind soltou uma risada nervosa e balançou as pernas, agitado.

— Garanto que os deuses nunca dão as caras na fazenda.

— Deuses?

O sr. Biswas explicou. E explicou mais um bocado de coisas. Govind, sorrindo, mordendo os lábios e rindo de vez em quando, não disse palavra.

Uma vez, ao cair da tarde, Shama veio trazer comida para o sr. Biswas e lhe disse:

— Titio quer falar com você. — Titio era Seth.

— Titio quer falar comigo? Pois vá lá dizer ao titio que, se ele quer falar comigo, que venha aqui em cima.

Shama ficou séria.

— O que é que você anda fazendo e dizendo? Você está fazendo todo mundo ficar contra você. Você não liga. Mas e eu? Você não pode me dar nada e quer impedir que os outros façam alguma coisa por mim. Para você é muito fácil dizer que pega as suas coisas e vai embora. Mas você sabe que é só da boca para fora. Você tem alguma coisa?

— Não tenho porcaria nenhuma. Mas não vou descer para falar com tio nenhum. Não estou à disposição dele, como todo mundo nessa casa.

— Então vá lá e diga isso a ele. Você fala como homem, quero ver agir como homem.

— Não vou descer.

Shama começou a chorar, e por fim o sr. Biswas vestiu as calças. À medida que ia descendo as escadas, sua coragem ia se evaporando; foi obrigado a dizer a si próprio que era um homem livre e podia sair daquela casa na hora em que bem entendesse. No salão, envergonhado, deu por si dizendo:

— Sim, tio?

Seth estava colocando um cigarro na longa piteira de marfim algo que já não parecia uma afetação ao sr. Biswas. O gesto não contrastava mais com suas roupas toscas de fazendeiro e seu rosto grosseiro, barbado, bigodudo: agora fazia parte de sua imagem. O sr. Biswas, fixando a atenção na atividade delicada dos dedos grossos e machucados de Seth, percebeu que o salão estava cheio. Mas ninguém falava alto; os cochichos, os ruídos de mastigação, de passos apressados porém abafados, como se longínquos, resultavam numa espécie de silêncio.

— Mohun — disse Seth por fim —, há quanto tempo você está morando aqui?

— Dois meses, tio. — E percebeu, sem querer, que falava do mesmo modo que Govind.

A sra. Tulsi estava presente, sentada num banco à mesa. Os dois deuses, em caráter extraordinário, também estavam lá, sérios, sentados juntos na rede feita de sacos de açúcar, com os pés no chão. As irmãs davam de comer aos maridos na outra ponta da mesa. Outras irmãs, acompanhadas dos filhos, amontoavam-se ao lado da negra entrada da cozinha.

— Você está comendo bem?

Na presença de Seth, o sr. Biswas sentia-se diminuído. Tudo em Seth era dominador: seu jeito tranquilo, seus cabelos grisalhos e lisos, sua piteira de marfim, seus braços duros e inchados: após falar, ele os alisou e depois ficou a ver os pelos voltando à posição original.

— Comendo bem? — O sr. Biswas pensou nas refeições miseráveis, nas suas dores de estômago, na fome raramente satisfeita. — Estou. Estou comendo bem.

— Você sabe quem é que lhe dá toda a comida que você come?

O sr. Biswas não respondeu.

Seth riu, tirou a piteira da boca e tossiu do fundo do peito.

— Mas que sujeito! Quando um homem se casa, ele não tem que achar que os outros vão lhe dar comida. Ele é que devia estar arranjando comida para a mulher dele. Quando me casei, você acha que eu queria que minha sogra me desse de comer?

A sra. Tulsi esfregou os braços cheios de pulseiras na mesa de pinho e sacudiu a cabeça.

Os deuses estavam muito sérios.

— E no entanto ouvi dizer que você não está satisfeito aqui.

— Eu não disse a ninguém que não estava satisfeito aqui.

— Quer dizer que eu sou o Chefão, é? E *mai* é a velha rainha, a galinha velha. E os meninos são os dois deuses, é?

128

Os deuses ficaram sisudos.

Desviando a vista de Seth e fazendo com que mais de uma dúzia de rostos imediatamente se virassem para o outro lado, o sr. Biswas viu Govind no meio dos outros comensais na extremidade oposta da mesa, atacando a comida a seu modo sorridente e selvagem; parecia indiferente à inquisição; e a seu lado C, velada, debruçava-se sobre ele, solícita.

— Hein? — Pela primeira vez a voz de Seth manifestava impaciência; e para mostrar sua irritação ele começou a falar em híndi. — Isso é que é gratidão. Você aparece aqui, sem um tostão, um ilustre desconhecido. Nós recebemos você, entregamos a você uma de nossas meninas, lhe damos comida, um lugar para você dormir. Você se recusa a trabalhar na loja, se recusa a trabalhar na fazenda. Está bem. Mas insultar a todos nós!

O sr. Biswas nunca havia encarado a coisa assim. Disse:

— Desculpe.

A sra. Tulsi disse:

— Como é que alguém pode pedir desculpas por aquilo que *pensa*?

Seth apontou para as pessoas que estavam comendo na outra ponta da mesa.

— Quais os nomes que você deu a eles, hein? — As pessoas em questão, sem levantar a vista do prato, estavam mais absortas do que nunca no ato de comer.

O sr. Biswas não disse nada.

— Ah, a eles você não deu nomes. Só a mim, a *mai* e aos dois meninos?

— Desculpe.

— Como é que alguém pode... — disse a sra. Tulsi.

Seth interrompeu-a.

— Então a gente quer alguém para trabalhar na fazenda. Para essas coisas, é bom contar com gente da família. E o que é que você diz? Que prefere remar a sua canoa. Olhem só para ele! — disse Seth para todo o salão. — Biswas, o remador.

As crianças sorriram; as irmãs cobriram-se com os véus; os maridos continuaram comendo, de cenho franzido; os deuses na rede, fazendo-a balançar muito lentamente com os pés no chão, olhavam carrancudos para o patamar da escada.

— Está na massa do seu sangue — disse Seth. — Ouvi dizer que seu pai mergulhava muito bem. Mas aonde esta sua canoa o levou até agora?

O sr. Biswas disse:

— O negócio é que eu não entendo nada dessas coisas de fazenda.

— Aha! Quer dizer que porque você sabe ler e escrever você não quer sujar as mãos, é? Olhe para as minhas mãos. — Exibiu as unhas enrugadas, tortas e surpreendentemente curtas. As costas de suas mãos, peludas, estavam arranhadas e manchadas; as palmas, endurecidas, eram lisas em alguns trechos e escalavradas em outros. — Você pensa que não sei ler nem escrever? Pois sei, melhor que todos eles. — E com uma das mãos indicou todas as irmãs, maridos e filhos; virou a palma da outra mão para os deuses na rede, querendo dizer que aqueles eram exceções. Agora havia uma expressão zombeteira em seus olhos, e ele abriu os dois cantos da boca, com a piteira no meio, para rir. — E esses meninos, Mohun? Os deuses.

O deus mais jovem franziu a testa, foi arregalando os olhos cada vez mais, até eles não exprimirem mais nada, e tentou assumir uma expressão severa com a boca pequena, de lábios gordos.

— Você acha que *eles* não sabem ler nem escrever?

— Vá ver os dois lá na loja — disse a sra. Tulsi. — Lendo e vendendo. Lendo e comendo e vendendo. Lendo e comendo e contando dinheiro. Esses não têm medo de sujar as mãos.

Em dinheiro, não, replicou o sr. Biswas mentalmente.

O deus mais jovem levantou-se da rede e disse:

— Se ele não quer trabalhar na fazenda, é problema dele. Benfeito, mãe. A senhora escolhe seus genros e eles tratam a senhora exatamente como a senhora merece.

— Sente-se, Owad — disse a sra. Tulsi. Virou-se para Seth:

— Esse menino tem um gênio terrível.

130

— Não é para menos — disse Seth. — Esses remadores vão embora, remando na canoa deles (não é assim, Biswas?), e assim que a coisa fica difícil eles voltam correndo para cá. Seth está aqui para isso mesmo, para ser insultado exatamente pelas pessoas, veja bem, que ele está tentando ajudar. *Eu* não ligo. Mas até entendo que o menino não goste.

O deus mais jovem franziu a testa ainda mais.

— Não é porque meu pai já morreu que as pessoas que comem a comida da minha mãe têm o direito de dizer que ela é uma galinha velha. Eu quero que o Biswas peça desculpas à minha mãe.

— Que desculpa, que nada — disse a sra. Tulsi. — Não ia adiantar nada. Não vejo como uma pessoa pode pedir desculpas por aquilo que ela *pensa*.

Existe em algumas pessoas fracas que têm consciência de sua própria fraqueza e se ressentem do fato um certo mecanismo que, atuando de repente e sem uma direção consciente, os livra da humilhação final. O sr. Biswas, que até então estava encarando suas blasfêmias como manifestações da mais negra ingratidão, subitamente perdeu as estribeiras.

— Eu quero mais é que vocês todos vão para o inferno! — gritou. — Não vou pedir desculpa a ninguém.

Nos rostos deles surgiu espanto, até mesmo apreensão. O sr. Biswas observou esse fato num momento de lucidez, virou-se e subiu as escadas correndo; e foi para o quarto comprido juntar seus pertences com uma energia desnecessária.

— Você nem liga de meter as pessoas nas piores encrencas, hein?

Era Shama, parada à porta, descalça, véu caído sobre o rosto, tão assustada quanto naquela manhã na loja.

— Família! Família! — exclamou o sr. Biswas, enfiando roupas e livros — *Iniciativa individual*, *Livro do declamador*, os sete volumes do *Guia elétrico Hawkins* — numa caixa de papelão que tinha na tampa marcas circulares de latas de leite condensado. — Não fico aqui nem mais um minuto. Aquele garotinho falar comigo desse jeito, imagine! Ele fala assim com todos os seus cunhados?

131

Trabalhava com tanta energia que rapidamente terminou de juntar suas coisas. Porém sua raiva começara a esfriar; e ele ficou achando que sair da casa de novo tão cedo seria ridículo, seria agir como uma moça recém-casada. Ficou esperando que Shama dissesse alguma coisa que redespertasse sua raiva. Shama não disse nada.

— Antes de eu ir embora — disse ele, tirando coisas de dentro da caixa e recolocando-as outra vez — quero que você diga ao Chefão, já que está claro que ele é quem manda na família, quero que você diga a ele que ele ainda não me pagou os letreiros que eu pintei.

— Por que é que você mesmo não vai e diz isso a ele? — Shama agora estava zangada e quase chorando.

O sr. Biswas tentou se imaginar pedindo dinheiro a Seth. Não conseguiu.

— Não comece a me provocar — disse ele. — Acha que eu quero falar com esse homem? Você conhece ele há muito tempo. Ele é uma espécie de segundo pai para você. Vá falar com ele.

— E se ele cobrar o que você deve a ele?

— Eu devolvo você a ele na hora.

— Você deve a ele mais do que ele deve a você.

— Ele me deve mais do que eu devo a ele.

A questão foi reduzida a uma discussão pura e simples, o que não apenas acabou de vez com o que ainda restava de sua raiva como também o deixou animado, se bem que um pouco confuso quanto ao que deveria fazer em seguida.

Antes que ele conseguisse tomar uma decisão, C e Padma, a mulher de Seth, entraram no quarto sem bater na porta. C estava chorando. Padma suplicou-lhe que, em razão do nome e da unidade da família, não fizesse nada num momento de raiva.

O sr. Biswas ficou muito ofendido, deu as costas para Padma e C e ficou a andar de um lado para o outro, com passos pesados, dentro do espaço reduzido do quarto.

Com a chegada das mulheres, Shama mudou de atitude.

Não parecia mais irritada, nem fazia súplicas: em vez disso, ficou com um ar de mártir. Sentada num banco baixo, muito tesa, apoiando o queixo no polegar, seus olhos estavam tão arregalados quanto, ainda há pouco, no salão, os olhos do deus mais jovem.

— Não vá embora, irmão — disse C, entre soluços. — É a sua irmã quem está implorando. — Tentou agarrar seus calcanhares.

O sr. Biswas escapuliu; tinha no rosto uma expressão intrigada.

C, chorando, percebeu aquela expressão e esclareceu:

— A Chinta está implorando. — Mencionou seu próprio nome para indicar o grau de sua tristeza e a sinceridade de sua súplica; e começou a gemer.

Ao vir implorar-lhe que ficasse, Chinta estava praticamente confessando que fora seu marido, Govind, que havia delatado a Seth as blasfêmias do sr. Biswas; estava também afirmando o triunfo de Govind. O sr. Biswas sabia que quando dois homens brigavam era dever da mulher do vitorioso aplacar o derrotado, e cabia à mulher do derrotado não demonstrar raiva, porém dar a entender, com muito jeito, que os dois homens eram igualmente responsáveis por sua infelicidade. Com a chegada de Chinta, Shama tornara-se a esposa derrotada e estava fazendo uma louvável primeira tentativa de desempenhar corretamente esse difícil papel.

Não havia como protestar contra essa sutil humilhação. Até aquele momento, o sr. Biswas jamais sentira que tinha inimigos. As pessoas eram simplesmente indiferentes a ele. Mas agora um inimigo, o inimigo, havia se declarado. E ele resolveu não fugir.

E, havendo tomado a decisão, começou a achar que já tinha vencido. E, como já era o vencedor, encarou Chinta e Padma com piedade. Chinta chorava baixinho, enxugando os olhos com o véu. Disse a ela, num tom amável:

— Por que o seu marido não arranja emprego na *Gazette*, hein? Ele tem a maior vocação para repórter.

Essa afirmação não teve nenhum efeito sobre as lágrimas que emanavam dos olhos brilhantes de Chinta. Shama continuava sentada, imóvel, como uma mártir, os olhos arregalados, as pernas abertas, a saia cobrindo os joelhos.

— Que diabo você está fingindo que está pensando, hein?

Ela não o ouviu. Padma continuava a agir com uma dignidade exausta. O sr. Biswas não disse nada a ela. Ela lembrava a sra. Tulsi, só que era mais gorda e parecia mais velha. Sua pele amarelenta e doentia era oleosa, e ela vivia se abanando, como se algum calor interior a atormentasse. Após sua súplica inicial, não olhou mais para o sr. Biswas nem falou com ele. Não estava chorando nem parecia mais triste do que de costume. Ela já participara de muitas missões desse tipo para se empolgar como Chinta: não havia um único homem na casa com quem Seth não tivesse brigado ao menos uma vez. Padma simplesmente veio, fez sua súplica e ficou sentada com cara de indisposta. Jamais, nem no salão nem em qualquer outro lugar, manifestava aprovação pelos atos de seu marido ou reprovação pelos atos dos maridos de suas sobrinhas; essa atitude lhe granjeava muito respeito e fazia dela uma boa pacificadora.

Com uma voz séria e cheia de impaciência, o sr. Biswas disse:

— Está bem. Está bem. Enxugue essas lágrimas. Não vou embora, não.

Chinta soltou um soluço curto e estrepitoso, que assinalou o fim do choro.

— Mas diga a eles que não me provoquem, só isso.

Suspirando, Padma levantou-se, pesada e doentia; e sem mais nenhum comentário ela e Chinta saíram do quarto.

Shama amoleceu. Seus olhos se estreitaram um pouco, seus dedos soltaram o queixo. Começou a chorar baixinho, e seu corpo sofreu um processo de relaxamento, como se estivesse se derretendo, que ao mesmo tempo fascinava e irritava o sr. Biswas. Seus braços pareciam ficar mais roliços; seus ombros arredondavam-se e caíam; suas costas se curvavam; seus olhos

amoleciam até liquefazerem-se em lágrimas; os pulsos, larga-
dos sobre os joelhos, pareciam quebrados; suas mãos pendiam
moles; os dedos balançavam-se inertes, como se todas as articu-
lações estivessem quebradas.

— Isso é que é sangue ruim — disse o sr. Biswas. — *Isso é
que é sangue ruim!*

Decepcionado com Govind, o sr. Biswas começou a encontrar virtudes em cunhados a quem antes não dera atenção. Um
desses era Hari, um homem alto, pálido e calado que passava
boa parte de seu tempo sentado à longa mesa do salão atacando
montes de arroz de modo lento e desapaixonado, porém eficien-
te, sob o olhar de sua esposa grávida. Ele passava ainda mais
tempo na latrina, o que o fazia temido. "Deviam tocar um sino
para avisar as pessoas que Hari está indo para a latrina", disse o
sr. Biswas a Shama, "do mesmo modo como tocam o sino para
avisar as pessoas que estão fechando a água". Era de consenso
geral na Casa de Hanuman que Hari era um homem doente; sua
mulher falava, com tristeza e orgulho, dos terríveis diagnósticos
feitos por diferentes médicos. Nenhum dos homens parecia
menos capaz de trabalhar na fazenda; era difícil imaginar aquela
voz fina e suave dando ordens a peões, censurando os ociosos
e fazendo calar com um grito os respondões. Na verdade, Hari
era pândita e parecia mais feliz do que nunca quando tirava
as roupas de trabalho, vestia uma tanga e ficava sentado na
varanda do andar de cima, lendo algum livro em híndi, grande
e desconjuntado, colocado num suporte de madeira trabalhada
de Caxemira. Era ele que fazia o *puja* quando os deuses não
estavam em casa; e ainda realizava cerimônias para os amigos
mais chegados de vez em quando. Não ofendia ninguém, nem
fazia graça a ninguém. Vivia obcecado com suas doenças, sua
comida e seus livros de religião.

Com o trabalho na fazenda, as leituras na varanda e as
visitas à latrina, Hari tinha poucas horas livres, e só podia
ser abordado à mesa. Mas lá não era fácil conversar. Hari, por

135

convicção, mastigava cada bocado quarenta vezes; comia ruidosamente, absorto.

Sentado ao lado de Hari uma tarde, tendo sido alvo de um olhar rápido e ruminante da parte dele e de um outro olhar, demorado e preocupado, da parte da mulher de Hari, o sr. Biswas esperou até que o outro acabasse de mastigar, amassar, triturar um bocado. Então apressou-se a perguntar:

— O que você acha dos arianos?*

Referia-se aos missionários hindus dissidentes vindos da Índia, os quais pregavam que a ideia de casta não tinha importância, que o hinduísmo devia aceitar convertidos, que os ídolos deviam ser abolidos, que as mulheres deviam ser instruídas — em suma, que atacavam todas as doutrinas pelas quais os Tulsi, ortodoxos, tinham apreço.

— O que você acha dos arianos? — perguntou o sr. Biswas.

— Os arianos? — disse Hari, e começou a mastigar outro bocado. Seu tom de voz indicava que aquela era uma pergunta frívola feita por um indivíduo mal-intencionado.

Uma expressão de angústia surgiu no rosto da mulher de Hari.

— É — disse o sr. Biswas, em desespero, para preencher o silêncio. — Os arianos.

— Não penso muito neles, não. — Hari mordeu um pimentão, pondo à mostra dentes pequenos, alvos e afiados, como dentes de rato, que não eram de se esperar num homem tão alto e tão lerdo. — Ouvi dizer — prosseguiu ele — que você pensa muito neles.

O sr. Biswas quase se converteu à doutrina dos arianos.

Foi Misir, o jornalista ocioso, que o convenceu a ir ouvir Pankaj Rai.

---

* Seguidores do movimento reformista Arya Samaj ("Sociedade dos Nobres"), fundado na Índia em 1875 por Dayananda Sarasvati (1824-1883). (N. T.)

— Ele não é um desses pânditas analfabetos de Trinidad, sabe? — disse Misir. — O Pankaj é bacharel em artes e em direito também. E é um tremendo orador. Um purista, rapaz.

O sr. Biswas não perguntou o que era "purista", mas a palavra, pronunciada com reverência por Misir, o impressionou muitíssimo, conotando não apenas pureza e gostos exigentes, mas também elegância e distinção.

Havia ainda outro atrativo: a reunião seria na casa dos Nath. Os Nath eram proprietários de terras e de uma fábrica de sabão e eram os rivais mais importantes dos Tulsi em Arwacas. Entre os Nath e os Tulsi de todas as idades havia uma inimizade tão arraigada e visceral quanto a que havia entre hinduístas e muçulmanos. A inimizade se acirrara depois que os Nath construíram uma casa nova, no estilo moderno adotado em Port-of-Spain.

Purista, pensou o sr. Biswas ao ver Pankaj Rai. O homem é mesmo um purista. Estava elegante, com um paletó indiano comprido, preto e justo; e quando ele apertou a mão do sr. Biswas este sentiu-se conquistado por sua amabilidade, observando ao mesmo tempo, com satisfação, que Pankaj Rai era tão baixo quanto ele e tinha um nariz tão feio quanto o dele. Tinha também pálpebras extraordinariamente pesadas e caídas, que lhe davam um ar ora cômico, ora sinistro, simpático ou desdenhoso. Caíam apenas alguns milímetros sobre os olhos e transformavam um sorriso numa expressão de escárnio sutil, porém arrasador. Esse efeito era particularmente notável quando ele começava a ridicularizar as práticas do hinduísmo ortodoxo. Falava sem rodeios, lentamente, como se antegozasse as expressões que usava como um bom purista; e para o sr. Biswas foi uma revelação constatar que palavras e expressões as quais por si próprias eram corriqueiras podiam amalgamar-se em frases tão equilibradas e tão belas. Percebeu que concordava com tudo o que Pankaj Rai dizia: após milhares de anos de religião, os ídolos constituíam um insulto à inteligência humana e a Deus; a origem familiar do indivíduo não tinha importância; sua casta deveria ser determinada apenas por seus atos.

137

Após sua falação, Pankaj Rai distribuiu exemplares de seu livro, *A única reforma correta*, e o sr. Biswas pediu-lhe que autografasse seu exemplar. Pankaj Rai fez mais que isso. Escreveu o nome do sr. Biswas também, acrescentando que era "um grande amigo" seu. Embaixo dessa inscrição o sr. Biswas escreveu: "Oferecido a Mohun Biswas por seu grande amigo Pankaj Rai, bacharel em artes e em direito".

Foi mostrar o livro e a dedicatória a Shama quando voltou à Casa de Hanuman.

— Vá em frente — disse Shama.

— Quero saber o que vocês têm contra ele. Vocês dizem que são de uma casta alta. Mas vocês acham que o Pankaj ia concordar com isso? Vamos ver. Como é que o Pankaj classificaria o Tourão. Ha! Junto com as vacas. Um vaqueiro. Não. Isso até é uma boa profissão. — Lembrou-se de seus tempos de vaqueiro. — Melhor classificá-lo como operário de curtume, arrancando o couro de animais mortos. Isso mesmo. O Tourão é da casta dos operários de curtume. E os dois deuses? Onde você acha que o Pankaj ia enquadrar os deuses?

— No mesmo lugar em que você enquadraria os seus irmãos.

— Varredor de rua? Lavadeiro? Barbeiro? Isso, barbeirinhos. O Pankaj ia olhar para eles e na mesma hora ia querer aparar o cabelo. E a sua mãe? — Fez uma pausa. — Sha-ma! Acabo de ter uma ideia. O Pankaj ia dizer que a sua mãe não é hindu coisa nenhuma! Veja só: casou a filha dileta dela num cartório; manda os dois barbeirinhos estudarem num colégio católico. Era só o Pankaj olhar para a sua mãe que ele começava logo a se benzer. Católica! Isso é o que ela é.

— Por que você não cala essa boca? — Shama tentava dar a impressão de que levava a coisa na brincadeira, mas ele percebeu que ela estava ficando irritada.

— Católica, apostólica, romana! Católica, a bisca. Pensa que ela ia conseguir tapear o Pankaj? E, veja só, o Pankaj trazendo a ela uma mensagem de esperança, dizendo que os hinduístas deviam aceitar convertidos, tratá-los como se fossem hindus natos, dizendo que não é preciso ser filho de gente de casta alta para pertencer a uma casta alta. Uma mensagem de esperança. Pois bem: a sua mãe diz o diabo do homem, em vez de agradecer, de beijar os pés dele. Que gratidão, hein?

— Eu só espero que esse tal de Pankaj Rai ajude você a sair da encrenca em que você, na certa, vai se meter. Vá em frente.

— Shama.

— Por que você não cala essa boca e vai dormir?

— Shama, tem mais um problema, menina. Você acha que um hinduísta decente ia casar com uma moça católica, se fosse mesmo um hinduísta que se preza? Vou lhe dizer uma coisa, Shama: acho que toda a sua família é de uma casta bem baixa.

— Você deve saber melhor que ninguém. Você entrou para a família.

— Entrei para a família. Ha! Você acha que isso me faz feliz. Eu *pareço* feliz?

— Não vejo por que você devia estar feliz. Tem mesmo é que estar arrasado. Primeira vez na vida que você está comendo três refeições decentes por dia. Seu estômago deve estar tendo muito trabalho, imagino.

— Meu estômago está mesmo escangalhado. O que eu mais como nessa casa é bicarbonato de sódio.

Apertou o pé contra a parede e com o dedão desenhou círculos em torno de uma flor de lótus esmaecida desenhada na parede.

O sr. Biswas estava pretendendo ter uma conversa mais séria sobre os arianos com Hari. Imaginava que Hari, como o pândita Jairam e muitos outros pânditas, gostasse de uma boa discussão. Mas à mesa do salão Hari permaneceu distante, enquanto sua mulher parecia horrorizada; e o sr. Biswas deixou-o comer em paz.

Depois que Hari trocou de roupa e foi sentar-se na varanda do andar de cima, com um livro sagrado à sua frente, cantarolando à sua maneira desanimada, o sr. Biswas, melindrado e ansioso por despertar alguma reação, pegou seu exemplar de *A única reforma correta* e mostrou-o a Hari, chamando-lhe a atenção para as inscrições. Hari olhou rapidamente para o livro e disse:

— Hm.

Tendo fracassado com Hari, o sr. Biswas achou que seria mais prudente não revelar a mensagem de esperança a seus outros cunhados, que eram menos inteligentes e mais temperamentais.

Cerca de uma semana depois, Seth encontrou o sr. Biswas no salão e disse, rindo:

— Como vai o seu *grande* amigo Pankaj Rai?

— Por que é que está me perguntando isso? — retrucou o sr. Biswas em inglês. Quase sempre falava em inglês na Casa de Hanuman, mesmo quando seu interlocutor falava em híndi; isto havia se tornado um de seus princípios. — Por que não pergunta ao Hari, o sonhador?

— Sabia que o Rai quase foi preso?

— Tem gente que diz cada uma! — Porém o sr. Biswas ficou perturbado com a notícia a respeito do purista.

— Esses arianos dizem as maiores loucuras sobre as mulheres — disse Seth. — E sabe por quê? Querem elevar as mulheres para poder ficar por cima delas. Sabia que o Rai andou se metendo com a nora do Nath? Por isso mandaram ele embora. Mas muitas outras coisas foram embora com ele.

— Mas o homem é bacharel em artes.

— E em direito também. Eu sei. Ariano não respeita nem a bisavó dos outros.

— Conversa. Um grande amigo meu. Um purista. O Pankaj não seria capaz de fazer uma coisa dessa. Quem diz isso é porque nunca ouviu ele falar.

— Pois a nora do Nath ouviu. E não gostou.

— Boatos, boatos. É só um boato inventado por vocês que são ortodoxos.

— Se eu pudesse — disse Seth — eu cortava fora os colhões de todos esses arianos. Eles já converteram você?

— Isso é problema meu.

— Ouvi dizer que converteram uns negros. Bons irmãos para você, Mohun!

Na varanda, o sr. Biswas viu Hari de tanga, camiseta e colar de contas.

— Oi, pândita! — disse o sr. Biswas.

Hari dirigiu-lhe um olhar vazio e voltou à leitura.

O sr. Biswas passou por uma porta de vidro, com vidros de muitas cores, e entrou no Quarto dos Livros. Uma das paredes era coberta por uma estante abarrotada de livros de religião, os quais Hari estava lendo um por um. Poucos destes livros eram encadernados. Em sua maioria, eram apenas maços de folhas grandes, soltas, de bordas pardas, que mais pareciam borradas do que impressas. Cada folha vinha manchada com a impressão da folha que vinha acima e da que vinha abaixo; a tinta ficara avermelhada com o tempo; e cada letra ficava no meio de uma mancha de óleo.

O sr. Biswas virou-se e voltou à varanda. Encostou a cabeça numa vidraça de um azul bem vivo e disse bem alto para Hari, na outra ponta da varanda:

— Oi, Deus.

Hari, cantarolando, não ouviu.

— Arranjei um nome para mais um dos seus cunhados — disse ele a Shama aquela noite, deitado no cobertor, com o pé direito apoiado no joelho esquerdo, arrancando um pedaço de unha do dedão. — O santo da prisão de ventre.

— Hari? — disse ela, e levantou-se, dando-se conta de que havia começado a participar daquele jogo.

Ele deu um tapa na barriga da perna, mole e macilenta, e enfiou um dedo na carne. Tinha uma consistência de esponja.

Ela segurou-lhe a mão.

— Não faça isso. Detesto ver você fazendo isso. Você devia ter vergonha, tão moço e tão mole.

— É a porcaria da comida que eu como nessa casa. — Continuava a segurar a mão de Shama. — Mas eu tenho mais um bocado de nomes para ele. O espírito santo. Gostou desse?

— Pare!

— E os dois deuses? Você já percebeu que eles parecem dois macacos? Quer dizer: lá fora tem um macaco de concreto e aqui dentro dois macacos de verdade. Por que não chamar essa casa de casa dos macacos? Eh, macaco, touro, vaca, galinha. Isso não é uma casa, é um jardim zoológico.

— E você? O cachorrinho que late alto?

— O melhor amigo do homem. — Levantou as pernas, e a carne flácida e magra ficou a tremelicar. Com um peteleco, fez as batatas das pernas balançarem.

— Pare com isso!

Agora a cabeça de Shama estava apoiada no braço macio do sr. Biswas, e os dois estavam deitados lado a lado.

Desistindo dos cunhados completamente, o sr. Biswas se contentava com a companhia dos arianos na casa dos Nath. Pankaj Rai não estava mais entre eles, e ninguém estava disposto a falar sobre ele. Seu lugar agora era ocupado por um homem que se apresentava como Shivlochan, bacharel em artes (professor). Não era um purista. Falava pomposamente em híndi e com dificuldade em inglês e deixava que Misir o intimidasse constantemente. Misir gostava de discussões e resoluções. Sob sua influência, aprovaram resoluções que propunham a importância da educação, o fim do casamento entre crianças, a necessidade de que os jovens escolhessem seus próprios cônjuges.

Misir, que sofrera com a escolha de seus pais, disse:

— O atual sistema não passa de um tiro no escuro.

(O sr. Biswas adorava as expressões de Misir. Aquela noite ele disse a Shama:

É isso que a sua família faz: casa vocês todas com qualquer um. Um verdadeiro tiro no escuro.

— Não pense que eu não sei de onde você tira essas ideias todas — disse Shama. — Vá em frente.)

— Vejam só o que aconteceu comigo — disse Misir — por

me casar por esse sistema de tiro no escuro. E você, Mohun? Com você deu certo o tiro no escuro?

— No meu caso — disse o sr. Biswas — não foi no escuro. Eu vi a garota antes.

— Você está me dizendo que deixaram você ver a garota antes? — Os últimos resquícios de ortodoxia que havia em Misir estavam claramente indignados.

— Bem, eu vi a garota no balcão da loja, sabe, vendendo fazenda, meias e fitas. Então eu...

— Aquela confusão de sempre, hein?

— Até que não. Depois as coisas simplesmente vão acontecendo.

— Eu não sabia — disse Misir. — E, quem colhe, semeia. Seja como for, acho que a gente pode dizer que é contra esse método de tiro no escuro na infância.

— É — disse o sr. Biswas.

— Bem, como é que vamos transmitir nossas ideias às massas? — perguntou Misir; e o sr. Biswas percebeu que seu jeito de falar estava ficando cada vez mais parecido com o de Pankaj Rai. — Sugiro a persuasão.

— Persuasão pacífica — disse Shivlochan.

— Persuasão pacífica. Comecemos como Maomé. Comecemos aos poucos. Cada um com a sua família. Com a sua mulher. Depois é seguir em frente. Quero que todos os presentes cheguem em casa hoje decididos a difundir nossas ideias entre os vizinhos. E prometo, meus amigos, que em pouco tempo Arwacas será um bastião do arianismo.

— Um momento — disse o sr. Biswas. — Espere aí. Começar com a família? Você não conhece a minha família. Acho melhor deixá-la de fora.

— Essa é boa — disse Misir. — Você quer converter trezentos milhões de hindus e tem medo de uma mísera família do interior?

— Falando sério, rapaz. Você não conhece a minha família.

— Está bem — disse Misir, com o entusiasmo um pouco arrefecido. — Digamos que a persuasão pacífica não funcione.

Só para fins de discussão. O que vocês sugerem, meus amigos? Através de que meios poderemos efetuar a conversão que desejamos tão ardentemente? — As duas últimas frases haviam constado de um dos discursos de Pankaj Rai.

— Através da espada — disse o sr. Biswas. — O único jeito. Conversão através da espada.

— É o que eu acho também — disse Misir.

— Um momento, senhores — disse Shivlochan, bacharel em artes (professor), levantando-se. — Estão rejeitando a doutrina da não violência. Os senhores têm consciência disso?

— Rejeitando-a só por pouco tempo — disse Misir, impaciente. — Só um pouquinho.

Shivlochan sentou-se.

— Creio, então, que podemos aprovar uma resolução segundo a qual a persuasão pacífica dever vir seguida de persuasão militante. Aprovado?

— Acho que sim — disse o sr. Biswas.

— Acho que isso vai dar uma boa matéria — disse Misir. — Vou já dar uma ligada para o *Sentinel*.

Na seção nacional do *Sentinel* do dia seguinte saiu uma notícia, com cinco centímetros de comprimento, a respeito das atas da Associação Ariana de Arwacas, a AAA. Nela aparecia o nome do sr. Biswas, bem como seu endereço.

Ele deixou um exemplar aberto e marcado sobre a mesa do salão. E naquela noite, quando Shama subiu para lhe dizer que Seth queria falar com ele, o sr. Biswas, que estava lendo *A única reforma correta*, não discutiu. Com seu assobio inaudível, vestiu as calças e desceu as escadas correndo para enfrentar o tribunal familiar.

— Vi que seu nome saiu no jornal — disse Seth.

O sr. Biswas deu de ombros.

Os deuses balançavam-se lentamente na rede, zangados.

— O que é que você está tentando fazer? Sujar o nome da família? Esses meninos estão tentando fazer um bom curso no colégio católico. Você acha que esse tipo de coisa vai ajudar a situação deles?

Os deuses pareciam ofendidos.

— Inveja — disse o sr. Biswas. — Todo mundo com inveja, só isso.

— O que é que você tem para causar inveja aos outros? — perguntou a sra. Tulsi.

O mais velho levantou-se chorando.

— Não vou ficar sentado nessa rede e deixar que venha qualquer um aí me insultar. A culpa é sua, mãe. Ele é seu genro. A senhora traz essa gente para cá para comer toda a comida paga com o dinheiro do meu pai e depois insultar os seus filhos.

Era uma acusação séria; a sra. Tulsi apertou o menino contra si, abraçou-o e enxugou-lhe as lágrimas com o véu.

— Deixe isso para lá, filho — disse Seth. — Estou aqui para tomar conta de você. — Virou-se para o sr. Biswas. — Está bem — disse, em inglês. — Você está vendo o que fez? Quer meter a família em encrenca. Quer ver as pessoas na cadeia. Elas dão comida a você, mas você quer me ver na cadeia, eu e *mai*. Você quer que os dois meninos, que não têm pai, fiquem sem instrução. Está tudo bem. Essa casa já é uma república mesmo.

As irmãs e os cunhados assumiram atitudes de uma penitência carrancuda, imobilizados. Aquele comentário gratuito de Seth sobre a "república" era uma censura dirigida a todos eles; significava que o comportamento do sr. Biswas estava enxovalhando todos os outros cunhados.

— Quer dizer — prosseguiu Seth — que você quer que as meninas estudem e escolham com quem vão se casar, não é? Igual ao que a sua irmã fez.

As irmãs e seus maridos ficaram aliviados.

O sr. Biswas disse:

— Minha irmã é melhor que qualquer uma aqui, e está vivendo bem melhor. E além disso mora numa casa bem mais limpa.

Seth apoiou o cotovelo na mesa e ficou a fumar com tristeza, olhando para as botinas.

— É a Era Negra — disse baixinho, em híndi. — A Era

145

Negra finalmente chegou. Irmã, nós abrimos as portas para uma serpente. A culpa é minha. Pode pôr a culpa em mim.

— Não estou pedindo para ficar aqui, não — disse o sr. Biswas. — Eu também acredito nos velhos costumes. Vocês me fazem casar com a menina, prometem isso e aquilo. Até agora não ganhei nada. O dia que me derem o que me prometeram eu vou embora.

— Então você quer que as suas filhas aprendam a ler e escrever e escolham os namorados? Quer que elas andem de saia curta?

— Não falei nada sobre saia curta. Estou falando no que vocês me prometeram.

— Saia curta. E bilhete amoroso. Essa não! Lembra do bilhetinho amoroso que você escreveu para a Shama?

Shama deu uma risadinha. As irmãs e seus maridos, agora mais à vontade, riram também. A sra. Tulsi soltou uma risada curta e explosiva. Só os deuses permaneciam sérios; mas a sra. Tulsi, ainda abraçando o mais velho, conseguiu que ele sorrisse.

Assim, o combate resultou numa derrota. Mas o sr. Biswas, longe de ficar deprimido, sentia-se exultante. Agora estava convicto de que em sua campanha contra os Tulsi — pois era assim que ele encarava a coisa — ele estava saindo vitorioso.

Ele recebeu um apoio inesperado da Associação Ariana.

A Associação atraiu a atenção da sra. Weir, mulher do proprietário de uma pequena plantação de cana. Ela não pagava bem seus empregados, porém era por eles respeitada porque se interessava por religião e se preocupava com o bem-estar espiritual deles. A maioria dos trabalhadores era hinduísta, e a sra. Weir interessava-se particularmente pelo hinduísmo. Dizia-se que seu objetivo verdadeiro era converter hinduístas em massa, porém Misir negava tais boatos. Dizia que era ele que havia praticamente convertido a própria sra. Weir. De fato, ela compareceu a uma reunião dos arianos. E convidou alguns deles para tomar chá. O sr. Biswas, Misir, Shivlochan e mais dois outros foram. Misir falava. A sra. Weir escutava e nunca discordava. Misir deu-lhe livros e panfletos. A sra. Weir disse que estava muito interessada em lê-los. Logo antes de eles saírem, a sra. Weir deu-lhes exemplares das *Meditações* de Marco Aurélio, dos *Discursos* de Epicteto e vários outros livretos.

Durante os dias que se seguiram, a Casa de Hanuman foi submetida a uma campanha de propaganda de uma seita cristã obscura. Os livretos da sra. Weir apareciam na mesa do salão, na Loja Tulsi, na cozinha, nos quartos. Uma gravura religiosa foi pregada na parte de dentro da porta da latrina. Quando um livreto foi encontrado no santuário da sala de prece, Seth mandou chamar o sr. Biswas e disse:

— Só falta agora você começar a ensinar as crianças a cantar músicas de igreja. Não consigo entender como é que alguém pôde pensar em fazer de você um pândita.

Disse o sr. Biswas:

— Pois desde que eu vim morar nessa casa comecei a achar que para ser um bom hinduísta é preciso antes ser um bom católico.

O deus mais velho, sentindo-se atacado, levantou-se da rede, já preparado para chorar.

— Olhe só para ele — disse o sr. Biswas. — Se enfiar a mão debaixo da camisa, ele puxa para fora um crucifixo.

De fato, o deus mais velho andava sempre com um crucifixo no pescoço. Era considerado na casa um amuleto exótico e eficaz. O deus mais velho usava muitos amuletos; considerava-se sensato que uma pessoa tão valiosa andasse bem protegida. No domingo antes dos exames, a sra. Tulsi lavou-o com água consagrada por Hari; as solas de seus pés foram imersas em água de lavanda; fizeram-no beber um copo de cerveja preta Guinness; e ele saiu da Casa de Hanuman, uma figura imponente, munido de crucifixo, fio sagrado e colar de contas, um sachê misterioso, diversas pulseiras curiosas, moedas consagradas e um limão em cada bolso das calças.

— Vocês se consideram hinduístas? — perguntou o sr. Biswas.

Shama tentou fazê-lo calar-se.

O deus mais moço levantou-se da rede e bateu com os pés no chão.

— Não vou ficar deitado nessa rede ouvindo alguém insultando meu irmão, mãe. A *senhora* não liga.

— O quê? — exclamou o sr. Biswas. — Insultando? No colégio católico fazem-no fechar os olhos e abrir a boca e dizer Ave Maria. É ou não é?

— Mohun!— exclamou Shama.

O deus mais velho chorava.

— A *senhora* não liga, mãe — disse o irmão.

— Biswas! — exclamou Seth. — Quer pegar na minha mão?

Shama puxava a camisa do sr. Biswas e ele resistia como se o estivessem arrastando de uma luta corporal que ele quisesse terminar por estar ganhando. Porém ele havia percebido a ameaça de Seth e deixou que Shama o empurrasse lentamente escada acima.

No meio da subida, ouviram Seth chamando a mulher.

— Padma! Venha depressa acudir sua irmã. Ela vai desmaiar.

Alguém começou a subir a escada correndo. Era Chinta. Ela ignorou o sr. Biswas e disse a Shama, em tom de acusação:

— *Mai* desmaiou.

Shama dirigiu um olhar duro ao sr. Biswas.

— Desmaiou, é? — disse ele.

Chinta não disse mais nada. Foi correndo para a casa de concreto a fim de preparar o quarto da sra. Tulsi, chamado de Quarto Rosado.

Assim que deixou o sr. Biswas a salvo no quarto, Shama foi embora; ele ficou a ouvi-la atravessando o Quarto dos Livros e descendo as escadas correndo.

A sra. Tulsi desmaiava com frequência. Sempre que isso acontecia, um ritual complexo imediatamente era desencadeado. Uma filha era enviada ao Quarto Rosado para aprontá-lo, e a sra. Tulsi era levada para lá por outras filhas, sob a supervisão de Padma, mulher de Seth. Se, como era comum acontecer,

Padma estava adoentada, Sushila a substituía. Sushila ocupava uma posição única na família. Era uma filha viúva, cujo único filho havia morrido. Por causa de seus sofrimentos, era respeitada; porém, embora ela assumisse ares de autoridade, sua situação era indefinida: seu *status* parecia ora tão elevado quanto o da sra. Tulsi, ora mais baixo que o de dona Pretinha. Era somente quando a sra. Tulsi passava mal que o poder de Sushila tornava-se incontestável.

Assim, no Quarto Rosado, após um desmaio, uma filha abanava a sra. Tulsi; duas massageavam suas pernas lisas, lustrosas e surpreendentemente firmes; uma banhava-lhe os cabelos soltos em rum aromático* e massageava-lhe a testa. As outras filhas ficavam por perto, prontas para cumprir as ordens de Padma ou Sushila. Os deuses com frequência ficavam lá também, assistindo a tudo, circunspectos. Quando terminava a massagem, a sra. Tulsi deitava-se de bruços e pedia ao deus mais jovem que andasse em cima dela, das solas dos pés até os ombros. Antes era o deus mais velho que se encarregava dessa tarefa, mas agora ele estava muito pesado.

Os cunhados se viam a sós na casa de madeira com as crianças, as quais, sem que ninguém lhes dissesse nada, sabiam que não podiam fazer barulho. Todas as atividades eram suspensas; a casa mergulhava no silêncio. Os desmaios da sra. Tulsi eram invariavelmente causados por um dos cunhados. Nessas circunstâncias, o culpado era punido com silêncio e hostilidade. Se tentava puxar uma conversa descontraída, sua frivolidade era imediatamente reprovada por inúmeros olhares. Se ficava emburrado num canto ou subia para seu quarto, era censurado por sua frieza e ingratidão. O comportamento esperado nesses casos era ficar no salão, demonstrando de todas as formas sua contrição e seu mal-estar. Aguardava o som de passos vindos do Quarto Rosado; abordava uma irmã, apressada e ofendida, e,

---

* Rum destilado com folhas de uma árvore antilhana, utilizado como remédio ou cosmético. (N. T.)

ignorando as reprimendas, perguntava-lhe num sussurro como estava a sra. Tulsi. Na manhã seguinte ele descia para o salão, tímido e sem jeito. A sra. Tulsi estava melhor. Ela o ignorava. Mas à tardinha havia uma atmosfera de perdão na casa. As pessoas falavam com o culpado como se nada houvesse acontecido, e ele reagia com entusiasmo.

O sr. Biswas não ficou no salão. Ficou estendido sobre o cobertor no quarto comprido, rabiscando papel e pensando nos artigos que prometera escrever para o *Novo Ariano*, a revista que Misir pretendia lançar. Ele não conseguia se concentrar, e em pouco tempo o papel ficou coberto de repetições, em diferentes estilos, das letras RES, uma combinação que ele achava difícil e bela desde a vez em que fizera um letreiro para um restaurante.

O quarto recendia a amoníaco.

— Está satisfeito, agora que fez *mai* desmaiar, hein?

Era Shama. Suas mãos ainda estavam sujas de óleo.

— Qual dos pés você massageou? — perguntou o sr. Biswas. — Você devia ficar cheia de gratidão por terem deixado você pegar num dos pés dela. Sabe, não entendo por que é que vocês todas fazem tanta questão de cuidar da galinha velha. Ela cuidou de vocês? Ela só fez casar vocês com o primeiro vendedor de coco ou pescador de caranguejo que apareceu. E assim mesmo fica todo mundo correndo para fazer massagem nos pés dela e esfregar a cabeça dela e pegar os sais para ela cheirar.

— Sabe, quem ouve você falando desse jeito nem acredita que quando você chegou nessa casa todas as suas coisas cabiam penduradas num prego só.

Aquele argumento era bem conhecido. Ele ignorou-o.

Na manhã seguinte o sr. Biswas, animado, entrou no salão dizendo:

— Bom dia, bom dia para todos.

Ninguém disse nada. Ele pediu então:

— Shama, Shama. Comida, menina. Comida.

Shama lhe trouxe uma xícara alta de chá. O café da manhã era chá com biscoitos. Os biscoitos vinham numa lata grande,

150

que depois era devolvida ao fabricante; o maior tamanho, o mais econômico, o método atacadista usado pelos donos de cafés. Enquanto afundava a mão na lata, afastando a palha para o lado, procurando os biscoitos — uma tarefa agradável, pois o cheiro de palha e biscoitos era gostoso, ainda melhor do que a refeição em si — enquanto ele fazia isso, a sra. Tulsi entrou no salão, cansada e pesada; parecia quase tão velha como Padma. O véu cobria-lhe a testa, e de vez em quando ela levava ao nariz um lenço embebido de água-de-colônia. Sem a dentadura, ela parecia decrépita, porém havia naquela decrepitude algo de eterno.

— A senhora está melhor, *mai*? — perguntou o sr. Biswas, empilhando uns biscoitos num prato esmaltado desbeiçado, falando num tom muito alegre.

Fez-se silêncio no salão.

— Estou sim, meu filho — disse a sra. Tulsi. — Estou melhor.

Dessa vez foi o sr. Biswas que ficou atônito.

(— Eu me enganei a respeito da sua mãe — ele disse a Shama antes de sair aquela manhã. — Ela não é uma galinha velha, não. Nem uma vaca velha.

— Ainda bem que você está aprendendo a ter gratidão — disse Shama.

— Ela é uma raposa. Uma raposa velha. A pior do bando. Como é mesmo que diz? Você sabe. Como está na *Gramática de Macdougall*. Coletivo de lobo, alcateia; coletivo de boi, manada. E de raposa?

— Não vou dizer.

— Eu vou descobrir. Seja como for, não esqueça a troca de nome. Agora ela é a raposa velha.)

Ele ficou no patamar da escada, afundando cada vez mais no assento rasgado de uma cadeira de palhinha, à frente do piano manchado, arranhado, abandonado e inútil, tomando chá, quebrando biscoitos e jogando os pedaços dentro do chá. Ficava vendo os pedaços de biscoito inchando e depois os salvava com a colher assim que começavam a afundar. Então, mais que depressa, antes que o biscoito mole caísse da colher, ele a enfiava na boca. A seu redor, as crianças faziam a mesma coisa.

O deus mais jovem veio descendo as escadas. Acabara de fazer o *puja* matinal. Com sua tanguinha, sua camiseta, seu colar de contas e as diminutas marcas de sua casta, parecia um santo em miniatura. Trazia um prato de latão no qual havia um cubo de cânfora ardente. A cânfora fora usada para oferecer incenso às imagens da sala de oração; agora ia ser oferecida a todos os membros da família.

O deus foi primeiro até a sra. Tulsi. Ela guardou o lenço junto ao seio, tocou a chama da cânfora com a ponta dos dedos e tocou a testa.

— Rama; Rama — disse ela. — Agora leve ao seu irmão Mohun.

Novamente fez-se silêncio no salão. E novamente o sr. Biswas ficou atônito.

Sushila, ainda com resquícios de sua autoridade da véspera, disse:

— É, Owad. Leve para o seu irmão Mohun.

O deus hesitou, de testa franzida. Então mordeu os lábios, subiu até o patamar, pisando firme, e ofereceu a chama aromática ao sr. Biswas. Este salvou mais uns biscoitos encharcados da xícara de chá. Colocou a boca embaixo da colher, apanhou no ar o biscoito que caiu dela, mastigou ruidosamente e disse:

— Pode tirar isso daqui. Você sabe que eu não cultivo ídolos.

O deus, que antes já estava aborrecido, agora ficou tão estupefato que quase começou a argumentar, quando se deu conta do horror daquela recusa. Ficou parado; a cânfora ardente se derretia no prato.

Fez-se silêncio no salão.

A sra. Tulsi não disse nada. Esquecendo sua fraqueza e seu cansaço, ela se levantou e começou a subir a escada lentamente.

— Mohun! — exclamou Shama.

O grito de Shama tirou o deus de seu estupor. Ele desceu para o salão, chorando de raiva, dizendo:

— Eu é que não queria oferecer nada a ele. Não queria, não. Eu sei como é que ele trata as pessoas.

Sushila disse:

— Chhh. Você está com o prato na mão.

— Mohun? — gritou Shama. — O que foi que você fez agora?

O sr. Biswas virou a xícara, retirou com a colher os restos de biscoito do fundo, comeu-os e, levantando-se, disse:

— O que foi que eu fiz? Não fiz nada. É só que eu não acredito nesse culto aos ídolos. Só isso.

— Hmmm. *Hm!* — Dona Pretinha emitiu um rosnado bem audível. Ela estava ofendida. Era católica e ia à missa todos os dias, mas há muitos anos via os ritos hinduístas serem executados diariamente e considerava-os tão sagrados quanto os da sua religião.

— Os ídolos não passam de degraus que levam ao culto da verdadeira divindade — disse o sr. Biswas, citando Pankaj Rai para todo o salão. — Só são necessários numa sociedade espiritualmente atrasada. Olhem para aquele menininho ali. Vocês acham que ele entende isso que ele passou a manhã fazendo?

O deus bateu os pés e gritou, com uma vozinha esganiçada:

— Entendo bem mais do que você, seu, seu... seu *cristão!*

Dona Pretinha rosnou outra vez, agora ofendidíssima.

Sushila disse ao deus:

— Você nunca deve perder a calma durante o *puja*, Owad. É muito feio.

— E é bonito ele ofender eu e a mãe e todo mundo assim desse jeito, é?

— É só dar bastante corda a ele, que ele acaba se enforcando.

No quarto comprido, o sr. Biswas reuniu seu equipamento de pintura, cantando repetidamente:

> *Navegando no repuxo,*
> *Navegando no repuxo.*

Música e letras baseavam-se, muito vagamente, em "Vagando no crepúsculo", uma canção que o coro da escola de Lal uma vez cantara em homenagem a umas visitas importantes da Missão Canadense.

Porém, tão logo o sr. Biswas saiu da Casa de Hanuman pelo portão lateral, sua animação desapareceu, sendo substituída por uma depressão que durou o dia todo. Trabalhou mal. Tinha de pintar um letreiro grande numa cerca de ferro corrugado. Pintar letras em uma superfície corrugada já não era fácil; pintar, como lhe haviam pedido, uma vaca e um portão era enlouquecedor. Sua vaca parecia dura, deformada e melancólica, neutralizando a alegria do resto do anúncio.

O sr. Biswas estava tenso e irritadiço quando voltou para a Casa de Hanuman. Os olhares ofendidos e agressivos que lhe foram dirigidos no salão lembraram-no do triunfo que ele vivera naquela manhã. Todo o júbilo que ele sentira já havia se transformado em repulsa pela sua situação. A campanha contra os Tulsi, que antes lhe inspirava tanto prazer, agora parecia-lhe sem sentido e degradante. Imaginemos — pensava o sr. Biswas no quarto comprido — que eu desaparecesse de repente deste quarto. O que restaria aqui de meu? Umas poucas roupas, uns poucos livros. Os gritos e ruídos do salão continuariam; o *puja* seria executado; pela manhã a Loja Tulsi abriria as portas.

Ele já vivera em muitas casas. E como era fácil imaginar aquelas casas sem ele! Nesse momento o pândita Jairam estaria numa reunião ou estaria comendo em casa, antegozando uma noite de leitura. Soanie estaria em pé, à porta, escurecendo a sala, aguardando o mais sutil gesto que correspondesse a uma ordem. Na varanda dos fundos da casa de Tara, Ajodha estaria refestelado em sua cadeira de balanço, de olhos fechados, talvez ouvindo "Este seu corpo" lido por Rabidat, o qual, sentado meio torto, tentava esconder o cheiro de bebida e fumo em seu hálito. Tara estaria por perto, atazanando o vaqueiro (era hora de ordenhar), ou atazanando o jardineiro, ou a criada, atazanando alguém. Em nenhuma dessas casas estariam sentindo falta dele, porque em todas elas ele não passara de um visitante, alguém que perturbava a rotina. Estaria Bipti pensando nele lá na ruela distante? Mas ela própria era uma pária como ele. E — mais remota ainda — aquela casa de barro e sapé no pântano: provavelmente já demolida, a terra já arada. Antes dela, o vazio. Não restava nenhum sinal dele em lugar nenhum.

Ouviu passos, e Shama entrou trazendo um prato de latão cheio de arroz, batatas com *curry*, lentilhas e *chutney* de coco.

— Quantas vezes eu tenho que lhe dizer que detesto essas porcarias desses pratos de latão?

Ela pôs o prato no chão.

Ele andou ao redor do prato.

— Nunca lhe ensinaram higiene na escola? Arroz, batata. Só amido, essa porcaria. — Bateu na própria barriga. — Você quer que eu inche até explodir? — Ao ver Shama, sua depressão virou raiva; porém ele falava em tom de gozação.

— Eu sempre respondo — disse Shama — que você só pode reclamar quando você mesmo é que comprar a sua comida.

Ele foi até a janela, lavou as mãos, gargarejou e cuspiu.

Alguém gritou lá de baixo:

— Ei! Você aí em cima! Olhe o que você fez!

— Eu sabia, eu sabia — disse Shama, correndo até a janela. — Sabia que isso ia acabar acontecendo mais dia, menos dia. Você cuspiu em alguém.

Ele olhou pela janela, interessado.

— Quem foi? A raposa velha ou um dos deuses?

— Você cuspiu no Owad.

Ouviram o deus se queixando.

O sr. Biswas encheu a boca de água mais uma vez e gargarejou. Então, com as bochechas infladas, esticou-se para fora o máximo que pôde.

— Não pense que eu não estou vendo — gritou o deus. — Estou vendo o que o senhor está fazendo. Mas vou ficar parado aqui e, se cuspir em mim, vou contar para a mamãe, sr. Biswas.

— Pois conte, seu filho da puta — murmurou o sr. Biswas, e cuspiu.

— Mohun!

— Meu Deus! — exclamou o deus.

— Está com sorte, o macaquinho — disse o sr. Biswas. Havia errado o alvo.

— Mohun! — gritou Shama, arrastando-o da janela.

Ele andava lentamente ao redor do prato.

— Pode andar — disse Shama. — Até você se cansar. Mas você tem que primeiro pagar pela comida que você come para poder começar a reclamar da comida que os outros dão a você.

— Quem mandou esse recado para você me dar? Sua mãe? — Pôs os dentes da arcada superior atrás dos da arcada inferior, mas as suas cuecas compridas de saco de farinha não permitiam que ele ficasse com uma aparência ameaçadora.

— Ninguém mandou recado nenhum. Eu mesma é que pensei nisso.

— Você mesma que pensou, é?

Ele havia agarrado o prato de latão, derramando arroz no chão e estava correndo até a janela. Havia resolvido jogar aquela porcaria toda pela janela. Porém a violência de seu gesto o acalmou, e quando chegou à janela ocorreu-lhe algo: se você jogar esse prato, você pode matar alguém. Conteve o gesto de arremessar o prato, limitando-se a incliná-lo. A comida deslizou para fora com facilidade, restando apenas uns grãos de arroz grudados em manchas de lentilhas e listras oleosas de *curry*, cheias de bolhas.

— Meu Deus! Meu-De-e-us!

Começou como um grito contido, que rapidamente foi se transformando numa choradeira constante, a qual desencadeou choros em bebês espalhados por toda a casa. De repente o choro cessou e segundos depois — que pareceram um longo intervalo — o sr. Biswas ouviu uma fungada forte e áspera de despedida.

— Vou contar para a mãe — disse o deus. — Mãe, venha ver o que o seu genro fez comigo. Ele me sujou todo com a comida dele. — Após encher os pulmões, com um apito de sirene, recomeçou sua choradeira.

Shama tinha um ar de mártir.

Lá embaixo era grande a confusão. Várias pessoas gritavam ao mesmo tempo, bebês guinchavam, ouviam-se muitos gritos e falas secundárias, e o salão reverberava de agitação.

Passos pesados sacudiram a escada, fizeram estremecer os vidros das portas, ecoaram pelo Quarto dos Livros, e Govind entrou no quarto do sr. Biswas.

— Foi você! — gritou Govind, resfolegando, contorcendo o rosto bonito. — Foi você que cuspiu no Owad.

O sr. Biswas ficou com medo.

Ouviu mais passos na escada. A choradeira se aproximava.

— Cuspiu? — disse o sr. Biswas. — Não cuspi em ninguém, não. Eu só estava fazendo um gargarejo e joguei fora a água, e depois joguei uma comida que não prestava.

Shama soltou um grito.

Govind saltou sobre o sr. Biswas.

Apanhado de surpresa, estatelado de medo, o sr. Biswas nem gritou nem revidou, deixando que Govind o socasse. Levou vários golpes fortes no queixo, e após cada golpe Govind repetia: "Foi você". O sr. Biswas percebia vagamente que o quarto se enchia de mulheres, gritando, soluçando, caindo em cima dele e de Govind. Percebia também, com muita nitidez, a choradeira do deus, bem no seu ouvido, segundo lhe parecia: um ruído seco, metódico, áspero. De repente o ruído cessou.

— É, foi ele sim! Ele está pedindo por isso há muito tempo.

E a cada soco ou chute dado por Govind, o deus grunhia, como se ele próprio tivesse desferido o golpe. As mulheres debruçavam-se sobre o sr. Biswas e Govind, cabelos e véus caíam, soltos. Um dos véus fazia cócegas no nariz do sr. Biswas.

— Não deixem! — gritava Chinta. — Se deixarem ele mata o Biswas. O Govind é terrível quando perde a cabeça. — Soltou um gemido curto e lancinante. — Não deixem, não deixem! Vão mandar o Govind para a forca se vocês deixarem. Parem com isso senão eu vou acabar viúva!

Levando socos no peito fundo, murros secos na barriga mole, o sr. Biswas constatou, surpreso, que sua mente permanecia desanuviada. Que diabo que essa mulher tanto chora?, pensou. Está certo que ela vai acabar viúva, mas e eu? Estava tentando prender Govind com seus braços, porém só conseguia dar-lhe tapinhas nas costas. Govind parecia não perceber os tapinhas. Se percebesse, o sr. Biswas ficaria até espantado. Queria arranhar e beliscar Govind, porém achou que seria uma atitude pouco máscula.

— Mate ele! — gritava o deus. — Mate ele, tio Govind.

— Owad, Owad — disse Chinta —, como é que você pode dizer uma coisa dessa? — Puxou o deus para si e apertou-lhe a cabeça contra o seio. — Até você? Você também *quer* que eu fique viúva?

O deus permitiu que ela o abraçasse, porém virou bem a cabeça para não perder a briga e continuou a gritar:

— Mate ele, tio Govind. Mate ele!

As mulheres pouco conseguiam com Govind. Apenas reduziam os movimentos de seus braços, porém mesmo os golpes que desferia de perto eram poderosos. O sr. Biswas sentia-os todos. Não provocavam mais dor nenhuma.

— Mate ele, tio Govind!

Ele não precisa de incentivo, pensou o sr. Biswas.

Os vizinhos gritavam.

— O que está havendo, *mai*? *Mai!* Sra. Tulsi! Sr. Seth! O que está havendo?

Aquelas vozes nervosas e assustadas assustaram o sr. Biswas. De repente ele deu por si gritando:

— Ah, meu Deus! Estou morrendo. Estou morrendo. Ele vai me matar.

Seu terror fez toda a casa silenciar.

Teve também o efeito de deter os braços de Govind. Fez calar-se o deus, proporcionando-lhe por uns instantes uma visão de policiais negros, tribunais, forcas, sepulturas, caixões.

As mulheres saíram de cima de Govind e do sr. Biswas. Govind, ofegante, saiu de cima do sr. Biswas.

Como detesto as pessoas que respiram desse jeito, pensou o sr. Biswas. E o cheiro desse Govind! Não era cheiro de suor, e sim de óleo, óleo humano, que ele associava às espinhas que via no rosto de Govind. Como devia ser desagradável ser casada como um homem assim!

— Ele matou o outro? — perguntou Chinta. Estava mais calma, e sua voz exprimia orgulho e uma preocupação genuína. — Fale, irmão. Fale com a sua irmã. Tentem fazer com que ele diga alguma coisa!

Agora que Govind não apertava mais seu peito, a única preocupação do sr. Biswas era saber se estava vestido de modo conveniente. Esperava que nada houvesse acontecido com suas cuecas. Foi apalpá-las para verificar.

— Ele está bem — disse Sushila.

Alguém debruçou-se sobre ele. O cheiro de óleo, Vick Vaporub, alho e legumes crus indicou-lhe que era Padma.

— Você está bem? — perguntou ela, e depois o sacudiu.

Ele virou-se de lado, ficando de cara para a parede.

— Ele está bem — disse Govind, e acrescentou, em inglês: — Ainda bem que vocês vieram, senão eu ia acabar na forca por causa desse homem.

Chinta soluçou.

Shama mantivera sua postura de mártir o tempo todo, sentada no banco baixo, saia cobrindo os joelhos, queixo apoiado na mão, os olhos parados rasos d'água.

— Cuspiu em mim, hein? — disse o deus. — Vamos. Por que não cospe agora? Riu da nossa religião. Riu de mim quando eu fiz o *puja*. Eu sei muito bem o que estou fazendo de bom quando faço o *puja*, ouviu?

— Deixe isso para lá, meu filho — disse Govind. — Ninguém pode ofender você ou *mai* quando eu estou por perto.

— Deixe ele em paz, Govind — disse Padma. — Deixe ele, Owad.

O incidente estava encerrado. O quarto se esvaziou.

Agora a sós, Shama e o sr. Biswas permaneceram como estavam, ela olhando pela porta aberta, ele examinando as flores de lótus na parede verde-clara.

Ouviram o salão voltar à vida. O jantar, com atraso, estava

159

sendo servido com uma energia fora do comum. Os bebês eram consolados com canções, palmas, risos e frases carinhosas. Repreendia-se as crianças com um bom humor excepcional. Entre todas as pessoas no salão havia naquele momento um novo fator de união, e o sr. Biswas sabia que esse fator de união era ele.

— Vá pegar para mim uma lata de salmão — disse ele a Shama, sem se virar da parede. — Traga também pão de lúpulo.

Ela sentia cócegas na garganta. Tossiu e tentou ocultar o ruído de engolir com um suspiro.

Isso o cansou ainda mais. Ele levantou-se, as cuecas caindo, e olhou para ela. Shama continuava olhando fixamente pela porta, para dentro do Quarto dos Livros. Ele sentia o rosto pesado. Levou uma das mãos à bochecha e abriu a boca. O maxilar estava duro.

As lágrimas escorriam dos olhos grandes de Shama pelas faces abaixo.

— O que foi? Bateram em você também?

Ela sacudiu a cabeça, livrando-se das lágrimas, sem tirar a mão do queixo.

— Vá buscar para mim uma lata de salmão. Do Canadá. E também pão e molho apimentado.

— O que houve? Você está com desejos? Está esperando neném, é?

Teve vontade de bater nela. Mas isso seria ridículo depois do que acabara de acontecer.

— Está esperando neném? — repetiu Shama. Levantou-se, ajeitou a saia e disse bem alto, como se quisesse atrair a atenção das pessoas lá embaixo: — Vá buscar você mesmo. Não pense que você vai começar a me dar ordens, ouviu? — Assoou o nariz, limpou-o e saiu.

Ele estava sozinho. Chutou uma flor de lótus na parede. O barulho surpreendeu-o, o dedão do pé doeu e ele deu outro chute, dessa vez na sua pilha de livros. Eles caíram para todos os lados, e o sr. Biswas ficou admirado com a paciência e o

160

estoicismo dos objetos inanimados. A ponta dobrada da capa do *Livro do declamador* era como uma ferida, ostentada como uma acusação. Ele abaixou-se para catar os livros, depois achou que fazer isso seria uma degradação. Melhor que eles ficassem caídos daquele jeito, para que Shama os visse e, quem sabe, os empilhasse de novo. Passou a mão no rosto. Estava pesado e morto. Olhando bem para baixo, dava para ver o inchamento da face. O maxilar doía. Estava começando a sentir o corpo todo doendo. Era estranho que na hora os golpes tivessem doído tão pouco. A surpresa era um bom analgésico. Talvez o mesmo se desse com os animais. Nesse caso, a vida na selva seria tolerável; estava dentro dos desígnios de Deus. O sr. Biswas foi até o espelho barato pendurado no alizar da janela. Nunca conseguira se ver direito nele. Era um lugar idiota para se colocar um espelho, e ele estava irritado o bastante para arrancá-lo dali. Não o fez. Deu um passo para o lado e olhou por cima do ombro para sua própria imagem refletida. Sabia que seu rosto parecia pesado; não imaginava que sua aparência estivesse tão ridícula. Mas ele tinha de sair. Tinha de sair daquela casa por algum tempo, comprar o salmão, o pão e o molho apimentado — aquilo lhe faria mal, mas o sofrimento viria depois. Vestiu as calças, e o chacoalhar da fivela do cinto era um som tão preciso e másculo que ele imediatamente segurou a fivela para silenciá-la. Vestiu a camisa e deixou desabotoado o segundo botão, para exibir o peito fundo. Porém os ombros eram razoavelmente largos. Ele tinha vontade de desenvolver seu físico, mas como fazê-lo, comendo aquela comida horrível preparada naquela cozinha escura? Naquela casa só se comia salmão na sexta-feira santa, certamente por influência da católica, apostólica e hinduísta sra. Tulsi. O sr. Biswas enterrou o chapéu até os olhos e disse a si mesmo que, no escuro, talvez até não reparassem em seu rosto.

À medida que ia descendo a escada, o ruído de vozes foi se transformando numa babel. Ao chegar no patamar, esperou pelo silêncio, depois o retorno à animação.

Aconteceu tal como ele temia.

161

Shama não olhou para ele. Entre tantas irmãs alegres, era ela a mais alegre de todas.

Disse Padma:

— É melhor você dar de comer ao Mohun, Shama.

Govind não levantou a vista. Estava sorrindo à toa, ao que parecia, e comendo com seu jeito de selvagem, ruidosamente, o arroz e o *curry* sujando sua mão peluda e escorrendo até o pulso. Daqui a pouco, pensou o sr. Biswas, ele limparia a mão com uma lambida rápida e barulhenta.

O sr. Biswas, de costas para todo o salão, disse:

— Não vou comer a porcaria da comida dessa casa.

— Bem, ninguém vai forçar você, ouviu? — disse Shama.

O sr. Biswas dobrou a aba do chapéu à altura dos olhos e saiu para o pátio, iluminado apenas pela luz que vinha do salão.

Disse o deus:

— Alguém viu um espião passar por aqui?

O sr. Biswas ouviu as risadas.

Sob os beirais de uma oficina de bicicletas do outro lado da High Street, havia uma venda de ostras, iluminada por uma tocha de pavio grosso e esponjoso, que espargia fumaça e uma luz amarelenta. As ostras formavam uma pilha luzidia; eram facetadas, de cor cinza, pretas e amarelas. Duas garrafas, arrolhadas com pedaços torcidos de papel pardo, continham molho apimentado.

O sr. Biswas resolveu deixar o salmão para depois. Atravessou a rua e perguntou ao homem:

— Quanto custam as ostras?

— Duas por um centavo.

— Comece a abrir.

O homem gritou, feliz por ter o que fazer. Uma mulher veio correndo da escuridão.

— Venha — disse o homem. — Me ajude a abrir.

Colocaram um balde d'água no balcão; lavavam as ostras, abriam-nas com facas curtas e cegas e lavavam-nas outra vez. O sr. Biswas virava o molho de pimenta dentro da concha, engolia e estendia a mão para receber outra. A pimenta incendiava-lhe os lábios.

O vendedor de ostras falava com voz de ébrio, numa mistura de híndi com inglês.

— Meu filho é demais. Ele deve ter um problema muito sério. Outro dia mesmo ele pôs uma lata na cerca e entrou em casa correndo. "Me dê a arma, pai", diz ele. "Depressa, me dê a arma." Eu dou. Ele corre até a janela e dá um tiro. A lata cai. Aí ele diz: "Pai, olha só. Matei o trabalho. Matei a ambição. Os dois morreram". — A chama da tocha dramatizava as feições do homem, enchendo os fundos de sombra, emprestando um brilho às têmporas, à testa, ao nariz, aos malares. De repente largou a faca e pegou um pau embaixo do balcão. Começou a brandir o pau bem perto do sr. Biswas. — Qualquer um! — gritou. — Pode vir qualquer um!

A mulher não reparou. Continuou abrindo ostras, colocando-as nas palmas das mãos vermelhas e arranhadas, forçando as conchas feias com a faca, cortando as ligações entre a ostra viva e o interior da casca, tão puro, recém-exposto.

— Qualquer um — o homem repetiu. — Qualquer um mesmo.

— Chega! — disse o sr. Biswas.

A mulher tirou a mão de dentro do balde e recolocou na pilha uma ostra encharcada.

O homem guardou o pau.

— Chega? — Parecia triste; perdera o ar ameaçador. Começou a contar as conchas vazias.

A mulher sumiu na escuridão.

— Vinte e seis — disse o homem. Treze centavos.

O sr. Biswas pagou. O cheiro cru e fresco das ostras agora o enjoava. O estômago estava cheio e pesado, porém insatisfeito. A pimenta ferira-lhe os lábios. Então a dor começou. Porém foi ao café da sra. Seeung. O café, com o teto alto como uma caverna, estava mal iluminado. Havia moscas dormitando por toda parte, e a sra. Seeung estava semiadormecida atrás do balcão, a cabeça de porco-espinho curvada sobre um jornal chinês.

163

O sr. Biswas comprou uma lata de salmão e duas fatias de pão. O pão, pela aparência e pelo cheiro, parecia dormido. Ele sabia que, em seu estado atual, o pão lhe provocaria náuseas, mas dava-lhe prazer quebrar um dos tabus dos Tulsi, para os quais comer pão comprado era um hábito insalubre e irresponsável, típico de negros. O salmão dava-lhe engulhos; tinha gosto de lata; porém sentiu-se compelido a comer até o fim. E à medida que comia seu mal-estar aumentava. Comer escondido nunca lhe fazia bem.

Porém aquela derrota aparente foi, na verdade, um triunfo. Na manhã seguinte, Seth chamou-o e disse, em inglês:

— Cheguei de Carapichaima ontem tarde da noite, só pensando em comer e dormir, e a primeira coisa que me disseram foi que você tentou bater no Owad. Acho que não dá mais para aguentar você aqui. Você quer remar a sua canoa; pois vá. Quando você começar a molhar o rabo, não venha procurar a mim ou a *mai*, ouviu? Antes de você aparecer, isso aqui era uma família feliz e unida. É melhor você ir embora antes que *eu* tenha de bater em você.

Assim, o sr. Biswas mudou-se para a loja em The Chase. Shama já estava grávida quando foram para lá.

4. THE CHASE

The Chase era uma aldeia comprida, espalhada, de cabanas de barro, no âmago da região açucareira. Pouca gente de fora ia lá. Os habitantes da aldeia trabalhavam nas plantações e nas estradas. O mundo exterior era um lugar longínquo, ao qual só se tinha acesso nas carroças e bicicletas da gente da aldeia, nos caminhões dos atacadistas e nos raros ônibus particulares, que não obedeciam a nenhum horário e não seguiam uma rota definida.

Para o sr. Biswas, era como voltar à aldeia na qual ele passara a infância. Só que agora não havia mais nenhuma escuridão, nenhum mistério ao redor. Ele sabia o que se encontrava além dos canaviais, sabia aonde levavam as estradas. Levavam a aldeias iguais a The Chase; a cidadezinhas toscas onde havia, talvez, alguma loja ou café cujo letreiro fora pintado por ele.

A essas cidades os aldeões recorriam, em viagens difíceis e pouco frequentes, para comprar coisas, fazer queixas à polícia, comparecer ao tribunal; pois em The Chase não havia loja de artigos domésticos nem delegacia, nem mesmo uma escola. Os dois prédios públicos mais importantes da localidade eram os dois bares. E havia um grande número de pequenas mercearias, uma das quais era a do sr. Biswas.

A loja resumia-se a um cômodo pequeno e estreito, com telhado de ferro galvanizado, já corroído pela ferrugem. O chão de concreto, pouco mais alto que a terra a seu redor, com o atrito tornara-se áspero e estava cheio de crostas de sujeira. As paredes eram tortas e abauladas; o revestimento de concreto estava rachado e descascando em vários trechos, deixando à vista barro, sapé e tiras de bambu. As paredes balançavam à toa, mas o sapé e o bambu emprestavam-lhe uma elasticidade surpreendente; de modo que, durante os seis anos que se seguiram, embora o sr. Biswas sempre ficasse nervoso quando alguém se apoiava numa parede ou jogava um saco de açúcar ou farinha contra ela, as paredes jamais desabaram, jamais foram além daquele estado de flexibilidade em que ele as encontrara.

Nos fundos da loja havia dois quartos com paredes de barro sem revestimento e um velho telhado de sapé irregular, que também cobria uma varanda aberta num dos lados. O chão de terra batida já havia se desintegrado, e as galinhas da vizinhança iam lá chafurdar na poeira na hora mais quente do dia.

A cozinha era uma estrutura improvisada e desengonçada no quintal. Os pilares eram galhos tortos; o telhado, uma mixórdia de pedaços de ferro corrugado; e na confecção das paredes fora usado quase tudo: pedaços de zinco, tiras de lona e bambu, tábuas retiradas de caixotes. Numa das paredes havia um espaço para a janela, porém a forma retangular original se transformara num paralelogramo. A janela em si — feita de

165

pedaços de madeira de cores diferentes que não se encaixavam direito, presos por duas tábuas transversais rachadas por pregos graúdos que foram martelados até afundar na madeira e já estavam enferrujados — era retangular e não preenchia totalmente o espaço romboidal. Embora fosse pequena e ficasse no meio do quintal, a cozinha era sempre escura. À luz que entrava pela janela de dia, ou que vinha do fogo à noite, via-se que as paredes estavam enegrecidas por uma camada palpável de fuligem, como se ali houvesse surgido uma espécie nova de aranha capaz de tecer teias tão negras e peludas quanto suas próprias patas. Tudo ali cheirava a fumaça de lenha.

Porém havia espaço. Espaço nos fundos, até uma fronteira que se perdia num terreno abandonado, coberto de mato alto, que a gente da aldeia chamava — e o sr. Biswas viria a chamar — de "baldinho". Num dos lados havia outro terreno baldio; já fora bem cultivado, mas agora servia de pasto para as vacas da aldeia que conseguiam comer as ervas, urtigas e folhas de capim afiadas como lâminas que se esparramavam por lá.

Os Tulsi haviam comprado essa propriedade nada lucrativa por iniciativa de Seth. Ele era membro de uma Junta Rodoviária Local e ouvira a informação, posteriormente desmentida, de que iam construir uma estrada importante que passaria no exato local da loja do sr. Biswas.

Não foi complicada a mudança do sr. Biswas. Seus pertences eram poucos: suas roupas, alguns livros e revistas, seu equipamento de pintura. Já Shama tinha muito mais coisas. Tinha roupas em abundância; e logo antes de partirem a sra. Tulsi lhe deu peças de fazenda tiradas das prateleiras da Loja Tulsi. Foi Shama, também, que lembrou de comprar panelas, chaleiras, xícaras e pratos; e, embora ela adquirisse esses objetos a preço de custo na Loja Tulsi, o sr. Biswas sentiu um mal-estar ao ver que suas economias — o dinheiro que havia ganhado pintando cartazes durante o tempo em que morou na Casa de Hanuman — já estavam acabando antes mesmo da mudança.

A mudança toda mal encheu um carro puxado a burro, e ao chegar a The Chase eles encontraram uma multidão, que os recebeu com pena e um pouco de hostilidade. A hostilidade partiu dos outros lojistas. E o sr. Biswas, precariamente equilibrado num dos embrulhos de Shama, ouvindo o chacoalhar incessante daquelas panelas tão caras, não podia ignorar a hostilidade manifestada pela própria Shama. Durante toda a viagem ela mantivera a postura de mártir, calada, olhando fixamente para a estrada por entre as tábuas do carro, levando no colo uma caixa que continha um aparelho de café japonês, de desenho intrincado e fantástico, parte de um lote em consignação que a Loja Tulsi não conseguira vender em três anos, que agora fora dado por Seth como presente de casamento, ainda que com certo atraso. Além disso, o sr. Biswas percebeu que The Chase parecia não sentir nenhuma falta de sua loja, fechada há muitos meses, conforme ele sabia.

— É o tipo de lugar que dá para se fazer alguma coisa — disse ele ao carroceiro.

O carroceiro balançou a cabeça, um gesto neutro, sem olhar nem para o sr. Biswas nem para a multidão, e sim para o burro, e deu uma chicotada de leve bem no olho do animal.

E Shama soltou um suspiro: um suspiro que, como o sr. Biswas já aprendera, significava que ela o achava burro e chato e tinha vergonha dele.

A carroça parou.

— Ô! — gritaram uns meninos.

Assumindo uma expressão severa, absorta e — esperava ele — ameaçadora, o sr. Biswas começou a ajudar o carroceiro a descarregar a mudança, com ar de quem está ocupadíssimo. Levaram os pacotes e caixas, passando pelos quartos dos fundos, poeirentos, até a loja escura, quente naquele final de tarde, cheirando a açúcar mascavo e óleo de coco velho. As linhas brancas de luz que saíam das frestas da porta da frente vinham de um mundo iluminado e aberto; dentro da loja, todos os movimentos pareciam furtivos.

Os pertences do casal, espalhados sobre o balcão, não ocupavam muito espaço.

167

— É só a primeira leva — disse o sr. Biswas ao carroceiro. — Ainda falta muita coisa.

O carroceiro não disse nada.

— Ah. — O sr. Biswas lembrou que tinha de pagar o homem. Mais dinheiro.

O carroceiro pegou a nota azul de um dólar, suja, e foi embora.

— Última vez que esse sujeito transporta alguma coisa para mim — disse o sr. Biswas. — Eu podia ter dito isso a ele.

Fez-se silêncio na loja fechada e abafada.

— É o tipo de lugar que dá para se fazer alguma coisa — disse o sr. Biswas.

Seus olhos se acostumaram à escuridão, e ele olhou ao redor. Numa prateleira mais alta viu algumas latas, aparentemente abandonadas pelo lojista antigo. O sr. Biswas começou a especular a respeito desse personagem. Havia ambição e desespero naquelas latas: os rótulos desbotados tinham sido roídos pelos ratos e manchados pelas moscas; algumas das latas nem tinham mais rótulos.

Ouviu o carroceiro gritando com o burro na hora de fazer a volta na estrada estreita; os aldeões davam conselhos, os garotos davam incentivo com gritos, um chicote estalou repetidamente, os cascos feriram a estrada num ritmo irregular e desajeitado e então, com um ranger de arreios, um estalido do chicote e um grito, a carroça seguiu viagem, enquanto os garotos gritavam, animados.

Shama começou a chorar. Mas dessa vez não chorava silenciosamente, as lágrimas escorrendo de olhos sem expressão: soluçava como uma criança, debruçada sobre a caixa do aparelho de café japonês, colocada no balcão.

— Você que quis isso. Queria remar a sua canoa. Em toda a minha vida, nunca passei por uma vergonha igual a essa. As pessoas olhando e rindo. É *assim* que você queria remar a sua canoa, é? — Cobriu os olhos com uma das mãos e, com a outra, indicou os pacotes espalhados no balcão.

Ele queria consolá-la. Mas ele próprio precisava de consolo.

Como se sentia solitário ali naquela loja! E o medo que sentia! Jamais imaginara que seria assim quando se visse num estabelecimento que fosse seu. A tarde caía; a Casa de Hanuman estaria cheia de ruídos e atividades. Aqui ele tinha medo de quebrar o silêncio, medo de abrir a porta da loja, de aparecer na luz.

E acabou sendo Shama quem o consolou. Pois logo ela parou de chorar, assoou o nariz demorada e enfaticamente e começou a varrer, arrumar, guardar. Ele ia atrás dela, olhando, oferecendo-se para ajudá-la, satisfeito quando ela o mandava fazer algo e deliciando-se quando ela o criticava por não saber fazê-lo direito.

O lojista anterior havia abandonado ali dois móveis, que agora passaram a ser do sr. Biswas. Num dos quartos dos fundos havia uma cama grande, de ferro fundido, com quatro colunas mas sem baldaquino, com o esmalte preto descascando e fosco.

— Cheire — disse Shama, aproximando um estrado do nariz do sr. Biswas. Tinha um cheiro forte e ácido de percevejos. Ela encharcou a madeira de querosene. Não matava os bichos, explicou ela; mas com isso eles não incomodariam por algum tempo.

Durante anos o sr. Biswas sentiria — principalmente nas manhãs de sábado — aquele cheiro de querosene e percevejos. Mudava o estrado; mudava o colchão, mas os percevejos ficavam, acompanhando a cama onde quer que fosse, de The Chase a Green Vale, de lá a Port-of-Spain, depois à casa em Shorthills e, por fim, à casa em Sikkim Street, onde ela ocupava quase inteiramente um dos quartos do andar de cima.

O outro móvel que encontraram na loja foi uma mesa de cozinha, pequena, baixa e tão benfeita que ficava não na cozinha lá fora, e sim num dos quartos. Foi nessa mesa, depois de muita espanação, lavação e esfregação, que Shama colocou suas roupas e peças de fazenda; a caixa com o aparelho de café japonês ela pôs embaixo da mesa, no chão de terra. O sr. Biswas já não achava absurdo o aparelho de café, nem a atitude de Shama em relação a ele. A gratidão que sentia pela mulher o fazia sentir uma certa ternura pelo aparelho. Ele não estava preparado para

169

essa mudança por ele próprio sofrida; mas também não estava preparado para a mudança sofrida por Shama. Até o último instante, ela protestara contra aquela mudança, porém agora agia como se mudar para casas caindo aos pedaços fosse coisa que ela fizesse todos os dias. Seus movimentos eram enfáticos, exagerados e desnecessariamente ruidosos. Enchiam a loja e a casa; aboliam o silêncio e a solidão.

E — outro milagre — ela conseguiu produzir uma refeição naquela cozinha no quintal. Para ele, não era apenas comida: pela primeira vez em sua vida, uma refeição era preparada numa casa que era sua. Sentia-se envergonhado; e agradava-lhe que Shama não fizesse daquilo uma ocasião especial. Porém ao lhe servir a comida na mesa do quarto, à luz de um lampião a óleo novo em folha, adquirido a preço de custo na Loja Tulsi, ela não suspirava nem tinha o olhar fixo nem aquele ar de cansaço e impaciência, como antes, no quarto comprido com flores de lótus nas paredes, na Casa de Hanuman.

Algumas semanas depois, a casa estava mais limpa e habitável. A atmosfera de decadência e desuso, embora não desaparecesse, pelo menos diminuiu e foi contida. Não se podia fazer nada em relação às paredes da loja; por mais que se lavasse tudo, permanecia o cheiro de óleo e açúcar; as prateleiras mais baixas e as duas tábuas estendidas sobre o chão de concreto atrás do balcão permaneciam negras de gordura ressecada, ásperas de poeira que nela se grudara. Eles despejaram desinfetante por toda parte, até quase sufocarem com o cheiro. Porém, à medida que iam passando os dias, os dois foram perdendo aquele fervor. Cada vez pensavam menos nos moradores antigos; e a sujeira encardida, cada vez mais familiar, acabou tornado-se algo deles e, portanto, suportável. Fizeram apenas algumas pequenas melhorias na cozinha.

— Ela está em pé só graças à bondade divina — disse o sr. Biswas. — É só tirar fora uma tábua que a coisa toda desaba.

O chão de terra dos quartos e da varanda foi consertado,

socado, elevado um pouco mais e alisado, diminuindo a poeira. O aparelho de café japonês foi retirado da caixa e posto em destaque sobre a mesa, lugar que não parecia nada seguro; porém Shama disse que ficaria ali só até acharem um lugar melhor.

E era assim que o sr. Biswas continuava encarando aquela aventura: algo temporário, um pouco irreal; portanto, a maneira como as coisas fossem arrumadas não era muito importante. Fora a impressão que ele tivera na primeira tarde; e essa impressão perduraria até ele se mudar de The Chase. A vida verdadeira ia começar para eles dentro em pouco, em outro lugar. The Chase era uma pausa, uma preparação.

Nesse ínterim, o sr. Biswas tornou-se lojista. Vender sempre lhe parecera uma maneira tão fácil de ganhar a vida que muitas vezes ele ficava a imaginar por que motivo nem todo mundo queria ser comerciante. Nos dias de feira em Pagotes, por exemplo, uma pessoa comprava um saco de farinha, abria-o, sentava-se ao lado dele com uma concha e uma balança e, por incrível que parecesse, vinha gente comprar aquela farinha, pagando por ela em dinheiro. O processo parecia tão simples que o sr. Biswas achava que não daria certo com ele. Porém, depois que gastou o resto de suas economias adquirindo estoques para a loja e abriu as portas ao público, verificou que, de fato, as pessoas vinham comprar seus produtos e lhe entregar dinheiro de verdade. Nos primeiros dias, após cada transação ele tinha a sensação de que havia passado o conto do vigário em alguém, e chegava a ser difícil para ele ocultar seu entusiasmo.

Pensou nas latas da prateleira de cima — ainda não tivera tempo de tirá-las de lá — e sentia-se tão surpreso quanto satisfeito com aquele sucesso. Ao final do primeiro mês, constatou que havia tido o lucro fantástico de trinta e sete dólares. Não entendia nada de contabilidade; foi Shama quem lhe deu a ideia de anotar as vendas a crédito em pedaços de papel pardo. Foi Shama quem sugeriu que esses pedaços de papel fossem enfiados num espeto. Foi Shama quem fez o espeto. E era Shama quem cuidava da contabilidade, anotando as cifras com sua letra redonda, caprichada, aprendida na escola da Missão, num Caderno de Taquigrafia (era o que estava impresso na capa).

Durante essas semanas, a estranheza da sensação de solidão que sentiam foi diminuindo. Porém ainda não estavam acostumados àquele novo relacionamento que surgira entre eles, e embora nunca brigassem suas conversas continuavam impessoais e tensas. A solidão constrangia o sr. Biswas por causa da atmosfera de intimidade por ela criada, principalmente quando Shama servia-lhe comida. Seu ar de submissão e dedicação o lisonjeava, porém ao mesmo tempo o perturbava. Aquilo fatigava-o, e ele chegou a gostar quando, abruptamente, essa atmosfera foi destruída.

Uma tarde Shama disse:

— Temos que fazer uma cerimônia de abençoar a casa. Temos que chamar o Hari para ele abençoar a loja e a casa e convidar *mai*, titio e todo mundo.

Aquilo o pegou totalmente de surpresa, e ele perdeu a calma:

— Você está me achando com cara de quê? — perguntou em inglês. — De marajá de Barrackpore? E por que cargas d'água vou chamar o Hari para abençoar isso aqui? *Isso* aqui? Olhe só. — Apontou para a cozinha e deu um tapa na parede da loja. — Isso aqui já é ruim. Chamar a sua família para comer aqui, ainda por cima, é demais.

E Shama fez uma coisa que não fazia há semanas: suspirou, aquele velho suspiro seu, de cansaço. E não disse nada.

Nos dias que se seguiram, o sr. Biswas aprendeu uma coisa nova: como uma mulher azucrinava o marido. A ideia de uma mulher azucrinar o marido era algo que ele só conhecia de livros e revistas estrangeiras. Aquilo não fazia sentido para ele. Por viver numa sociedade em que as mulheres apanhavam dos maridos, ele não conseguia entender como é que um homem permitiria que sua mulher o azucrinasse, nem como a tática poderia surtir efeito. Ele entendia que houvesse mulheres excepcionais, como a sra. Tulsi e Tara, em quem não era possível bater. Mas a maioria das mulheres que ele conhecia era como Sushila, a filha viúva da sra. Tulsi. Ela falava com orgulho das surras que lhe dera o marido, que morrera tão prematuramente. Considerava aquelas surras uma parte necessária de sua formação e costumava dizer que a decadência da sociedade hindu em Trinidad era consequência do surgimento de uma nova espécie de marido, tímido, fraco, incapaz de bater na mulher.

O sr. Biswas era um marido desse tipo. Assim, Shama começou a azucriná-lo; e o fez tão bem que desde o início ele compreendeu que ela estava mesmo querendo azucriná-lo. Surpreendia-o que uma pessoa tão jovem pudesse revelar tamanha competência numa prática alienígena. Porém já houvera indícios, que ele bem podia ter observado. Shama jamais fora dona de casa, mas em The Chase desde o início revelara conhecimento em prendas domésticas. E a gravidez, também. Ela agia como se já tivesse tido muitos filhos: jamais tocava no assunto, não comia comidas especiais, não fazia nenhum preparativo especial; agia de modo tão normal que às vezes o sr. Biswas esquecia que ela estava grávida.

Assim, Shama pôs-se a azucriná-lo. Primeiro com um ar carrancudo e um silêncio obstinado; depois com uma eficiência precisa, econômica e ruidosa. Ela não ignorava o sr. Biswas. Deixava claro que estava ciente de sua presença e que sua presença a desesperava. À noite, deitada a seu lado, porém sem encostar nele, Shama suspirava bem alto e assoava o nariz justamente quando ele estava pegando no sono. Ficava virando de um lado para o outro, pesada e impacientemente.

Nos primeiros dois dias, ele fingiu que não reparava. No terceiro, perguntou:

— O que deu em você?

Shama não respondeu; continuou sentada a seu lado, suspirando, vendo-o comer.

O sr. Biswas repetiu a pergunta.

Ela disse:

— Que ingratidão! — E, levantando-se, saiu do recinto.

Ele continuou a comer, mas com menos apetite.

Naquela noite, Shama assoou o nariz várias vezes e ficou trocando de posição na cama.

O sr. Biswas estava disposto a resistir.

Então Shama fez silêncio.

O sr. Biswas achou que havia sido o vitorioso.

Então Shama fungou, bem baixinho, como se envergonhada por ter deixado escapar aquele som.

O sr. Biswas ficou totalmente imóvel, ouvindo sua própria respiração. Estava regular e forçada. Abriu os olhos para o telhado de sapé. Conseguiu distinguir os caibros e os pedaços soltos de sapé, pendurados, que ameaçavam cair em seus olhos.

Shama gemeu e assoou o nariz ruidosamente uma, duas, três vezes. Então se levantou da cama de ferro, fazendo-a estremecer. Subitamente silenciosa e cheia de energia, saiu do quarto. A latrina ficava no fundo do quintal.

Quando, minutos depois, ela voltou, ele admitiu sua derrota.

— O que foi? — perguntou. — Não está conseguindo dormir?

— Estou dormindo muito bem — disse ela.

Na manhã seguinte o sr. Biswas disse:

— Está bem, chame a velha rainha, o chefão, Hari, os deuses e todo mundo e mande abençoar a loja.

Shama estava decidida a fazer as coisas direito. Três homens trabalharam durante três dias para instalar uma barraca grande no quintal. Era uma estrutura simples, com pilares de bambu e telhado de galhos de coqueiro; mas os bambus tiveram de vir de um vilarejo próximo, e os homens, depois de muitos resmungos indignados e ininteligíveis em que era citada a Lei de Remuneração dos Trabalhadores, tiveram de receber um pagamento adicional para subir nos coqueiros e pegar os galhos. Comprou-se uma quantidade enorme de comida; e, para ajudar a prepará-la, começaram a chegar irmãs em The Chase três dias antes da cerimônia. Com a chegada delas, os protestos do sr. Biswas cessaram. Ele encontrou consolo na ideia de que nem todos os Tulsi viriam.

À exceção de Seth, dona Pretinha e os dois deuses, vieram todos.

— Owad e Shekhar estão aprendendo — disse a sra. Tulsi em inglês, querendo dizer apenas que os deuses estavam na escola.

Ela andava pelo quintal, abrindo portas, inspecionando tudo, com um rosto despido de qualquer expressão.

Hari, o santo, que ia atuar como pândita na cerimônia, estava exatamente como o sr. Biswas se lembrava dele, linfático, falando baixo. Na cabeça tinha um chapéu de feltro macio. Cumprimentou o sr. Biswas sem rancor, sem prazer, sem interesse. Então entrou no quarto que lhe foi reservado e vestiu seu traje de pândita, que ele trouxera numa pequena mala de papelão. Quando reapareceu vestido de pândita, todos começaram a tratá-lo com um respeito todo especial.

Por toda parte havia crianças, a maioria das quais o sr. Biswas não associava a nenhum pai ou mãe em particular, as meninas com vestidos formais de cetim, com grandes laços de raiom nos cabelos compridos e úmidos, os meninos de calças compridas e camisas de cores vivas. E havia bebês também: adormecidos nos braços das mães, adormecidos sobre cobertores e sacos na barraca, adormecidos em vários cantos da loja; bebês chorando, sendo carregados pelas mães pelo quintal para se acalmarem; bebês engatinhando, bebês berrando, bebês silenciosos; bebês fazendo tudo que fazem os bebês.

Govind cumprimentou o sr. Biswas com a cabeça, mas não disse nada e foi para dentro da barraca, onde ficou conversando e rindo alto com os outros cunhados.

Chinta e Padma perguntaram ao sr. Biswas, sem muito interesse, como andava sua saúde. Padma perguntou porque era esse seu dever como representante de Seth; Chinta perguntou porque Padma havia perguntado. As duas mulheres ficavam juntas boa parte do tempo, e o sr. Biswas imaginava que o relacionamento entre Govind e Seth fosse igualmente íntimo.

Parecia, também, que Sushila, a viúva sem filhos, estava gozando um de seus períodos de autoridade. Agora andava ao lado da sra. Tulsi, e as duas iam de um lado para o outro, examinando e mexendo em tudo, conversando em voz baixa em híndi.

O sr. Biswas tornou-se um estranho em seu próprio quintal. Mas seria mesmo seu? Aparentemente, não era isso o que pensavam a sra. Tulsi e Sushila. Nem a gente da aldeia, que sempre se referira à mercearia como "Loja Tulsi", mesmo depois que o sr. Biswas pintou um letreiro e o pendurou sobre a porta:

MERCEARIA BONNE ESPERANCE
Proprietário: M. Biswas
Preços como da cidade

Estando um dos quartos reservado para Hari, o outro para a sra. Tulsi e a loja cheia de bebês, o sr. Biswas não tinha para onde fugir. Ficava parado na frente da loja, acariciando a barriga sob a camisa, pensando na briga que teria com Shama depois.

Vieram da loja ruídos de pés correndo e gritos.

Então ouviu-se a voz de Sushila, investida de uma autoridade incontestável.

— Saiam daqui. Vão brincar no quintal. Vocês não veem que vão acordar os bebês? Por que é que vocês que são mais graúdos gostam tanto do escuro?

Todas as irmãs viviam atentas para captar qualquer sinal, por mais tênue e mais discreto que fosse, de inclinações sexuais nas crianças.

O sr. Biswas sabia da confusão desagradável que haveria agora. Como não queria participar dela, afastou-se da loja e foi até a fronteira do terreno. E ali, debaixo de uma sebe, encontrou um grupo de crianças brincando de casinha.

— Você é *mai* — disse uma menina à outra. E, para um menino: — Você é o Seth.

O sr. Biswas afastou-se. Porém a menina — de quem seria cria? — o viu e, falando num tom bem alto que contrastava

176

com os cochichos típicos da brincadeira, disse, com uma malícia inconfundível:

— E quem vai ser Mohun? Você, Bhoj. Você está de cueca branca até as canelas. E você briga muito bem.

Houve uma risadaria geral, que despertou os impulsos assassinos do sr. Biswas, muito embora, ao afastar-se apressadamente, ele sentisse uma certa vontade de ver como era o tal Bhoj.

Nos últimos três dias, desde a chegada das irmãs, Shama voltara a ser uma Tulsi, uma estranha. Agora era impossível abordá-la. A cerimônia ia começar na barraca, e ela estava sentada à frente de Hari ouvindo suas instruções de cabeça baixa. Seus cabelos ainda estavam molhados do banho ritual, e ela estava de branco dos pés à cabeça. Parecia uma vítima prestes a ser sacrificada, e o sr. Biswas teve a impressão de que nas suas costas curvas havia sinais de prazer. Seu *status*, como o de Hari, era apenas provisório; porém, enquanto durasse a cerimônia, era o mais elevado possível.

O sr. Biswas não quis assistir à cerimônia. Para tal, teria de ficar dentro da barraca sentado ao lado dos cunhados; e estava certo de que aquelas costas submissas e exultantes de Shama acabariam tendo o efeito de enfurecê-lo. Além disso, imaginou que, se ficasse andando pela loja e pela casa, talvez conseguisse reduzir os estragos cometidos por aquele exército invasor.

Foi aí que se lembrou da loja.

Foi para lá quase correndo. Estava escuro; as portas da frente estavam fechadas, e era preciso ser cuidadoso. A loja cheirava a neném, pois havia bebês dormindo por toda parte: no balcão, cercados de caixas e almofadas para não caírem; debaixo do balcão; nas tábuas no chão atrás do balcão. E, à medida que sua vista foi-se acostumando à escuridão, o sr. Biswas divisou um grupo de crianças de cócoras num canto. Estavam silenciosas e absortas. Também silencioso, decidido, o sr. Biswas passou pelos bebês com cuidado e chegou ao balcão.

As crianças estavam metodicamente quebrando garrafas de soda e extraindo as bolas de vidro dos gargalos. Estavam

177

embrulhando as garrafas em aniagem para abafar o barulho. Cada casco valia oito centavos. Os potes de doces da prateleira de baixo estavam desarrumados. O nível do conteúdo das Ameixas Paraíso havia baixado consideravelmente. O mesmo ocorrera com o pote de Mintips, umas balas de hortelã com a elasticidade e a durabilidade da borracha. Também as ameixas salgadas tiveram o mesmo destino. Muitas das tampas das latas não estavam fechadas direito. O sr. Biswas pôs a mão numa tampa. Estava grudenta. Ele deixou-a cair. Um bebê começou a chorar, as crianças no canto ficaram alertas, e o sr. Biswas gritou:

— Saiam daqui antes que eu dê uma surra em vocês!

E, ao mesmo tempo, com a destreza do lojista calejado, levantou a parte móvel do balcão e abriu a portinhola, quase num gesto único, e chegou até as crianças.

Içou um menino pelo colarinho. O menino berrou, as meninas que estavam com ele berraram, os bebês berraram.

Uma voz de mulher lá fora perguntou:

— O que foi? O que foi?

O sr. Biswas soltou no chão o menino, que saiu correndo da loja, gritando mais alto que os bebês.

— O tio Mohun bateu em mim, mãe. O tio Mohun bateu em mim.

Uma outra mulher, sem dúvida a mãe, disse:

— Mas ele não faria isso à toa. — Seu tom de voz dava a entender que o sr. Biswas não ousaria tal coisa. — Alguma você deve ter feito.

— Eu não estava fazendo nada, mãe — choramingou o menino em inglês.

— Ele não estava fazendo nada, mãe — disse uma das meninas. Esta o sr. Biswas conhecia: uma coisinha gorducha, com olhos grandes e zombeteiros, lábios carnudos e pendulares; sabia fazer contorções fantásticas e frequentemente se exibia para as visitas na Casa de Hanuman.

— Seu mentiroso! — exclamou o sr. Biswas. Saiu correndo da loja, passando por uma mulher que se aproximava, arrulhan-

178

do, de um dos bebês que chorava. — Não estava fazendo nada, é? Então quem foi que quebrou todas aquelas garrafas de soda?

Dentro da barraca, Hari continuava com seus murmúrios imperturbáveis. Shama permanecia curvada, envolta em seu casulo branco. Os cunhados permaneciam imóveis, reverentes, sentados nos cobertores.

O sr. Biswas estava lúcido o suficiente para se preocupar com a possibilidade de estar comprando briga com o pai do menino.

Padma, com seu jeito lerdo, entrou na loja, saiu e anunciou, sentenciosa:

— *Algumas* garrafas foram quebradas.

— E cada casco custa oito centavos — disse o sr. Biswas. — Não estava fazendo nada!

A mãe do menino, num acesso de raiva, correu até um pé de hibisco e começou a arrancar um galho. O galho era duro, e ela teve de dobrá-lo para um lado e para o outro várias vezes. Folhas arrancadas caíam no chão.

A choradeira do menino agora exprimia uma angústia verdadeira.

A mãe quebrou dois galhos no menino, falando ao mesmo tempo que batia:

— *Isso* é para você aprender a não mexer com o que não é seu. *Isso* é para você aprender a não provocar gente que não tem paciência com criança. — Ela percebeu as marcas deixadas no colarinho do menino pelos dedos do sr. Biswas, que ele havia sujado na tampa da lata. — E *isso* é para você aprender a não deixar gente grande sujar suas roupas. *Isso* é para você aprender que não é a gente grande que tem que lavar as suas roupas. *Você* é gente grande. Você sabe o que é *certo*. Você sabe o que é *errado*. *Você* não é criança. Por *isso* é que estou batendo em *você* como se *você* fosse gente *grande* que pode levar uma *boa* surra.

A surra já não era mais um simples castigo; transformara-se num ritual. Vieram irmãs assistir, ninando bebês que choravam, e diziam, sem nervosismo nenhum:

— Você vai machucar o menino, Sumati.

— Pare, Sumati. Já chega.

Sumati continuava a bater e não parava de falar.

Dentro da barraca, Hari continuava com sua cantilena. Só de ver as costas de Shama, o sr. Biswas sabia que ela estava aborrecida.

— Festa de abençoar casa! — exclamou o sr. Biswas.

A surra continuava.

— É só para se mostrar — disse o sr. Biswas. Ele já assistira a muitas surras como aquela e sabia que depois todos comentariam com admiração: "A Sumati sabe bater bem nos filhos"; e que as irmãs diriam para seus filhos: "Você quer levar uma surra como aquela que a Sumati deu no filho aquele dia lá em The Chase?".

O menino, que já não chorava, foi por fim liberado. Foi buscar consolo junto a uma tia que acalmava o bebê que tinha no colo; ela tranquilizou o menino dizendo para o bebê: "Dá um beijo nele. A mãe deu uma surra feia nele". Depois disse ao menino: "Está vendo? Você está fazendo ele chorar". O menino, choramingando, beijou o bebê, e aos poucos a barulheira foi diminuindo.

— Bom! — disse Sumati, com lágrimas nos olhos. — Bom! Agora todo mundo está satisfeito. E acho que as garrafas de soda estão inteiras de novo. Ninguém vai perder oito centavos o casco.

— Eu não pedi para ninguém bater no filho, ouviu? — disse o sr. Biswas.

— Ninguém pediu nada — disse Sumati, para ninguém em particular. — Só estou dizendo que agora todo mundo está satisfeito.

Ela foi para a barraca e sentou-se no trecho reservado para as mulheres e meninas. O menino ficou entre os homens.

A estrada estava agora ladeada de gente, pessoas da aldeia e algumas de fora também. Não haviam sido atraídos pela surra, se bem que esta fizera as crianças chegarem um pouco mais cedo do que de costume. Vinham por causa da comida que seria distribuída depois da cerimônia. Entre esses penetras inesperados, o sr. Biswas notou a presença de dois lojistas da aldeia.

A comida estava sendo preparada, sob a supervisão de Sushila, sobre uma fogueira num buraco cavado no quintal. As irmãs mexiam enormes caldeirões pretos, trazidos da Casa de Hanuman especialmente para a ocasião. Suavam e reclamavam, porém estavam felizes. Embora não houvesse necessidade disso, algumas tinham passado a noite em claro descascando batatas, catando arroz, cortando legumes, cantando, tomando café. Haviam preparado tulhas e mais tulhas de arroz, baldes e mais baldes de lentilhas e legumes, cubas cheias de café e chá, pilhas de *chapattis*.*

O sr. Biswas já havia desistido de tentar calcular as despesas. — Vão me levar à miséria — dizia ele. Andava ao longo da sebe de hibisco arrancando folhas, mastigando-as e cuspindo-as fora.

— Você está com uma bela propriedade, Mohun.

Era a sra. Tulsi. Parecia cansada, após ter descansado na cama de ferro. Havia usado o termo inglês para designar "propriedade"; a palavra tinha um sabor de posse e autocomplacência; ele teria preferido que ela dissesse "loja" ou "mercearia".

— Bela? — disse ele, sem saber se ela estava sendo sarcástica ou não.

— Uma bela propriedadezinha, sim.

— As paredes da loja estão cai não cai.

— Não caem, não.

— O teto do quarto tem goteiras.

— Não chove o tempo todo.

— Nem eu durmo o tempo todo. Precisa de uma cozinha nova.

— A cozinha me parece em bom estado.

— E ninguém come o tempo todo, não é? A gente precisava de mais um quarto.

— Mas, afinal, o que você queria? Quer uma Casa de Hanuman logo de saída?

---

* Espécie de panqueca ázima de trigo, assada na chapa. (N. T.)

— Não quero uma Casa de Hanuman de jeito nenhum.

— Olhe — disse a sra. Tulsi. Estavam na varanda agora.

— Vocês não precisam de mais um quarto. É só pendurar uns sacos de açúcar aqui nesses pilares à noite e pronto, está aí o quarto a mais.

O sr. Biswas olhou para a sra. Tulsi. Ela estava falando sério.

— Depois, de manhã, é só tirar — disse ela — e aí vira varanda outra vez.

— Sacos de açúcar, é?

— Só uns seis ou sete. Basta isso.

Bem que eu gostaria de enterrar a senhora num deles, pensou o sr. Biswas. Perguntou:

— A senhora me manda uns sacos?

— Você é comerciante — disse ela. — Você tem mais que eu.

— Não se preocupe. Eu estava só brincando. É só me dar um barril de carvão. Cabe uma família inteira num barril de carvão. A senhora não sabia?

Ela estava surpresa demais para falar.

— Não sei por que é que ainda constroem casas — disse o sr. Biswas. — Ninguém mais quer saber de casa hoje em dia. Basta um barril de carvão. Um barril para cada pessoa. Cada vez que nasce um bebê, é só arranjar mais um barril de carvão. Aí não ia mais haver casa em lugar nenhum. Só um terreno com cinco ou seis barris de carvão, em pé, formando umas duas ou três fileiras.

A sra. Tulsi levou o véu aos lábios, virou-se e saiu para o pátio.

— Sushila — disse, com uma voz débil.

— E aí o Hari podia abençoar os barris lá mesmo na Casa de Hanuman — prosseguiu ele. — Não ia precisar vir até aqui.

Sushila veio e, dirigindo um olhar duro ao sr. Biswas, ofereceu o braço à sra. Tulsi.

— O que foi, *mai*?

Dentro da loja, um bebê acordou e começou a berrar, de modo que as palavras da sra. Tulsi tornaram-se inaudíveis.

Sushila levou a sra. Tulsi até a barraca.

O sr. Biswas foi para o quarto. A janela estava fechada, o quarto escuro, mas dava para ver tudo: suas roupas penduradas na parede, a cama amarfanhada no lugar onde a sra. Tulsi havia descansado. Vencendo um sentimento de repugnância, deitou-se na cama. O cheiro de sapê velho e mofado misturava-se com o cheiro dos medicamentos da sra. Tulsi: rum aromático, velas, Óleo Curativo Canadense, amônia. Ele não se sentia pequeno, mas aquelas roupas penduradas num prego na parede de barro, tão desesperançadas, eram sem dúvida roupas de um homem pequeno, roupas cômicas, de faz de conta.

Ficou a imaginar o que Samuel Smiles acharia dele.

Mas talvez ele pudesse mudar. Ir embora. Largar Shama, esquecer os Tulsi, esquecer todos. Mas ir para onde? E fazer o quê? O que ele sabia fazer? Só trabalhar como cobrador de ônibus, ou numa plantação de cana, ou numa loja à beira-estrada. Seria Samuel Smiles capaz de ver alguma outra solução?

Ele estava num estado intermediário, entre adormecido e acordado, quando ouviu alguém mexendo na porta, não um barulho qualquer, mas o ruído de uma pessoa decidida: reconheceu a mão de Shama. Fechou os olhos e fingiu dormir. Ouviu o gancho ser levantado e cair. Ela entrou no quarto; mesmo no chão de terra batida seus passos eram pesados, passos que queriam ser ouvidos. O sr. Biswas sentiu sua presença ao lado da cama, o olhar sobre ele. Ele enrijeceu; sua respiração se alterou.

— É, hoje você realmente me fez orgulhar-me de você — disse Shama.

E, na verdade, ele não esperava por aquela. Já estava tão acostumado com a dedicação de Shama em The Chase que achava que ela ia tomar seu partido, ainda que não em público. Tudo nele endureceu.

Shama suspirou.

Ele levantou-se.

183

— A casa já está abençoada?

Ela jogou para trás os cabelos, ainda úmidos e lisos, exibindo as marcas de sândalo na testa: aquilo ficava tão estranho numa mulher. Dava-lhe um aspecto terrivelmente sagrado, tornando-a uma estranha.

— O que é que você está esperando? Vá lá fora ver se ficou mesmo abençoada direito.

A veemência do sr. Biswas pegou-a de surpresa; sem suspirar nem dizer nada, Shama saiu do quarto.

Ele ouviu-a desculpar-se:

— Ele está com dor de cabeça.

O sr. Biswas reconheceu aquele tom de voz: era o que usavam entre si as irmãs amigas quando falavam das doenças de seus maridos. Daquele modo, Shama dirigia uma súplica a uma de suas irmãs, pedindo-lhe uma troca de intimidades, uma demonstração de apoio.

Aquilo o fez sentir ódio de Shama, porém ao mesmo tempo deu-se conta de que esperava ansiosamente que alguém dissesse algo, demonstrasse compaixão por ele, ainda que ele tivesse apenas uma dor de cabeça.

Mas ninguém sequer sugeriu que Shama lhe desse uma aspirina.

Assim mesmo, ele estava satisfeito por ela ter ao menos tentado.

A cerimônia de abençoar a casa abalou seriamente as finanças do sr. Biswas, e daí em diante os negócios começaram a piorar. Um dos lojistas que comeram da comida do sr. Biswas vendeu sua loja. O novo proprietário começou a prosperar. Era assim o comércio em The Chase.

— Bem, uma coisa está clara — disse o sr. Biswas. — Aquela cerimônia de bênção. Você acha que todo mundo estava só esperando para comer de graça e depois parar de comprar aqui?

— Você vende fiado demais — disse Shama. — Você tem que fazer essa gente pagar o que deve.

— Você quer que eu vá bater nas pessoas?

E quando ela pegou o Caderno de Taquigrafia ele disse:

— Para que você vai cansar a cabeça fazendo contas? Eu já sei. Zero vezes zero é zero.

Ela calculou as despesas da festa e somou as dívidas não pagas.

— Nem quero saber — disse o sr. Biswas. — Faço questão de não saber. Que tal desabençoar a casa? Será que o Hari sabe fazer isso?

Shama tinha uma teoria:

— As pessoas estão com vergonha. Estão devendo demais. Era o que acontecia na loja lá em casa.

— Sabe o que *eu* acho? Acho que o problema é a minha cara. Acho que não tenho cara de comerciante. Tenho cara de quem vende fiado mas não sabe cobrar. — Pegou um espelho e examinou o rosto. — Esse nariz, com essa bolota feia na ponta. Esses olhos de chinês. Escute, menina, imagine se... quer dizer, vamos fazer de conta que você está me vendo pela primeira vez. Olhe para mim e tente imaginar isso.

Ela olhou.

Está bem. Feche os olhos. Agora abra. Primeira vez que você me vê. O que você diria que eu sou?

Ela não sabia dizer.

— O problema todo é esse — disse ele. — Não tenho cara de nada. Comerciante, advogado, médico, trabalhador, supervisor... cara de nada.

Mergulhou na depressão de Samuel Smiles.

Shama era um enigma. Dentro daquela garota que trabalhava na Loja Tulsi e subia e descia as escadas correndo na Casa de Hanuman, aquela menina brincalhona, pregadora de peças, havia outras Shamas, como se já adultas, prontas para sair: a esposa, a dona de casa e agora a mãe. Com o sr. Biswas, continuava como antes: ativa, sem fazer queixas, quase como se não soubesse que estava grávida. Mas quando as irmãs vinham visitá-la, deixando claro que gravidez era com elas, era um problema dos Tulsi, que pouco tinha a ver com o sr. Biswas, Shama sofria uma transformação. Não chegava a reclamar, mas passava a ostentar um ar de quem não exatamente sofre, porém resiste. Ficava se abanando e cuspia a toda hora, coisa que nunca fazia quando estava sozinha; mas era esse o comportamento que se esperava das grávidas. Não que ela estivesse tentando impressionar as irmãs para conquistar-lhes a piedade; estava era ansiosa para não decepcioná-las nem desapontar a si própria. E quando seus pés começaram a inchar o sr. Biswas teve vontade de dizer-lhe: "Bem, agora você está completa, perfeitamente normal. Tudo está correndo como devia correr. Você é igualzinha às suas irmãs". Pois sem dúvida era isso que Shama esperava da vida: passar por todas as etapas, preencher todas as funções, sentir todas as emoções de praxe: alegria nos nascimentos e casamentos, tristeza nas doenças e dificuldades, dor nas mortes. A vida, para ser plena, tinha de seguir esse plano preestabelecido de sensações. Tristeza e alegria, igualmente esperadas, eram a mesma coisa. Para Shama e suas irmãs e as mulheres como elas, a ambição — se podia usar o termo — era uma série de negativas: não ficar solteira, não ficar sem filhos, não ser má filha, irmã, esposa, mãe, viúva.

Em segredo, com ajuda das irmãs, as roupas do neném estavam sendo feitas. Vários sacos de farinha do sr. Biswas desapareceram; mais tarde ressurgiram sob a forma de fraldas. E chegou a hora de Shama ir à Casa de Hanuman. Sushila e Chinta vieram buscá-la; continuou-se a manter a ficção de que o sr. Biswas não sabia o motivo.

Então ele descobriu que Shama também fizera preparativos para ele. Suas roupas tinham sido lavadas e consertadas; e ele ficou comovido, embora não surpreso, ao encontrar, na prateleira da cozinha, pedacinhos de papel de embrulho nos quais Shama, com sua caligrafia que sempre deteriorava depois das duas ou três primeiras linhas, havia anotado a lápis receitas de refeições bem simples, com um desprezo pela gramática e pela pontuação que o sr. Biswas achou tocante. E

186

como era curioso — e agradável — encontrar no papel, com letra dela, expressões que até então ele só a ouvira usar na fala! — Nas instruções para fazer arroz, por exemplo, ela explicava que bastava pôr "uma pitadinha só de sal" — era como se ele a visse juntando os dedos compridos — e dizia-lhe que usasse "a panela esmaltada azul, aquela sem cabo". Quantas vezes, de cócoras ao pé do fogo, ela lhe dissera: "Me dê a panela azul, aquela sem cabo".

Na loja, nas horas vagas, ele começara a escolher nomes, principalmente nomes masculinos: era a única hipótese que lhes parecia provável. Escrevia-os em papel de embrulho, pronunciava-os, saboreando-lhes a sonoridade, e pedia a opinião dos fregueses.

— Krishnadhar Haripratap Gokulnath Damodar Biswas. O que é que o senhor acha? K. H. G. D. Biswas. Ou então que tal Krishnadhar Gokulnath Haripratap Damodar Biswas? K. G. H. D. Biswas.

— Assim não vai sobrar espaço para o pândita dar um nome.

— De filho meu pândita nenhum vai escolher nome.

E na guarda de trás de seu exemplar da Edição Collins das obras de Shakespeare, livro de uma ilegibilidade cansativa, ele escreveu os nomes em letras graúdas, como se aquela questão já estivesse encerrada. Teria usado o *Livro do declamador*, ainda sua leitura favorita, se o livro não tivesse sofrido tanto com o pontapé que levara no quarto comprido da Casa de Hanuman; agora as capas estavam soltas e as guardas rasgadas, revelando o papelão cáqui por baixo. Ele havia comprado o Shakespeare por causa do *Júlio César*, pois declamara partes dessa tragédia na escola de Lal. Todas as outras peças o haviam derrotado; o livro permanecia praticamente intato, e agora o sr. Biswas constatou que, como repositório das anotações da família, tampouco ele servia. O papel da guarda borrou terrivelmente.

E acabou que nasceu uma menina. Porém nasceu na hora certa, sem problemas, saudável, e Shama estava em ótimo estado. Ele não esperava outra coisa dela. Fechou a loja, pegou a bicicleta e foi à Casa de Hanuman. Ao chegar, descobriu que sua filha já tinha nome.

— Olhe a Savi — disse Shama.

— Savi?

Estavam no quarto da sra. Tulsi, o Quarto Rosado, onde todas as irmãs ficavam no período de resguardo.

— É um belo nome — disse Shama.

Um belo nome; e ele, que viera desde The Chase pensando em nomes e havia optado por Lakshmi Kamala Devi.

— O Seth e o Hari escolheram.

— Nem precisa me dizer. — Apontando o queixo para a criança, perguntou, em inglês: — Já registraram?

Sobre a mesa de mármore ao lado da cama havia uma folha de papel embaixo de um prato de latão. Shama entregou-a a ele.

— Hm! Ainda bem que foi registrada. Você sabe que o governo e todo mundo não queriam acreditar que eu tinha nascido. Fizeram as pessoas jurarem, tiveram que assinar mil papéis.

— Nós todos fomos registrados — disse Shama.

— Mas é *claro* que vocês todos foram registrados. — Olhou para a certidão. — Savi? Mas aqui não está escrito isso. Aqui diz "Basso".

Shama arregalou os olhos.

— Chhh!

— Eu não vou deixar ninguém chamar minha filha de Basso.

— Chhh!

Ele entendeu. Basso era o nome de verdade da criança; Savi era o nome de chamar. O nome de verdade de uma pessoa podia ser usado para fazer mal a ela, enquanto o nome de chamar, por não ter validade, era uma segurança. Ele ficou aliviado de saber que não teria de chamar sua filha de Basso. Mesmo assim, que nome!

— Foi o Hari que inventou esse, hein? O espírito santo.

— E Seth.

— Vá atrás do pândita e do valentão.

188

— Mas o que é que você está fazendo?

Ele estava escrevendo com força na certidão.

— Olhe.

No alto da folha ele havia escrito: *Nome de chamar verdadeiro: Lakshmi. Assinado, Mohun Biswas, o pai.* Embaixo vinha a data.

Os dois sentiam que um documento do governo, algo inviolável, fora desafiado.

Ele gozou do pânico de Shama e olhou-a com atenção pela primeira vez desde que chegara. Os cabelos longos estavam soltos e espalhados em volta do travesseiro. Para olhar para ele, Shama tinha de enfiar o queixo no pescoço.

— Você está com papada — disse ele.

Ela não disse nada.

De repente ele se pôs de pé num salto.

— Que diabo é isso?

— Me mostre.

Ele mostrou a certidão a Shama.

— Olhe aqui. Profissão do pai: trabalhador. Trabalhador! Eu! Mas que antipatia, hein, menina?

— Eu não tinha visto isso.

— Vá atrás do Seth. Olhe. Nome do informante: R. N. Seth. Profissão: administrador de fazenda.

— Não entendo por que ele fez isso.

— Olhe, a próxima vez que você quiser um informante, me avise, está bem? E ainda chamam a Lakshmi de Basso e Savi. Oi, Lakshmi. Sou eu, Lakshmi, o seu pai, profissão... profissão o quê, menina? Pintor?

— Aí parece que você é pintor de parede.

— Pintor de letreiro? Comerciante? Ah, não, isso não! — Pegou a certidão e começou a escrever. — Proprietário —disse, entregando a certidão a Shama.

— Mas você não pode se considerar proprietário. A loja pertence a *mai*.

— Também não podem me considerar trabalhador.

— Eles podem prender você por isso.

— Quero ver.

— É melhor ir embora agora, Mohun.

O bebê estava se mexendo.

— Oi, Lakshmi.

— Savi.

— Basso.

— Chhh!

— Aquele valentão. Escorpião, isso sim. Velho Scorpio.

Ele saiu do quarto escuro, com o ar pesado de cheiros de remédios, cheio de bacias e fraldas, passando para a sala de visitas, na extremidade da qual ficavam as duas cadeiras altas que pareciam tronos. Atravessou a passarela de madeira, chegando à varanda do andar de cima da casa velha, onde Hari costumava ficar lendo suas escrituras desengonçadas. Timidamente, desceu as escadas em direção ao salão, esperando se tornar o centro das atenções, já que era o pai do mais novo recém-nascido da Casa de Hanuman. Ninguém olhou muito para ele. O salão estava cheio de crianças que comiam soturnas. Entre estas ele reconheceu a contorcionista e a menina que estava brincando de casinha em The Chase. Sentiu um cheiro de enxofre e viu que as crianças não estavam comendo comida e sim um pó amarelo misturado com o que parecia ser leite condensado.

Perguntou:

— O que é isso, hein?

A contorcionista fez uma careta e disse:

— Enxofre com leite condensado.

— A comida anda cara, não é?

— É por causa do eczema — disse a menina da brincadeira de casinha.

Mergulhou o dedo no leite condensado, depois no enxofre e por fim levou-o à boca. Imediatamente repetiu a ação.

A sra. Tulsi havia emergido da negra entrada da cozinha.

— Enxofre com leite condensado — disse o sr. Biswas.

— Para adoçar — disse a sra. Tulsi. Mais uma vez, ela o perdoara.

— Adoçar! — exclamou a contorcionista, num cochicho bem audível. — Uma ova. — Seu talento lhe conferia uma liberdade de expressão excepcional.

— É ótimo para o eczema. — A sra. Tulsi sentou-se ao lado da contorcionista, levantou seu prato e sacudiu-o, fazendo com que caísse para dentro o enxofre que a menina havia concentrado na beira e estava espalhando pela mesa. — Já viu sua filha, Mohun?

— A Lakshmi?

— Lakshmi?

— Lakshmi. Minha filha. Foi o nome que *eu* escolhi.

— A Shama parece estar bem. — A sra. Tulsi recolheu o enxofre caído na mesa na palma da mão e despejou-o em cima do leite condensado, o qual a contorcionista até agora mantivera em estado virgem. — Eu a instalei no Quarto Rosado. O meu quarto.

O sr. Biswas não disse nada.

A sra. Tulsi deu um tapinha no banco.

— Venha sentar aqui, Mohun.

Ele sentou-se ao lado dela.

— O Senhor dá — disse de repente a sra. Tulsi em inglês.

Disfarçando seu espanto, o sr. Biswas concordou com a cabeça. Já estava acostumado com o tom filosófico da sra. Tulsi. Lentamente, do modo mais solene, fazia uma série de afirmativas simples e sem ligação uma com a outra; o efeito era de uma profundidade enigmática.

— Tudo vem aos poucos — disse ela. — Devemos perdoar. Como dizia seu pai — e apontou para a foto na parede —, o que é para você, é para você; o que não é para você, não é para você.

Contra a vontade, o sr. Biswas deu por si ouvindo, muito sério, e concordando com a cabeça.

A sra. Tulsi fungou e apertou o véu contra o nariz.

— Um ano atrás, quem poderia imaginar que você estaria sentado aqui, neste salão, com estas crianças, como meu genro e pai de uma filha? A vida é cheia de surpresas assim. Mas no fundo não são surpresas não. Agora você é responsável por uma vida, Mohun. — Ela começou a chorar. Pôs a mão no ombro do sr. Biswas, não para confortá-lo, mas para fazê-lo confortar a ela. — Deixei a Shama ficar no meu quarto. O Quarto Rosado. Sei que você está preocupado com o futuro. Não precisa me dizer. Eu sei. — Deu uns tapinhas no ombro do sr. Biswas.

Ela o havia dominado com sua emoção. Ele esqueceu as crianças comendo enxofre com leite condensado e sacudiu a cabeça, como se admitindo que havia pensado a sério, e com desespero, no futuro.

Tendo conseguido dominá-lo a sra. Tulsi tirou a mão do ombro do sr. Biswas, assoou o nariz e enxugou os olhos.

— Aconteça o que acontecer, a gente continua vivendo. Aconteça o que acontecer. Até que o Senhor resolva levar a gente embora. — A última frase foi dita em inglês; ela o pegou de surpresa e quebrou o encantamento. — Tal como Ele fez com o seu querido pai. Mas enquanto não chegar essa hora, podem tentar matar você de fome, podem fazer o que quiserem com você, que eles não conseguem matá-lo.

Eles?, pensou o sr. Biswas. Eles quem?

Então Seth entrou no salão, pisando firme com suas botinas enlameadas, e as crianças começaram a comer o enxofre a sério.

— Mohun — disse Seth. — Viu sua filha? Você me surpreende.

A contorcionista deu uma risadinha. A sra. Tulsi sorriu.

Traidora, pensou o sr. Biswas. Sua raposa velha traidora.

— Bem, agora você já é um homem, Mohun — disse Seth. — Marido e pai. Não volte a agir como criança. A loja já faliu?

— Ainda falta um pouco — disse o sr. Biswas, levantando-se. — Afinal, só faz quatro meses que o Hari abençoou a casa.

A contorcionista riu; pela primeira vez o sr. Biswas sentiu simpatia por aquela menina. Animado, acrescentou:

— Será que a gente pode pedir para ele desabençoar?

Mais risos.

192

Seth chamou a mulher, pedindo comida.

Ao ouvir falar em comida, as crianças levantaram a cabeça, desejosas.

— Pois hoje nenhum de vocês vai comer — disse Seth. — Para vocês aprenderem a não brincar na lama e pegar eczema.

A sra. Tulsi estava ao lado do sr. Biswas. Estava séria novamente.

— A coisa vem aos poucos. — Agora ela estava sussurrando, pois as irmãs estavam saindo da cozinha com travessas e pratos de latão. — Acho que você nunca imaginou que seu primeiro filho ia nascer num lugar como esse.

Ele fez que não.

— Lembre-se: eles não podem matar você.

"Eles" outra vez.

— Ah — disse o sr. Biswas. — Agora são três na família.

Seu tom de voz deixou-a de sobreaviso.

— Me arranjem um barril — disse ele bem alto. — Um barril de carvão dos pequenos.

O sr. Biswas saiu pelo portão lateral e passou de bicicleta pela arcada, onde já começava a se reunir, como ocorria todos os dias à tardinha, um grupo de velhos nascidos na Índia, que vinham para fumar e conversar. Ele foi até a frágil cabana de madeira de Misir e chamou-o ao pé da janela iluminada.

A cabeça de Misir apareceu por entre as cortinas de renda. Ele disse:

— Justamente a pessoa com quem eu queria falar. Entre.

Misir disse que havia despachado a mulher e os filhos para a casa de sua sogra. O sr. Biswas concluiu que os dois haviam brigado ou então a mulher estava grávida.

— Tenho trabalhado muito, agora que estou sozinho — disse Misir. — Escrevendo contos.

— Para o *Sentinel*?

— Contos mesmo — disse Misir com sua impaciência costumeira. — Sente-se aí e fique ouvindo.

A primeira história era sobre um homem que estava desempregado há meses. Estava morrendo de fome; seus cinco filhos também passavam fome; sua mulher estava tendo mais um filho. Era dezembro, e as lojas estavam cheias de comida e brinquedos. Na véspera de Natal, o homem arranjou emprego. Ao ir para casa aquela noite, foi atropelado e morto por um carro, o qual nem parou.

— Excelente — disse o sr. Biswas. — Gostei do detalhe do carro que nem parou.

Misir sorriu e disse, feroz:

— Mas a vida é assim. Não é um conto de fadas. Nada dessas coisas de era-uma-vez, essas bobagens. Escute esta.

A segunda história de Misir era sobre um homem desempregado há meses e que estava morrendo de fome. Para sustentar sua família numerosa, começou a vender tudo o que tinha, e por fim só lhe restou um bilhete do *sweepstake* no valor de dois xelins. Ele não queria vendê-lo, mas um de seus filhos ficou gravemente doente e precisava de um remédio. O homem vendeu o bilhete por um xelim e comprou o remédio. A criança morreu; o bilhete que ele havia vendido foi premiado.

— Excelente — disse o sr. Biswas. — O que aconteceu?

— Com o homem? Por que é que você pergunta para *mim*? Use a sua imaginação.

— Excelente, excelente mesmo.

— As pessoas têm que saber dessas coisas — disse Misir. — Saber da vida. Você devia começar a escrever contos também.

— Eu não tenho é tempo, rapaz. Agora tenho uma propriedadezinha em The Chase. — O sr. Biswas fez uma pausa, mas Misir não disse nada. — Casado, ainda por cima. Responsabilidade. — Fez outra pausa. — Filha.

— Meu Deus! — exclamou Misir, horrorizado. — *Meu Deus!*

— Recém-nascida.

Misir sacudiu a cabeça, solidário.

— Tiro no escuro, tiro no escuro. Isso que dá esse negócio de tiro no escuro.

O sr. Biswas mudou de assunto.

— E os arianos?

— Por que é que você pergunta isso? No fundo você não está interessado. *Ninguém* está interessado. As pessoas ouvem uma história de fadas e ficam satisfeitas. Elas não querem encarar a realidade. E esse Shivlochan é uma besta quadrada. Sabe que mandaram o Pankaj Rai de volta para a Índia? Às vezes eu paro e fico pensando no que estará acontecendo com ele por lá. Imagino o coitado todo esfarrapado, morrendo de fome na sarjeta, desempregado. Sabe, você podia fazer uma boa história baseada no caso do Pankaj.

— Justamente o que eu ia dizer. O homem era um purista.

— Um purista nato.

— Misir, você continua trabalhando no *Sentinel*?

— Ganhando um mísero centavo por linha. Por quê?

— Aconteceu uma coisa gozadíssima hoje. Sabe o que eu vi? Um porco com duas cabeças.

— Onde?

— Aqui mesmo, na Casa de Hanuman. Lá da fazenda deles.

— Mas os Tulsi são hinduístas, como é que eles vão criar porcos?

— Para você ver. Mas estava morto, é claro.

Apesar de todos os seus instintos reformistas, Misir estava claramente decepcionado e aborrecido.

— Hoje em dia fazem qualquer coisa por dinheiro. Mas de qualquer modo é uma boa matéria. Vou ligar para lá agora mesmo.

E, ao sair, o sr. Biswas disse:

— Profissão trabalhador, é? Eles vão ver.

Shama só voltaria para The Chase dentro de três semanas. O sr. Biswas armou uma rede para o bebê na varanda e esperou. A loja e os quartos dos fundos estavam cada vez mais bagunçados e pareciam frios, como um acampamento abandonado. Porém, assim que Shama chegou com Lakshmi (— O nome dela é Savi — insistiu Shama, e ficou sendo mesmo Savi), aqueles cômodos voltaram a ser o lugar onde ele não apenas morava como também tinha *status*, sem que tivesse que ficar afirmando seus direitos nem explicar seu próprio valor.

Imediatamente o sr. Biswas começou a se queixar das coisas que mais lhe agradavam. Savi chorava, e ele falava como se a criança fosse um dos luxos de Shama. As refeições demoravam para ser aprontadas, e ele manifestava um aborrecimento que ocultava o prazer que sentia por saber que havia alguém que preparava as refeições pensando nele. Shama não reagia a essas explosões, ao contrário do que teria feito antes. Ela própria andava macambúzia, como se preferisse esse relacionamento a um outro mais sentimental.

O sr. Biswas gostava de ver o banho do bebê. Shama revelava muita perícia nessas ocasiões, como se estivesse dando banho em bebês há anos. Com o braço e a mão esquerda apoiava as costas e a cabeça pesada da criança; com a mão direita ensaboava e enxaguava: por fim, com um gesto ágil e delicado, passava o bebê da bacia para a toalha. O sr. Biswas admirava-se de ver que uma pessoa que saíra da Casa de Hanuman com as mãos endurecidas pelo trabalho doméstico podia exprimir tanta delicadeza com aquelas mesmas mãos. Depois ela massageava Savi com óleo de coco e exercitava seus membros, recitando uns versos alegres. As mesmas coisas haviam sido feitas com o sr. Biswas e com Shama quando eles eram pequenos; os mesmos versos tinham sido recitados; talvez aquele ritual tivesse milênios de idade.

A massagem era repetida à tardinha, depois que o sol se punha e a mata começava a cantar. E foi nessa época, uns seis meses depois, que Moti veio à loja e bateu com força no balcão.

Moti não era da aldeia. Era um homenzinho de cara preocupada, cabelos grisalhos, dentes estragados e roupas encardidas de funcionário público. Usava sua camisa suja com certa elegância, e os vincos de suas calças eram perceptíveis. No bolso da camisa levava uma caneta-tinteiro, um lápis mirrado e pedaços sujos de papel, o equipamento e distintivo do interiorano alfabetizado.

Pediu, nervoso, um pêni de banha de porco.

Os instintos hinduístas do sr. Biswas não lhe permitiam vender banha.

— Mas temos manteiga — disse ele, pensando na lata grande e fedorenta que continha uma manteiga avermelhada, mole e rançosa.

Moti sacudiu a cabeça e tirou das calças os grampos de andar de bicicleta.

— Me dê um centavo de Ameixas Paraíso.

O sr. Biswas entregou-lhe três ameixas embrulhadas num pedaço de papel branco.

Moti não foi embora. Colocou uma Ameixa Paraíso na boca e disse:

— Ainda bem que você não vende banha. Respeito você por isso. — Fez uma pausa e, fechando os olhos, esmagou a ameixa na boca. — É bom ver um homem na sua situação não abrir mão de seus princípios religiosos por causa de alguns centavos. Você sabe que tem uns comerciantes hinduístas por aí vendendo carne de vaca salgada com as próprias mãos? Só para ganhar uns centavos a mais.

O sr. Biswas sabia e lamentava que seus escrúpulos não lhe permitissem fazer o mesmo.

— E mais aquela história — disse Moti, mastigando a Ameixa Paraíso. — Você ouviu falar do porco?

— O porco dos Tulsi? Não me espanta nem um pouco.

— Mas felizmente nem todo mundo é assim. Você, por exemplo. E o Seebaran. Conhece o Seebaran?

— Seebaran?

— Não conhece o Seebaran! L. S. Seebaran? O homem que praticamente carrega nas costas o Tribunal das Pequenas Causas.

— Ah, esse — disse o sr. Biswas, ainda no escuro.

— Hinduísta dos mais praticantes. E um dos nossos melhores advogados daqui, eu lhe garanto. A gente devia se orgulhar dele. O homem que trabalhava aqui antes de você... como era mesmo o nome dele? Enfim, o homem que trabalhava aqui antes de você tinha muitos motivos para ser grato ao Seebaran. Hoje ele estaria na miséria se não fosse o Seebaran.

Moti pôs outra Ameixa Paraíso na boca e ficou a olhar vagamente para as prateleiras quase vazias. O olhar do sr. Biswas acompanhava o de Moti, que acabou fixando-se nas latas com rótulos semidestruídos deixadas ali pelo homem que fora ajudado por Seebaran.

— Quer dizer que todo mundo está comprando no Dookhie, hein? — disse Moti, agora num tom mais informal e falando em inglês. Dookhie era o homem da loja que abrira mais recentemente em The Chase. — É uma vergonha. Uma vergonha essas pessoas que passam a vida comprando fiado. É uma forma de roubo. O Mungroo, por exemplo. Conhece o Mungroo?

O sr. Biswas o conhecia muito bem.

— Um homem como o Mungroo devia era estar na cadeia — disse Moti.

— De acordo.

— E olhe que ele não é nenhum indigente — disse Moti, judicioso, fechando os olhos e esmagando a Ameixa Paraíso — que não tem como pagar. O Mungroo é mais rico do que você e eu jamais sonhamos ser, vá por mim. — Isso era novidade para o sr. Biswas. — O homem devia era estar na cadeia — repetiu Moti.

O sr. Biswas ia dizer que nele o Mungroo não tinha passado a perna, quando Moti disse:

— Ele não rouba os comerciantes que são grosseiros e mal-educados como ele. Tem medo de levar uma surra deles. Não, ele só ataca gente boa, de coração mole; é esses que ele rouba. O Mungroo olha para você, acha que você tem cara de boa pessoa, e no dia seguinte a mulher dele vem e compra dois centavos disso e três centavos daquilo, aí lembra que está sem dinheiro e pergunta se não dá para ela pagar depois do dia do pagamento. Bem, você embrulha as compras dela num papel bem forte, ela vai para casa satisfeita, você senta e espera. Chega o dia do pagamento e o Mungroo esquece. A mulher dele esquece. Eles estão tão ocupados matando galinha e comprando rum que nem se lembram de você. Dois, três dias depois, aha!, a mulher dele de repente se lembra de você. Começa a chorar de novo. Ela quer mais fiado. Nem me fale do Mungroo. Conheço ele muito bem. Devia mais era estar na cadeia. É, só que ninguém tem coragem de prender ele.

Havia ali um certo exagero e dramatização, porém o sr. Biswas reconheceu que aquilo era verdade. Sentia-se exposto e não disse nada.

— Me mostre as suas contas — disse Moti. — Só para eu ver quanto o Mungroo lhe deve.

O sr. Biswas retirou o espeto do prego entre as prateleiras no qual ele ficava pendurado, acima de um anúncio desbotado de Cydrax, um refrigerante que não havia empolgado os habitantes da aldeia. O espeto agora era uma estrutura emplumada e multicolorida, e os papéis mais em baixo já estavam quebradiços e encrespados como folhas secas.

— Rapaz! — exclamou Moti, e foi ficando mais sério à medida que ia lendo os papéis. Não pôde ler todos, porque para chegar aos mais de baixo teria de remover os do alto. Desviou o olhar do sr. Biswas e ficou contemplando a escuridão lá fora, olhando pela porta, encostada à qual se via a roda de trás de sua bicicleta decrépita. Com tristeza, chupou sua Ameixa Paraíso.

— Pena que você não conhece o Seebaran. O Seebaran resolveria seu problema na hora. Ele ajudou o homem que trabalhava aqui antes de você. Se não fosse ele, o homem agora estaria na miséria. Na miséria. Gozado, mas a gente não imagina que um sujeito consiga ficar rico comprando fiado, enquanto o pobre do comerciante, que vende fiado, acaba maltrapilho, vendo os filhos passando fome e adoecendo.

O sr. Biswas, já se imaginando como o protagonista de um dos contos de Misir, mal conseguia disfarçar sua preocupação.

— Mas é isto. — Moti prendeu as calças com os grampos.

— Tenho que ir embora. Obrigado pelos dois dedos de prosa. Espero que as coisas andem bem com você.

— Mas você conhece o Seebaran — disse o sr. Biswas.

— Conheço. Mas não sei se posso ir lá pedir para ele ajudar um amigo meu. O homem é ocupado, você sabe. Praticamente carrega nas costas o Tribunal das Pequenas Causas.

— Mesmo assim, será que você podia falar com ele?

— Posso — disse Moti, sem muita convicção. — Posso falar com ele. Mas o Seebaran é um sujeito importante. Você não pode ir lá incomodá-lo por causa de uma coisinha à toa.

O sr. Biswas passou a mão pelos papéis enfiados no espeto.

— Eu tenho *muito* trabalho para ele — disse, num tom agressivo. — Pode dizer isso a ele.

— Está bem, eu digo. — Moti subiu na bicicleta. — Mas não posso lhe prometer nada.

Savi estava dormindo quando o sr. Biswas foi até o quarto dos fundos.

— Vou dar uma lição no Mungroo e nos outros todos — disse o sr. Biswas a Shama. — Vou pôr o caso nas mãos do Seebaran.

— Quem é o Seebaran?

— Quem é o Seebaran? Quer dizer que você não conhece o Seebaran? O sujeito que praticamente carrega nas costas o Tribunal das Pequenas Causas.

— Isto tudo eu sei. Eu também ouvi o que o homem estava dizendo.

— Então por que diabo você me perguntou?

— Não acha melhor você se informar direito antes de querer processar alguém?

— Me informar? Com quem? Com o valentão e a raposa velha? Eu sei que eles sabem tudo. Nem precisa me dizer. Mas eles entendem de processos?

— O Seth vive processando gente.

— E perde todos os processos. Isso você também não precisa me dizer. Todo mundo lá em Arwacas sabe dos processos do Seth. Ele não entende de tudo, não.

200

— Ele já estudou medicina. Medicina ou farmácia.

— Estudou medicina! Veterinária, no máximo. Você o acha com cara de médico? Já olhou para as mãos dele? Gordas, grossas. Nem dá para segurar um lápis direito.

— Foi ele que espremeu aquele furúnculo do Chanrouti outro dia.

— Ah, sim. Tem mais uma coisa que eu queria lhe dizer. Logo de uma vez. Não quero que o Seth esprema furúnculo de nenhum filho meu. Nem quero que ele receite enxofre com leite condensado para filho meu também não.

Mungroo era o líder da aldeia nas lutas com bastões. Era um homem alto magro, rijo e carrancudo, que tinha uma aparência feroz devido a seus vastos bigodes de pontas viradas, que lhe custaram o apelido de Moush,* mais tarde modificado para Moach. Nas lutas, era um campeão. Seus golpes eram precisos e de longo alcance, e seus reflexos, miraculosos. Transformava um gesto defensivo numa estocada com tanta perfeição que parecia um único ato. Toda vez que lutava dava a impressão de haver ensaiado a peleja etapa por etapa. Fora Mungroo quem organizara os rapazes da aldeia num verdadeiro exército, pronto para defender a honra de The Chase durante o carnaval cristão e o *hosein*** muçulmano. Era no quintal de sua casa e sob sua supervisão que eles praticavam assiduamente, ao cair da tarde, à luz de tochas. Os meninos da aldeia iam assistir a esses treinos. Como também o fazia — apesar dos protestos de Shama — o sr. Biswas.

Tanto quanto apreciava o jogo em si, o sr. Biswas gostava de ver a preparação dos bastões. Queimavam-se desenhos na casca de *poui*, que depois era assada numa fogueira; a casca era retirada, e o desenho ficava gravado na madeira branca. Não havia

---

* De *moustache*, "bigode" em inglês. (N. T.)

** Festividade dos muçulmanos xiitas. (N. T.)

cheiro mais agradável que o odor de ipê-amarelo levemente queimado: um cheiro suave, porém tão duradouro que parecia vir de longe, do mais recôndito da floresta; tão suave quanto o odor do ipê-amarelo que Raghu queimava naquela outra aldeia tão semelhante a esta, num quintal como este, numa fogueira como esta, despertando sensações — e não imagens — de um jantar sendo preparado numa fogueira que iluminava uma parede de barro e espantava a noite; de manhãs frescas, novas, intatas; de chuva caindo abafada num telhado de sapé e calor sob o telhado: sensações tão tênues quanto o próprio cheiro do ipê-amarelo, porém de uma evanescência melancólica, que não se deixavam capturar nem transformar numa lembrança concreta.

Depois, os bastões, com castões trabalhados, ficavam de molho em óleo de coco, enfiados em cilindros de bambu, para ficarem mais fortes e flexíveis. Então Mungroo levava os bastões para um velho lutador que ele conhecia, o qual fazia com que eles fossem "montados" pelo espírito de um espanhol morto. Assim, o ritual terminava com um toque de romantismo fantástico e misterioso. Pois os espanhóis — como o sr. Biswas sabia — tinham abandonado a ilha um século antes, e todos os seus descendentes haviam desaparecido; porém perdurava sua reputação de bravura afoita, reputação esta que fora incorporada por um povo que viera de outro continente e nem sabia como era um espanhol, um povo que, em suas cabanas de barro e sapé onde desapareciam as distâncias temporais e espaciais, ainda metia medo nas crianças com o nome de Alexandre, de cuja grandeza nada sabiam.

Mungroo trabalhava consertando estradas. Preferia dizer que trabalhava para o governo; preferia mesmo era simplesmente não trabalhar. Fazia questão de deixar claro que, como ele defendia a honra da aldeia, a aldeia tinha obrigação de sustentá-lo. Recolhia contribuições para comprar óleo para as tochas, para pagar o velho que "montava" os bastões e para comprar os trajes caros usados pelos jogadores nos dias de batalhas. De início, o sr. Biswas contribuía com prazer. Depois, para poder se dedicar mais a sua arte, Mungroo passou a ficar semanas sem dar as caras no trabalho, vivendo à custa do sr. Biswas e dos outros comerciantes de quem comprava fiado. O sr. Biswas admirava Mungroo. Achava que seria uma deslealda- de negar-lhe o crédito, deselegante lembrá-lo de suas dívidas e perigoso fazer uma coisa ou outra. Mungroo foi ficando cada vez mais exigente. O sr. Biswas queixava-se para os outros fregueses; eles falavam com Mungroo. Mungroo não reagiu de modo vio- lento, como o sr. Biswas temia, e sim com um ar de dignidade ferida que, embora o sr. Biswas soubesse fingido, o magoava tanto quanto os silêncios e suspiros de Shama. Mungroo recusa- va-se a falar com o sr. Biswas e cuspia, como se por acaso, sempre que passava pela loja. As dívidas de Mungroo continuavam sem ser pagas; e o sr. Biswas perdeu mais alguns fregueses.

Mais cedo do que o sr. Biswas esperava, Moti voltou, dizendo:

— Você está com sorte. O Seebaran resolveu ajudá-lo. Eu disse a ele que você era meu amigo e um bom hinduísta, e ele é praticante rigoroso, como você sabe. Ele vai ajudá-lo. Embora ele esteja ocupado. — Tirou os papéis do bolso da camisa, encontrou o que ele queria e bateu com ele no balcão. No alto do papel, um carimbo roxo, um pouco torto, afirmava que L. S. Seebaran era advogado e tabelião. Embaixo vinham diver- sas linhas pontilhadas, entremeadas de frases impressas. — O Seebaran vai preencher essas lacunas assim que estiver com os seus documentos — disse Moti em inglês, a língua da lei.

O sr. Biswas leu, com um frêmito de emoção: *A menos que esta quantia, mais Um Dólar e Vinte Centavos ($ 1,20c), o preço desta carta, seja paga dentro de dez dias, uma ação será movida con- tra Vª Sª.* E embaixo vinha outra linha pontilhada, na qual L. S. Seebaran assinara o próprio nome.

— Poderoso, poderoso, hein? — disse o sr. Biswas. — Ação será movida. Eu não sabia que era tão fácil processar uma pessoa.

Moti soltou um grunhido de aprovação.

— Um dólar e vinte centavos, o preço desta carta — disse o sr. Biswas. — Quer dizer que eu não tenho que pagar nem isso?

— Quando se trabalha com o Seebaran, não.

— Um dólar e vinte centavos. Quer dizer que o Seebaran ganha isso só para preencher essas linhas? Instrução, rapaz. Nada como ser profissional liberal.

— Quem é profissional liberal é dono do seu nariz — disse Moti, com um toque de melancolia na voz.

— Mas um dólar e vinte, rapaz. Cinco minutos para escrever isso, e um dólar e vinte no bolso.

— Você está esquecendo que o Seebaran teve que passar anos e mais anos estudando uns livros grandes e pesados para ter o direito de preencher esses papéis.

— Sabe, a solução é ter três filhos. Um vira médico, o outro dentista, o outro advogado.

— Uma boa família. O negócio é ter os três filhos. E dinheiro. Nesses lugares, ninguém paga fiado.

O sr. Biswas foi pegar as contas de Shama. Moti pediu para ver os papeizinhos de novo e, enquanto os lia, foi ficando sério.

— Muitos deles não estão assinados — disse ele.

O sr. Biswas por muito tempo achou que seria falta de educação pedir aos devedores que assinassem.

— Mas já não estavam assinados quando você viu da última vez — disse ele.

Moti deu uma risada nervosa.

— Não se preocupe. Sei de casos em que o Seebaran conseguiu o dinheiro mesmo quando não tinha nada em papel. Mas isso vai dar muito trabalho, você sabe. Você tem que mostrar para o Seebaran que está mesmo interessado.

O sr. Biswas foi abrir a gaveta sob as prateleiras. A gaveta era grande mas não pesada, e saía com facilidade, ainda que meio torta; a madeira dentro dela estava suja de óleo, porém surpreendentemente branca.

— Um dólar e vinte centavos? — perguntou.

Ouviu-se um pigarro. Shama.

— *Maharajin* — disse Moti.

Não houve resposta.

O sr. Biswas não se virou.

— Um e vinte? — repetiu, mexendo nas moedas dentro da gaveta.

Disse Moti, contrariado:

— Você não pode dar só um e vinte a um homem como Seebaran para ele brigar na Justiça por você.

— Cinco — disse o sr. Biswas.

— Está bom — disse Moti, como se estivesse esperando dez.

— Dois — disse o sr. Biswas, andando rapidamente até o balcão e colocando nele uma nota vermelha.

— Está bom — disse Moti. — Não precisa contar.

— Mais um, três. — O sr. Biswas pôs no balcão uma nota azul. — Mais um, quatro. Mais um, cinco.

— Cinco — disse Moti.

— Diga ao Seebaran que fui eu que mandei esse dinheiro.

Moti colocou as notas no bolso do lado e o Caderno de Taquigrafia de Shama no de trás. Prendeu as calças com os grampos e, levantando a vista, disse: "*Maharajin*", sorrindo rapidamente, olhando por cima do ombro do sr. Biswas. Então, depressa, e sem olhar para trás, levou a bicicleta desengonçada para o outro lado do pátio de terra amarelada, cheio de poeira e rachado, com maços descorados e amassados de cigarros Anchor.

— Está certo — gritou ele da estrada, subindo na bicicleta e afastando-se rapidamente.

— Certo, Moti! — gritou o sr. Biswas.

Ficou parado, as mãos espalmadas apoiadas na beira do balcão, o olhar fixo na estrada, na mangueira e na parede da choupana do outro lado e nos canaviais que se estendiam, interrompidos aqui e ali por uma mancha de árvores, até os morros baixos da Serra Central.

— O que foi? — perguntou ele. — Alguém transformou você em estátua?

Shama suspirou.

— Afinal, sou dono do meu nariz.

205

— E profissional liberal — disse ela.

— Devia ter dado a ele dez dólares.

— Ainda dá tempo. Por que você não esvazia a gaveta toda e sai correndo atrás dele?

E havendo-lhe atiçado a raiva e a vontade de discutir, ela voltou para o quarto dos fundos, onde, depois de muitos ruídos e suspiros, começou a cantar uma canção popular em híndi:

> *Lentamente, lentamente*
> *Irmãos e irmãs,*
> *Levem seu corpo até a beira d'água.*

O sr. Biswas não tinha aquele gosto pela tragédia e pelas minúcias dos rituais da morte típico dos hindus e com frequência pedia a Shama que não cantasse esse canto de cremação. Agora ele teve de ouvi-la cantando a música até o fim, com uma voz doce e lúgubre. E quando, aborrecido e derrotado, ele foi até os fundos encontrou Shama, com seu melhor corpete de cetim e seu véu mais elegante, calçando sapatinhos de tricô em Savi, que estava vestida.

— Oi! — exclamou ele.

Shama deu o laço num sapatinho e calçou o outro.

— Vai a algum lugar?

Ela deu o laço no outro pé.

Por fim ela disse, em híndi:

— Você pode ter perdido todo o amor-próprio, mas nem todo mundo perdeu. É bom não esquecer isso.

Ele sabia que as Tulsi que moravam com os maridos costumavam voltar, quando brigavam com eles, à Casa de Hanuman, onde faziam queixas, recebiam consolo e — desde que não ficassem lá por muito tempo — respeito.

— Está bem — disse ele. — Faça a sua trouxa e vá. Imagino que vão lhe dar uma medalha lá na casa dos macacos.

Depois que Shama partiu, o sr. Biswas ficou parado à porta

da loja acariciando sua própria barriga e vendo seus credores*
voltando dos canaviais. A única coisa que lhe dava prazer era a
ideia de que, dentro de alguns dias, aquelas pessoas iam ter uma
bela surpresa: uma onda de choque, iniciada por ele, parado
naquela loja vazia, percorreria The Chase.

— Biswas! — gritou Mungroo da estrada. — Venha aqui
fora antes que eu entre aí.

Chegara o dia. Mungroo segurava com uma das mãos uma
folha de papel e com a outra batia nela.

— Biswas!

Começou a formar-se uma multidão. Muitos tinham papéis
na mão.

— Papel — disse Mungroo. — Ele me mandou um papel.
Vou fazê-lo comer esse papel. Biswas!

Sem pressa, o sr. Biswas levantou a parte móvel do balcão,
abriu a portinhola e passou para a frente da loja. A lei estava
de seu lado — fora ele, aliás, que a envolvera na questão —
e ele achava que esse fato lhe dava uma proteção completa.
Encostou-se no batente da porta, sentiu a parede tremer, sufo-
cou o medo de que a parede desabasse e cruzou as pernas.

— Biswas! Vou fazer você comer este papel.

Mulheres gritaram na estrada.

— Quero ver — disse o sr. Biswas.

— Papel — disse Mungroo, entrando no quintal.

— Quero ver você encostar o dedo em mim que eu denuncio você.

Mungroo continuou avançando.

— Eu denuncio você e aí você vai passar o carnaval na cadeia.

O efeito dessa ameaça foi surpreendente. Faltava menos
de um mês para o carnaval. Mungroo parou. Seus seguidores,
imaginando que ficariam sem líder durante os dois dias mais

---

* Assim no original; lapso do autor. (N. T.)

importantes do calendário das lutas com bastão, imediatamente correram até ele para detê-lo.

— Vocês todos são minhas testemunhas — disse o sr. Biswas, sem entender por que a agressão não fora consumada. — É só ele encostar o dedo em mim que todos vocês têm que ir ao tribunal como testemunhas *minhas*. — Ele achava que, por ter sido o primeiro a pedir-lhes isto, as pessoas eram legalmente obrigadas a depor em seu favor. — Não posso levar minha mulher — prosseguiu ele. — Esposa não pode servir de testemunha. Mas estou chamando vocês todos.

— Papel. Ele me mandou um papel — resmungava Mungroo, deixando que seus seguidores o puxassem lentamente de volta para a estrada, desse modo preservando seu prestígio.

— Pois bem — disse o sr. Biswas. — Esse aí já recebeu o papel. E já foi tarde. Escutem bem: que ninguém se ache capaz de me fazer de bobo, ouviram? Um já recebeu o papel. Muitos outros vão receber também. E não venham conversar comigo. Vão conversar com o Seebaran.

Quando voltou à loja, uma semana depois, Moti foi direto ao assunto. Assim que cumprimentou o sr. Biswas, tirou do bolso da camisa uma folha de papel, desdobrou-a sobre o balcão e começou a ler nomes, marcando-os um por um com sua caneta-tinteiro.

— Bem, o Ratni pagou — disse ele. — Dookhni pagou. Sohun pagou. Godberhan pagou. Rattan pagou.

— Demos um bom susto neles, hein? Quer dizer que esses não vou ter que processar, não é?

— Jankie pediu tempo. Pritam também. Mas vão pagar, principalmente porque viram os outros pagarem.

— Bom, bom — disse o sr. Biswas. — O dinheiro deles até que caía bem agora.

Moti dobrou o papel.

— E então? — perguntou o sr. Biswas.

Moti pôs o papel no bolso.

O sr. Biswas fez de conta que não estava esperando mais nada.

— E o Mungroo?

— Ainda bem que você perguntou. Esse está nos dando problema. — Moti tirou um envelope grande do bolso e entregou-o ao sr. Biswas. — É para você.

Era um comunicado, em papel grosso, do procurador-geral. O sr. Biswas leu com incredulidade, aborrecimento e consternação.

— Quem é esse diabo desse muçulmano, esse tal de Mahmoud, que carimbou a porcaria do nome dele aqui? Também é advogado e tabelião, é? Pois eu pensava que o Seebaran era que carregava nas costas o Tribunal de Pequenas Causas.

— Não, não — disse Moti, tranquilizando-o. — Isso aqui é coisa do Tribunal Civil e Criminal.

— Civil e *Criminal*! Que bela enrascada que este Seebaran me arranjou!

— Seebaran nada; a culpa é toda sua. Leia tudo.

— Meu Deus! Olhe aqui, olhe. O *Mungroo* está me processando porque *eu* prejudiquei o crédito *dele*!

— E ele tem boa chance de ganhar a causa. Você não devia andar por aí dizendo para todo mundo que ele lhe deve dinheiro. Eu vivo ouvindo o Seebaran dizer aos clientes dele: "Deixe tudo comigo e fique de boca fechada. Fique de boca fechada. Fique de boca fechada e deixe tudo comigo". Vive dizendo isso. Mas os clientes não ligam. Sei de clientes que acabaram na forca por não saber ficar de boca fechada.

— O Seebaran não me disse coisa nenhuma. Eu ainda nem vi o desgraçado até agora.

— Pois agora ele quer falar com você.

— Espere um momento, quero ver ser se eu entendi bem. O Mungroo me deve dinheiro. Eu digo que ele me deve e com isso prejudico o crédito dele. Por isso agora ele não consegue mais sair por aí comprando fiado e não pagando nunca mais. Então ele me processa. Mas que diabo é isso? E aqueles papéis?

209

— Não estavam assinados. Bem que eu avisei, lembra? Mas você não ligou. Os clientes nunca ligam para o que a gente diz. A coisa é séria rapaz. O Seebaran ficou preocupadíssimo. É, sim.

— Não diga. O *Seebaran* ficou preocupadíssimo. E eu?

— O Seebaran acha que você não teria nenhuma chance de ganhar essa questão no tribunal. Disse que é melhor resolver a coisa por fora.

— Em outras palavras, pagar. Está bem. Libras, xelins e *pence*, dólares e centavos. Me diga quem vai ficar com quanto. Então é assim que o Seebaran carrega nas costas o Tribunal de Pequenas Causas, hein?

— O Seebaran só quer lhe ajudar, você sabe disso. Se quiser, procure um advogado da Coroa que ele vai lhe cobrar cem guinéus antes mesmo de mandar você sentar. Pode ir, que ninguém vai impedir.

O sr. Biswas escutou. Ficou sabendo, para seu espanto, que já haviam ocorrido conversações amistosas entre Mahmoud, o advogado de Mungroo, e Seebaran; assim, a questão fora levantada e praticamente resolvida sem que ele soubesse de coisa alguma. Mungroo estaria disposto a suspender o processo por cem dólares. Os honorários dos dois advogados chegavam a cem dólares, embora Seebaran, dada a situação do sr. Biswas, dissesse que aceitaria apenas o dinheiro que conseguisse recuperar dos credores* do sr. Biswas.

— E se todos os outros resolverem fazer o que o Mungroo fez? — disse o sr. Biswas. — Se cada um desses vagabundos resolver me processar?

— Não pense nisso — disse Moti —, senão você acaba doente.

Assim que lhe foi possível, o sr. Biswas foi de bicicleta até Arwacas para pedir a Shama que voltasse. Não disse a ela o que havia acontecido. E não foi à sra. Tulsi nem a Seth que pediu

---

* Assim no original. (N. T.)

o dinheiro emprestado, e sim a Misir, que, além de se dedicar a suas atividades jornalísticas, literárias e religiosas, estava agora, com um capital de duzentos dólares, atuando como agiota.

O sr. Biswas levou mais da metade do tempo que ainda passou em The Chase para pagar essa dívida.

Ao todo, o sr. Biswas morou em The Chase por seis anos, anos tão comprimidos pelo peso do tédio e da inutilidade que, ao final, ele podia apreendê-los com um único e rápido relance. Porém havia envelhecido. As rugas, que ele recebera com avidez de início, porque o fariam parecer mais velho, haviam chegado; mas não eram os vincos decididos que, segundo ele imaginara, emprestariam autoridade a seu rosto quando sério: eram riscos tênues, caprichosos, decepcionantes. Suas bochechas começavam a cair; seus malares, vistos sob certo ângulo, estavam um pouco proeminentes; e sua papada, de pele pura quando ele a espichava para baixo, parecia a barba rígida de uma estátua egípcia. Nos braços e nas pernas a pele estava cada vez mais solta. O estômago agora estava permanentemente distendido; não era gordura, e sim indigestão, um mal que se tornara crônico; de modo que os vidros de Pó Estomacal MacLean passaram a fazer parte das compras de Shama com tanta regularidade quanto os sacos de farinha e arroz.

Embora jamais deixasse de achar que algum destino mais nobre o aguardava, mesmo naquela sociedade limitadora, o sr. Biswas parou de ler Samuel Smiles. Este escritor o deprimia profundamente. Passou a ler livros de religião e filosofia. Lia os autores hindus; lia o Marco Aurélio e o Epicteto que a sra. Weir lhe dera; conquistou a gratidão e o respeito de um vendedor de livros usados em Arwacas ao comprar em sua banca um exemplar velho e manchado de *A vida espiritual*; e começou a ler alguma coisa sobre o cristianismo, tendo adquirido um livro, no qual predominavam as letras maiúsculas, intitulado *Levanta-te e anda*. Quando menino, gostava de ler relatos sobre tempestades nos países estrangeiros; faziam-no esquecer o calor e as chuvas súbitas que eram tudo que ele conhecia em matéria de clima. Mas agora, embora os livros de filosofia lhe dessem algum consolo, ele jamais conseguia livrar-se da sensação de que essas leituras eram irrelevantes para a sua situação. Havia uma hora em que tinha de largar os livros. Era preciso cuidar da loja; os problemas financeiros tinham que ser resolvidos; a estrada lá fora era curta e atravessava campos planos de um verde baço, chegando a outras aldeias pequenas e quentes.

E pelo menos uma vez por semana ele pensava em largar a loja, largar Shama e as crianças e pegar aquela estrada.

A religião era uma coisa. A pintura era outra. Pegava seus pincéis e cobria o lado de dentro das portas da loja e do balcão com paisagens. Não pintava o campo abandonado ao lado da loja, nem a mata cerrada dos fundos, nem os casebres e árvores do outro lado da estrada, nem os morros baixos e azulados da Serra Central ao longe. Pintava florestas frescas e ordeiras, com um capim de formas graciosamente curvas, árvores cultivadas em que se enroscavam cobras inofensivas e um chão coberto de flores perfeitas — algo muito diferente daquela selva apodrecida e infestada de mosquitos que ficava a uma hora de caminhada da loja. Tentou fazer um retrato de Shama. Colocou-a sentada num grande saco de farinha: o simbolismo daquilo lhe agradava. "Tem tudo a ver com a sua família", disse ele. E passou tanto tempo elaborando a roupa e o saco de farinha que, antes mesmo que ele começasse a pintar o rosto, Shama levantou-se e nunca mais quis voltar a posar.

Lia uma infinidade de romances, principalmente as edições baratas da Reader's Library, e chegou mesmo a tentar escrever, estimulado pela publicação, numa revista de Port-of-Spain, de um conto enigmático de Misir. (Era a história de um homem que estava morrendo de fome quando foi salvo por um benfeitor e que, depois de alguns anos, veio a enriquecer. Um dia, passando de carro pela praia, ouviu alguém pedindo socorro no mar e reconheceu a voz de seu benfeitor. Imediatamente mergulhou, deu com a cabeça numa pedra submersa e afogou-se. O benfeitor conseguiu salvar-se.) Mas o sr. Biswas não conseguia

212

inventar uma história e faltava-lhe a visão trágica de Misir; qualquer que fosse seu estado de espírito, e por mais doloroso que fosse o tema, ele tornava-se irreverente e sarcástico tão logo começava a escrever; e só conseguia produzir caricaturas monstruosas e obscenas de Moti, Mungroo, Seebaran, Seth e da sra. Tulsi.

E às vezes passava semanas inteiras dedicado a projetos absurdos. Deixou as unhas ficarem longuíssimas e as exibia para assustar os fregueses. Espremia e esgravatava o rosto a tal ponto que suas bochechas e sua testa ficavam inflamadas, e forma-vam-se verdadeiros vergões em torno dos lábios. Quando a pele ficou toda esburacada, pôs-se a examinar os furos com interesse e verificou que a perfeição de suas formas lhe agradava. E uma vez passou no rosto unguentos de cores variadas e ficou parado à porta da loja cumprimentando os conhecidos.

Fazia essas coisas quando Shama não estava. E cada vez era mais frequente ela ir para a Casa de Hanuman, mesmo quando não brigavam, e cada vez ficava mais tempo por lá.

Três anos depois do nascimento de Savi, Shama deu à luz um filho. Ele não recebeu os nomes que haviam sido escritos na guarda do volume de Shakespeare. Seth sugeriu que o menino se chamasse Anand, e o sr. Biswas, que não havia preparado nenhum nome novo, concordou. Então Anand passou a ser o companheiro de viagens de Shama. Savi ficou na Casa de Hanuman, seguindo a vontade da sra. Tulsi, de Shama e da própria Savi. Ela gostava da Casa de Hanuman porque lá havia muita atividade e um monte de crianças; em The Chase a meni-na ficava indócil e se comportava mal.

— Mãe — disse Savi a Shama um dia —, a senhora não podia me dar para a tia Chinta e ficar com o Vidiadhar em troca?

Vidiadhar era o mais recente bebê de Chinta, nascido alguns meses antes de Anand. E a razão da pergunta de Savi era a seguinte: por força de uma tradição de cujas origens ninguém mais se lembrava, Chinta era a tia que distribuía todas as gulo-seimas dadas a casa pelas visitas.

213

Shama contava essa história achando graça e não entendia por que o sr. Biswas ficava aborrecido.

Uma vez por semana ele pegava sua bicicleta Royal Enfield e ia à Casa de Hanuman para ver Savi. Muitas vezes ele nem precisava entrar; Savi já estava esperando por ele na arcada. Cada vez que a visitava, dava-lhe uma moeda de prata de seis centavos e fazia-lhe perguntas ansiosas.

— Quem foi que bateu em você?

Savi sacudia a cabeça.

— Quem foi que gritou com você?

— Elas gritam com todo mundo.

Pelo visto, ela não precisava de um protetor.

Um sábado, encontrou-a usando umas botas pesadas, com ferros ajustados às pernas e correias de couro prendendo os joelhos.

— Quem pôs isso em você?

— Vovó. — Não estava indignada. Estava era orgulhosa das botas, dos ferros, das correias. — São pesadonas.

— Por que é que ela fez isso? Castigo?

— Só para endireitar minhas pernas.

As pernas de Savi eram arqueadas. O sr. Biswas achava que não se podia fazer nada para corrigir o defeito e não tentara descobrir se havia algum tratamento.

— Essas botas são feias. — Foi tudo o que ele conseguiu dizer. — Você fica parecendo uma aleijada.

Ela franziu a testa ao ouvir aquela palavra.

— Pois *eu* gosto. — Então, pegando a moeda de prata, acrescentou: — Pelo menos não ligo. — Esticou os braços e pôs as mãos nas cadeiras, desviando a vista, imitando um gesto típico de uma das tias.

A família Tulsi crescia sem parar. As filhas residentes tinham um filho atrás do outro. Morreu um cunhado que não morava lá, e sua prole veio para a Casa de Hanuman, onde desfilava, de modo distinto, glamouroso, com seus trajes de luto, em preto, branco e violeta. Essa prática cristã não agradou a todos. E logo Shama começou a contar em The Chase histórias sobre os maus hábitos e o linguajar baixo dos recém-chegados. Cochichava-se até que eles se entregavam ao furto e a práticas obscenas, e Shama relatou a aprovação geral conferida à viúva quando esta, ansiosa para agradar à família, passou a castigar os filhos enlutados do modo mais espetacular.

Todas essas histórias preocupavam o sr. Biswas, e ele ficou mortificado ao constatar que agora Savi só falava nos tais meninos, suas travessuras e seus castigos.

— Às vezes — disse Savi — a mãe deles só faz entregar eles para a vovó.

— Escute, Savi. Se a sua avó ou outra pessoa qualquer encostar o dedo em você, não deixe de me dizer. Não tenha medo deles. Eu levo você para casa na mesma hora. É só você me dizer.

— E a vovó amarrou a Vimla na cama lá no Quarto Rosado, pôs uma venda nela e beliscou ela todinha.

— Meu Deus!

— Foi benfeito. As coisas feias que essa menina anda falando!

O sr. Biswas queria saber se Savi alguma vez já fora vendada e beliscada, mas tinha medo de perguntar.

— Ah, eu gosto da vovó — disse Savi. — Acho ela muito engraçada. E ela gosta de mim.

— É?

— Ela me chama de remadorazinha.

O sr. Biswas não disse nada.

Numa outra ocasião, Savi disse:

— A vovó está me obrigando a comer peixe. Eu detesto.

— Então não coma. Jogue fora. Não deixe que eles obriguem você a comer aquela porcaria da comida deles.

— Mas eu não posso. A vovó cata todas as espinhas e me dá na boca.

De volta a The Chase, o sr. Biswas disse a Shama:

— Olhe, não deixe a sua mãe ficar obrigando a minha filha a comer tudo quanto é porcaria, não, ouviu?

Shama já sabia.

— Peixe? Mas cérebro de peixe faz bem para o cérebro, você sabe.

— Pois eu acho é que a sua família comeu cérebro de peixe demais. E quero também que parem de chamar minha filha de remadorazinha. Não quero que ninguém fique inventando apelidos para a minha filha.

— E os apelidos que você inventa?

— Eu quero que eles parem com isso e pronto.

Como jamais deixara de encarar sua estadia em The Chase como algo apenas provisório, o sr. Biswas não fez nenhuma melhoria. A cozinha continuava torta e bamba; a varanda não foi cercada para servir de quarto adicional; e ele achou que não valia a pena plantar árvores que só dariam flores ou frutos em dois ou três anos.

Assim, ele surpreendeu-se ao constatar, um dia, que a casa e a loja ostentavam tantos sinais de sua presença. Não podia imaginar ninguém morando ali antes dele, nem vindo a conhecer aqueles cômodos tanto quanto ele depois que ele fosse embora. A corda da rede havia deixado marcas lustrosas nos caibros do telhado em que estava amarrada. A corda em si havia escurecido; nos lugares em que as mãos do sr. Biswas e de Shama costumavam segurá-la havia trechos luzidios, como nos trechos abaulados da parte de baixo das paredes de barro. O sapé estava mais sujo de fuligem e mais esfiapado; os quartos dos fundos guardavam o cheiro dos cigarros e das tintas do sr. Biswas; os peitoris das janelas e os pilares da varanda estavam limpos de tanto servirem de apoio. A loja estava mais escura, mais suja, mais fedorenta, porém perfeitamente suportável. A mesa que já estava na casa quando eles chegaram fora tão transformada que era como fosse dele desde sempre. O sr. Biswas tentara envernizá-la, mas a madeira, um cedro da ilha, era absorvente e nunca se saciava, bebendo demãos sucessivas de tinta e verniz, até que, irritado, ele pintou-a de verde-floresta e, se Shama não o impedisse, teria pintado uma paisagem nela.

Surpreendia-o também constatar que aqueles anos desprezados haviam sido anos de compra, aquisição. Eles não poderiam se mudar de The Chase numa carreta puxada a burro. Haviam adquirido um guarda-comida de madeira branca, telado. Uma perna era mais curta que a outra e tinha de ser calçada; agora eles já sabiam, automaticamente, que não podiam se apoiar no guarda-comida nem mexer nele com gestos violentos. Haviam comprado um cabide para chapéus, não que tivessem chapéus, mas porque era um móvel que só as pessoas muito pobres não tinham. Consequentemente, o sr. Biswas comprou um chapéu. Haviam também adquirido, por insistência de Shama, uma penteadeira, obra de artesanato, envernizada, com um espelho grande e nítido. Para protegê-lo, haviam colocado o móvel sobre tábuas num canto escuro do quarto, de modo que o espelho ficou quase sem uso. Os primeiros arranhões foram encarados como catástrofes. Posteriormente havia sofrido muitos outros arranhões, bem como uma lesão mais séria, e Shama o lustrava com menos frequência; mas ainda parecia novo e surpreendentemente suntuoso naquele quarto com teto baixo de sapé. Shama, que nunca tivera medo de contrair dívidas, queria um guarda-roupa também, mas o sr. Biswas disse que os guarda-roupas lembravam-lhe caixões, e suas roupas continuaram sendo guardadas nas gavetas da penteadeira, penduradas em pregos nas paredes e em malas enfiadas debaixo da cama.

Embora à primeira vista a Casa de Hanuman parecesse caótica, não demorou para que o sr. Biswas percebesse que na verdade ali havia uma ordem, com uma escala hierárquica segundo a qual Chinta vinha abaixo de Padma, Shama abaixo de Chinta, Savi abaixo de Shama e ele próprio muito abaixo de Savi. No tempo em que não tinha filhos, ele não entendia como as crianças sobreviviam ali. Agora ele percebia que, naquela organização comunitária, as crianças eram consideradas investimentos, uma fonte de riqueza e prestígio no futuro. Era descabido seu medo de que tratassem mal Savi, como também o era o espanto que sentiu ao saber que a sra. Tulsi se esforçava tanto para conseguir que Savi aprendesse a gostar de peixe.

Não foi apenas por esse motivo que ele mudou de atitude em relação à Casa de Hanuman. A Casa era um mundo mais real do que The Chase e menos exposto; tudo que ficava fora de seus portões era estrangeiro e sem importância e podia ser ignorado. O sr. Biswas precisava de um santuário como aquele. E com o tempo a casa passou a ser para ele o que fora a casa de Tara quando era menino. Ele podia ir à Casa de Hanuman quando quisesse e se perder no meio da multidão, pois o tratavam mais com indiferença do que com hostilidade. E começou a frequentá-la com mais assiduidade, contendo sua língua ferina e tentando granjear estima. Isso lhe exigia esforço e, mesmo nas grandes festas, quando todos trabalhavam com energia e alegria e o entusiasmo de um alimentava o outro, no íntimo o sr. Biswas permanecia isolado.

A indiferença transformou-se em aceitação, e ele constatou, agradavelmente surpreso, que, devido ao seu comportamento no passado, ele, como a contorcionista, que agora estava sendo preparada para casar-se, gozava de certa liberdade de expressão. Havia ocasiões em que se esperava dele um comentário cáustico; então ele podia dizer praticamente qualquer coisa que a reação geral seria o riso. Os deuses passavam a maior parte do tempo fora de casa, e ele raramente os via. Porém, quando os via, o sr. Biswas gostava, pois seu relacionamento com eles também mudara e agora os considerava as únicas pessoas na casa com quem podia conversar a sério. Agora, que ele não era mais um arianista iconoclasta, eles discutiam religião, e essas discussões, que tinham lugar no salão, tornaram-se uma forma de entretenimento para a família. O sr. Biswas invariavelmente saía perdendo, já que seus argumentos fundamentais eram interpretados como blagues; e desse modo todos ficavam satisfeitos. Seu *status* aumentava ainda mais quando havia convidados para cerimônias religiosas importantes. Em pouco tempo ficou decidido que o sr. Biswas, como Hari, era incompetente e inteligente demais para se encarregar das tarefas braçais atribuídas aos outros cunhados. Sua função era ficar discutindo com os pânditas na sala de visitas.

Ele adquiriu o hábito de ir à Casa de Hanuman nas vésperas dessas cerimônias, à tarde, de modo que passava a noite lá. E foi então que se lembrou de uma velha ambição secreta. Quando menino, invejava Ajodha e o pândita Jairam. Quantas vezes, ao cair da tarde, não vira Jairam tomar banho, vestir uma tanga limpa e acomodar-se nas almofadas na varanda, com seus óculos e um livro, enquanto sua mulher trabalhava na cozinha! Nessas ocasiões, achava que ser adulto era sentir-se tão contente e tão bem acomodado quanto Jairam. E quando Ajodha sentava-se numa cadeira e jogava a cabeça para trás imediatamente aquela cadeira parecia ser mais confortável do que qualquer outra. Apesar de sua hipocondria e de seus luxinhos, Ajodha comia com tanto prazer que o sr. Biswas, quando comia com ele, tinha a impressão de que a comida se tornava mais gostosa quando colocada no prato do outro. À noite, antes de ir se deitar, Ajodha deixava os chinelos caírem no chão, cruzava as pernas na cadeira de balanço e, balançando-a lentamente, bebericava um copo de leite quente, de olhos fechados, suspirando após cada gole; e o sr. Biswas achava que Ajodha estava gozando o mais requintado dos prazeres. Achava que, quando crescesse, também ele poderia sentir tanto prazer com as coisas quanto Ajodha, e prometia a si próprio que compraria uma cadeira de balanço e tomaria um copo de leite quente todas as noites. Mas naquelas noites em que a Casa de Hanuman estava toda iluminada e cheia de ruídos de atividade alegre, quando ele conseguia sentar-se entre as almofadas no chão encerado da sala de visitas e pedia um copo de leite quente, ele não sentia nenhum prazer intenso; pelo contrário, incomodava-o aquele mesmo desassossego que o dominava quando ia à casa de Tara e ficava lendo "Este seu corpo" para Ajodha; nesses momentos ele compreendia que, assim que saísse dali, voltaria a ser uma nulidade, no bar da Main Road e na cabana da ruela distante. Agora o que o atormentava era pensar na loja escura em The Chase, as prateleiras com latas de comida que ninguém comprava, os anúncios que haviam perdido o cheiro agradável de cartolina nova e tinta de impressão, que agora estavam sujos e desbotados, a gaveta oleosa e desengonçada que continha tão pouco dinheiro. E sempre a preocupação, o medo do futuro. O futuro não era o dia seguinte nem a semana seguinte nem mesmo o ano seguinte, épocas que não lhe escapavam à compreensão e que, portanto, não lhe causavam temor. O futuro que ele temia não podia ser apreendido em termos de tempo. Era um branco, um vazio como o dos sonhos, no qual, depois do amanhã e da semana próxima e do ano que vinha, ele cairia.

Uma vez, anos antes, ele estava trabalhando como cobrador num daqueles ônibus de Ajodha que seguia uma trajetória imprevisível que o levava até aldeias longínquas e insuspeitas. Caía a tarde, e estavam voltando, correndo, por uma estrada ruim, de terra. Os faróis eram fracos; o ônibus apostava corrida com o sol. O sol se pôs; e no lusco-fusco passaram por uma cabana isolada numa clareira bem recuada da pista. Saía fumaça por baixo dos beirais de sapé desfiado: preparava-se o jantar. E, na escuridão, um menino estava recostado no casebre, as mãos para trás, olhando para a estrada. Trajava uma camiseta e mais nada. A camiseta, branca, brilhava. Num instante o ônibus passou, ruidoso no escuro, atravessando mato e canavial. O sr. Biswas não sabia mais onde ficava aquela cabana, porém a imagem lhe ficara: um menino encostado numa casa de barro que não tinha motivo algum para estar lá, sob um céu escuro cada vez mais baixo, um menino que não sabia aonde ia aquela estrada, aquele ônibus.

E muitas vezes, em meio a pânditas e almofadas e estátuas na sala de visitas, comendo as refeições imensas que os Tulsi serviam em tais ocasiões, era assaltado por uma sensação de total desolação. Então, sem conseguir convencer a si próprio, pensava nas coisas boas de sua vida e obrigava-se a gozar aquele momento, tal como faziam os outros.

E, ao mesmo tempo que se esforçava mais para agradar às pessoas na Casa de Hanuman, com Shama, em The Chase, tornava-se cada vez mais irritadiço. Após cada visita, falava mal dos Tulsi para ela, e suas invectivas eram desprovidas de fantasia e humor.

— Que hipocrisia! — dizia Shama. — Então por que você não diz isso na cara deles?

Ele começou a achar que Shama estava tramando levá-lo de volta para a Casa de Hanuman; suspeitava que fora ela quem o levara a acreditar que a estadia em The Chase era uma coisa provisória. Ela jamais o incentivara a fazer melhorias e sempre se interessava quando se realizava alguma obra na Casa de Hanuman, como aquela em que a famosa olaria foi demolida ou quando foram instalados toldos sobre as janelas. Cada vez mais, The Chase era apenas um lugar onde Shama passava alguns dias; ela jamais deixara de chamar a Casa de Hanuman de sua casa. E era mesmo a casa dela, e de Savi, e de Anand, num sentido em que nunca seria sua. Como ele verificava todos os anos no Natal.

Os Tulsi comemoravam o Natal na loja e, de modo igualmente irreligioso, na casa. Era uma festa só dos Tulsi. Todos os cunhados, até mesmo Seth, eram expulsos da Casa de Hanuman e voltavam a suas famílias. Até dona Pretinha ia juntar-se aos seus.

Para o sr. Biswas, o Natal era um dia de tédio e depressão. Ia a Pagotes visitar a mãe e Tara e Ajodha, nenhum dos quais comemorava o Natal. Sua mãe chorava tanto, de modo tão emocionado, que ele nunca tinha certeza se ela sentia prazer em vê-lo. Todos os anos ela dizia as mesmas coisas. Ele falava como seu pai; se ela fechava os olhos enquanto ele falava, conseguia imaginar que seu pai ainda era vivo. Sua mãe pouco dizia sobre si mesma. Estava satisfeita ali onde estava e não queria dar trabalho a nenhum dos filhos; sua vida estava terminada, nada mais lhe restava a fazer, estava esperando a morte. Para sentir pena dela, o sr. Biswas tinha de olhar não para seu rosto, mas para seus cabelos, cada vez mais ralos. Porém continuavam negros: o que era de se lamentar, pois cabelos grisalhos o enterneceriam mais. De repente ela se levantava e dizia que ia fazer

221

chá para ele; era uma mulher pobre, e chá era a única coisa que podia oferecer. Ia até a varanda, e o sr. Biswas a ouvia falando com alguém. Sua voz agora era bem diferente: firme, sem nada de servil, a voz de uma mulher ainda capaz, ainda cheia de energia. Trazia-lhe um chá morno, fraco, com muito leite e gosto de fumaça de lenha. Dizia-lhe que ele não precisava beber o chá se não quisesse. Por obrigação, ele a abraçava. O gesto doía-lhe, pois fazia-o perceber sua própria inutilidade. Ela não esboçava nenhuma reação e continuava chorando e falando como antes. Dizia que ia lhe dar tomates, repolhos e alfaces para ele levar para casa. Quando ela saía, sua voz e seus modos mudavam outra vez. Ele lhe dava um dólar, embora a quantia lhe fizesse falta. Ela recebia o dólar sem manifestar surpresa nem dizer uma palavra sequer de agradecimento. O sr. Biswas sempre ficava aliviado quando saía do casebre na ruela distante para ir à casa de Tara.

Até que um dia Shama disse que não suportava mais morar em The Chase. Queria que eles largassem a loja e voltassem para a Casa de Hanuman. Todas as velhas brigas se repetiram. Só que agora tudo o que Shama dizia era verdade e o magoava.

— Não estamos fazendo nada aqui — disse ela.

— Está bem, sra. Samuel Smiles. Pronto, olhe, estou aqui, em pé atrás desse balcão velho e sujo. Me diga exatamente o que há para eu fazer. Vamos, me diga.

— Você sabe que não é isso que eu quero dizer.

— Quer que eu invente a máquina de fiar e a imprensa? Quer que eu invente o barco a vapor?

Essas discussões terminavam em insultos e eram seguidas de dias de silêncio.

Passaram os últimos dois anos em The Chase nesse estado de hostilidade mútua; só ficavam em paz na Casa de Hanuman.

Shama engravidou pela terceira vez.

— Mais um para a casa dos macacos — disse ele, passando as mãos na barriga da mulher.

— Esse não tem nada a ver com você.

E, embora ela tivesse falado em tom de gracejo, isso deu origem a mais uma briga séria, que cobriu o mesmo terreno limitado de sempre, até que, incapaz de controlar sua raiva, ele bateu nela.

Os dois ficaram atônitos. Ela calou-se no meio de uma frase; por algum tempo aquela frase inacabada ficou na cabeça dele, como se Shama tivesse acabado de pronunciá-la. Ela era mais forte do que ele. Com seu silêncio e sua recusa a revidar, Shama fez com que a humilhação do sr. Biswas fosse completa. Vestiu Anand e foi para Arwacas.

Era a época do ano em que soltavam papagaios e à tarde, quando o vento soprava dos morros para o norte, viam-se por toda parte papagaios multicoloridos com longas caudas mergulhando e estrebuchando como girinos no céu limpo acima da planície. O sr. Biswas estava pensando que dentro de dois ou três anos ele e Anand estariam soltando papagaios juntos.

Resolveu que dessa vez a iniciativa teria de caber a Shama. Assim, passou muitos meses sem ir à Casa de Hanuman, nem mesmo para ver Savi. Quando, porém, achou que o bebê já devia ter nascido, voltou atrás e fechou a loja — o que seria que o fez sentir, ao colocar a tranca no lugar, que ele estava fechando as portas pela última vez? —, tirou do quarto sua Royal Enfield e foi pedalando até Arwacas, um homenzinho que chamava a atenção pela postura exageradamente ereta que assumia sobre o selim baixo (para manter o estômago tenso e dessa forma atenuar as dores causadas pela indigestão), as mãos apertando com força o guidom, o lado de dentro dos pulsos virado para fora. Pedalava num ritmo lento e regular, os pés colados nos pedais. De vez em quando entortava a cabeça, arqueava as costas e arrotava de leve várias vezes seguidas. Isso o aliviava um pouco.

Quando chegou a Arwacas já estava escuro, e sua ansiedade era intensificada pelo fato de sua bicicleta estar sem farol, uma irregularidade punida de modo implacável pelos policiais ociosos. Não havia iluminação nas ruas, apenas as chamas amarelas e fumacentas dos vendedores de rua e as luzes fracas das casas filtradas pelas cortinas das portas e janelas. Na arcada da Casa de Hanuman, uma massa cinzenta e pesada na escuridão, já estavam reunidos, como todas as tardes, os velhos de sempre de cócoras em sacos jogados no chão ou em mesas agora vazias de mercadorias da Loja Tulsi, fumando *cheelum** de barro que emitia um brilho avermelhado e um cheiro de ganja e aniagem queimada. Embora não estivesse frio, muitos usavam cachecóis em torno da cabeça e do pescoço, um detalhe que lhes emprestava um ar estrangeiro e — para o sr. Biswas — romântico. Viviam para aquela hora do dia. Não sabiam falar inglês e não se interessavam pela terra em que viviam; era apenas um lugar onde vieram para passar algum tempo e acabaram ficando mais tempo do que esperavam ficar. Falavam constantemente em voltar para a Índia, mas, quando uma oportunidade surgia, muitos se recusavam a ir, com medo do desconhecido, com medo de abandonar aquela vida provisória a que já haviam se acostumado. E todas as tardes vinham à arcada daquela casa sólida e simpática para fumar, trocar histórias e continuar falando sobre a Índia.

O sr. Biswas entrou pelo portão lateral. O salão estava iluminado por um único lampião a óleo. Embora já fosse tarde, ainda havia crianças comendo. Umas estavam sentadas à mesa comprida, outras em bancos e cadeiras espalhados pelo salão, duas na rede, algumas na escada, umas no patamar, duas no piano inútil. Duas irmãs Tulsi, das menos importantes, ajudadas por dona Pretinha, tomavam conta das crianças.

Ninguém demonstrou surpresa por vê-lo, o que o fez sentir gratidão por aquelas pessoas. Procurou Savi e teve certa dificuldade de localizá-la. Ela o viu primeiro, sorriu, mas não se levantou da mesa. O sr. Biswas aproximou-se dela.

---

* Cachimbo rústico. (N. T.)

— Não vejo o senhor há muito tempo — disse ela, e ele não sabia se a menina estava ou não desapontada.

— Sentindo falta dos seis centavos, hein? — Examinou a comida contida no prato esmaltado de Savi: feijão com *curry*, tomates fritos e uma panqueca seca: — Onde está a sua mãe?

— Ela teve outro neném. O senhor sabia?

O sr. Biswas observava os meninos sem pai. Não usavam mais os trajes de luto tão criticados; assim mesmo, suas roupas eram diferentes. Ele não conhecia essas crianças muito bem, e elas ficaram a encarar aquele pai visitante com curiosidade.

— A mamãe disse que o senhor bateu nela — disse Savi.

As crianças sem pai olharam para o sr. Biswas com medo e reprovação. Toda elas tinham olhos grandes: mais um traço distintivo.

O sr. Biswas riu.

— Ela estava só brincando — disse em inglês.

— Ela está lá em cima fazendo massagem na Myna — disse Savi, também em inglês.

— Myna, é? Mais uma menina. — Falava num tom alegre, tentando atrair a atenção das duas irmãs Tulsi. — Essa família é cheia de meninas.

As irmãs riram baixinho. Ele virou-se para elas e sorriu.

Shama não estava no Quarto Rosado, e sim na passarela de madeira entre as duas casas. No chão havia uma bacia cheia de água ensaboada que cheirava a bebê; e, tal como dissera Savi, Shama estava massageando Myna, do mesmo modo como antes massageara Savi e Anand (que estava dormindo na cama: este nunca mais seria massageado na vida).

Shama viu o sr. Biswas, porém concentrou sua atenção na criança, dobrando seus braços e pernas para um lado e para o outro, repetindo os versinhos que terminavam com uma risada, quando, após juntar os quatro membros acima da barriga, eles eram soltos com um bater de palmas.

O sr. Biswas ficou olhando.

Enquanto vestia Myna, Shama perguntou:

— Você já comeu?

Ele sacudiu a cabeça. Era como se tivessem se visto ainda há pouco. Mais ainda: ela falara sobre comida, e não havia nada em sua voz que fizesse alusão às inúmeras discussões que tiveram sobre aquele assunto. Muitas vezes ele abrira latas de salmão ou sardinha que pegava na loja após recusar-se a comer a refeição que ela preparava e, às vezes, a jogava fora; eram refeições tão sem graça quanto a que ele acabava de ver no prato de Savi. Não que as mulheres Tulsi não soubessem cozinhar. Achavam que comida apetitosa era coisa que devia ser reservada para os festivais religiosos; em outras ocasiões, constituía um excesso carnal. A digestão do sr. Biswas sempre sofria quando passava de uma comida espartana na véspera de uma cerimônia para outra excessivamente requintada no dia do festival e voltava no dia seguinte à simplicidade costumeira.

Myna adormeceu sobre o seio de Shama e foi colocada na cama ao lado de Anand. A seu lado foi posto um travesseiro para ela não cair, e o lampião de óleo na parede sem pintura teve a chama diminuída.

Quando o sr. Biswas e Shama atravessaram a varanda, ela estava repleta de crianças sentadas em esteiras, lendo, jogando baralho ou damas. Esses jogos haviam sido introduzidos na casa recentemente e eram levados muitíssimo a sério, sendo considerados disciplinas intelectuais particularmente apropria-das para crianças. Savi, ainda muito pequena para ler, brincava com uma das crianças de olhos grandes. Todos falavam por meio de sussurros. Shama andava nas pontas dos pés.

— *Mai* está doente — disse ela.

Por isso as crianças haviam jantado tão tarde e a maioria das irmãs não estava no salão.

Shama trouxe comida para o sr. Biswas no salão. Naquela casa a comida era ruim, mas sempre havia um pouco para uma visita inesperada. Tudo estava frio. As panquecas estavam suadas, duras por fora e pura farinha por dentro. Ele não reclamou.

— Você vai voltar essa noite? — perguntou ela em inglês.

Foi então que ele se deu conta de que não tinha a intenção de voltar nunca mais. Não disse nada.

— Então é melhor dormir aqui.

Enquanto sobrasse espaço no chão, havia lugar para mais uma cama.

Entraram algumas irmãs no salão. Traziam baralhos; dividiram-se em grupos e, muito sérias, começaram a jogar. Chinta jogava com estilo. Mexia o tempo todo em suas cartas, mudava-as de ordem várias vezes, dirigia um olhar fixo e constrangedor às outras jogadoras, cantarolava e nunca dizia nada; antes de jogar uma carta importante, olhava para ela, fazendo uma careta, levantava-a um pouco, abaixava-a de novo e batia nela mais um pouco; até que, de repente, atirava-a na mesa ruidosamente e, ainda fazendo careta, comprava outra carta. Quando ganhava, era magnânima; mas não sabia perder.

O sr. Biswas observava.

Shama fez a cama para ele na varanda do andar de cima, entre as das crianças.

Acordou no dia seguinte com uma barulheira tremenda, e quando desceu para o salão encontrou as irmãs aprontando as crianças antes de despachá-las para a escola. Era a única hora do dia em que era razoavelmente fácil dizer quem era filho de quem. Surpreso, viu Shama encher uma mochila com uma lousa, um lápis de ardósia, um lápis de grafite, uma borracha, um caderno com a bandeira inglesa na capa e a *Cartilha antilhana de Nelson*, Primeiro Livro, de autoria do capitão J. O. Cutteridge, diretor da educação, Trinidad e Tobago. Por fim, Shama embrulhou uma laranja em papel de seda e a colocou na mochila.

— É para a professora — disse ela a Savi.

O sr. Biswas não sabia que Savi já estava na escola.

Shama sentou-se num banco, prendeu Savi entre suas pernas, penteou-lhe os cabelos, fez tranças, ajeitou o franzido de seu uniforme azul-marinho e endireitou-lhe o panamá.

Mãe e filha realizavam esse ritual diário há várias semanas. E ele não sabia de nada.

Shama perguntou:

— Se os seus cadarços desamarrarem de novo hoje, você

acha que sabe amarrar? — Abaixou-se e desfez os laços. — Quero ver você fazer.

— A senhora sabe que eu não sei amarrar.

— Depressa, senão você leva uns bons safanões.

— Não sei.

— Espere — disse o sr. Biswas, num tom de voz desavergonhadamente paternal, para o salão cheio. — Eu amarro para você.

— Não — disse Shama. — Ela tem que aprender. Senão ela vai ficar em casa apanhando até saber dar o laço.

Era assim que todas elas falavam na Casa de Hanuman. Em The Chase, Shama nunca falara desse jeito.

Por enquanto, ninguém estava prestando atenção. Mas, quando Shama começou a procurar um dos muitos galhos de hibisco que sempre havia espalhados pelo salão, as irmãs e as crianças começaram a fazer menos barulho e ficaram esperando, bem-humoradas, para ver o que ia acontecer. A surra não ia ser muito séria, já que o que estava em jogo era a inépcia e não o crime; e Shama andava de um lado para o outro com movimentos comicamente abruptos, como se soubesse que estava apenas representando numa farsa e não, como Sumati na festa em The Chase, numa tragédia.

O sr. Biswas, de olhar fixo em Savi, deu por si rindo nervosamente. De panamá e tudo, Savi ficou de cócoras no chão dando laços frouxos que desabavam ou nós tão apertados que depois ela tinha de usar unhas e dentes para soltá-los. Também ela, em parte, estava representando para a plateia. Quando fracassava, a risadaria era geral. Até Shama, de chicote na mão, deixou que o riso perturbasse sua irritação fingida.

— Está bem — disse Shama. — Vou lhe mostrar como é pela última vez. Fique olhando. Agora tente.

Savi mais uma vez fracassou. Dessa vez riram menos.

— Você quer é me fazer passar vexame — disse Shama. — Uma menina grande como você, já com quase seis anos, que não sabe dar o laço no sapato. Jai, venha cá.

Jai era filho de uma mãe de pouca importância, a qual o empurrou para a frente. Ela levava um outro filho, ainda bebê, no colo.

— Olhe para o Jai — disse Shama. — A mãe dele não precisa amarrar os sapatos dele. E ele é um ano mais moço que você.

— Catorze meses mais moço — disse a mãe de Jai.

— Pois é, catorze meses mais moço — disse Shama, dirigindo sua irritação a Savi. — Você está me desafiando?

Savi continuava de cócoras.

— Depressa, vamos! — disse Shama, tão alto e tão de repente que Savi deu um salto e começou a mexer a esmo nos cadarços, apatetada.

Ninguém riu.

Shama abaixou-se e bateu com a vara de hibisco nas pernas nuas de Savi.

O sr. Biswas olhava, com um sorriso fixo nos lábios. Produziu uns ruídos líquidos, pedindo a Shama que parasse.

Savi chorava.

Sushila, a viúva, apareceu no alto da escada e disse, num tom autoritário:

— Pensem em *mai*.

Todos pensaram. Silêncio para os doentes. Fim da cena.

Shama, tentando tarde demais transformar comédia em tragédia, ficou mal-humorada de repente e saiu bufando em direção à cozinha, quase despercebida.

Sumati — a que dera a surra no filho em The Chase — puxou Savi até sua saia comprida. Savi chorou com a cara enfiada na saia e nela assoou o nariz e enxugou os olhos. Então Sumati deu o laço nos cadarços de Savi e despachou-a para a escola.

Em The Chase, Shama raramente batia em Savi e, quando o fazia, limitava-se a lhe dar uns tapinhas. Mas, na Casa de Hanuman, as irmãs ainda falavam, com orgulho, das surras que haviam levado da sra. Tulsi. Algumas surras memoráveis eram frequentemente relembradas; detalhes triviais tornavam-se terríveis e lendários por estarem associados ao evento momentoso, como os detalhes de um assassinato. E havia até uma certa rivalidade entre as irmãs quando uma afirmava que a surra *dela* é que tinha sido a pior de todas.

O sr. Biswas tomou o café da manhã: biscoitos tirados da grande lata preta, manteiga vermelha e chá, morno, açucarado e forte. Shama, embora indignada, cumpriu todas as suas obrigações. Enquanto via o sr. Biswas comer, sua indignação foi se tornando cada vez mais defensiva. Por fim, ela estava apenas séria.

— Você já foi ver *mai*?

Ele compreendeu.

Foram ao Quarto Rosado. Sushila os fez entrar e imediatamente saiu. Um lampião ardia fracamente, coberto por um anteparo. A janela de gelosias, na parede grossa de tijolos de barro, estava fechada, excluindo do quarto a luz do dia; para evitar correntezas, havia panos enfiados em volta das esquadrias. O ambiente cheirava a amônia, rum aromático, rum, conhaque, desinfetante e toda uma variedade de antipiréticos. Debaixo de um dossel com maçãzinhas vermelhas de enfeite estava a sra. Tulsi, quase irreconhecível, com uma atadura em torno da testa, pedaços de vela nas têmporas, um medicamento branco enfiado nas narinas.

Shama sentou-se numa cadeira no canto mais escuro do quarto, anulando sua própria presença.

A mesa de cabeceira de mármore era uma confusão de vidros, garrafas, potes e copos. Havia potinhos azuis e potinhos brancos de pomadas; garrafas verdes de rum aromático e vidrinhos quadrados de colírios e remédios de nariz; uma garrafa arredondada de rum, uma achatada de conhaque e uma oval, de um azul vivo, contendo sais aromáticos; um vidro de Unguento de Sloan e uma latinha mínima de Bálsamo Tigre; uma mistura com um sedimento rosado e outra com um sedimento de um marrom amarelado, como água enlameada parada desde a véspera.

O sr. Biswas não queria falar com a sra. Tulsi em híndi, mas as palavras saíram espontaneamente nesse idioma:

— Como está, *mai*? Não pude vir vê-la ontem à noite porque cheguei muito tarde e não queria incomodá-la. — Ele chegara com a intenção de não dar explicação nenhuma.

— Como está *você*? — perguntou a sra. Tulsi com uma voz anasalada e inesperadamente carinhosa. — Eu já estou velha, minha saúde não importa.

Pegou o vidro de sais e levou-o ao nariz. A atadura em torno da testa caiu por cima dos olhos. Adaptando o tom carinhoso de modo a exprimir sofrimento e autoridade, ela disse:

— Venha apertar minha cabeça, Shama.

Shama obedeceu com entusiasmo. Sentou-se na beira da cama, desfez a atadura, desmanchou o penteado da sra. Tulsi, partiu seu cabelo em diversos lugares, verteu o rum aromático nas palmas das mãos e derramou-o nos lugares onde havia partido o cabelo da doente. Começou a massagear-lhe o couro cabeludo; os cabelos encharcados faziam um barulho característico. A sra. Tulsi parecia sentir-se melhor. Fechou os olhos, enfiou o medicamento branco um pouco mais fundo nas narinas e levou um xale fino aos lábios.

— Já viu sua filha?

O sr. Biswas riu.

— Duas meninas — disse a sra. Tulsi. — Nesse ponto a nossa família não tem sorte. Imagine como fiquei preocupada quando seu pai morreu. Catorze filhas para casar. E, quando a gente casa uma filha, a gente nunca sabe o que vai ser delas. Elas têm que aceitar o Destino delas. Sogras, cunhadas. Maridos que não querem trabalhar. Que batem nelas.

O sr. Biswas olhou para Shama. Ela estava absorta na tarefa de massagear a cabeça da sra. Tulsi. Cada vez que os dedos longos de Shama lhe comprimiam a cabeça, a sra. Tulsi fechava os olhos, interrompia o que estava dizendo e gemia: "Aah".

— São essas as coisas que uma mãe tem que suportar — disse a sra. Tulsi. — Eu não ligo. Já vivi o bastante para saber que não se pode esperar nada de ninguém. Eu lhe dou quinhentos dólares. Você acha que eu quero que você se curve e beije meus pés toda vez que você me vir? Não. Eu sei que você vai cuspir em mim. Eu já *espero* isso. Quando você quer quinhentos dólares outra vez você me procura. Acha que eu vou dizer assim: "A última vez que lhe dei quinhentos dólares você cuspiu em mim, por isso não posso lhe dar quinhentos dólares dessa vez"? Acha que vou dizer isso? Não. Eu já *espero* que as pessoas que cuspiram em mim vão me procurar outra vez. Meu coração é mole. E quem tem coração mole não tem jeito. O seu pai me dizia: "Minha noiva" — era assim que ele me chamava, até o dia que ele morreu — "minha noiva", dizia ele, "você é a pessoa de coração mais mole que eu conheço. Cuidado com esse coração mole. As pessoas vão se aproveitar desse coração mole e pisoteá-lo". E eu respondia: "Quem tem coração mole não tem jeito".

Ela apertou os olhos até que as lágrimas escorreram-lhe pelas faces. Seus cabelos, grisalhos e úmidos, estavam espalhados sobre o travesseiro. Ao ver aquela mulher grisalha, o sr. Biswas sentiu um pouco de ternura por ela.

Então percebeu — o que não tinha visto no escuro — que também as faces de Shama estavam úmidas. Ela devia estar chorando em silêncio o tempo todo.

— Eu não ligo — disse a sra. Tulsi. Assoou o nariz e pediu rum aromático. Shama encheu a mão, encharcou o rosto da sra. Tulsi e apertou a palma da mão contra o nariz da doente. O rosto da sra. Tulsi brilhava; ela apertou os olhos para que o rum não entrasse neles e ficou respirando ruidosamente pela boca. Shama retirou a mão de seu rosto, e a sra. Tulsi disse:

— Mas não sei o que Seth vai dizer.

Como se esta última frase fosse uma deixa, Seth entrou no quarto. Ignorou o sr. Biswas e Shama e perguntou à sra. Tulsi como ela estava manifestando dessa forma sua preocupação com o estado de saúde dela e sua impaciência com as pessoas que a estavam incomodando. Sentou-se do outro lado da cama. A cama rangeu; Seth suspirou; trocou a posição das pernas, e suas botinas tamborilavam, com vigor, no assoalho.

— Estávamos conversando — disse a sra. Tulsi, com voz suave.

Shama soltou um pequeno soluço.

Seth mordeu os lábios. Parecia extremamente irritado; era como se ele também estivesse doente, resfriado ou com dor de cabeça.

— Remando, sei — disse ele, com uma voz áspera e pouco inteligível.

— Não ligue, não — disse a sra. Tulsi.

Seth pôs a mão na coxa e olhou para o chão.

E o sr. Biswas teve certeza de algo de que já vinha desconfiando com base na falação da sra. Tulsi e nas lágrimas de Shama: aquela cena era ensaiada; não só as coisas já tinham sido discutidas como também decisões já tinham sido tomadas. E Shama, que havia organizado aquela cena, estava chorando para atenuar a humilhação do sr. Biswas, para que uma parte dela recaísse sobre ela. Havia também um outro sentido ritualístico naquelas lágrimas: ela chorava pelas desgraças que lhe advieram juntamente com aquele marido que lhe fora designado pelo Destino.

— Então o que vamos fazer com a loja? — perguntou Seth em inglês. Continuava irritado, e sua voz, apesar do tom decidido, denotava cansaço.

O sr. Biswas não fazia ideia.

— É um mau lugar para uma loja — disse ele.

— Um mau lugar pode ser um bom lugar amanhã — disse Seth. — Imagine se eu soltar um dinheirinho para certas pessoas e conseguir que o Departamento de Obras Públicas passe mesmo a estrada por lá, hein?

Os soluços de Shama se misturavam ao ruído do rum aromático nos cabelos da sra. Tulsi.

— Você tem alguma dívida?

— Bem, tem muita gente me devendo, só que ninguém paga.

— Nem vão pagar, depois do caso do Mungroo. Acho que você era o único homem em Trinidad que não sabia das histórias do Seebaran e do Mahmoud.

Agora Shama chorava abertamente.

De repente o Seth perdeu o interesse pelo sr. Biswas. Soltou uma interjeição de menosprezo e olhou para as botinas.

— Não ligue, não — disse a sra. Tulsi. — Eu sei que você não tem coração mole. Mas não ligue, não.

Seth suspirou.

— Então o que vamos fazer com a loja?

O sr. Biswas deu de ombros.

— Segurar-e-tocar-fogo? — disse Seth, pronunciando as palavras como se elas designassem uma ação única.

Para o sr. Biswas, aquele tipo de conversa era coisa do mundo das altas rodas financeiras.

Seth cruzou os braços grandes sobre o peito.

— É a única saída para você agora.

— Segurar-e-tocar-fogo — repetiu o sr. Biswas. — Quanto eu vou conseguir assim?

— Mais do que vai conseguir se *não* segurar-e-tocar-fogo. A loja é de *mai*. As mercadorias são suas. Pelas mercadorias você deve conseguir uns setenta e cinco, cem dólares.

Era uma quantia polpuda. O sr. Biswas sorriu.

Porém Seth limitou-se a dizer:

— E depois?

O sr. Biswas tentou assumir um ar pensativo.

— Continua orgulhoso demais para sujar as mãos na fazenda? — E Seth exibiu suas próprias mãos.

— Coração mole — murmurou a sra. Tulsi.

— Preciso de um capataz em Green Vale — disse Seth.

Shama soltou um soluço alto e, largando a cabeça da sra. Tulsi de repente, correu até o sr. Biswas e disse:

— Aceite, Mohun. Aceite, eu lhe peço. — Ela estava fazendo com que ficasse mais fácil para ele aceitar. — Ele vai aceitar — gritou ela para Seth. — Ele vai aceitar.

Irritado, Seth virou o rosto para o outro lado.

A sra. Tulsi gemeu.

Shama, ainda chorando, voltou para a cama e enfiou os dedos nos cabelos da sra. Tulsi.

— Aah — exclamou a sra. Tulsi.

— Não entendo nada de trabalho em fazenda — disse o sr. Biswas, tentando preservar um pouco de sua dignidade.

— Ninguém está implorando que você aceite — disse Seth.

— Não ligue, não — disse a sra. Tulsi. — Você sabe o que o Owad vive me dizendo. Ele diz que a culpa é minha, foi o modo como eu casei minhas filhas. E acho que ele tem razão. Mas o Owad está estudando, vive lendo e aprendendo coisas. E eu sou muito antiquada. — Seu tom demonstrava que ela se orgulhava tanto de Owad quanto de seus próprios costumes antiquados.

Seth levantou-se. Suas botinas arranharam o assoalho, a cama estalou e a sra. Tulsi ficou um pouco perturbada. Porém a irritação de Seth havia desaparecido. Ele pegou a piteira de marfim, que espetava a aba abotoada do bolso de sua camisa cáqui, levou-a à boca e soprou-a, assobiando.

— O Owad. Você se lembra dele, Mohun? — Riu, abrindo a boca nos cantos, com a piteira no meio. — O filho da galinha velha.

— O que passou, passou — disse a sra. Tulsi. — Quem é menino age como menino. Quem é homem age como homem.

Shama apertou vigorosamente a cabeça da sra. Tulsi, reduzindo sua fala a uma sequência de "Aahs". Esfregou rum aromático nos cabelos e no rosto da sra. Tulsi e depois pressionou a palma da mão contra o nariz e a boca da doente.

— Essa história de segurar-e-tocar-fogo — disse o sr. Biswas, num tom de voz descontraído —, quem é que vai ter que fazer isso? Eu? — Estava reassumindo seu papel de bufão a quem tudo se permite.

Shama foi a primeira a rir. Depois Seth. A sra. Tulsi emitiu um grasnido, e Shama tirou a mão de sua boca para que ela pudesse rir.

A sra. Tulsi disse, em inglês, soltando perdigotos, engasgando-se de hilaridade:

— Ele quer... saltar... da frigideira... para o... o...

Todos caíram na gargalhada.

— ... para... o fogo!

O bom humor se instaurou.

— Chega de remar — disse Seth.

— Vamos segurar-e-tocar-fogo logo? — perguntou o sr. Biswas, com uma voz aguda, falando depressa.

— Primeiro tem que tirar a mobília — disse Seth.

— Minha penteadeira! — exclamou Shama, e levou a mão à boca, como que espantada ao se dar conta de que, ao largar o sr. Biswas em The Chase, ela havia se esquecido de levar aquele móvel com ela.

— O melhor — disse Seth — era você mesmo segurar-e-tocar-fogo.

— Não, tio — disse Shama. — Não vá pôr ideias na cabeça dele.

— Não se preocupe com a menina — disse o sr. Biswas. — Me diga como é.

Seth sentou-se na cama de novo.

— Escute — disse ele, com um tom de voz bem-humorado e paternal —, você teve esse problema com o Mungroo. Você vai até a delegacia e diz que o Mungroo está ameaçando a sua vida.

— Digo o quê?

— Fale da briga. Diga que o Mungroo anda ameaçando você de morte. Porque aí a primeira coisa que acontecer eles põem a culpa no Mungroo.

— A primeira coisa que acontecer eles vão pôr a culpa mas é em mim. Mas deixe eu ver se estou entendendo direito. Quando eu estiver morto, como uma barata, esticado no chão com as quatro patas durinhas para o alto, você quer que eu vá até a delegacia e diga: "Bem que eu avisei a vocês".

A sra. Tulsi, ainda rindo de sua própria piada, a primeira que fizera em inglês, usou o comentário do sr. Biswas como pretexto para cair na gargalhada outra vez.

— Bem, você diz que o Mungroo está ameaçando você de morte — disse Seth. — Você volta para The Chase e fica quietinho lá. Deixa passar uma semana, duas, até três. Então você faz os seus preparativos. Deixa a Shama pegar a penteadeira dela. Na quinta, durante o dia, você espalha óleo pela loja toda, mas não no lugar em que você dorme, e de noite você risca um fósforo e toca fogo. Você espera um tempinho, não muito, aí corre para a rua e começa a gritar o nome de Mungroo.

— Então é por isso — perguntou o sr. Biswas — que todo dia tem carros que pegam fogo aqui? E casas também?

5. GREEN VALE

Quando, anos depois, o sr. Biswas lembrava-se de Green Vale, ele sempre pensava nas árvores. Eram altas e retas e tão cheias de folhas longas e pesadas que os troncos ficavam ocultos e pareciam não ter galhos. Metade das folhas estava morta; as outras, as do alto, eram de um verde morto. Era como se todas as árvores, no mesmo instante de exuberância, tivessem sido atacadas por uma peste e a morte estivesse se espalhando, num mesmo ritmo, a partir das raízes de todas elas. Porém a morte não chegava nunca. As folhas de um verde morto, em forma de língua, lentamente ganhavam um tom vivo de amarelo, depois ficavam marrons e finas, como se chamuscadas, enrolavam-se por cima das outras folhas mortas e não caíam. E surgiam folhas novas, afiadas como punhais; porém nada tinham de fresco; apareciam no mundo já velhas, sem brilho, e apenas se alongavam antes de morrerem também.

Era difícil imaginar que, além daquelas árvores que se estendiam para todos os lados, ficava a planície descampada. Green Vale era úmido, ensombrado e fechado. As árvores escureciam a estrada, e as folhas podres entupiam os regos que corriam na grama. As árvores cercavam o alojamento.

Assim que viu o alojamento, o sr. Biswas resolveu que chegara a hora de ele construir sua própria casa, de qualquer jeito. No alojamento havia um quarto para cada família; doze famílias moravam num cômodo comprido dividido em doze partes. Este cômodo comprido era de madeira e se apoiava em pilares baixos de concreto. A cal nas paredes já havia virado pó, deixando manchas semelhantes às que ficam nas pedras onde se estende roupa para alvejar; e essas manchas eram sarapintadas, riscadas e listradas de cinza, verde e preto. O telhado de ferro corrugado se prolongava para fora num dos lados, formando uma longa varanda coberta, dividida por tabiques rústicos em doze cozinhas, tão vulneráveis que, quando chovia forte, doze cozinheiras tinham de levar doze braseiros para doze quartos. Em cada um dos dez quartos do meio havia uma porta na frente e uma janela nos fundos. Os quartos das extremidades tinham uma porta na frente, uma janela nos fundos e uma janela lateral. O sr. Biswas, por ser capataz, recebeu um dos quartos das extremidades. O morador anterior havia pregado a janela dos fundos e depois a cobrira com jornais colados. Era difícil determinar a posição exata da janela, já que a parede estava coberta de jornais do chão ao teto. A pessoa que fizera isso certamente era alfabetizada. Nenhuma das folhas de jornal fora colada de cabeça para baixo, de modo que o sr. Biswas era exposto constantemente ao jornalismo de sua época, só que o entusiasmo e a estridência das notícias ganharam um ar nostálgico e petrificado naqueles jornais velhos.

Dentro desse quarto colocaram toda a mobília que tinham: o guarda-comida, a mesa verde de cozinha, a estante para chapéus, a cama de ferro de quatro colunas, uma cadeira de balanço que o sr. Biswas havia adquirido nos seus últimos dias em The Chase e a penteadeira que, durante os longos períodos em que Shama se ausentara, indo para a Casa de Hanuman, chegara a se transformar numa representante da própria Shama.

Apenas uma gaveta pequena da penteadeira era reservada para o sr. Biswas. As outras todas lhe eram desconhecidas, e se por acaso ele abria uma delas tinha a sensação de estar se intrometendo. Foi durante a mudança para Green Vale que ele descobriu que, além das roupas melhores de Shama e das crianças, aquelas gavetas continham a certidão de casamento de Shama e as certidões de nascimento das crianças; uma bíblia e gravuras religiosas que ela ganhara da escola missionária e guardava não por causa de seu conteúdo religioso, mas porque lembravam suas glórias passadas de estudante; e um maço de cartas de uma correspondente em Northumberland, Inglaterra, resultado de uma ideia do diretor da escola. O sr. Biswas ansiava pelo mundo exterior; lia romances que o transportavam para lá; jamais suspeitou que Shama — logo ela! — já estivera em contato com esse mundo.

— Você por acaso não guardou as cartas que você escrevia?

— O diretor lia e botava no quadro de avisos.

— Eu queria ler as suas cartas.

Assim, o sr. Biswas tornou-se capataz, isto é, subsuperintendente, recebendo um salário de vinte e cinco dólares por mês, o dobro do que os trabalhadores ganhavam. Conforme ele próprio dissera a Seth, o sr. Biswas não entendia nada de trabalho de fazenda. A vida inteira estivera cercado de canaviais; sabia que as canas cobriam-se de flores em forma de seta, de um azul acinzentado, justamente na época em que os letreiros de lojas tornavam-se mais alegres, cheios de verdes e vermelhos das folhas e flores de azevinho, com papais-noéis e letras cobertas de neve; conhecia o festival da colheita; mas nada sabia sobre coisas como queimar, limpar, capinar; não sabia quando é que se plantavam as mudas novas nem quando se amontoavam folhas secas em volta das plantas novas. Recebia instruções de Seth, que vinha a Green Vale todos os sábados para fiscalizar e pagar os empregados, na cozinha do quarto do sr. Biswas, usando a mesa verde de cozinha, enquanto o sr. Biswas, sentado a seu lado, ia especificando o número de tarefas em que cada empregado havia trabalhado.

O sr. Biswas não sabia da admiração e do respeito que seu pai, Raghu, sentia pelos capatazes. Porém percebia a deferência que inspiravam aos trabalhadores os sacos de dinheiro azuis e verdes, com bordas serrilhadas e furinhos circulares para o dinheiro respirar, e sentia um certo prazer ao manusear descuidadamente aqueles sacos, como se a tarefa o entediasse. Às vezes lhe ocorria que talvez naquele exato momento seus irmãos estivessem esperando em filas como aquelas, lentas e submissas, em outras plantações.

239

Assim, aos sábados ele desfrutava as delícias do poder. Mas no resto da semana era diferente. Era bem verdade que ele saía cedo todas as manhãs, com sua comprida vara de bambu, para medir a produção dos empregados. Porém os empregados sabiam que ele não conhecia bem aquele trabalho, que estava lá apenas como uma espécie de vigia, como representante de Seth. Sabiam como enganá-lo e o enganavam, e temiam mais uma única censura de Seth no sábado do que uma semana inteira de tímidas advertências do sr. Biswas. E este tinha vergonha de fazer queixas a Seth. Comprou um *topee*;* ficou grande demais para sua cabeça, que era um tanto pequena, e ele o ajustava tão mal que o *topee* afundava até as orelhas. Durante algum tempo, sempre que os trabalhadores viam o sr. Biswas eles enfiavam o chapéu até os olhos, inclinavam a cabeça para trás e olhavam para ele. Dois ou três empregados mais jovens e atrevidos chegavam mesmo a falar com ele desse jeito. O sr. Biswas achava que devia andar a cavalo, tal com Seth; e estava começando a sentir-se solidário com os capatazes lendários que vinham a cavalo chicoteando os trabalhadores pelos quais passavam. Então, bancando o bufão com Seth num sábado, montou num dos cavalos de Seth, foi jogado no chão alguns metros adiante e disse:

— Eu não queria ir para onde ele estava indo.

— Upa, upa! — um trabalhador gritou para o outro na segunda-feira.

— Socorro! — respondeu o outro.

O sr. Biswas disse para Seth:

— Não posso continuar morando junto dessa gente.

Seth respondeu:

— Vamos construir uma casa para você.

Mas aquilo era conversa fiada. Seth nunca mais mencionou a tal casa, e o sr. Biswas continuou no alojamento. Começou a

---

* Espécie de chapéu em forma de capacete, com aba, feito de uma substância semelhante à cortiça, para proteger do sol. (N. T.)

reclamar da estupidez dos trabalhadores e, ao invés de se admirar — como acontecia no começo — ao ver que eles conseguiam viver com três dólares por semana, ele agora não entendia por que eles ganhavam tanto dinheiro. Começou a descontar em cima de Shama.

— Foi você que me meteu nisso. Você e a sua família. Olhe para mim. Eu tenho cara de Seth? Olhe para mim e me diga: esse tipo de trabalho tem alguma coisa a ver comigo?

Voltava dos canaviais suado, coçando-se, cheio de terra, com picadas de moscas e outros insetos, a pele machucada e sensível. Até gostava do suor, da fadiga, da sensação de calor intenso no rosto. Mas detestava as coceiras, e a sujeira sob as unhas o torturava tanto quanto o ruído de lápis de ardósia riscando lousas ou pás raspando no concreto.

O quintal do acampamento, cheio de lama, bosta e poças estagnadas cobertas de limo vivo, lhe dava náuseas, especialmente quando estava comendo peixe ou as panquecas feitas por Shama. Passou a comer na mesa verde em seu quarto, escondido da porta da frente, de costas para a janela lateral, fazendo questão de não olhar para o telhado de ferro galvanizado, negro e peludo de sujeira. Enquanto comia, lia os jornais colados na parede. O cheiro de umidade e fuligem, papel velho e sarro de fumo lembrava-lhe o cheiro da caixa de seu pai, debaixo da cama sustentada por galhos de árvores enterrados no chão de terra batida.

Tomava banhos incessantemente. Não havia chuveiro no acampamento, mas nos fundos havia barris que recolhiam a água que escorria pelas calhas do telhado. Mesmo que usasse a água ainda recém-coletada, sempre encontrava larvas boiando na superfície, umas coisinhas gelatinosas, com barbichas, perfeitas lá a sua maneira. De cuecas e tamancos, em pé sobre uma tábua ao lado de um dos barris, o sr. Biswas despejava a água sobre o corpo com uma cuia. Durante o banho, cantava canções em híndi, além de "Navegando no repuxo". Depois enrolava uma toalha na cintura, tirava as cuecas e, de toalha e tamancos, corria até o quarto. Como seu quarto não tinha

241

entrada lateral, era obrigado a dar a volta até a porta da frente, onde ficava exposto às doze cozinhas e aos doze quartos, e entrar correndo no seu.

Um dia a toalha caiu.

— Foi você — disse ele a Shama, após um dia terrível nos canaviais. — Foi você e a sua família que me meteram nisso.

Shama, que havia passado um dia de humilhações no alojamento, preparou uma refeição particularmente intragável, vestiu Anand, que agora já tinha idade bastante para falar, e foi com ele para a Casa de Hanuman.

Um sábado, depois de pagar aos empregados, Seth sorriu e disse:

— Sua mulher disse para você olhar na primeira gaveta da direita da penteadeira e pegar o corpete rosado dela e, no canto esquerdo da gaveta do meio, as calças do menino.

— Pergunte a minha mulher: qual dos meninos?

Mas o sr. Biswas foi explorar as gavetas misteriosas.

— Quase ia esquecendo — disse Seth, logo antes de sair. — Aquela loja lá em The Chase. Já segurou-e-tocou-fogo.

Seth tirou do bolso das calças um maço de notas de um dólar e as exibiu com gestos de mágico. Nota por nota, foi contando o dinheiro e o colocando na mão do sr. Biswas. O total chegou a setenta e cinco dólares, a quantia que Seth havia mencionado no Quarto Rosado da Casa de Hanuman.

O sr. Biswas ficou impressionado e cheio de gratidão. Resolveu guardar aquele dinheiro e economizar mais, até ter o bastante para construir sua casa.

Havia pensado a sério nessa casa e sabia exatamente o que queria. Queria, antes de mais nada, uma casa de verdade, feita com materiais de verdade. Não queria paredes de barro, chão de terra, caibros feitos de galhos nem telhado de sapé. Queria paredes de madeira, todas com encaixes de macho e fêmea. Queria um telhado de ferro galvanizado e um teto de madeira. Queria subir para o primeiro andar por uma escada de concreto e chegar a uma varandinha; passar por portas com vidros coloridos e entrar numa pequena sala de estar; de lá entrar num quartinho, depois noutro quartinho, depois sair de novo para a varanda. A casa seria construída sobre altos pilares de concreto, para que tivesse dois andares e para que ele pudesse fazer acréscimos posteriormente. A cozinha seria um galpão no quintal, um galpão bem feito, ligado à casa por uma passagem coberta. E a casa seria pintada. O telhado seria vermelho, as paredes seriam ocre por fora, com revestimentos cor de chocolate, e as janelas, brancas.

Quando ele falava sobre casas, Shama ficava assustada e impaciente; às vezes saía até briga. Assim, ele não lhe revelou essa sua imagem ideal nem seu plano, e ela continuou a passar longos períodos na Casa de Hanuman. Agora ela não precisava mais dar nenhuma explicação às irmãs. Green Vale fazia parte das terras dos Tulsi e era bem perto de Arwacas, sendo portanto considerado praticamente uma extensão da Casa de Hanuman.

Rejeitando a refeição fria que Shama às vezes lhe mandava da Casa de Hanuman e cansado de comida em lata, o sr. Biswas aprendeu a cozinhar; comprou um fogareiro a querosene por não saber lidar com o braseiro. Às vezes ia dar um passeio ao cair da tarde; às vezes ficava em seu quarto lendo. Porém havia momentos em que, embora não estivesse cansado, não conseguia fazer nada; não achava gosto na comida nem no fumo e ficava estirado na cama lendo os jornais colados na parede. Em pouco tempo decorou muitos dos artigos. E a primeira linha de uma notícia, escrita com letras maiúsculas histéricas, chegou a obcecá-lo: CENAS EXTRAORDINÁRIAS FORAM VISTAS ONTEM, QUANDO. Distraidamente, pronunciava estas palavras em voz alta, a sós, com os trabalhadores, com Seth. À noite, no quarto, às vezes as palavras se intrometiam em sua consciência e se repetiam até perderem o significado e se tornarem irritantes, e ele queria a todo custo expulsá-las. Escrevia as palavras em maços de cigarros Anchor e caixas de fósforos Comet. E, para combater este vazio que o deixava exausto, com a sensação de que havia bebido litros de água morna e estagnada, adquiriu o hábito de escrever frases religiosas em tiras de papelão, as quais ele pendurava nas paredes cobertas de jornais. De uma revista em híndi ele copiou uma frase que, escrita em papelão, ia de uma ponta a outra de uma das paredes, por cima da janela coberta: AQUELE QUE ACREDITA EM MIM, ESTE JAMAIS PERDEREI DE VISTA E JAMAIS ME PERDERÁ DE VISTA A MIM.

O canavial estava em flor. As alamedas e estradas entre as plantações eram vales verdes e limpos. E em Arwacas os letreiros das lojas celebravam a neve e Papai Noel. A Loja Tulsi estava enfeitada com azevinho de papel, mas não ostentava nenhum letreiro natalino novo. Os antigos, feitos pelo sr. Biswas, ainda serviam. Estavam desbotados; a pintura a têmpera da parede e das colunas havia descascado em alguns lugares, e o Polichinelo tinha perdido uma parte de seu nariz; perto do teto as letras estavam parcialmente cobertas pela poeira e pela fuligem. Savi sabia que os letreiros eram obra de seu pai e se orgulhava disso. Porém ficava intrigada quando tentava associar a alegria daquelas letras e desenhos àquele homem sorumbático que ela ia visitar no alojamento sórdido e que às vezes vinha visitá-la. Tinha a impressão — ligada a uma sensação de perda que se acentuava à medida que o Natal se aproximava — de que aqueles letreiros tinham sido feitos numa época além do alcance de sua memória, numa época em que seu pai vivia feliz na Casa de Hanuman com sua mãe e todo mundo.

O Natal era a única época do ano em que a alegria dos letreiros tinha algum significado. Então a Loja Tulsi tornava-se um lugar cheio de romantismo e prazeres infinitos, muito diferente daquele empório austero que era durante o resto do ano, escuro e silencioso, as prateleiras abarrotadas de peças de fazenda que desprendiam cheiros ácidos e às vezes desagradáveis, as mesas cobertas de tesouras e facas e colheres baratas, pilhas de pratos esmaltados de borda azul, cheios de poeira, entremeados com papel pardo rasgado, e caixas de grampos, agulhas, alfinetes e carretéis de linha. Agora havia barulho e animação o dia todo. Vitrolas tocavam na Loja Tulsi e em todas as outras lojas, até mesmo nas barracas da feira. Pássaros mecânicos assobiavam; bonecas guinchavam; cornetas de brinquedo soavam; piorras zuniam; carrinhos disparavam sobre balcões, eram agarrados e ficavam zumbindo no ar. Os pratos esmaltados e os grampos eram empurrados para trás, e seu lugar era ocupado por uvas pretas que vinham em caixas brancas cheias de serragem aromática; maçãs vermelhas do Canadá, cujo cheiro sobrepujava todos os outros; uma multidão de brinquedos e bonecas e jogos, copos novos e reluzentes, porcelana nova, tudo cheirando a novo; bandejas de laca japonesas, empilhadas como cartas de baralho, formando uma pilha tão elegante que dava pena pensar que elas seriam vendidas uma por uma, saindo da loja embrulhadas em papel pardo e amarradas com barbante, e que terminariam velhas, quebradas e desprezadas em cozinhas feias de casebres malfeitos. Havia também pilhas do Almanaque das Drogarias Bookers, em papel cuchê tão liso que fazia cócegas e com um cheiro igualmente suave, contendo piadas, histórias, fotos, quebra-cabeças, questionários e concursos que ofereciam prêmios, dos quais as crianças da Casa de Hanuman sempre iam participar, mas acabavam nunca participando, embora chegassem a escrever seus nomes e endereços nas linhas pontilhadas. E os enfeites: o azevinho de papel, as serpentinas espiraladas de papel crepom, o algodão imitando neve que grudava nos dedos e nas roupas, os balões de gás, as lanternas de papel.

As irmãs disfarçavam seu entusiasmo com caras sérias e queixas de cansaço que não enganavam ninguém. A própria sra. Tulsi vinha à loja de vez em quando, falava com os conhecidos, até vendia alguma coisa. Os deuses, muito sérios, andavam de um lado para o outro, supervisionando, assinando contas, contando dinheiro. O deus mais velho estava particularmente sério neste Natal, e as crianças tinham medo dele. Seu comportamento estava ficando um pouco esquisito. Ainda não havia terminado seus estudos no colégio católico, mas já estavam tentando encontrar uma esposa para ele nas poucas famílias consideradas boas. Ele manifestava sua contrariedade através de imprevisíveis explosões de raiva, crises de choro e ameaças de suicídio. As irmãs e os cunhados interpretavam isto como sinais de uma timidez convencional, e achavam graça. Mas as crianças ficavam assustadas quando o ouviam falar em sair da Casa de

Hanuman e comprar uma corda e uma vela; elas não entendiam direito para que ele queria a vela; e mantinham distância dele.

Na manhã da véspera de Natal, a excitação geral estava no auge, mas antes do cair da tarde já diminuíra tanto que os artigos expostos na loja perderam a magia, a animação alegre virou confusão, e ficou patente que a confusão era superficial. Assim, antes mesmo que chegasse, o Natal na loja era como se já tivesse acabado. E durante a tarde começou-se a dar cada vez mais atenção ao salão e à cozinha, onde Sumati — a que deu a surra no filho — estava encarregada de fazer bolos, e Shama, em quem não se reconhecia nenhum talento especial, era uma de suas inúmeras ajudantes. Os cheiros que vinham da cozinha eram particularmente deliciosos porque, como sempre acontecia na Casa de Hanuman, a comida continuava a ser ruim até o dia da festa.

A Loja Tulsi foi fechada, os brinquedos foram abandonados na escuridão, que os transformaria em estoques, e os cunhados se prepararam para ir visitar suas famílias. À noite, indo a Green Vale de bicicleta, o sr. Biswas lembrou-se de que não havia comprado presentes para Savi e Anand. Mas eles não esperavam mesmo que ele lhes desse nada: sabiam que encontrariam seus presentes dentro das meias na manhã do dia de Natal.

Como as irmãs estavam ocupadas, o jantar das crianças foi mais pobre do que de costume. Então as crianças começaram a procurar meias. Não havia mais. Os mais previdentes — em sua maioria meninas — já haviam reservado meias para si na véspera, e os meninos tiveram que se contentar com fronhas. As crianças falavam em ficar acordadas, mas uma por uma ia adormecendo durante os jogos de cartas, ao som das canções que suas mães cantavam na cozinha.

Por um momento, Anand assustou-se ao se levantar. Sua fronha, ao pé dos cobertores em que ele dormira no chão, parecia vazia. Mas ao sacudi-la constatou que havia ganhado a mesma coisa que os outros meninos: um balão, daqueles que se viam na loja há algumas semanas, uma maçã vermelha embrulhada

246

em papel azul-escuro, uma das que havia visto nas caixas na loja, e um apito de lata. Em sua meia Savi encontrou um balão, uma maçã e uma pequenina boneca de borracha. Compararam-se os presentes, e quando foi constatado que não havia motivo para ciúmes as crianças comeram suas maçãs, inflaram seus balões e fizeram uma pequena zoeira com os apitos. Muitos dos apitos rapidamente deixaram de funcionar, ou por estarem entupidos de saliva ou por apresentarem algum defeito mecânico irremediável, e a maioria dos meninos estourou seus balões antes mesmo de descerem para beijar a sra. Tulsi. Os meninos, que ao crescerem se tornariam homens detestáveis, deram uma única soprada em seus apitos, mordiscaram suas maçãs e inflaram seus balões só um pouco; nisto se assemelhavam às meninas, que desde cedo já manifestavam mais prazer na posse e na expectativa do que na realização. Então as crianças, umas mais contentes, outras menos, desceram a escada e encontraram a sra. Tulsi esperando, sentada à mesa comprida de pinho. Também as mães estavam esperando, todas elas mamães-noéis satisfeitas. Quando uma criança descontente se esquecia de beijar a sra. Tulsi e ia, impaciente, procurar sua comida, sua mãe a fazia voltar.

Após o café da manhã — chá com biscoitos da lata grande — as crianças ficaram à espera do almoço. Mais apitos pifaram; mais balões estouraram. As meninas pegavam os fragmentos dos balões estourados dos meninos e os inflavam, fazendo cachos de uvas multicoloridos, e depois esfregavam os balõezinhos nas bochechas para fazer um ruído que parecia um móvel pesado sendo arrastado num chão áspero. O almoço foi bom. E depois do almoço ficaram à espera do chá: os bolos de Sumati, um licor de cerejas fraudulento, feito na ilha, servido em porções homeopáticas por Chinta, e sorvete, também feito por Chinta, a quem se atribuía — apesar de todos os anos a realidade dos fatos o negar — um talento especial para fazer sorvete. E com isso se encerrava a festa. O jantar já era tão ruim quanto num dia normal. O Natal havia terminado. E, como acontecia todos os anos na Casa de Hanuman, tinha sido apenas uma sucessão de expectativas.

No alojamento não havia maçãs, nem meias, nem bolos, nem sorvete, nem nenhuma expectativa de nada mais refinado. Era, desde o início, um dia de comer e beber demais, que acabava com surras dadas não em crianças, mas em mulheres. O sr. Biswas foi visitar sua mãe e jantou na casa de Tara. No dia seguinte ao Natal visitou seus dois irmãos, que haviam se casado com mulheres quaisquer de famílias quaisquer e passavam o Natal com elas.

No dia seguinte, o sr. Biswas foi de bicicleta de Green Vale a Arwacas. Quando pegou a High Street e viu as lojas, reabertas, exibindo descuidadamente produtos natalinos a preços de liquidação, lembrou-se dos presentes que não tinha dado. Saltou da bicicleta e encostou-a no meio-fio. Antes mesmo de tirar os grampos das calças, foi abordado por um comerciante de pálpebras pesadas, que mordia os lábios o tempo todo. O comerciante ofereceu ao sr. Biswas um cigarro e acendeu-o para ele. Trocaram-se algumas palavras. Então, com o braço do comerciante em seus ombros, o sr. Biswas desapareceu dentro da loja. Alguns minutos depois, o sr. Biswas e o comerciante reapareceram na rua. Ambos estavam fumando e pareciam animados. Saiu da loja um garoto parcialmente ocultado pela enorme casa de bonecas que ele carregava. A casa foi colocada sobre o guidom da bicicleta do sr. Biswas e, com o sr. Biswas de um lado e o garoto do outro, foi transportada rua abaixo.

Todos os aposentos da casa de boneca eram inteiramente mobiliados. Na cozinha havia um fogão diferente de todos os fogões que o sr. Biswas já vira, mais um guarda-comida e uma pia. À medida que se aproximavam da Casa de Hanuman, o entusiasmo do sr. Biswas foi arrefecendo; sua extravagância o surpreendeu, depois o assustou. Ele havia gastado mais do que ganhava em um mês. Agora não dava mais para devolver a casa de boneca; estava atraindo atenção por onde passava. E não havia comprado nada para Anand. Quando pensava nos filhos, pensava principalmente em Savi. Ela fazia parte daqueles primeiros meses que passaram em The Chase, e ele a conhecia. Anand pertencia totalmente aos Tulsi.

Na Casa de Hanuman, todos já sabiam a respeito da casa de boneca antes mesmo que ela chegasse. O salão ficou cheio de irmãs com seus filhos. Sentada à mesa, a sra. Tulsi apertava a ponta do véu contra os lábios.

As crianças soltaram uma exclamação quando a casa de boneca entrou no salão, e, no silêncio que se instaurou depois, Savi aproximou-se dela e ficou a olhá-la, numa atitude de proprietária.

— Bem, o que vocês acham? — perguntou o sr. Biswas a todo o salão, com uma voz aguda.

As irmãs não disseram nada.

Então Padma, a mulher de Seth, normalmente taciturna, oprimida e indisposta, começou a contar uma história comprida e complicada, na qual o sr. Biswas se recusou a acreditar, a respeito de uma casa de boneca extraordinária que um dos irmãos de Seth havia feito para a filha de alguém, uma menina de beleza excepcional que havia morrido pouco depois.

Enquanto Padma falava, as crianças, meninos e meninas, foram se reunindo em torno da casa. O sr. Biswas não gostou muito disso, porém ficou satisfeito quando as crianças reconheceram os direitos de propriedade de Savi, pedindo a ela permissão para abrir portas e pegar em caminhas. Ao mesmo tempo em que explorava a casa, Savi tentava dar a impressão de que já conhecia tudo como a palma da sua mão.

— O que foi que você comprou para os outros?

Era a sra. Tulsi.

— Faltou espaço — respondeu o sr. Biswas, alegre.

— Quando eu dou, dou a todos — disse a sra. Tulsi. — Sou pobre, mas dou a todos. Mas está claro que não posso competir com Papai Noel.

Falava num tom neutro, e o sr. Biswas ia sorrir, como se ela tivesse feito um comentário espirituoso, mas quando olhou para ela viu que seu rosto estava tenso de raiva.

— Vidiadhar e Shivadhar! — gritou Chinta. — Venham cá agora mesmo. Parem de mexer no que não é de vocês.

Como se Chinta tivesse dado um sinal, todas as irmãs caíram sobre seus filhos, ameaçando com castigos terríveis aqueles que estavam mexendo no que não era deles.

— Eu arranco a pele da sua bunda.

— Eu quebro todos os seus ossos.

E Sumati, a da surra, disse:

— Você vai ficar coberto de vergões dos pés à cabeça.

— Savi, guarde isso — sussurrou Shama. — Leve lá para cima.

A sra. Tulsi, levantando-se e levando o véu aos lábios, disse:

— Shama, espero que você tenha a bondade de me avisar quando você for se mudar para sua mansão. — Subiu as escadas com dificuldade, e Sushila, a viúva que assumia o controle em caso de doença, seguiu-a, solícita.

As irmãs afrontadas se aglomeraram, e Shama ficou isolada. Seus olhos estavam arregalados de pavor. Dirigiu um olhar acusador ao sr. Biswas.

— Bem — disse ele, num tom animado —, é melhor eu voltar para casa... para o alojamento.

Insistiu para que Savi e Anand o acompanhassem até a arcada. Savi veio de bom grado. Anand, como sempre, estava envergonhado. O sr. Biswas não pôde evitar o pensamento de que o menino, em comparação com Savi, era uma decepção. Era pequeno para a sua idade, magro e doentio, e cabeçudo ainda por cima; parecia precisar de proteção, porém ficava tímido e não conseguia falar na presença do sr. Biswas, e sempre dava a impressão de estar ansioso para se livrar do pai. Agora, quando o sr. Biswas o abraçou, Anand fungou, esfregou a cara suja nas calças do pai e tentou escapulir.

— Você tem que deixar o Anand brincar com a casa — disse o sr. Biswas a Savi.

— Ele é menino.

— Não se preocupe. — O sr. Biswas acariciou as costas ossudas do garoto. — Da próxima vez você ganha um presente.

— Quero um carro — disse Anand, com a cara enfiada nas calças do sr. Biswas. — Um carro bem grande.

O sr. Biswas sabia o que ele queria.

— Está bem — disse ele. — Eu vou lhe dar um carro.

Imediatamente Anand se desprendeu dele e voltou correndo para o quintal, galopando num cavalo imaginário, brandindo um chicote imaginário e gritando:

— Eu vou ganhar um carro! Eu vou ganhar um carro!

O sr. Biswas comprou um carro; não, apesar do prometido, o carro grande que Anand queria, e sim uma miniatura, de corda; e no sábado, depois do pagamento dos trabalhadores, foi levá-lo a Arwacas. Sua chegada foi vista da arcada, e quando abriu o portão lateral ele ouviu as crianças darem o aviso, com vozes cheias de medo e expectativa:

— Savi, seu pai veio ver você.

A menina veio até a porta do salão choramingando. Quando ele a abraçou, ela começou a soluçar ruidosamente.

As crianças fizeram silêncio. O sr. Biswas ouviu um ranger constante de degraus na escada e um ruído abafado de passos e sussurros na escuridão da cozinha.

— Me diga o que foi — disse ele.

Ela conteve os soluços.

— Quebraram a casa.

— Me mostre! — gritou ele. — Me mostre!

Sua raiva assustou tanto Savi que ela parou de chorar. Ela desceu a escada e saiu pela varanda até o quintal, seguida por ele; passaram por um caldeirão meio cheio que refletia um céu azul e por um tanque negro onde os peixes que eram comprados vivos na feira ficavam nadando até chegar a hora de serem comidos.

E foi ali, sob os galhos quase nus da amendoeira do quintal vizinho, que ele a viu, jogada ao lado de uma cerca suja e torta feita de madeira, zinco e ferro corrugado. Uma porta quebrada, uma janela estragada, uma parede ou telhado afundado — isso ele já esperava. Mas não aquilo. A casa de boneca não existia mais. Só havia ali uma pilha de lenha. Nenhuma das partes estava inteira. Todas as juntas delicadas estavam destruídas. Por baixo da tinta dilacerada, ainda brilhante, e em alguns trechos ainda imitando tijolos, a madeira partida e estraçalhada era branca e crua.

— Meu Deus!

Ao ver os destroços da casa e testemunhar o silêncio de seu pai, Savi começou a chorar de novo.

— Foi a mamãe.

Ele voltou correndo para a casa. Uma quina de parede raspou-lhe o ombro, rasgando a camisa e a pele por baixo.

As irmãs agora não estavam mais na escada nem na cozinha, e sim espalhadas pelo salão.

— Shama! — ele berrava. — Shama!

Savi subiu a escada lentamente, vindo do pátio. As irmãs desviaram a vista do sr. Biswas e ficaram olhando para ela; a menina permaneceu parada na porta olhando para os pés.

— Shama!

Ouviu uma irmã cochichar:

— Vá chamar sua tia Shama. Depressa.

O sr. Biswas viu Anand entre as crianças e irmãs.

— Venha cá, menino!

Anand olhou para as irmãs. Elas não o socorreram. Ele ficou parado.

— Anand, estou chamando. Venha já aqui.

— Vá, menino — disse Sumati. — Senão você apanha.

Enquanto Anand hesitava, Shama entrou no salão. Entrou pela porta da cozinha. O véu cobria-lhe o rosto. O sr. Biswas observou esse toque inusitado de subserviência. Ela parecia assustada, porém decidida.

— Sua cachorra!

O silêncio era absoluto.

As irmãs foram enxotando as crianças escada acima e para dentro da cozinha.

Savi permaneceu à porta, atrás do sr. Biswas.

— Pode me chamar do que você quiser — disse Shama.

— Foi você que quebrou a casa de boneca?

Os olhos de Shama se arregalaram de medo, culpa e vergonha.

— Fui eu — disse ela, com uma calma exagerada. E acrescentou, tranquila: — Fui eu que quebrei.

— Para fazer a vontade de quem? — Ele estava perdendo o controle de sua própria voz.

Shama não respondeu.

Ele percebeu que ela parecia sentir-se sozinha.

— Me diga! — ele gritou. — Para fazer a vontade *dessa gente?*

Chinta levantou-se, endireitou sua saia comprida e começou a subir a escada.

— Vou-me embora antes que eu ouça alguma coisa que não queira ouvir e seja obrigada a responder.

— Para fazer a *minha* vontade. — Agora Shama falava com mais segurança, e ele percebia que a aprovação das irmãs dava-lhe forças.

— Você sabe o que eu acho de você e da sua família?

Mais duas irmãs subiram a escada.

— Não me importa o que você acha.

E de repente sua raiva desapareceu. Seus gritos ressoavam em sua cabeça, assustando-o, deixando-o envergonhado e cansado. Não sabia mais o que dizer.

Ela percebeu a mudança em seu estado de espírito e ficou esperando, agora mais à vontade.

— Vá vestir Savi — disse ele, com uma voz calma.

Ela não se mexeu.

— *Vá vestir Savi!*

O grito assustou Savi, que começou a gritar. A menina tremia; quando ele encostou a mão nela, seu corpo parecia quebradiço.

Finalmente Shama se mexeu, para obedecer.

Savi afastou-se dele.

— Não quero que ninguém me vista.

— Vá juntar as roupas dela.

— Vai levar a menina com você?

Foi a vez de o sr. Biswas se calar.

As crianças que tinham sido enxotadas para a cozinha começavam a espichar as cabeças pela porta do salão.

Shama atravessou o salão até a escada, onde as irmãs sentadas nos primeiros degraus juntaram as pernas para deixá-la passar.

Imediatamente todos ficaram mais relaxados.

— Anand, você também vai com o seu pai? — perguntou Sumati, com humor.

Anand encolheu a cabeça e sumiu na escuridão da porta da cozinha.

O salão se encheu de atividade outra vez. As crianças voltaram, e as irmãs, servindo o jantar, entravam e saíam da cozinha. Chinta voltou e começou a cantar uma canção alegre, e as outras irmãs se puseram a cantar também.

O drama terminara, e a volta de Shama, com fitas, pente e uma maleta de papelão, não recebeu a mesma atenção que sua saída.

Oferecendo a mala com o braço estendido, Shama disse:

— Ela é sua filha. Você sabe o que é bom para ela. Você é quem dá comida para ela. Você sabe...

Ele trincou os dentes, enfiando a arcada superior atrás da inferior.

Chinta interrompeu sua cantoria para dizer a Savi:

— Vai para casa, menina?

— Ponha os sapatos nela — disse Shama.

Mas para isso ele teria de lavar-lhe os pés, o que levaria tempo; e, empurrando Shama quando ela tentou pentear os cabelos de Savi, ele saiu com a menina. Foi só quando já estavam na High Street que ele se lembrou de Anand.

A feira terminara e a rua estava cheia de caixas quebradas, papel rasgado, palha, legumes podres, bosta e — embora não tivesse chovido — diversas poças. À luz de tochas, as barracas estavam sendo desmontadas e colocadas nas carroças pelos vendedores, suas mulheres e seus filhos cansados.

O sr. Biswas amarrou a mala ao porta-malas da bicicleta, e ele e Savi caminharam em silêncio até o final da rua.

Quando já estava longe a delegacia vermelha e amarela, ele pôs Savi no quadro da bicicleta, deu uma corrida e, com certa dificuldade e um pouco de nervosismo, saltou para cima do selim. A bicicleta cambaleou; Savi agarrou-se ao braço esquerdo do sr. Biswas, e o equilíbrio ficou ainda mais instável. Porém em pouco tempo saíram de Arwacas, e dos dois lados da estrada só havia canaviais silenciosos. Estava escuro feito breu. A bicicleta não tinha farol, e só se enxergava a alguns metros à frente. Savi tremia.

— Não tenha medo.

Uma luz acendeu-se à frente. Uma voz masculina e áspera perguntou:

— Onde é que você pensa que vai?

Era um policial negro. O sr. Biswas apertou os freios. A bicicleta inclinou-se para a esquerda, e Savi escorregou para o chão.

O policial examinou a bicicleta.

— Não tem placa, não é? Não tem placa. Não tem farol. E mais uma menina no quadro. A coisa vai ficar preta para você. — Fez uma pausa, esperando o suborno. — Então me dê seu nome e endereço. — Anotou os dados em seu caderno. — Bem. Você vai receber uma intimação.

Assim, foram a pé, pela escuridão, até Green Vale, depois passaram por baixo das árvores mortas e entraram no alojamento.

Passaram uma semana terrível. O sr. Biswas saía do alojamento de manhã cedo e voltava no meio da tarde. Savi ficava esse tempo todo sozinha. Uma velha que viera passar uns tempos com o filho, a nora e os cinco netos num quarto do alojamento ficou com pena de Savi; ao meio-dia vinha lhe dar comida. Savi nunca provava dessa comida; a fome não era mais forte que a desconfiança que lhe inspirava comida feita por desconhecidos. Levava o prato para o quarto, esvaziava-o numa folha de jornal, lavava-o, devolvia-o à velha, agradecia e ficava à espera do sr. Biswas. Quando ele chegava, ela ficava à espera da noite; quando chegava a noite, ela esperava o nascer do dia.

Para distraí-la, o sr. Biswas lia-lhe trechos de romances, explicava-lhe as ideias de Marco Aurélio e Epicteto, fazia-a decorar as frases penduradas nas paredes e posar enquanto ele tentava desenhá-la, sem sucesso. Savi ficava apática e submissa. Além disso, tinha medo. Às vezes, principalmente quando caminhavam sob as árvores, ele de repente parecia se esquecer da presença dela, e a menina o ouvia falando sozinho em voz baixa, absorto em discussões acaloradas e repetitivas com adversários invisíveis. Ele caíra numa "armadilha", num "buraco". "Armadilha", ela o ouvia dizer vez após vez. "Foi isso que a sua família fez comigo. Me pegaram nessa armadilha, me prenderam nesse buraco." Savi via o rosto do pai contorcer-se de raiva; ouvia-o soltar imprecações e ameaças. Quando voltavam para o alojamento, ele lhe pedia que preparasse para ele uma dose de Pó Estomacal de Macleans.

Os dois aguardavam ansiosos a chegada da tarde de sábado, em que Seth viria e a levaria de volta para a Casa de Hanuman. Havia um bom motivo para ela não ficar mais tempo no alojamento: as aulas recomeçavam na segunda-feira.

No sábado, Seth veio. Não estava sozinho. Shama, Anand e Myna vinham com ele. Savi correu até a estrada para encontrar-se com eles. O sr. Biswas fingiu não estar vendo, e Seth sorriu, como quem sorri de uma traquinagem infantil. Não se sabia de nenhuma briga entre Seth e sua mulher, e ele adotava a política de jamais se meter nas brigas entre as irmãs e seus maridos. Mas o sr. Biswas sabia que, apesar daquele sorriso, Seth estava ali como protetor de Shama.

Imediatamente ele levou a mesa verde para o quintal, colocando-a a uma certa distância do quarto, e os trabalhadores foram fazendo fila, ficando entre ele e Shama. Sentado ao lado de Seth, enumerando tarefas e salários e fazendo anotações no livro-razão, o sr. Biswas ouvia Savi falando, cheia de animação, com Shama e Anand. Ouvia as respostas carinhosas de Shama. Em pouco tempo ela estava tão confiante da afeição das crianças que até já ralhava com elas. Mas que diferença entre a voz dela agora e a voz que ela usava na Casa de Hanuman!

E, muito embora percebesse a duplicidade de Shama, tinha a sensação de que Savi o traíra.

Os trabalhadores haviam sido pagos. Seth disse que queria dar uma olhada nas plantações; não era preciso que o sr. Biswas viesse com ele.

Shama estava sentada na cozinha. Estava com Myna no colo, brincando e falando com ela. Savi e Anand olhavam. Quando o sr. Biswas passou, Shama olhou para ele de relance, mas não parou de falar com Myna.

Savi e Anand levantaram a vista, apreensivos.

O sr. Biswas entrou no quarto e sentou-se na cadeira de balanço.

Shama disse bem alto:

— Anand, vá perguntar a seu pai se ele quer um chá.

Anand foi, tímido e preocupado, e repetiu bem baixinho a mensagem.

O sr. Biswas não respondeu. Examinou a cabeça grande e os braços finos de Anand. A pele dos cotovelos estava solta e manchada de roxo: era eczema. Teria ele também comido enxofre com leite condensado?

Anand esperou, depois saiu.

O sr. Biswas balançava a cadeira. As tábuas do chão eram largas e ásperas. Uma delas havia empenado e rachado; toda vez que a cadeira se apoiava nela, produzia um rangido e um estalido.

Savi, sem olhar para o sr. Biswas, trouxe Myna para dentro do quarto e deitou-a na cama cuidadosamente.

Shama atiçava o braseiro.

Savi, cujos instintos piromaníacos haviam sido despertados, saiu do quarto mais que depressa, dizendo:

— Mamãe, sua roupa está ficando toda suja de carvão. Deixe que eu faço.

É. Todos haviam se esquecido da casa de boneca. O sr.

Biswas puxou os pés para cima da cadeira, virou a cabeça para trás, fechou os olhos e balançou-se. A tábua do assoalho rangeu e estalou.

— Anand, leve isso para o seu pai.

O sr. Biswas ouviu Anand se aproximando, mas não abriu os olhos. Ficou a imaginar se não seria o caso de pegar o chá e jogá-lo no vestido bordado de Shama, na sua cara sorridente e insegura.

Abriu os olhos, pegou a xícara que Anand lhe trouxera e bebeu um gole.

Seth voltou sorrindo para todos com benevolência e sentou-se nos degraus. Shama lhe deu uma xícara grande de chá, que ele esvaziou em três goles ruidosos, bufando e suspirando entre um gole e outro. Tirou o chapéu e alisou os cabelos úmidos. De repente começou a sorrir.

— Mohun, soube que você vai responder a processo.

— Processo? Ah, que nada! Coisa à toa. Coisinha de nada.

— Você é um remador muito gozado. Já recebeu a intimação?

— Estou esperando.

— E você, Savi? Já recebeu a sua?

Savi sorriu, como se não tivesse sentido terror na estrada escura ao ver a luz da lanterna do policial.

— Pois não precisa se preocupar. — Seth levantou-se. — Esse pessoal só quer saber se as suas notas de um dólar são iguais às deles. Já acertei tudo. Não ia ser bom para ninguém esse processo ir para a frente.

E foi embora.

O sr. Biswas fechou os olhos, balançou a cadeira, a tábua ruidosa se fez ouvir, e as crianças ficaram ansiosas de novo.

Ele ficou na cadeira até que escureceu e chegou a hora do jantar. Acenderam-se lampiões a óleo em muitos quartos do alojamento. Ao longe um bêbado xingava.

Savi e Anand comeram sentados nos degraus. Enquanto comia, sentado à mesa verde, o sr. Biswas foi desentorpecendo e Shama foi ficando mais soturna. Mais para o final da refeição,

258

ele começou até a fazer graça. De cócoras na cadeira, a mão esquerda espremida entre a coxa e a barriga da perna, perguntou, em tom de troça:

— Por que você não ficou na casa dos macacos, hein?

Shama não respondeu.

Depois que ele lavou as mãos e gargarejou, cuspindo pela janela lateral, Shama sentou-se nos degraus para comer. Ele ficou a observá-la.

— Chorando, é?

Lentamente as lágrimas escorriam de seus olhos grandes.

— Quer dizer que você está zangada?

Uma lágrima desceu depressa pela bochecha e parou, trêmula, sobre o lábio superior.

— Está fazendo cócegas?

Embora ainda tivesse comida na boca, ela parou de mastigar.

— Não vá me dizer que a comida está ruim.

Ela disse, como se falasse sozinha:

— Se não fossem as crianças...

— Se não fossem as crianças, o quê?

Ela continuou a mastigar, com uma determinação ruidosa e melancólica.

Num canto, Savi e Anand desenrolavam sacos e lençóis para dormir.

— Você chega — disse Shama —, não olha para a direita, não olha para a esquerda, já começa a me xingar disso e daquilo...

Estava começando seu pedido de desculpas. Ele não a interrompeu.

— Você não sabe o que eu tive de aguentar. Comentários dia e noite. Sem parar. Chinta dando indiretas a toda hora. Todo mundo batendo nos filhos só porque começavam a falar com Savi. Ninguém querendo falar comigo. Todo mundo me tratando como se eu fosse uma assassina. — Fez uma pausa e chorou. — Por isso eu tive que fazer o que elas queriam. Quebrei a casa de boneca e aí todo mundo ficou satisfeito. E aí você chega. Não olha para a direita, não olha para a esquerda...

— A Carga da Brigada Ligeira. Você acha que a Chinta

seria capaz de quebrar uma casa de boneca comprada pelo Govind? Se fosse possível imaginar o Govind comprando uma casa de boneca. Me diga, o que é que esse seu cunhado come, hein? Terra? Você acha que a Chinta quebraria uma casa de boneca comprada por ele?

Shama chorava sobre o prato.

Depois ela chorou sobre os pratos a lavar, interrompendo o choro várias vezes, primeiro para assoar o nariz, depois para cantar baixinho canções tristonhas e por fim para perguntar como Savi tinha se comportado durante a semana.

Ele contou-lhe que Savi havia jogado fora a comida da velha — Shama gostou — e contou outras histórias reveladoras da sensibilidade da menina. Savi, ainda ansiosa, fingindo que dormia, escutava com prazer. Mais uma vez Shama contou que ela antigamente não gostava de peixe e que a sra. Tulsi havia conseguido fazê-la aprender a gostar. Falou também de Anand, que era tão sensível que, quando comia biscoitos, sua boca sangrava.

O sr. Biswas, que agora estava tão enternecido quanto ela, não disse que para ele aquilo era sinal de subnutrição. Ao invés disso, começou a falar sobre sua casa; Shama o escutou sem entusiasmo, mas sem fazer objeções.

— E assim que a casa ficar pronta vou comprar aquele broche de ouro para você, menina!

— Só vendo.

Shama e as crianças tinham chegado no sábado. Na segunda Savi tinha de voltar para a escola.

— Fique aqui — disse o sr. Biswas. — No primeiro dia, nunca ensinam muita coisa mesmo.

— Como é que o senhor sabe? — perguntou Savi. — O senhor já foi à escola?

— Sim, senhora. Fui à escola, sim. Não fique pensando que você foi a primeira a ir à escola, ouviu?

— Se eu ficar aqui vou ter que levar uma justificativa para o professor.

— Eu escrevo uma agora mesmo. Caro professor: Minha filha Savi não pode ir à aula durante a primeira semana porque passou uns tempos na casa da avó e está sofrendo de desnutrição aguda.

Domingo, à tardinha, Shama levou Savi e Anand de volta a Arwacas. Voltou para a Casa de Hanuman. E assim, durante o resto do período, ela ia e vinha; e o sr. Biswas considerava-se sempre sozinho, com as árvores, os jornais na parede, as frases religiosas, seus livros.

Uma ideia o confortava: ele havia afirmado seus direitos sobre Savi.

Na Páscoa, ficou sabendo que Shama estava grávida pela quarta vez.

Uma filha já era sua; o outro permanecia hostil; a outra, ainda indefinida. E agora mais uma criança.

Armadilha!

O futuro que ele temia o alcançara. Estava caindo no vazio, e aquele terror, que ele só conhecia dos sonhos, se apossava dele quando acordava à noite e ficava a ouvir os roncos, rangidos e um ou outro grito de criança que vinha dos outros quartos. O alívio das manhãs era cada vez menor. A comida e o fumo não tinham mais sabor. Ele vivia cansado, vivia inquieto. Ia muito à Casa de Hanuman; mal entrava na casa já tinha vontade de sair. Às vezes ia de bicicleta até Arwacas e não chegava a entrar na casa; mudava de ideia em plena High Street, dava meia-volta e retornava a Green Vale. Quando, à noite, fechava a porta de seu quarto, sentia-se dentro de uma prisão.

Falava sozinho, gritava, fazia o máximo de barulho possível.

Nada respondia. Nada mudava. CENAS EXTRAORDINÁRIAS FORAM VISTAS ONTEM, QUANDO. Os jornais permaneciam lampeiros como sempre, as frases religiosas sempre graves. AQUELE QUE ACREDITA EM MIM, ESTE JAMAIS PERDEREI DE VISTA E JAMAIS PERDERÁ DE VISTA A MIM. Mas agora havia na forma e na posição de todas as coisas que o cercavam, nas árvores, nos móveis, até mesmo naquelas letras que ele fizera com pincel e tinta, uma tensão, uma expectativa.

Seth anunciou num sábado que haveria modificações na plantação no final da safra. Cerca de oito hectares de terra que há muitos anos estavam arrendados a trabalhadores agora seriam retomados. Seth e o sr. Biswas iam de casebre em casebre dando a notícia. Assim que entrava num casebre, Seth perdia o jeito enérgico. Seu rosto e sua voz pareciam cansados; aceitava uma xícara de chá e bebia com gestos lentos; depois falava, como se o assunto fosse trivial, oneroso apenas para ele, e a terra estivesse sendo tirada dos trabalhadores só para beneficiá-los. Os trabalhadores ouviam-no educadamente e perguntavam a Seth e ao sr. Biswas se eles queriam mais chá. Seth aceitava imediatamente, dizendo que o chá estava ótimo. Brincava com as crianças magricelas de olhos grandes, fazia-as rir e dava-lhes moedas de cobre para elas comprarem balas. Os pais protestavam, dizendo que desse jeito elas iam ficar mal acostumadas.

Depois Seth disse ao sr. Biswas:

— Não se pode confiar nesses sacanas. Eles vão dar muito trabalho. É melhor você se cuidar.

Os trabalhadores nunca falavam com o sr. Biswas a respeito da terra, e durante a colheita não houve problema algum.

Quando a terra ficou nua, Seth disse:

— Eles vão querer arrancar as raízes. Não deixe.

Pouco depois, o sr. Biswas foi obrigado a informar Seth de que algumas raízes tinham sido arrancadas.

Disse Seth:

— Pelo visto, vou ter que chicotear um ou dois deles.

— Não, isso não. Você volta para Arwacas toda noite e dorme protegido. Eu tenho que ficar aqui.

Por fim resolveram contratar um vigia, e a terra foi preparada, sem maiores problemas, para a próxima safra.

— Acha que isso vale a pena? — perguntou o sr. Biswas. — Pagar o vigia e tudo mais.

— Daqui a um ano, mais ou menos, não vamos ter mais nenhum problema — disse Seth. — As pessoas se acostumam com tudo.

E parecia que Seth tinha razão. Os trabalhadores despejados, embora vissem o sr. Biswas diariamente, contentavam-se em enviar-lhe recados através de outros trabalhadores.

— O Dookinan diz que conhece o senhor e sabe que o senhor tem bom coração, não ia querer prejudicar ele, não. Ele tem cinco filhos, sabe?

— Não sou eu — disse o sr. Biswas. — A terra não é minha. Estou só fazendo meu serviço e ganhando meu salário.

A aceitação dos trabalhadores, de início mesclada a um pouco de esperança, virou resignação. E a resignação virou hostilidade, dirigida não a Seth, que inspirava medo, e sim ao sr. Biswas. Agora não riam mais dele; mas ninguém sorria para ele, e fora da plantação o ignoravam.

Todas as noites ele fechava-se no quarto e passava o trinco. Assim que ficava imóvel, sentia a imobilidade a seu redor e era obrigado a fazer movimentos de modo a destruir essa imobilidade, desafiar a tensão do quarto e dos objetos que havia dentro dele.

Uma noite, estava balançando com força sua cadeira de balanço sobre a tábua rangedora quando pensou no poder que tinha uma cadeira como aquela de esmigalhar, quebrar, causar dor nas mãos, nos dedos dos pés, nas partes mais tenras do corpo. Imediatamente pôs-se de pé, agoniado, protegendo a virilha com as mãos, mordendo os lábios com força, ouvindo a cadeira, ainda a balançar, deslocando-se para o lado, em cima da tábua empenada. A cadeira imobilizou-se. O sr. Biswas desviou a vista. Viu na parede um prego que podia furar-lhe o olho. A janela podia prender um braço e feri-lo. A porta também. As pernas da mesa verde podiam apertar e esmagar. Os rodízios da penteadeira. As gavetas. Deitou-se na cama de bruços, para não ver nada, e para expulsar as formas dos objetos de sua cabeça começou a concentrar-se nas formas das letras, elaborando uma série interminável de erres. Por fim adormeceu, cobrindo com as mãos as partes vulneráveis do corpo, lamentando não ter mãos suficientes para cobrir o corpo todo. De manhã sentia-se melhor; havia esquecido seus temores.

263

* * *

Muitas mudanças haviam ocorrido na Casa de Hanuman, mas, embora fosse lá duas ou três vezes por semana, o sr. Biswas as observava como se a distância, e não se sentia de modo algum afetado por elas. O casamento levara embora toda uma leva de crianças, incluindo a contorcionista. Também sucumbira ao matrimônio o deus mais velho, embora por algum tempo se tivesse a impressão de que ele seria poupado. Não se havia encontrado, nas boas famílias, ninguém que fosse bonita, instruída e rica o suficiente para satisfazer a sra. Tulsi e suas filhas, as quais, apesar de terem se casado, de modo aleatório e apressado, com maridos cuja única qualidade era serem da casta adequada, achavam que a noiva de seu irmão deveria ser escolhida com mais cuidado. Durante algum tempo, andaram em busca de uma moça instruída, bonita e rica, de uma família de casta elevada, que tivesse se convertido ao cristianismo e depois revertido ao hinduísmo. Por fim, decidiu-se que qualquer moça instruída, bonita e rica serviria, desde que não fosse muçulmana. As famílias enriquecidas pelo petróleo, qualquer que fosse sua origem, estavam além do alcance dos Tulsi. Assim, procuraram entre as famílias ligadas a refrigerantes, gelo, transporte, cinema e postos de gasolina. E por fim, numa família presbiteriana, mas não muito religiosa, proprietária de um posto de gasolina, dois caminhões, um cinema e alguma terra, encontraram uma moça. Cada família tratava a outra com condescendência, sem saber que a outra fazia o mesmo com ela; depois de negociações rápidas e eficientes o casamento foi realizado num cartório, e o deus mais velho, ao contrário dos costumes hinduístas e das tradições de sua família, não trouxe sua noiva para sua casa, porém abandonou a Casa de Hanuman em caráter definitivo, sem falar mais em suicídio, para tomar conta dos caminhões, do cinema, da terra e do posto de gasolina da família de sua esposa.

Pouco depois, mais um Tulsi mudou-se da Casa de Hanuman. A sra. Tulsi foi morar em Port-of-Spain, pois não queria que o deus mais moço ficasse sozinho na cidade nem confiava em ninguém para tomar conta dele. Comprou não uma casa, mas três: uma para morar, duas para alugar. Ia a Port-of-Spain com o deus no domingo à noitinha e voltava com ele na sexta à tarde.

Durante a ausência da sra. Tulsi, a hierarquia estabelecida da Casa de Hanuman perdia em parte seu significado. Sushila, a viúva, virava um zero à esquerda. Muitas irmãs tentavam assumir o poder, e ocorriam algumas altercações. As que se sentiam ofendidas ficavam ostensivamente cuidando apenas de seus filhos e maridos, chegando mesmo a cozinhar separadamente por um ou dois dias. Padma, a mulher de Seth, era a única que continuava a ser respeitada, porém não demonstrava nenhuma inclinação pelo poder. Seth era obedecido por todas, mas não conseguia impor a harmonia. Isso só acontecia nos fins de semana, quando a sra. Tulsi e o deus mais jovem voltavam.

E logo antes das férias escolares todas as brigas foram esquecidas. A casa foi limpa e esfregada, os pratos de latão foram polidos e o quintal foi varrido, como se fosse receber uma família real; e os cunhados disputavam quem dava o melhor presente ao deus: uma manga, um cacho de bananas, um abacate de casca roxa particularmente grande.

O sr. Biswas não trouxe presente nenhum. Shama reclamou.

— E o meu filho, hein? — disse o sr. Biswas. — Está perdido na multidão, é? Quem é que está tomando conta dele? Ele também não está estudando?

Pois no meio do período Anand começara a frequentar a escola da missão. O menino a detestava. Encharcou os sapatos de água; tomou uma surra e foi para a escola com os sapatos molhados. Jogou fora seu exemplar da *Primeira cartilha* do capitão Cutteridge; tomou uma surra e ganhou outro exemplar.

— Anand é um covarde — Savi disse ao sr. Biswas. — Ele continua com medo da escola. E sabe o que a tia Chinta disse a ele ontem? "Se você não se cuidar, vai acabar virando cortador de grama igual ao seu pai."

— Cortador de grama! Olhe, Savi, olhe: a próxima vez que a sua tia Chinta abrir a boca, mande ela... — interrompeu-se, lembrando-se da gramática — a próxima vez, pergunte a ela...

Savi sorriu.

— ... se ela alguma vez já leu Marco Aurélio ou Epicteto.

Eram nomes bem conhecidos para Savi.

— Dinheiro-nheiro-nheiro — murmurou o sr. Biswas.

— Nheiro-nheiro?

— Dinheiro. Contar dinheiro. É só assim que a família da sua mãe gosta de sujar as mãos. Olhe, a próxima vez que a Chinta ou qualquer um me chamar de cortador de grama, você diz que é melhor ser cortador de grama que pescador de caranguejo. Ouviu? Melhor ser cortador de grama que pescador de caranguejo.

E o próprio sr. Biswas deu início à campanha. Ele tinha visto uns caranguejos grandes, de casca azul, arrastando-se desajeitados no tanque negro do quintal.

— Puxa! — comentou ele no salão. — São enormes aqueles caranguejos do tanque. De onde eles vieram?

— Foi o Govind que comprou para *mai* e Owad — disse Chinta, orgulhosa.

— Comprou? — retrucou o sr. Biswas. — Quem vê pensa que ele pescou.

Na próxima vez que foi à Casa de Hanuman, constatou que Savi tinha dado todos os recados.

Chinta veio direto até ele e disse, com o jeito viril que assumia sempre que a sra. Tulsi não estava em casa:

— Meu cunhado, quero que você fique sabendo que antes de você vir para esta casa não havia nenhum pescador de caranguejo aqui.

— Hein? Não havia o quê?

— Pescador de caranguejo.

— Pescador de caranguejo? Para quê? Já não tem bastante aqui?

— Marco Aurélio, pois sim — disse Chinta, recuando para

a cozinha. — Mana Shama, não tenho nada a ver com a maneira como você cria os seus filhos, mas você está fazendo eles virarem adultos antes do tempo.

O sr. Biswas deu uma piscadela para Savi.

Pouco depois Chinta voltou ao salão. Evidentemente, havia pensado em algo para dizer. Muito séria, arrumou desnecessariamente cadeiras e bancos e endireitou as fotos do pândita Tulsi e um grande calendário chinês, com uma foto de uma mulher de beleza maliciosa contra um fundo de árvores cultivadas e cascatas.

— Savi — disse Chinta por fim, com uma voz doce —, você já está na primeira série primária, por isso deve conhecer o poema que o capitão Cutteridge botou no livro dele. Acho que o seu pai não conhece, porque acho que ele não chegou até a primeira série.

O sr. Biswas não havia estudado na cartilha do capitão Cutteridge, e sim na *Cartilha real*. Não obstante, comentou:

— Primeira série? Essa eu pulei. Passei direto da introdutória para a segunda.

— Era o que eu imaginava, meu cunhado. Mas você, Savi, conhece o versinho. O dos três porquinhos. Você sabe qual é?

— *Eu* sei! *Eu* sei! — exclamou um menino. Era Jai, o perito em dar laços nos sapatos, catorze meses mais moço do que Savi. Havia se tornado um tanto exibicionista. Correu para o centro do salão, pôs as mãos cruzadas para trás e disse: — Os três porquinhos. Poema de *sir* Alfred Scott-Gatty.

> *Era uma vez uma porca bem velha*
> *E ela tinha três porquinhos.*
> *"Hum! Hum!" Era assim que a porca fazia,*
> *"Uí! Uí!" faziam os filhotinhos.*
> *Um dia um filhote falou com os irmãos:*
> *"Ó meus manos queridos,*
> *Vamos passar a fazer 'Hum! Hum!'*
> *Que 'Uí! Uí!' dói nos ouvidos!"*

Enquanto Jai recitava, Chinta levantava e baixava a cabeça no ritmo dos versos e olhava para Savi, sorrindo.

Jai prosseguiu:

> *E foi desse modo que os três irmãozinhos*
> *Morreram de esforço, afinal,*
> *De tanto tentarem fazer "Hum! Hum!"*
> *Em vez do "Uí! Uí!" natural!*

— E qual a moral dessa história tão triste? — disse Chinta, continuando o poema em coro com Jai e balançando o dedo em direção a Savi. — É muito fácil de ver.

— É o tipo de verso — disse o sr. Biswas — que os pescadores de caranguejo gostam de recitar.

Chinta bateu o pé, irritada, como fazia quando perdia no jogo de cartas, e com cara de quem está prestes a chorar voltou para a cozinha.

— Mana Shama — o sr. Biswas ouviu-a dizer, mal conseguindo controlar a voz —, quero que você peça ao seu marido que pare de me provocar. Senão eu vou ter que contar para *ele* — disse, referindo-se ao marido, Govind —, e você se lembra do que aconteceu da última vez que *ele* se aborreceu com o seu marido.

— Está bem, mana Chinta, vou falar com ele.

Shama veio para o salão e disse, aborrecida:

— Pare de provocar a C. Você sabe que ela não gosta de brincadeira.

— Brincadeira? Que brincadeira? Pescar caranguejo é uma coisa muito séria, sabia?

Chinta se vingou alguns dias depois.

Quando o sr. Biswas chegou à Casa de Hanuman, o jantar havia terminado e as crianças estavam espalhadas pelo salão, em grupos de três ou quatro, lendo cartilhas, ou fingindo ler. Uma das medidas de economia da casa era fazer com que cada livro fosse utilizado pelo maior número de crianças possível; e as crianças estavam na verdade conversando e tentavam ocultar o fato mantendo as mãos à frente das bocas e virando as páginas com certa regularidade. Quando o sr. Biswas entrou, elas olharam para ele divertidas e cheias de expectativa.

Chinta sorriu.

— Veio ver seu filho, meu cunhado?

O ruído de diversas páginas virando coincidiu com diversos risinhos abafados.

Savi destacou-se de um dos grupos de leitores e veio até o sr. Biswas. Parecia triste.

— Anand está lá em cima. — Quando estavam no meio da escada, ela cochichou: — Ele está ajoelhado.

No salão, Chinta cantava.

— Ajoelhado? Por quê?

— Ele se borrou todo na escola e teve que voltar para casa.

Atravessaram o Quarto dos Livros e chegaram ao quarto comprido onde o sr. Biswas e Shama haviam se instalado logo depois do casamento. Os lótus de enfeite nas paredes estavam tão desbotados quanto antes; a janela pela qual ele cuspia após gargarejar estava mantida aberta por um pedaço de cabo de vassoura.

Anand estava ajoelhado num canto, com a cara virada para a parede.

— Está ajoelhado desde hoje à tarde — disse Savi.

O sr. Biswas não acreditou. Anand antes estava sozinho no quarto e agora estava ajoelhado com o corpo perfeitamente ereto, sem nenhum sinal de cansaço, como se tivesse assumido aquela posição a alguns instantes atrás.

— Levante-se daí — disse o sr. Biswas.

Ele surpreendeu-se com a resposta irritada e indignada de Anand.

— Eles me *mandaram* ficar de joelhos e eu *vou* ficar de joelhos.

Era a primeira vez que o sr. Biswas via Anand mal-humorado. Olhou para as espáduas estreitas do menino, por baixo da camisa fina de algodão; o pescoço esguio, a cabeça grande; as pernas finas, manchadas de eczema, metidas nas calças curtas e largas; as solas enegrecidas dos pés — os sapatos só podiam ser usados fora da casa — e os dedões grandes.

— Ele ficou com medo — disse Savi.

— Medo de quê?

— Medo de pedir ao professor licença para sair da sala. E depois que saiu ficou com medo outra vez. Medo de usar o banheiro da escola.

— É um lugar *horrível, fedorento* — explodiu Anand, levantando-se e virando para eles.

— É, sim — disse Savi. — E aí... bem...

Anand começou a chorar.

— Ele voltou para a sala e o professor mandou ele embora.

Anand olhou para o chão, fungando e correndo os dedos pelas fendas entre as tábuas do assoalho.

— E aí logo depois acabou a aula e todo mundo saiu atrás do Anand. Todo mundo riu.

— E quando eu cheguei em casa mamãe me bateu — disse Anand. — Não estava se queixando; estava era indignado. — A mamãe *bateu* em mim. *Ela* bateu em mim. — Ao serem repetidas, as palavras se transformaram num pedido de compaixão.

O sr. Biswas assumiu o papel de bufão. Contou o que lhe havia ocorrido na casa do pândita Jairam, zombando de si próprio e fazendo troça da vergonha de Anand.

Anand não levantou a vista nem sorriu. Porém havia parado de chorar. Disse:

— Não quero voltar para aquela escola.

— Quer vir comigo?

Anand não respondeu.

Todos desceram para o salão.

O sr. Biswas disse:

— Escute, Shama, não mande esse menino ficar de joelhos outra vez, ouviu?

Disse Sushila, a viúva:

— Quando a gente era criança, *mai* nos fazia ajoelhar em cima de um ralador quando acontecia uma coisa assim.

— Pois eu não quero que os meus filhos fiquem iguais a vocês, só isso.

Sushila, que não tinha filhos nem marido e agora não tinha a sra. Tulsi ao seu lado para protegê-la, subiu a escada depressa, queixando-se de que estavam se aproveitando de sua situação.

Chinta disse:

— Você vai levar seu filho para casa com você, meu cunhado?

Shama, percebendo que o sr. Biswas estava calmo, disse, severa:

— O Anand não vai a lugar nenhum. Tem que ficar aqui e ir à escola.

— Por quê? — perguntou Chinta. — O pai dele pode ensinar. Tenho certeza de que ele sabe o abecê.

— A de ave, B de burro, C de caranguejo — disse o sr. Biswas.

Anand saiu atrás do sr. Biswas e parecia não querer deixá-lo partir. Não disse nada: simplesmente ficou perto da bicicleta, de vez em quando se esfregando nela. O sr. Biswas irritou-se com sua timidez, mas ao mesmo tempo sentia-se outra vez enternecido pela fragilidade do menino e pelas "roupas de andar em casa" cuidadosamente esfarrapadas que Anand, como as outras crianças, vestia assim que chegava da escola. As calças curtas de Anand, desbotadas, tinham remendos abundantes, fendas de bolsos que não davam em bolso nenhum e um bolsinho na frente que não passava de um rombo bem visível. A camisa estava cerzida e puída, e o colarinho, todo esfiapado; os pontos tortos, o corte irregular, o enfeite tímido e absurdo no bolso indicavam que a camisa fora feita por Shama.

Ele perguntou:

— Você quer vir comigo?

Anand limitou-se a sorrir, olhar para baixo e fazer rodar o pedal da bicicleta com o dedão do pé.

Em pouco tempo estaria escuro. A bicicleta não tinha farol (todos os faróis e todas as bombas de encher pneu que o sr. Biswas comprava eram imediatamente roubados), e ele jamais conseguira andar, como alguns ciclistas o faziam, menos para iluminar a estrada do que para evitar problemas com a polícia, com uma vela acesa dentro de um saco de papel aberto numa das mãos.

Subiu na bicicleta e foi descendo a High Street. Assim que passou pela loja onde havia um letreiro em que se lia Chá Red Rose é Bom, olhou para trás. Anand continuava debaixo da arcada, ao lado de um dos grossos pilares brancos com base em forma de lótus; parado, de olhar perdido, como aquele outro menino que o sr. Biswas vira ao lado de um casebre ao crepúsculo.

Quando chegou em Green Vale estava escuro. Debaixo das árvores já era noite. Do alojamento vinham sons nítidos e isolados: fragmentos de conversas, o chiar de uma fritura, um berro, um choro de criança, sons que subiam para um céu estrelado de um lugar que não era lugar nenhum, um ponto no mapa da ilha, a qual era um ponto no mapa do mundo. As árvores mortas cercavam o acampamento, uma muralha per-feitamente negra.

O sr. Biswas trancou-se no quarto.

Naquela semana, resolveu que não podia esperar mais. Se não começasse a construir sua casa agora, não começaria nunca. Seus filhos ficariam na Casa de Hanuman, ele ficaria no alojamento e nada o impediria de afundar no vazio. Todas as noites sua inação o levava ao pânico; todas as manhãs rea-firmava sua decisão; no sábado foi falar com Seth a respeito de um terreno.

— Alugar um terreno a você? — disse Seth. — Alugar? Terra é o que não falta. Escolha um lugar qualquer e construa sua casa. Não me venha falar em aluguel.

O lugar que o sr. Biswas tinham em mente ficava a uns duzentos metros do alojamento; era separado dele pelas árvores e por uma depressão rasa e úmida, por onde escorria água enla-meada depois das chuvas. As árvores também o separavam da estrada. Porém, quando pensava naquele pedaço de terra como o local de sua futura casa, as árvores não lhe pareciam hostis; aquele lugar lhe parecia um "recanto", palavra que ele aprendera num poema de Wordsworth incluído na *Cartilha real*.

Numa manhã de domingo, depois de tomar chocolate com pão e manteiga vermelha, o sr. Biswas foi falar com o construtor. Ele morava numa casa de madeira caindo aos pedaços num vilarejo de negros perto de Arwacas. Logo depois de atravessar a vala o sr. Biswas encontrou uma placa mal escrita, anunciando que George Maclean era carpinteiro e marceneiro; esse anúncio ficava perdido no meio de uma infinidade de outras informações secundárias espalhadas pela placa, em letras pequenas e vacilantes; o sr. Maclean era também ferreiro e pintor; fazia canecos de lata e soldas; vendia ovos frescos; tinha um bode para fecundar cabras; e cobrava preços bem baratos.

— Bom dia! — gritou o sr. Biswas.

Do casebre no meio de um quintal amarelo de terra batida saiu uma negra com uma cabaça cheia de milho numa das mãos. O vestido de algodão, apertado, não lhe cobria inteiramente o corpo volumoso, e a carapinha estava presa em rolinhos e pedaços retorcidos de jornal.

— O carpinteiro está? — perguntou o sr. Biswas.

— Georgie! — gritou a mulher. Para uma mulher tão gorda, sua voz era surpreendentemente fraca.

Maclean apareceu à porta lateral da casa e olhou para o sr. Biswas, desconfiado.

A mulher andou até a extremidade do quintal espalhando milho e cacarejando para chamar as galinhas.

O sr. Biswas não sabia como começar. Não podia simplesmente dizer: "Quero construir uma casa". Não tinha ainda o dinheiro necessário e não queria enganar o sr. Maclean nem se expor ao seu desprezo.

— Queria falar uma coisa com o senhor — disse, timidamente.

O sr. Maclean abriu a parte debaixo da porta — era uma porta dividida ao meio — e desceu a escadinha de concreto. Era um homem de meia-idade, alto e magro; parecia tão ansioso e inseguro quanto seu anúncio dava a entender. Sua profissão era frustrante. O condado estava cheio de obras que não haviam deixado que ele terminasse: estruturas de madeira expostas e apodrecidas; casas que tinham sido começadas com concreto e madeira boa e terminadas com barro e galhos de árvores. Havia sinais de suas atividades secundárias espalhados pelo quintal. Num galpão aberto nos fundos via-se, entre aparas de madeira, uma roda ainda inacabada. Aqui e ali o sr. Biswas via montinhos de bosta de bode.

— Falar o quê? — perguntou o sr. Maclean. Esticou o braço e abriu uma janela, levantando o caixilho. Ouviu-se um tilintar; havia uma fileira de canecas de lata amarradas na janela.

— É a respeito de uma casa.

— Ah. Reforma?

— Não exatamente. A casa ainda não foi construída. Na verdade...

— Georgie! — gritou a sra. Maclean. Venha ver o que aquele mangusto desgraçado fez dessa vez.

O sr. Maclean foi até os fundos da casa. O sr. Biswas ouviu-o resmungar em voz baixa.

— Diabo de bicho — disse ele ao voltar, batendo com um galho nas calças. — Então o senhor quer que eu construa uma casa?

O sr. Biswas confundiu a atitude cautelosa do outro com sarcasmo e disse, na defensiva:

— Não quero nenhuma mansão.

— Ainda bem. Hoje em dia andam fazendo mansões demais. Já olhou com atenção para as construções lá na Country Road? — Fez uma pausa. — Casa de dois andares?

O sr. Biswas concordou com a cabeça.

— É. Coisa pequena. Mas benfeita. Eu me contento com pouco — prosseguiu; o sr. Maclean o fazia sentir-se pouco à vontade. — Eu acho que não tem sentido a gente fingir que tem mais dinheiro do que tem na verdade.

— Claro — disse o sr. Maclean. Com o galho empurrou

274

um pedaço de titica de galinha que estava no meio do quintal para baixo do assoalho da casa. Então desenhou dois quadrados iguais e adjacentes no chão. — O senhor quer dois quartos.

— E uma sala de visitas.

O sr. Maclean acrescentou outro quadrado do mesmo tamanho. Ao lado deste traçou a metade de um quadrado e disse:

— E uma varanda.

— Isso. Nada muito sofisticado. Uma casa pequena e benfeita.

— O senhor vai querer uma porta ligando a varanda ao quarto da frente. Uma porta de madeira. E mais outra porta dando para a sala. Com vidros coloridos.

— Isso, isso.

— Um lado da varanda o senhor vai querer fechar. Na frente, uns ferros trabalhados de enfeite. Uma boa escada de concreto na frente, com corrimão.

— Isso, isso.

— No quarto da frente o senhor vai querer janelas de vidro e, se o dinheiro der, o senhor pinta elas de branco. As janelas dos fundos podem ser só de madeira. E nos fundos o senhor quer só uma escada de madeira, sem corrimão nem nada. A cozinha o senhor mesmo faz, no meio do quintal.

— Exatamente.

— Uma bela casinha. Muita gente não queria outra coisa. Isso sai por uns duzentos e cinquenta, trezentos dólares. Mão de obra, o senhor entende... — Olhou para o sr. Biswas e lentamente esfregou o pé descalço sobre o desenho no chão. — Não sei, não. Ando cheio de serviço. — Apontou para a roda inacabada no balcão.

Uma galinha cacarejou, anunciando um ovo.

— Georgie! Foi a legorne!

Houve muitos grasnidos e muito rufar de asas entre as aves.

— Sorte dela. Senão ia direto para a panela — disse o sr. Maclean.

— Não é que a gente tenha que construir tudo logo de uma vez — disse o sr. Biswas. — Roma não se fez em um dia, não é?

275

— É o que dizem. Mas um dia teve que se fazer. Mas assim que eu tiver tempo eu vou lá ver o terreno. Já tem um terreno?

— Já, já. Já tenho um terreno.

— Então daqui a uns dois, três dias.

Ele foi naquele mesmo dia, no início da tarde, de chapéu, sapatos e uma camisa passada a ferro. Foram ver o terreno.

— É um belo recanto — disse o sr. Biswas.

— O terreno é inclinado! — disse o sr. Maclean, com surpresa, quase com prazer. — O senhor vai precisar de pilares bem altos.

— Altos de um lado, baixos do outro. Quase uma coisa de estilo. E depois eu estava pensando num caminhozinho por aqui, até a estrada. Com degraus. Escavados no próprio chão. Jardim dos dois lados. Rosas. Ixoras. Oleandros. Buganvílias e poinsétias. E umas extremosas. E uma pontezinha de bambu ligando o caminho à estrada.

— Boa ideia.

— Eu estava pensando. Seria bom que os pilares fossem de concreto. Mas não de concreto aparente. Fica feio. Com reboco, lisinho.

— Eu sei. O senhor já podia me dar uns cento e cinquenta dólares só para começar?

O sr. Biswas hesitou.

— O senhor, por favor, não fique achando que eu quero me meter na sua vida. Eu só queria era saber quanto o senhor quer gastar logo de saída.

O sr. Biswas afastou-se do sr. Maclean, embrenhando-se no mato úmido, no capim e nas urtigas.

— Uns cem — disse ele. — Mas no final do mês eu posso lhe dar um pouco mais.

— Cem.

— Está bem?

— Está bem, sim. Para começar.

Atravessaram o capim e a vala entupida de folhas e chegaram à estrada estreita, de cascalho.

— Cada mês a gente faz um pouquinho — disse o sr. Biswas. — Pouco a pouco.

— É, pouco a pouco. — O sr. Maclean não estava animado, porém estava menos desconfiado; parecia até otimista. — Vou precisar de mão de obra. Um inferno hoje em dia arranjar mão de obra. — Pronunciava o termo com prazer.

O termo agradou também ao sr. Biswas.

— É, o senhor vai precisar arranjar mão de obra — disse ele, reprimindo o espanto que lhe causava a constatação de que havia gente que dependia do sr. Maclean para ganhar a vida.

— Mas é melhor o senhor conseguir mais um dinheirinho depressa — disse o sr. Maclean, agora num tom quase íntimo. — Se não, adeus, pilares de concreto.

— Tem que ter pilares de concreto.

— Então sua casa vai ser só uma fileira de pilares de concreto sem nada em cima.

Continuaram caminhando.

— Uma fileira de barris de carvão — disse o sr. Biswas.

O sr. Maclean não se intrometeu.

— É só me mandar um barril de carvão. É, sua cachorra velha. É só mandar um barril de carvão.

O sr. Biswas resolveu pedir o dinheiro emprestado a Ajodha. Não queria pedir a Seth nem à sra. Tulsi. E não podia pedir a Misir: seu relacionamento com ele esfriara desde a vez em que lhe pediu dinheiro emprestado para pagar Mungroo, Seebaran e Mahmoud. E, no entanto, relutava em recorrer a Ajodha. Saiu do quintal do acampamento, mas antes que chegasse à estrada principal resolveu deixar a questão em aberto até o próximo domingo. Voltou para seu quarto e prendeu as calças com os grampos de andar de bicicleta, pensando em passar a tarde na Casa de Hanuman. Porém ele sabia com tanta clareza o que encontraria lá que tirou os grampos. Por fim, o próprio quarto o fez sair. Pegou dois ônibus e chegou a Pagotes no final da tarde.

Entrou no quintal de Tara pelo amplo portão lateral de

ferro corrugado e seguiu o caminho de cascalho que passava pela garagem e pelo estábulo. Naquele trecho do quintal, tudo parecia exatamente como era na primeira vez em que ele estivera ali. A ameixeira continuava tão desolada quanto sempre; dava frutos regularmente, porém os galhos cinzentos eram quase nus e pareciam secos, rígidos, quebradiços. O sr. Biswas não ficava mais pensando no que seria feito com a pilha de sucata e já perdera as esperanças — que nutria quando menino — de ver algum dia aquela carcaça enferrujada de automóvel ressuscitar e voltar a funcionar. O monte de capim estrumado aumentava e diminuía, porém permanecia no lugar de sempre. Pois, apesar das despesas e do trabalho que isso implicava, Ajodha continuava mantendo duas ou três vacas em seu quintal. Eram seus animais de estimação; ele passava a maior parte de suas horas de lazer no estábulo, no qual vivia fazendo melhoramentos que nunca terminavam.

Do estábulo vinham o silvo de leite caindo num balde e o ruído de vozes conversando. Era domingo; Ajodha certamente estaria lá. O sr. Biswas não olhou. Foi com passos rápidos em direção à varanda dos fundos na esperança de ver Tara antes que ela o visse, de preferência sozinha.

Tara estava em companhia apenas da criada. Ela o recebeu de modo tão afetuoso que imediatamente ele sentiu vergonha de seu objetivo. Sua intenção de ir direto ao assunto não deu em nada, pois, quando ele lhe perguntou como estava, Tara entrou em detalhes, de modo que, em vez de pedir dinheiro, o sr. Biswas teve de manifestar sua comiseração. De fato, ela não parecia nada bem. Respirava com dificuldade e não conseguia se locomover com facilidade; seu corpo estava gordo e flácido; seus cabelos estavam ralos; seus olhos haviam perdido o brilho.

A criada trouxe uma xícara de chá para o sr. Biswas e voltou para a cozinha acompanhada por Tara.

As prateleiras de cima da estante continuavam ostentando os volumes do *Livro dos conhecimentos abrangentes*, já se desmantelando, a coleção que Ajodha não havia pagado. As prateleiras de baixo continham revistas, catálogos de fabricantes de motores e folhetos em três línguas sobre filmes hindus. As gravuras religiosas que antes havia nas paredes tinham sido substituídas por calendários de distribuidores de automóveis americanos e ingleses e por uma foto enorme, emoldurada, de uma atriz indiana.

Tara voltou à varanda e disse que gostaria que o sr. Biswas ficasse para jantar. Isso era algo que ele já pretendia; além do mais, ele gostava da comida da casa. Tara sentou-se na cadeira de balanço de Ajodha e perguntou como estavam as crianças. Ele falou da que estava para nascer. Ela perguntou pelos Tulsi, e ele respondeu do modo mais abreviado possível. O sr. Biswas sabia que, embora as duas casas tivessem pouco contato, existia um certo antagonismo entre elas. Os Tulsi, que realizavam diariamente a cerimônia do *puja* e comemoravam todos os festivais hinduístas, achavam que Ajodha era um homem que corria atrás do conforto e do modernismo e havia se afastado da fé. Ajodha e Tara simplesmente consideravam os Tulsi sórdidos e desde o início deixaram claro que achavam o casamento do sr. Biswas uma calamidade. Para ele, era duplamente constrangedor falar sobre os Tulsi com Tara, já que, embora se preocupasse com seus filhos, era lhe difícil não concordar com ela quando se via naquela casa limpa, espaçosa e confortável esperando por uma refeição que, ele sabia, seria gostosa.

O vaqueiro veio do estábulo, chamou a criada, que estava na cozinha, e entregou-lhe pela janela um balde cheio de leite. Então foi até a caixa d'água do quintal, lavou as botas, descalçou-as, lavou os pés, as mãos e o rosto.

Cada vez mais o sr. Biswas sentia-se menos inclinado a revelar a Tara o motivo de sua visita.

Então já era tarde demais. Chegou Rabidat, o filho mais moço de Bhandat, e Tara e o sr. Biswas calaram-se. Oficialmente, para Tara e Ajodha, Rabidat continuava solteiro, embora fosse de conhecimento geral que ele, como seu irmão Jagdat, estava vivendo com uma mulher de outra raça, com quem já tinha alguns filhos — quantos ninguém sabia. Usava sandálias e um *short* cáqui bem curto; sua camisa curta estava desabotoada até em baixo, as mangas, também curtas, enroladas quase até a altura das axilas. Era como se Rabidat, já que não podia ocultar seu rosto de prognata, tivesse resolvido exibir o resto de seu corpo também. Tinha um corpo soberbo, bem proporcionado e bem desenvolvido, sem ser excessivamente musculoso. Fez um aceno de cabeça quase imperceptível para o sr. Biswas e ignorou Tara. Quando esparramou-se na cadeira, duas finas dobras de pele surgiram-lhe no ventre; quase desfiguravam sua perfeição. Mordeu os lábios, tirou da estante um folheto de cinema e o folheou, resfolegando, os olhinhos absortos, o sorriso debochado de prognata ainda mais acentuado. Jogou o folheto na estante e disse:

— Como vão as coisas, Mohun? — Sem esperar resposta, gritou em direção à cozinha: — Comida, menina! — e fechou a boca com força.

— Oô! O homem casado!

Era Ajodha, que voltava do estábulo.

Rabidat descruzou as pernas.

Antes que o sr. Biswas pudesse dizer alguma coisa, Ajodha parou de sorrir e falou a Rabidat a respeito do comportamento de um certo caminhão.

Rabidat mudou de posição na cadeira e mordeu os lábios, sem levantar a vista.

Ajodha levantou a voz, irritado.

Rabidat se justificou, sem jeito, emburrado, insolente. Parecia estar tentando cravar os dentes na parte de dentro do lábio inferior, e sua voz, embora grave, estava indistinta.

Sem mais nem menos, Ajodha desinteressou-se do caminhão e dirigiu um sorriso malicioso ao sr. Biswas.

Tara levantou-se da cadeira de balanço e Ajodha sentou-se nela, abanando o rosto e abrindo um botão da camisa, exibindo o peito grisalho.

— Quantos filhos o homem casado já tem? Sete, oito, uma dúzia?

Rabidat sorriu, sem graça, levantou-se e foi à cozinha.

O sr. Biswas encheu-se de coragem e começou:

— Ontem, tarde da noite, um alarmista veio me dizer que minha mãe estava muito mal. Por isso resolvi vê-la hoje e aproveitei para ver vocês também.

A criada trouxe um copo de leite para Ajodha. Ele o recebeu com uma atitude reverente, segurando-o como se a menor pressão pudesse quebrá-lo. Disse:

— Traga outro para o Mohun. Sabe, Mohun, o leite por si só já é um bom alimento, principalmente quando está fresquinho, como este.

O leite foi trazido e bebido. Aquela pausa agradou ao sr. Biswas. A história absurda que ele acabara de inventar não parecia convincente, e ele esperava que permitissem que ele a deixasse de lado.

— E como estava a sua mãe? — perguntou Tara. — Eu não soube de nada.

— Ah. Ela estava bem. Foi só coisa de alarmista, mais nada.

Ajodha balançou a cadeira lentamente.

— E o trabalho, Mohun? Não sei, não, mas eu nunca achei que você desse para trabalhar numa fazenda. Não é, Tara?

— A propósito — disse o sr. Biswas mais que depressa —, era sobre isso que eu queria falar. Sabe, é um emprego sólido...

Disse Ajodha:

— Mohun, acho que você não está com uma cara nada boa. Não é, Tara? Olhe só para ele. E, ah... — deu uma risadinha e acrescentou, em inglês: — Olhe, olhe. Ele está ficando barrigudo. — Cutucou a barriga do sr. Biswas com um dedo comprido e pontudo e, quando o sr. Biswas demonstrou sentir dor, soltou uma gargalhada que parecia um ganido. — Mingau — disse ele. — Sua barriga está mole como mingau. Igual a uma mulher. Essa rapaziada de agora está toda ficando barriguda. — Piscou o olho para o sr. Biswas; então, inclinando a cabeça para trás, disse bem alto: — Até o Rabidat está barrigudo.

Tara soltou uma risada curta e forte.

Rabidat saiu da cozinha mastigando, de boca cheia, e murmurou algo incompreensível.

Ajodha fez uma careta.

— Volte para a cozinha, vá. Você sabe que eu passo mal quando você fala de boca cheia.

Rabidat engoliu rapidamente.

— Barrigudo? — disse, mordiscando o lábio inferior.

— Barrigudo, eu? Jogou a camisa para trás, descobrindo os ombros, encheu os pulmões e tornou mais nítidas as formas de seus músculos abdominais. Sua boca sorriu, debochada; os olhinhos brilhavam.

Ajodha sorriu, dizendo:

— Está bem, Rabidat. Pode continuar comendo. Eu estava só mexendo com você. — Aquela exibição lhe agradara; orgulhava-se tanto do corpo de Rabidat quanto de seu próprio corpo. — Comida boa — disse ao sr. Biswas. — E muito exercício. — Jogou os ombros para trás, espichou a barriga para a frente, agarrou a mão macia do sr. Biswas com seus dedos firmes e compridos e disse: — Apalpe. Vamos, apalpe. — O sr. Biswas permaneceu imóvel. Ajodha agarrou um dos dedos do outro e o apertou com força contra sua barriga. O sr. Biswas sentiu seu dedo dobrar para trás; arrancou-o da mão de Ajodha. — Está vendo? — disse Ajodha. — Duro feito aço. Você ainda dorme com travesseiro, não dorme?

Disfarçadamente esfregando o dedo doído no dedo adjacente, o sr. Biswas fez que sim.

— Eu nunca uso travesseiro. A natureza não fez o corpo da gente para dormir com travesseiro. Ensine seus filhos desde pequenos, Mohun. Não deixe que eles durmam com travesseiro. Oô! *Quatro* filhos! — Ajodha soltou mais um latido de alegria, levantou-se da cadeira de um salto e caminhou até a meia-parede da varanda; gritou, com uma voz irritada, para alguém que estava lá fora. Tinha ouvido o vaqueiro se preparando para ir embora e estava apenas lhe dando boa-noite; sempre se dirigia a seus empregados com aquela voz. O vaqueiro respondeu, e Ajodha voltou para sua cadeira. — Homem casado!

— Mas como eu estava dizendo — prosseguiu o sr. Biswas —, este emprego é uma coisa sólida. E estou começando a construir uma casinha.

— Ah, que bom, Mohun — disse Tara. — Que ótimo.

— Não sei como você aguenta morar na Casa de Hanuman — disse Ajodha. — Quantas pessoas moram lá?

— Umas duzentas — disse o sr. Biswas, e todos caíram na gargalhada. — Agora, estou fazendo uma casa decente...

— Sabe o que você devia fazer, Mohun? — disse Ajodha. — Devia tomar Sanatogen. Não um vidro só. A série toda. Só adianta se você fizer a série toda.

Tara concordou com a cabeça.

Rabidat emergiu da cozinha outra vez.

— Que história é essa de casa, Mohun? Você vai construir uma casa? Onde você arrumou esse dinheiro todo?

— Ele está economizando — disse Ajodha, impaciente. — Não é como você. Você vai acabar morando num buraco cavado no chão, Rabidat. Não sei que diabo você faz com o seu dinheiro. — Era apenas assim, de modo indireto, que Ajodha aludia à vida paralela de Rabidat.

— Escute! — disse Rabidat. — Não nasci rico, ouviu? E também não tenho essa mentalidade calculista que se tem que ter para ganhar dinheiro. Nem eu nem meu pai. — Aquilo era uma provocação, já que mencionar seu pai, como mencionar a irmã do sr. Biswas, era proibido.

Ajodha franziu o cenho e balançou a cadeira com violência.

E o sr. Biswas percebeu que não teria mais nenhuma oportunidade de pedir.

Ajodha não havia assumido a expressão que lhe era tão espontânea, um ar de preocupação e petulância que nada significava, embora enchesse de pavor seus empregados. Era uma expressão de raiva.

Ignorando Ajodha e sorrindo para o sr. Biswas, Rabidat perguntou:

— Uma casa de barro?

— Não, rapaz. Pilares de concreto. Dois quartos e sala de visitas. Telhado de aço galvanizado e tudo.

Mas Rabidat não estava prestando atenção.

— Tara! — disse Ajodha. — Se eu não o tivesse tirado da

sarjeta, onde ele estaria hoje? Se eu não lhe desse toda aquela comida — acrescentou; e, levantando-se tão depressa que a cadeira de balanço deu um salto para trás, andou até Rabidat e segurou-lhe o bíceps —, você acha que ele teria isso?

— *Não me toque!* — berrou Rabidat.

O sr. Biswas deu um salto. Ajodha retirou a mão rapidamente.

— Não me toque! — Seus olhinhos encheram-se de lágrimas. Fechou-os, apertando-os com força, como se estivesse sentindo uma dor lancinante; levantou um dos pés bem alto e bateu-o no chão com toda a força. — Não foi você que me fez. Se você quer pegar num filho, faça um filho. O que você quer que eu faça com a comida que você me dá? Hein?

Tara levantou-se e passou a mão nas costas de Rabidat.

— Está bem, está bem, Rabidat. É hora de você ir ao cinema.

Uma das obrigações de Rabidat era ir ao cinema duas vezes por dia para verificar a féria.

Respirando fundo, quase grunhindo, mastigando as palavras de modo a torná-las incompreensíveis, Rabidat subiu os dois degraus que ligavam a varanda dos fundos ao resto da casa.

Ajodha aproximou a cadeira de balanço do sr. Biswas, sentou-se e começou a balançar-se vigorosamente.

Tara sorriu para o sr. Biswas.

— Não sei o que faço com eles, Mohun.

— Que ingratidão! — disse Ajodha.

— Fale sobre a sua casa, Mohun — disse Tara.

— A gente tira esses meninos da miséria e é assim que eles tratam a gente.

— Casa? — disse o sr. Biswas. — Ah, não é nada, não. Uma coisa à toa. Estou construindo só por causa das crianças, sabe.

— Nós estávamos querendo reformar essa casa — disse Tara. — Mas quanta complicação! E só você querer construir uma coisa boa que tem que arranjar mil autorizações, preencher mil formulários. No tempo em que nós construímos esta casa, não tinha nada disso. Mas imagino que esse problema você não tem.

— Ah, não — disse o sr. Biswas. — Esse problema não tenho mesmo.

Com aqueles movimentos leves e precisos de que ele tanto se orgulhava, Ajodha levantou-se da cadeira de balanço com um único salto e foi para o quintal.

— Esses dois... — disse Tara. — Vivem brigando. Mas não é nada sério. Amanhã vão estar como pai e filho.

Ouviram Ajodha no estábulo xingando o vaqueiro ausente.

Jagdat, o irmão mais velho de Rabidat, entrou e perguntou, com seu jeito alegre:

— Que bicho mordeu o seu marido, tia? — E deu uma risada.

Sempre que via Jagdat, o sr. Biswas tinha a impressão de que ele estava chegando de um enterro. Não era apenas aquele ar alegre; era também a roupa, que há anos não variava nunca: sapatos pretos, meias pretas, calças de sarja azul-escuras com um cinto de couro preto, camisas brancas com os punhos dobrados e uma gravata espalhafatosa; assim, parecia que ele tinha chegado de um enterro, tirado o paletó, desabotoado os punhos da camisa, trocado a gravata preta e agora estava se descontraindo após uma tarde de solenidade. Seus olhos eram tão pequenos quanto os de Rabidat, porém mais vivos; seu rosto era mais quadrado; ele ria mais, exibindo os dentes de coelho. Com uma mão peluda e cheia de anéis, deu um tapa com força nas costas do sr. Biswas, dizendo:

— Velho Mohun de guerra!

— Velho Jagdat — disse o sr. Biswas.

— O Mohun está construindo uma casa — disse Tara.

— Veio nos convidar para a inauguração? A gente só vê você no Natal, rapaz. Você não come o resto do ano? Ou é por causa desse dinheirão que você está ganhando agora? — E Jagdat caiu na gargalhada.

Ajodha voltou do estábulo, e ele, o sr. Biswas e Jagdat comeram na varanda. Tara comeu sozinha na cozinha. Ajodha estava calado e emburrado, Jagdat reservado. A comida estava gostosa, mas o sr. Biswas comia sem prazer.

Esperava que após a refeição conseguisse ficar a sós com Tara. Mas Ajodha continuou em sua cadeira de balanço na varanda, e não demorou para que o sr. Biswas achasse que já era hora de partir. A empregada já terminara de lavar os pratos na cozinha, e o silêncio da noite dava a impressão de que era mais tarde do que era de fato.

Tara disse que o sr. Biswas devia levar umas frutas para as crianças.

— Vitamina C — disse Ajodha, com sua voz irritadiça. — Dê bastante vitamina C para ele, Tara.

Obediente, ela encheu uma sacola de laranjas.

Então Ajodha entrou na casa.

Assim que ele desapareceu, Tara colocou uns abacates dentro da sacola, abacates grandes, de casca roxa, daqueles que, na Casa de Hanuman, eram reservados para a sra. Tulsi e o deus.

— Eles vão amadurecer logo — disse Tara. — As crianças vão gostar.

Ele não quis explicar onde moravam as crianças e onde ele morava. Porém pensou que fora ótimo não ter pedido dinheiro a ela.

— Lamento o mau humor do seu tio — disse ela. — Mas não é nada sério, não. Os meninos andam dando um pouco de trabalho. Vivem pedindo dinheiro a ele, o tempo todo, e é natural que ele fique irritado às vezes. Além disso, eles andam espalhando mil histórias sobre ele. Ele não diz nada. Mas sabe.

O sr. Biswas foi se despedir de Ajodha. O quarto estava às escuras, a porta aberta e Ajodha deitado na cama, sem travesseiro, completamente vestido. O sr. Biswas bateu de leve na porta; não houve resposta. As prateleiras nas paredes estavam cheias de jornais. Havia apenas quatro móveis no quarto: a cama, uma cadeira, uma cômoda baixa e um baú de ferro preto, também coberto de jornais e revistas. O sr. Biswas estava prestes a sair quando ouviu Ajodha dizer, em voz baixa:

— Não estou dormindo, não, Mohun. Mas de uns tempos

para cá eu sempre descanso depois de comer. Não leve a mal eu não falar nem me levantar.

A caminho de Main Road para pegar o ônibus, o sr. Biswas ouviu alguém chamá-lo. Era Jagdat. Ele pôs a mão no ombro do sr. Biswas e, num tom conspirador, ofereceu-lhe um cigarro. Ajodha proibia que fumassem em sua casa, e para Jagdat um cigarro ainda representava uma transgressão emocionante.

— Veio dar uma facada no velho, não é? — disse Jagdat, jovial.

— O quê? Eu? Vim só para ver os velhos, rapaz.

— Não foi isso que o velho me disse.

Jagdat esperou e então deu um tapa nas costas do sr. Biswas.

— Mas eu não disse nada a ele.

— Velho Mohun de guerra. Tentando a velha tática diplomática, hein?

— Eu não estava tentando nada.

— Não, não. Não fique achando que eu desprezo você por tentar. O que é que você acha que eu vivo fazendo todo dia? Mas o velho não é bobo, não, rapaz. Ele percebe esse tipo de coisa antes mesmo de você pensar nela. O que é que tem, ora? E você, continua a construir a tal casa para as crianças?

— Você também está construindo uma casa para os seus filhos?

A animação de Jagdat extinguiu-se de repente. Ele parou, fez menção de virar-se para ir embora e, levantando a voz, disse, zangado:

— Então eles andam espalhando histórias sobre mim, é? Para você? — gritou: — *Meu Deus!* Vou voltar lá e dar um soco neles, quebrar as dentaduras dos dois! *Mohun!* Você ouviu o que eu disse?

A tendência ao melodrama parecia ser coisa de família. Disse o sr. Biswas:

— Eles não me disseram nada. Mas não esqueça que eu conheço você desde menino. E, se você continua sendo o mesmo Jagdat de sempre, já deve ter filhos o bastante para encher uma escola.

Jagdat, ainda na atitude de dar meia-volta, relaxou. Os dois seguiram em frente.

— Só uns quatro ou cinco.

— Como assim, quatro ou cinco?

— É, quatro. — A alegria de Jagdat havia esfriado um bocado e quando, após algum tempo, ele voltou a falar foi num tom fúnebre. — Rapaz, fui ver meu pai semana passada. O homem está morando num quartinho de concreto na Henry Street, numa casa velha caindo aos pedaços, cheia de negros. E... e... — acrescentou, levantando a voz outra vez — aquele filho da puta — agora estava berrando — aquele filho da puta não move uma palha para ajudar o coitado.

Nas janelas iluminadas, algumas cortinas foram abertas. O sr. Biswas deu um puxão na manga de Jagdat.

Jagdat baixou a voz, assumindo um tom melancólico e piedoso.

— Se lembra do meu velho, Mohun?

O sr. Biswas lembrava-se muito bem de Bhandat.

— A cara dele — disse Jagdat — está pequenina, assim. — Semicerrou os olhos e apertou os dedos de uma das mãos, levantando-a, um gesto delicado que parecia um ritual executado por um pândita numa cerimônia religiosa. — Pois é — prosseguiu ele. — O Ajodha está sempre disposto a oferecer vitamina A ou C. Mas se você precisa de uma ajuda mesmo, de verdade, aí não adianta pedir a ele. Escute. Uma vez ele contratou um jardineiro. Um velho, maltrapilho, magro, doente, quase morrendo de fome. Indiano, como eu ou você. Trinta centavos por dia. *Trinta centavos!* Mas o coitado não podia arranjar coisa melhor e ficava o dia todo trabalhando sob o sol quente. Limpando a terra, capinando. Por volta das três horas, o sol pegando fogo, o velho estava suando, morrendo de dor nas costas, e pediu uma xícara de chá. Bem, deram o chá a ele. Mas no final do dia descontaram seis centavos do dinheiro que pagaram a ele.

— Você acha que eles vão me mandar a conta da comida que eles me serviram? — perguntou o sr. Biswas.

— Pode rir se quiser. Mas é assim que eles tratam gente pobre. Meu consolo é que Deus eles não podem subornar. Deus é bom, rapaz.

Estavam na Main Road, não muito longe do bar onde o sr. Biswas trabalhara sob as ordens de Bhandat. Agora o dono era um chinês, fato que era anunciado por um grande letreiro na porta.

Chegou a hora de despedir-se de Jagdat. Mas o sr. Biswas não tinha vontade de separar-se dele, ficar sozinho, pegar o ônibus para voltar, no meio da noite, a Green Vale.

— O menino mais velho é muito inteligente, sabe — disse Jagdat.

Foi só alguns segundos depois que o sr. Biswas se deu conta de que Jagdat estava falando sobre um de seus famosos filhos ilegítimos. Viu ansiedade estampada no rosto largo de Jagdat, nos olhinhos brilhantes e buliçosos.

— Que bom — disse o sr. Biswas. — Agora você pode pedir a ele para ler "Este seu corpo" para você.

Jagdat riu.

— Sempre o velho Mohun de guerra.

Não era necessário perguntar para onde Jagdat estava indo. Estava indo para a casa de sua família. Então ele também tinha uma vida dividida.

— Ela trabalha num escritório — disse Jagdat, novamente ansioso.

Aquilo impressionou o sr. Biswas.

— Espanhola — disse Jagdat.

O sr. Biswas sabia que o termo era um eufemismo para designar uma pessoa negra de pele avermelhada.

— Quente demais para mim, rapaz.

— Porém fiel — disse Jagdat.

Enquanto sacolejava no banco de madeira do ônibus decrépito e mal iluminado, passando por canaviais silenciosos e casas escuras e mortas ou iluminadas e recolhidas a sua privacidade, o sr. Biswas não pensava mais em sua missão daquela tarde, e sim na noite que tinha pela frente.

* * *

No dia seguinte, de manhã cedo, o sr. Maclean foi ao acampamento dizer ao sr. Biswas que havia adiado outros trabalhos prementes e estava disposto a trabalhar na casa do sr. Biswas. Estava com suas roupas de trabalho, pobres mas respeitáveis. A camisa passada a ferro estava cerzida com um cuidado quase ostensivo; suas calças cáqui estavam limpas e com os vincos bem pronunciados, porém o tecido era velho, e os vincos não durariam muito tempo.

— Já resolveu quanto vai pôr na obra de saída?

— Cem — disse o sr. Biswas. — Mais no final do mês. Sem pilares de concreto.

— Pura sofisticação. O senhor vai ver. Vou lhe fazer pilares de madeira que vão durar a vida inteira. Não faz a menor diferença.

— Desde que seja benfeito.

— Benfeito e bonito — disse o sr. Maclean. — Bem, vou começar a procurar material e mão de obra.

Os materiais chegaram naquela tarde. Os pilares de madeira tinham uma aparência um tanto tosca; não eram perfeitamente redondos nem perfeitamente retos. Porém o sr. Biswas adorou os caibros novos, os pregos novos embrulhados em várias camadas de jornal. Pegava punhados de pregos e deixava-os cair depois. O ruído lhe agradava.

— Não sabia que prego pesava tanto — disse.

O sr. Maclean havia trazido uma caixa de ferramentas que tinha na tampa as suas iniciais; parecia uma grande mala de madeira. Dentro havia um serrote de cabo velho e lâmina afiada e lubrificada; diversos formões e brocas; um nível de bolha e uma régua T; uma plaina; um martelo e uma marreta; cunhas de cabeças lisas ou estriadas; um novelo de barbante velho, manchado de branco; e um pedaço de giz. Suas ferramentas eram como suas roupas: velhas mas bem cuidadas. Ele construiu uma banqueta rústica para trabalhar, com base nesses materiais, e garantiu ao sr. Biswas que todos aqueles materiais seriam depois usados na obra e não seriam danificados. Era por isso — explicou, respondendo a outra pergunta do sr. Biswas — que nenhum dos pregos tinha sido enfiado até o fim.

A mão de obra também veio. Era um trabalhador chamado Edgar, um negro retinto musculoso cujas calças curtas de fazenda cáqui estavam cheias de remendos e cuja camiseta, parda de sujeira, tinha diversos buracos que haviam sido distendidos pelos músculos fortes do homem, tornando-se elípticos. Com um machete, Edgar cortou o capim do local da obra, que ficou de um verde úmido e vivo.

Quando o sr. Biswas voltou do canavial, viu que a planta da casa havia sido desenhada no chão em branco. Os buracos onde entrariam os pilares estavam assinalados, e Edgar estava cavando. A pouca distância dali, o sr. Maclean havia construído uma estrutura de madeira, que estava deitada sobre as pedras e era maravilhosamente fiel ao desenho que ele fizera em seu quintal.

— Varanda, sala, quarto, quarto — disse o sr. Biswas, saltando sobre as vigas. — Varanda, quarto, quarto, sala.

Havia um cheiro de serragem no ar. A serragem, de um vermelho vivo ou cor de creme, havia se espalhado pela grama e fora calcada na terra negra e úmida pelos pés descalços de Edgar e pelas botas de trabalho, velhas e foscas, do sr. Maclean.

O sr. Maclean falava com o sr. Biswas a respeito das dificuldades de arranjar mão de obra.

— Vou tentar encontrar o Sam — disse ele. — Mas ele é um pouco desnorteado e irresponsável. Já o Edgar faz o trabalho equivalente a dois homens. O único problema é que você tem que ficar de olho nele o tempo todo. Olhe para ele.

Edgar estava afundado num buraco até os joelhos, jogando para fora, num ritmo regular, pazadas de terra preta.

— Você tem que mandar ele parar — disse o sr. Maclean. — Senão ele fica cavando até sair do outro lado. Mas então, patrão, que tal alguma coisa para lubrificar o trabalho? — Fez um gesto de quem bebe. Antigamente, ele preferia só beber quando terminava o serviço; agora pedia bebida o mais cedo possível.

O sr. Biswas fez que sim, e o sr. Maclean gritou:

— Edgar!

Edgar continuou cavando.

O sr. Maclean deu um tapinha na testa.

— Eu não disse? — Enfiou dois dedos na boca e assobiou.

Edgar levantou a vista e saltou para fora do buraco. O sr. Maclean pediu-lhe que fosse até o bar comprar um pouco de rum. Edgar correu até o lugar onde estavam suas coisas, agarrou um chapéu de feltro sujo, amassado e pequeno, enfiou-o na cabeça. Alguns minutos depois, voltou, sempre correndo, com uma garrafa numa das mãos e a outra mão apertando o chapéu contra a cabeça.

O sr. Maclean abriu a garrafa e disse:

— Ao senhor e à casa, patrão. — Então bebeu. Passou a garrafa a Edgar, que disse:

— Ao senhor e à casa, patrão — e bebeu sem limpar o gargalo.

O sr. Maclean precisava de muito espaço quando trabalhava. No dia seguinte construiu outra estrutura de madeira e colocou-a no chão, ao lado da estrutura do assoalho. Esta era da parede dos fundos, e o sr. Biswas identificou a porta e a janela dos fundos. Edgar terminou de cavar os buracos e instalou três dos pilares, firmando-os com pedras retiradas de uma pilha largada pelo Departamento de Obras Públicas não muito longe dali.

Uma coisa intrigava o sr. Biswas. Os materiais haviam custado quase oitenta e cinco dólares. Assim, restavam apenas quinze dólares para serem divididos entre o sr. Maclean e Edgar, para pagar um trabalho que, segundo o sr. Maclean, levaria de oito a dez dias. Porém os dois estavam alegres, embora o sr. Maclean tivesse se queixado, num cochicho, do custo da mão de obra.

Naquela tarde, depois que o sr. Maclean e Edgar foram embora, Shama chegou.

— Que história é essa que o Seth me contou ?

Ele mostrou a ela as estruturas de madeira, os três pilares fincados, os montes de terra.

— Imagino que você gastou até o último centavo que tinha, não foi?

— Até o último centavo — confirmou o sr. Biswas. — Varanda, sala, quarto, quarto.

A gravidez de Shama estava começando a se tornar visível. Ela bufava e se abanava.

— Para você está tudo muito bem. Mas e eu e as crianças?

— O que você quer dizer? Então elas vão ficar com vergonha do pai delas porque ele está construindo uma casa?

— Porque o pai delas está querendo competir com gente que tem muito mais dinheiro que ele.

Ele sabia o que estava incomodando Shama. Podia imaginar os cochichos e as provocações que se ouviam na Casa de Hanuman. Disse:

— Eu sei que você tem vontade de passar o resto da sua vida naquele grande barril de carvão chamado Casa de Hanuman. Mas não vou deixar que meus filhos fiquem lá, não.

— Onde você vai arranjar dinheiro para terminar a casa?

— Não se preocupe com isso. Se você se preocupasse um pouco mais e tivesse começado a se preocupar um pouco antes, talvez a gente já tivesse casa agora.

— Você só fez jogar dinheiro fora. Você *quer* acabar na miséria.

— Ah, meu Deus! Pare de ranzinzar comigo desse jeito! Parece que está cavando uma briga!

— Cavando, eu? Olhe só. — Apontou para os montes de terra. — Você é que está cavando.

Ele deu um risinho irritado.

Ficaram algum tempo calados. Então Shama disse:

— Você nem chamou um pândita antes de fincar o primeiro pilar.

— Escute. Já chega a sorte que o Hari nos deu quando abençoou a loja. Não se esqueça do que aconteceu.

— Não vou morar nessa casa, não vou nem entrar nela se você não chamar o Hari para abençoá-la.

— Se o Hari abençoar a casa, nem vou me espantar se ninguém conseguir morar nela depois.

Porém Shama não podia desfazer o que já fora feito, e no

fim ele acabou cedendo. Ela voltou à Casa de Hanuman com um recado urgente para Hari, e na manhã seguinte o sr. Biswas disse ao sr. Maclean para esperar que Hari fizesse o que tinha de fazer.

Hari chegou cedo, nem interessado nem hostil, apenas com seu jeito apático de vítima de prisão de ventre. Veio com roupas comuns, trazendo o equipamento de pândita numa pequena mala de papelão. Lavou-se num dos barris atrás do alojamento, vestiu sua tanga no quarto do sr. Biswas e foi até o local da obra com uma jarra de latão, umas folhas de mangueira e outros instrumentos de trabalho.

O sr. Maclean mandara Edgar limpar um dos buracos. Com sua voz fina, Hari rezou suas preces. Gemendo, borrifou água no buraco com uma folha de manga e jogou dentro dele uma outra folha de manga dobrada, contendo uma moeda de um pêni e outras coisas. Durante toda a cerimônia, o sr. Maclean permaneceu de pé, numa atitude respeitosa, chapéu na mão.

Então Hari voltou ao alojamento, vestiu as calças e a camisa e foi embora.

O sr. Maclean parecia surpreso.

— É só isso? — perguntou. — Não servem comida e tudo mais para as outras pessoas, como fazem os outros hindus?

— Quando a casa ficar pronta — disse o sr. Biswas.

O sr. Maclean soube disfarçar seu desapontamento.

— É claro. Eu tinha esquecido.

Edgar estava enfiando um pilar no buraco consagrado.

O sr. Biswas disse ao sr. Maclean:

— Para mim, isso é o que se chama jogar fora um pêni à toa.

No final da semana, a casa já começava a ganhar forma. O assoalho já estava instalado, bem como as estruturas das paredes; o telhado já se delineava. Na segunda-feira, a escada dos fundos foi colocada; para tal, a banqueta de trabalho do sr. Maclean foi desmontada e seus materiais, utilizados.

Então o sr. Maclean disse:

— A gente volta quando o senhor comprar mais material.

* * *

Todos os dias o sr. Biswas ia à obra e examinava o esqueleto da casa. Os pilares de madeira não eram tão ruins quanto ele temia. A distância, pareciam retos e cilíndricos, contrastando com as formas quadradas do resto da estrutura, e ele concluiu que era quase uma coisa de estilo.

Agora precisava de tábuas para o assoalho; queria pinho, não de cinco polegadas de largura, que lhe parecia comum demais, e sim de duas polegadas e meia, que ele vira em alguns tetos. Precisava de tábuas para as paredes, tábuas largas, com encaixes de macho e fêmea. E precisava de ferro corrugado para o telhado, folhas novas com triângulos azuis sobre o fundo prateado, para parecerem folhas de pedra cara, e não ferro.

No final daquele mês, reservou quinze de seus vinte e cinco dólares para a casa. Aquilo era uma extravagância; acabou ficando só com dez.

No final do segundo mês, só conseguiu economizar oito dólares.

Então Seth lhe fez uma oferta.

— A velha tem um pouco de ferro galvanizado lá no Ceilão — disse ele. — Da velha olaria.

A olaria fora demolida no tempo em que o sr. Biswas estava morando em The Chase.

— Cinco dólares — disse Seth. — Não sei por que não pensei nisso antes.

O sr. Biswas foi à Casa de Hanuman.

— Como vai a casa, meu cunhado? — perguntou Chinta.

— Por que você está perguntando isso? O Hari abençoou, e você sabe o que acontece quando o Hari abençoa alguma coisa.

Anand e Savi foram atrás do sr. Biswas até o quintal dos fundos, onde tudo estava coberto com o farelo que vinha do moinho de arroz que fora instalado no terreno ao lado, e as folhas de ferro estavam empilhadas contra a cerca; pareciam cartas de baralho velhíssimas. Eram de formas diversas, dobradas, empenadas e cheias de ferrugem; os cantos amassados

295

formavam ganchos de meter medo; as corrugações estavam achatadas, irregulares; e havia buracos de prego por toda parte, perigosos para quem pegava.

— Papai, você não vai usar *isso*, vai? — disse Anand.

— A casa vai virar um barraco — disse Savi.

— Você precisa de uma coisa para cobrir a sua casa — disse Seth. — Quando você está protegido da chuva, não sai de casa para ver o que é que está protegendo você. Leve isso por três dólares.

O sr. Biswas pensou novamente no preço de ferro corrugado novo, no esqueleto vulnerável de sua casa.

— Está bem — disse ele. — Pode mandar entregar.

Anand, que vinha manifestando cada vez mais energia desde seu contratempo na escola, disse:

— Está bem! Então compre e ponha isso na sua casa. Agora estou pouco ligando para como ela vai ficar.

— Mais um remadorzinho — disse Seth.

Porém o sr. Biswas estava se sentindo como Anand. Ele também agora não ligava mais para a aparência da casa.

Quando voltou a Green Vale, encontrou o sr. Maclean.

Os dois ficaram constrangidos.

— Eu estava fazendo um serviço em Swampland — disse o sr. Maclean. — Estava passando por aqui e resolvi dar uma olhada.

— Eu ia até procurar o senhor um dia desses — disse o sr. Biswas. — Mas sabe como é. Já tenho uns dezoito dólares. Não, quinze. Acabei de ir a Arwacas comprar um pouco de ferro galvanizado para o telhado.

— Ainda bem, patrão. Se não todo o dinheiro que o senhor gastou ia acabar indo por água abaixo.

— Mas não é ferro novo, não. Quer dizer, não é novo em folha.

— Ferro galvanizado a gente sempre dá um jeito de ficar com boa cara. O senhor não imagina como um pouco de tinta faz diferença.

— Tem uns buraquinhos aqui e ali. Pequenos. Bem pequeninos.

— A gente conserta. Com argamassa. Não é caro, não, patrão.

O sr. Biswas percebeu a mudança no tom de voz do outro.

— Patrão, eu sei que o senhor quer soalho de pinho. Eu sei que pinho é bom. É bonito, o cheiro é gostoso, é fácil de limpar. Mas o senhor sabe que queima fácil. Fácil, fácil.

— Eu estava pensando a mesma coisa — disse o sr. Biswas. — No *puja* a gente sempre usa pinho. Para queimar as oferendas numa chama rápida e aromática.

— Patrão, eu tenho umas tábuas de cedro. Um homem lá em Swampland me ofereceu uma pilha grande de tábuas de cedro por sete dólares. Sete dólares por cinquenta metros de cedro é uma pechincha.

O sr. Biswas hesitou. De todas as madeiras, o cedro era aquela que o atraía menos. A cor era agradável, mas o cheiro era acre e insistente. Era tão mole que se podia marcá-la com a unha, e era possível arrancar fora uma lasca com os dentes. Para ficar forte, tinha de ser grossa; mas aí ficava feia.

— Olhe, patrão, é madeira bruta ainda. Mas o senhor me conhece. Depois que eu aplainar, as tábuas vão ficar lisinhas, e quando eu colocar uma ao lado da outra não vai dar para enfiar nem uma folha de papel-bíblia entre elas.

— Sete dólares. Sobram oito para o senhor. — O sr. Biswas queria dizer que era pouco para pagar o serviço de instalar o assoalho e o telhado.

Mas o sr. Maclean ficou ofendido.

— Minha mão de obra — disse ele.

O ferro corrugado chegou naquele fim de semana num caminhão em que vieram também Anand, Savi e Shama.

— A tia Sushila berrou com os homens quando eles estavam botando o ferro no caminhão — disse Anand.

— Mandou eles jogarem o ferro com bastante força, não foi? — disse o sr. Biswas. — Não foi isso que ela falou? Queria que eles amassassem mais ainda, não foi? Não tenha medo de me dizer.

— Não, não. Disse que eles estavam muito lerdos.

O sr. Biswas examinou as folhas de ferro ao serem retiradas do caminhão, procurando caroços e amassados que ele pudesse atribuir à malícia de Sushila. Sempre que via uma rachadura no meio da ferrugem ele interrompia o trabalho dos homens.

— Vejam isso aqui. Qual de vocês foi responsável por isso? Estou tão irritado que sou capaz de dizer ao sr. Seth que debite o prejuízo no pagamento de vocês. — A palavra "debitar", tão séria e ameaçadora, ele aprendera com Jagdat.

Empilhadas na grama, as folhas de ferro faziam com que o local da obra parecesse um terreno baldio. As corrugações de uma não se encaixavam nas das outras; as folhas formavam uma pilha alta, instável e torta.

Disse o sr. Maclean:

— Eu endireito elas com um martelo. Agora, patrão, precisamos conversar sobre os caibros do telhado.

O sr. Biswas havia esquecido os caibros.

— Olhe, patrão, a gente deve encarar a coisa assim: do lado de fora não dá para ver os caibros. Só de dentro. E, mesmo de dentro, depois que o senhor colocar o teto não se vê mais eles. Daí eu acho que o melhor era a gente pegar uns galhos de árvores, que são de graça. Depois que a gente desbasta, dá um caibro de primeira.

E quando o sr. Maclean começou a trabalhar estava sozinho. O sr. Biswas nunca mais viu Edgar e nunca perguntou por ele.

O sr. Maclean foi a um "baldinho", voltou com alguns galhos de árvores e transformou-os em caibros. Fez entalhes neles nos lugares em que se encaixavam na estrutura e pregou-os nela. Pareciam sólidos. Usou galhos mais finos, flexíveis, irregulares e difíceis de se lidar, para sobrepor aos caibros. Pareciam frágeis, e faziam o sr. Biswas pensar em casebres de barro e sapé.

Então o telhado de ferro corrugado foi instalado. As folhas eram perigosas de se manejar, e os caibros estremeciam sob o peso do sr. Maclean e os golpes de seu martelo. O mato lá embaixo e a estrutura da casa ficaram cobertos de ferrugem.

Quando o sr. Maclean guardou suas ferramentas em sua mala de madeira e foi embora para casa, o sr. Biswas ficou embaixo do telhado gozando o prazer de estar na sombra ali onde ainda na véspera, naquela manhã mesmo, o sol batia.

À medida que as folhas de ferro foram sendo colocadas no lugar — e havia ferro bastante para cobrir tudo, menos a varanda —, a casa não parecia mais tão inacabada. Conforme o sr. Maclean dissera, o ferro ocultava os caibros improvisados. Porém os buracos das folhas de ferro brilhavam como estrelas.

O sr. Maclean disse:

— Eu falei em argamassa. Mas foi antes de eu ver o ferro. O senhor ia gastar em argamassa um dinheiro que dava para comprar cinco, seis folhas de ferro galvanizado novinhas.

— E aí? O jeito é ficar chovendo dentro de casa?

— Para tudo há uma solução. Piche. O senhor já pensou nisso? Muita gente usa piche.

Arranjaram piche de graça, de um trecho abandonado da estrada em que o asfalto fora colocado, sem cascalho, em punhados generosos. O sr. Maclean colocou pedrinhas sobre os furos do telhado e colou-as no lugar com piche. Passou piche também nas bordas das folhas e nas rachaduras. Era um trabalho lento e demorado, e quando terminou o telhado ficou coberto de desenhos caprichosos, em negro, composto de linhas irregulares, retas, angulosas, salpicos, manchas e placas de piche, por cima da confusão de tons avermelhados, castanhos, amarelados, cinzentos, cor de prata e de ferrugem, das velhas folhas de ferro.

Porém funcionou. Quando chovia — e agora já estava começando a chover todas as tardes —, a terra embaixo do telhado permanecia seca. As galinhas do alojamento e de outros lugares iam para lá fugir da chuva e ficavam escavando o chão, levantando poeira.

As tábuas de cedro chegaram, ásperas e cheias de farpas, espalhando seu cheiro característico. Quando o sr. Maclean as aplainou, elas pareceram ganhar uma cor mais viva. Ele as encaixou com perfeição, conforme havia prometido, pregando-as com pregos sem cabeças e preenchendo os buracos com uma mistura de cera com serragem que endurecia ao secar, ficando quase igual à madeira. O assoalho foi instalado no quarto dos fundos e numa parte da sala, de modo que era possível andar, com cuidado, direto até o quarto.

Então o sr. Maclean disse:

— Quando o senhor arranjar mais material, me avise.

Ele havia trabalhado duas semanas por oito dólares.

Talvez ele não tivesse pagado sete dólares pela madeira, pensou o sr. Biswas. Só cinco ou seis.

A casa havia virado uma espécie de *playground* para as crianças do alojamento. Elas trepavam e saltavam; muitas levaram tombos sérios, mas, sendo crianças criadas no alojamento, não se machucaram muito. Enfiavam pregos nos pilares e no assoalho; entortavam pregos à toa; achatavam-nos para usá-los como facas. Deixaram pequenas pegadas de lama no assoalho e na estrutura de madeira; a lama secou e o chão ficou cheio de poeira. As crianças expulsaram as galinhas, e o sr. Biswas tentava expulsar as crianças.

— Bando de cachorros! Se eu pego um de vocês, eu corto fora o pé!

À medida que a cana ia crescendo, os trabalhadores despejados ficavam mais irritados, e o sr. Biswas começou a receber ameaças sob a forma de advertências amistosas.

Seth, que vivia dizendo que os trabalhadores eram traiçoeiros e perigosos, agora dizia apenas: — Não deixe que eles metam medo em você.

Mas o sr. Biswas sabia de muitos casos de assassinatos nos distritos indianos, tão bem tramados que em sua maioria jamais chegavam aos tribunais. Sabia dos conflitos entre aldeias e entre famílias, em que lutavam com bravura, astúcia e lealdade aqueles mesmos trabalhadores que, quando trabalhavam, eram subservientes e invisíveis.

Resolveu precaver-se. Dormia com um machete e um

bastão de *poui* um dos que seu pai fizera — ao lado da cama. E com a sra. Seeung, a chinesa dona do café em Arwacas, arranjou um filhote de cachorro, um bichinho peludo, marrom e branco, de raça indefinida. Em sua primeira noite no alojamento, o cachorrinho ficou ganindo por ter sido trancado do lado de fora; arranhou a porta, caiu do degrau e ganiu até que lhe foi permitido entrar. Quando o sr. Biswas acordou no dia seguinte, encontrou o cãozinho na cama, ao seu lado, bem quieto, os olhos abertos. Ao primeiro gesto do sr. Biswas, um gesto de surpresa, o cachorrinho saltou para o chão.

O sr. Biswas deu-lhe o nome de Tarzan, a fim de prepará-lo para sua função. Porém Tarzan revelou-se um animal brincalhão e curioso, que só metia medo às galinhas. "As galinhas pararam de pôr ovos por causa do seu cachorro", queixavam-se os donos, e pareciam ter razão, pois Tarzan frequentemente aparecia com pedaços de penas grudados nos cantos da boca e vivia trazendo troféus de penas para o quarto. Então um dia Tarzan comeu um ovo e imediatamente adquiriu o hábito de comer ovos. As galinhas punham ovos no meio do mato, em lugares que julgavam secretos. Tarzan em pouco tempo já conhecia esses lugares tão bem quanto os donos das galinhas e muitas vezes voltava ao acampamento com a boca amarela e grudenta de ovo. Os donos das galinhas vingaram-se. Uma tarde o sr. Biswas encontrou o focinho de Tarzan todo lambuzado de titica; o cão estava agoniado com aquela tortura inédita e incessante.

As placas no quarto do sr. Biswas aumentavam em número. Agora ele as elaborava mais demoradamente, com tinta da plantação, preta e vermelha, e lápis de muitas cores. Preenchia os espaços em branco com decorações complexas, e suas letras foram ficando intricadas e ornamentadas.

Achando que a leitura de romances lhe faria bem, comprou uma série de exemplares da coleção barata da Reader's Library. As capas eram de um roxo escuro, com letras e decorações em dourado. Na barraca em Arwacas, os livros pareciam atraentes, mas em seu quarto o sr. Biswas mal conseguia pegar neles. O dourado grudava-lhe nos dedos, e as capas o faziam pensar em panos mortuários e naqueles cavalos de funerárias que andavam todos os dias ostentando as cores da morte.

O sol brilhava e a chuva caía. O telhado não tinha goteiras. Mas o asfalto começou a derreter, escorrendo pela estrutura, em cobras finas e negras, cada vez mais compridas. De vez em quando caíam e, no chão, enrodilhavam-se e morriam.

Uma vez, tarde da noite, quando já tinha apagado o lampião e estava deitado, o sr. Biswas ouviu passos do lado de fora.

Ficou deitado, imóvel, à escuta. Então levantou-se da cama de um salto, agarrou seu bastão e bateu no guarda-comida, na mesa, na penteadeira de Shama. Ficou parado ao lado da porta e, de repente, abriu com violência a metade de cima, permanecendo com o corpo protegido pela de baixo.

Não viu nada além da noite, o quintal silencioso e sem cor, as árvores mortas negras contra o céu enluarado. No terceiro quarto do alojamento havia uma luz acesa: alguém havia saído ou uma criança estava doente.

Então, com um ruído animado e alegre, Tarzan chegou ao degrau da entrada agitando o rabo com tanta força que ele batia na metade de baixo da porta.

O sr. Biswas deixou-o entrar e acariciou-o. Seus pelos estavam úmidos.

Tarzan, esfuziante por estar recebendo atenção, esfregou o focinho na cara do sr. Biswas.

— Ovo!

Por um segundo, Tarzan hesitou. Então, como não surgiu nenhuma ameaça, ele voltou a abanar a cauda, mais depressa ainda, mexendo o tempo todo as patas de trás.

O sr. Biswas abraçou-o.

A partir daí, passou a dormir sempre com o lampião aceso.

Começou a temer que tocassem fogo em sua casa. Ia dormir mais ansioso ainda do que antes; todas as manhãs abria a janela lateral assim que acordava e olhava para as árvores, procurando sinais de destruição; nos canaviais pensava nisso, preocupado. Porém a casa estava sempre lá: o telhado multicolorido, a estrutura de madeira, os pilares, a escada.

Quando Shama chegou, ele falou-lhe de seus temores.

— Acho que eles não se preocupariam com isso — ela disse.

E o sr. Biswas arrependeu-se de ter-se aberto com ela, pois quando Seth veio ele disse:

— Então você está com medo de que eles toquem fogo na casa, é? Não se preocupe. Eles têm mais o que fazer.

O sr. Maclean veio duas vezes e foi embora.

E todos os dias a chuva caía, o sol ardia, a casa tornava-se mais cinzenta, a serragem, antes fresca e aromática, tornou-se parte da terra, as cobras de asfalto dependuradas do telhado espichavam, e muitas mais caíam, e o sr. Biswas desenhava mensagens consoladoras cada vez mais elaboradas, para enfeitar as paredes, com a mão firme e inconsciente e a mente atormentada.

Então, uma noite, uma grande tranquilidade desceu sobre o sr. Biswas e ele tomou uma decisão. Até então ele sempre considerara as situações como provisórias; doravante ele iria encarar cada intervalo de tempo, por mais curto que fosse, como algo precioso. Nunca mais faria pouco do tempo. Nenhum ato levaria apenas a outro; todo ato era uma parte de sua vida que não podia ser recuperada, portanto era importante pensar cada ato: abrir uma caixa de fósforos, riscar um fósforo. Lentamente, pois, como se não estivesse habituado a usar seus próprios membros, concentrando-se atentamente no que fazia, tomou seu banho, preparou seu jantar, comeu, lavou os pratos e acomodou-se em sua cadeira de balanço para passar — não, para usar, para gozar, para viver — a noite. A casa não importava. Aquela noite, naquele quarto, era tudo o que havia de importante.

E era tamanha sua confiança que fez algo que não fazia há semanas. Pegou seu exemplar da edição Reader's Library do *Corcunda de Notre-Dame*. Passou a mão pela capa; com movimentos decididos abriu o livro, quebrou a lombada em alguns lugares, destruindo-a completamente num deles, e puxando as

303

pernas para cima da cadeira, de modo a ficar bem confortável, e estalando os lábios, coisa que não costumava fazer, começou a ler.

Sua mente estava desanuviada. Havia afastado para a margem tudo aquilo que não fosse o romance de Victor Hugo. Havia feito uma clareira no meio do mato: era assim que representava sua mente, pois sua mente havia se tornado algo totalmente separado do resto de si.

A imagem mudou. Não era mais uma floresta, e sim uma nuvem negra e inchada. Se ele não tomasse cuidado, a nuvem formaria um funil e se introduziria em sua cabeça. Ele a sentia apertando-lhe a cabeça. Não queria levantar a vista.

Certamente era apenas um efeito do lampião a óleo, que estava exatamente a sua frente, sobre a mesa, não era?

Ele encolheu-se um pouco mais na cadeira e estalou os lábios outra vez.

Então sentiu tanto medo que quase gritou.

Medo de quê? De quem? Esmeralda? Quasímodo? O bode? A multidão?

Gente. Ouvia ruídos de gente no quarto ao lado, em todos os quartos do alojamento. Não havia estrada sem gente, nem casa. Havia gente nos jornais na parede, nas fotos, nos desenhos simples dos anúncios. Gente no livro que ele tinha nas mãos. Em todos os livros. Tentou pensar na paisagem sem pessoas: areia e areia e areia, sem os oásis de que Lal falava; amplos planaltos brancos, e ele sozinho, protegido, um pontinho no meio.

Teria ele medo de gente de verdade?

Era preciso experimentar. Mas por quê? Passara toda a sua vida entre pessoas sem jamais pensar que talvez tivesse medo delas. Havia encarado pessoas no balcão de um bar; havia estudado na escola; havia caminhado por ruas apinhadas de gente em dias de feira.

Por que agora? Por que tão de repente?

Todo o seu passado virou um milagre de tranquilidade e coragem.

Seus dedos estavam sujos do pó dourado que saía da capa funérea do livro. Enquanto examinava-os, o mato invadiu a clareira e a nuvem negra foi entrando. Como era pesada! Como era escura!

Pôs os pés no chão e ficou imóvel na cadeira, olhando para o lampião sem ver nada. A escuridão enchia-lhe a cabeça. Toda a sua vida fora boa até agora. E ele nunca havia percebido isso. Ele estragara tudo com medos e preocupações. Por causa de uma casa que já apodrecia, por causa das ameaças de uns trabalhadores analfabetos.

Agora nunca mais conseguiria ficar no meio de gente.

Ele rendeu-se às trevas.

Quando despertou, abriu a metade de cima da porta. Não viu ninguém. Todo o acampamento dormia. Ele teria de esperar até a manhã para descobrir se realmente tinha medo.

Pela manhã, teve um minuto inteiro de lucidez. Lembrou que algo o havia incomodado na noite anterior, deixando-o exausto. Então, ainda na cama, lembrou, e a angústia voltou. Levantou-se. O lençol da cama parecia revirado. Em alguns lugares o colchão estava exposto, e ele sentia um cheiro de fibra de coco velha e suja. Lenta e cuidadosamente, tal como realizara seus movimentos na véspera, seus pensamentos vieram, e ele exprimiu cada um deles numa frase completa. Pensou: "A cama está bagunçada. Portanto dormi mal. Devo ter sentido medo a noite toda. Portanto o medo continua comigo".

Lá fora, além da janela fechada, de onde a luz vinha penetrar pelas frestas e formar leques de poeira iluminada, ficava o mundo. Lá fora estavam as pessoas.

O sr. Biswas pronunciou em voz alta algumas das palavras consoladoras escritas nas paredes. Então, tentando senti-las tão a fundo quanto possível, fechou os olhos e pronunciou-as de novo, lentamente, sílaba por sílaba. Então fingiu escrever as palavras em sua cabeça com o dedo.

Então rezou.

Mas mesmo durante a prece encontrou imagens de gente, e suas preces foram pervertidas.

Vestiu-se e abriu a metade superior da porta.

Tarzan o esperava.

"Você está satisfeito por me ver", pensou ele. "Você é um animal e, porque eu tenho cabeça, mãos e a mesma aparência que tinha ontem, acha que sou um homem. Estou enganando você. Não estou inteiro."

Tarzan abanou o rabo.

Ele abriu a metade de baixo da porta.

Gente!

O medo se apossou dele, torturando-o como uma dor.

Tarzan saltou-lhe em cima, sujo de ovo, os olhos brilhando.

Aflito, acariciou-o. "Isto me dava prazer ontem, anteontem. Porque eu estava inteiro."

O ontem, a noite anterior, já estava tão remoto quanto a infância. E juntamente com o medo vinha a tristeza de pensar numa vida feliz que ele jamais gozara, agora perdida.

Começou a fazer as coisas que fazia todas as manhãs. Ao iniciar cada atividade, esquecia sua dor: frações de segundo de liberdade, saboreados apenas depois que passavam. Ao quebrar o galho de hibisco, por exemplo, como fazia todas as manhãs, para escovar os dentes com uma das pontas esmagadas, automaticamente olhou para além das árvores para ver se sua casa tinha sido destruída durante a noite. Então lembrou que a casa agora não tinha mais importância.

Corajosamente, expondo-se às ameaças, despiu-se para tomar banho ao lado do barril.

Os trabalhadores já tinham acordado. Ouviu os sons matinais: os pigarros, as escarradas, o atiçar das brasas, o chiado das frigideiras, as conversas rápidas e leves da manhã. Aquelas pessoas, ontem desprezíveis e inclassificáveis, agora teriam de ser consideradas individualmente.

Olhou para elas e certificou-se.

Medo.

O sol nascia, iluminando o orvalho na grama, o telhado, as árvores: um sol fresco, uma hora agradável do dia.

Com as pessoas deu-se o mesmo que acontecera com os

atos. Ao encontrá-las, começava a falar como se fosse ontem. Então começava o questionamento, e vinha a resposta inevitável: outro relacionamento estragado, mais um pedaço do presente destruído.

Aquele dia, que havia começado — durante aquele minuto em que ele permanecera na cama — como um dia normal e feliz, estava terminando para ele num frenesi alucinante de questionamentos. Ele olhava, questionava, tinha medo. Então questionava outra vez. O processo agora transcorria numa fração de segundo.

À tarde, porém, já havia conseguido obter algum progresso. Não tinha medo das crianças. Elas lhe inspiravam apenas tristeza. Tantas coisas boas e belas, às quais ele agora jamais teria acesso, as aguardavam no futuro.

Foi para seu quarto, deitou-se na cama e se obrigou a chorar por toda a sua felicidade perdida.

Ele não podia fazer nada. O questionamento prosseguia sem parar. Uma foto após outra, um desenho após outro, uma história após outra. Tentava não olhar para os jornais na parede, mas sempre tinha de verificar, sempre tinha medo, e então sempre sentia-se inseguro outra vez.

Por fim, a sensação de inutilidade que lhe causava estar deitado na cama o fez levantar-se e tomar mais uma daquelas decisões que estava tomando desde que acordara: decisões no sentido de ignorar, agir normalmente, pequenas decisões, pequenos gestos de desafio que logo eram esquecidos.

Resolveu ir de bicicleta até a Casa de Hanuman.

Cada vez que via um homem ou uma mulher, mesmo ao longe, sentia uma pontada de pânico. Mas já estava acostumado com isso; essa sensação já se tornara parte da dor de viver. Então, enquanto seguia em sua bicicleta, descobriu uma nova profundidade nessa dor. Todos os objetos que ele não via há vinte e quatro horas agora faziam parte de seu passado feliz, o tempo em que era inteiro. Tudo o que via agora era poluído por seu medo, todos os campos, todas as casas, todas as árvores, todas as curvas da estrada, todos os calombos e depressões da pista. Assim, só de olhar para o mundo, ele progressivamente destruía seu presente e seu passado.

E havia certas coisas que ele queria manter intatas. Já era mau enganar Tarzan. Não queria enganar Anand e Savi. Deu meia-volta e retornou, passando por aqueles campos cujo terror já lhe era conhecido, para Green Vale.

Ocorreu-lhe que, se repetisse tão exatamente quanto possível todos os seus atos da noite da véspera, talvez de algum modo ele conseguisse exorcizar aquela coisa que se abatera sobre ele. Assim, com movimentos tão decididos quanto os da véspera, tomou banho, cozinhou, comeu, depois sentou-se e abriu o *Corcunda de Notre-Dame*.

Porém a leitura teve apenas o efeito de trazer-lhe de volta a lembrança da noite da véspera, a descoberta do medo, e deixou suas mãos cheias de pó dourado.

A cada manhã o período de lucidez diminuía. O lençol, examinado todas as manhãs, sempre atestava que a noite fora atormentada. Entre o início de uma atividade rotineira e o questionamento, o período de tranquilidade diminuía. Entre o momento em que se encontrava com uma pessoa conhecida e o começo do questionamento, havia cada vez menos paz. Por fim, não havia mais lucidez nenhuma, e todos os atos eram irrelevantes e fúteis.

Mas era sempre melhor estar entre pessoas concretas do que ficar naquele quarto entre os jornais e coisas imaginadas. E, embora continuasse se consolando com visões de paisagens desérticas de areia e neve, sua angústia tornava-se particularmente aguda nas tardes de domingo, quando os campos e as estradas ficavam vazios e o silêncio era geral.

Ele procurava constantemente algum indício de que a corrupção que o tomara de assalto sem aviso havia secretamente desaparecido. Examinar os lençóis era uma forma de fazer isso. A outra era examinar as unhas. Estavam sempre roídas; porém às vezes via uma fina orla branca numa delas, e, embora estas orlas jamais durassem muito tempo, ele interpretava o surgimento delas como sinal de que o alívio estava próximo.

Então, uma noite, estava roendo as unhas quando um pedaço de um de seus dentes quebrou-se. Retirou o caco de dente da boca e colocou-o na palma da mão. Era uma coisa amarela, morta, totalmente sem importância; mal conseguia reconhecê-la como um pedaço de dente; se fosse largado no chão, jamais seria encontrado; uma parte de si próprio que jamais cresceria novamente. Pensou em guardá-lo. Depois andou até a janela e jogou-o fora.

Num sábado, quando estavam a ver a casa inacabada, Seth disse:

— O que há com você, Mohun? Você está com essa cor aqui. — Pôs a mão grande sobre uma viga cinzenta.

E o sr. Maclean apareceu. Alguém lhe havia oferecido madeira por um preço excepcional. Daria para fazer as paredes de um dos quartos.

Foram olhar a casa. O sr. Maclean viu o asfalto escorrendo do telhado, mas não disse nada. As tábuas do assoalho do quarto dos fundos estavam começando a encolher, rachar e empenar. Disse o sr. Maclean:

— O homem me disse que a madeira estava curada. Mas cedro é gozado. Nunca cura direito.

A madeira nova foi comprada. Era cedro.

— Não tem encaixe macho e fêmea — disse o sr. Maclean.

O sr. Biswas não disse nada.

O sr. Maclean compreendeu. Já vira muitas e muitas vezes essa apatia se abater sobre pessoas que estavam construindo casas.

O quarto dos fundos recebeu paredes. A porta para a sala, que já tinha uma parte do assoalho, foi feita e instalada. A porta do quarto da frente, o qual ainda não existia, foi feita e instalada:

— Para evitar acidentes — explicou o sr. Maclean —, se o senhor quiser se mudar para a casa logo.

O sr. Biswas antes queria portas com almofadas; ficou com

simples pranchas de cedro pregadas a duas tábuas transversais. A janela, do mesmo tipo, foi feita e instalada; os pregos pretos, novos, brilhavam sobre a madeira nova.

— Está ficando boa — disse o sr. Maclean.

Na mente confusa e exausta do sr. Biswas brotou o pensamento: "O Hari abençoou. A Shama o fez abençoar. Eles deram o ferro galvanizado e abençoaram".

Seu sono era perturbado por sonhos. Ele estava na Loja Tulsi. Havia multidões para todos os lados. Dois fios grossos e negros o perseguiam. Quando voltava a Green Vale em sua bicicleta, os fios espichavam. Um ficou totalmente branco; o outro, preto, engrossava cada vez mais, ficando arroxeado e monstruosamente comprido. Era uma cobra negra, como que de borracha; nela surgiu um rosto caricato; ele achava aquela perseguição engraçada e disse isso ao fio branco, que agora também era uma cobra.

Quando passou pela casa e viu as cobras negras dependuradas do telhado, encostou num dos pilares de madeira e disse:

— O Hari abençoou. —Lembrou-se da mala, das preces choramingadas, da cerimônia de borrifar água com a folha de mangueira e jogar a moeda. — Hari abençoou.

Estava num morro, um morro liso, de um verde acastanhado. Estava quente, mas soprava um vento fresco, que lhe agitava os cabelos. Havia uma mulher no sopé do morro. Estava chorando, e vinha pedir-lhe ajuda. Ele sentia a dor que a fazia sofrer, mas não queria ser visto. Que ajuda ele poderia dar? E a mulher — Shama, Anand, Savi, sua mãe — continuava a subir o morro. Ele a ouvia soluçar e tinha vontade de gritar-lhe que fosse embora.

Tarzan estava choramingando do lado de fora.

Uma de suas patas estava ferida.

— Você gosta demais de ovo.

Então lembrou-se dos trabalhadores despejados.

Algumas noites depois, foi acordado por latidos e gritos.

— Capataz! Capataz!

Abriu a parte de cima da porta.

— Tocaram fogo na terra do Dookinan — disse o vigia.

Ele vestiu-se e foi correndo até o lugar do incêndio, seguido por trabalhadores nervosos.

O perigo e a destruição eram de pouca monta. A plantação de Dookinan era pequena e separada das outras por um caminho e uma vala. O sr. Biswas deu ordem de cortar as canas fronteiriças dos campos adjacentes, e os trabalhadores, embora decepcionados com o incêndio, que de longe prometera muito, trabalharam com afinco. O fogo iluminava seus corpos e afastava a friagem.

As labaredas vermelhas e amarelas foram diminuindo; os galhos cortados ardiam, vermelho e preto, estalavam e caíam, expondo o coração vermelho do incêndio, rapidamente esfriando, voltando ao negro e cinza. Fragmentos em brasa voavam, piscando, vermelhos, depois escureciam aos poucos. Nas raízes, as canas luziam como brasas; em certos lugares parecia que a própria terra ardia. Os trabalhadores batiam com varas nas raízes e nos galhos caídos; as cinzas subiam no ar; a fumaça cinzenta foi ficando clara e rareando.

Só então, quando o perigo havia passado, o sr. Biswas se deu conta de que, durante mais de uma hora, ele não havia se questionado.

Imediatamente voltaram os questionamentos, o medo.

Quando os trabalhadores voltaram ao alojamento, ficaram a conversar por algum tempo, e ele ficou sozinho.

Porém aquela hora havia provado uma coisa. Ele ia melhorar em breve.

Foi a primeira de uma longa série de decepções. Com o tempo, ele passou a não dar importância a esses períodos de liberdade e a não nutrir mais esperanças de acordar um dia e constatar que se tornara inteiro outra vez.

Quando começaram as férias escolares do período de festas, quando a cana-de-açúcar floresceu novamente e os letreiros de Natal voltaram a aparecer em Arwacas, Shama mandou avisar, através de Seth, que ia levar as crianças a Green Vale para passar uns dias.

O sr. Biswas aguardou-as com pavor. No dia em que elas deveriam chegar, começou a desejar que ocorresse algum acidente que as impedisse de vir. Mas sabia que não haveria acidente nenhum. Para que acontecesse alguma coisa, ele teria de agir. Resolveu que tinha de livrar-se de Anand, Savi e de si próprio, de tal modo que as crianças não percebessem quem as havia matado. Passou toda a manhã obcecado por visões nas quais ele esfaqueava, envenenava, estrangulava, queimava Anand e Savi; assim, mesmo antes que as crianças chegassem, seu relacionamento com elas já estava pervertido. Em relação a Myna e a Shama sentia-se indiferente; não queria matá-las.

Chegaram. Imediatamente, todos os seus planos tornaram-se irreais e absurdos. Sentia apenas resignação e um grande cansaço. E começaram o fingimento e a dor que ele quisera evitar. Ao mesmo tempo em que deixava que Anand e Savi o tocassem e beijassem, ele se questionava a respeito dos dois, procurando o medo, e ficava a imaginar se eles haviam notado o fingimento e percebiam o que se passava em sua mente.

Shama não lhe inspirava medo, só inveja daquela confiança irrefletida. Então, quase imediatamente, começou a odiá-la. Sua gravidez era grotesca; detestava o modo como ela se sentava; quando ela comia, ficava ouvindo os ruídos que emitia; detestava o modo como ficava mimando e fazendo festas às crianças; detestava seu jeito de se abanar e suar como uma grávida típica; causavam-lhe repulsa os babados e bordados e outros enfeites de suas roupas.

Shama, Savi e Myna dormiam no chão. Anand dormia com o sr. Biswas na cama de quatro colunas. Como lhe causava horror a ideia de encostar no menino, colocou uma barreira de travesseiros entre Anand e ele próprio.

Seu cansaço aumentava. No dia seguinte, domingo, praticamente não saiu da cama. Se antes sentia-se compelido a sair

312

do quarto, agora não tinha vontade de sair. Disse que estava doente, e com facilidade simulou os sintomas da malária.

Quando Seth veio, o sr. Biswas lhe disse:

— Acho que é sezão.

Uma semana depois, o cansaço continuava. Recostado na cama, fez papagaios e carrinhos de brinquedo para Anand e uma cômoda de caixas de fósforos para Savi. Quanto mais tempo ficava no quarto, menos vontade tinha de sair. Começou a ter prisão de ventre. Porém de vez em quando tinha de ir lá fora; depois voltava apressado, ansioso, e só relaxava quando se via na cama outra vez.

Continuava a observar Shama de perto, com desconfiança, ódio e náusea. Nunca se dirigia a ela diretamente, porém sempre através de uma das crianças; e foi só depois de algum tempo que Shama se deu conta desse fato.

Uma manhã, ele estava deitado na cama quando ela veio e colocou a palma da mão, depois as costas da mão, em sua testa. Aquele gesto o ofendeu, o lisonjeou e o preocupou ao mesmo tempo. Shama antes estava cortando legumes, e o cheiro de sua mão pareceu-lhe insuportável.

— Está sem febre — disse ela.

Desabotoou-lhe a camisa e pôs a mão, grande, morena e estranha, sobre seu peito pálido e macio.

Ele teve vontade de gritar.

— Não, ainda não engordei o bastante. Você tem que me prender de novo e me dar mais comida. Por que é que você não apalpa meu dedo e mais nada?

Shama retirou a mão.

— Algum problema, Mohun?

— Algum problema? — imitou ele. — Problema, sim, e você sabe muito bem o que é. — Sentia uma raiva violenta; nunca sentira tanta repulsa por ela. Porém queria que ela ficasse com ele. Um pouco na esperança de que ela o levasse a sério, um pouco apenas para fazê-la rir e confundi-la, disse, com voz aguda, falando depressa: — Tenho um problema, sim. Na minha cabeça. Nuvens. Um monte de nuvenzinhas pretas.

313

— O quê?

— Gozado. Já reparou que quando a gente insulta uma pessoa ou diz a ela a verdade ela sempre finge que não ouviu da primeira vez?

— Quem manda eu me meter no que não é da minha conta. Nem sei por que foi que eu vim para cá. Se não fossem as crianças...

— Então vocês mandam o Hari com a caixinha preta dele, hein? Vocês devem achar que eu sou muito bobo.

— Caixinha preta?

— Não disse? Você não ouviu da primeira vez.

— Escute, não tenho tempo de ficar aqui falando com você essas coisas. Quem dera que você estivesse com febre mesmo. Assim você calava essa boca.

Ele estava começando a gostar da discussão.

— *Eu sei* que você queria que eu estivesse com febre mesmo. Eu sei que vocês todos querem que eu morra. Já estou até vendo a raposa velha chorando, os deuses rindo, você chorando... toda bem vestida ainda por cima. Que ótimo, não é? *Eu sei* que é isso que vocês querem.

— Toda bem vestida e pintada, é? Eu? Com o dinheiro que você me dá?

De repente o sr. Biswas ficou gelado de medo.

Seth, a terra, o ferro corrugado; Hari e a caixa preta; a cerimônia de bênção; e agora, desde que Shama chegara, aquele cansaço.

Ele estava morrendo.

Eles o estavam matando. Ele ia ficar naquele quarto e morrer.

Ela estava na cozinha arrulhando para o bebê na rede.

— Saia daqui!

Shama levantou a vista.

Ele saltou da cama e agarrou a bengala. Todo seu corpo estava gelado. O coração batia depressa e doía.

Shama subiu os degraus e entrou no quarto.

— Saia daqui! Não entre. Não me toque!

Myna estava chorando.

— Mohun — disse Shama.

— Não entre nesse quarto. Não ponha mais os pés aqui dentro. — Brandiu a bengala. Aproximou-se da janela e, brandindo novamente a bengala, começou a destrancar o ferrolho.

— Não me toque — gritou, e suas palavras saíram entremeadas de soluços.

Shama bloqueou a porta.

Mas ele havia pensado na janela. Abriu-a de repente. A janela escancarou-se, desconjuntada. A luz inundou o quarto, e o ar fresco misturou-se ao cheiro rançoso de madeira e jornais velhos — ele já havia esquecido o quanto era rançoso aquele cheiro. Além do quintal plano, viu as árvores que ladeavam a estrada e encobriam a casa.

Shama aproximou-se dele.

Ele começou a gritar e chorar. Apertou as palmas das mãos contra o peitoril da janela e tentou içar-se, olhando para Shama; agora a bengala se tornara inútil como arma defensiva, pois suas mãos estavam ocupadas.

— O que você está fazendo? — disse ela em híndi. — Olhe, você vai acabar se machucando.

Ele percebeu que Tarzan, Savi e Anand estavam lá fora, sob a janela. Tarzan abanava o rabo, latia e saltava contra a parede.

Shama chegou mais perto.

Ele estava no peitoril.

— Meu Deus! — gritou ele, sacudindo a cabeça para cima e para baixo. — Vá embora.

Ela já estava tão perto que poderia tocá-lo.

Ele chutou-a.

Ela gritou de dor.

Tarde demais, ele viu que a havia chutado no ventre.

As mulheres do alojamento vieram depressa quando ouviram o grito de Shama e a ajudaram a sair do quarto.

Savi e Anand foram para a cozinha na frente. Tarzan, confuso, corria entre as crianças, as mulheres e o sr. Biswas.

— Pegue as suas roupas e vá para casa — disse Dookhnee,

uma das mulheres do acampamento. Ela já tomara muitas surras e já vira muitas outras mulheres apanharem do marido; nessas situações, todas as mulheres tornavam-se irmãs.

Savi entrou no quarto assustada e, sem olhar para o pai, começou a guardar suas roupas numa mala.

O sr. Biswas, de olhar fixo, gritou:

— Leve as suas filhas e vá embora. Vá embora!

Shama, cercada pelas mulheres do acampamento, gritou:

— Anand, junte as suas roupas depressa.

O sr. Biswas desceu da janela.

— *Não!* — disse ele. — O Anand não vai com você, não. Leve as suas meninas e vá embora. — Ele não sabia por que tinha dito aquilo. Savi era, entre todos os seus filhos, a única criança que ele conhecia, e no entanto ele se esforçava o máximo no sentido de magoá-la; e ele não sabia se realmente queria que Anand ficasse. Talvez ele só tivesse falado porque Shama mencionou-lhe o nome.

— Anand — disse Shama —, vá juntar suas roupas.

— É, vá juntar suas roupas — disse Dookhnee.

E muitas das mulheres disseram:

— Vá, menino.

— Ele não vai com você para aquela casa — disse o sr. Biswas.

Anand ficou onde estava, na cozinha, acariciando Tarzan, sem olhar para o sr. Biswas nem para as mulheres.

Savi saiu do quarto com uma mala e um par de sapatos nas mãos. Tirou a poeira dos pés e calçou um dos sapatos.

Shama, que só agora estava começando a chorar, disse, em híndi:

— Savi, eu já disse a você mil vezes para lavar os pés antes de calçar os sapatos.

— Está bem, mãe. Eu vou lavar.

— Hoje não precisa — disse Dookhnee.

As mulheres disseram:

— Não, não precisa.

Savi calçou o outro pé.

316

Shama perguntou:

— Anand, quer vir comigo ou ficar com o seu pai?

O sr. Biswas, de bengala na mão, olhou para Anand.

Anand continuava afagando Tarzan, que agora estava com a cabeça virada para cima, de olhos semicerrados.

O sr. Biswas correu até a mesa verde e desajeitadamente retirou a gaveta. Pegou a caixa comprida de creions que usava para fazer suas placas e estendeu-as para Anand. Sacudiu a caixa; os creions chocalharam dentro dela.

Savi disse:

— Anand, venha, menino. Vá pegar suas roupas.

Continuando a acariciar Tarzan, Anand disse:

— Eu vou ficar com o papai. — Falou com uma voz baixa e irritada.

— Anand! — exclamou Savi.

— Não fique implorando — disse Shama, recuperando o autocontrole. — Ele é homem e sabe o que está fazendo.

— Ô meninos — disse Dookhnee. — A sua mãe.

Anand não disse nada.

Shama levantou-se, e o círculo de mulheres a seu redor se alargou. Pegou Myna, Savi e a mala, e saíram pelo caminho enlameado, onde alguns tufos esparsos e teimosos de capim saíam da lama, em direção à estrada, afugentando as galinhas. Tarzan foi atrás, mas as galinhas o distraíram. Quando uma delas, zangada, o bicou, ele procurou Shama, Savi e Myna. Haviam desaparecido. Tarzan voltou para o alojamento e para Anand.

O sr. Biswas abriu a caixa e mostrou a Anand os creions de ponta afiada.

— Fique com eles. São seus. Você pode fazer o que quiser com eles.

Anand sacudiu a cabeça.

— Não quer, não?

Tarzan, instalado entre as pernas de Anand, levantou a cabeça para ser acariciado, fechando os olhos em antegozo.

— O que é que você quer, então?

Anand sacudiu a cabeça. Tarzan imitou-o.

317

— Por que você ficou, então?

Anand parecia exasperado.

— Por quê?

— Porque... — A palavra saiu seca, explosiva, cheia de raiva, dirigida contra ele próprio e o pai. — Porque elas iam deixar o senhor sozinho.

Durante o resto do dia, praticamente não falaram.

Seu instinto não havia falhado. Foi só Shama ir embora que seu cansaço desapareceu. Tornou-se inquieto outra vez e foi quase com alívio que recebeu de volta o torvelinho obsessivo que lhe invadiu a consciência. Voltou ao canavial, levando Anand no primeiro dia. Anand, coberto de poeira, cheio de coceiras, tostado pelo sol e cortado pelo capim afiado, recusou-se a ir de novo; a partir de então, ficava no alojamento com Tarzan.

O sr. Biswas fez mais brinquedos para Anand. Uma tampa de lata redonda pregada a uma vareta, que rolava quando empurrada, proporcionava a Anand uma satisfação profunda. À noite os dois desenhavam cenas imaginárias: montanhas e pinheiros cobertos de neve, iates vermelhos num mar azul sob um céu limpo, estradas sinuosas que atravessavam florestas bem cuidadas rumo a serras verdejantes ao longe. Além disso, conversavam.

— Quem é o seu pai?

— O senhor.

— Errado. Deus é que é seu pai.

— Ah. E o senhor?

— Eu sou só uma pessoa. Ninguém. Sou só um homem que você conhece.

Ensinou Anand a misturar as cores. Ensinou-lhe que vermelho com amarelo dava laranja, azul com amarelo, verde.

— Ah. E por isso que as folhas ficam amarelas?

— Não exatamente.

— Então me explique. Se eu pegar uma folha e ficar lavando ela um tempão, ela acaba ficando amarela ou azul?

— Não. A folha é obra de Deus. Entendeu?

— Não.

— O seu problema é que no fundo você não acredita. Uma vez havia um homem como você. Ele queria zombar de um homem como eu. Então um dia, quando o homem como eu estava dormindo, o outro homem jogou uma laranja no colo dele, pensando: "Garanto que esse bobalhão vai acordar e dizer que Deus jogou a laranja". Então o homem acordou e começou a comer a laranja. Aí o outro homem veio e disse: "Imagino que foi Deus que lhe deu essa laranja". "É", disse o outro. "Pois vou lhe dizer uma coisa: não foi Deus, não. Fui eu." "Pois olhe", disse o outro homem, "enquanto eu dormia eu rezei pedindo a Deus uma laranja."

Anand ficou impressionado com a história.

— Olhe só — disse o sr. Biswas. — Veja esta caixa de fósforos. Você está vendo que estou com ela na mão. Upa! Ela caiu. Por quê?

— Porque o senhor soltou ela.

— Nada disso. Caiu por causa da gravidade. A lei da gravidade. Hoje em dia não ensinam mais nada às crianças.

Falava a Anand sobre pessoas como Copérnico e Galileu. E empolgava-se por ser o primeiro a explicar a Anand que o mundo era redondo e girava em torno do sol.

— Lembre-se do Galileu. Sempre defenda as suas ideias.

Felizmente Anand se interessava. Estavam a uma semana do Natal e ele temia o efeito da visita de Seth.

Disse a Anand:

— No sábado, vamos fazer uma bússola.

E no sábado Seth disse:

— Por que você não vai para casa, Anand? Venha para casa pendurar a meia. O que você fica fazendo aqui com o seu pai?

— Ele não é meu pai, não. Só parece que é.

Seth não entrou no mérito da questão teológica.

— Vão fazer bolo e sorvete, menino.

O sr. Biswas disse:

— Lembre-se do Galileu.

319

Anand ficou.

Com as pilhas da lanterna, o sr. Biswas imantou uma agulha e prendeu-a num disco de papel; no centro do disco enfiou um tubinho de papel, apoiado na cabeça de um alfinete.

— A direção para onde aponta o fundo da agulha é o norte.

Brincaram com esta bússola até que a agulha se desmagnetizou.

Às vezes o sr. Biswas queixava-se da sezão. Então, bem agasalhado e tiritando, fazia Anand recitar hinos em híndi com ele. E nessas ocasiões, embora nada fosse expresso em palavras, Anand era afetado pelo medo do pai e repetia os hinos como se fossem sortilégios. O quarto, de porta e janela fechadas, com os cantos imersos na escuridão, era como uma caverna ameaçadora, e Anand ansiava pela manhã.

Porém havia bons momentos.

— Hoje — disse o sr. Biswas — vou lhe ensinar uma coisa sobre um negócio chamado força centrífuga. Vá pegar o balde lá fora e encha-o de água até a boca.

Anand trouxe a água.

— Aqui não tem bastante espaço — disse o sr. Biswas.

— Por que o senhor não vai lá para fora?

O sr. Biswas não o ouviu.

— Tem que rodar com força. — E rodou.

Caiu água na cama, nas paredes, no chão.

— O balde estava muito pesado. Vá pegar uma daquelas panelas azuis pequenas lá na cozinha e encha-a de água.

E da segunda vez deu certo.

Fizeram uma campainha elétrica com as pilhas da lanterna, um pedaço de lata e um prego, um prego novo e enferrujado, um daqueles pregos que o sr. Maclean trouxe embrulhados em papel na tarde em que Edgar desmatou o lugar da casa.

Diversos fatores levaram o sr. Biswas a mudar-se do alojamento para o único quarto de sua casa que já estava pronto. Era um ato de afirmação; era um gesto de confiança e desafio;

os ruídos dos outros moradores do alojamento o incomodavam. Além disso, ele tinha esperanças de que, por ir morar numa casa nova no ano novo, ele entrasse num novo estado de espírito. Não teria se mudado se estivesse sozinho, já que tinha mais medo da solidão que de gente. Mas com Anand sentia-se acompanhado.

Tarzan encontrou uma gata prenhe ocupando o quarto vazio e empoeirado e expulsou-a de lá.

O quarto foi varrido e limpo. Tentaram raspar as cobras de asfalto do assoalho, mas o asfalto, que se derretia com tanta facilidade sobre o ferro corrugado, permanecia duro sobre as tábuas de cedro. O quarto era menor do que o do acampamento; a cama, a penteadeira de Shama, a mesa verde, o guarda-comida e a cadeira de balanço o enchiam quase completamente.

— Agora tenho que ter cuidado — disse o sr. Biswas. — Não balançar a cadeira com muita força. — E havia outros problemas. Não havia cozinha; tinham de cozinhar em cima de umas caixas no andar térreo, embaixo do quarto; os dois ficavam com náuseas. Não havia calhas no telhado, e a água tinha de ser trazida do acampamento. Tinham também que usar a latrina do acampamento.

E todos os dias o sr. Biswas via as cobras, finas, pretas, cada vez mais compridas.

O fato de a casa estar inacabada não o deprimia. Ele via os caibros, as rachaduras nas tábuas do assoalho e das paredes, a porta do quarto inexistente pregada e trancada. Sabia que estas coisas lhe haviam causado sofrimento; mas aquela época era tão remota que ele mal conseguia imaginá-la.

As cobras apareciam-lhe com frequência cada vez maior nos sonhos. Começou a encará-las como seres vivos e ficava imaginando o que aconteceria se uma delas caísse e se enrodilhasse sobre sua pele.

Os questionamentos e o medo continuavam. Ele não os havia abandonado no alojamento.

As árvores poderiam ocultar muitas coisas.

E uma noite Anand acordou com o sr. Biswas saltando da

cama, aos gritos, tentando arrancar a camiseta, como se tivesse sido atacado por um bando de formigas vermelhas.

Uma cobra caíra nele. Muito fina e não muito comprida. Quando olharam para o telhado, viram a cobra mãe, esperando a hora de soltar mais um pedaço.

Com paus e vassouras tentaram derrubar as cobras. O asfalto apenas balançava quando eles o atingiam. E, se o agarravam, só conseguiam arrancar uma cobrinha, deixando a mãe prenhe dependurada.

Com um facão ele passou boa parte da noite seguinte cortando cobras. Não era fácil. Por baixo da crosta seca, nas raízes, o asfalto estava mole, porém tinha consistência de borracha. Ele raspava com força e sentia a ferrugem do telhado cair-lhe no rosto.

Na tarde seguinte, as cobras já haviam começado a crescer outra vez.

O sr. Biswas disse que estava atacado de malária novamente. Embrulhou-se num lençol feito de saco de farinha e ficou a balançar-se em sua cadeira. A cauda de Tarzan foi amassada por ela; o cachorro deu um salto, ganindo de dor, e saiu do quarto.

— Diga *Rama Rama Sita Rama* que nada acontece com você — disse o sr. Biswas.

Anand foi repetindo as palavras, cada vez mais depressa.

— Você não quer me deixar?

Anand não respondeu.

Este era agora um dos medos do sr. Biswas. Concentrando-se neste único medo — uma capacidade que ele possuía —, o sr. Biswas conseguia fazer com que ele se tornasse o mais opressivo de todos: o medo de que Anand fosse embora e o deixasse sozinho.

Uma tarde, Anand estava rolando sua tampa de lata pelo quintal quando vieram dois homens até a casa e perguntaram se ele morava ali. Depois perguntaram pelo capataz.

— Ele está no campo — disse Anand. — Mas já deve estar voltando.

No meio das árvores, a estrada estava fresca. Lá os homens ficaram acocorados. Cantarolavam; conversavam; jogavam pedrinhas; mascavam folhas de capim; cuspiam. Anand os observava.

Um dos homens chamou:

— Venha cá, menino. — Era gordo, tinha pele amarelada, um bigode negro e olhos claros.

O outro homem, que era mais moço, disse:

— Estamos procurando um tesouro enterrado.

O apelo era irresistível. Empurrando sua tampa de lata, Anand foi até a estrada.

— Vamos. Cave — disse o homem mais moço.

O homem gordo gritou: "Iaaah!" e extraiu uma moeda de um centavo do cascalho.

Anand foi até o lugar onde o gordo estava e começou a cavar.

Então o homem mais moço gritou:

— Aha! — E tirou um pêni do cascalho.

Anand correu até ele. Então o gordo gritou outra vez; havia encontrado outro centavo.

Anand corria de lá para cá.

— Mas eu não estou encontrando nada — disse ele.

— Aqui — disse o homem mais moço. — Cave aqui.

Anand cavou e achou um pêni.

— Posso ficar com ele?

— Mas é seu — disse o homem mais moço. — Você que achou.

O jogo prosseguiu por algum tempo. Anand encontrou mais dois centavos.

Então o gordo pareceu perder o interesse por aquilo.

— O capataz está demorando — disse ele. — Onde está o seu pai, menino?

Anand apontou para o céu e gostou quando o gordo pareceu não entender e perguntou:

— O capataz é o seu pai, não é?

— Todo mundo acha que ele é meu pai. Mas ele não é meu pai de verdade, não. É só um homem que eu conheço.

Os homens entreolharam-se. O gordo pegou um punhado de cascalho e fez menção de jogá-lo em Anand.

— Vá embora, vá arrastar o seu rabinho.

— A estrada não é sua — disse Anand. — É do Departamento de Obras Públicas.

— Quer dizer que ainda por cima você é espertinho, é? Você sabe com quem está falando? — O gordo levantou-se. — Já que você é tão esperto, devolva meu dinheiro.

— Procure e ache. Esse aqui é meu. — Anand virou-se para o homem mais moço. — Você viu eu achar.

— Deixe o garoto — disse o homem mais moço.

— Não vou deixar um garotinho desaforado me roubar meus últimos tostões — disse o gordo. — Vou dar uma lição nele. — Agarrou Anand.

— Me bate que eu conto ao meu pai.

O gordo hesitou.

— Largue ele, Dinnoo — disse o homem mais moço. — Olhe lá, o capataz.

Anand soltou-se e correu até o sr. Biswas.

— Aquele gordo estava querendo roubar o meu dinheiro.

— Boa tarde, patrão — disse o gordo.

— Que história é essa de você pôr a mão no meu filho?

— Filho, patrão?

— Ele tentou roubar o meu dinheiro — disse Anand.

— Era um jogo — disse o gordo.

— Desapareça! — disse o sr. Biswas. — Emprego, é? Você não está querendo emprego coisa nenhuma. Nem vai ganhar emprego nenhum.

— Mas patrão — disse o homem mais moço —, o sr. Seth disse que falou com o senhor.

— Não me falou nada.

— Mas o sr. Seth disse... — começou o gordo.

— Esqueça, Dinnoo — disse o mais moço. — O pai e a porcaria do filho.

— Está na massa do sangue — disse o gordo.

— Cale essa boca! — gritou o sr. Biswas.

— Hm! — O gordo mordeu os lábios e recuou.

Anand mostrou ao sr. Biswas as moedas de cobre que tinha achado.

— A estrada está cheia de dinheiro — disse ele. — Eles acharam umas de prata. Mas eu não achei nenhuma.

O sr. Biswas estava deitado na cama, acordado, quando Anand levantou-se. Anand era sempre o primeiro a se levantar. O sr. Biswas ouviu-o pisando nas tábuas do assoalho inacabado da sala, que ressoavam, e chegar à escada — nela o som era mais seco. Depois fez-se silêncio, e ele ouviu Anand voltando.

Anand ficou parado à porta. Seu rosto estava inexpressivo.

— Papai. — Sua voz estava fraca. A boca permaneceu entreaberta, trêmula.

O sr. Biswas jogou o lençol para o lado e foi até o menino.

Anand sacudiu os ombros, livrando-se da mão do pai, e apontou para o outro lado da sala.

O sr. Biswas foi olhar.

No degrau mais baixo estava Tarzan, morto. O corpo havia sido jogado ali de qualquer jeito. As patas de trás estavam no degrau, o focinho no chão. Os pelos castanhos e brancos estavam sujos de sangue coagulado vermelho-escuro, e terra; um bando de moscas revoava em torno dele. A cauda estava apoiada no segundo degrau, ereta, os pelos eriçados na leve brisa matinal, como se pertencessem a um cachorro vivo. O pescoço tinha sido cortado, a barriga rasgada; havia moscas pousadas nos lábios e em torno dos olhos, que felizmente estavam fechados.

O sr. Biswas sentiu a presença de Anand a seu lado.

— Vamos. Vá para dentro. Eu cuido do Tarzan.

Levou Anand até o quarto. Anand andava com passos leves, muito leves, como se impelido apenas pela pressão dos dedos do sr. Biswas. O sr. Biswas passou a mão nos cabelos de Anand. Com um gesto irritado, Anand desvencilhou-se da mão. O corpinho tenso e frágil estremeceu; agarrando a camisa com as duas mãos, Anand começou a dançar.

O sr. Biswas levou alguns instantes para se dar conta de que Anand havia respirado fundo para gritar. Nada podia fazer senão esperar, observando o rosto inchado, a boca esticada, os olhos apertados. E então explodiu o grito, um apito terrível que se prolongou por muito tempo, até desfazer-se em gorgolejos e sons estrangulados.

— Não quero ficar aqui! Quero ir embora!

— Está bem — disse o sr. Biswas quando Anand sentou-se na cama, fungando, de olhos vermelhos. — Eu levo você à Casa de Hanuman. Amanhã. — Estava pedindo tempo. Com a ansiedade que palpitava dentro dele, o sr. Biswas havia esquecido o cachorro; tudo que pensava era que não queria ficar sozinho. Era uma capacidade que havia desenvolvido em si: esquecer as coisas desagradáveis do momento. Nada podia fazê-lo esquecer a dor mais profunda.

Também Anand esqueceu o cachorro. Só tinha consciência de seu pedido e de seu poder. Batia as pernas contra o lado da cama desfeita e batia os pés no chão.

— Não! Não! Quero ir hoje.

— Está bem. Eu levo você hoje à tarde.

O sr. Biswas enterrou Tarzan no quintal, acrescentando mais um montinho de terra àqueles que haviam sido produzidos pela energia de Edgar, agora já cobertos por uma camada de vegetação. O montinho de Tarzan parecia nu; mas em pouco tempo o capim o cobriria; como os de Edgar, ele se tornaria parte da paisagem.

A brisa matinal cessou. Surgiu uma névoa. O calor aumentava progressivamente, e no início da tarde não veio chuva alguma trazer alívio. Então a névoa espessou-se, as nuvens brancas tornaram-se prateadas, depois cinzentas, depois negras, arrastando-se pesadamente pelo céu: uma aquarela em preto e tons de cinza.

Escureceu.

O sr. Biswas voltou apressado do canavial e disse:

— Hoje acho que não vai dar para levar você a Arwacas. Vai começar a chover a qualquer momento.

Anand não protestou. A escuridão às quatro da tarde era um acontecimento, algo romântico, a ser lembrado.

No andar de baixo, na cozinha improvisada com caixas, prepararam uma refeição. Depois subiram para esperar o temporal.

Logo a chuva começou. Gotas isoladas, batendo com força no telhado, como um rufar lento de tambores. O vento aumentou, a chuva enviesou-se. Cada gota que atingia os pilares esborrachava-se e expandia-se, assumindo a forma de uma ponta de lança. A chuva que caía sobre a terra solta embaixo do telhado formava pelotas de terra perfeitamente esféricas.

Acenderam o lampião. Vieram as mariposas. As moscas, enganadas pela escuridão, já haviam se acomodado para a noite; cobriam as superfícies asfaltadas.

O sr. Biswas disse:

— Se você voltar para a Casa de Hanuman, vai ter que me devolver os lápis de cor.

O vento soprava em lufadas, curvando o percurso das gotas de chuva.

— Mas o senhor deu eles para mim.

— Ah. Mas você não quis. Lembra? Seja como for, tomei de volta.

— Pois pode tomar de volta. Eu não quero.

— Está bem, está bem. Era brincadeira. Não tomei de volta, não.

— Não quero.

— Fique com eles.

— Não.

Anand saiu para a sala inacabada.

Quando o aguaceiro finalmente desabou, foi anunciado alguns segundos antes por um rugido: o rugido do vento, do vento nas árvores, do dilúvio caindo nas árvores distantes. Então

327

ouviu-se um rápido crepitar no telhado, que imediatamente se perdeu em meio às pancadas constantes e uniformes da chuva, tão ruidosas que, se o sr. Biswas falasse, Anand não o ouviria.

Aqui e ali havia goteiras no telhado do sr. Biswas, aumentando a sensação aconchegante de se estar abrigado. A água descia das corrugações em correntes uniformemente espaçadas, cercando a casa. A água escorria pela terra inclinada sob o telhado; as pelotas de terra já haviam sumido há muito. A água abria canais tortuosos à força, em direção à estrada, e depois descia a depressão à frente do alojamento. E a chuva continuava a rugir, e o telhado ressoava.

Durante períodos de alguns segundos, os raios iluminavam um mundo reluzente e caótico. Lama recém-formada saía da sepultura de Tarzan num riacho fino e regular. As gotas de chuva brilhavam quando atingiam o chão encharcado. Então vinha o trovão, áspero e próximo. Anand imaginava um monstruoso rolo compressor atravessando o céu. Os relâmpagos eram emocionantes, mas lhe davam uma sensação esquisita. Por causa deles, e do trovão, Anand voltou para o quarto.

Ele surpreendeu o sr. Biswas escrevendo com o dedo na cabeça. Rapidamente o sr. Biswas disfarçou, fingindo que estava mexendo nos cabelos. A chama do lampião, embora protegida por uma manga de vidro, bruxuleava; as sombras dançavam pelo quarto; as sombras das cobras balançavam-se no telhado num ritmo inconstante.

Ainda oficialmente de mal com o pai, Anand sentou-se no chão, ao pé da cama, e abraçou os joelhos. O ruído da chuva no telhado, nas árvores e na terra fazia-o sentir um pouco de frio. Alguma coisa caiu perto dele. Era uma formiga alada, as asas já caídas, um fardo inútil arrastado pelo corpo de verme. Essas criaturas só apareciam quando chovia muito e raramente sobreviviam ao temporal. Quando caíam, nunca mais se levantavam. Anand prendeu com o dedo a asa quebrada. A formiga estrebuchou, a asa soltou-se; e a formiga, subitamente determinada e com uma integridade apenas ilusória, foi caminhando em direção à escuridão.

De repente a chuva pesada parou. Ainda caía uma chuva rala, e o vento continuava a soprar, jogando a garoa sobre o telhado e as paredes como se fosse areia. Ouvia-se a água caindo do telhado sobre a terra, água gorgolejando ao se espalhar pelos canais recém-abertos. A chuva tinha se insinuado pelas frestas entre as tábuas da parede. As beiras do assoalho estavam úmidas.

— *Rama Rama Sita Rama, Rama Rama Sita Rama.*

O sr. Biswas estava refestelado na cama, as pernas enganchadas, os lábios mexendo-se depressa. A expressão em seu rosto era mais de irritação que de dor.

Anand achou que aquilo era uma maneira de pedir piedade, e ignorou-o. Apoiou a cabeça nos braços cruzados sobre os joelhos e ficou a balançar-se.

O ciclo do temporal recomeçou. Uma formiga alada caiu no braço de Anand. Rapidamente ele afastou-a com a mão; o lugar onde a formiga havia pousado ardia um pouco. Então Anand viu que o quarto estava cheio de formigas aladas, gozando os últimos minutos de suas vidas efêmeras. As asas, pequenas demais para os corpos volumosos, rapidamente tornavam-se inúteis, e sem asas elas ficavam totalmente indefesas. Continuavam caindo. Seus inimigos já as haviam descoberto. Numa parede, à sombra do refletor do lampião, Anand viu uma fileira de formigas pretas. Não eram daquelas formigas malucas, frágeis e frívolas, que se dispersavam ao menor sinal de perigo; eram das que picavam, menores, mais gordas, mais organizadas, de um tom arroxeado, de brilho baço, andando devagar, rigidamente alinhadas, sérias e graves como agentes funerários. Um relâmpago voltou a iluminar o quarto, e Anand viu a fileira de formigas militares formando uma diagonal que riscava duas paredes: um caminho indireto, mas elas teriam lá suas razões.

— São eles! Ouça!

Anand, observando as formigas, a boca apertada contra o braço arrepiado, não respondeu.

— Menino!

A angústia, a intensidade do grito, mais alto que a chuva e o vento, fizeram Anand levantar-se de um salto. Ficou em pé.

— Está ouvindo eles?

Anand ficou à escuta, tentando apreender os componentes da zoeira: chuva, vento, água corrente, árvores, chuva batendo nas paredes e no telhado. Vozes indistintas, um zumbido, ora mais alto, ora mais baixo.

— Está ouvindo eles?

Qualquer coisa poderia parecer vozes: o gorgolejar da água, ramos raspando um no outro. Anand abriu a porta um pouco e olhou para baixo, por entre as vigas da sala. Água negra e reluzente escorria pelo chão. Embaixo do quarto da frente, que não tinha assoalho, onde o chão era mais elevado e estava menos úmido, havia dois homens de cócoras em frente a uma fogueira feita com gravetos. Perto dos homens havia duas folhas grandes, em forma de coração, de taioba silvestre. Certamente haviam usado as folhas para proteger-se da chuva ao serem surpreendidos pelo aguaceiro. Os homens olhavam fixamente para o fogo. Um deles fumava um cigarro. À luz fraca da fogueira, na tranquilidade daquela cena em meio ao caos, o ato de fumar, tão absorvente e imperturbável, parecia um ritual antiquíssimo.

— Está vendo eles?

Anand fechou a porta.

No chão, as formigas aladas pareciam ter recuperado o ânimo. Haviam adquirido dezenas de patas negras. Estavam sendo carregadas pelas formigas negras. Estrebuchavam e debatiam-se, porém as outras continuavam a carregá-las, muito sérias, indiferentes. As asas soltas também estavam sendo levadas.

Um relâmpago apagou as sombras e cores.

Os pelos dos braços e das pernas de Anand ficaram em pé. Sua pele formigava.

— Viu eles?

Anand achou que talvez fossem os homens da véspera. Mas não tinha certeza.

— Me traga o machete.

Anand encostou o machete na parede perto da cabeceira da cama. Água escorria pela parede.

— E você pegue a bengala.

Anand tinha vontade de dormir. Mas não queria deitar-se na mesma cama que seu pai. E, como o chão estava coberto de formigas nos trechos que não estavam molhados, ele não tinha onde se deitar.

— *Rama Rama Sita Rama, Rama Rama Sita Rama.*

— *Rama Rama Sita Rama* — repetiu Anand.

Então o sr. Biswas esqueceu-se da presença de Anand e começou a xingar. Xingava Ajodha, o pândita Jairam, a sra. Tulsi, Shama, Seth.

— Diga *Rama Rama*, menino.

— *Rama Rama Sita Rama.*

A chuva estiou.

Quando Anand olhou para fora, os homens já tinham ido embora, com suas folhas de taioba, deixando um fogo morto do qual quase não saía mais fumaça.

— Viu eles?

A chuva voltou. Os relâmpagos se sucediam, o trovão ribombava.

A procissão de formigas continuava. Anand começou a matá-las com a bengala. Sempre que esmagava um grupo que levava uma formiga alada viva, as formigas se dispersavam, sem confusão nem pressa, levavam o que conseguiam reter do corpo esmagado e transportavam as camaradas mortas. Anand bateu e bateu com a bengala. Uma dor aguda percorreu-lhe o braço. Viu na mão uma formiga, o corpo esguio, a pinça enterrada em sua pele. Quando olhou a bengala, viu que estava coberta de formigas pretas, que vinham subindo. De repente sentiu um medo terrível delas, tão iradas, vingativas, numerosas. Jogou a bengala longe. Ela caiu numa poça d'água.

O telhado subiu e caiu, rangendo e estremecendo. A casa tremeu.

— *Rama Rama Sita Rama* — disse Anand.

— Meu Deus! Eles estão vindo!

— Eles foram *embora*! — gritou Anand, zangado.

O sr. Biswas murmurava hinos em híndi e em inglês, deixa-va-os pelo meio, xingava, rolava na cama; o rosto ainda exprimia apenas irritação.

A chama do lampião tremeu, encolheu, mergulhando o quarto no escuro por alguns segundos, depois voltou a brilhar.

Houve um estremecimento no telhado, um gemido, um rangido prolongado, e Anand compreendeu que uma folha de ferro corrugado tinha sido arrancada. Uma outra ficou solta. Ela se debatia ruidosamente, sem parar. Anand ficou à espera da queda da folha que se havia desprendido.

Não pôde ouvi-la.

Relâmpago; trovão; a chuva no telhado e nas paredes; a folha de ferro solta; o vento forçando a casa, forçando, mais e mais.

Então ouviu-se um rugido que soprepujou todos os outros. Quando atingiu a casa, a janela se abriu de repente, o lampião apagou-se de súbito, a chuva entrou em bátegas, o relâmpago iluminou o quarto e o mundo exterior, e quando a luz morreu o quarto fazia parte da escuridão geral.

Anand começou a gritar.

Esperou que seu pai dissesse alguma coisa, fechasse a janela, acendesse o lampião.

Porém, o sr. Biswas limitou-se a murmurar na cama, e a chuva e o vento invadiram o quarto com uma força desnecessária, escancarando a porta que dava para a sala, sem paredes, sem assoalho, da casa que o sr. Biswas construíra.

Anand gritava, gritava.

A chuva e o vento sufocavam-lhe a voz, derrubaram o lampião, fizeram a cadeira de balanço balançar e deslizar pelo chão, empurraram o guarda-comida contra a parede, onde ficou a estremecer, destruíram todos os cheiros. Os relâmpagos intermitentes, de um azul férreo que explodia em branco, mostravam as formigas, constantemente sendo dispersadas, constantemente se reagrupando.

Então Anand viu uma luz balançando-se no escuro. Era um homem, curvado para a frente para proteger-se da chuva, com uma lanterna de tempestade numa das mãos e um machete na outra. A chama viva parecia um milagre.

Era Ramkhilawan, lá do alojamento. Um saco de juta cobria-lhe a cabeça e os ombros, como um manto. Estava descalço, as calças arregaçadas acima dos joelhos. A lanterna de tempestade iluminava os pingos rápidos de chuva e suas pegadas enlameadas, que a chuva imediatamente desfazia à medida que ele subia os degraus escorregadios.

— Ah, meu pobre bezerrinho! — chamava ele. — Ah, meu pobre bezerrinho!

Fechou a porta da sala. Sua lanterna iluminava um caos úmido. Tentou fechar a janela. Assim que ele conseguiu afastá-la um pouco da parede à qual estava grudada, o vento, crescendo, a empurrou, e ela fechou batendo com força, fazendo Ramkhilawan saltar para trás. Tirou o saco encharcado da cabeça e dos ombros; a camisa estava colada em sua pele.

O lampião não estava quebrado. Ainda restava até um pouco de óleo nele. A manga estava rachada, porém inteira. Ramkhilawan tirou do bolso das calças uma caixa de fósforos úmida, riscou um e levou a chama ao pavio. O pavio, encharcado de água, espirrou; o fósforo apagou-se; o pavio acendeu-se.

6. UMA PARTIDA

Era necessário avisar a Casa de Hanuman. Os trabalhadores sempre se interessavam por eventos melodramáticos e calamitosos, e não faltaram voluntários. Apesar da chuva e do vento, naquela mesma noite foi um mensageiro a Arwacas contar, em termos dramáticos, sua história de calamidade.

A sra. Tulsi e o deus mais jovem estavam em Port-of-Spain. Shama estava no Quarto Rosado; há dois dias que a parteira estava cuidando dela.

333

As irmãs e seus maridos realizaram um conselho.

— Eu sempre o achei maluco — disse Chinta.

Sushila, a viúva sem filhos, disse, com sua autoridade de enfermeira:

— Estou preocupada não com o Mohun, mas com as crianças.

Padma, a mulher de Seth, perguntou:

— Que doença vocês acham que ele tem?

Sumati, a da surra, respondeu:

— O mensageiro só disse que ele estava muito doente.

— E que o vento praticamente derrubou a casa dele — acrescentou a mãe de Jai.

Houve alguns sorrisos.

— Desculpe, mas tenho que corrigi-la, mana Sumati — disse Chinta. — O mensageiro disse que ele não estava certo da cabeça.

Seth disse:

— Acho que vamos ter de ir lá buscar o remador.

Os homens se aprontaram para ir a Green Vale; estavam tão excitados quanto o mensageiro.

As irmãs zanzavam de um lado para o outro, impressionando e deixando as crianças perplexas. Sushila, que ocupava o Quarto Azul quando o deus não estava em casa, retirou de lá todos os seus objetos femininos pessoais; ela dedicava boa parte de seu tempo à tarefa de ocultar dos homens os mistérios das mulheres. Além disso, queimou umas ervas mal-cheirosas para purificar e proteger a casa.

— Savi — disseram as crianças —, aconteceu alguma coisa com o seu pai.

E cravaram alfinetes nos pavios dos lampiões, para afastar as desgraças e a morte.

Na varanda e em todos os quartos do andar de cima, fizeram-se as camas mais cedo do que de costume, baixaram-se os pavios dos lampiões, e as crianças adormeceram embaladas pelo ruído da chuva. No andar de baixo, as irmãs ficaram em silêncio, sentadas em torno da mesa, os véus cobrindo as cabeças e os ombros. Jogavam cartas e liam jornais. Chinta lia o *Ramayana*; vivia inventando projetos ambiciosos e no momento queria ser a primeira mulher da família a ler a longa epopeia do começo ao fim. De vez em quando as jogadoras riam. Às vezes uma irmã pedia a Chinta que olhasse para suas cartas; muitas vezes a tentação era grande demais e Chinta, franzindo o cenho como sempre fazia quando jogava cartas, sem dizer uma palavra, participava do jogo por uma rodada, batendo em cada carta antes de jogá-la, jogando a carta vencedora com um comentário orgulhoso e voltando, silenciosa, à leitura do *Ramayana*. A parteira, uma velha magra e inescrutável de Madras, veio para o salão e acocorou-se num canto, fumando, silenciosa, os olhos brilhando. Da cozinha vinha um cheiro de café que enchia o salão.

Quando os homens voltaram, encharcados, com Anand, sonolento e choramingando, caminhando a seu lado e Govind carregando nos braços o sr. Biswas, a reação foi de alívio e um pouco de decepção. O sr. Biswas não estava alucinado nem violento; não fez discursos; não fingia estar dirigindo um carro nem colhendo cacau — dois comportamentos tradicionalmente associados à loucura. Parecia apenas profundamente irritado e fatigado.

Govind e o sr. Biswas não se falavam desde a briga. Ao carregar o sr. Biswas, Govind se colocara do lado da autoridade: havia assumido o poder da autoridade de salvar e ajudar quando havia necessidade de tal, o poder impessoal da autoridade de perdoar.

Em reconhecimento deste fato, Chinta desvelou-se em atenções para com Anand, enxugando-lhe os cabelos, despindo-lhe as roupas molhadas e dando-lhe roupas de Vidiadhar para vestir, servindo-lhe comida, levando-o para o segundo andar e encontrando-lhe um lugar para dormir entre os meninos já adormecidos.

O sr. Biswas foi instalado no Quarto Azul; deram-lhe roupas secas e cautelosamente ofereceram-lhe uma xícara de leite quente com açúcar, noz-moscada, conhaque e pedaços de manteiga vermelha. Ele pôs fim às preocupações remanescentes, tomando a xícara sem acidentes, bebendo com cuidado.

O calor e a segurança do quarto faziam-lhe bem. Todas as paredes eram sólidas; o ruído da chuva era amortecido; o teto, de tábuas de pinho de duas polegadas e meia, ocultava o telhado de ferro corrugado e asfalto; a janela com gelosias, instalada num vão profundo, era imune ao vento e à chuva.

Ele sabia que estava na Casa de Hanuman, mas não conseguia entender o que havia acontecido antes e o que estava por acontecer. Sentia-se despertando constantemente para uma situação nova, que de algum modo estava vinculada às lembranças que tinha, tão instantâneas quanto fotografias, de outros acontecimentos que pareciam dispersos por uma extensão de tempo incomensurável. A chuva na cama molhada; a viagem de carro; o aparecimento de Ramkhilawan; o cachorro morto; os homens falando lá fora; os raios e os trovões; o quarto subitamente cheio de gente, Seth, Govind e os outros; e agora aquele quarto quente, fechado, imerso na luz amarelada e firme de um lampião; as roupas secas. À medida que ele concentrava sua atenção, cada objeto adquiria uma solidez, uma permanência. Aquela mesa de tampo de mármore, com uma xícara e um pires de louça e uma colher: não havia outra disposição possível daqueles objetos. Ele sabia que aquela ordem estava ameaçada; tinha uma sensação de expectativa e inquietude.

Ficou tão imóvel quanto possível. Em pouco tempo adormeceu. Nos seus últimos momentos de lucidez pensou que o som da chuva, abafado e regular, era tranquilizador.

Ainda chovia constantemente na manhã seguinte, mas o vento diminuíra. Estava escuro, mas não havia raios nem trovões. As valetas em torno da casa estavam cheias e enlameadas. Na High Street, os canais haviam transbordado e a pista estava coberta de água. As crianças não podiam ir à aula. Estavam excitadas, não apenas por causa da tempestade e do feriado inesperado, mas também por causa dos acontecimentos da noite anterior. Algumas lembravam-se de terem sido acordadas por alguns instantes durante a noite; agora Anand estava entre elas e o pai dele estava no Quarto Azul. Algumas das meninas fingiam estar sabendo de tudo o que havia acontecido. Era como a manhã seguinte após um nascimento no Quarto Rosado: os mistérios eram tão bem preservados, tudo era feito de modo tão sigiloso que a maioria das crianças menores não sabia o que estava se passando, até que alguém lhes dizia.

— Savi — disseram as crianças —, seu pai está aqui. No Quarto Azul.

Mas ela não quis ir nem ao Quarto Azul nem ao Quarto Rosado.

Lá fora, crianças nuas chapinhavam aos gritos na rua inundada e nos canais transbordantes, brincando com barquinhos de papel ou de madeira ou simplesmente com gravetos flutuantes.

No meio da manhã, o céu clareou e ficou limpo; a chuva virou garoa e depois parou. As nuvens dissiparam-se, de repente o céu era de um azul ofuscante e havia sombras na água. Rapidamente os canais foram esvaziando; seu gorgolejar perdeu-se no meio dos ruídos cotidianos, restando uma camada de galhos e lama na pista. Nos quintais, nas cercas, havia marcas deixadas pelas águas, detritos e seixos que pareciam ter sido lavados e peneirados; as pedras estavam limpas, pois a terra nelas grudada fora levada pela água; as folhas arrancadas das árvores estavam semissubmersas na lama. O asfalto e os telhados secavam, fumegantes; as áreas secas se espalhavam depressa, como tinta num mata-borrão. E em pouco tempo as estradas e quintais já estavam secos, salvo nas depressões em que a água havia se acumulado. O calor as secava pelas bordas, e por fim nem mesmo as depressões refletiam o azul do céu. E o mundo estava seco novamente, à exceção da lama à sombra das árvores.

Shama foi informada do que acontecera com o sr. Biswas. Ela sugeriu que os móveis que estavam em Green Vale fossem trazidos para a Casa de Hanuman.

Veio o médico, um indiano católico, porém muito respeitado pelos Tulsi por seus modos refinados e suas extensas propriedades. Não deu ouvidos à sugestão de que atestasse a insanidade mental do sr. Biswas; disse que ele tivera uma crise nervosa e estava com avitaminose. Receitou uma série de Sanatogen, um tônico chamado Ferrol, que continha ferro e levantava todo o organismo, e mais Ovomaltine. Disse também que o sr. Biswas precisava de muito repouso e que devia ir consultar um especialista em Port-of-Spain assim que estivesse melhor.

Quase imediatamente após a partida do médico, chegou o taumaturgo. Era um profissional frustrado, de turbante vistoso e jeito ansioso; cobrava barato. Purificou o Quarto Azul e construiu barreiras invisíveis contra os maus espíritos. Recomendou que faixas de aloés fossem penduradas nas portas e janelas e disse que a família devia saber que era necessário ter sempre um boneco preto sobre a porta do salão para confundir os maus espíritos: melhor prevenir que curar. Então ele perguntou se podia preparar uma poçãozinha também.

O pedido foi negado.

— Ovomaltine, Ferrol, Sanatogen — disse Seth. — Com mais esta sua poção, o Mohun acaba virando uma pílula.

Porém penduraram o aloés; era um purgante natural que não custava nada, e havia sempre grandes quantidades da planta na casa. E dependuraram o boneco preto, parte de um pequeno estoque encalhado há anos na Loja Tulsi, de fabricação inglesa, que não havia agradado à gente de Arwacas.

Naquela mesma tarde, um caminhão trouxe a mobília de Green Vale. Estava úmida e manchada. O verniz da penteadeira de Shama embranquecera. O colchão estava encharcado e fedorento; a fibra de coco havia inchado, manchado o pano. As capas dos livros encadernados do sr. Biswas ainda estavam grudentas, e as cores haviam manchado as bordas das páginas, agora enrugadas e grudadas umas nas outras.

As seções metálicas da cama de quatro colunas foram deixadas desmontadas na parte do quarto comprido que antes fora ocupada por Shama e pelo sr. Biswas; as tábuas e o colchão foram colocados ao sol para secarem. O guarda-comida ficou no salão, perto da entrada da cozinha; parecia quase novo, encostado na parede verde suja de fuligem. Ainda exibia o aparelho de café japonês (com uma cabeça de mulher no fundo de cada xícara e um dragão cuspindo fogo em relevo por fora), o presente de casamento que Seth dera a Shama, jamais usado, porém sempre mantido limpo. A mesa verde também foi colocada no salão, porém em meio a todos aqueles móveis descascados quase não era notada. A cadeira de balanço foi levada para a varanda do andar de cima.

Savi sofria ao ver a mobília dispersa e desprezada e ficou indignada quando viu a desconsideração com que a cadeira de balanço foi tratada quase imediatamente. De início, as crianças ficavam em pé sobre o assento de palhinha e balançavam a cadeira com força. Depois inventaram uma brincadeira: quatro ou cinco crianças subiam na cadeira e a balançavam; um outro grupo de quatro ou cinco tentava retirá-las dali. Lutavam pelo controle da cadeira e acabavam fazendo-a virar: era o clímax do jogo. Sabendo que se protestasse faria papel de boba, Savi foi para o Quarto Rosado, com suas bacias e jarros e tubos e cheiros, e se queixou a Shama.

Shama, que era sempre carinhosa com seus filhos quando estava a sós com eles e que ficava particularmente carinhosa quando estava de resguardo, alisou os cabelos de Savi e disse-lhe que não ligasse, que ela estava sendo egoísta e que, se fizesse queixas a qualquer outra pessoa, certamente criaria uma briga. O sr. Biswas estava doente, disse Shama, e ela própria estava doente. Savi não devia fazer nada que pudesse aborrecer alguém.

— E onde colocaram a penteadeira? — perguntou Shama.

— No quarto comprido.

Shama pareceu gostar da notícia.

Algumas das placas mais elaboradas do sr. Biswas também foram trazidas de Green Vale. Foram consideradas lindas, se bem que os pensamentos nelas expressos, vindos de um homem

339

há anos considerado ateu, causaram certo espanto. As placas foram penduradas no salão e no Quarto dos Livros, e quando as crianças perguntavam a Savi se fora o pai dela mesmo que havia pintado aquelas placas, a dor de ver a mobília dispersa diminuía.

As crianças perguntavam:

— Savi, então vocês vão ficar morando aqui agora?

Deitado no quarto ao lado do quarto de Shama, sempre escuro, o sr. Biswas dormia, despertava, dormia de novo. A escuridão, o silêncio, a ausência do mundo o envolviam e o confortavam. Numa época distante, ele sofrera uma angústia tremenda. Havia lutado contra ela. Agora havia se rendido, e esta rendição lhe trouxera paz. Havia controlado a repulsa e o medo quando os homens vieram buscá-lo. Agora achava que agira bem. A rendição havia abolido o mundo de paredes úmidas e paredes cobertas de jornal, de sol quente e chuva forte e lhe trouxera isto: este quarto sem mundo, este nada. À medida que as horas passavam, ele ia reconstituindo os acontecimentos recentes e admirava-se de haver sobrevivido àquele horror. Cada vez mais, ele esquecia o medo e os questionamentos; às vezes, por intervalos de até um minuto, não conseguia, por mais que tentasse, captar integralmente o estado de espírito que havia suportado. Perdurava um mal-estar que não parecia algo real, e era mais uma lembrança vaga e aterradora do horror.

Outras pessoas foram avisadas do ocorrido e vieram visitá-lo. Pratap e Prasad, intimidados com o tamanho da casa e cônscios de sua própria situação, sentiram-se obrigados a agradar a todas as crianças. Começaram dando um pêni a cada uma; porém haviam subestimado o número de crianças da casa; terminaram dando moedas de meio pêni. Contaram ao sr. Biswas exatamente o que estavam fazendo quando receberam a notícia; por um triz os dois não haviam deixado de receber a notícia; porém ambos haviam tido presságios de que o sr. Biswas tivera algum problema na noite da tempestade e até comentaram com suas esposas; insistiam para que o sr. Biswas depois perguntasse a suas esposas se não era verdade. O sr. Biswas os escutava com um certo distanciamento. Perguntou-lhes sobre suas famílias. Pratap e Prasad julgaram que a pergunta era motivada apenas pela polidez, e embora quase não tivessem assunto deram a entender que suas famílias não mereciam maior atenção. E, depois de produzir ruídos sérios, olhar para os chapéus que tinham nas mãos, examiná-los de diversos ângulos, correr os dedos pelas fitas, levantaram-se e se despediram, suspirando.

Ramchand, o cunhado do sr. Biswas, foi menos retraído. Adquirira um jeito estouvado, citadino, que combinava com seu uniforme. Havia se mudado do interior e abandonado a fábrica de rum alguns anos antes e agora era guarda do Hospício de Alienados em Port-of-Spain.

— Não fique achando que estou sem jeito por causa de você — disse ele. — Estou acostumado. É o meu trabalho.

Falou sobre si próprio, sua carreira, o hospício.

— Aqui não tem vitrola, não? — perguntou.

— Vitrola?

— Música — disse Ramchand. — Lá a gente toca música para eles o tempo todo.

Falava das vantagens de seu cargo, como se o hospício tivesse sido criado apenas para beneficiá-lo.

— A cantina, por exemplo. Tudo lá custa cinco, seis centavos menos do que lá fora. Mas isso é porque ela não tem fins lucrativos. Se você precisar de alguma coisa, é só falar comigo.

— Sanatogen?

— Vou ver. Escute, porque você não larga o interior e vai para Port-of-Spain, rapaz? Um homem como você não devia ficar nesse lugar atrasado. Não é à toa que essa coisa aconteceu com você. Apareça por lá e fique uns tempos conosco. A Dehuti vive falando em você, você sabe.

O sr. Biswas prometeu que ia pensar na ideia.

Ramchand andou com passos pesados pela casa e, quando entrou no salão, gritou para Sushila, a qual ele não conhecia:

— Tudo bem, *maharajin*?

— Ele tem cara de *chamar** — disse Sushila.

— Por mais que a gente lave um porco — disse Chinta —, ele não vira vaca.

Aquela noite, Seth foi ao Quarto Azul.

— Então, Mohun? Como você está?

— Acho que estou bem — disse o sr. Biswas, com uma voz aguda e cômica, como fazia quando bancava o bufão.

— Está pensando em voltar para Green Vale?

Surpreendendo a si próprio, o sr. Biswas deu por si se comportando como antigamente. Com uma expressão cômica de horror, disse:

— Quem? Eu?

— Ainda bem. Porque você não pode mais voltar.

— Olhe para mim. Veja como estou até chorando.

— Adivinhe o que aconteceu.

— Os canaviais todos pegaram fogo.

— Errou. Só a sua casa.

— Pegou fogo? Quer dizer, segurou-e-tocou-fogo.

— Não. Não foi isso, não. Tocaram fogo mesmo. Gente lá de Green Vale. Aquela gente não vale nada, rapaz.

Seth viu que o sr. Biswas estava chorando e desviou a vista. Mas Seth interpretou erradamente suas lágrimas.

O sr. Biswas sentia uma imensa sensação de alívio. A ansiedade, o medo, a angústia que mantinham tensos sua mente e seu corpo agora desapareciam. Ele sentia a tensão indo embora; era uma sensação física, que o deixava fraco e exausto. E sentia uma gratidão enorme para com Seth. Queria abraçá-lo, prometer-lhe sua amizade eterna, fazer algum juramento.

— Quer dizer — disse ele, por fim — que depois daquela

---

* Casta inferior, tradicionalmente associada ao trabalho com o couro. (N. T.)

chuva toda eles queimaram a casa? — E foi sufocado por soluços convulsivos.

Naquela noite, Shama deu à luz seu quarto filho, mais uma menina.

Os livros do sr. Biswas foram colocados entre os outros que já estavam no Quarto dos Livros. Entre eles encontrava-se a edição Collins das obras de Shakespeare. Esse novo nascimento não foi anotado na guarda do livro.

Mal se ouvia o choro fino, débil e repetitivo do bebê fora do Quarto Rosado. Agora a parteira não ficava mais fumando de cócoras no salão. Estava ocupada. Lavava, limpava, supervisionava e mandava. Após nove dias, foi paga e dispensada. As irmãs diziam a Anand e Savi:

— Agora vocês têm mais uma irmã. Mais uma pessoa para repartir a propriedade do seu pai. — E diziam a Anand: — Você tem sorte. Você ainda é o único menino. Mas espere. Um dia você vai ganhar um irmão, e ele vai cortar fora o seu nariz.

O sr. Biswas preparava e bebia Sanatogen, tomava colheradas de Ferrol e, à noite, copos de Ovomaltine. Um dia lembrou-se das unhas. Olhou para elas e viu que estavam inteiras; não estavam roídas. Ainda havia períodos de trevas, espasmos de pânico; mas agora ele sabia que essas coisas não eram reais, e desse modo conseguia suportá-las. Permanecia no Quarto Azul; dava-lhe segurança ser apenas um componente da Casa de Hanuman, um organismo que possuía uma vida, uma força e um poder de confortar que eram perfeitamente independentes dos indivíduos que o compunham.

— Savi, o que você está bebendo?

— Ovomaltine.

— Anand, o que você está bebendo?

— Ovomaltine.

343

— É gostoso?

— Muito gostoso.

— Mamãe, a Savi e o Anand estão bebendo Ovomaltine. O pai deles dá para eles.

— Pois vou lhe dizer uma coisa, menino: o seu pai não é milionário para dar Ovomaltine a *você*. Ouviu?

E no dia seguinte:

— Jai, o que você está bebendo?

— Ovomaltine, igual a você.

— Vidiadhar, você está bebendo Ovomaltine também?

— Não. *Nós* estamos bebendo Milo. A gente gosta mais.

O sr. Biswas saiu do Quarto Azul e entrou na sala de visitas, a dos tronos e estátuas. Sentia-se seguro, até um pouco aventureiro. Foi até a casa de madeira. Na varanda, Hari estava lendo. Instintivamente, o sr. Biswas deu um passo para trás. Então lembrou que isso não era necessário. Os dois homens se entreolharam e desviaram a vista.

Debruçado na mureta da varanda, de costas para Hari, o sr. Biswas pensou na posição ocupada por Hari na família. Hari passava todo seu tempo de lazer lendo. Não usava essas leituras para nada; não gostava de qualquer tipo de discussão. Ninguém podia conferir seus conhecimentos do sânscrito; não havia nenhuma prova concreta de sua erudição. No entanto ele era respeitado pela família e pela gente de fora. Como Hari atingira aquela posição?, pensava o sr. Biswas. De onde teria partido?

O que aconteceria se ele, o sr. Biswas, aparecesse de repente no salão de tanga, colar de contas e fio sagrado? Se deixasse crescer de novo um tufo de cabelo no cocuruto, como no tempo em que trabalhava com o pândita Jairam? A Casa de Hanuman aguentaria dois eruditos doentes? Mas ele não conseguia se imaginar bancando o santo por muito tempo. Mais cedo ou mais tarde alguém o pegaria em flagrante, de tanga, tufo, fio sagrado e marcas da casta, lendo uma revista.

344

Em meio a tais especulações, examinou sua própria situação. Era pai de quatro filhos, e sua situação era a mesma em que se encontrava quando tinha dezessete anos, era solteiro e não conhecia os Tulsi. Não tinha vocação, nenhum modo seguro de garantir seu sustento. O emprego em Green Vale estava perdido; não poderia ficar o resto da vida descansando no Quarto Azul; em breve teria de tomar uma decisão. Porém não sentia nenhuma ansiedade. A agonia e o desespero constantes daqueles dias passados em Green Vale lhe proporcionavam um padrão de sofrimento com o qual tudo era comparado. Ele era mais feliz do que a maioria das pessoas. Seus filhos jamais passariam fome; teriam sempre o que vestir e onde morar, quer ele estivesse em Green Vale, quer em Arwacas, vivo ou morto.

Seu dinheiro estava acabando: Ovomaltine, Ferrol, Sanatogen; os honorários do médico, da parteira, do taumaturgo. E não ia receber mais dinheiro algum.

Uma noite Seth disse:

— Essa lata de Ovomaltine pode muito bem vir a ser a última se você não resolver fazer alguma coisa.

Resolver. O que ele podia resolver?

Havia espaço para ele na Casa de Hanuman se ele ficasse. Se fosse embora, não sentiriam sua falta. Não havia afirmado seus direitos sobre os filhos; eles o evitavam e ficavam constrangidos quando se encontravam com ele.

Mas foi somente quando Seth disse: "*Mai* e Owad vêm para casa este fim de semana" — o que queria dizer que o Quarto Azul tinha de ser preparado para Owad —, foi só então que o sr. Biswas resolveu agir, pois não queria se mudar para nenhuma outra parte da casa nem encarar a sra. Tulsi nem o deus.

A pequena mala de papelão pardo, obtida em troca de um grande número de maços de cigarros Anchor e enfeitada dos dois lados com seu monograma, bastava para o que ele pretendia levar. Lembrou-se da frase provocadora de Shama: "Quando você veio para cá, todas as roupas que você tinha cabiam penduradas num prego só". Ele continuava tendo apenas umas poucas roupas; todas estavam amarrotadas e sujas. O chapéu de cortiça, resolveu deixar lá; sempre o achara ridículo, e fazia parte do alojamento. Seus livros, poderia mandar buscar depois. Porém levou seus pincéis. Eles haviam sobrevivido a todas as mudanças; a vela que fora passada nas cerdas de um ou dois deles havia endurecido, rachado e virado pó.

Ele queria sair de manhã cedo para ter o máximo de tempo possível antes que escurecesse. As roupas amarrotadas pareciam largas quando ele as vestiu; as calças estavam frouxas; ele havia emagrecido. Lembrou-se da manhã em que caiu a toalha na qual estava enrolado, na frente dos doze quartos do alojamento.

Quando Savi veio lhe trazer chocolate, biscoitos e manteiga, ele disse:

— Vou embora.

Ela não pareceu ficar surpresa nem desapontada e não perguntou para onde ele ia.

Ele ia enfrentar o mundo, testar seu poder de assustá-lo. O passado era falso, uma sucessão de acidentes desonestos. A vida real, com sua doçura inigualável, o aguardava; ele ainda estava começando.

Não sabia se devia ir ver Shama e o bebê. Sentia repulsa. Assim que ouviu as crianças saindo para a escola, desceu. Viram-no, mas ninguém o chamou: a mala não era muito grande.

A High Street já estava cheia de gente. A feira fervilhava: um cheiro forte de carne e peixe, um vozerio uniforme pontuado por gritos e sinetas. Os armarinheiros chegavam em carros puxados por cavalos, burros ou bois: homens ambiciosos que expunham pentes, grampos e escovas em suas bancas, à frente de lojas grandes que vendiam os mesmos artigos.

Não sentiu nenhum espasmo de terror. Os nós de medo no estômago persistiam, mas eram tão discretos que ele sabia que podia ignorá-los. O mundo lhe fora devolvido. Olhou para as unhas da mão esquerda; continuavam intatas. Testou-as contra a palma da mão; estavam afiadas, cortantes.

Passou pela placa de Chá Red Rose É Bom; pelo bar com o

toldo grande; pela igreja católica; pelo tribunal; pela delegacia amarela e vermelha, com gramado e sebes bem aparados, com a entrada ladeada por grandes pedras caiadas e palmeiras que, pintadas de cal até a metade dos troncos, lembravam as pernas de Pratap e Prasad quando, ainda meninos, chegavam da poça dos búfalos.

SEGUNDA PARTE

1. "CENAS EXTRAORDINÁRIAS"

O sr. Biswas foi parar em Port-of-Spain — onde, com uma única e curta interrupção, iria passar o resto de sua vida e onde, na Sikkim Street, viria a morrer quinze anos depois — por mero acaso. Quando deixou para trás a Casa de Hanuman, a mulher e os quatro filhos, o último dos quais nem sequer chegara a ver, sua principal preocupação era encontrar um lugar para pernoitar. Ainda era manhã. O sol nascia, brotando diretamente da High Street, em meio a uma névoa ofuscante, contra a qual todas as pessoas eram reduzidas a silhuetas, debruadas em ouro, presas a sombras tão alongadas que seus movimentos pareciam descoordenados e desajeitados. Os prédios dos dois lados da rua estavam imersos na sombra úmida.

Ao chegar à encruzilhada, o sr. Biswas ainda não havia resolvido para onde ia. A maior parte do tráfego seguia em direção ao norte: caminhões cobertos de lona, táxis, ônibus. Os ônibus diminuíam de velocidade ao passar pelo sr. Biswas, e os cobradores, dependurados dos estribos, convidavam-no a subir, aos gritos. No norte estavam Ajodha e Tara, bem como sua mãe. No sul estavam seus irmãos. Nenhum deles poderia se recusar a recebê-lo. Porém ele não queria ir para nenhuma dessas casas: era-lhe fácil demais imaginar-se entre essas pessoas. Então lembrou que também era no norte que estavam Port-of-Spain e Ramchand, seu cunhado. E foi quando o sr. Biswas estava pensando se devia ou não levar a sério o convite de Ramchand que um ônibus, de capô entreaberto, o radiador sem tampa, fumegante, parou a alguns centímetros dele com um ranger de freios; toda a estrutura de madeira e lata estremeceu, e o cobrador, um rapazinho, quase um menino, abaixou-se e pegou a mala de papelão do sr. Biswas, dizendo, autoritário:

— Port-of-Spain, rapaz, Port-of-Spain.

No tempo em que trabalhava como cobrador de ônibus de Ajodha, o sr. Biswas havia agarrado as malas de muitos viajantes e sabia que em tais circunstâncias o cobrador tinha de ser agressivo para evitar possíveis aborrecimentos. Mas agora, ao se ver subitamente separado de sua bagagem, ouvindo a voz impaciente do cobrador, sentiu-se intimidado e assentiu com a cabeça.

— Vamos, vamos — disse o cobrador; e o sr. Biswas subiu no ônibus enquanto o cobrador guardava sua mala.

Cada vez que o ônibus parava para soltar um passageiro ou apanhar mais um, o sr. Biswas perguntava a si próprio se era tarde demais para saltar e voltar para o sul. Porém a decisão já fora tomada, e ele não tinha energia suficiente para voltar atrás; além disso, só poderia retomar sua mala com a cooperação do cobrador. Fixou a vista numa casa, pequena e perfeita como uma casa de boneca, encravada nas encostas longínquas da Serra do Norte; e, à medida que o ônibus avançava, intrigava-o constatar que a casa não aumentava de tamanho; e perguntava-se, como se fosse uma criança, se o ônibus chegaria mesmo algum dia até aquela casa.

Era a época da colheita. Nos canaviais, já parcialmente derrubados, os cortadores e os carregadores trabalhavam afundados nas folhas até a altura dos joelhos. Pelos caminhos entre as plantações, búfalos cinzentos e enlameados puxavam, pachorrentos, carroças que transbordavam de cana. Porém logo a paisagem mudou, e o ar tornou-se menos grudento. Os canaviais foram substituídos pelos arrozais, de águas enlameadas cuja cor turva era mascarada pelo azul impecável do céu nelas refletido; havia mais árvores; e em vez de cabanas de barro viam-se casas de madeira, pequenas e velhas, porém terminadas, pintadas, com gelosias e arabescos, muitas vezes quebrados, ao longo dos beirais, acima das portas e janelas e em torno das varandas sufocadas por samambaias. A planície foi ficando para trás, a serra mais próxima; porém a casa de boneca permanecia pequena como antes, e quando o ônibus virou na Eastern Main Road o sr. Biswas perdeu-a de vista. A estrada era ladeada por muitos fios e parecia importante; o ônibus seguia para o oeste, em meio a um tráfego cada vez maior e mais barulhento, passando por uma sucessão de vilarejos vermelhos e amarelados, até que a serra surgiu diretamente da margem direita da estrada, e da esquerda vinha um cheiro de pântano e mar, o qual por fim apareceu, liso, cinzento e enevoado; haviam chegado em Port-of-Spain, onde o cheiro de maresia se misturava aos odores pungentes e adocicados de cacau e açúcar que vinham dos armazéns.

O sr. Biswas temia o momento da chegada; queria que o ônibus continuasse em sua viagem para frente, jamais chegando a parte alguma; porém quando saltou ao lado da estação ferroviária sua hesitação desapareceu de repente, e ele sentiu-se livre e animado. Era um dia de liberdade igual ao qual só vivera um antes, o dia em que morreu um parente de Ajodha e o bar foi fechado e todo mundo foi embora. Na Marine Square comprou um coco de um vendedor de rua e bebeu a água. Que maravilha poder fazer aquilo no meio da manhã! Caminhava por calçadas apinhadas de gente, ruas com tráfego lento e incessante de automóveis; observava o tamanho e a abundância das lojas, cafés e restaurantes, os bondes, a excelente qualidade dos letreiros das lojas, os enormes cinemas, fechados após os prazeres da noite (aquela noite que ele passara no tédio de Arwacas), porém ostentando cartazes, ainda úmidos de cola, que prometiam mais prazeres à tarde e à noite. O sr. Biswas bebia a cidade como um todo; não isolava indivíduos, não via o homem atrás da mesa ou balcão, do carrinho de mão ou volante de ônibus; via apenas a atividade, sentia o apelo a seus sentidos, sabia que por trás de tudo aquilo havia uma emoção que, embora oculta, aguardava o momento de ser vivida.

Foi só às quatro horas, quando as lojas e escritórios se fecharam e os cinemas se abriram, que ele pensou em procurar o endereço que Ramchand lhe dera. Ficava no bairro de Woodbrook; e o sr. Biswas, fascinado pelo nome,* decepcionou-se ao encontrar um terreno sem cerca com duas casas velhas de madeira, sem pintura, e muitos barracos improvisados. Era tarde demais para voltar atrás, tomar outra decisão, empreender outra viagem; e depois de pedir informações a uma negra que abanava um balde de carvão num barraco foi esgueirando-se entre pedras de quarar roupas, uma vala negra descoberta e outra mais rasa, um varal baixo, até chegar aos fundos, onde viu Dehuti abanando um braseiro em outro barraco, uma das paredes do qual era a cerca de ferro corrugado que ocultava o esgoto.

A decepção do sr. Biswas foi tão grande quanto a surpresa que eles sentiram quando, após as exclamações e saudações de praxe, ele manifestou sua intenção de passar algum tempo com eles. Porém quando explicou que havia largado Shama eles foram solidários, manifestando, juntamente com compreensão, um certo *frisson*, bem como prazer por constatar que, num momento difícil, ele os procurara.

— Fique aqui descansando o tempo que você quiser — disse Ramchand. — Tome aqui a vitrola. Fique aqui e ouça umas músicas.

E Dehuti até mesmo deixou de lado o jeito carrancudo com que sempre recebia o sr. Biswas, uma reação que agora, não sendo mais defensiva, não tinha qualquer significado: era apenas uma atitude cristalizada pelo hábito, que simplificava os relacionamentos.

Logo chegou da escola o filho menor de Dehuti, e ela lhe disse, severa:

— Pegue seus livros e me diga o que você aprendeu na aula hoje.

O menino não hesitou. Pegou a cartilha do capitão Cutteridge, quarta série, e leu o relato de uma fuga de um campo de prisioneiros na Alemanha ocorrida em 1917.

---

* O nome "Woodbrook" significa "riacho do bosque". (N. T.)

O sr. Biswas deu os parabéns ao menino, a Dehuti e a Ramchand.

— Ele está lendo direitinho — disse Ramchand.

— E o que quer dizer "partilhar"? — perguntou Dehuti, ainda séria.

— Distribuir — disse o menino.

— Isso eu não sabia na idade dele — disse o sr. Biswas a Ramchand.

— Pegue o seu caderno e me mostre o que você estudou de aritmética hoje.

O menino mostrou-lhe o caderno. Dehuti disse:

— Parece que está direito. Mas eu não entendo nada de aritmética. Mostre ao seu tio.

O sr. Biswas também não entendia nada de aritmética, mas viu as marcas em tinta vermelha que assinalavam as respostas corretas e mais uma vez parabenizou o menino, Dehuti e Ramchand.

— Instrução é um negócio fantástico — disse Ramchand. — Qualquer criancinha pode aprender. Mas não é que depois a coisa é da maior importância?

Dehuti e Ramchand viviam em dois cômodos. Num deles o sr. Biswas ficou com o menino. E, embora vista de fora aquela casa sem pintura, com telhado enferrujado, com tábuas gastas e quebradas parecesse prestes a desabar, por dentro a madeira ainda não estava totalmente descorada, e os cômodos estavam limpos e bem cuidados. Os móveis, inclusive o cabide para chapéus com o espelho em forma de losango, estavam tão lustrados que brilhavam. A área entre a cozinha e o quarto dos fundos era coberta e parcialmente amurada; assim, não era necessário haver pátio, e havia espaço e até mesmo privacidade.

Mas à noite ouviam-se sussurros ásperos e íntimos vindos detrás das paredes, e o sr. Biswas lembrava que estava numa cidade grande. Todos os outros moradores eram negros. Nunca o sr. Biswas morara perto de pessoas desta raça; isto era mais um fator que contribuía para a sensação de estranheza e aventura de estar na cidade grande. Os negros da cidade eram diferentes dos do interior no jeito de falar, de vestir-se, de ser. A comida deles tinha cheiros estranhos, de carne; suas vidas pareciam menos organizadas. As mulheres mandavam nos homens. As crianças eram desprezadas e, aparentemente, eram alimentadas de modo aleatório; os castigos eram frequentes e brutais, sem a ritualização que caracterizava as surras na Casa de Hanuman. Porém as crianças eram fisicamente desenvolvidas; só as enfeiavam os umbigos proeminentes, que estavam sempre expostos, pois as crianças da cidade usavam calças e andavam de peito nu, ao contrário das do interior, que andavam de camiseta e com as nádegas de fora. E, ao contrário das crianças do campo, que eram tímidas, as da cidade eram um misto de mendigo e valentão.

A organização da cidade fascinava o sr. Biswas: os postes de iluminação que se acendiam todos ao mesmo tempo, os varredores das vias públicas que trabalhavam de noite, os lixeiros que vinham de manhã cedo; os ruídos furtivos e macabros dos recolhedores de excremento humano, usado como fertilizante; os entregadores de jornais; o caminhão de entregar pão; o leite que saía não das vacas, mas de garrafas de rum arrolhadas com pedaços de papel pardo. O sr. Biswas ficava impressionado quando ouvia Dehuti e Ramchand falarem de ruas e lojas com uma intimidade de proprietários, no tom natural de quem conhece como a palma da mão os labirintos da cidade. Até mesmo no simples ato de ir ao trabalho, coisa que Ramchand fazia todas as manhãs, havia algo de astuto, corajoso, invejável.

E com o sr. Biswas, Ramchand fazia questão de bancar o citadino sofisticado. Levou o cunhado para conhecer o Jardim Botânico, o Jardim de Pedras e o Palácio do Governo. Subiram o morro Chancellor e ficaram a contemplar os navios no porto. Para o sr. Biswas, foi um momento profundamente romântico. Ele já vira o mar, mas não sabia que Port-of-Spain era um porto de verdade, onde paravam transatlânticos vindos dos quatro cantos do mundo.

O sr. Biswas achava graça nos modos urbanos de Ramchand e deixava que o outro o tratasse com certo paternalismo. De qual-

353

quer modo, Ramchand sempre o tratara assim, mesmo quando havia acabado de largar o emprego de jardineiro na casa de Tara. Como a comunidade a que pertencia o colocava no ostracismo, ele havia demonstrado a inutilidade das sanções que ela lhe impunha: simplesmente se desligara dela. Adquirira um jeito de falar alto e demonstrar jovialidade que não era espontâneo e que nem sempre surtia efeito. Falava inglês a maior parte do tempo, porém seu sotaque de indiano do interior tornava ridículas suas tentativas de estar sempre a par da gíria de Port-of-Spain, extremamente mutável. E o sr. Biswas sofria quando Ramchand era rejeitado; assim, por exemplo, em parte para impressionar o cunhado, Ramchand foi exageradamente jovial ao dirigir-se aos negros do quintal, e eles reagiram com espanto e frieza.

Após duas semanas, Ramchand disse:

— Não comece a se preocupar com a questão de arranjar emprego. Você está com esgotamento nervoso e precisa descansar muito.

Falava sem ironia, mas o sr. Biswas, que já estava praticamente sem dinheiro, estava começando a sentir-se oprimido por sua liberdade. Não se contentava mais em andar pela cidade. Queria fazer parte dela, ser uma daquelas pessoas que esperavam nos pontos de ônibus, pintados de preto e amarelo, todas as manhãs; uma daquelas pessoas a quem as noites e os fins de semana traziam o descanso. Pensou em voltar a pintar letreiros. Mas o que fazer? Bastaria simplesmente pôr um anúncio à porta da casa e esperar?

Ramchand disse:

— Por que você não tenta arranjar emprego no hospício? Bom salário, uniforme de graça e uma cantina excelente. Tudo lá é cinco ou seis centavos mais barato. Pergunte à Dehuti.

— É — confirmou ela. — Tudo lá é muito mais barato.

O sr. Biswas imaginou-se de uniforme, atravessando sozinho amplas salas cheias de loucos furiosos.

— É, por que não? — disse. — Não deixa de ser um trabalho.

Ramchand ficou ligeiramente ofendido. Mencionou dificuldades; embora tivesse contatos e influência, achava que talvez causasse má impressão utilizá-los.

— É a única coisa que me faz hesitar — disse. — A *impressão*.

Então um dia o sr. Biswas surpreendeu-se ao constatar em si sinais de medo. Eram sutis e intermitentes, mas persistiam; teve a ideia de olhar para as mãos. As unhas estavam todas roídas.

Sua liberdade terminara.

Como último ato de liberdade, resolveu consultar o especialista recomendado pelo médico de Arwacas. O consultório ficava na extremidade norte da St. Vincent Street, não muito longe da Savannah.* A casa e o terreno conotavam brancura e ordem. As estacas da cerca estavam recém-caiadas; a placa de latão reluzia; o gramado estava aparado; nem sequer um torrão de terra estava fora do lugar nos canteiros; e o cascalho cinza-claro do caminho, livre de impurezas, refletia o sol.

O sr. Biswas atravessou uma varanda de paredes brancas e entrou numa sala ampla, branca, de teto alto. Uma recepcionista chinesa, com um uniforme branco, duro de goma, estava sentada a uma mesa sobre a qual havia, ordenadamente dispostos, calendário, agenda, tinteiros, livros comerciais e abajur. Num canto da sala um ventilador zumbia. Pessoas comodamente instaladas em cadeiras baixas e luxuosas liam revistas ou falavam em sussurros. Não pareciam doentes: nenhum daqueles rostos estava untado de óleo nem envolto em ataduras; não havia cheiro de rum aromático nem de amônia. Aquilo era muito diferente do Quarto Rosado da sra. Tulsi; e era difícil acreditar que, naquela mesma cidade, Ramchand e Dehuti moravam em dois quartos de uma casa caindo aos pedaços. O sr. Biswas começou a achar que não tinha por que estar ali; não tinha doença nenhuma.

— O senhor tem hora marcada? — A recepcionista tinha a

---

* Parque em Port-of-Spain, em torno do qual se estende o centro cultural e recreativo da cidade. (N. T.)

voz nasalada e aguda e o jeito de pular letras que caracterizava os chineses, e o sr. Biswas sentiu que havia algo de hostil nela.

Cara de peixe, comentou mentalmente.

A recepcionista surpreendeu-se.

Horrorizado, o sr. Biswas deu-se conta de que havia sussurrado a expressão; não perdera o hábito de pensar em voz alta que adquirira em Green Vale.

— Hora certa? — disse ele. — Tenho uma carta. — Pegou o pequeno envelope pardo que o médico de Arwacas lhe dera. Estava amassado e sujo; as beiras estavam puídas e os cantos, dobrados.

Com um gesto hábil, a recepcionista abriu o envelope com uma faca de casca de tartaruga. Enquanto ela lia a carta, o sr. Biswas sentia-se desmascarado, um impostor, mais do que nunca. Sua gafe o preocupava. Resolveu ser cuidadoso. Trincou os dentes e tentou imaginar se a expressão "cara de peixe", sussurrada, não poderia ser entendida como algo bem diferente, talvez até elogioso.

Cara de peixe.

A recepcionista levantou a vista.

O sr. Biswas sorriu.

— O senhor quer marcar uma consulta ou prefere esperar? — disse a recepcionista, com frieza.

O sr. Biswas resolveu esperar. Sentou-se num sofá, afundou nele, recostou-se e afundou mais ainda; os joelhos ficaram elevados. Não sabia o que fazer com os olhos. Contou as pessoas que havia na sala. Oito. Teria de esperar muito tempo. Provavelmente todos os outros tinham hora marcada; todos estavam doentes de verdade.

Um homem baixo entrou mancando, fazendo barulho, falou alto com a recepcionista, foi mancando até o sofá, afundou nele, ofegante, e espichou para a frente uma perna curta e ereta.

Aquele, pelo menos, estava doente. O sr. Biswas olhou para a perna do homem e ficou a imaginar como ele conseguiria se levantar depois.

A porta do consultório abriu-se, ouviu-se a voz de um homem que não foi visto, uma mulher saiu e entrou outro paciente.

Morria em Argel um legionário.

O sr. Biswas sentiu que o manco olhava para ele.

Pensou no dinheiro. Tinha três dólares. No interior, o médico cobrava um dólar, mas naquela sala certamente sairia mais caro adoecer.

O manco resfolegava.

Pensar em dinheiro era muito preocupante; pensar no *Livro do declamador* era muito perigoso. Deu rédeas aos pensamentos; por fim concentrou-se em *Tom Sawyer* e *Huckleberry Finn*, obras que havia lido na casa de Ramchand. Sorriu ao pensar em Huckleberry Finn e suas calças "caídas que nada continham"; no negro Jim, que via fantasmas e contava histórias.

Deu um risinho.

Quando levantou a vista, percebeu que o manco e a recepcionista entreolhavam-se. Teve vontade de ir embora naquele instante, mas estava demasiadamente afundado na cadeira; se tentasse levantar-se, faria tantos movimentos que chamaria atenção. Começou a pensar nas roupas que estava usando: calças cáqui, desbotadas, de bainhas dobradas e esfiapadas; camisa azul, desbotada, de punhos desajeitadamente dobrados (não havia tamanho de camisa que ficasse bem nele: ou bem o colarinho ficava apertado demais, ou bem as mangas ficavam compridas demais), chapeuzinho marrom no vale formado entre as coxas e a barriga. E só tinha três dólares.

Sabe, na verdade não estou doente.

O manco pigarreou ruidosamente — alto demais para homem tão pequeno — e sacudiu a perna dura.

O sr. Biswas ficou olhando.

De repente ergueu-se do sofá, fazendo o manco sacudir-se violentamente na outra ponta, e aproximou-se da recepcionista. Caprichando na gramática, disse:

— Mudei de ideia. Estou me sentindo bem melhor. Obrigado. — E, colocando o chapéu na cabeça, foi andando em direção à porta.

— E a sua carta? — disse a recepcionista; com a surpresa, não conseguiu evitar um carregado sotaque antilhano.

— Pode ficar com ela — disse o sr. Biswas. Pode arquivar. Queimar. Vender.

Atravessou a varanda ladrilhada, desceu o caminho de cascalho à sombra, saiu ao sol, observou um canteiro de zínias moribundas, pisando com passos rápidos o cascalho, rumo à St. Vincent Street. O vento que vinha do parque era delicioso. Sua mente estava abafada. E agora via que a cidade era composta de indivíduos, cada um com seu lugar nela. Os edifícios altos ao redor da Savannah estavam brancos, vazios, mudos, no calor da tarde.

Chegou ao War Memorial Park, sentou-se num banco à sombra de uma árvore e ficou examinando a estátua de um soldado em plena batalha. As sombras, negras e nítidas, eram um convite ao repouso e à lassidão. Seu estômago doía.

Sua liberdade terminara; sempre fora falsa. O passado não podia ser ignorado; não era jamais falso, e estava contido dentro dele. Se havia um lugar para ele, teria de um ser um lugar já preparado pelo tempo, por todas as suas vivências, por mais imperfeitas, improvisadas e desonestas que fossem.

Até gostava da dor de estômago. Há meses que não a sentia, e tinha a impressão de que a volta da dor assinalava a volta de sua integridade mental, a restauração do mundo; ela assinalava a distância que o separava do abismo dos últimos meses, do qual ele havia emergido, e lembrava-lhe a dor que era agora o padrão com o qual tinha de comparar tudo.

Com relutância, pois era um prazer ficar ali sentado, sentindo o vento brincar-lhe no rosto, no pescoço, por dentro da camisa, saiu do parque e caminhou para o sul, afastando-se da Savannah. Os prédios silenciosos e introvertidos desapareceram; as calçadas tornavam-se mais estreitas, mais altas, mais cheias de gente; havia lojas, cafés, ônibus, carros, bondes, bicicletas, buzinas, campainhas, gritos. Atravessou Park Street e continuou caminhando em direção ao mar. Ao longe, por cima dos telhados no final da rua, via as pontas dos mastros das chalupas e escunas paradas no cais da St. Vincent Street.

Passou pelo tribunal e chegou à Casa Vermelha, um prédio grande de arenito vermelho. No pátio à frente havia no asfalto riscos brancos delimitando vagas e a inscrição: RESERVADO PARA OS JUÍZES. Subiu a escada central e viu-se embaixo de uma cúpula elevada. Viu inúmeros quadros de aviso verdes e um chafariz desligado. O fundo do poço do chafariz estava molhado e cheio de folhas secas e maços de cigarros vazios.

Debaixo da cúpula a movimentação era intensa; mensageiros de uniforme cáqui e funcionários com roupas bem passadas andavam de um lado para o outro com pastas amarelas ou verdes; gente passava da St. Vincent Street para a Woodford Square e vice-versa. Em Woodford Square, os mendigos profissionais espalhavam-se pelo coreto e pelos bancos tão confiantes em relação a sua própria aparência que não se davam ao trabalho de esmolar; passavam a maior parte do tempo remendando os andrajos que usavam como se fossem uniformes, roupas grossas, esfarrapadas, abundantemente variegadas, pequenos retalhos costurados por cima de outros retalhos pequenos, com muito esmero. Até os mendigos pareciam ter seu lugar estabelecido. A praça, fresca à sombra das árvores, salpicada de sol num efeito gracioso, era deles; lá eles cozinhavam, comiam e dormiam, sendo perturbados apenas por um ou outro comício. Ninguém se incomodava com eles, e, como todos estavam em excelentes condições físicas e um ou dois, segundo se dizia, eram milionários, ninguém os incomodava.

Nos quadros de aviso verdes, que também serviam para separar uma sala de outra, havia informes oficiais. O sr. Biswas estava lendo estes informes quando ouviu alguém chamá-lo. Virou-se e viu um negro idoso, bem vestido, acenando para ele com um par de óculos de uma só haste.

— Quer uma certidão? — Os lábios do negro fechavam-se com ferocidade após cada palavra.

— Certidão?

— Nascimento, casamento, óbito. — O negro colocou os

359

óculos estropiados sobre a ponta do nariz; tirou uma folha de papel do bolso da camisa, abarrotado de papéis e lápis, e ficou a rodar o lápis acima da folha, impaciente.

— Não quero nenhuma certidão.

O lápis imobilizou-se.

— Não entendo. — O negro guardou papel e lápis, sentou-se num banco comprido e lustroso, tirou os óculos, enfiou na boca a ponta branca e arranhada da haste sobrevivente e balançou as pernas. — Hoje em dia ninguém quer saber de certidão. Para mim, o problema é que agora tem despachante demais. Quando eu me sentei nesse banco em 1919, eu era o único despachante. Hoje isso aqui está cheio de gente correndo de um lado para o outro — o negro apontou para o chafariz com o queixo — que se diz despachante. — Apertou os lábios, feroz. — Tem certeza que não quer uma certidão? Nunca se sabe quando a gente vai precisar de um negócio desses. Eu vivo tirando certidões para indianos, sabe. Aliás, eu até prefiro arranjar certidões para indianos. E se o senhor quiser eu lhe arranjo uma hoje mesmo. Conheço um dos funcionários de lá.

Apontou para o escritório atrás dele, e o sr. Biswas viu um balcão alto, marrom, lustroso, e paredes de um verde claro, iluminados, apesar do sol ainda forte, por luzes elétricas.

— Trabalho desgraçado — disse o negro. — O pior é o Natal e a Páscoa, sabe. Nessas épocas ninguém quer certidão nenhuma. E todo dia eu posso querer uma certidão ou duas ou mesmo nenhuma que tanto faz: tenho que arranjar vinte cigarros para aquele funcionário ali.

O sr. Biswas começou a se afastar.

— Mas se o senhor souber de alguém que quer uma certidão — nascimento, óbito, casamento, casamento *in extremis* — é só mandar para mim. Chego aqui todos os dias às oito em ponto. Meu nome é Pastor.

O sr. Biswas afastou-se de Pastor, estarrecido com a ideia de que no escritório atrás dos quadros de aviso eram registrados todos os nascimentos e todas as mortes. E pensar que quase haviam se esquecido dele! Desceu a escada em direção à

360

St. Vincent Street e continuou seguindo para o sul, rumo aos mastros dos navios. Até mesmo Pastor, ainda que reclamasse da vida, tinha encontrado seu lugar. O que o levara, num belo dia do ano de 1919, a sentar-se à porta do Departamento de Registros e ficar à espera de analfabetos precisados de documentos?

Ele voltara ao estado de espírito em que ficara em Green Vale, quando não conseguia olhar para os jornais colados na parede. E agora deu-se conta de que a apreensão súbita que sentia toda vez que via alguém na rua não provinha do medo, e sim apenas do desânimo, da inveja, do desespero.

E, pensando nos jornais do quarto do alojamento, viu-se face a face com as redações dos jornais: o *Guardian*, o *Gazette*, o *Mirror*, o *Sentinel*, um de frente para o outro, na mesma rua. O ruído das máquinas lembrava trens ao longe; pelas janelas abertas vinha um cheiro cálido de óleo, tinta e papel. O *Sentinel* era o jornal para o qual Misir, o arianista, trabalhava como correspondente no interior, recebendo um centavo por linha. Todas as matérias que o sr. Biswas havia decorado no alojamento voltaram-lhe à mente. *Cenas extraordinárias foram vistas ontem, quando... Os transeuntes pararam para olhar quando...*

Virou numa travessa, abriu uma porta à direita, abriu outra porta. O ruído das máquinas aumentou. Um ruído cheio de importância e urgência, mas que não o intimidou. O sr. Biswas disse ao homem sentado à escrivaninha dentro de uma espécie de gaiola:

— Quero falar com o diretor.

Cenas extraordinárias foram vistas ontem na St. Vincent Street, quando Mohun Biswas, 31 anos...

— Tem hora marcada?

... atacou um recepcionista.

— Não — disse o sr. Biswas, irritado.

Entrevistado por nosso repórter... Entrevistado por nosso correspondente especial na madrugada de hoje, o sr. Biswas disse...

— O diretor está ocupado. Melhor falar com o sr. Woodward.

— Pois diga ao diretor que eu vim lá do interior para falar com ele.

Cenas extraordinárias foram vistas ontem na St. Vincent Street, quando Mohun Biswas, 31 anos de idade, desempregado, sem moradia fixa, atacou um recepcionista na redação do TRINIDAD SENTINEL. As pessoas se esconderam atrás das mesas quando Biswas, pai de quatro filhos, entrou no prédio dando tiros para os lados, matou o diretor e quatro repórteres e em seguida tocou fogo no prédio. Os transeuntes pararam para olhar, enquanto as chamas se elevavam, atiçadas por uma brisa forte. Toneladas de papel foram destruídas, e o prédio foi reduzido a um monte de escombros. Numa entrevista exclusiva a nosso correspondente especial na madrugada de hoje, o sr. Biswas disse...

— Por aqui — disse o recepcionista, descendo da jaula, e levou o sr. Biswas a uma sala que desfigurava os ruídos de máquinas de escrever e maquinarias. Muitas das máquinas de escrever estavam paradas, muitas mesas estavam vazias. Havia um grupo de homens em mangas de camisa parados em volta de um bebedouro num canto; outros grupos de dois ou três estavam sentados em cima das mesas; um homem fazia rodar uma cadeira giratória com o pé. Ao longo de uma parede havia uma fileira de cubículos de vidro fosco, e o recepcionista, seguindo à frente do sr. Biswas, bateu à porta de um deles, abriu-a, fez o sr. Biswas entrar e fechou a porta.

Um homenzinho gorducho, de cara vermelha e suada, semiergueu-se atrás de uma escrivaninha cheia de papéis espalhados. Blocos de tipos de chumbo faziam as vezes de pesos de papel. E o sr. Biswas viu, com emoção, a prova de um artigo, com o título em letras graúdas. Estava violando um segredo; isolado numa grande folha branca, o artigo gozava um esplendor que os leitores não veriam no dia seguinte. A excitação do sr. Biswas aumentou. E ele simpatizou com o homem que via à sua frente.

— E qual é a notícia? — perguntou o diretor, sentando-se.

— Não tenho nenhuma notícia. Quero um emprego.

O sr. Biswas percebeu, quase com prazer, que havia desconcertado o diretor; e sentia pena dele por não ter determinação suficiente para jogá-lo no olho da rua. O diretor ficou mais vermelho ainda e olhou para a prova. O calor fazia-lhe mal; ele parecia estar derretendo. As bochechas transbordavam o colarinho; os ombros redondos estavam caídos; a barriga não cabia dentro das calças; e todo seu corpo estava úmido.

— Ah, sei, sei — disse ele. — O senhor já trabalhou em algum jornal?

O sr. Biswas pensou nos artigos que havia prometido escrever, mas não escrevera, para o jornal de Misir, que nunca fora lançado.

— Uma ou duas vezes — disse ele.

O diretor olhou para a porta, como se esperasse que alguém viesse acudi-lo.

— Uma vez? Ou duas?

— Já li muito — disse o sr. Biswas, saindo daquele campo minado.

O diretor brincava com um pedaço de chumbo.

— Hall Caine, Marie Corelli, Jakob Boehme, Mark Twain, Hall Caine, Mark Twain — repetiu o sr. Biswas. — Samuel Smiles.

O diretor levantou a vista.

— Marco Aurélio.

O diretor sorriu.

— Epicteto.

O diretor continuou sorrindo, e o sr. Biswas sorriu também, para que o diretor entendesse que ele sabia que estava sendo ridículo.

— Leu tudo isso por prazer, não é?

O sr. Biswas percebeu a intenção cruel da pergunta, mas não se importou.

— Não — disse ele. — Só para me incentivar. — Todo o seu entusiasmo desapareceu.

Fez-se uma pausa. O diretor olhou para a prova. Através do vidro fosco, o sr. Biswas via vultos passando na sala da redação. Voltou a perceber o barulho: o tráfego na rua, o ritmo regular das máquinas, a tagarelice intermitente das máquinas de escrever, risadas ocasionais.

— Quantos anos o senhor tem ?

— Trinta e um.

— O senhor vem do interior, tem trinta e um anos, nunca escreveu e quer ser repórter. O que o senhor faz?

O sr. Biswas pensou em capataz, ampliou para supervisor, rejeitou, rejeitou lojista, rejeitou desempregado. Disse:

— Pintor de letreiros.

O diretor levantou-se.

— Tenho um serviço para você.

Seguido pelo sr. Biswas, saiu do escritório, atravessou a sala da redação (o grupo ao redor do bebedouro havia se dispersado), passou por uma máquina que desenrolava folhas de papel escrito a máquina, entrou numa sala em obras, onde havia carpinteiros trabalhando, atravessou outras salas e chegou a um quintal. No final da travessa que dele saía via-se a rua por onde o sr. Biswas entrara alguns minutos antes.

O diretor andava pelo quintal, apontando.

— Aqui e aqui — dizia ele. — E aqui.

Deram ao sr. Biswas um pincel e tinta, e ele passou o resto da tarde pintando letreiros: Proibida a entrada de veículos, Proibida a entrada, Cuidado — caminhões, Não há vagas.

A seu redor, máquinas estalavam e zumbiam; os carpinteiros martelavam os pregos com golpes ritmados.

Cenas extraordinárias foram vistas ontem, quando...

— Hm! — exclamou, irritado.

Cenas extraordinárias foram vistas ontem, quando Mohun Biswas, 31 anos, pintor de letreiros, começou a trabalhar na redação do TRINIDAD SENTINEL. Os transeuntes paravam para olhar enquanto Biswas, pai de quatro filhos, cobria as paredes com dizeres obscenos. Mulheres escondiam o rosto nas mãos, gritavam e desmaiavam. O trânsito engarrafou na St. Vincent Street, e a polícia, sob o comando do superintendente Grieves, foi chamada para restabelecer a ordem. Entrevistado pelo nosso correspondente especial na madrugada de hoje, Biswas disse...

— Nunca nem ouviu falar em Marco Aurélio, esse pescador de caranguejo filho da puta.

... entrevistado na madrugada de hoje, Biswas... o sr. Biswas disse: "Não se pode querer que o homem da rua conheça o significado da expressão 'Acesso restrito aos funcionários'".

— O quê, ainda está aí?

. Era o diretor. Estava menos vermelho, menos suado, e suas roupas estavam secas. Fumava um charuto pequeno e gordo, que repetia e reforçava a forma de seu corpo.

O quintal estava imerso na sombra; a luz se esvaía. O ruído das máquinas era mais agressivo agora: uma série de sons destacados; os ritmos dos carpinteiros haviam desaparecido. Na rua, o trânsito diminuíra, passos ressoavam: ouviam-se, ao longe, um motor que passava, uma campainha de bicicleta.

— Mas está bom — disse o diretor. — Está ótimo mesmo. Então você ficou espantado, hein, seu bolo de banha?

— Copiei as letras de uma revista. — Pensa que é só você que ri, é?

— Macacos me mordam — disse o diretor. — Olhe, não entendo por que você quer mudar de ramo.

— O dinheiro é curto.

— Pois aqui também é.

O sr. Biswas apontou para um letreiro.

— Não admira que vocês tentem de todo jeito afastar os interessados.

— Ah. Não há vagas.

— Um belo letreiro — disse o sr. Biswas.

O diretor sorriu, depois caiu na gargalhada.

E o sr. Biswas, reassumindo o papel de palhaço, riu também.

— Isso é para os carpinteiros e trabalhadores braçais — disse o diretor. — Volte amanhã, se está mesmo interessado. Vamos lhe dar um mês, em caráter experimental. Mas sem salário.

Um encontro casual o levara a começar a pintar letreiros. Os letreiros o levaram à Casa de Hanuman e aos Tulsi. Os letreiros lhe valeram um emprego no *Sentinel*. E nunca foi pago nem pelos letreiros da Loja Tulsi nem pelos do jornal.

Trabalhava com entusiasmo. Suas leituras lhe tinham dado um vocabulário extravagante, mas o sr. Burnett, o diretor, era um homem paciente. Dava ao sr. Biswas exemplares de jornais londrinos, e ele ficou estudando o estilo neles utilizado até conseguir fazer imitações razoáveis. Em pouco tempo, já havia desenvolvido em si uma intuição que lhe indicava a forma e o potencial sensacionalístico de cada notícia. A estes fatores acrescentava seu toque pessoal. Também foi sorte sua ter entrado para o *Sentinel* e não para o *Guardian* ou o *Gazette*. Pois o tom chistoso que adotava tão logo tomava da pena e a fantasia que antes desperdiçava nas brigas com Shama e nas invectivas contra os Tulsi eram exatamente o que o sr. Burnett queria.

— Quem quiser notícias que leia outro jornal qualquer — disse ele. — É o que já estão fazendo mesmo. A única maneira que temos de ganhar leitores é chocá-los. Irritá-los. Assustá-los. Me dê um susto dos grandes que eu lhe dou o emprego.

No dia seguinte, o sr. Biswas entregou uma matéria. O sr. Burnett perguntou:

— Foi você que inventou?

O sr. Biswas fez que sim.

— Pena.

A manchete era:

QUATRO CRIANÇAS ASSADAS
EM INCÊNDIO DE CHOUPANA
Mãe, impotente, assiste à cena

— Gostei do último parágrafo — disse o sr. Burnett.

O parágrafo era o seguinte: "Inúmeros curiosos estão chegando na aldeia vitimada, e julgamos inoportuno divulgar o nome da mesma por enquanto. 'Em situações como esta', disse-me um velho ontem à noite, 'preferimos ficar sozinhos'".

Abandonando a ficção, o sr. Biswas perseverava. E o sr. Burnett continuava a dar conselhos.

— Acho melhor você não abusar das cenas extraordinárias que foram vistas. E que tal arranjar uns transeuntes que sejam pessoas comuns de vez em quando? "Consideravelmente" é uma palavra grande que quer dizer a mesma coisa que "muito", que aliás já é uma palavra supérflua. E veja só. "Inúmeros" tem oito letras. "Muitos" tem só seis, e por incrível que pareça quer dizer exatamente a mesma coisa. Gostei do seu artigo sobre o Concurso do Bebê Bonito. Você me fez rir. Mas ainda não me assustou.

— Aconteceu alguma coisa gozada lá no hospício? — o sr. Biswas perguntou a Ramchand aquela noite.

Ramchand fez cara de quem não gostou.

E o sr. Biswas abandonou a ideia de fazer um artigo revelador sobre o hospício.

A caminho da redação do *Sentinel* na manhã seguinte, foi a uma delegacia. De lá foi ao necrotério, depois ao estábulo da Câmara de Vereadores. Quando chegou ao *Sentinel*, sentou-se a uma mesa livre — ainda não tinha mesa própria — e escreveu, a lápis:

Na semana passada, o Concurso do Bebê Bonito, uma promoção do *Sentinel*, foi realizado no Prince's Building. E na madrugada de hoje o corpo de um bebê do sexo masculino foi encontrado, cuidadosamente embrulhado em papel pardo, no depósito de lixo de Cocorite.

Vi pessoalmente o bebê e julgo oportuno afirmar que ele não foi premiado em nosso Concurso do Bebê Bonito.

A perícia ainda não determinou se o bebê foi levado sozinho para o monturo ou se simplesmente chegou lá juntamente com uma leva de lixo.

Hezekiah Jones, 45 anos, desempregado, que descobriu o corpo, disse-me...

— Está bom — disse o sr. Burnett. — Mas pesado. Pesado. Por que não simplesmente "posso afirmar" em vez de "julgo oportuno afirmar"?

— O *Daily Express* diz assim.

— Está bem. Que fique. Mas você vai me prometer que durante uma semana ninguém vai julgar oportuno fazer nem dizer nada. Vai ser difícil. Mas faça uma força. Que tipo de bebê?

— Tipo?

— Preto, branco, verde?

— Branco. Quer dizer, meio azulado quando eu vi. Mas eu pensava que a gente só mencionava a raça quando era chinês.

— Essa é boa. Se eu encontrasse um bebê preto no depósito de lixo de Banbury, você acha que eu ia dizer só bebê?

E no dia seguinte a manchete foi:

BEBÊ BRANCO ACHADO NO LIXO
Embrulhado em papel pardo,
não ganhou o Concurso do Bebê Bonito

— Mais uma coisa — disse o sr. Burnett. — Deixe os bebês de lado por uns tempos.

No *Sentinel* trabalhava-se sob pressão: o jornal rodava no final da tarde; de manhã cedo tinha de estar distribuído por todas as partes da ilha. Não era a pressa artificial de aprontar letreiros de lojas na época do Natal ou cuidar de plantações. E mesmo doze anos depois o sr. Biswas ainda sentia uma empolgação — a mesma que sentira pela primeira vez — ao ver o texto que ele escrevera na véspera, em letra de fôrma, no exemplar do jornal que lhe era entregue grátis.

— Você ainda não me assustou — disse o sr. Burnett.

E o sr. Biswas queria chocar o sr. Burnett. Parecia pouco provável que ele conseguisse tal coisa, pois em sua quarta semana de trabalho foi designado para trabalhar no cais do porto, substituindo um homem que morreu quando um carregamento de farinha desprendeu-se de um guindaste a grande altura e caiu em cima dele. Era a temporada turística, e o porto estava cheio de navios vindos dos Estados Unidos e da Europa. O sr. Biswas visitou navios alemães, ganhou de presente isqueiros de excelente qualidade, viu fotografias de Adolf Hitler e ficou desconcertado com a saudação *"Heil Hitler"*.

Empolgação!

Os navios partiam com seus turistas queimados de sol, com seus trajes tropicais característicos, após paradas de apenas umas poucas horas. Porém tinham vindo de lugares famosos. E na redação do *Sentinel* notícias sobre esses lugares jorravam continuamente das bobinas de papel. Lá fora, o sol quente, as ruas cheias de bosta de cavalo, as favelas superpovoadas, os quartos em que ele morava com Ramchand e Dehuti; mais além, os canaviais, os arrozais inundados, o trabalho repetitivo de seus irmãos, as estradas curtas que ligavam uma aldeia a outra, todas bem conhecidas, a loja dos Tulsi, os velhos que se reuniam todas as tardes na arcada da Casa de Hanuman e nunca mais viajariam. Mas dentro da redação do jornal todas as partes do mundo estavam próximas.

O sr. Biswas visitava os navios americanos que faziam a rota do turismo na América do Sul, tinha dificuldade em entender o sotaque americano, via as cozinhas dos navios e espantava-se com a quantidade e qualidade da comida jogada fora. Copiava listas de passageiros; uma vez foi convidado a entrar para uma rede de contrabando que atuava na área de lâmpadas de *flash* para câmaras fotográficas; não aceitou o convite e não pôde escrever uma matéria sobre isso para não incriminar seu falecido antecessor no jornal.

Entrevistou um romancista inglês, homem que tinha mais ou menos a sua idade, porém ainda jovem, exultante com seu próprio sucesso. Aquilo impressionou o sr. Biswas. O nome do romancista era-lhe desconhecido, como também para os leitores do *Sentinel*, mas o sr. Biswas antes imaginava que todos os escritores estavam mortos e associava a produção de livros não apenas a terras remotas, mas também a eras remotas. Ficou a inventar manchetes — ROMANCISTA FAMOSO AFIRMA QUE PORT-OF-SPAIN É A TERCEIRA CIDADE MAIS DISSOLUTA DO MUNDO — e começou a fazer ao romancista perguntas que apontavam para esse lado. Porém o escritor achou que o sr.

Biswas tinha sinistras motivações políticas e fez afirmações cautelosas a respeito das famosas belezas da ilha e de seu intuito de conhecer tantas quanto fosse possível.

Duvido que isso assuste alguém, pensou o sr. Biswas.

(Anos depois, o sr. Biswas encontrou o livro no qual o romancista contava suas impressões da viagem àquela região, e viu-se descrito como "um jovem repórter incompetente, rancoroso e fanático, que com má vontade anotou minhas respostas prudentes, escrevendo com certa dificuldade".)

Então aportou um navio que seguia para o Brasil.

Vinte e quatro horas depois, o sr. Biswas adquiriu notoriedade, o *Sentinel* — condenado por todos — aumentou sua circulação por algum tempo, e o sr. Burnett ficou eufórico. Disse ele:

— Até eu fiquei chocado.

A notícia, a principal da terceira página, era a seguinte:

PAPAI VOLTA PARA CASA NUM CAIXÃO
Última viagem de explorador americano
NO GELO
M. Biswas

Em algum lugar dos Estados Unidos, numa bela casinha de telhado vermelho, quatro crianças perguntam à mãe todos os dias: "Mamãe, quando é que papai volta para casa?".

Há menos de um ano, o pai — George Elmer Edman, o conhecido viajante e explorador — partiu para explorar a Amazônia.

Bem, tenho notícias para vocês, meninos.

O papai está voltando para casa.

Ontem ele passou por Trinidad. Dentro de um caixão.

O sr. Biswas foi contratado como repórter pelo *Sentinel*, com um salário de quinze dólares por quinzena.

— A primeira coisa que você tem que fazer — disse o sr. Burnett — é comprar um terno. Meu melhor repórter não pode andar por aí vestido desse jeito.

* * *

Foi Ramchand quem conseguiu fazer a reconciliação do sr. Biswas com os Tulsi; ou melhor — já que os Tulsi pouco pensavam na questão — quem possibilitou que o sr. Biswas recuperasse sua família sem perder a dignidade. A tarefa foi fácil para Ramchand. O nome do sr. Biswas saía no *Sentinel* quase todos os dias, de modo que se tinha a impressão de que ele de repente se tornara rico e famoso. O sr. Biswas, que achava que sua situação atual era de fato mais ou menos esta, sentia-se disposto a ser magnânimo.

Nessa época, ele estava viajando por toda a ilha com o pseudônimo de Pimpinela Escarlate, esperando que alguém se aproximasse dele e dissesse: "Você é o Pimpinela Escarlate, e eu faço jus ao prêmio do *Sentinel*". Todos os dias sua foto aparecia no *Sentinel*, juntamente com o relato de sua viagem da véspera e com seu itinerário do dia. A fotografia era estreita — só ocupava meia coluna — e nela não cabiam suas orelhas; ele estava com uma cara séria, tentando, sem sucesso, parecer ameaçador; sua boca estava ligeiramente aberta e ele olhava para a câmara de esguelha, os olhos ensombrados pelo chapéu puxado para baixo. O projeto Pimpinela Escarlate não conseguiu aumentar a circulação do jornal. A fotografia revelava muito pouco; além disso, o sr. Biswas andava bem vestido demais para ser abordado por pessoas comuns, que teriam ainda por cima de pronunciar uma frase comprida e difícil. Durante dias ninguém conseguiu ganhar os prêmios, e as reportagens do Pimpinela Escarlate foram se tornando cada vez mais fantásticas. O sr. Biswas visitou seu irmão Prasad, e no dia seguinte os leitores do *Sentinel* ficaram sabendo que um camponês que morava numa aldeia distante se aproximou do Pimpinela Escarlate e lhe disse: "Você é o Pimpinela Escarlate, e eu faço jus ao prêmio do *Sentinel*". Segundo a reportagem, o camponês disse que lia o *Sentinel* todos os dias, pois nenhum outro jornal cobria os acontecimentos de modo tão completo, divertido e equilibrado.

Então o sr. Biswas foi visitar seu irmão mais velho, Pratap. E teve uma surpresa. Constatou que sua mãe estava morando com Pratap há algumas semanas. De longa data o sr. Biswas considerava Bipti uma pessoa inútil, deprimente e obstinada; não sabia como Pratap havia conseguido se comunicar com ela e convencê-la a sair do casebre na ruela distante em Pagotes. Porém ela veio com ele e mudou. Tornou-se ativa e lúcida, cheia de vida; agora era um membro importante da família de Pratap. O sr. Biswas sentiu-se culpado e ansioso. Sua sorte fora demasiadamente repentina, seu ponto de apoio no mundo muito precário. Quando voltou, já tarde, à redação do *Sentinel*, sentou-se a uma mesa — a sua mesa (com sua toalha na gaveta de baixo) — e, dominado por lembranças que vinham de uma época desconhecida, escreveu:

PIMPINELA ESCARLATE
PASSA NOITE EM ÁRVORE
Angustiante vigília de seis horas
Oinc! Oinc!

A meu redor, sapos coaxam por todos os lados. Só isso e o ruído da chuva caindo nas árvores na escuridão da noite.

Eu estava encharcado até os ossos. Minha motocicleta havia pifado naquele fim de mundo. Era meia-noite, e eu estava sozinho.

Em seguida, a reportagem relatava uma noite de insônia, com cobras e morcegos, e falava sobre dois carros que passaram no meio da noite ignorando os gritos do Pimpinela Escarlate e os dois camponeses que o salvaram de manhã, dizendo que o reconheciam e faziam jus ao prêmio.

Não muito tempo depois, o sr. Biswas foi a Arwacas. Chegou lá no meio da manhã, mas só foi à Casa de Hanuman depois das quatro horas, quando sabia que a loja estaria fechada, as crianças já teriam voltado da escola e as irmãs estariam no salão e na cozinha. Sua volta foi magnífica, exatamente como ele desejara. Ainda estava subindo a escada, vindo do pátio, quando foi recebido por gritos, correrias e gargalhadas.

— Você é Pimpinela Escarlate, e eu faço jus ao prêmio do *Sentinel*!

Andou pelo salão distribuindo fichas do *Sentinel*, no valor de um dólar cada uma, entregando-as a mãos ávidas.

— Mandem isso junto com o cupom do *Sentinel*. O dinheiro vem depois de amanhã.

Savi e Anand imediatamente se apossaram dele.

Shama, vindo da escuridão da cozinha, disse:

— Anand, você vai sujar o terno do seu pai.

Era como se ele nunca tivesse se ausentado. Nem Shama, nem as crianças, nem o salão mostravam qualquer sinal de sua ausência.

Shama espanou um banco à mesa e perguntou-lhe se ele já tinha comido. Ele não respondeu, mas sentou-se no lugar que ela havia limpo. As crianças faziam perguntas ininterruptamente, e não lhe foi difícil ignorar Shama quando ela chegou trazendo a comida.

— Tio Mohun, tio Mohun! O senhor passou mesmo uma noite no alto de uma árvore?

— O que você acha, Jai?

— Mamãe disse que foi o senhor que inventou. E eu não consigo ver *o senhor* subindo numa árvore.

— Você não sabe quantos tombos eu levei.

Era melhor do que ele imaginara se ver de volta no salão verde, sujo de fuligem, com o grande sótão em forma de prateleira, a mesa de pinho comprida, os móveis descascados, as fotografias do pândita Tulsi, o guarda-comida com o aparelho de café japonês.

— Tio Mohun, o homem perseguiu mesmo o senhor com um alfanje quando o senhor tentou entregar um cupom à mulher dele?

— Perseguiu, sim.

— Por que o senhor não deu um cupom para ele também?

— Vá embora. Essas crianças estão ficando espertas demais para mim.

O sr. Biswas comeu, lavou as mãos e gargarejou. Shama insistiu para que ele tivesse cuidado com a gravata e o paletó: como se aquelas roupas não fossem novas para ela, como se, na condição de esposa, ela se preocupasse até com roupas que ela jamais vira antes.

Ele subiu a escada, passando pelo patamar do piano quebrado. Na varanda viu Hari, o santo, com a esposa. Os dois mal o cumprimentaram. Pareciam indiferentes a seu terno novo e a sua fama recém-conquistada. Com seus trajes de pândita, Hari tinha o mesmo ar de indisposição e icterícia de sempre; na seriedade de sua mulher havia um toque de preocupação e cansaço. O sr. Biswas já os vira muitas vezes em cenas domésticas silenciosas como aquela, desligados da vida a seu redor.

Achou que estava sobrando ali e rapidamente passou pela porta de vidros coloridos e entrou no Quarto dos Livros, onde havia um cheiro de mofo, papel velho e madeira bichada. Lá estavam seus livros, com as capas desbotadas e as páginas manchadas e enrugadas. Anand entrou no quarto, cabeçudo, os cabelos compridos; estava com suas roupas de andar em casa. O sr. Biswas apertou Anand contra a perna, e o menino esfregou-se nela. Perguntou a Anand como ele andava na escola; as respostas foram tímidas e ininteligíveis. Os dois tinham pouco assunto para conversar.

— Exatamente quando eles começaram a ver meu nome no jornal? — perguntou o sr. Biswas.

Anand sorriu, levantou um dos pés e murmurou algo.

— Quem viu primeiro?

Anand sacudiu a cabeça.

— E o que é que eles disseram, hein? Não as crianças; os adultos.

— Nada.

— Nada? Mas e a foto? Saía todo dia. O que eles diziam quando viam a foto?

— Nada.

— Absolutamente nada?

— Só a tia Chinta disse que o senhor parecia um ladrão.

— Quem é esse bebezinho lindo? Me diga, *quem é* esse bebezinho lindo?

Shama havia entrado no quarto e andava de um lado para o outro com um bebê nos braços.

O sr. Biswas ainda não vira seu quarto filho. E agora tinha vergonha de olhar.

Shama aproximou-se, mas não levantou a vista.

— Quem é esse homem? — disse ela para o bebê. — Você *conhece* esse homem?

O sr. Biswas não disse nada. Sentia-se sufocado, incomodado pela imagem da mãe com o filho no colo, por toda aquela cena familiar furtiva no quarto acima do salão: pai, mãe, filhos.

— E quem é esse? — Shama tinha levado o bebê até Anand. — Esse é o irmão. — Anand fez cócegas no pescoço do bebê, que fez gugu. — É, esse é o irmão. Mas que *gracinha* de neném!

O sr. Biswas notou que Shama estava um pouco mais gorda.

Ele amoleceu. Deu um passo em direção a Shama, e imediatamente ela lhe entregou a criança.

— O nome dela é Kamla — disse Shama em híndi, ainda olhando para o bebê.

— Bonito nome — disse ele, em inglês. — Quem deu?

— O pândita.

— Essa eu imagino que também já foi registrada, não foi?

— Mas você estava aqui quando ela nasceu... — Shama deixou a frase pelo meio, como se tivesse entrado num terreno perigoso.

O sr. Biswas pegou a criança.

— Me dê ela de volta — disse Shama pouco depois. — Ela pode sujar a sua roupa.

Logo a reconciliação se completou, e de tal modo que o sr. Biswas sentiu que conquistara uma vitória. Ficou combinado que ele se encontraria com a sra. Tulsi em Port-of-Spain. Ela fingiu não saber que ele havia abandonado Shama e a Casa de

Hanuman; ele viera a Port-of-Spain para consultar o médico, não? O sr. Biswas disse que sim. Ela disse que gostava de ver que ele estava melhor; o pândita Tulsi sempre dizia que saúde boa valia qualquer fortuna. Não perguntou nada sobre seu trabalho, embora dissesse que sempre esperara muita coisa dele; que fora por isso que ela concordara de imediato quando ele foi à Casa de Hanuman aquela tarde pedir a mão de Shama em casamento.

A sra. Tulsi propôs que o sr. Biswas viesse com a família para Port-of-Spain, para morar com ela e o filho. A menos, naturalmente, que o sr. Biswas estivesse pensando em comprar uma casa para si; ela era apenas uma mãe e não controlava a vida de Shama. Se eles quisessem vir, porém, a casa era deles, salvo os quartos usados por Owad e ela. Em troca, eles pagariam oito dólares por mês, Shama cozinharia, se encarregaria de todos os trabalhos domésticos e cobraria os aluguéis de suas duas outras casas: era um trabalho difícil; não valia a pena contratar uma pessoa de fora, e ela própria estava velha demais para fazer isso.

A proposta era estupenda: uma casa, nada menos que isso. Era o auge de sua atual onda de sorte, que agora, ele estava certo, certamente terminaria. Para adiar o momento da aceitação, para disfarçar seu nervosismo, ele falou sobre a dificuldade de cobrar aluguéis. A sra. Tulsi falou sobre o pândita Tulsi e ele escutou, sério, solidário.

Estavam na varanda da frente. Dos beirais pendiam cestas de samambaias, amortecendo a luz e refrescando o ar. O sr. Biswas refestelou-se na cadeira. Para ele era uma experiência tão nova que ele não conseguia saboreá-la, ver-se transformado de repente de visita em morador, numa casa sólida, acabada, pintada, decente, com um chão plano e sem buracos, paredes retas de concreto, portas com almofadas e fechaduras, um telhado completo, um teto que era envernizado na sala de visitas e pintado nos outros cômodos. Os detalhes do acabamento, que até alguns minutos atrás não lhe chamavam a atenção, ele agora examinava, um por um, como se pela primeira vez. Nada precisava ser acrescentado, nada era improvisado; não havia surpresas de paredes de barro nem galhos de árvores, nem maneiras secretas de fazer nada; tudo ali funcionava do jeito que fora feito para funcionar.

A casa sustentava-se sobre pilares altos e era uma das mais novas e mais imponentes da rua. O bairro fora recentemente reconstruído e estava crescendo depressa, embora em cada rua ainda houvesse alguns casebres de pobres teimosos, feitos de madeira, sem cerca, que remontavam ao tempo em que aquele bairro ainda fazia parte de uma plantação de cana-de-açúcar. As ruas eram retas; cada lote tinha trinta metros por quinze; e uma vala de esgoto, quase tão larga quanto uma rua, corria pelo meio de cada quarteirão, separando as cercas dos fundos dos terrenos. Assim, havia espaço; espaço embaixo do assoalho da casa, espaço nos fundos, espaço dos lados, espaço para um jardim à frente.

Como sua sorte poderia ser mais completa?

Ramchand e Dehuti ficaram satisfeitíssimos. Viviam acampados naqueles dois quartos desde que o sr. Biswas viera ficar com eles, e esta situação, ainda que agradável de início, estava começando a tornar-se irritante. Além disso, gostavam de ver que o sr. Biswas estava com a vida estabelecida. Julgavam-se responsáveis por isto, como pela reconciliação. Um resultado inesperado das negociações foi que Dehuti entrou para a Casa de Hanuman, tornando-se mais uma das dezenas de mulheres estranhas que, para a surpresa do sr. Biswas, sempre se dispunham a ir para lá dias antes de alguma festividade importante, abandonando os maridos e os filhos, para cozinhar, limpar e servir, sem receber qualquer pagamento. Dehuti era muito trabalhadora, e era sempre convidada. Com frequência ia com as irmãs Tulsi a outras festividades; nos casamentos, cantava canções tristonhas que ninguém cantara para ela. Com o passar do tempo, deixou de ser considerada irmã do sr. Biswas por todo mundo, até pelo próprio sr. Biswas, para quem ela tornou-se apenas mais uma das mulheres ligadas aos Tulsi.

* * *

Assim, mais uma vez a mobília foi transportada para uma nova casa. E as peças que haviam entupido o quarto do alojamento pouco alteraram a casa de Port-of-Spain. A cama de quatro colunas e a penteadeira de Shama ficaram num quarto; o guarda-comida com o aparelho de café japonês ficou na varanda dos fundos, juntamente com a mesa verde. O cabide de chapéus e a cadeira de balanço foram os únicos móveis a ganharem lugares de honra, na varanda da frente; lá eram colocados todas as manhãs, mas eram recolhidos à noite, para que não fossem roubados. Fora isso, a casa continuou mobiliada do modo que a sra. Tulsi julgava apropriado à cidade. Na sala de visitas, quatro cadeiras de palhinha, rígidas, dispunham-se em torno de uma mesa de três pés e tampo de mármore sobre a qual havia um paninho branco de crochê, enfeitado com borlas, e um vaso de samambaias. Na sala de jantar havia um lavatório de aparência gélida, um jarro sobre uma bacia. A sra. Tulsi não havia trazido da Casa de Hanuman nenhuma estátua, porém muitos dos vasos de latão, com plantas dentro, eram espalhados pela varanda de manhã e trazidos para dentro todas as noites.

Não foi fácil convencer Anand e Savi a se mudarem da Casa de Hanuman. Ficaram lá mais algumas semanas após Shama partir com Myna e Kamla. Então, numa tarde de domingo, Savi veio com a sra. Tulsi e o deus. Ela viu os lampiões de rua e as luzes dos navios no porto. A sra. Tulsi levou-a ao Jardim Botânico; Savi viu os laguinhos e as ladeiras gramadas dos Jardins de Pedras; ouviu a banda tocar; e ficou. Anand, no entanto, recusou-se a ser seduzido, até que o deus mais moço lhe disse:

— Agora tem uma bebida doce nova em Port-of-Spain. Chamam-na de Coca-Cola. A melhor coisa que existe no mundo. Venha comigo a Port-of-Spain que eu peço ao seu pai para lhe dar uma Coca-Cola e sorvete de verdade. Em copinhos de papelão. Sorvete de verdade; não é feito em casa, não.

Para as crianças da Casa de Hanuman, a expressão "feito em casa" não tinha conotações positivas. O sorvete feito em casa era a substância gelada e sem gosto (oficialmente, era sabor coco) servida por Chinta depois do almoço no dia de Natal. Ela usava um velho congelador enferrujado; dizia que ele "engasgava", e, para apressar o processo de congelamento, jogava pedaços de gelo dentro da massa. A ferrugem do congelador caía dentro do sorvete e o penetrava, como se fosse chocolate.

Assim, foi apenas essa promessa de sorvete de verdade e Coca-Cola que atraiu Anand até Port-of-Spain.

Numa tarde de domingo, quando as sombras haviam desaparecido sob os beirais das casas, quando a cidade estava dura, ensolarada e vazia, com todas as portas fechadas, e as vitrines das lojas refletiam apenas as vitrines das lojas em frente, o sr. Biswas levou Anand para conhecer a cidade. Caminhavam com espírito de aventura pelo meio das ruas desertas; ouviam seus próprios passos; desse modo, a cidade se deixava conhecer; não continha ameaças. Examinavam um café depois do outro, rejeitando, por insistência de Anand, todos aqueles que anunciavam só vender bolos e sorvetes feitos em casa. Por fim acharam um que era aceitável. Sentado ao balcão num banquinho alto e vermelho, que por si só já era uma revelação e um luxo, Anand recebeu seu sorvete, dentro de uma tina de papelão gelada, com uma colher de madeira. Era necessário tirar a tampa e lambê-la; o sorvete, de um tom claro de rosa e manchas vermelhas, fumegava: uma delícia preparatória após outra.

— Não tem gosto nenhum de sorvete — disse Anand. Limpou a tina, uma coisa tão perfeita que tinha vontade de guardá-la.

Quando provou a Coca-Cola disse:

— Parece xixi de cavalo. — Ouvira este comentário de algum primo ao provar uma bebida qualquer, na Casa de Hanuman.

— Anand! —disse o sr. Biswas, sorrindo para o homem atrás do balcão. — Você não pode mais falar assim. Agora você está em Port-of-Spain.

* * *

A casa ficava voltada para o leste, e as lembranças que ficaram desses primeiros quatro anos em Port-of-Spain foram, acima de tudo, lembranças de manhãs. O jornal, entregue gratuitamente, ainda quente, a tinta ainda úmida, espalhado nos degraus de concreto da entrada, que os raios do sol iam descendo. Orvalho sobre as árvores e os telhados; a rua vazia, recém-varrida e lavada, ainda imersa na sombra fresca, e água correndo limpa nas sarjetas que haviam sido arranhadas e riscadas no fundo pelas vassouras ásperas dos varredores. Tirar a bicicleta de baixo da casa e seguir, sob um sol ainda fresco, pelas ruas da cidade que ainda despertava. Silêncio ao meio-dia: despir-se para uma rápida sesta; a janela de seu quarto aberta; um quadrado de céu azul acima da cortina imóvel. À tarde, os degraus à sombra; chá na varanda dos fundos. Então uma entrevista num hotel, talvez, e as máquinas nervosas da redação. A promessa da noite; a expectativa da manhã.

Quando, nos fins de semana e feriados, a sra. Tulsi e Owad não estavam na casa, o sr. Biswas às vezes conseguia esquecer que a casa pertencia a eles. E a presença dos dois quase não o incomodava. A sra. Tulsi jamais desmaiava em Port-of-Spain, jamais enfiava vela ou Vick Vaporub nas narinas, jamais enrolava na testa ataduras empapadas de rum aromático. Não era distante nem possessiva com as crianças, e seu relacionamento com o sr. Biswas tornou-se menos cauteloso e formal à medida que ele se tornava mais amigo de Owad. Owad respeitava o trabalho do sr. Biswas, e este, orgulhoso da sua reputação de espirituoso e maluco, aprendeu a respeitar aquele rapaz que lia livros tão grandes em línguas estrangeiras. Tornaram-se companheiros; iam ao cinema e à praia; e o sr. Biswas mostrava a Owad transcrições de julgamentos de casos de estupro e lenocínio, que nenhum jornal publicava.

O sr. Biswas parou de ridicularizar e ressentir-se dos cui-

380

dados excessivos que a sra. Tulsi tinha com seu filho caçula. A sra. Tulsi acreditava que ameixa seca, como cérebro de peixe, era particularmente importante para as pessoas que usavam muito o cérebro, e dava a Owad ameixas diariamente. O leite de Owad era adquirido na leiteria da Phillip Street, vinha em garrafas de leite decentes, com tampas prateadas; bem diferente do leite que Shama comprava de um homem a seis quarteirões da casa, o qual, indiferente às aspirações do bairro, criava vacas e entregava o leite em garrafas de rum tampadas com papel pardo.

Embora nas presenças de Owad e da sra. Tulsi tratasse seus filhos de modo levemente irônico, o sr. Biswas observava e aprendia, pensando em sua família e principalmente em Anand. Tinha esperanças de que em pouco tempo o menino fizesse jus a ameixas e leite comprado na leiteria.

Tendo estabelecido sua família, o sr. Biswas passou a estabelecer suas tiranias.

— Savi!

Nada.

— Savi! Savi! Ô Saviii! Ah, você está aí. Por que não respondeu?

— Mas eu vim.

— Não basta. Você tem que vir e responder também.

— Está bem.

— Está bem o quê?

— Está bem, papai.

— Bom. Naquela mesa no canto tem cigarros, fósforos e um caderno do *Sentinel*. Pegue isso para mim.

— Ah, *meu Deus*! Foi só para isso que o senhor me chamou?

— Foi. Só para isso. E se você responder de novo eu obrigo você a ler uma coisa para eu anotar em taquigrafia.

Savi saiu correndo da sala.

— Anand! Anand!

— Sim, papai.

— Melhorou. Até que você está aprendendo agora. Sente-se aí e leia esse discurso.

Anand arrancou de suas mãos o *Livro do declamador* e leu, irritado, um trecho de Macaulay.

— Você está lendo depressa demais.

— Pensei que o senhor estava anotando em taquigrafia.

— Você está respondão também! Isso é que dá deixar as crianças passarem tanto tempo na Casa de Hanuman. Só por isso, você vai conferir enquanto eu leio.

— *Ah, meu Deus!* — E Anand bateu com os pés no chão, desesperado, porque a tarde já morria.

Mas o cotejo continuou.

Então o sr. Biswas disse:

— Anand, isso não é castigo, não. Eu peço para você fazer isso porque quero que você me ajude.

Havia descoberto, surpreso, que essa frase acalmava Anand, e ele sempre a dizia, como consolo, ao final dessas sessões.

Logo ficou estabelecido que o sr. Biswas fazia boa parte de seu trabalho na cama e a toda hora pedia que trouxessem papel, fósforos, cigarros, que fizessem pontas em lápis, que esvaziassem cinzeiros, que trouxessem livros, que levassem livros. Também ficou estabelecido que seu sono era importante. Tinha terríveis acessos de raiva quando o acordavam, mesmo na hora por ele determinada.

— Savi — dizia Shama —, vá acordar seu pai.

— Mande o Anand.

— Não, vão os dois.

Quando Shama começou a reclamar de sua "severidade" — uma palavra que dava a ele uma curiosa satisfação —, o sr. Biswas disse:

— Não é severidade. É disciplina.

A sra. Tulsi, que aprovava aquilo, embora ficasse um tanto surpresa, falava da rígida disciplina que o pândita Tulsi impunha aos filhos.

E sempre que a sra. Tulsi não estava Shama fazia suas exigências. Não sabia desmaiar como a sra. Tulsi, mas queixava-se de cansaço e gostava que as crianças cuidassem dela. Fazia Savi e Anand andarem em cima dela e dizia-lhes em híndi "Deus os abençoará" com tanto sentimento que eles se achavam suficientemente recompensados. Pouco depois — e sem essa recompensa — Savi e Anand passaram a ter a obrigação de andar sobre o sr. Biswas também.

Nem mesmo Shama escapava da disciplina. Tinha de arquivar todas as matérias que o sr. Biswas redigia. Ele queixava-se de que ela não sabia fazer isso com competência. Entregava a ela o envelope que continha seu pagamento ainda selado, e, quando ela dizia que o dinheiro não dava, ele a acusava de incompetência. Assim, Shama adquiriu o hábito trabalhoso e inútil de anotar todas as despesas. Todas as noites ela sentava-se à mesa verde na varanda dos fundos e registrava cada centavo que havia gastado durante o dia, preenchendo lentamente os dois lados das folhas de um caderno do *Sentinel* inchado e manchado de óleo, com sua letra de aluna da escola da missão.

— Seu *puja* diário, hein? — disse o sr. Biswas.

— Não — disse ela. — Só estou tentando aumentar a sua renda.

O sr. Biswas nunca pedia para ver as contas de Shama, mas ela continuava com aquele trabalho em parte para fazer o sr. Biswas se sentir culpado, em parte porque gostava. Ainda que tivesse diversas qualidades, o sr. Burnett não pagava generosamente a seus empregados, e durante todo o tempo que ele foi diretor do *Sentinel* o salário do sr. Biswas jamais passou de cinquenta dólares por mês, uma quantia que se gastava quase assim que chegava. As contas de Shama eram complicadas pelos aluguéis que ela cobrava. Shama gastava o dinheiro do aluguel com despesas domésticas e depois tinha que tirar uma parte do dinheiro da casa. Os cálculos quase nunca batiam. E de duas em duas semanas as contas de Shama chegavam a um verdadeiro frenesi, e ela ficava na varanda dos fundos quebrando a cabeça, caderno aberto à sua frente, ao lado do livro dos aluguéis e do livro dos recibos, fazendo uma infinidade de pequenas somas e subtrações em pedacinhos de papel, às vezes fazendo anotações. Suas anotações eram curiosas. Escrevia do jeito como falava; uma vez o sr. Biswas encontrou um bilhete que dizia: "Preta velha do 42 deve seis dólares".

— Eu sempre disse que os Tulsi eram gênios das finanças — disse ele.

Respondeu ela:

— Pois fique sabendo que sempre fui a primeira da turma em aritmética.

E quando Savi e Anand vieram pedir-lhe que os ajudasse a fazer o dever de casa de aritmética ela disse:

— Falem com seu pai. Ele é que era gênio em aritmética.

— Mais do que você pelo menos eu sei — disse ele. — Savi, zero vezes dois é quanto?

— Dois.

— É bem filha da sua mãe, mesmo. Anand?

— Um.

— Mas o que está acontecendo hoje em dia? Não ensinam mais como no meu tempo de menino.

Ele punha defeito em todos os livros didáticos.

— Cartilhas do capitão Cutteridge! Escute isso. Página sessenta e cinco, lição dezenove. Nossos Amiguinhos, os Animais. — Leu, com uma voz afetada: — "O que faríamos sem nossos amiguinhos, os animais? A vaca e a cabra nos dão leite, e comemos sua carne quando elas são mortas". Mas que selvagem! E tem mais: "Muitos meninos e meninas têm que amarrar as cabras antes de irem para a escola de manhã, e ajudam a ordenhá-las de tarde". Anand, você amarrou sua cabra hoje de manhã? Pois é melhor apressar-se. Já é quase hora de ordenhar. É com esse tipo de coisa que estão enchendo as cabeças das crianças hoje em dia. Quando eu era menino, a gente usava a *Cartilha Real* e a *Cartilha Tropical*. A *Gramática de Nesfield*! — exclamou. — Eu usava a de Macdougall. — E fez Anand procurar o livro de Macdougall, uma antiguidade tipográfica, as capas surradas reforçadas com fita azul.

De vez em quando pedia aos filhos que lhe mostrassem seus cadernos, dizia-se horrorizado e passava alguns dias dando-lhes aulas. Curou Anand de sua tendência a florear as letras e o fez reduzir as circunvoluções de seus cês e jotas. Com Savi não conseguia nada. Como professor, era exigente e irritadiço, e quando Shama ia à Casa de Hanuman ela orgulhava-se de poder dizer:

— As crianças têm medo dele.

Em parte para ter mais paz aos domingos, em parte porque a combinação da ideia de escola com a de domingo conotava negação do prazer, o sr. Biswas fez Anand e Savi entrarem para uma escola dominical. As crianças adoraram. Lá lhes serviam bolo e refrigerantes e ensinavam-lhes hinos religiosos com melodias fáceis.

Um dia, em casa, Anand começou a cantar: "Jesus me ama, eu sei".

A sra. Tulsi ofendeu-se.

— Como é que você sabe que Jesus ama você?

— É a Bíblia que diz — disse Anand, citando o verso seguinte do hino.

A sra. Tulsi concluiu que, sem que ninguém o houvesse provocado, o sr. Biswas estava retomando sua guerra religiosa.

— Católica, a bisca da sua mãe — disse ele a Shama. — Era de se esperar que um bom hino cristão faria com que ela se lembrasse de sua infância católica.

Mas a escola dominical não foi adiante. Para substituí-la, e também para neutralizar a influência do capitão Cutteridge, o sr. Biswas começou a ler romances para os filhos. Anand interessou-se, mas Savi novamente o decepcionou.

— Pelo visto, a Savi nunca vai comer ameixa e beber leite da leiteria — disse o sr. Biswas. — Pois seja. Vai acabar suando para conseguir fazer as contas da casa, igual à mãe.

Sem ligar para os insultos do sr. Biswas, Shama continuava a fazer sua contabilidade, continuava lutando a cada quinze dias com o dinheiro dos aluguéis e continuava a entregar notificações de despejo. Sem que sua família soubesse, quase sem que ela própria soubesse, Shama passara a inspirar terror aos inquilinos da sra. Tulsi. Para cobrar os aluguéis, muitas vezes era obrigada a entregar notificações de despejo, particularmente quando se tratava da "preta velha do 42". O sr. Biswas achava graça naquelas injunções sérias, gramaticalmente impecáveis, escritas com a letra plácida de Shama, e dizia:

— Não consigo imaginar este papel metendo medo em ninguém.

Shama realizava essas atividades emocionantes sem nenhuma consciência do que nelas havia de emocionante. Não queria correr riscos, por isso não entregava as notificações pessoalmente. Assim, tarde da noite, quando era quase certo que o inquilino estivesse deitado, Shama saía com a notificação e um vidro de cola e colava o papel nas duas partes da porta, de modo que o inquilino, ao abrir a porta de manhã, a rasgaria em duas e não poderia dizer que a notificação não havia sido entregue.

O sr. Biswas aprendeu taquigrafia, se bem que por meio de um método puramente pessoal. Leu todos os livros que encontrou sobre jornalismo, e em sua empolgação comprou um livro americano caro, intitulado *Administração jornalística*, que, conforme ele constatou, não passava de uma exortação no sentido de que os donos de jornais investissem em máquinas modernas. Descobriu a extensa literatura dirigida às pessoas que queriam tornar-se escritores e logo viciou-se nesse tipo de leitura; vez após vez leu a respeito da maneira correta de apresentar originais e foi advertido a não telefonar para os ocupadíssimos diretores dos jornais de Londres e Nova York. Comprou um livro chamado *Como escrever contos*, de Cecil Hunt, e também *Como escrever um livro*, do mesmo autor.

Como seu salário foi aumentado por volta dessa época, e apesar das súplicas de Shama, o sr. Biswas comprou uma máquina de escrever portátil de segunda mão, a crédito. Então, para que a máquina se pagasse, resolveu escrever para revistas inglesas e americanas. Mas não conseguia encontrar assunto. Os livros que tinha lido não o ajudavam. Então viu um anúncio da Escola Ideal de Jornalismo, em Edgware Road, Londres; preencheu e destacou o cupom que dava direito a um livreto gratuito. O livreto chegou dois meses depois. De dentro dele caíram diversos impressos de cores variadas: eram depoimentos rubricados de ex-alunos de todas as partes do mundo. O livreto dizia que a Escola Ideal não apenas ensinava a escrever como também colocava originais no mercado e perguntava se o sr. Biswas não estaria interessado em fazer um curso sobre contos também. O diretor da escola (um simpático velhinho de óculos, que aparecia numa fotografia indistinta) havia descoberto o segredo de todos os enredos do mundo, e sua descoberta fora aceita pelo Museu Britânico de Londres e pela Biblioteca Bodleian de Oxford. O sr. Biswas ficou impressionado, mas não tinha dinheiro. Já tivera uma briga com Shama quando usou o aumento de salário de três meses para pagar as primeiras duas lições de jornalismo. Um belo dia chegou a primeira lição.

"Mesmo pessoas da maior capacidade literária dizem que não conseguem encontrar assunto. Mas na realidade não há nada mais fácil. Você está sentado a sua escrivaninha." (O sr. Biswas estava lendo na cama.) "Você olha pela janela. Mas espere. Há um artigo nesta janela. Os diversos tipos de janelas, a história da janela, as janelas que se tornaram famosas na história, as casas sem janelas. E a própria história do vidro também é fascinante. Assim, você já tem assunto para dois artigos. Você olha pela janela e vê o céu. O tempo é sempre assunto para uma conversa; não há por que não utilizá-lo também como tema para um artigo interessante. O mercado para textos é imenso. Assim, seu primeiro exercício vai ser escrever quatro artigos empolgantes a respeito das estações do ano. Você pode usar quaisquer das sugestões que se seguem:

"Verão. Os trens apinhados de gente partindo para o litoral, o cubo de gelo tilintando dentro de um copo, o peixe no balcão da peixaria..."

— Peixe no balcão da peixaria — disse o sr. Biswas. — Pois eu só vejo é o peixe que vem todas as manhãs na cesta que a velha peixeira leva na cabeça.

"... as lojas de persianas baixadas, o impacto do taco de críquete sobre a bola no campo da cidadezinha, as sombras cada vez mais alongadas..."

O sr. Biswas escreveu o artigo sobre o verão; e, com a ajuda das sugestões, outros artigos sobre a primavera, o inverno e o outono.

"O outono chegou outra vez! 'Tempo de névoa e frutos bem maduros', como bem disse o célebre poeta John Keats. Já cortamos a lenha para o inverno. Já reunimos o milho que em pouco tempo, perante o fogo ardendo nas profundezas do inverno, haveremos de saborear, assado ou cozido na espiga..."

Recebeu uma carta de parabéns da Escola Ideal e foi informado de que os artigos já estavam sendo apresentados à imprensa inglesa. Enquanto isso, ele já podia ir começando a segunda lição e escrever textos sobre o Dia de Guy Fawkes,* Algumas superstições do interior, O romantismo dos nomes de lugares ("O vigário local provavelmente é uma fonte de informações pitorescas"), Personagens do bar que você frequenta.

Aquilo o pegou desprevenido. Não havia sugestões para aqueles artigos, e ele não escreveu nada. Não disse coisa alguma a Shama. Pouco tempo depois, recebeu um envelope pesado da Inglaterra. Continha os artigos sobre as estações que ele havia datilografado com capricho em papel do *Sentinel*, seguindo o formato recomendado pela Escola Ideal. Vinha também uma carta impressa.

"Lamentamos informar-lhe que seus artigos foram submetidos sem sucesso às seguintes publicações: *Evening Standard, Evening News, The Times, The Tatler, London Opinion, Geographical Magazine, The Field, Country Life*. Pelo menos dois editores elogiaram seu trabalho, porém foram obrigados a rejeitá-los por falta de espaço. A nosso ver, textos de tal qualidade não devem ser condenados à obscuridade. Por que não

---

* O dia 5 de novembro, quando se comemora a derrota da conspiração católica contra o governo inglês de 1605 — que teve Fawkes como um dos principais membros — com queima de fogos e queimas de efígies de Fawkes, semelhantes às malhações de Judas no Brasil. (N. T.)

tentar o seu jornal local? Quem sabe não seria este o começo de uma coluna sobre a natureza? Os diretores de publicações estão sempre procurando ideias novas, textos novos, escritores novos. Seja como for, mantenha-nos informados. A Escola Ideal gosta de saber do sucesso de seus alunos. Enquanto isso, continue fazendo seus exercícios."

— Continue fazendo seus exercícios! — exclamou o sr. Biswas. E, com alívio, abandonou o Dia de Guy Fawkes e os Personagens do bar, passando a ignorar as admoestações que lhe chegavam de Edgware Road, com regularidade, durante os dois anos seguintes.

A máquina de escrever tornou-se ociosa.

— Ela já se pagou — disse Shama. — Agora tem mais é que descansar mesmo.

Mas logo a máquina voltou a atraí-lo; e muitas vezes, enquanto Shama, pesadona, zanzava entre a varanda dos fundos e a cozinha, o sr. Biswas sentava-se diante da máquina de escrever, colocava nela uma folha em branco de papel do *Sentinel*, punha seu nome e endereço no canto direito de cima, conforme recomendavam a Escola Ideal e todos os livros, e escrevia:

FUGA
M. Biswas

Aos trinta e três anos de idade, quando já era pai de quatro filhos...

Neste ponto, muitas vezes ele parava. Às vezes prosseguia até o final da página; às vezes — mas isso era raro —, numa espécie de frenesi, enchia páginas e mais páginas. Às vezes seu protagonista tinha nome em híndi; nesses casos, era baixo, feio e pobre e vivia cercado de coisas feias, que eram dissecadas detalhadamente, com raiva. Às vezes o herói tinha nome ocidental; então não tinha rosto, mas era alto, de ombros largos; era repórter e vivia num mundo inspirado nos romances que o sr. Biswas havia lido e nos filmes que ele vira. Nenhuma dessas histórias chegava ao fim, e o tema era sempre o mesmo. O herói, que caiu numa armadilha e foi levado a casar, já cheio de filhos, não mais jovem, conhece uma moça. Ela é esbelta, quase magra, e veste-se de branco. É cheia de frescor e carinhosa; nunca foi beijada; e não pode ter filhos. A história nunca ia além do encontro dos dois.

Às vezes as histórias eram inspiradas por uma moça desconhecida do departamento de publicidade do *Sentinel*. Muitas vezes ela permanecia desconhecida. Ocasionalmente o sr. Biswas falava; mas quando a moça aceitava seu convite — para um almoço, uma ida ao cinema ou à praia —, sua paixão morria imediatamente; ele retirava o convite e passava a evitar a moça; assim, com o tempo acabou criando uma lenda entre as moças do departamento de publicidade, todas as quais sabiam — embora ele não imaginasse, pois ocultava o fato como se fosse um segredo vergonhoso — que aos trinta e três anos de idade Mohun Biswas já era pai de quatro filhos.

Porém, com sua máquina, ele escrevia sobre suas heroínas virginais e estéreis. Começava a escrever essas histórias com entusiasmo; depois sentia-se insatisfeito, conspurcado. Então ia para o quarto, chamava Anand e tentava, para horror do menino, brincar com ele como quem brinca com um bebê, fazendo bilu-bilu.

Esquecendo que, com sua severidade e para disciplinar Shama, havia encarregado a mulher de arquivar todos os seus papéis, achava que essas histórias eram tão secretas em casa quanto o casamento e os quatro filhos eram no trabalho. E uma sexta-feira, ao encontrar Shama embatucada com suas contas, zombou dela, como sempre, e Shama disse:

— Me deixe em paz, sr. John Lubbard.

Era um dos nomes de seu protagonista de trinta e três anos de idade.

— Vá levar a Sybil ao cinema.

Este nome, usado em outro conto, ele encontrara num romance de Warwick Deeping.

— Deixe a Ratni em paz.

Era o nome híndi que ele dera à mãe de quatro filhos numa outra história. Ratni andava pesadamente, "como se estivesse permanentemente grávida"; os braços enchiam as mangas do corpete e pareciam prestes a rasgá-las; ela respirava ruidosamente por entre os dentes quando fazia as contas da casa, a sua única atividade que envolvia leitura e escrita.

Cheio de horror e vergonha, o sr. Biswas lembrou-se das descrições dos seios pequenos e tenros de suas heroínas estéreis.

Shama respirou por entre os dentes ruidosamente.

Se ela tivesse rido, ele a golpearia. Mas ela não olhou para ele; seus olhos estavam fixos nas contas.

O sr. Biswas correu para seu quarto, despiu-se, pegou seus cigarros e fósforos, pegou seu Marco Aurélio e seu Epicteto e foi para a cama.

Não muito tempo depois, o sr. Biswas, que estava pintando o guarda-comida e a mesa verde com uma lata de tinta amarela, seguindo o impulso, pintou o estojo da máquina de escrever e algumas partes da própria máquina.

Durante muito tempo a máquina ficou sem uso, até que Anand e Savi começaram a aprender a usá-la.

Mas ainda assim, no escritório, depois que ele limpava sua máquina ou trocava a fita e queria testá-la, a frase que ele sempre escrevia era: *Aos trinta e três anos de idade, quando já era pai de quatro filhos...*

Estava tão acostumado a encarar a casa como sua, e agora tão cheio de autoconfiança, que fez um jardim. Ao lado da casa plantou roseiras e na frente cavou uma lagoa e nela pôs nenúfares, que se espalharam muito depressa. Adquiriu mais objetos, dos quais o maior foi uma estante com escrivaninha embutida, móvel tão pesado que foram necessários três homens para levá-lo para dentro do quarto do sr. Biswas, onde ficou até que todos se mudaram de Port-of-Spain para Shorthills. Os ratos se aninharam na estante, protegidos e alimentados pela massa de papel que lotava o móvel: jornais (o sr. Biswas insistia em que era necessário guardar os jornais durante um mês, e havia brigas quando não conseguia encontrar o número que queria); todas as cartas escritas a máquina que o sr. Biswas já recebera, do *Sentinel*, da Escola Ideal, de pessoas querendo publicidade ou agradecendo a publicidade conseguida; os artigos rejeitados sobre as estações do ano, as histórias inacabadas, intituladas "Fuga" (de início folheadas furtivamente, embora depois o sr. Biswas viesse a relê-las e lamentar não ter se tornado contista).

Incentivado por Shama, cada vez mais dava importância a sua aparência física. Com seu terno e gravata de seda, ele jamais deixara de surpreendê-la com sua elegância e seu ar de respeitabilidade; e toda vez que ela comprava alguma coisa para ele, uma camisa, umas abotoaduras, um alfinete de gravata, ele dizia:

— Vou comprar aquele broche de ouro para você, menina! Qualquer dia desses.

Às vezes, enquanto se vestia, listava todas as coisas que estava usando e constatava, maravilhado, que o valor total chegava a cento e cinquenta dólares. Quando subia na bicicleta, seu valor subia para cerca de cento e oitenta. E ia então para seu trabalho de repórter, que lhe conferia um curioso *status*: bem recebido, até mesmo lisonjeado, pelos maiores figurões do país, comendo tão bem quanto qualquer um e, às vezes, melhor ainda; porém sempre, por fim, rejeitado.

— Coisa desagradável, hoje — disse ele a Shama. — Estávamos saindo do Palácio do Governo quando sua excelência me perguntou: "Qual é o seu carro?". Não sei, não, mas acho que na Inglaterra os repórteres têm é muito dinheiro.

Mas Shama ficou impressionada. Na Casa de Hanuman, começou a citar nomes importantes, e Padma, a esposa de Seth, inventou uma tênue e complexa relação de parentesco entre Seth e o homem que havia trabalhado como chofer do carro do príncipe de Gales quando este visitou a ilha.

Shama gastava pouco com si própria. Já que não podia comprar artigos de primeira e, como todas as irmãs Tulsi, tinha o maior desprezo por roupas e joias de segunda, não comprava absolutamente nada e usava exclusivamente os cortes de tecido que a sra. Tulsi lhe dava como presente de Natal todos os anos. Seus corpetes ganhavam remendos nos seios e nas axilas; e quanto mais o sr. Biswas se queixava mais remendos ela colocava. Porém, embora sua indiferença a roupas por vezes quase chegasse a parecer uma espécie de vaidade às avessas, ela não perdeu totalmente a preocupação com as aparências. Na Casa de Hanuman, os convites para casamentos recebidos pela sra. Tulsi também eram estendidos às filhas; e a família toda dava apenas um presente bom, invariavelmente um artigo estocado na Loja Tulsi. Porém agora Shama estava recebendo convites individuais e durante a época do ano dos casamentos hinduístas ela tirava muito dinheiro dos aluguéis, tornando sua contabilidade quase inextricavelmente complexa, para comprar presentes, na maioria das vezes jogos de jarra e copos.

— Dessa vez não precisa — disse o sr. Biswas. — Eles já devem estar tão acostumados a ver você com jarro e copos na mão que vão até acreditar que você trouxe um jogo desses.

— Eu sei o que estou fazendo — disse Shama. — Meus filhos também vão se casar um dia.

— E quando eles derem em troca um monte de jarras e copos a pobre da Savi nem vai conseguir andar de tão carregada. Se eles ainda lembrarem. Pelo menos espere mais alguns anos.

Mas os casamentos e funerais haviam se tornado importantes para Shama. Dos casamentos ela voltava cansada, os olhos quase fechando, rouca de passar a noite cantando, e encontrava a casa de pernas para o ar: Savi chorando, a cozinha bagunçada, o sr. Biswas queixando-se de indigestão. Satisfeita com o casamento, com o presente que pôde dar, com as cantorias e a volta ao lar, Shama dizia:

— É, como diz o ditado, só se sente falta da água quando a fonte seca.

E durante um ou dois dias, durante os quais o sr. Biswas e as crianças ficavam inteiramente sob seu poder, Shama ficava muito melancólica; era nessas ocasiões que dizia:

393

— Estou lhe dizendo, se não fossem as crianças...

E o sr. Biswas cantava: "Vou comprar aquele broche de ouro para você, menina!".

Tão importante quanto os casamentos e enterros para Shama eram as visitas de fim de ano para as crianças. Antes de mais nada, iam à Casa de Hanuman. Mas a cada visita elas se sentiam mais deslocadas lá. Era mais difícil refazer velhas alianças. Havia novas brincadeiras, novos jogos, novas histórias, novos temas de conversação. Muitas coisas tinham de ser explicadas, e muitas vezes Anand, Savi e Myna acabavam ficando juntos. Assim que voltavam para Port-of-Spain essa unidade desaparecia. Savi voltava a implicar com Myna; Anand defendia Myna; Savi batia em Anand; Anand batia em Savi; Savi se queixava para o pai.

— O quê! — exclamou o sr. Biswas. — Batendo na sua irmã! Shama, está vendo o efeito que tem sobre as crianças uma visita à casa dos macacos?

Aquele ataque tinha duplo sentido, pois as crianças preferiam visitar os parentes do sr. Biswas. Estes parentes foram uma espécie de revelação. Não eram apenas uma fonte inexplorada de generosidade; até então Savi e Anand achavam que o sr. Biswas, como todos os pais da Casa de Hanuman, saíra do nada e que os Tulsi eram os únicos que tinham uma família decente. Além disso, para Savi e Anand era uma sensação nova e agradável serem lisonjeados, mimados e subornados. Na Casa de Hanuman, eles não passavam de três crianças entre muitas; na casa de Ajodha não havia outras crianças. E Ajodha era rico, a julgar pela casa que estava construindo. Ajodha ofereceu-lhes dinheiro e ficou absurdamente deliciado ao constatar que as crianças conheciam o valor do dinheiro suficientemente bem para aceitar a oferta. Anand ganhou mais seis centavos para ler "Este seu corpo", quando bastava o elogio para ele se sentir recompensado. Na casa de Pratap, foram recebidos com homenagens; Bipti era de uma devoção constrangedora, os primos eram tímidos, carinhosos e cheios de admiração. Na casa de Prasad, também eram as únicas crianças; além disso, lá a casa era de barro, o que lhes parecia curioso: era como se fosse uma grande casa de boneca. Prasad não lhes deu dinheiro, e sim um caderno vermelho, uma caneta-tinteiro com a figura de Shirley Temple e um vidro de tinta Waterman's. E foi com esse estímulo ao leite e às ameixas que terminou a lucrativa série de visitas de fim de ano.

Então veio a notícia de que a sra. Tulsi resolvera mandar Owad estudar medicina no estrangeiro.

O sr. Biswas ficou arrasado. Um número cada vez maior de estudantes estava indo para o estrangeiro; porém não passavam de notícias, fatos remotos. Jamais lhe ocorrera que uma pessoa tão próxima conseguisse escapar com tanta facilidade. Disfarçando a tristeza e a inveja, manifestou entusiasmo e deu conselhos a respeito de companhias de navegação. E, em Arwacas, alguns dos agregados da sra. Tulsi a abandonaram. Esquecidos de que estavam em Trinidad, que haviam atravessado o oceano desde a Índia e portanto sua casta nada mais significava, disseram que não podiam mais ter quaisquer relações com uma mulher que se dispunha a mandar o filho para o outro lado do oceano.

— Isso para a sua mãe não é nada — disse o sr. Biswas a Shama. — Não é a primeira nem a segunda vez que ela se torna uma pária.

Discutia-se se na Inglaterra Owad teria comida boa e suficiente.

— Sabe, na Inglaterra todos os dias de manhã — disse o sr. Biswas — os varredores recolhem os cadáveres da rua. E sabe por quê? Porque lá a comida não é preparada por hinduístas católicos ortodoxos.

— E se o tio Owad quiser repetir? — perguntou Anand. — Será que eles deixam?

— Ouçam essa! — disse o sr. Biswas, apertando os braços magros de Anand. — Vou lhe dizer uma coisa, menino: você e Savi só saíram da casa dos macacos bem de saúde por causa do Ovomaltine que vocês tomavam.

— Não é à toa que os outros agarram o Anand e batem nele à vontade — disse Shama.

— O pessoal da sua família é *duro* — disse o sr. Biswas; cuspiu a palavra, transformando-a num xingamento. — *Duro* — repetiu.

— Bem, uma coisa eu garanto. Nenhum de nós consegue balançar as batatas das pernas como se fossem redes.

— Claro que não. As suas batatas das pernas são *duras*. Anand, olhe para as costas das minhas mãos. Não têm pelos. Sinal de uma raça evoluída, menino. E olhe para as suas mãos. A mesma coisa. Mas nunca se sabe. Com o sangue ruim da sua mãe correndo nas suas veias, você pode muito bem acordar um dia desses e descobrir que está peludo igual a um macaco.

Então, após uma ida à Casa de Hanuman, Shama contou que, ao saber que Owad iria para o estrangeiro, Shekhar, o deus mais velho, embora já fosse um homem casado, debulhou-se em lágrimas.

— Mande para ele um pedaço de corda e um pouco de vela.

— Ele não queria se casar — disse Shama.

— Não queria se casar! Pois nunca vi ninguém conferir se a sogra tinha dinheiro com tanta pressa.

— Ele queria ir para Cambridge.

— *Cambridge!* — exclamou o sr. Biswas, surpreso por ouvir aquele nome ser pronunciado por Shama com tanta facilidade. — Cambridge, é? Então por que diabo ele não foi? Por que diabo vocês todos não foram para Cambridge? Com medo da comida de lá?

— O Seth foi contra — disse Shama, com um tom de indignação, como uma conspiradora.

O sr. Biswas fez uma pausa.

— Não diga! Não diga!

— É bom saber que alguém ficou satisfeito de saber isso.

Shama não tinha mais informações a dar, e por fim disse, impaciente:

— Você está ficando igual a uma mulher.

Claramente, ela achava que uma injustiça fora cometida. E ele conhecia os Tulsi o bastante para não se surpreender ao constatar que as irmãs, que jamais questionavam a pouca instrução que receberam, os casamentos do tipo tiro-no-escuro que haviam feito, sua precária situação social, assim mesmo se aborreciam porque Shekhar, que fizera um casamento feliz e cujos negócios estavam prosperando, não tivera todas as oportunidades possíveis.

Shekhar vinha passar um fim de semana em Port-of-Spain. A família não viria com ele, e a velha sra. Tulsi ficaria em Arwacas; assim, os irmãos passariam um último fim de semana juntos como dois rapazes descompromissados. O sr. Biswas aguardava Shekhar com interesse. Ele chegou no final da tarde de sexta. O táxi buzinou; Shama acendeu as luzes das varandas da frente e dos fundos; Shekhar subiu correndo a escada da entrada, com seu terno branco de linho, e ficou a zanzar de um lado para o outro com seus sapatos de sola de couro, vibrando de animação, largando na mesa da sala de jantar uma garrafa de vinho, uma lata de amendoins, um pacote de biscoitos, duas revistas *Life* e um exemplar em brochura da *História do povo inglês*, de Halévy. Shama saudou-o com um pouco de tristeza, o sr. Biswas com uma seriedade que, esperava ele, fosse interpretada como solidariedade. Shekhar, por sua vez, respondeu com jovialidade, aquela jovialidade distraída do homem de negócios que se afasta momentaneamente dos negócios, do pai de família que não está com a família.

As malas novas e caras de Owad estavam na varanda dos fundos, e o sr. Biswas estava pintando o nome de Owad nelas.

— O tipo de coisa que dá vontade na gente de viajar também — disse o sr. Biswas.

Shekhar não mordeu a isca. Depois do vinho, dos amendoins e dos biscoitos, manifestou um interesse quase paternal pelos preparativos de viagem do irmão e, apesar das indiretas do sr. Biswas, não mencionou Cambridge nenhuma vez.

— Faladeira — disse o sr. Biswas a Shama.

Shama não tinha tempo para discutir. Para ela era uma

397

honra ter de receber os dois irmãos ao mesmo tempo, numa ocasião tão importante, e estava decidida a sair-se bem. Havia passado a semana toda se preparando para o fim de semana, e pouco depois do café da manhã havia começado a cozinhar.

De vez em quando o sr. Biswas ia até a cozinha e cochichava:

— Quem é que está pagando isso tudo? A raposa velha ou você? Eu é que não estou, ouviu? Ninguém está me mandando para Cambridge. Semana que vem, quando eu estiver comendo gelo seco, ninguém vai me mandar comida pelo correio lá da Casa de Hanuman.

Era como uma festa na Casa de Hanuman em miniatura, e para as crianças era quase como uma brincadeira de faz de conta. Podiam entrar e sair da cozinha à vontade, provar do que quisessem. Shekhar trouxe balas para elas, e no domingo despachou-as para a matinê do cine Roxy. E o sr. Biswas deu-se tão bem com os irmãos que foi dominado pela sensação de camaradagem entre três homens; achou-se privilegiado por poder receber os dois filhos da família, um dos quais ia estudar medicina no estrangeiro. Tentou sinceramente contribuir para o clima de entusiasmo, falando de novo sobre as companhias de navegação e os navios, como se já tivesse viajado em todos eles; deu a entender que ia dar grande destaque à partida de Owad no jornal e lisonjeou-o ao pedir-lhe que se recusasse a atender repórteres dos outros jornais; falou com modéstia sobre os estudos de Anand, que foi elogiado por Shekhar.

No domingo saiu a edição dominical do *Sentinel* com uma matéria escandalosa do sr. Biswas: "Sou o homem mais malvado de Trinidad". Fazia parte de uma série de entrevistas com o homem mais rico, o mais pobre, o mais alto, o mais magro, o mais rápido, o mais forte de Trinidad; esta série fora precedida por outra a respeito de homens com profissões estranhas: ladrão, mendigo, coletor de excremento humano, matador de mosquitos, agente funerário, despachante de certidões de nascimento, empregado de hospício; antes desta viera uma série sobre homens de um só braço, perna, olho, a qual, por sua vez, surgira depois que o sr. Biswas entrevistara um homem que levara um tiro no pescoço anos antes e tinha de cobrir o furo para poder falar, e a redação do *Sentinel* fora invadida por homens que tinham sofrido mutilações interessantes e queriam vender suas experiências.

O artigo do sr. Biswas foi recebido com muitas gargalhadas por Owad e Shekhar, principalmente porque o homem mais malvado era um conhecido personagem de Arwacas. Havia cometido um assassinato após sofrer muitas provocações e, tendo sido absolvido, tornou-se uma pessoa cordial e cacete. O título da entrevista prometida para a semana seguinte, com o homem mais louco de Trinidad, provocou mais gargalhadas.

Depois do café da manhã, todos os homens — Anand inclusive — foram tomar banho de mar no trecho novo do porto, em Docksite. A dragagem ainda não estava terminada, mas o dique já fora construído, e de manhã cedo havia lugares em que se podia tomar banho em águas limpas e com segurança, embora a cada passo que se dava a lama subisse, turvando a água. A terra recuperada, elevada ao nível do dique, ainda não era terra de verdade, e sim lodo endurecido apenas, cheio de rachaduras agudas que formavam um desenho semelhante a um leque de aluvião.

O sol ainda não havia nascido, e as nuvens altas e estáticas tinham laivos avermelhados. Os navios ao longe eram indistintos; o mar liso lembrava vidro escuro. Anand ficou na beira, perto do dique, e os homens seguiram em frente; suas vozes e os ruídos que faziam na água ouviam-se ao longe no silêncio. De repente o sol nasceu, a água incendiou-se e os sons se atenuaram.

Cônscio de sua debilidade física, o sr. Biswas começou a bancar o palhaço; e, como agora vinha fazendo cada vez mais, tentou incluir Anand em suas palhaçadas.

— Mergulhe, menino! — gritou ele. — Mergulhe para a gente ver quanto tempo você aguenta ficar debaixo d'água.

— Não! — gritou Anand.

Essa maneira abrupta de negar a autoridade paterna havia se tornado parte da brincadeira.

— Ouviram essa? — disse o sr. Biswas a Owad e Shekhar. E

citou um epigrama obsceno em híndi, que sempre fazia os dois rirem e que eles agora associavam a ele. Pouco depois, disse:

— Sabe o que estou com vontade de fazer? Estão vendo aquele barco a remo ali? Vamos desamarrá-lo. Amanhã de manhã já vai estar na Venezuela.

— E vamos jogar você dentro dele — disse Shekhar.

Correram atrás do sr. Biswas, agarraram-no e o carregaram acima da água; ele ria e estrebuchava, e as batatas de suas pernas balançavam como redes.

— Dou-lhe uma — diziam os dois, balançando-o. — Dou-lhe duas...

De repente ele ficou indignado, zangado.

— Dou-lhe três!

A água lisa bateu-lhe no ventre, no peito e na testa como uma coisa dura e quente. Voltando à superfície, de costa para os outros, ele deteve-se por alguns instantes para endireitar os cabelos, na verdade enxugando as lágrimas que lhe vieram aos olhos. A pausa foi longa o bastante para Owad e Shekhar perceberem que ele estava zangado. Os dois ficaram envergonhados; e o sr. Biswas estava reconhecendo que sua raiva era descabida quando Shekhar exclamou:

— Onde está Anand?

O sr. Biswas não se virou.

— O menino está bem. Mergulhando. O avô dele era um grande mergulhador.

Owad riu.

— Mergulhando coisa nenhuma! — disse Shekhar, e começou a nadar em direção ao dique.

Não havia sinal de Anand. À sombra do dique, o barco a remo balançava muito de leve sobre seu próprio reflexo.

Em silêncio, o sr. Biswas e Owad ficaram olhando para Shekhar. Ele mergulhou. O sr. Biswas pegou um punhado de água e derramou-a sobre a cabeça. Uma parte da água escorreu-lhe pelo rosto abaixo; o resto caiu direto no mar.

Shekhar reapareceu perto do dique, sacudiu a cabeça para livrar-se da água e mergulhou de novo.

O sr. Biswas começou a andar em direção ao dique. Owad começou a nadar. O sr. Biswas começou a nadar.

Shekhar veio à tona de novo, perto do barco. Estava assustado. Trazia Anand sob o braço esquerdo e nadava vigorosamente com o direito.

Owad e o sr. Biswas se aproximaram dele. Ele gritou-lhes para que se afastassem. Na mesma hora parou de nadar e ficou em pé; a água chegava-lhe à cintura. Atrás dele, na sombra, o barco estava quase imóvel.

Colocaram Anand no alto do dique e o rolaram. Então Shekhar massageou-lhe as costas magras. O sr. Biswas ficou a observar, reparando apenas no grande alfinete de segurança — certamente de Shama — que havia na camisa azul listrada de Anand, no alto da pilha formada por suas roupas.

Anand cuspiu. Tinha no rosto uma expressão de raiva. Disse:

— Eu estava andando até o barco.

— Eu disse para você ficar onde estava — disse o sr. Biswas, também zangado.

— E o fundo do mar afundou.

— A dragagem — disse Shekhar. A expressão de susto não havia desaparecido de seu rosto.

— O mar afundou — Anand gritou, deitado, cobrindo o rosto com o braço dobrado. Falava como se o tivessem insultado.

Disse Owad:

— Bem, o fato é que você bateu o recorde de ficar debaixo d'água, menino.

— Cale a boca! — gritou Anand. Começou a chorar, esfregando as pernas no chão duro e rachado, e depois virou-se, ficando de bruços.

O sr. Biswas pegou a camisa com o alfinete de segurança e entregou-a a Anand.

Anand arrancou-lhe a camisa da mão e disse:

— Me deixem.

— A gente devia ter deixado você — disse o sr. Biswas —

quando você estava debaixo d'água. — Assim que terminou a frase, arrependeu-se de tê-la dito.

— É! — gritou Anand. — Deviam ter me deixado. — Levantou-se e, andando até sua pilha de roupas, começou a vestir-se, furioso, enfiando as roupas com força no corpo molhado e sujo de areia. — Nunca mais vou sair com nenhum de vocês. — Seus olhos estavam pequenos e vermelhos, as pálpebras inchadas.

Ele afastou-se dos outros com passos rápidos, o corpinho desenhado em silhueta contra o sol, caminhando sobre a lama seca entremeada de capim. Sem uso, a toalha permanecia enrolada, volumosa, sob seu braço.

— Bem — disse o sr. Biswas. — Mais um mergulho?

Owad e Shekhar sorriram. Então, lentamente, todos se vestiram.

— Nunca pensei que algum dia ia me servir o que eu aprendi como escoteiro do mar — disse Shekhar. — Tinha um verdadeiro buraco no mar, sabe? E estava puxando como o diabo. Amanhã o pobre do Anand estaria na Venezuela.

Quando chegaram, Shama estava ansiosa para saber por que Anand havia sido mandado de volta. Ele não dissera nada e se trancara no quarto.

Savi e Myna começaram a chorar quando souberam.

O almoço foi o clímax das festividades do fim de semana, mas Anand não quis sair do quarto. Só comeu uma fatia de melancia que Savi levou para ele.

À tarde, depois que Shekhar se foi, Shama deu vazão a seu aborrecimento. Anand havia estragado o fim de semana para todo mundo e ela ia lhe dar uma surra. Só não o fez porque foi dissuadida pelas súplicas de Owad.

— Meus filhos! Meus filhos! — disse Shama. — Bem, eles têm um belo exemplo para seguir.

No dia seguinte, o sr. Biswas escreveu um artigo mal-humorado a respeito da falta de avisos que alertassem o público para os perigos de Docksite. À tarde, Anand chegou da escola um pouco mais calmo e — coisa extraordinária —, sem que tal lhe fosse pedido, tirou um caderno de sua pasta e entregou-o ao sr. Biswas, que estava na rede da varanda dos fundos. Então Anand foi trocar de roupa.

O caderno continha as composições em inglês de Anand, que refletiam tanto o vocabulário e os ideais do seu professor quanto a obsessão do menino com o recurso estilístico de colocar, após o substantivo, um travessão, um adjetivo e o mesmo substantivo outra vez: por exemplo, "os ladrões — os implacáveis ladrões".

A última composição era intitulada "Um dia na praia". Depois do título Anand copiara as expressões sugeridas pelo professor: combinar o passeio — preparativos febris — expectativa ansiosa — cestos pesados — vento no carro aberto — animação e canções — curva graciosa dos coqueiros — arco de areia dourada — água cristalina — ondas majestosas a se quebrarem — espuma na areia — luta contra as ondas — gritos de prazer — sombra fresca dos coqueiros — glorioso pôr do sol — tristeza da partida — lembranças a serem saboreadas no futuro — expectativa de voltar outra vez.

O sr. Biswas já conhecia bem a clareza e o otimismo da visão do professor e esperava encontrar na redação de Anand algo assim como: "com expectativa — ansiosa expectativa — combinamos um passeio à praia, e fizemos preparativos — febris preparativos — e então na manhã combinada carregamos nossos cestos — pesados cestos — para dentro do carro". Pois, nessas redações, Anand, como seus colegas, vivia uma vida de luxos.

Mas nessa última redação não havia travessões nem repetições; nem cestos, nem carros, nem arcos dourados de areia: apenas uma caminhada até Docksite, um dique de concreto e navios ao longe. O sr. Biswas foi lendo, ansioso para poder compartilhar o sofrimento do filho na véspera. "Levantei o braço, mas não sei se a mão chegou até a superfície. Abri a boca para pedir socorro. Entrou água. Achei que ia morrer e fechei os olhos, porque não queria ver a água." A redação acabava com uma invectiva contra o mar.

403

Nenhuma das sugestões do professor fora utilizada, porém a nota recebida pela composição fora a maior possível.

Anand havia voltado para a varanda e estava tomando chá.

O sr. Biswas queria aproximar-se dele. Faria tudo que fosse necessário para compensar a solidão da véspera. Disse ele:

— Venha sentar aqui do meu lado para eu rever a composição com você.

Anand tornou-se impaciente. Gostara da nota recebida, mas já havia enjoado da redação; até se envergonhava dela um pouco. O professor o fizera ler a redação para toda a turma, e a admissão de que ele não havia carregado cestos pesados para dentro do carro nem ido para uma praia cheia de palmeiras, e sim caminhado a pé até a prosaica praia de Docksite, provocara algumas risadas; foi também este o efeito das frases: "Abri a boca para pedir socorro. Entrou água".

— Venha — disse o sr. Biswas, abrindo espaço na rede.

— Não! — gritou Anand.

Mas não havia ninguém para rir.

O sentimento de mágoa do sr. Biswas transformou-se em raiva.

— Vá preparar uma vara para mim — disse ele, saindo da rede. — Vá. Depressa.

Anand desceu a escada dos fundos batendo os pés. Do pé de amargosa que havia no fundo do terreno, cujos galhos se estendiam por cima do esgoto, ele arrancou um galho grosso, muito mais grosso do que geralmente se usava para este fim. Seu objetivo era insultar o pai. O sr. Biswas percebeu o insulto e ficou mais irritado ainda. Agarrou o galho e deu uma surra violentíssima em Anand. Shama acabou tendo que intervir.

— Não aguento mais — chorava Savi. — Não aguento vocês. Vou voltar para a Casa de Hanuman.

Myna também estava chorando.

Shama disse a Anand:

— Está vendo o que você foi arranjar?

Ele não disse nada.

— Bom! — disse Savi. — Com essa gritaria toda essa casa

agora está igualzinha a todas as outras da rua. Espero que certas pessoas de mente ordinária estejam satisfeitas.

— Estão — disse o sr. Biswas, calmo. — Algumas pessoas estão satisfeitas.

O sorriso dele fez Savi chorar outra vez.

Mas Anand se vingou naquela noite.

Agora que faltavam poucos dias para Owad partir de Trinidad e menos ainda para a família vir a Port-of-Spain despedir-se dele, o sr. Biswas e Anand faziam as refeições com ele sempre que possível. Eram refeições formais, na sala de jantar. E aquela noite, quando o sr. Biswas ia se sentar, Anand puxou-lhe a cadeira, de modo que ele caiu no chão ruidosamente.

— Esse menino! — disse Owad, rindo às bandeiras despregadas.

Savi disse:

— É, algumas pessoas estão satisfeitas.

O sr. Biswas não disse nada durante o jantar. Depois foi dar uma volta. Quando retornou, foi direto para o quarto e não pediu a ninguém que viesse lhe trazer cigarros, fósforos ou livros.

Tinha o hábito de caminhar pela casa às seis da manhã, agitando o jornal e acordando todo mundo. Depois voltava para a cama: tinha o dom de poder dormir em pequenos cochilos. Mas no dia seguinte não acordou ninguém, e não apareceu quando as crianças estavam se aprontando para ir para a escola.

Porém, antes de Anand sair, Shama lhe deu uma moeda de seis centavos.

— Foi seu pai que mandou eu lhe dar. Para comprar leite na leiteria.

Às três da tarde, ao final das aulas, Anand desceu a Victoria Avenue, passou pela maquinaria ruidosa da Imprensa Oficial, atravessou a Tragarete Road para caminhar à sombra dos muros cobertos de hera do Cemitério de Lapeyrouse e virou na Phillip Street, onde ficava a fábrica de cigarros, origem do cheiro adocicado de fumo que impregnava todo o bairro. A leiteria era um prédio de aparência luxuosa e intimidativa, pintado de branco e verde-claro. Anand foi na ponta dos pés à mesa da recepcionista, instalada dentro de uma gaiola, e disse a ela:

— Uma garrafa pequena de leite, por favor.

Pagou, recebeu a ficha e sentou-se num banco alto, verde-claro, no balcão que cheirava a leite. O empregado, de boné branco, tentou arrancar a tampa da garrafa, de papel metálico, com uma displicência um pouco excessiva; tendo errado duas vezes, arrancou-a com o polegar grande. Anand não gostou do leite gelado, da sensação de doçura excessiva que lhe ficou no fundo da garganta; além disso, teve a impressão de que o leite cheirava a fumo, um odor que ele associava ao cemitério.

Quando ele chegou em casa, Shama entregou-lhe um pequeno embrulho de papel pardo. Continha ameixas. Eram para ele comer quando bem entendesse.

Foi recomendado a Anand e Savi que mantivessem em segredo a história do leite e das ameixas, para que Owad não descobrisse e risse daquela presunção.

E quase imediatamente Anand começou a pagar o preço do leite e das ameixas. O sr. Biswas foi até a escola e pediu para conversar com o diretor e o professor cujo vocabulário ele conhecia tão bem. Os dois concordaram que Anand poderia ganhar uma bolsa de estudos se fizesse esforço, e o sr. Biswas acertou umas aulas particulares, que Anand receberia após as aulas normais, depois do leite. Além disso, o sr. Biswas combinou também que doravante Anand teria crédito ilimitado na loja da escola, o que complicou ainda mais as finanças de Shama.

Savi ficou cheia de pena de Anand.

— Ainda bem — disse ela — que Deus não me deu inteligência.

Na última semana antes da partida de Owad, a casa encheu-se de irmãos, maridos, crianças e agregados da sra. Tulsi — os que haviam permanecido fiéis. As mulheres vieram com suas roupas mais coloridas e suas melhores joias e — embora estivessem a apenas trinta quilômetros de suas aldeias de origem — pareciam exóticas. Se alguém olhava para elas, elas olhavam também; e faziam comentários em híndi, mais grosseiros do que de costume, em voz mais alta do que de costume, porque na cidade o híndi era uma língua secreta e porque elas estavam em clima de festa. Uma barraca cobria os fundos do quintal onde Anand e Owad haviam jogado críquete algumas vezes. Foram cavados buracos para fogueiras no próprio campo de críquete, e sobre estas fogueiras sempre havia comida sendo preparada em grandes caldeirões pretos, trazidos da Casa de Hanuman especialmente para a ocasião. Os visitantes trouxeram instrumentos musicais. Tocavam e cantavam até tarde da noite, e os vizinhos, fascinados demais para reclamar, ficavam espiando por buracos nas cercas de ferro corrugado.

Poucas das visitas conheciam o sr. Biswas ou sabiam da posição por ele ocupada na casa. E imediatamente essa posição tornou-se precária. Ele deu por si confinado a um único quarto, e passava longos períodos sem saber onde estavam Shama e as crianças.

— Oito dólares — cochichava a ela. — É o aluguel que pago todo mês. Tenho meus direitos.

As roseiras e os nenúfares sofriam.

— Vamos esticar uns fios por aí — disse a Shama. — Aí quero ver. *"Aré,* o que é isso aqui?" — disse, imitando uma velha falando híndi. — Tchibum! Pronto. As roupas todas bonitas cheias de lama. A cara toda suja. Basta isso acontecer umas vezes. Aí essa gente aprende que uma flor não cresce assim à toa.

Dois dias depois, já perdera as esperanças de salvar as flores. Dava longos passeios à tarde e adiava ao máximo a hora de voltar para casa, parando em várias delegacias na esperança de achar assunto para alguma reportagem. Uma vez ficou na rua até a hora em que os vira-latas começavam a fazer a ronda, animais medrosos que caçavam em bandos e fugiam ao ouvir passos humanos, deixando um rastro de latas de lixo viradas e lixo remexido. A casa ainda não estava adormecida, porém estava silenciosa. O sr. Biswas encontrou quatro crianças em sua cama. A partir daí, passou a ocupar seu quarto ao cair da tarde;

trancava a porta e recusava-se a abri-la, por mais que batessem nela ou a arranhassem, chamassem ou gritassem seu nome.

E imediatamente desapareceu também sua ligação com Owad, o qual passava a maior parte do tempo fazendo visitas de despedida. Quando voltava para casa, Owad era imediatamente cercado pelos amigos e parentes, que olhavam para ele, choravam e ofereciam conselhos que depois comentavam uns com os outros, para provar sua preocupação com o bem-estar dele: conselhos sobre dinheiro, clima, comida, bebida, mulheres.

Chegou a hora das fotografias. Maridos, crianças e amigos ficavam a ver Owad posando ao lado de Shekhar, da sra. Tulsi, de Shekhar e da sra. Tulsi, de Shekhar, a sra. Tulsi e todas as irmãs, as quais, por se tratar de um momento de tristeza, ficaram olhando para a câmara com caras aborrecidas, apesar das súplicas do fotógrafo chinês.

No último dia chegou Seth. Estava com seu uniforme cáqui; as botinas ressoavam no chão; sua presença era dominadora e impunha uma atmosfera de formalidade onde ele entrava. Sua ausência fora comentada, e agora estavam todos na expectativa. Mas, após o último conselho de família, Owad, Shekhar, a sra. Tulsi e Seth estavam apenas sérios, o que podia tanto ser sinal de discórdia quanto de tristeza.

O sr. Biswas recebeu um pouco de atenção quando trouxe para casa o fotógrafo do *Sentinel*, retirou os móveis da sala de visitas e fez o possível no sentido de dar a impressão de estar dirigindo tanto Owad quanto o fotógrafo. Mas, na manhã seguinte, a matéria — que saiu na terceira página, sob a manchete ILHÉU VAI ESTUDAR MEDICINA NA INGLATERRA — não fez muito sucesso, pois quem não estava ocupado vestindo as crianças para o bota-fora ou arranjando permissões para ir ao cais estava participando da cerimônia religiosa oficiada por Hari na barraca.

Por fim foram para o cais. Só os recém-nascidos e suas mães ficaram em casa. O exército dos Tulsi ficou olhando para o navio; e rapidamente a amurada do navio encheu-se de passageiros em trânsito e membros da tripulação, que aproveitavam aquela oportunidade de ver uma cena particularmente exótica em Port-of-Spain. Descobriu-se que o navio admitia visitantes a bordo, e minutos depois os Tulsi e seus amigos invadiram a embarcação. Olhavam embasbacados para os tripulantes, os passageiros e as fotografias de Adolf Hitler e ouviam com atenção aquela fala gutural a seu redor, para imitá-la depois. As velhas chutavam os tombadilhos, as amuradas e os costados para ver se eram sólidos mesmo. Alguns dos mais suscetíveis revezavam-se no beliche de Owad, onde se sentavam para chorar. Os homens eram mais tímidos, mais respeitosos, diante da majestade do navio; perambulavam silenciosos, de chapéu na mão. Se ainda tinham alguma desconfiança em relação ao navio e à tripulação, ela se dissipou quando um oficial começou a distribuir presentes: isqueiros para os homens, bonecas vestidas de camponesas para as mulheres. Enquanto isso, sem que aqueles que ele queria impressionar tomassem conhecimento dele, o sr. Biswas andava de um lado para o outro com ar de proprietário, conversando com os estrangeiros e fazendo anotações em seu caderno.

Saíram todos do navio e se reuniram, em atitude formal, à frente de um balcão magenta onde havia placas em francês e inglês avisando que era proibido fumar. Alguém arranjou uma cadeira em algum lugar; a sra. Tulsi instalou-se nela, o véu cobrindo-lhe o rosto, uma das mãos apertando um lenço, com Sushila, a viúva, a seu lado.

Owad começou a beijar pessoas, começando pelos amigos. Mas era gente demais; logo abandonou-os e começou a despedir-se da família. Beijou todas as irmãs, que choravam; apertou a mão de cada homem, e quando chegou a vez do sr. Biswas ele sorriu e disse:

— Chega de mergulhos.

O sr. Biswas ficou inexplicavelmente comovido. Suas pernas tremiam; mal conseguia ficar em pé. Disse:

— Espero que não haja guerra. — Seus olhos encheram-se de lágrimas, ele engasgou-se e não conseguiu dizer mais nada.

Owad já seguira em frente. Abraçou as crianças; depois Shekhar; depois Seth, que chorava copiosamente; e finalmente a sra. Tulsi, que não chorou uma lágrima sequer.

409

Subiu no navio. Pouco depois apareceu na amurada, dando adeus. Um passageiro aproximou-se dele; os dois começaram a conversar.

Foi retirada a prancha de embarque dos passageiros. Então ouviram-se gritos, uma cantoria áspera e irregular, e apareceram no cais três alemães cambaleantes, de rostos machucados e roupas sujas, um apoiando-se comicamente no outro, bêbados. Uma voz severa chamou-os do navio; eles gritaram em resposta e, apesar de embriagados e trôpegos, e sem segurar no corrimão de corda, subiram a bordo pela prancha de embarque estreita da popa. Todas as dúvidas a respeito do navio foram reativadas.

Apitos; ondas vindas do navio, vindas da margem; o navio se afastando; a doca menos protegida, a água suja e escura cheia de papéis boiando. E logo estavam todos, muito expostos, à frente do galpão da alfândega olhando para o navio, olhando para o vazio por ele deixado.

A fraqueza que sentira ao apertar a mão de Owad não abandonara o sr. Biswas. Sentia um buraco no estômago. Queria subir montanhas, fatigar-se, caminhar e caminhar e nunca mais voltar para casa, a barraca vazia, as fogueiras apagadas, os móveis deslocados. Saiu do cais com Anand e ficaram a perambular pela cidade sem rumo. Pararam num café, e o sr. Biswas pediu para Anand uma tina de sorvete e uma Coca-Cola.

Na manhã seguinte o jornal estaria espalhado nos degraus ensolarados da entrada; haveria o silêncio ao meio-dia e sombras à tarde. Mas o dia seria diferente.

2. O NOVO REGIME

Como nada mais a prendia a Port-of-Spain, a sra. Tulsi voltou a Arwacas. A barraca foi desmontada, e alguns dias depois todas as visitas já tinham sido despachadas. O sr. Biswas pôs-se a restaurar suas roseiras e nenúfares; as águas do laguinho estavam enlameadas e cheias de bolhas, pois as margens tinham desabado. Ele trabalhava sem ânimo, sentindo o vazio da casa, e sem saber por quanto tempo ainda poderia ficar lá. Nenhum dos móveis da sra. Tulsi fora retirado: a casa parecia estar aguardando mudanças. Seu trabalho de jornalista perdeu parte de seu vigor. Ele tinha necessidade de dedicar mentalmente seus escritos a alguém. De início escrevia pensando no sr. Burnett; depois, em Owad. Agora só restava Shama. Ela raramente lia seus artigos; quando ele os lia em voz alta para ela, Shama não manifestava interesse nem achava graça, e não fazia comentários. Uma vez ele lhe deu para ler os originais datilografados de um artigo e ficou furioso quando ela virou a última página e procurou a continuação.

— Acabou, acabou — disse ele. — Não quero cansar você.

E da Casa de Hanuman vinham notícias perturbadoras. Govind, o trabalhador leal, ansioso para agradar, estava descontente; Shama relatava suas afirmações sediciosas. Aparentemente nada havia mudado, mas a sra. Tulsi não exercia mais o poder, e sua influência cada vez mais era encarada como o poder de uma pessoa rabugenta e inválida. Agora que os dois filhos estavam com a vida feita, ela parecia ter perdido todo seu interesse pela família. Ficava boa parte do tempo no Quarto Rosado, adoecendo e chorando as saudades de Owad. Quanto a Seth, ele ainda controlava a casa; mas o controle que exercia era superficial. Embora nada fosse dito abertamente, achava-se que Shekhar estava descontente, e como ele não o negara de modo definido Seth tornou-se suspeito aos olhos das irmãs. Seth, apesar de tudo, não era, na verdade, um Tulsi, e por isso ele sozinho era incapaz de manter a harmonia, o que ficara claro quando, nos períodos em que a sra. Tulsi estava em Port-of-Spain, surgiram brigas entre as irmãs e ele nada conseguiu fazer. Seth só conseguia mandar ao lado da sra. Tulsi, através do afeto e da confiança que ela depositava nele. Essa confiança, embora não tivesse sido oficialmente retirada, já não era mais tão evidente; e Seth estava até mesmo despertando rancores por ser uma pessoa de fora.

Então surgiram boatos segundo os quais Seth estaria inspecionando propriedades.

— Comprando para *mai*, você acha? — perguntou o sr. Biswas.

Shama disse:

— Ainda bem que alguém está satisfeito com isso.

E logo o sr. Biswas foi obrigado a engolir sua satisfação. Chegaram as férias de fim de ano, e Shama levou as crianças para a Casa de Hanuman. Agora elas sentiam-se lá como pessoas totalmente estranhas. Os velhos enfeites de papel crepom e as mercadorias que entulhavam a escura Loja Tulsi não passavam de coisas de roceiro em comparação com as vitrines de Port-of-Spain, e Savi tinha pena das pessoas de Arwacas, que tinham de levar tais coisas a sério. Por fim, na noite de Natal, a loja foi fechada e os tios foram despachados. Savi, Anand, Myna e Kamla procuraram meias e as penduraram. E não ganharam nada. Não havia ninguém a quem se queixar. Algumas das irmãs haviam adquirido em segredo presentes para seus filhos; e na manhã do dia de Natal, no salão, onde a sra. Tulsi não esperava as crianças para ser beijada, os presentes foram exibidos e comparados. Como Owad estava na Inglaterra, a sra. Tulsi em seu quarto, todos os tios ausentes e Shekhar com sua família, não havia ninguém para organizar brincadeiras, para coordenar as festividades. E o Natal reduziu-se ao almoço e ao sorvete de Chinta, tão sem gosto e cheio de ferrugem como sempre. As irmãs estavam emburradas; as crianças brigaram; algumas até levaram surras.

Shekhar veio no dia seguinte de manhã com um saco grande cheio de balas importadas. Foi ver a sra. Tulsi no quarto, almoçou no salão e depois foi embora. Quando o sr. Biswas chegou, à tarde, constatou que as irmãs estavam falando não de Seth, mas de Shekhar e a mulher. Achavam que ele as havia abandonado. Porém ninguém punha a culpa nele. Estava sob a influência da mulher; a culpa era toda dela.

As relações entre as irmãs e a mulher de Shekhar nunca tinham sido fáceis. Apesar da organização nada tradicional da Casa de Hanuman, onde as filhas casadas moravam com a mãe, as irmãs não descuidavam de certas convenções hindus: assim, por exemplo, as sogras deviam ser severas com as noras, e as cunhadas eram desprezadas. Porém a mulher de Shekhar desde o início reagiu à condescendência dos Tulsi com um arrogante modernismo presbiteriano. Exibia sua instrução. Ostentava o nome Dorothy sem qualquer sentimento de vergonha ou contrição. Usava saias curtas e não se importava de parecer sem-vergonha e ridícula: era uma mulher grandalhona que engordara após o nascimento do primeiro filho, e suas saias caíam-lhe das cadeiras altas e proeminentes como se ela usasse uma armação. Sua voz era grave, seus modos joviais; uma vez, quando ela estava com o tornozelo machucado, passou a andar de bengala, e Chinta comentou que ela ficava bem de bengala. E, como se tudo isso não bastasse, ela às vezes trabalhava na bilheteria do cinema, o que, além de imoral, era degradante. As irmãs, porém, não apenas não conseguiam influenciá-la em nada como também eram constantemente por ela derrotadas. Tinham dito que ela não saberia cuidar da casa: ela revelou-se uma dona de casa obsessiva. Tinham dito que ela era estéril: estava tendo um filho a cada dois anos. Só tinha meninas, mas isso não era algo que as irmãs Tulsi pudessem criticar. As filhas de Dorothy eram excepcionalmente bonitas, e a única queixa que as irmãs podiam fazer era a de que os nomes hindus que Dorothy escolhera — Mira, Leela, Lena — eram nomes que passavam por ocidentais.

E agora as velhas acusações foram levantadas mais uma vez, e novos detalhes eram acrescentados para o esclarecimento de Shama e outras irmãs visitantes. À medida que a conversa se prolongava, sempre sobre o mesmo assunto, os detalhes foram se tornando cada vez mais grosseiros: Dorothy, como todos os cristãos, usava a mão direita para fazer coisas sujas; seu apetite sexual era insaciável; suas filhas já tinham o olhar típico das putas. Repetidamente as irmãs concluíam que Shekhar merecia compaixão, porque não tinha estudado em Cambridge e o haviam obrigado a casar, contra sua vontade, com uma mulher desavergonhada. Padma, a mulher de Seth, estava presente e, portanto, o comportamento de Seth não podia ser comentado. Sempre que Cambridge era mencionada, as expressões e entonações deixavam claro que Padma não estava sendo atingida por aquela crítica implícita a seu marido; que ela, como Shekhar, merecia compaixão por ter se casado com uma pessoa assim. E mais uma vez o sr. Biswas se espantava com a força do sentimento de clã dos Tulsi.

O sr. Biswas sempre se dera bem com Dorothy; sentia-se atraído por seu jeito alegre, seu hábito de falar alto, e considerava-a uma aliada em sua guerra contra as irmãs. Mas naquela tarde quente e silenciosa, em que pairava uma atmosfera bolorenta de feriado sobre Arwacas, o salão, com sua mobília confusa, o sótão escuro e as paredes verdes sujas de fuligem, com moscas zunindo em torno das manchas de sol na mesa comprida, parecia abandonado, sem vida; e o sr. Biswas, encarando a ausência de Shekhar como uma traição, até conseguia sentir-se solidário com as irmãs.

Disse Savi:

— Este é o último Natal que eu passo na Casa de Hanuman.

Havia mudanças por toda parte. Em Pagotes, Tara e Ajodha estavam decorando a casa nova. Em Port-of-Spain, novos postes de iluminação, pintados de prateado, estavam sendo colocados nas ruas, e dizia-se que os velhos ônibus a óleo diesel seriam substituídos por trólebus. O velho quarto de Owad foi alugado para um casal de mulatos de meia-idade sem filhos. E na redação do *Sentinel* corriam boatos.

Sob a direção do sr. Burnett, o *Sentinel* havia passado à frente do *Gazette* e, embora ainda estivesse a uma certa distância do *Guardian*, tornara-se importante o bastante para que sua frivolidade se tornasse embaraçosa para os proprietários. Já há algum tempo o sr. Burnett vinha sendo pressionado. Disso o sr. Biswas sabia, porém ele não se interessava por intrigas e não sabia de onde vinham essas pressões. Alguns membros da equipe do jornal começaram a manifestar abertamente seu des-

414

prezo pelo sr. Burnett e tachavam-no de ignorante; correu pela redação uma piada segundo a qual o sr. Burnett havia escrito da Argentina pedindo emprego como subeditor e que sua carta fora mal interpretada. Como que em reação a tudo isso, o sr. Burnett foi se tornando cada vez mais ousado.

— Sejamos realistas — disse ele. — Os editoriais dos jornais de Port-of-Spain não tiveram muito efeito sobre a Espanha. Também não vão ser eles que vão derrotar o Hitler.

Quando estourou a guerra, o *Guardian* abriu um fundo para o custeio de caças: na primeira página vinham os contornos de doze aviões, e à medida que as contribuições chegavam os contornos eram preenchidos. Até o último momento o *Sentinel* dera destaque à excursão da seleção antilhana de críquete à Inglaterra, e quando a excursão foi suspensa o jornal publicou um desenho de Hitler que, quando recortado e dobrado ao longo de uma linha pontilhada, formava o desenho de um porco.

Pouco depois do Ano-Novo a coisa estourou. O sr. Biswas estava almoçando com o sr. Burnett num restaurante chinês, num desses reservados mal iluminados por uma lâmpada nua pendurada do teto, o fio elétrico preso às divisões de celotex sujas de mosca e gordura, quando o sr. Burnett disse:

— Cenas extraordinárias serão vistas em breve. Vou embora. — Fez uma pausa. — Despedido. — E, como se adivinhasse os pensamentos do sr. Biswas: — Mas você não tem por que se preocupar. — Então, em rápida sucessão, manifestou uma série de emoções contraditórias. Ficou alegre; ficou deprimido; estava doido para ir embora; lamentava ter que ir embora; não queria falar sobre aquilo; falava sobre aquilo; ia parar de falar sobre si próprio; falava sobre si próprio. Comia de modo espasmódico, atacando a comida como se estivesse se vingando dela. — Isso aqui é broto de bambu? Desde quando? Desse jeito, daqui a pouco não vai ter mais nem um bambu na China para remédio. — Tocou a campainha; o botão ficava no centro de uma mancha mais ou menos circular de sujeira na parede. Ouviram a campainha soar em algum recanto longínquo, juntamente

415

com muitas outras campainhas, os passos das garçonetes e as conversas que transcorriam nos reservados adjacentes.

A garçonete entrou afobada, e o sr. Burnett disse:

— Isso aqui é broto? É bambu mesmo. O que você acha que eu tenho aqui dentro? — Bateu na barriga. — Uma fábrica de papel?

— Era uma porção — disse a garçonete.

— Era um bambu.

Ele pediu mais cerveja, e a garçonete mordeu os lábios e saiu, deixando a porta de vaivém abanando depressa.

— Uma porção — disse o sr. Burnett. — Como quem fala de uma porção de alfafa. E essa porcaria desse cubículo parece mesmo uma baia. Eu não estou preocupado, não. Sei fazer outras coisas também. Você também. Você pode voltar a pintar letreiros. Eu vou embora, você vai embora. Vamos todos embora.

Os dois riram.

O sr. Biswas voltou à redação num estado de grande agitação. Ele sempre fora associado — e com prazer — aos maiores excessos de frivolidade do jornal. Agora, ao lembrar-se de cada um deles, sentia uma pontada de culpa e pânico. Esperava a qualquer momento ser chamado a salas misteriosas, onde pessoas cheias de autoconfiança lhe diriam que seus serviços não eram mais do interesse da empresa. Sentou-se a sua mesa — mas aquela mesa não era sua, como também não eram suas as colunas do jornal que ele ocupava — e ficou a escutar o barulho dos carpinteiros trabalhando. Eram os mesmos ruídos que ele ouvira em seu primeiro dia ali; desde então o prédio estava em obras continuamente. A redação foi ganhando vida, como ocorria todas as tardes. Os repórteres chegavam, tiravam o paletó, abriam cadernos e começavam a escrever a máquina; grupos se reuniam em torno do bebedouro e depois se dissolviam; em algumas mesas corrigiam-se provas e compunham-se páginas. Durante mais de quatro anos ele fizera parte daquela atividade. Agora, à espera de ser chamado, só podia ver tudo aquilo de fora.

Achando que se ficasse na redação aumentava a probabilidade de ser despedido, o sr. Biswas saiu cedo, pegou sua bicicleta e foi para casa. Um medo puxava outro. E se ele tivesse de mandar os filhos de volta para a Casa de Hanuman haveria lá alguém para recebê-los? E se a sra. Tulsi o despejasse — como Shama fizera tantas vezes com os inquilinos das casas de cômodos — para onde ele iria? Como poderia se sustentar?

O futuro estendia-se negro à sua frente.

Quando chegou em casa, preparou uma dose de Pó Estomacal de Maclean, bebeu-a, despiu-se, deitou-se e começou a ler Epicteto.

Porém os dias iam passando e ninguém o chamava. Por fim chegou o dia da partida do sr. Burnett. O sr. Biswas queria demonstrar de algum modo sua gratidão e solidariedade, porém não sabia como. E, afinal de contas, o sr. Burnett estava escapando, enquanto ele teria de ficar. O *Sentinel* noticiou a partida do sr. Burnett na coluna social. Havia uma foto pouco lisonjeira do sr. Burnett, enfiado num *smoking* que não parecia nada confortável, os olhinhos espantados com o *flash*, um charuto no canto da boca, como que para dar um toque de humor à cena. O texto dizia que ele lamentava ter que ir embora; estava indo trabalhar nos Estados Unidos; havia aprendido muita coisa em Trinidad e no *Sentinel* e jamais deixaria de se interessar pelo progresso de ambos; achava que o jornalismo em Trinidad era de um nível "surpreendentemente elevado". Foram os outros jornais que revelaram que outras coisas o sr. Burnett sabia fazer. Eles noticiaram que uma *troupe* de indianos, com dançarinos, um homem que andava sobre brasas, um encantador de serpentes e um que se deitava numa cama de pregos, ia acompanhar o sr. Burnett, ex-diretor de um jornal local, em suas viagens nos Estados Unidos. Uma das manchetes foi O CIRCO ESTÁ DE MUDANÇA.

E o novo regime começou a vigorar no *Sentinel*. No dia após a partida do sr. Burnett, apareceram cartazes na sala de redação: NÃO INVENTE, INFORME; NOTICIAR, NÃO OPINAR; SE NÃO É FATO, NÃO INTERESSA; SEM CONFIRMAÇÃO NÃO HÁ INFORMAÇÃO. O sr. Biswas achava que todos aqueles cartazes eram dirigidos exclusivamente a ele, e seu tom jocoso o assustava. Na redação, todos estavam silenciosos e sérios, tanto os que haviam subido quanto os que tinham descido. O editor de notícias foi rebaixado para subeditor. Seus inventivos repórteres tinham sido espalhados para todos os cantos: um fora para Agenda de Hoje, Inválidos e Tempo; outro fora para Navios; outro para a coluna social, outro para a seção de classificados. O sr. Biswas foi para O Dia no Tribunal.

— Escrever? — disse ele para Shama. — Isso é escrever? É só preencher um formulário. Fulano de Tal, tantos anos de idade, ontem foi multado em tanto por Beltrano neste tribunal por ter feito não-sei-quê. A promotoria alegou. Fulano resolveu fazer sua própria defesa. O magistrado proferiu sentença.

Mas Shama era a favor do novo regime.

— Assim você aprende a respeitar as pessoas e a verdade.

— Vejam só! Vejam só! Mas você não me espanta. Eu até já *esperava* que você dissesse isso. Mas eles que esperem, ah! Quero ver quando a circulação começar a cair.

O sr. Biswas só comentava as mudanças com Shama. Na redação, o assunto jamais era mencionado. Os favoritos do sr. Burnett se evitavam mutuamente e, temendo intrigas, não se misturavam com mais ninguém. Fora os cartazes, não viera ordem nenhuma, mas todos haviam mudado de estilo, na medida em que suas novas funções no jornal ainda lhes permitiam escrever. Escreviam parágrafos mais longos, com frases completas e palavras mais difíceis.

Por fim, num livreto intitulado *Regras para os repórteres*, vieram as novas diretrizes; e, bem dentro do espírito de severidade e distanciamento que caracterizava as novas autoridades, os livretos apareceram certa manhã, sem explicações, em todas as mesas; na capa de cada um vinha o nome do repórter em questão precedido de "sr.".

— Ele deve ter acordado cedo hoje — comentou o sr. Biswas com Shama.

O livreto continha regras referentes a linguagem, modo de se vestir, comportamento; e no final de cada página vinha um

418

slogan. Na capa vinha o seguinte: A NOTÍCIA MAIS INVENTIVA É A MAIS CORRETA, entre aspas, as quais davam a entender que a frase era histórica, espirituosa e sábia. A contracapa dizia: INFORMAR SEM DISTORCER.

— Informar sem distorcer — disse o sr. Biswas a Shama. — É só isso que o filho da puta faz agora, e ganha um gordo salário para isso. Inventar *slogans*. Regras para os repórteres. *Regras!*

Alguns dias depois ele chegou em casa e disse:

— Sabe a maior? Agora o diretor mija num lugar especial. "Desculpe, vou mijar — sozinho." Todo mundo sempre mijou no mesmo lugar, há anos. O que houve? Será que ele anda tomando as pílulas Renais de Dodds e está mijando azul?

Nas contas de Shama, cada vez aparecia com mais frequência o nome do Pó Estomacal de Maclean, sempre escrito por extenso.

— Quem viver verá — disse o sr. Biswas. — Todo mundo vai acabar indo embora. As pessoas não vão aguentar ser tratadas assim. Garanto.

— Quando é que você vai embora? — perguntou Shama.

Mas o pior ainda estava por vir.

— Não sei, não — disse ele —, mas acho que só querem mesmo é me assustar. Doravante — "doravante", olhe só o tipo de palavra que o filho da puta está usando —, doravante eu vou passar minhas tardes nos cemitérios de Port-of-Spain. Me dê aquele livro amarelo. Regras para os repórteres! Vamos ver. Será que tem alguma coisa sobre enterros? Meu Deus! E não é que tem mesmo? "O repórter do *Sentinel* deve vestir-se com sobriedade em tais ocasiões, ou seja, trajar um terno escuro." Terno escuro! O homem não deve saber que eu tenho mulher e quatro filhos. Deve achar que me paga uma fortuna a cada quinze dias. "Tanto por seu comportamento quanto por sua indumentária, o repórter deve evitar ofender os participantes do funeral, pois se tal ocorrer certamente a imagem do jornal será prejudicada. O repórter do *Sentinel* deve ter sempre em mente que ele representa o jornal. Deve incentivar a confiança. Nunca é demais lembrar que os repórteres devem grafar todos os nomes corretamente. Um erro na grafia de um nome é uma ofensa. Todos os títulos e condecorações devem ser mencionados, porém o repórter deve ser discreto ao tentar obter tais informações. Desconhecer os títulos de um indivíduo é ofendê-lo na certa. Perguntar a um OBE se ele é MBE é igualmente ofensivo. Num tal caso hipotético, o melhor é fazer as indagações partindo da premissa de que a pessoa é CBE.* Após os membros da família, os nomes de todos os presentes ao funeral deverão aparecer em ordem alfabética." Meu Deus! *Meu Deus!* E o tipo de estupidez que dá vontade da gente sair dançando em cima da cova depois. Sabe, até dava para fazer da coluna funerária uma coisa bem interessante. Os Enterros de Ontem. Ao lado da Agenda de Hoje. Ou então de Inválidos. Manchete: Mortos e Enterrados. E que tal isso: foto da viúva chorando no cemitério. Depois, foto da viúva rindo ao ouvir a leitura do testamento. Legenda: "É, sra. X, da vida nada se leva — felizmente". Duas fotos, uma ao lado da outra.

E o sr. Biswas comprou um terno escuro de sarja, a crédito. E quando Anand passava pelo muro do Cemitério de Lapeyrouse a caminho da leiteria, à tarde, o sr. Biswas muitas vezes estava lá dentro, caminhando por entre os túmulos, circunspecto, discretamente fazendo indagações a respeito de nomes e condecorações. Chegava em casa cansado, queixando-se de dor de cabeça, o estômago inchado.

— Um pasquim capitalista — começou a dizer. — Apenas um pasquim capitalista.

Anand comentou que seu nome não aparecia mais no jornal.

— Graças a Deus — disse o sr. Biswas.

E durante quatro sábados seguidos foi obrigado a ir a partidas de críquete de importância menor só para saber os resultados. O jogo de críquete nada significava para ele,

---

* OBE, MBE e CBE: três categorias de condecorações da Ordem do Império Britânico; destas, a CBE é a mais elevada e a MBE é a mais baixa. (N. T.)

porém deram a entender que aquele tipo de tarefa fazia parte de sua reeducação, e ele ia de bicicleta de uma a outra partida insignificante, copiando símbolos e números que não compreendia, gozando apenas o rápido prazer de ser recebido por jogadores surpresos e entusiasmados sob as árvores. A maioria das partidas acabava às cinco e meia, e era impossível estar em todas as quadras ao mesmo tempo. Às vezes, quando ele chegava à quadra não havia mais ninguém lá. Então era preciso procurar secretários e rodar mais de bicicleta. Desse modo suas tardes de sábado eram desperdiçadas, e às vezes também os domingos, porque muitos dos resultados que ele obtinha não eram publicados.

Começou a repetir expressões que lera no prospecto da Escola Ideal de Jornalismo.

— Eu posso me sustentar com minha pena — dizia. — Se eles forem longe demais, eles vão ver. — Nesta época, revistas editadas por indivíduos isolados, quase todos indianos, viviam surgindo. — Posso fundar uma revista — dizia o sr. Biswas. — Fazer como o Bissessar e sair por aí vendendo exemplares. Diz ele que vende como água no deserto. Se vende!

Abandonando a postura de severidade em casa, falava tanto sobre certos membros da equipe do *Sentinel* que Shama e as crianças chegavam a ter a impressão de que os conheciam bem. De vez em quando, permitia-se pequenos gestos de rebeldia.

— Anand, quando você estiver indo para a escola hoje passe lá no café e telefone para o jornal. Diga a eles que não estou com vontade de trabalhar hoje.

— Por que o senhor mesmo não liga? O senhor sabe que não gosto de falar no telefone.

— A gente nem sempre faz o que gosta, menino.

— E o senhor quer que eu diga que o senhor simplesmente não está com vontade de trabalhar hoje.

— Diga que estou doente. Resfriado, dor de cabeça, febre. Você sabe.

Depois que Anand saía, o sr. Biswas dizia:

— Podem me despedir. Podem me despedir à vontade. Acham que estou me importando? Eu até *quero* ser despedido.

— É — dizia Shama. — Você quer ser despedido.

Porém ele tinha o cuidado de espaçar estas faltas.

O sr. Biswas tornou-se malquisto entre os garotos e rapazes da rua que jogavam críquete na calçada à tarde e ficavam conversando em volta dos postes de iluminação à noite. Gritava com eles da janela, e por causa de seu terno, seu emprego, a casa onde morava, suas ligações com Owad, sua influência junto à polícia, eles tinham medo dele. Às vezes o sr. Biswas entrava no café e ostensivamente telefonava para o sargento da polícia, que ele conhecera bem em seus tempos de glória; e vibrava com os olhares e cochichos dos jogadores quando, com roupas sóbrias que certamente não ofenderiam ninguém, pegava sua bicicleta e ia para o cemitério à tarde.

Lia livros sobre política. Neles aprendia expressões que só podia dizer a si mesmo e a Shama. Tais leituras lhe revelavam uma sucessão de misérias e injustiças que o faziam sentir-se mais impotente e isolado do que nunca. Foi então que descobriu o consolo dos romances de Dickens. Com facilidade, transferia personagens e cenários para pessoas e lugares que conhecia. Nos personagens grotescos de Dickens tudo aquilo que lhe inspirava medo e sofrimento era ridicularizado e diminuído, de modo que sua raiva e seu desprezo tornavam-se desnecessários, e ele ganhava forças suficientes para enfrentar a pior parte do dia: a manhã, a hora em que se vestia, aquela afirmação cotidiana de fé em si próprio que, para ele, era quase um ato de sacrifício. Compartilhou essa sua descoberta com Anand; e, embora subtraísse uma parte do prazer proporcionado pela leitura de Dickens obrigando Anand a anotar as palavras difíceis e aprender seu significado, fazia-o não por uma questão de disciplina nem como parte da formação de Anand. Dizia:

— Não quero que você fique como eu.

Anand compreendia. Pai e filho viam-se mutuamente como fracos e vulneráveis, e um sentia-se responsável pelo outro, uma responsabilidade que, nos momentos mais difíceis, era disfarçada pela autoridade exagerada de um e pelo respeito exagerado do outro.

De repente, pararam de pressioná-lo no *Sentinel*. O sr. Biswas deixou de ser encarregado de tribunais, enterros e partidas de críquete, sendo transferido para a revista de domingo, para fazer um artigo importante por semana.

— Se eles tivessem me pressionado mais um pouquinho — disse ele a Shama —, eu tinha pedido demissão.

— É. Você tinha pedido demissão.

— Às vezes fico me perguntando por que diabo me dou ao trabalho de falar com você.

Na verdade, o sr. Biswas havia mentalmente redigido uma série de pedidos de demissão de todos os tipos — desaforados, dignos, irônicos e até mesmo generosos (estes terminavam desejando sucesso para o *Sentinel* no futuro).

Mas os artigos que escrevia agora não eram como os que fazia no tempo do sr. Burnett Não realizava entrevistas escandalosas com caolhos, e sim preparava reportagens sérias sobre o trabalho feito pelo Instituto de Educação dos Cegos. Não escrevia sobre "o homem mais maluco de Trinidad", e sim sobre o excelente trabalho desenvolvido pelo Hospício de Alienados. Sua obrigação era elogiar, procurar sempre os dados oficiais que estavam por trás dos fatos; pois a política do *Sentinel* agora se baseava na premissa de que se vivia no melhor dos mundos possíveis e as instituições oficiais de Trinidad eram o que havia de melhor neste mundo. O que lhe pediam não era que distorcesse fatos, e sim que os ignorasse: tinha que ignorar os pés descalços e endurecidos das crianças do orfanato, suas expressões de medo, seus uniformes humilhantes; aceitar uma importância provisória e constrangedora e caminhar por oficinas e hortas, observando a atmosfera de trabalho, reabilitação e disciplina; tomar limonada e fumar um cigarro na sala do diretor e obter os dados; colocar-se do lado dos personagens grotescos.

Não era fácil escrever esses artigos. Nos tempos do sr. Burnett, bastava-lhe escolher uma perspectiva caricatural e uma sentença inicial que tudo o mais se seguia. Uma frase puxava a outra, um parágrafo puxava o outro, e seus artigos tinham ritmo e unidade. Agora, escrevendo coisas que não sentia, ficava tolhido; após algum tempo já não sabia direito o que sentia. Tinha que anotar ideias e dar um jeito de encaixá-las em seus lugares. Escrevia e reescrevia, trabalhando muito devagar, incomodado por uma dor de cabeça constante, completando seus artigos na última hora, nas quintas-feiras. Os artigos saíam duros, frios; só podiam dar prazer às pessoas neles mencionadas. O sr. Biswas não aguardava os domingos com expectativa. Levantava-se cedo, como de costume, mas o jornal permanecia nos degraus da entrada da casa até que Shama ou uma das crianças fosse lá pegá-lo. Ele adiava a hora de ler seu artigo tanto quanto possível. Quando por fim o fazia, era sempre uma surpresa constatar que as fotos e o leiaute disfarçavam a vacuidade da matéria. Mesmo assim não lia todo seu texto, porém limitava-se a olhar para uma ou outra fotografia, procurando cortes e mudanças que indicassem que seu trabalho não estava agradando. Não dizia nada a Shama, mas agora vivia sempre na expectativa de que seria despedido. Sabia que seu trabalho não estava bom.

Na redação, as autoridades permaneciam distantes. O novo regime continuava a ser um assunto tabu, e os repórteres ainda andavam ressabiados uns com os outros. Dos favoritos do sr. Burnett, apenas o ex-editor-geral era geralmente aceito; de fato, havia se transformado num verdadeiro personagem. Estava abatido de tanta preocupação. Morava em Barataria e vinha para o trabalho diariamente de ônibus, pela Eastern Main Road, uma via estreita, engarrafada e perigosa. Vivia preocupado com a possibilidade de morrer num acidente de trânsito e deixar a mulher e a filha pequena desamparadas. Tinha pavor de viagens, e viajava todas as manhãs e todas as tardes; diariamente preparava matérias sobre acidentes de trânsito, com fotos dos destroços dos veículos envolvidos. Falava constantemente de seu medo, ridicularizava-o e deixava que ele próprio fosse ridicularizado. Mas, à medida que a tarde ia morrendo, sua agitação se intensificava, e no final ele estava frenético, ansioso para ir para casa, porém com medo de sair da redação, o único lugar onde se sentia protegido.

Sem que ninguém cuidasse delas, as roseiras tornaram-se irregulares e feias. Atacadas por alguma doença, ficaram com os galhos esbranquiçados e as folhas doentias e disformes. Os botões abriam-se lentamente e exibiam flores descoradas, rasgadas, cobertas de minúsculos insetos; e sobre os galhos outros insetos construíam estruturas de um tom vivo de marrom, em forma de cúpulas. As margens do laguinho mais uma vez desabaram, e as raízes dos nenúfares saíam, escuras e disformes, da água espessa e lodosa, cheia de bolhas. O interesse das crianças pelo jardim só se manifestava de vez em quando, e Shama, dizendo que já aprendera a não mexer em nada que fosse do sr. Biswas, plantou umas zínias e uns cravos-de-defunto por sua conta, as únicas plantas — além de um pé de oleandro e alguns cactos — que havia no jardim da Casa de Hanuman.

Os efeitos da guerra estavam começando a se fazer sentir. Os preços aumentavam. O sr. Biswas recebeu um aumento de salário, mas logo a inflação o anulou. E quando seu salário chegou a trinta e sete dólares e cinquenta centavos por quinzena o *Sentinel* passou a fazer um pagamento adicional para compensar a perda de poder aquisitivo, conhecido pela sigla PAPA. Daí em diante, apenas o PAPA aumentava; o salário permanecia o mesmo.

— Psicologia — disse o sr. Biswas. — Eles querem dar a impressão de que é uma festa no orfanato, não é? — Levantou a voz. — Tudo bem, crianças? Todo mundo ganhou bolo? Ganhou sorvete? Ganhou a papinha?

Quanto mais escasseava o dinheiro, pior a comida ficava e mais meticulosos tornavam-se os cálculos de Shama, que preenchia um caderno de repórter após o outro. Ela jamais os jogava fora; os cadernos formavam uma pilha inchada, suja, na prateleira da cozinha.

Nas lojas brigava-se por farinha bichada. A polícia controlava os feirantes, e alguns horticultores e pequenos agricultores foram multados e presos por vender a preços acima dos da tabela. A farinha continuava escassa e bichada; e a comida de Shama piorava.

Quando o sr. Biswas reclamava, ela dizia:

— Eu ando quilômetros todos os sábados para economizar mais alguns centavos.

E logo, esquecida a comida, começavam a brigar. As brigas se estendiam de um dia a outro, de uma semana a outra; fora as palavras empregadas, eram iguais às brigas que tinham no tempo em que moravam em The Chase.

— Uma armadilha! — dizia o sr. Biswas. — Você e a sua família me jogaram nesse buraco.

— É — dizia Shama. — Se não fosse a minha família, você estava morando num barraco de sapé.

— Família! Família! Me puseram numa porcaria de um quartinho num alojamento e me pagavam vinte dólares por mês. Nem me fale da sua família.

— Eu lhe digo, se não fossem as crianças...

E muitas vezes o sr. Biswas acabava saindo de casa e dando longas caminhadas noturnas pela cidade, parando em algum café vagabundo para comer uma lata de salmão, tentando diminuir a dor de estômago e só conseguindo piorá-la; enquanto, sob uma lâmpada elétrica fraca, o proprietário chinês, sonolento, palitava os dentes, os braços moles e nus apoiados numa vitrine dentro da qual moscas dormiam pousadas em bolinhos velhos. Até então, a cidade lhe parecera uma coisa nova, que continha uma expectativa capaz de resistir até a inclemência do sol das duas horas. Tudo poderia acontecer: ele poderia conhecer sua heroína estéril, o passado seria desfeito e ele renasceria. Mas agora nem mesmo a ideia de que as impressoras do *Sentinel* estariam naquele momento reproduzindo discursos, reportagens sobre banquetes e funerais (todos os nomes e condecorações cuidadosamente verificados) disfarçava a constatação de que a cidade não passava de uma repetição daquilo: um café vagabundo e escuro, com um balcão quebrado, um fio elétrico cheio de moscas, uma pilha de engradados vazios de Coca-Cola num canto, uma vitrine rachada, o proprietário palitando os dentes, esperando a hora de fechar.

E na casa, enquanto ele ainda estava na rua, as crianças saíam da cama e procuravam Shama. Ela pegava seus cadernos inchados e tentava explicar como gastara o dinheiro que lhe fora entregue.

Um dia, na escola, Anand perguntou ao colega que sentava na mesma carteira que ele:

— Os seus pais brigam?

— Por causa de quê?

— Ah, qualquer coisa. De comida, por exemplo.

— Ah, isso, não. Mas se ele pede a ela para ir à cidade comprar uma coisa e ela não compra, bem, aí...

Uma noite, depois que uma briga surgiu e se extinguiu sem chegar a uma conclusão, Anand foi até o quarto do sr. Biswas e disse:

— Tenho uma história para contar para o senhor.

Havia algo nos modos de Anand que o alertou. Ele largou o livro, ajeitou o travesseiro e sorriu.

— Era uma vez um homem... — A voz de Anand falhou.

— Sim? — disse o sr. Biswas, com uma voz falsamente simpática, ainda sorrindo, mordendo o lábio inferior.

— Era uma vez um homem que... — Sua voz falhou de novo; o sorriso do pai o confundiu e ele não sabia mais o que tinha planejado dizer; esquecendo-se da gramática, acrescentou rapidamente: — Que a gente pode fazer qualquer coisa para ele que ele nunca que ficava satisfeito.

O sr. Biswas caiu na gargalhada, e Anand saiu correndo do quarto, tremendo de raiva e humilhação, em direção à cozinha, onde Shama o consolou.

Durante muitos dias Anand não falou com o sr. Biswas e, numa vingança secreta, não tomou leite na leiteria, e sim café gelado. O sr. Biswas tornou-se efusivo com Savi, Myna e Kamla e menos tenso com Shama. A atmosfera da casa estava menos pesada, e Shama, na posição de defensora de Anand, divertia-se instigando Anand para que falasse com o pai.

— Deixe ele em paz — disse o sr. Biswas. — Deixe em paz o contador de histórias.

Anand foi ficando cada vez mais taciturno. Uma tarde, chegando em casa depois da aula particular, recusou-se a comer e a conversar. Foi para o quarto, deitou-se e, apesar da insistência de Shama, não saiu de lá.

O sr. Biswas chegou e depois de algum tempo entrou no quarto, dizendo, em tom de provocação:

— Mas o que foi que houve com o nosso Hans Andersen?

— Coma uma ameixa, meu filho — disse Shama, tirando o saquinho de papel pardo da gaveta da mesa.

O sr. Biswas viu a expressão de sofrimento no rosto de Anand e mudou de tom.

— O que foi?

Anand disse:

— Os meninos riem de mim.

— Ri melhor quem ri por último — disse Shama.

— O Lawrence disse que o pai dele manda no senhor.

Fez-se silêncio.

O sr. Biswas sentou-se na cama e disse:

— O Lawrence é o editor noturno. Não tem nada a ver comigo.

— Diz ele que lá o senhor é uma espécie de contínuo.

— Você sabe que eu escrevo artigos.

— E que quando o senhor vai na casa do pai dele o senhor tem que entrar pela porta dos fundos.

O sr. Biswas pôs-se de pé. Seu terno de linho estava amarrotado; o paletó estava deformado pelos cadernos nos bolsos, os quais estavam sujos e um pouco puídos em cima.

— O senhor nunca foi na casa do pai dele?

— O que é que ele ia fazer na casa do Lawrence? — disse Shama.

— E o senhor nunca entrou pela porta dos fundos?

O sr. Biswas foi até a janela. Estava escuro; ele ficou de costas para os outros.

— Vou acender a luz — disse Shama depressa. Seus passos eram pesados. As luzes acenderam-se. Anand cobriu o rosto com o braço. — É só por isso que você anda aborrecido? — perguntou Shama. — O seu pai não tem nada a ver com o Lawrence. Você ouviu o que ele disse.

O sr. Biswas saiu do quarto.

— Você sabe que não devia ter dito isso a ele, meu filho — disse Shama.

Shama passou o resto da noite andando, falando e fazendo tudo da maneira mais ruidosa possível.

No dia seguinte, com os livros e a merendeira na sacola e os seis centavos para o leite no bolso, Anand estava beijando Shama na varanda dos fundos quando o sr. Biswas veio até ele e disse:

— Eu não preciso do emprego deles. Você sabe. A gente pode voltar para a Casa de Hanuman a qualquer momento. Todos nós. Você sabe.

No sábado, o sr. Biswas levou as crianças para uma visita de surpresa à casa de Ajodha. Tara e Ajodha ficaram tão contentes quanto as crianças, e a visita se prolongou até domingo. Havia muito o que ver na casa nova. Era uma casa grandiosa, de concreto, de dois andares, construída, decorada e mobiliada à maneira moderna. Os blocos de concreto imitavam pedra bruta; não havia arabescos de madeira para juntar poeira nos beirais; as portas e janelas eram envernizadas e não pintadas, e abriam e fechavam de modo diferente; poltronas grandes e estufadas substituíam as mirradas cadeiras de palhinha; os assoalhos eram coloridos e lustrados; as descargas nos banheiros não tinham correntes. Na sala de visitas, examinaram as fotografias de gente morta; viram Raghu no caixão cheio de flores, cercado por seus filhos magros, de olhos grandes. A cozinha, enorme, era cheia de aparelhos modernos; Tara, velha, lerda e antiquada, parecia deslocada ali. Quando se cansaram da casa, foram para o quintal, onde nada havia mudado. Falaram com o vaqueiro e o jardineiro, examinaram as diversas pessoas que vieram visitar o casal e brincaram entre os chassis de automóveis abandonados. No sábado, depois do almoço, foram ao cinema, e no domingo Ajodha programou um passeio.

No fim de semana seguinte foram lá outra vez, e repetiram a visita no outro fim de semana; e assim essas visitas viraram praxe. Partiam bem cedo na manhã de sábado, pois era a única hora em que era razoavelmente fácil arranjar lugar nos ônibus interurbanos. E assim que entravam no ônibus na estação da George Street o sr. Biswas mudava, abandonando o jeito soturno típico dos dias de semana e tornando-se alegre, até mesmo travesso. Esse estado de espírito perdurava até o final da tarde de domingo; então todos tornavam-se silenciosos à medida que se aproximavam da cidade, da casa, de Shama, da manhã de segunda. Durante um ou dois dias, a casa de Port-of-Spain parecia escura e desconfortável.

Shama só foi com eles numa dessas visitas e quase estragou tudo. O velho antagonismo surdo entre as duas famílias ainda existia, e Shama foi contra a vontade. Houve uma pequena discussão quando iam passar pelo portão, de modo que Shama entrou na casa de Tara de cara amarrada. Então, ou por orgulho ou porque a grandiosidade da casa a deixasse pouco à vontade, ou por não querer se esforçar, Shama passou o fim de semana emburrada. Depois comentou que sempre soubera que Ajodha e Tara não gostavam dela; e nunca mais voltou lá.

Passava muito tempo sozinha em Port-of-Spain. As crianças não gostavam de ir com ela para a Casa de Hanuman, e à medida que as brigas lá iam se intensificando ela própria passou a ir cada vez menos, saudosa da antiga atmosfera de harmonia e com medo de se envolver em novas brigas. Nunca convivera muito com pessoas que não fossem de sua família e não sabia lidar com estranhos. Sentia-se tímida na presença de pessoas de outra raça, de outra religião, de estilo de vida diferente. Sua timidez lhe granjeara uma reputação de dureza entre os inquilinos, e ela nunca se esforçara para conhecer melhor a mulher que morava no antigo quarto de Owad. Mas agora que passava os fins de semana sozinha começou a procurar a mulher, a qual não apenas correspondeu como também revelou-se uma pessoa extremamente curiosa. E Shama pegou seus cadernos de contas e pôs-se a explicar tudo a ela.

Assim, a casa passou a ser o lugar de Shama, onde ela ficava, o lugar para o qual o sr. Biswas e as crianças voltavam relutantes após o fim de semana.

E durante a semana a vida de Anand era um inferno. Enquanto o sr. Biswas sofria para produzir artigos sobre o admirável trabalho realizado no Leprosário de Chacachacare (com uma fotografia de leprosos rezando) e no Centro de Detenção de Delinquentes Juvenis (com uma fotografia de delinquentes juvenis rezando), Anand fazia copiosas anotações sobre geografia e inglês e depois as decorava. Os livros didáticos eram desprezados; só valiam as notas de aula; qualquer desvio era punido imediatamente e com severidade; e não passava um dia em que algum menino não levasse uma surra e ficasse de castigo em pé atrás do quadro-negro. Pois esta era a turma dos candidatos à bolsa, e nela só interessava aprender coisas que levassem a um bom desempenho no exame para a concessão de bolsas; e o professor sabia o que se esperava dele. Em casa, o sr. Biswas leu para Anand *Iniciativa*, e de aniversário deu-lhe *Dever*,* acrescentando, como pura frivolidade, uma edição adaptada dos *Contos de Shakespeare*, de Lamb. A infância enquanto época de brincadeiras e liberdade era, para os alunos da turma especial, apenas mais um dos mitos utilizados como temas para redações. Era só em suas composições que eles davam gritos de felicidade e cantavam de alegria; era só nelas que faziam "travessuras de meninos", para empregar um termo utilizado nas sugestões para composições.

* Obras de Samuel Smiles. (N. T.)

431

Anand, seguindo o exemplo daqueles heróis dos livros de Samuel Smiles que na meninice ocultavam o brilho que revelavam mais tarde, fazia o possível no sentido de esquivar-se da escola. Fingia-se de doente, matava aula, inventava desculpas, era desmascarado e apanhava; estragava os sapatos. Uma tarde escapou da aula particular dizendo ao professor que o esperavam em casa para a realização de uma cerimônia religiosa hinduísta que só podia ter lugar às três e meia daquela tarde, e dizendo aos pais que a mãe do professor tinha morrido e ele fora ao enterro. O sr. Biswas, ansioso para manter boas relações com o professor, no dia seguinte foi à escola para dar-lhe os pêsames. Anand foi chamado de malandro (e o professor caiu no conceito do sr. Biswas por usar palavra tão vulgar), levou uma surra e ficou de castigo atrás do quadro-negro. Em casa, o sr. Biswas disse:

— Essas aulas particulares custam dinheiro, você não sabe?
— As "travessuras" só eram permitidas nas redações.

A maioria dos primos de Anand já havia passado pela cerimônia hinduísta de iniciação, e Anand, embora, como seu pai, não gostasse de rituais religiosos, imediatamente sentiu-se atraído por esta cerimônia. Os primos tiveram suas cabeças raspadas, haviam recebido o fio sagrado, aprendido os versos secretos, recebido pequenos embrulhos e ido para Benares para estudar. A ida a Benares era só faz de conta. O que tornava atraente a cerimônia era o detalhe de raspar a cabeça: um menino que estivesse de cabeça raspada não poderia ir a uma escola predominantemente cristã. Anand começou a fazer uma campanha acirrada a favor da iniciação. Porém sabia dos preconceitos do sr. Biswas, e agiu com sutileza. Uma noite disse a ele que não conseguia mais fazer suas preces costumeiras com sinceridade, porque as palavras tinham perdido o sentido. Precisava de uma oração nova para que pudesse pensar em cada palavra. Queria que o sr. Biswas escrevesse esta oração para ele, porém deixou claro que, ao contrário de seu pai, não queria nenhum sincretismo ocidente-oriente: queria uma prece especificamente hinduísta. A oração foi escrita. E Anand fez com que Shama trouxesse uma imagem colorida da deusa Lakshmi da Casa de Hanuman. Pendurou a imagem na parede acima de sua mesa e passou a protestar quando acendiam as luzes ao cair da tarde antes de ele ter rezado para Lakshmi. Shama ficou satisfeitíssima de ver que o sangue estava derrotando as forças do meio ambiente; e o sr. Biswas, apesar de sua aversão arianista à ortodoxia, àquele culto aos ídolos que lembrava os Tulsi, não podia ocultar o fato de que se sentia honrado por Anand pedir-lhe que escrevesse uma prece para ele. Depois de algum tempo Anand reclamou que daquele jeito não podia ser, era tudo uma farsa, porque ele não havia sido iniciado.

Shama ficou emocionada.

Mas o sr. Biswas disse:

— Espere até chegarem as férias do meio de ano.

E assim, durante as férias, quando Savi, Myna e Kamla estavam fazendo as visitas de praxe, inclusive quinze dias na casa de praia que Ajodha havia alugado, Anand, de cabeça raspada, agora um brâmane de verdade, porém envergonhado de sua careca, ficou em Port-of-Spain, e o sr. Biswas lhe dava trechos da *Gramática de Macdougall* para que aprendesse e ouvia-o recitar suas lições de geografia e inglês. O culto a Lakshmi terminou.

No final do ano, o sr. Biswas recebeu uma carta de Chicago. O carimbo sobre o selo dizia: DENUNCIE CORRESPONDÊNCIAS OBSCENAS AO CHEFE DOS CORREIOS. Embora o envelope fosse comprido, a carta era pequena, porque um terço do papel era ocupado pelo timbre de um jornal, em letras floreadas, em relevo, em preto e vermelho. A carta era do sr. Burnett.

Caro Mohun: Como você vê, abandonei o circo e voltei ao meu velho ofício. Na verdade, não fui eu que abandonei o circo, e sim ele que me abandonou. Não sei se em Trinidad o fogo é diferente, mas, na primeira vez que aquele rapaz de St. James teve que andar em cima de um foguinho

433

americano, ele fugiu. Fugiu. Imagino que esteja em Ellis Island,* sem ninguém que vá lá identificá-lo. O encantador de serpentes ia bem até que foi mordido por uma cobra. Demos-lhe um funeral condigno. Procurei por toda parte um sacerdote hinduísta para pronunciar as últimas palavras, mas não achei nenhum. Eu mesmo pensei em fazer as vezes de religioso, mas não consegui vestir os trajes cerimoniais. De vez em quando vejo um exemplar do *Sentinel*. Por que você não vem tentar a sorte nos Estados Unidos?

Embora a carta fosse apenas uma brincadeira — nada nela era para ser levado a sério —, o sr. Biswas ficou sensibilizado por ter o sr. Burnett se lembrado de escrever-lhe. Imediatamente começou a escrever uma resposta, e encheu páginas e mais páginas, demolindo, com detalhes, os novos membros da equipe do jornal. Achou que estava escrevendo uma carta leve e objetiva, mas quando, na hora do almoço, releu o que havia escrito, deu-se conta do ressentimento que traía, do quanto revelava de si próprio. Rasgou a carta em pedaços. De vez em quando, até a morte, pensou em escrever uma resposta. Mas jamais o fez. E o sr. Burnett nunca mais lhe escreveu.

O ano letivo acabou, e as crianças, esquecidas da decepção do ano anterior, falavam com animação em passar o Natal na Casa de Hanuman. Shama passava horas na varanda dos fundos costurando roupas numa velha máquina manual que, misteriosamente, pertencia a ela — ninguém sabia como nem há quanto tempo. O cabo de madeira, quebrado, estava envolto num pedaço de pano de algodão vermelho, dando a impressão de que estava ferido e havia sangrado abundantemente; o peito, a cintura e o traseiro daquela máquina que parecia um animal, bem como sua baia de madeira, estavam

---

* Ilha em Nova York onde era feita a triagem de imigrantes. (N. T.)

negros de óleo e cheiravam a óleo; e era espantoso constatar que o pano saía limpo e intato depois de toda a barulheira que Shama fazia com a máquina com um simples toque de dedo em sua cauda ensanguentada. A varanda dos fundos cheirava a óleo de máquina e pano novo, e andar nela tornara-se perigoso, pois o chão estava cheio de alfinetes, alguns entre as tábuas do assoalho. Anand ficava deslumbrado com o prazer que proporcionava a suas irmãs aquele trabalho enfadonho, com a capacidade que tinham de experimentar vestidos cheios de alfinetes sem se espetarem. Shama fez para ele duas camisas de fraldas compridas, pois a moda na escola (até mesmo os alunos da turma especial tinham seus momentos de frivolidade) era usar camisas bem largas, quase saindo de dentro das calças.

Mas nenhuma das roupas que Shama fez nestes dias foram usadas na Casa de Hanuman.

Uma tarde, o sr. Biswas chegou da redação e, tão logo entrou com sua bicicleta pelo portão da frente, viu que o canteiro de roseiras ao lado da casa tinha sido destruído e a terra tinha sido alisada; a terra vermelha misturava-se com a preta. As plantas estavam amontoadas contra a cerca de ferro corrugado. Os caules, duros e descorados por fora, no entanto pareciam brancos, úmidos, ainda promissores, nos lugares onde tinham sido quebrados; as folhas deformadas ainda não haviam começado a murchar; pareciam vivas.

O sr. Biswas jogou a bicicleta de encontro aos degraus de concreto.

— Shama!

Andou com passos rápidos, que ressoavam da sala de visitas até a varanda dos fundos. O chão estava coberto de pedaços de pano e fiapos.

— Shama!

Ela saiu da cozinha, o rosto tenso. Com o olhar, tentou fazê-lo calar-se.

Ele viu a mesa e a máquina de costura, os pedaços de pano, a linha, os alfinetes, o guarda-comida, as grades, o corrimão.

Lá embaixo, no quintal, formando um grupo encostado na cerca, viu as crianças. Elas estavam olhando para ele. Então ele viu a traseira de um caminhão, uma pilha de folhas velhas de ferro corrugado, uma pilha de caibros recém-cortados, dois operários negros com as cabeças, os rostos e as costas sujos de poeira. E Seth. Áspero e dominador com seu uniforme cáqui e suas botinas pesadas e gastas, a piteira de marfim presa no bolso abotoado da camisa.

O sr. Biswas entendeu perfeitamente. Durante o que lhe pareceu ser muito tempo, ficou a contemplar. Então desceu a escada dos fundos correndo; Seth levantou a vista, surpreso; os trabalhadores, dentro do caminhão, também levantaram a vista; e o sr. Biswas começou a remexer os caibros. Tentou pegar um deles, percebeu que subestimara o peso, desistiu; Shama gritou da varanda: — Não, não —; ele pegou uma pedra grande, suja e úmida, uma das pedras do coradouro. — Quem disse que podia cortar as minhas roseiras? Quem? — As palavras eram-lhe arrancadas da garganta, dando a impressão de que não vinham do lugar onde ele estava e sim de alguém que estivesse logo atrás dele. Um dos operários saltou do caminhão; havia surpresa, até mesmo medo, no olhar de Seth. — Pai! — gritou uma menina, e ele levantou o braço; Shama gritava: — Mohun, Mohun. — Seu punho foi agarrado por dedos grandes e quentes e sujos de terra. A pedra caiu no chão.

Desarmado, não tinha o que dizer. Ao lado dos três homens ele sentia sua própria fraqueza, seu terno de linho largo ao lado das roupas cáqui apertadas de Seth e dos trapos dos operários. Os punhos de seu paletó estavam marcados por dedos sujos; o pulso ardia no lugar em que fora agarrado.

Disse Seth:

— Está vendo, você deu o maior susto nos seus filhos. — E, para os trabalhadores: — Está tudo bem, tudo bem.

O trabalho de descarregar o caminhão prosseguiu.

— Roseiras? — exclamou Seth. — Para mim parecia um monte de pés de artemísia.

— É — disse o sr. Biswas. — Eu sei que para você parece artemísia. Duro! — acrescentou. — Duro! — Ao virar-se, tropeçou nas pedras do coradouro.

— Epa! — exclamou Seth.

— Duro! — repetiu o sr. Biswas, afastando-se.

Shama foi atrás.

Dos dois lados do terreno, cabeças afastaram-se das cercas. As cortinas entreabertas fecharam-se novamente.

— Bruto! — disse o sr. Biswas, subindo a escada.

— Eh, eh — disse Seth, sorrindo para as crianças. — Que gênio! Mas os meus caminhões não podem dormir na estrada.

Da varanda, fora do alcance dos olhares, o sr. Biswas disse:

— Isso não vai ficar assim. A velha não vai gostar, eu garanto. E Shekhar também.

Seth riu.

— A galinha velha e o deus maior, não é? — Olhou para a varanda e disse, em híndi: — As pessoas acham que os Tulsi são donos de tudo. Como é que você acha que essa casa foi comprada?

O sr. Biswas apareceu na varanda.

— Meu advogado vai falar com você — disse Biswas. — E esses dois *rakshas** que vieram com você. Eles também. — Desapareceu de novo.

Os trabalhadores, sem saber que estavam sendo identificados com as forças do mal na mitologia hindu, continuavam a descarregar.

Seth piscou para as crianças.

— Seu pai é muito engraçado. Age como se ele fosse o dono dessa casa. Pois vou dizer uma coisa: quando vocês nasceram, seu pai nem tinha como dar comida a vocês. Perguntem a ele. E estão vendo a gratidão que ele tem por mim? Todo mundo agora está me desafiando. Vocês não sabem ?

— Savi! Myna! Kamla! Anand! — gritou Shama.

---

* Espíritos maus (híndi). (N. T.)

— Vocês sabem o que seu pai fazia quando eu o escolhi para casar com sua mãe? Sabem? Ele contou para vocês? Ele não pegava nem caranguejo. Só pegava mosca.

— Savi! Anand!

As crianças hesitavam, com medo de Seth, com medo da casa e do sr. Biswas.

— E agora olhem só! Terno branco, colarinho, gravata. E eu. Ainda com a mesma roupa suja que vocês me veem usando desde que nasceram. Que gratidão, hein? Mas eu digo aos seus filhos: se eu abandonar eles hoje, todos eles — pai, mãe, todo mundo —, vai todo mundo começar a pescar caranguejo amanhã, *eu* garanto.

De dentro da casa veio a voz do sr. Biswas, intensa, indistinta, irada.

Seth aproximou-se do caminhão.

— Hein, Ewart? — disse, com uma voz suave, a um dos operários. — Uma beleza aquelas rosas, não eram?

Ewart sorriu, a língua apertada contra o lábio superior, e emitiu uns sons que não o comprometiam de nenhum modo.

Seth apontou com o queixo para a casa, de onde ainda vinham palavras zangadas e indistintas. Sorriu. Depois parou de sorrir e disse:

— A gente não deve ligar para esses idiotas.

As crianças foram para perto da escada dos fundos, de onde não podiam ser vistas por Seth e pelos operários.

Os murmúrios do sr. Biswas morreram.

De repente um palavrão ressoou, vindo da casa. As crianças ficaram absolutamente imóveis. Fez-se silêncio, até mesmo no caminhão. Anand queria chorar. Então as folhas de ferro corrugado soaram de novo.

Uma série de ruídos estrepitosos veio da cozinha.

— Derrubem as roseiras — gritava o sr. Biswas. — Derrubem. Quebrem tudo.

As crianças, agora embaixo da casa, ouviam seus passos no assoalho, indo de um cômodo a outro, derrubando coisas.

Anand, caminhando por baixo da casa, foi até a frente,

438

passando pela bicicleta do sr. Biswas. A cerca projetava sua sombra na calçada e parte da pista. Anand encostou-se na cerca e contemplou com inveja a tranquilidade das outras casas da rua, o grupo de garotos e rapazes, os jogadores de críquete, a turma que se reunia à noite em volta do poste de iluminação para conversar.

Vieram mais ruídos do quintal. Não era o sr. Biswas derrubando coisas, e sim Seth, Ewart e outro trabalhador construindo um galpão para os caminhões de Seth ao lado da casa, em cima do jardim do sr. Biswas.

Na rua, as sombras das casas e das árvores rapidamente se alongavam, distorciam-se, tornavam-se irreconhecíveis e por fim dissolviam-se na escuridão.

O sr. Biswas desceu os degraus da frente.

— Venha dar uma volta comigo.

Anand tinha vontade de ir, pois não queria magoar o pai recusando-se a acompanhá-lo. Porém tinha mais vontade de ver a destruição e consolar Shama.

A destruição era pouca. O sr. Biswas fora econômico. O espelho da penteadeira de Shama fora retirado de seu lugar e jogado na cama, onde, intato, refletia o teto. Os livros tinham sido bastante maltratados, principalmente o exemplar de *Seleções do Sankaracharya*. Todas as mesas de tampo de mármore da sra. Tulsi estavam caídas; certamente o mármore batendo no chão fora responsável por alguns dos barulhos mais assustadores. Muitos vasos de latão estavam amassados, e duas palmeiras haviam perdido seus vasos sem deixar de manter sua integridade. O cabide de chapéus estava caído sobre a mureta da varanda, porém fora derrubado com delicadeza: alguns ganchos tinham quebrado, mas o espelho estava inteiro. Na cozinha, nada de vidro ou porcelana fora jogado, apenas coisas barulhentas, como panelas e pratos esmaltados.

Quando o sr. Biswas voltou, seu estado de espírito havia mudado.

— Shama, *como foi* que esses tampos de mármore quebraram? — perguntou ele, imitando a voz da sra. Tulsi. Então começou a representar a si próprio: — Quebraram, *mai*? O quê? Ah, os tampos de mármore. É, *mai*. Quebraram, sim. *Parece* que quebraram. Agora, *não sei* como foi que isso aconteceu. — Examinou os ganchos de latão do cabide de chapéus. — Não sabia que metal era uma coisa tão esquisita. Venha ver, Savi. Por dentro não é liso, não. Parece mais areia socada. — Quanto ao aparelho de rádio, que ele havia chutado de um cômodo para outro e eviscerado, o sr. Biswas comentou: — Há muito tempo que eu estava querendo fazer isso. A companhia vive dizendo que substitui de graça.

Quando os engenheiros viram a caixa arrasada e perguntaram o que havia acontecido, ele disse:

— Acho que a gente andou ouvindo rádio demais.

Os homens deixaram um aparelho novo em folha, o modelo mais recente que havia.

Todas as noites os caminhões de Seth dormiam no galpão construído ao lado da casa. Antes o sr. Biswas jamais encarava as coisas dos Tulsi como propriedades de indivíduos específicos. Tudo — as terras de Green Vale, a loja em The Chase — simplesmente pertencia à Casa de Hanuman. Mas os caminhões eram de Seth.

3. A AVENTURA DE SHORTHILLS

Embora solidamente estabelecidos, os Tulsi jamais se consideraram arraigados em Arwacas ou mesmo em Trinidad. Sua permanência ali não passava de uma etapa na viagem que tivera início quando o pândita Tulsi partiu da Índia. Apenas a morte do pândita os impedira de voltar para lá; e desde então eles falavam, embora com menos frequência do que os velhos que se reuniam sob a arcada todas as tardinhas, em voltar para a Índia, para Demerara, para o Suriname. O sr. Biswas não levava a sério essas conversas. Os velhos jamais voltariam a ver a Índia. E ele não conseguia imaginar os Tulsi em outro lugar que não Arwacas. Separados de sua casa e suas

terras, eles estariam separados dos trabalhadores, arrendatários e amigos que os respeitavam por sua religiosidade e por
causa da memória do pândita Tulsi; seu *status* no mundo do
hinduísmo de nada valeria e — tal como aconteceu quando a
família foi toda para a casa de Port-of-Spain — eles seriam
apenas exóticos.

Mas quando Shama foi correndo a Arwacas para falar das
blasfêmias de Seth encontrou a Casa de Hanuman num rebuliço. Os Tulsi haviam resolvido mudar-se. A casa de tijolos de
barro seria abandonada, e todos só falavam na nova propriedade
em Shorthills, a nordeste de Port-of-Spain, nas montanhas da
Serra do Norte.

A High Street estava animada e barulhenta como sempre
ficava na época de festas, ainda que, por causa da guerra, não
houvesse muitos produtos importados nas lojas. Na Loja Tulsi
não havia presentes de Natal além das velhas bonecas pretas,
nem outros enfeites que não os letreiros do sr. Biswas, já desbotados e descascando. Muitas prateleiras estavam vazias; tudo o
que poderia ser útil em Shorthills estava empacotado.

E a notícia de Shama não era mais nenhuma novidade. Os
desentendimentos entre Seth e o resto da família já se haviam
transformado em guerra declarada. Seth, a mulher e os filhos
haviam se mudado da Casa de Hanuman e estavam morando
numa rua secundária ali perto; não iam participar da mudança
para Shorthills. As causas da briga permaneciam obscuras; um
lado acusava o outro de ingratidão e traição, sendo que Seth
acusava Shekhar em particular. Nem a sra. Tulsi nem Shekhar
haviam se manifestado. Shekhar, de qualquer modo, raramente
ia a Arwacas; as irmãs é que haviam levado adiante a briga.
Haviam proibido seus filhos de falarem com os filhos de Seth;
Seth proibira seus filhos de falarem com as crianças da Casa de
Hanuman. Apenas Padma, a mulher de Seth, era bem-vinda,
como irmã da sra. Tulsi, à casa dos Tulsi; não era culpa dela
ter se casado com aquele homem; além disso, respeitavam-na
por sua idade. Desde o rompimento ela havia feito uma visita
clandestina à Casa de Hanuman. As irmãs consideravam sua

441

lealdade uma prova de que elas estavam com a razão; e o fato de que Padma tinha de vir escondida era prova da brutalidade de Seth.

Aproximava-se a época da colheita, e os canaviais, agora sem ninguém que os administrasse, estavam vulneráveis à sanha daqueles que guardavam rancores dos Tulsi. Dois incêndios criminosos já haviam ocorrido, e dizia-se que Seth estava criando ainda mais problemas, afirmando que parte das terras dos Tulsi lhe pertencia. Os maridos de algumas das irmãs afirmavam que tinham sido ameaçados.

Porém falava-se menos de Seth do que da nova propriedade. Shama ouviu enumerações de suas virtudes muitas e muitas vezes. No quintal da casa havia um campo de críquete e uma piscina; a alameda da entrada era ladeada de laranjeiras e mocajás de troncos brancos e esguios, com frutos vermelhos e folhas verde-escuras. A terra em si era uma maravilha. Dos pés de feijão-cru pendiam cipós tão fortes e flexíveis que uma pessoa podia balançar-se neles. O dia inteiro as corticeiras deixavam cair suas flores vermelhas e amarelas, em forma de pássaro, que quando sopradas serviam de apitos cujo som era como o canto de uma ave. Os cacaueiros cresciam à sombra das corticeiras, os cafeeiros à sombra dos cacaueiros, e as encostas estavam cobertas de cumarus. As árvores frutíferas — mangueiras, laranjeiras, abacateiros — eram tão abundantes que nem pareciam ter sido plantadas pelo homem. E havia também noz-moscada, cedro, ipê-amarelo e tulipeiro, cuja madeira era tão elástica e forte que era melhor para fazer tacos de críquete do que a do salgueiro. As irmãs falavam da serra, das fontes suaves e cascatas escondidas com aquele entusiasmo de quem antes só conhecia a planície aberta e quente, os canaviais planos e os arrozais lodosos. Mesmo que a pessoa não soubesse cuidar da terra, como eles sabiam, que não fizesse nada, mesmo assim era possível ser próspero em Shorthills. Falavam em criar gado leiteiro; falavam em plantar toranjeiras. Falava-se mais ainda em criar carneiros e de um projeto idílico de dar um carneiro a cada criança; este plano, davam a entender, geraria riquezas fabulosas. Havia também cavalos na propriedade: as crianças aprenderiam a montar.

Embora jamais viesse a tornar-se claro por que motivo uma decisão tão drástica fora tomada tão repentinamente e por que a última iniciativa coletiva dos Tulsi fora um rompimento tão decisivo com suas raízes, Shama voltou para Port-of-Spain cheia de entusiasmo. Queria voltar a fazer parte de sua família, participar daquela aventura.

— Cavalos? — disse o sr. Biswas. — Pois eu aposto que quando você chegar lá só vai encontrar um macaco velho se balançando num cipó pendurado numa árvore. Não consigo entender essa maluquice da sua família.

Shama falou dos carneiros.

— Carneiros? — disse o sr. Biswas. — Também é para montar?

Shama disse que Seth não fazia mais parte da família e que dois maridos que haviam saído da Casa de Hanuman após se desentenderem com Seth haviam voltado à família e também iriam para Shorthills.

O sr. Biswas não estava prestando atenção.

— Os tais carneiros. Savi ganha um, Anand ganha um, Myna ganha um, Kamla ganha um. Quatro ao todo. O que é que a gente vai fazer com quatro carneiros? Criar mais? Para vender e matar? Belos hinduístas, hein? Alimentando e engordando só para matar. Ou será que você consegue imaginar nós seis fazendo lã? Você sabe fazer lã? Alguém na sua família sabe fazer lã?

As crianças não queriam se mudar para um lugar desconhecido e tinham um pouco de medo de voltar a morar com os Tulsi. Acima de tudo, não queriam ser classificadas como "alunos rurais" na escola; as vantagens — o direito de sair quinze minutos mais cedo à tarde — não compensavam a vergonha. E o sr. Biswas ridicularizava a propaganda que Shama fazia da nova propriedade. Lia em voz alta "A roupa nova do rei", do *Livro do declamador*; tocava rebanhos de carneiros imaginários

443

pela sala, balindo ao mesmo tempo. Como sempre fazia na época de férias, anunciava sua chegada em casa tocando a campainha da bicicleta da rua; então as crianças saíam de casa em fila indiana para recebê-lo, cambaleando sob o peso de fardos imaginários.

— Cuidado, Savi! — gritava ele. — Esses cumarus pesam como o diabo. — Depois perguntava: — Fizeram muita lã hoje?

— E uma vez, quando Anand entrou na sala no momento em que a descarga da privada foi puxada, perguntou: — Está voltando a pé? O que foi? Esqueceu o seu cavalo na cachoeira?

Shama ficou emburrada.

— Vou comprar aquele broche de ouro para você, menina! Anand, Savi, Myna! Venham cantar uma canção de Natal para sua mãe!

Cantaram "Os pastores cuidavam de suas ovelhas à noite".

A melancolia de Shama persistiu e derrotou-os a todos. E aquele Natal, o primeiro que passaram sozinhos, tornou-se ainda mais memorável por causa da melancolia de Shama. Ela não pôde fazer sorvete por não ter congelador, mas fez o possível para reproduzir em miniatura uma festa de Natal na Casa de Hanuman. Levantou-se cedo e ficou à espera de que viessem beijá-la, como a sra. Tulsi. Pôs uma toalha branca na mesa e espalhou pratos contendo nozes, tâmaras e maçãs vermelhas; preparou uma refeição extravagante. Fez tudo tal como tinha que ser feito, porém com ar de mártir.

— Parece até que você está com outro bebê na barriga — disse o sr. Biswas.

E em seu diário, um caderno do *Sentinel* em que ele começara a escrever, por sugestão do sr. Biswas, para praticar redação e aprender a escrever com naturalidade, Anand escreveu: "Este é o pior Natal de toda a minha vida"; e, sem esquecer o objetivo literário do jornal, acrescentou: "Sinto-me como Oliver Twist no asilo".

Porém Shama não cedeu.

Em pouco tempo ela recebeu aliados poderosos. A casa encheu-se de irmãs e maridos que iam ou vinham de Shorthills. Os vestidos finos, os belos véus e joias das irmãs contrastavam com o ar soturno que elas pareciam copiar de Shama. Dirigiam ao sr. Biswas olhares femininos, ofendidos, impotentes, acusadores, que eram difíceis de ignorar. As piadas sobre carneiros, cascatas e cumarus cessaram; ele trancava-se no quarto. Às vezes Shama, cedendo à insistência das irmãs, vestia-se e ia a Shorthills com elas. Voltava mais soturna do que nunca, e quando o sr. Biswas lhe pedia que contasse como era lá não respondia, limitando-se a chorar em silêncio. Quando a sra. Tulsi vinha, Shama chorava o tempo todo.

Desde a briga com Seth, a sra. Tulsi deixara de ser inválida. Saíra do Quarto Rosado para dirigir a mudança e tornara-se, na verdade, a principal fonte de entusiasmo. Tentou convencer o sr. Biswas a ir para Shorthills também, e o sr. Biswas, lisonjeado, ouvia seus argumentos com interesse. Lá não haveria Seth, disse a sra. Tulsi; podia-se viver de graça lá; o sr. Biswas poderia economizar seu salário; havia muitos lugares bons para construir casas, e com a madeira da propriedade o sr. Biswas poderia até construir uma casinha para si.

— Deixe ele em paz — disse Shama. — Essa história toda de casa era só para me chatear.

— Mas se eu continuar trabalhando em Port-of-Spain não vou poder fazer nada na propriedade — disse o sr. Biswas.

— Não faz mal — disse a sra. Tulsi.

Ele não sabia se a velha queria que ele fosse por causa de Shama; ou se, sem Seth, queria manter tantos homens a seu redor quanto possível; ou se não queria que ninguém permanecesse indiferente, para que ela não questionasse seu próprio entusiasmo. E resolveu que iria com ela a Shorthills uma manhã para conhecer a propriedade.

Mandou Anand telefonar para a redação e foi com a sra. Tulsi para o ponto de ônibus. Lá passou alguns momentos de ansiedade; pois a velha, com sua saia branca comprida, seu véu, os braços cobertos de pulseiras dos pulsos até os cotovelos e um grosso colar de ouro no pescoço, chamaria atenção em qualquer rua de Port-of-Spain, e o sr. Biswas temia que alguém do jornal o visse. Encostou-se no poste de iluminação, escondendo o rosto.

— Ônibus pontual — disse ele após algum tempo.

— Lá em Shorthills o ônibus sempre sai na hora exata.

— Em vez de dar um carneiro para cada criança, seria melhor dar um cavalo. Podiam ir para a escola e voltar para casa de cavalo.

Por fim o ônibus chegou, vazio; nele vinham apenas o motorista e o cobrador. A carroceria era de fabricação local, uma rústica caixa de madeira, lata e feltro, com grandes parafusos visíveis. O sr. Biswas começou a sacudir-se exageradamente no banco de madeira crua.

— Estou só praticando — disse.

A cidade acabava abruptamente na estação de Maraval. A estrada subia e descia; de vez em quando os morros tapavam a vista. Meia hora depois, o sr. Biswas apontou para uma praça circular cheia de mato.

— A propriedade?

Passaram por três barracos apodrecidos, um encostado no outro. No quintal, de chão duro e amarelo, havia dois barris cheios de água escura.

— Campo de críquete? — perguntou o sr. Biswas. — Piscina?

Depois de muitas curvas e subidas, a estrada tornou-se reta e foi descendo um vale cada vez mais largo. Os morros pareciam cobertos de mato inculto, árvores amontoadas: um coágulo de vegetação. Mas aqui e ali, no sapé desbotado de um barraco contra o fundo verde e imóvel, via-se que aquela mata já fora desbravada. Dos dois lados da estrada começaram a surgir casas e cabanas, uma bem distante da outra, tão bem ocultadas pela vegetação que, vista do ônibus, Shorthills era apenas umas manchas de cor que sumiam tão logo apareciam: a cor de ferrugem de um telhado, o rosa ou amarelo de uma parede.

— O próximo ônibus parte para Port-of-Spain daqui a dez minutos — disse o cobrador, puxando conversa. O sr. Biswas levantou-se. A sra. Tulsi o puxou para baixo.

— Eles gostam de dar ré primeiro.

O ônibus entrou de ré num caminho de terra e parou na grama do acostamento, debaixo de um abacateiro.

O motorista e o cobrador ficaram de cócoras à sombra da árvore, fumando. Do outro lado da estrada, ao lado do caminho de terra no qual o ônibus entrara, havia um terreno quadrado onde os montes de terra e as coroas de flores desbotadas eram as únicas coisas que indicavam sua função.

O sr. Biswas deu adeus ao cemiteriozinho melancólico e ao caminho de terra, que passava por algumas casas caindo aos pedaços e desaparecia no meio do mato; aparentemente se embrenhava na floresta e subia a montanha.

— A propriedade? — perguntou ele.

A sra. Tulsi sorriu.

— E lá também — disse, apontando para o outro lado da estrada.

Além de uma ravina de margens íngremes, cujo fundo estava cheio de pedregulhos, pedras e seixos, bem plana, o sr. Biswas viu mais mato, mais montanhas.

— Bambu que não acaba mais — disse ele. — A senhora podia fazer uma fábrica de papel.

Via-se claramente até onde os ônibus iam. Até o caminho de terra, a pista da estrada principal era lisa, com o centro negro e lustroso. Depois do cruzamento a estrada estreitava-se, estava cheia de cascalho e terra; nos acostamentos o mato crescia descontrolado.

— Imagino que seja por aqui — disse o sr. Biswas.

Começaram a caminhar.

A sra. Tulsi abaixou-se e arrancou uma planta do acostamento.

— Urtiga-vermelha — disse ela. — A comida favorita dos coelhos. Lá em Arwacas a gente tem que comprar na loja.

Caminhavam à sombra das árvores que se fechavam acima

da estrada. Manchas brancas e indistintas de sol se desenhavam no cascalho, na folhagem úmida dos acostamentos, nos troncos escuros das árvores. Estava fresco. E então o sr. Biswas começou a ver as árvores frutíferas. À margem da estrada os abacateiros eram tão abundantes quanto arbustos; as frutas, que ainda há pouco eram flores, ainda estavam pequenas, porém já tinham a forma perfeita e um brilho que logo desapareceria. A faixa de terra entre a estrada e a ravina foi se alargando; a ravina era cada vez mais rasa. Do outro lado dela o sr. Biswas via as corticeiras altas, com suas flores vermelhas e amarelas. Além disso, a estrada, pouco usada, estava coberta de flores. O sr. Biswas pegou uma, colocou-a entre os lábios, saboreou o néctar, soprou, e a flor em forma de pássaro assobiou. Mais flores caíam sobre eles. Embaixo das corticeiras ficavam os cacaueiros, mirrados, de galhos escuros e secos, os cacaus brilhando, em todos os tons de amarelo, vermelho, carmim e roxo; não pareciam coisas que tivessem brotado ali, e sim frutas de cera enfiadas em galhos mortos. E havia também laranjeiras, carregadas de folhas e frutos. E os dois caminhavam o tempo todo entre dois morros. A estrada estreitava-se; não ouviam outro ruído que não o som de seus próprios passos sobre o cascalho solto. Então, ao longe, ouviram o ônibus partindo rumo ao tumulto, à esterilidade, ao concreto, às tábuas de Port-of-Spain. Impossível que aquilo tudo estivesse a menos de uma hora dali!

A ravina foi se tornando cada vez mais rasa, até que não passava de uma depressão atapetada por uma trepadeira macia de um tom suave de verde. A sra. Tulsi curvou-se e mexeu na planta. Entre seus dedos havia um pedaço dela; tinha um leve cheiro de hortelã.

— Clematite — disse ela. — Lá em Arwacas plantam isso dentro de cestos.

A casa ficava parcialmente escondida por um enorme pé de feijão-cru, alto e cheio de galhos. Grossos parasitas destacavam-se dos ramos e do tronco espesso, como veias saltadas; bromeliáceas brotavam como pelos grossos de cada forquilha; e havia cipós em profusão. Embaixo da árvore, ao lado da ravina corria um caminho curto ladeado de laranjeiras, e em torno do tronco crescia uma moita de taioba silvestre, de um verde pálido, mais de um metro de altura, só caule e folhas gigantescas em forma de coração, frescas, com gotas vivas de orvalho.

Na vala havia uma placa velha, ligeiramente torta. As letras estavam desbotadas e fracas: *Estrada Cristóvão Colombo*. O nome era apropriado. A terra, embora cheia de plantas cultivadas, parecia nova.

— Essa era a estrada antiga — disse a sra. Tulsi.

E o sr. Biswas pôde imaginar com facilidade índios que nada tinham a ver com a Índia caminhando por aquela estrada, antes de o mundo tornar-se escuro para eles.

Nada do que Shama lhe dissera o preparara para a vista que se tinha da casa quando se vinha da ravina, ao final da alameda ladeada de árvores. Era uma casa de dois andares com uma varanda comprida no primeiro; ficava afastada da estrada, numa escarpa do morro, no alto de uma ampla escada de concreto, branca contra um fundo verde.

E era tudo tal como Shama dissera. Num dos lados da alameda ficava um campo de críquete; o chão estava vermelho e esburacado: claramente, o time da vila não usava metas calçadas. Do outro lado, atrás do pé de feijão-cru, dos cipós, da taioba, havia uma piscina, vazia, rachada, cheia de areia, com plantas brotando do concreto, mas não era difícil imaginá-la consertada e cheia de água limpa; e atrás da piscina, sobre uma elevação artificial, uma cerejeira, os galhos grossos podados embaixo, e sob ela um banco de ferro batido. E na alameda os macajás, com seus troncos brancos, frutinhas vermelhas e folhas verde-escuras; porém os macajás eram talvez velhos demais: estavam tão altos que não se podia apreendê-los inteiros com um só golpe de vista, e era até possível passar por eles sem percebê-los.

Então, na extremidade oposta do campo de críquete, o sr. Biswas viu uma mula. Parecia velha e desanimada. Embora solta, permanecia parada contra um fundo de cacaueiros que a camuflava.

449

— Ah! — disse o sr. Biswas, rompendo o silêncio. — Cavalos.

— Isso não é um cavalo — disse a sra. Tulsi.

Saíram da alameda e foram para baixo do feijão-cru, em meio à taioba. A sra. Tulsi pegou um cipó e ofereceu-o ao sr. Biswas. Enquanto ele o examinava, ela puxou um outro cipó, mais fino.

— Forte como uma corda — disse ela. — As crianças podem até usar para pular corda.

Caminharam pela alameda cheia de capim. O canal estreito que corria ao longo dela estava assoreado de areia fina e multicolorida.

— Essa areia podia ser vendida — disse a sra. Tulsi.

Chegaram à larga escada de degraus baixos de concreto. O sr. Biswas subiu-a lentamente: impossível não se sentir um rei ao subir uma escada como aquela.

À esquerda e à direita da casa havia jardins abandonados, em que só havia um e outro cravo-de-defunto; porém o mato não escondia totalmente os contornos dos canteiros, delineados em concreto e arbustos mirrados conhecidos como "chá verde" e "chá vermelho". Na extremidade de um dos jardins havia uma mangueira de mais de um metro de altura num canteiro circular com uma mureta de concreto ao seu redor.

— Lugar perfeito para um templo — sussurrou a sra. Tulsi.

A casa era de madeira, porém fora pintada de modo que a madeira parecesse blocos de granito: cinza salpicado de preto, vermelho, branco e azul, marcado com finas linhas brancas. Um biombo dobrável separava a majestosa sala de visitas da majestosa sala de jantar; e havia uma abundância de cômodos cuja serventia não era clara. A casa tinha gerador próprio; não estava funcionando no momento, disse a sra. Tulsi, mas podia ser consertado. Havia garagem, quartos de empregados, um banheiro externo com uma banheira funda de concreto. A cozinha, ligada à casa por uma passagem coberta, era ampla, com um forno de tijolos. O morro começava logo atrás da cozinha;

450

da janela dos fundos via-se a encosta verdejante a apenas alguns metros de distância. E no morro havia pés de cumaru.

— De quem era a casa antes? — perguntou o sr. Biswas.

— De uns franceses.

Esse fato, juntamente com um breve contato, durante sua fase arianista, com os escritos de Romain Rolland, fez com que o sr. Biswas respeitasse os franceses.

Caminhavam e olhavam. O silêncio, a solidão, o bosque frutífero no meio de uma paisagem: era como um encantamento.

Ouviram o ônibus ao longe.

— Bem — disse o sr. Biswas —, acho que já é hora de eu ir para casa.

— Para casa? — exclamou a sra. Tulsi. — Aqui já não é a sua casa?

Assim, os Tulsi mudaram-se de Arwacas. As terras foram arrendadas, e os arrendatários tiveram que contender com Seth. A Loja Tulsi foi alugada por uma companhia de comerciantes de Port-of-Spain. Em Port-of-Spain, uma das casas de cômodos foi vendida, e Shama foi dispensada de suas tarefas de cobrança. Foi só então que Shama, ainda emburrada apesar de sua vitória, revelou que a sra. Tulsi tinha resolvido aumentar o aluguel da casa de Port-of-Spain. O sr. Biswas ficou chocado, e para chocá-lo ainda mais Shama pegou seus cadernos e mostrou-lhe que seu salário ia todo para a mercearia quase assim que entrava, que suas dívidas aumentavam cada vez mais.

A solidão e o silêncio de Shorthills foram violados. Os aldeãos suportaram a invasão sem protestos, quase com indiferença. Era uma gente bonita, uma mistura de sangues francês, espanhol e negro que, embora vivesse tão perto de Port-of-Spain, formava uma comunidade distinta. Tinham uma lentidão e uma civilidade tipicamente rurais e falavam inglês com um sotaque derivado do patoá francês que usavam entre si. Aparentemente gozavam de certos direitos em relação ao terreno da casa. Jogavam no campo de críquete quase todas

451

as tardes; aos domingos havia sempre uma partida, e o terreno era praticamente tomado pelos aldeãos. Durante algum tempo ainda, após a chegada dos Tulsi, casais de namorados perambulavam pelas alamedas de laranjeiras à tarde e de vez em quando sumiam entre os cacaueiros. Porém esse costume rapidamente foi abandonado. Os casais, constantemente surpreendidos por membros da família, passaram a frequentar outro trecho da ravina.

Quando o sr. Biswas mudou-se para Shorthills, sua primeira impressão foi de que a família Tulsi havia aumentado. Seth e os seus não estavam mais entre eles; porém as irmãs que por um ou outro motivo não moravam na Casa de Hanuman agora mudaram-se para Shorthills com suas famílias; além disso, havia também muitos netos casados, com suas respectivas famílias.

O sr. Biswas recebeu um quarto no andar de cima, um quarto entre seis do mesmo tamanho, que davam para um corredor central. Era como num hotel; em cada quarto ficava um casal, e as viúvas e crianças circulavam pela área comunitária do andar de baixo. O quarto do sr. Biswas tornou-se a sede de sua família; era lá que Anand fazia seus deveres de casa, que as crianças iam fazer queixas, que o sr. Biswas lhes dava guloseimas para comerem com mais privacidade. A cama de quatro colunas, a penteadeira de Shama, a estante com escrivaninha embutida e a mesa ficavam nesse quarto; o resto de sua mobília — cadeira de balanço, cabide de chapéus, guarda-comida — ficava, como seus filhos, espalhado pela casa.

Também o mobiliário da Casa de Hanuman fora espalhado. Nessa casa não podia permanecer a distinção entre coisas usáveis e coisas nunca usadas; assim, as cadeiras que pareciam tronos, as estátuas e os vasos ficaram na sala de visitas, a qual acabou tornando-se, tanto em sua aparência quanto em sua função, o equivalente ao salão da Casa de Hanuman.

Um detalhe desagradável para o sr. Biswas era o fato de que no quarto diretamente em frente ao seu instalou-se um cunhado que ele jamais vira na Casa de Hanuman, um homem alto e desdenhoso, que de imediato antipatizou com ele e manifestava essa antipatia com um tremor de narinas.

Disse Anand:

— Prakash disse que o pai dele tem mais livros que o senhor.

O sr. Biswas mandou Anand descobrir quais eram os livros do pai de Prakash.

Anand voltou dizendo:

— Todos os livros são exatamente do mesmo tamanho. Na capa tem um escudo verde em que está escrito "Boots". E todos eles são de um escritor chamado W. C. Tuttle.*

— Porcaria — disse o sr. Biswas.

— Porcaria — disse Anand a Prakash.

— Você disse que os meus livros são porcaria? — perguntou o pai de Prakash ao sr. Biswas alguns dias depois, quando os dois abriram as portas de seu quarto ao mesmo tempo, de manhã.

— Eu não disse que os seus livros são porcaria.

As narinas estremeceram.

— E o seu Epicteto e *Manxman* e Samuel Smiles?

— Como é que você soube do meu Epicteto?

— Como é que você soube dos meus livros?

Daí em diante, o sr. Biswas passou a trancar seu quarto toda vez que saía. A notícia espalhou-se, e logo começaram a surgir comentários.

— Quer dizer que você já começou? — disse Shama.

E, tendo se mudado para Shorthills, todos esperavam os carneiros, os cavalos, o conserto da piscina, a limpeza da alameda e dos jardins, a reinstalação do gerador, a pintura da casa.

---

* Escritor popular americano do início do século. Boots é uma biblioteca local. O autor dá a entender que os livros foram recolhidos numa biblioteca que estava se desfazendo deles. (N. T.)

Enquanto esperavam, as crianças arrancaram os cipós do feijão-cru. Porém nada puderam fazer com aquelas plantas estranhas e agradáveis; não serviam para pular corda, ao contrário do que imaginara a sra. Tulsi; as finas desfiavam com facilidade, as grossas não davam jeito. Hari derrubou a mangueira do jardim e construiu uma pequena cabana de papelão que parecia uma casa de cachorro: era o templo. O leitor de W. C. Tuttle colocou uma grande imagem emoldurada da deusa Lakshmi na sala de visitas e rezava a sua frente todas as tardinhas; Prakash disse que seu pai entendia mais dessas coisas do que Hari. O forno de tijolos da cozinha foi desmontado; a passagem coberta entre a casa e a cozinha foi desfeita, e a área aberta foi coberta com folhas velhas de ferro corrugado e galhos retirados da encosta atrás da cozinha.

A paciência de Anand esgotou-se. Espalhou entre as crianças o boato de que a casa ia ser repintada logo, só que antes era preciso raspar toda a tinta velha; em pouco tempo já tinha mais de uma dúzia de ajudantes. Chegaram a fazer um bom número de cicatrizes rosa e creme nas paredes cinzentas da varanda antes de serem descobertos; e essa tentativa de conseguir à força as reformas terminou com uma surra coletiva.

Também o sr. Biswas aguardava as reformas. Mas ele não estava tão interessado nelas. Para ele, Shorthills era uma aventura, um interlúdio. Seu trabalho tornava-o independente dos Tulsi; Shorthills era apenas um seguro contra o desemprego. Além disso, dava-lhe uma oportunidade de economizar e saquear. E saquear era o que fazia em segredo: meia dúzia de laranjas de uma vez, meia dúzia de abacates, toranjas ou limões, vendidos ao dono de um café em Vincent Street com um comentário a respeito da variedade de árvores frutíferas que havia em seu quintal. O dinheiro era pouco, porém constante; e o *frisson* do saque era delicioso. Saque! A palavra em si excitava o sr. Biswas. Indo para o trabalho no frescor da manhã, assobiando, ele parava de repente, saltava da bicicleta, olhava para um lado, olhava para o outro, pegava umas laranjas ou abacates, guardava-os em sua bolsa, subia na bicicleta e ia embora sem pressa, assobiando.

454

Uma tarde, ao chegar em casa, o sr. Biswas viu que a cerejeira tinha sido derrubada, a elevação artificial tinha sido remexida e a piscina fora parcialmente enchida de terra. No final da semana, não restava mais nada da elevação, e a piscina não existia mais. Em seu lugar foi montada uma barraca, e as irmãs e seus maridos comentavam repetidamente que era maravilhoso não apenas ter tanto bambu por perto mas também não precisar pagar por ele, como ocorria em Arwacas.

A barraca era para os convidados dos casamentos. Toda uma leva de sobrinhas de Shama ia se casar. Um casamento já estava acertado antes da mudança, e durante as semanas de ócio em Shorthills a ideia fora ganhando vulto. Resolveu-se agir com rapidez e eficiência. Os detalhes — os noivos e os dotes — foram acertados com facilidade, e agora ninguém pensava mais em reformas; todas as energias estavam concentradas nos preparativos da cerimônia. Alguns dias antes começaram a chegar de Arwacas os convidados, os criados, os dançarinos, os cantores, os músicos. Dormiam na barraca, na varanda, na garagem, no espaço coberto entre a cozinha e a casa e passavam o dia andando pelos quintais e pela mata saqueando.

Os enfeites exigiram uma grande quantidade de bambu. A alameda e os outros caminhos foram ladeados de bambus horizontais apoiados sobre bambus verticais; cada bambu horizontal estava cheio de óleo, com um pavio enfiado. Na noite dos casamentos, viam-se inúmeras chamas débeis bruxuleando, suspensas na escuridão; os contornos das árvores, apenas delineados, davam a impressão de que as árvores eram vultos maciços; todo o terreno parecia protegido, uma caverna cálida no meio da noite. Os sete noivos vieram em sete cavalgadas, com sete grupos de tambores, seguidos pelos aldeãos bestificados. Ao pé da escada de concreto realizaram-se sete cerimônias de boas-vindas, e na barraca cerimonial, construída sobre um dos jardins, aplainado para este objetivo, os sete casamentos prolongaram-se durante toda a noite, enquanto na barraca da piscina havia cantos, danças e comemorações.

455

Findas as festividades matrimoniais, a população da casa foi temporariamente reduzida (sete a menos), os convidados foram embora, as barracas — a do jardim destruído e a da piscina — foram desmontadas e todo mundo recomeçou a esperar a restauração do pavilhão de críquete, a limpeza da alameda, o conserto dos bueiros, a dragagem do canal, a poda das sebes na subida da encosta, o replantio do jardim que não fora destruído. Sem que ninguém lhes pedisse nada, as crianças fizeram o que puderam, porém seus esforços dispersos não tiveram nenhum efeito. Colheram cumarus na encosta, e sem saber o que fazer com as favas abandonaram-nas na garagem, onde com o tempo elas apodreceram e começaram a feder.

Então, de repente, apareceram uns carneiros. Meia dúzia de carneiros escaveirados, sem pelos, assustados. As crianças estavam esperando os carneiros prometidos, porém pensavam em bichinhos felpudos; aqueles que surgiram não foram disputados por ninguém. Os carneiros ficavam mordiscando plantas no campo de críquete, incomodando as crianças e os jogadores.

Nada se fez com os cacaueiros e as laranjeiras. A cada semana que passava o mato avançava, e a propriedade, que antes tinha uma aparência descuidada, agora começava a parecer abandonada. Ninguém ainda havia assumido as funções de planejamento e direção. Tão subitamente quanto havia saído de seu quarto de inválida para supervisionar a mudança, a sra. Tulsi voltara a se recolher. Ficava num quartinho no andar de baixo, que dava para um jardim destruído e o templo de papelão de Hari. Porém a janela permanecia fechada para que não entrasse nem luz nem ar, e ali, numa atmosfera de escuridão e amoníaco, ela passava boa parte do dia sob os cuidados de Sushila e Dona Pretinha. Era como se sua energia tivesse sido estimulada apenas pela briga com Seth e, ao esvanecer, a fizesse afundar ainda mais no cansaço e na melancolia.

Um dia Govind destruiu o pavilhão de críquete. Em seu lugar foi construído um estábulo improvisado, e o sr. Biswas ficou sabendo, para espanto seu, que a sua vaca ia ser colocada ali.

456

— Vaca? *Minha* vaca?

Soube então que a vaca, chamada Mutri, era um dos pertences secretos de Shama, como sua máquina de costura. Mutri antes estava junto com o resto do gado dos Tulsi em Arwacas. Era uma vaca velha, preta, com chifres curtos e machucados.

— E o leite? — perguntou o sr. Biswas. — Os bezerros?

— E o capim? — retrucou Shama. — A água? A ração?

Govind cuidava das vacas, e sendo assim o sr. Biswas não fez mais perguntas. Govind estava se tornando cada vez mais carrancudo. Quase não falava com ninguém e descontava a raiva nas vacas. Batia nelas com pedaços de pau grossos e na hora de ordenhá-las tinha acessos de raiva se os animais cometiam o menor deslize. As vacas não gemiam nem demonstravam dor ou raiva; apenas tentavam afastar-se. Ninguém protestava; não havia ninguém para ouvir queixas.

Dizia o sr. Biswas:

— Coitada da Mutri.

Diante das vacas e dos carneiros, os jogadores de críquete bateram em retirada. O campo de críquete foi ocupado pela lama e pelo esterco, e alguém plantou uma aboboreira num canto dele.

Então começou a derrubada das árvores. Em menos de uma manhã de trabalho, o leitor de W. C. Tuttle derrubou os mocajás da alameda. Voltou para casa suado, e como nenhuma das torneiras funcionava tomou banho ao lado de um barril. A sra. Tulsi comeu os palmitos, seguindo recomendação de uma amiga sua de Arwacas, e as crianças consolaram-se com as frutinhas vermelhas. Para não ficar atrás, Govind derrubou as laranjeiras: estavam doentes, atraíam as cobras e podiam servir de esconderijo aos ladrões.

— Só mesmo um ladrão muito burro para pensar que ia encontrar alguma coisa aqui — disse o sr. Biswas. — Derrubaram as árvores só para ficar mais fácil colher as laranjas, só isso.

As laranjas foram recolhidas por Govind e Chinta e seus filhos, colocadas em sacos e levadas de ônibus para Port-of-Spain.

457

Ninguém soube quem ficou com o dinheiro. As árvores foram cortadas em toras e queimadas na cozinha. Os troncos cobertos de musgos deram uma lenha de primeira.

As crianças desanimaram. Agora era só quando as obrigavam que colhiam cumarus, laranjas e abacates para vendê-los em Port-of-Spain. Aos sábados, por vezes arrancavam o capim que crescia na alameda, instigados pelos adultos a competirem, para ver quem arrancava mais capim.

Os encanamentos continuaram sem consertos. Alguns dos maridos menos importantes construíram uma latrina na encosta. O banheiro da casa, sem uso, virou quarto de costura.

Para substituir as laranjeiras e os mocajás, foram plantadas árvores tenras ao longo da alameda, cercadas por estacas de bambu. As vacas derrubaram a cerca do campo de críquete. Os carneiros, fugindo, derrubaram as estacas de bambu e comeram as arvorezinhas. O lodo aumentava no fundo do canal que ladeava a alameda. O capim crescia nas rachaduras do bueiro de concreto e nos degraus largos e baixos da escada da frente.

Todas as manhãs, Hari rezava e tocava o sino e batia o gongo na casinha de cachorro instalada no jardim destruído; e todas as tardes o homem que, para o sr. Biswas, passara a se chamar W. C. Tuttle rezava diante da imagem emoldurada na sala de visitas. O monte de lixo criado pelos Tulsi no pé da encosta ficava cada vez mais alto e mais largo. Os carneiros, esquecidos, inúteis, sobreviviam. As vacas eram ordenhadas. A aboboreira foi se espalhando rapidamente pela lama cheia de esterco e abriu-se em frágeis flores amarelas. A primeira abóbora — a primeira fruta produzida pelos Tulsi — foi recebida com entusiasmo; e como, devido a um tabu hinduísta que ninguém sabia explicar, as mulheres não podiam abrir abóboras um homem foi convidado a assumir essa tarefa: W. C. Tuttle.

Foi W. C. Tuttle que desmontou o gerador e derreteu o chumbo para fazer halteres. E foi W. C. Tuttle que anunciou a criação de uma fábrica de móveis. Dezenas de cedros foram derrubados, serrados e guardados na garagem, e W. C. Tuttle mandou vir de sua aldeia um negro chamado Théophile. Era

458

um ferreiro e ferrador que havia perdido freguesia com o advento do automóvel. Foi instalado num quartinho embaixo da sala de visitas; recebia três refeições por dia e tinha acesso irrestrito às tábuas de cedro. Fez um grande número de bancos; tornando-se mais confiante, fez uma mesa grande, de uma forma ovalada irregular; depois, uma série de guarda-roupas que pareciam guaritas. Nenhum encaixe era perfeito; nenhuma porta fechava direito; e na madeira macia viam-se inúmeras marcas de marteladas. Segundo W. C. Tuttle, sua mulher, seus filhos e o próprio Théophile, a tinta e o verniz ocultariam essas imperfeições. E, como o entusiasmo dos Tulsi crescia, Théophile começou a fazer cadeiras de braços. W. C. Tuttle encomendou uma estante. O sr. Biswas encomendou uma estante. As portas da estante do sr. Biswas eram tortas em cima; se as duas pudessem se encontrar formariam uma ponta: Théophile disse que era uma coisa de estilo. A essa altura as tábuas da mesa oval tinham encolhido, os pés estavam soltos e a cera havia caído; e as portas dos armários não fechavam nunca. Théophile atacou com serrote, martelo e pregos a mesa e os guarda-roupas; então as cadeiras e as estantes precisaram de consertos; depois os guarda-roupas apresentaram problemas novamente. Théophile foi mandado de volta para sua aldeia, e não se falou mais em fábrica de móveis. As cadeiras de braços se desmancharam e foram usadas como lenha; algumas crianças com mais espírito de aventura dormiam sobre a mesa. W. C. Tuttle, agindo em nome da sra. Tulsi, vendeu as tábuas de cedro estocadas na garagem. Pouco depois comprou um caminhão e passou a fretá-lo para os americanos.

Então os americanos vieram para a aldeia. Haviam resolvido construir uma guarnição na serra; dia e noite caminhões do exército atravessavam a aldeia, equipados com correntes antiderrapantes. O caminho do cemitério foi alargado, e no verde-escuro das montanhas distantes desenhou-se uma fina linha vermelha de barro, subindo em zigue-zague. As viúvas Tulsi juntaram-se, construíram um barraco na esquina do caminho e o estocaram de Coca-Cola, bolinhos, laranjas e abacates. Os caminhões dos

459

americanos não pararam. As viúvas gastaram mais dinheiro a fim de obter uma autorização para vender bebidas alcoólicas e, com muita apreensão, gastaram ainda mais dinheiro em caixas de rum. Os caminhões não pararam. Uma noite um caminhão derrubou o barraco. As viúvas entregaram os pontos.

Embora cercado por um cenário de devastação, o sr. Biswas permanecia indiferente. Não pagava aluguel; não gastava nada em comida; estava economizando a maior parte de seu salário. Pela primeira vez tinha dinheiro, e a cada quinzena seu dinheiro aumentava. Proibiu-se de sentir tristeza ou raiva por causa de uma destruição que ele não tinha como impedir; e, percebendo com certo *frisson* que agora era cada um por si — essa expressão em si lhe dava muito prazer —, continuou a saquear, gozando a sensação de que, no meio daquele caos, ele estava tranquilamente pondo em prática seus planos diabólicos.

Então começou a cochichar-se que W. C. Tuttle e Govind estavam indo longe demais. W. C. Tuttle estava vendendo pés de cedro inteiros. Govind estava vendendo caminhões cheios de laranjas, mamões, abacates, limões, toranjas, cacaus e cumarus. O sr. Biswas sentiu-se ridículo quando, na manhã seguinte, colocou meia dúzia de laranjas em sua sacola. Também queria saber como era possível alguém roubar um cedro inteiro sem que ninguém percebesse. Shama, indignada, como a maioria das irmãs, explicou que as árvores haviam sido vendidas, ainda plantadas, por um preço vil. Os caminhões dos compradores vieram do norte por uma estrada de montanha perigosa, cheia de curvas, que quase nunca era usada. Ninguém teria descoberto nada se a clareira na encosta não fosse tão grande a ponto de atrair a atenção do administrador, um homem triste e preocupado que viera junto com a propriedade, junto com a mula, e que, por não saber quais eram suas atribuições, tinha que dar a impressão de estar ocupado para não perder o emprego.

Govind e Chinta ignoravam os cochichos e os silêncios. W. C. Tuttle reagia fazendo cara feia e exercitando-se com seus halteres. Sua mulher fazia cara de ofendida. Os nove filhos recusavam-se a falar com as outras crianças.

* * *

Por fim a aldeia uniu-se contra os Tulsi. Muitas das crianças da família frequentavam escolas em Port-of-Spain, e elas lotavam o ônibus das sete na estação perto do cemitério. Os aldeãos, que antes estavam perfeitamente satisfeitos com um ônibus a cada hora, agora começaram a pegar o ônibus um ponto antes do cemitério, pagando um pêni a mais para garantir seus lugares. E as crianças não podiam mais pegar o ônibus das sete, porque ele chegava quase cheio e ninguém saltava. Não havia muitas disputas pelos lugares remanescentes, e por muitos dias a maioria das crianças ficou sem ir à aula, até que W. C. Tuttle, ainda de cara amarrada, porém magnânimo, ofereceu-se para transportar as crianças até a escola em seu caminhão, cobrando apenas o preço da passagem de ônibus.

O caminhão tinha que estar na base americana às seis da manhã. Assim, as crianças tinham de chegar na escola pouco depois de cinco e meia. Para tal, precisavam sair de Shorthills às quinze para as cinco. Portanto tinham de levantar-se às quatro. Ainda era noite quando, sentadas bem juntinhas nas tábuas afixadas na carroceria, tiritando de frio, elas desciam a encosta, passando por baixo de árvores que gotejavam orvalho; e os postes de iluminação ainda estavam acesos quando chegavam em Port-of-Spain. Eram largadas às portas das escolas antes da hora em que os jornaleiros entregavam os jornais, antes de os empregados se levantarem, antes de se abrirem os portões das escolas. Ficavam na calçada jogando amarelinha à luz da madrugada. O zelador da escola de meninas levantava-se às seis e deixava as crianças entrarem, pedindo-lhes que não fizessem muito barulho para não acordar sua mulher, que ainda dormia. A casa do zelador era pequena: apenas dois cômodos e uma cozinha mínima, em parte descoberta; e sua família era grande. Estavam acostumados a andar pelo terreno da escola de manhã cedo vestidos como bem entendiam; escovavam os dentes e cuspiam na areia do quintal; brigavam; corriam nus entre a casa e o banheiro e enxugavam-se ao ar livre; cozinhavam e comiam debaixo do tamarindeiro; penduravam na corda roupas íntimas. Agora tinham de manter o decoro desde manhã cedo. Enquanto o zelador e sua família tomavam o café da manhã em silêncio, as crianças sentiam fome de novo e comiam as merendas que haviam sido preparadas para elas três horas antes. Era a melhor hora de comê-las, pois ao meio dia o molho de *curry* já começava a avermelhar e cheirar. As crianças que guardavam sua comida até o almoço muitas vezes a trocavam por coisas como pão e queijo; e, como a fama da comida indiana era tanta que não era prejudicada nem mesmo pelo desleixo culinário dos Tulsi, os dois lados achavam que saíam ganhando.

A volta para Shorthills também tinha dificuldades. As crianças saíam da escola às três. O caminhão saía da base americana às seis e, portanto, não podia ser usado, senão as crianças chegariam em casa só às oito horas. E andar de ônibus estava cada vez mais difícil. Por causa dos problemas de abastecimento e restrições causados pela guerra, havia menos ônibus urbanos, e a linha de Shorthills era usada por pessoas que não queriam ir até a estação final. Para pegar o ônibus, as crianças tinham de caminhar quase cinco quilômetros até o terminal rodoviário perto da estação ferroviária. O último ônibus que não saía lotado era o das duas e meia; para pegá-lo, era preciso sair da escola logo depois do almoço. Para pegar o ônibus das três e meia, as crianças tinham de sair da escola às duas e meia, ir a pé até o terminal e entrar no meio da multidão que o aguardava. Não havia fila; assim que o ônibus chegava, os lugares eram disputados a tapa. Havia gente entrando pelas janelas, subindo pelos pneus, pisando na tampa do tanque de gasolina, ou pela saída de emergência, na traseira; assim, mesmo as crianças que conseguiam entrar entre os primeiros já encontravam todos os lugares ocupados. O jeito, portanto, era esperar até que os ônibus ficassem mais vazios ou aguardar a hora de o caminhão voltar da base americana. De seu quarto, a sra. Tulsi mandou dizer às crianças que suas caminhadas seriam menos cansativas se elas cantassem; se alguém tentasse se aproveitar de uma menina, a menina em questão deveria tirar os sapatos (que eram de borracha) e golpear a cabeça do agressor.

Porém por fim comprou-se um carro, e um dos cunhados ia de manhã levar as crianças e as laranjas. Era um Ford V-8 do início dos anos 30, um automóvel até bonito, que talvez funcionasse melhor se não transportasse uma carga tão pesada. Sob o peso das crianças e das laranjas, ele afundava para trás e o capô ficava um pouco virado para cima; nas subidas mais íngremes as crianças tinham que saltar. Volta e meia o carro pifava, e o motorista, que nada entendia de automóveis, pedia às crianças que o empurrassem. Como formigas em torno de uma barata morta, as crianças cercavam o carro (as meninas com seus uniformes azul-escuros) e o empurravam e puxavam. Às vezes empurravam o carro por quase dois quilômetros. Às vezes o colocavam no alto de uma ladeira, saltavam para o lado quando ele descia, ouviam o motor pegar, corriam atrás, enquanto o motorista gritava que se apressassem, e entravam nele, três de cada vez. Então o motor morria; e elas ficavam imóveis, sentadas, de cócoras ou em pé, sufocadas, em silêncio, ouvindo os gemidos insistentes e infrutíferos do motor de arranque. Às vezes o carro chegava a Port-of-Spain com um lado do capô aberto e uma criança no para-lamas mexendo numa bomba. Às vezes o carro nem chegava a Port-of-Spain. Nesses casos, as crianças ficavam mais satisfeitas do que o motorista, que não trouxera merenda. Às vezes o carro passava dias parado, com defeito, e as crianças iam à escola de caminhão ou surpreendiam os aldeãos, que já não tomavam mais as precauções necessárias para pegar o ônibus das sete.

O Ford V-8 foi finalmente abandonado quando alguns dos cunhados menos importantes, não levando a sério a experiência das crianças, resolveram uma noite ir ao cinema em Port-of-Spain de carro. A casa passou a noite em claro; e as irmãs diretamente envolvidas, armadas com paus para se protegerem, fizeram várias incursões à estrada. Os homens chegaram, pouco antes do nascer do sol, empurrando o carro. As crianças foram à escola de caminhão. O carro foi empurrado para dentro da ravina e ficou debaixo do feijão-cru e por cima da taioba, onde,

463

depois que todas as suas peças vendáveis foram levadas por mãos desconhecidas, virou um brinquedo para as crianças.

Outro carro foi comprado, mais uma vez um Ford V-8, só que um modelo esporte, com um banco elevado atrás. Nele, miraculosamente, cabiam todas as crianças, em pé e espremidas, como flores num vaso. Fazia-se uma segunda viagem para levar as laranjas. Enquanto estavam no campo, as crianças faziam de conta que viajavam numa diligência, mas quando chegavam à cidade atraíam a atenção das pessoas, que riam delas; nessas horas sentiam falta do sedã.

Assim, para as crianças tornou-se um pesadelo morar em Shorthills. Quando voltavam da escola já era quase noite, e a casa tinha poucos atrativos. A comida piorava cada vez mais, e comia-se de qualquer jeito na cozinha, onde o chão de tijolo estava coberto de lama, ou no espaço coberto entre a cozinha e a casa. Nenhuma criança sabia onde ia dormir na noite seguinte; armavam-se camas em qualquer lugar, a qualquer hora. Aos sábados, as crianças arrancavam capim; aos domingos, colhiam laranjas ou outras frutas.

Nos fins de semana as crianças submetiam-se às leis da família. Mas durante a semana, quando passavam boa parte do tempo fora de casa, formavam uma comunidade autônoma, onde não tinham validade as normas dos Tulsi. Ninguém mandava; havia apenas uma divisão entre fortes e fracos. O afeto entre irmão e irmã era desprezado. Não havia alianças estáveis. Apenas as inimizades eram duradouras, e as longas e quentes caminhadas, que segundo a sugestão da sra. Tulsi seriam menos árduas se todos cantassem, muitas vezes eram interrompidas por brigas feias, causadas por puro ódio.

O sr. Biswas raramente via seus filhos, e eles foram-se afastando um do outro. Anand tinha vergonha das irmãs; todas elas contavam-se entre os fracos. Myna não sabia mais controlar a bexiga; toda viagem com ela terminava em constrangimento. Às vezes o carro parava; às vezes não. Kamla era sonâmbula; mas isso, por ser novidade, era considerado bonitinho, principalmente por se tratar de uma criança tão pequena. Savi passava desperce-bida até que foi escolhida para cantar num espetáculo na escola, organizado pelos distribuidores de uma loção facial chamada Limacol. Ela nunca usara o produto, mas concordou com o mestre de cerimônias que o *slogan*, "o frescor de uma brisa em um fras-co", era verdade. Então, com uma voz aguda e cheia de trêmulos, cantou "Uma manhã de domingo" e ganhou um vidro de Limacol em miniatura. As irmãs Tulsi ficaram chocadas. Falavam de Savi quase como se ela fosse uma artista de café-concerto, e passaram sermões em seus filhos. Daí em diante as outras crianças passaram a ridicularizar Savi. Com base no que observava em suas idas à praia, ela desenhava mapas com detalhes minuciosos do litoral da ilha. Havia tentado difundir esse método e ganhara alguns discí-pulos; mas agora uma das filhas de Govind afirmou que aquelas reentrâncias desenhadas eram bobagens presunçosas, iguais aos trêmulos com que Savi havia cantado "Uma manhã de domingo", e os discípulos a abandonaram. Quando Savi foi expulsa do ônibus uma tarde por ter perdido o dinheiro da passagem e teve de vir a pé até Shorthills, chegando já noite fechada, passando mal de medo e cansaço, tendo que ser massageada por Shama, os outros acharam que era benfeito. Logo todos ficaram sabendo da massa-gem no quarto do andar de cima, do choro de Savi, da raiva do sr. Biswas quando ele chegou em casa. Kamla, a sonâmbula mimada por todos, teve de contar tudo detalhadamente e ficou muito satis-feita por despertar tanto interesse e provocar tantas risadas.

Embora ninguém reconhecesse sua força, Anand era um dos fortes. Seu jeito irônico o mantinha distante dos outros. De início isso era apenas uma afetação, uma imitação de seu pai. Porém a ironia levou ao desprezo, e em Shorthills seu desdém — profundo, abrangente, sempre pronto para manifestar-se — tornou-se parte de sua natureza. Isso lhe impingia limitações, fazendo-o ficar tímido e solitário. Porém tornava-o também invulnerável.

Uma manhã, as crianças estavam prontas para ir para a escola. Suas merendas, embrulhadas em papel pardo, foram enfiadas em suas bolsas, e o carro já as aguardava na estrada.

Rapidamente as crianças encheram o automóvel. Foram se espremendo, enfiando-se de lado, apertando-se. Bateu-se uma porta. Anand, no banco de trás, ouviu um grito e um gemido. Era Savi. As crianças, sempre ofegantes e mal-humoradas quando o carro estava parado, gritavam para que o motorista desse a partida. Mas alguém berrou:

— Depressa! Abra a porta! A mão dela.

Anand riu. Ninguém mais riu. O carro esvaziou-se, e ele viu Savi sentada no capim do acostamento. Não teve coragem de olhar para a mão da irmã.

Shama, o sr. Biswas e algumas das irmãs vieram até a estrada.

Myna disse:

— Anand riu, papai.

O sr. Biswas esbofeteou Anand com força.

E então resolveu que já era hora de abandonar aquela aventura. Voltar para Port-of-Spain era impossível. Quando caminhava pela propriedade, tentava encontrar um bom lugar para uma casa.

Então ocorreram diversas mortes, uma logo depois da outra.

Sharma, o cunhado que colhia laranjas e levava as crianças para a escola, escorregou de um galho de laranjeira coberto de musgo numa manhã chuvosa, caiu e quebrou o pescoço. Morreu quase imediatamente. Nesse dia as crianças não foram à aula. A viúva de Sharma tentou transformar aquele feriado imprevisto em um dia de luto. Chorava, lamentava-se, abraçava todo mundo que se aproximava dela e pedia que avisassem as pessoas. As pessoas foram avisadas, e à tarde vieram os parentes de Sharma, pessoas inclassificáveis, que mesmo na dor não conseguiam disfarçar sua timidez. Colocaram Sharma num caixão simples e o carregaram até o cemitério, onde toda a aldeia se reunira para assistir aos rituais hinduístas. Hari, de paletó branco e colar de contas, gemeu sobre a sepultura e nela aspergiu água com uma folha de mangueira.

— A mesma coisa que ele fez com a minha casa — disse o sr. Biswas a Anand.

A viúva gritou, desmaiou, voltou a si e tentou jogar-se dentro da sepultura. Os aldeãos observavam com interesse. Os mais informados, aos cochichos, falavam em *sati*.*

W. C. Tuttle assumiu o encargo de levar as crianças para a escola. Colocava todos os seus filhos a seu lado, no banco da frente, e enfiava as outras crianças no banco de trás. Reclamava do desempenho do automóvel, atribuindo todos os seus defeitos a Sharma. Logo surgiram boatos segundo os quais W. C. Tuttle estaria usando o carro para transportar o produto de seus saques. Ele ameaçou parar de transportar as crianças se tais boatos não cessassem. Não havia mais ninguém que soubesse dirigir, além do carrancudo Govind, e não se falou mais no assunto.

Apesar das reclamações de W. C. Tuttle, Sharma foi rapidamente esquecido. E numa tarde quente de domingo, quando quase ninguém estava dentro de casa, Anand encontrou Hari e sua mulher sozinhos na sala de jantar, sentados à mesa que fora feita pelo ferreiro de W. C. Tuttle. O casal estava triste. A mulher tinha os olhos cheios de lágrimas, e o rosto sem expressão de Hari estava amarelento. Anand, para animá-los e exibir seus talentos, ofereceu-se para recitar-lhes um poema. Havia acabado de aprender a fazer todos os gestos ilustrados no frontispício do *Livro do declamador*. Hari e a mulher pareciam sensibilizados; sorriram e pediram a Anand que recitasse.

Anand juntou os calcanhares, fez uma mesura e disse:

— Bingen sobre o Reno. — Juntou as palmas das mãos, apoiou nelas a cabeça e começou: — *Morria em Argel um legionário.*

Constatou, satisfeito, que os sorrisos dos dois tinham sido substituídos por expressões da maior seriedade.

---

* O tradicional costume hinduísta de autoimolação da viúva, que se jogava viva na pira funeral do marido. (N. T.)

> — *Embora sem a presença da amada,*
> *Tinha a de um camarada solitário.*

A voz de Anand tremia de emoção. Hari olhava fixamente para o chão. Sua mulher fixava a vista em algum ponto acima do ombro de Anand. O menino não contava com uma reação tão integral e imediata. Acentuou o tom patético, falando mais devagar, exagerando os gestos. Com as duas mãos no peito pronunciou as últimas palavras do legionário moribundo:

> — *Diga-lhe que, antes do romper da alva,*
> *Meu corpo há de estar morto, e a alma salva.*

A mulher de Hari começou a chorar. Hari pôs sua mão sobre a dela. Desse modo ouviram o poema até o fim; e Anand, após receber uma moeda de seis centavos, foi embora, deixando os dois abalados.

Menos de uma semana depois Hari morreu. Foi só então que Anand foi informado de que Hari já sabia há algum tempo que ia morrer em breve. W. C. Tuttle, ostentando com ferocidade sua condição de brâmane com um paletó de seda bordado, executou os últimos rituais. A casa ficou de luto por Hari; ninguém usava açúcar nem sal. Ele era uma dessas pessoas que de tão negativas chegam a ser caridosas, e portanto todos lhes querem bem. Jamais participara de qualquer disputa; sua bondade, como sua erudição, era uma tradição de família. Todos estavam acostumados a ver Hari oficiando como pândita nas cerimônias religiosas; todos estavam acostumados a receber o alimento consagrado de suas mãos todas as manhãs. Hari de tanga, a testa com marcas de pasta de sândalo; Hari realizando o *puja* matinal e o vespertino; Hari com seus textos religiosos colocados no suporte de madeira trabalhada: eram cenas costumeiras na casa dos Tulsi. Ninguém pudera substituir Seth. Ninguém pôde substituir Hari.

O *puja* passou a ser realizado cada vez por um homem ou menino diferente. Às vezes até mesmo Anand era escolhido. Sem conhecer as preces, limitava-se a fazer os gestos rituais. Lavava as imagens, colocava flores recém-colhidas no santuário, divertia-se tentando enfiar o caule de uma flor entre o braço e o antebraço de um deus ou entre o queixo e o peito de outro. Colocava pasta de sândalo nas testas dos deuses, nos seixos roliços pretos, rosa e amarelos e em sua própria testa; acendia a cânfora, rodava a chama em torno do santuário com a mão direita ao mesmo tempo em que tentava com a esquerda soar o sino; soprava o búzio, emitindo um som semelhante a um armário pesado sendo arrastado por um assoalho de madeira; depois, as bochechas doendo com o esforço de soprar, saía rapidamente para comer, tendo antes de oferecer a todos o leite com folhas de manjericão que — por incrível que parecesse — ele havia consagrado. Quando se vestia para ir para a escola, limpava da testa os restos de pasta de sândalo seca.

Cerca de duas semanas depois da morte de Hari, soube-se de mais uma morte, ocorrida em Arwacas. Uma noite Anand estava estudando na mesa do quarto do andar de cima e o sr. Biswas estava lendo na cama quando a porta se abriu e Savi entrou correndo e disse:

— A tia Padma morreu!

O sr. Biswas fechou os olhos e levou a mão ao peito.

Anand gritou:

— Savi!

Ela estava parada, os olhos brilhando.

Do andar de baixo veio uma lamentação profunda, que rapidamente se espalhou por toda a casa, aumentando, diminuindo, passando de uma irmã para a outra e voltando para a primeira, como cães latindo à noite.

A morte de Sharma fora pouco mais do que uma quebra da rotina. A morte de Hari causara tristeza. A de Padma aterrorizou a família. Padma era irmã da sra. Tulsi: agora a morte estava mais perto de todos. Padma os conhecera a vida toda, e havia morrido longe deles. As irmãs diziam essas coisas repetidamente, abraçando-se uma à outra e abraçando cada uma seus filhos. A casa estremecia com passos, gritos, gemidos e choros de crianças assustadas. Dizia-se que a sra. Tulsi havia perdido o juízo; corriam boatos de que ela também estava morrendo. As crianças enfiavam alfinetes nos pavios dos lampiões e murmu-

469

ravam sortilégios para afastar desastres subsequentes. Ouviam a sra. Tulsi gritando para que a levassem até o corpo da irmã. O grito foi repetido por algumas das irmãs e, apesar da hora e da briga com Seth, foram feitos os preparativos, e logo o caminhão e o carro esporte partiam em direção a Arwacas; só ficaram em casa os homens e as crianças.

As mulheres voltaram na tarde seguinte e traziam consigo outros sentimentos além de tristeza. Para a maioria delas, aquela fora a primeira ida a Arwacas desde a mudança, a primeira vez que viam Seth desde o rompimento. Não haviam falado com ele, mas a trégua lhes permitira conhecer a propriedade que Seth, ainda levando à frente a disputa com todo seu vigor, havia comprado na High Street, perto da Casa de Hanuman — o primeiro passo, segundo lhes disseram, no sentido de comprar a própria Casa de Hanuman. Era uma mercearia, e era grande, nova e bem sortida o bastante para alarmar as irmãs. Mas naquele momento não se podia falar de Seth.

Padma apareceu em muitos sonhos naquela noite. De manhã, todos os sonhos foram contados, e concluiu-se que o espírito de Padma viera até a casa de Shorthills, a qual ela jamais visitara em vida. Essa conclusão foi confirmada pela experiência de uma das irmãs. No meio da noite, ela ouvira passos na estrada. Identificara os passos como sendo de Padma. Os passos tornaram-se inaudíveis quando Padma atravessou a ravina, depois soaram novamente quando ela caminhava pela alameda e subia a escada de concreto. Padma então andara por toda a casa, sentara-se na escada dos fundos e pusera-se a chorar. Muitas pessoas viram Padma depois desse episódio. Deu-se muita atenção à narrativa de um dos filhos de W. C. Tuttle. Em plena luz do dia ele vira uma mulher de branco caminhando do cemitério em direção a casa. Ele alcançou-a e disse: "Titia!". Ela virou-se. Não era uma das irmãs, e sim Padma; estava chorando. Antes que ele pudesse dizer alguma coisa, ela cobriu o rosto com o véu, e o menino saiu correndo. Quando olhou para trás, não viu ninguém.

470

Porém foi só depois de algum tempo que as irmãs perceberam que Padma aparecia com tanta frequência por ter uma mensagem a dar. Então resolveram que quem a visse deveria perguntar-lhe qual era a mensagem. As mensagens variavam bastante. De início Padma apenas perguntava por certas pessoas e dizia que gostaria de estar viva e na companhia delas; às vezes dizia também que morrera de tristeza. Porém as mensagens seguintes, sussurradas de irmã para irmã, de criança para criança, causaram consternação. Ela dizia que Seth a havia levado a tomar veneno; dizia que Seth a envenenara; que Seth a espancara até a morte e subornara o médico para que ele não realizasse autópsia.

— Não contem para *mai* — diziam as irmãs.

A raiva tornou-se mais forte que a tristeza. As irmãs amaldiçoavam Seth e juravam que nunca mais falariam com ele.

A sra. Tulsi permanecia confinada no quarto de janelas fechadas. Sushila e Dona Pretinha faziam cataplasmas de conhaque para colocar em suas pálpebras, como antes, e massageavam-lhe a cabeça com rum aromático. Mas no templo de papelão na ponta do jardim destruído e tomado pelo mato não havia mais Hari para rezar por ela e pela casa. Tocavam-se sinos e batiam-se gongos, porém a família perdera sua sorte, sua força.

E dois dos carneiros morreram. O canal ao lado da alameda finalmente ficou completamente ocupado pelo sedimento, e a chuva, que descia a encosta em torrentes mesmo depois de um leve chuvisco, inundava toda a terra plana. A ravina, agora sem raízes que contivessem a erosão, começou a ser destruída. A clematite não tinha mais onde se sustentar; suas raízes finas e emaranhadas caíam sobre as margens como um tapete esfiapado. O leito da ravina, com o desaparecimento da terra preta e das plantas que nela se fixavam, tornou-se arenoso; depois apareceram seixos; por fim, a rocha nua. Já não podia ser atravessada pelo carro, que tinha de ficar na estrada. As irmãs não entendiam aquela erosão, que lhes parecia súbita; porém a aceitaram como parte de seu destino.

Govind parou de cuidar das vacas. Comprou um carro de segunda mão e passou a usá-lo como táxi em Port-of-Spain. W. C. Tuttle abriu uma pedreira na propriedade. Seu empreendimento despertou inveja. Tinha sido ele o primeiro a vender as árvores da propriedade; agora que restavam poucas árvores ele estava vendendo o próprio chão. O sr. Biswas continuava saqueando as laranjeiras e os abacateiros e levando as frutas em sua bolsa.

Para quase todas as irmãs que ainda tinham maridos, Shorthills tornara-se um mero interlúdio. Para as viúvas, porém, a propriedade era tudo, e elas nada entendiam daquela terra. Não era terra boa para arroz nem para cana-de-açúcar. Porém as viúvas se uniram e, depois de muitas discussões cochichadas e silêncios ostensivos quando se aproximavam outras irmãs, maridos ou filhos, elas anunciaram que iam criar galinhas. Para alimentar as galinhas, precisavam de milho. Desbastaram uma encosta, queimaram o mato e plantaram milho. Então compraram algumas galinhas e as deixaram soltas. De início, as galinhas ficavam perto da casa e às vezes até entravam, espalhando titica para todos os lados. Logo as cobras e mangustos começaram a atacá-las. As que sobreviveram fugiram para o mato, aprenderam a voar alto e passaram a pôr os ovos em lugares aos quais as viúvas não tinham acesso. Enquanto isso, o milho foi colhido e debulhado. As viúvas e seus filhos comeram muito milho, cozido ou assado. O que restou foi despejado na varanda; não havia mais galinhas para comê-lo. O milho, de um amarelo claro, passou para um tom vivo e lustroso de laranja. De vez em quando as viúvas e seus filhos debulhavam as espigas em uma raspadeira. Falava-se em vender farinha de milho; com a constante escassez de farinha de trigo, as perspectivas eram animadoras. As viúvas investiram em uma moenda; duas pedras circulares denteadas, uma em cima da outra. Depois de algum tempo e muito trabalho, produziu-se um pouco de farinha, mas não havia pelo produto a demanda que as viúvas haviam previsto. O milho permaneceu largado na varanda; os gorgulhos e outros insetos faziam furinhos redondos nas espigas douradas.

A sra. Tulsi continuava encerrada em seu quarto escuro, planejando táticas de economia e dando instruções relativas à alimentação. Ouvira dizer que os chineses, um povo antiquíssimo, comia brotos de bambu. Na propriedade havia uma abundância de bambus; a sra. Tulsi deu ordens no sentido de se comerem brotos de bambu. Mas o que era um broto de bambu? Eram os rebentos verdes que se viam nas juntas dos troncos? Eram os próprios caules ainda tenros? Ninguém sabia. Colheram-se rebentos, caules e folhas; tudo isso foi lavado, picado, cozido e temperado com *curry* e tomate. Ninguém conseguiu comer. As folhas de uma erva que dava como mato em toda parte, até na areia, já tinham sido usadas pela família para fazer uma infusão levemente purgativa; seu gosto não era mau, e dizia-se que fazia bem em casos de resfriado, tosse e febre. A sra. Tulsi decretou que não se compraria mais chá: doravante se tomaria somente o chá feito daquela erva. As viúvas e seus filhos já estavam fazendo café e chocolate com as plantas encontradas na propriedade. Agora passariam a usar farinha de milho em vez de farinha de trigo, e o óleo de coco seria preparado em casa e não comprado. Ninguém pensara em fazer uma horta, e como também não se podia comprar legumes e verduras passaram a procurar substitutos: coco duro, mamão verde, manga verde, cajá-manga verde, praticamente qualquer fruta verde. Mas quando a sra. Tulsi mandou as viúvas experimentarem ninhos de pássaros, que os chineses comiam, e as viúvas olharam para os ninhos de japius, compridos, em forma de meia, feitos com gravetos secos, dependurados do pé de feijão-cru, a grita foi tamanha que a ideia foi abandonada.

Uma das atribuições de W. C. Tuttle era, após levar as crianças para a escola, trazer bolinhos velhos para as vacas. Para que os bolinhos não fossem roubados, eles eram empilhados na varanda ao lado do milho seco das viúvas. Os filhos das viúvas, remexendo a pilha de bolinhos, encontraram alguns que ainda podiam ser comidos. A notícia foi levada à sra. Tulsi; e daí em diante os bolinhos velhos eram repartidos entre as vacas e as viúvas. Nesse período de experimentação, muitos alimentos novos foram descobertos. As crianças constataram que a rapadura era uma merenda melhor do que bambu com *curry*, que não servia para ser trocado por nada na escola. Alguém teve a ideia de mergulhar sardinhas em leite condensado e alguém descobriu por acaso que o leite condensado cozido dentro da lata ficava com um gosto original e agradável.

As medidas econômicas tornaram-se ainda mais rígidas. A sra. Tulsi decidiu que não se jogariam fora as latas vazias e chamou um funileiro de Arwacas. Durante quinze dias ele se alimentou à custa da casa, dormiu na varanda e fez copos e pratos de lata; de uma lata de sardinhas fez um apito. Não se comprava mais tinta; extraía-se um líquido violeta-pálido, porém indelével, das frutinhas de uma espécie de salva. A sra. Tulsi, ao saber que as cascas dos cocos estavam sendo jogadas fora, resolveu que elas deveriam ser usadas para fazer colchões e almofadas, que depois talvez pudessem ser vendidos. As viúvas e seus filhos puseram de molho as cascas de cocos, depois as socaram, esticaram e desfiaram; depois lavaram as fibras e as secaram. A sra. Tulsi chamou o fabricante de colchões de Arwacas. Ele veio, e durante um mês fez colchões e almofadas.

As irmãs que tinham maridos davam de comer a seus filhos em segredo. E, quando se espalhou a notícia de que alguns dos filhos das viúvas haviam matado um carneiro, assado sua carne no mato e comido, W. C. Tuttle manifestou sua repulsa por um ato que atentava contra os princípios do hinduísmo e recusou-se a continuar comendo as refeições preparadas na cozinha comum, fazendo sua mulher cozinhar em separado. Um de seus filhos afirmou que a boca de W. C. Tuttle, brâmane ortodoxo, ficara cheia de feridas no dia em que o carneiro foi comido. O sr. Biswas, embora não conseguisse manifestar sintomas espetaculares como os de W. C. Tuttle, mandou Shama passar a cozinhar separadamente também. Ele próprio fora contagiado pela obsessão geral com comida e estava fazendo suas experiências. Havia concluído que o *gospo*, fruto de uma árvore resultante de um enxerto de laranja com limão e toranja, que ninguém comia, tinha virtudes extraordinárias. Havia um pé de *gospo* na propriedade, cujas frutas eram usadas pelas crianças para jogar críquete (com tacos feitos de *bois-canot*). O sr. Biswas pôs fim a essa prática. Passou a tomar um copo do desagradável suco de *gospo* todas as manhãs, obrigando seus filhos a fazer o mesmo, até que o pé de *gospo*, que ficava num canto do campo de críquete, caiu dentro da ravina depois de uma enchente, ainda carregado de frutas híbridas.

Com o desaparecimento dessa árvore, o campo de críquete começou a encolher rapidamente. Após cada chuva uma parte do campo ia embora, deixando um barranco coberto de grama que, um ou dois dias depois, era levado pelo próximo aguaceiro. A alameda foi tomada pelo mato alto, atravessado por uma picada estreita, curiosamente tortuosa, que levava até a escada de concreto, agora toda rachada, irregular, com mato crescendo em cada rachadura. A sebe virou um emaranhado de árvores baixas, e sempre que chovia espalhava-se pelo quintal um cheiro que lembrava peixe, o qual indicava a presença de cobras.

Ninguém tinha tempo de combater o mato. As viúvas, quando não estavam cozinhando, nem lavando, nem limpando, nem cuidando das vacas, estavam fazendo café, chocolate ou óleo de coco ou então moendo milho. Suas roupas ficaram remendadas, seus braços musculosos. Pareciam operárias e tinham de aturar os comentários exultantes que Seth enviava através de amigos comuns. Fora ele quem trouxera vida à família; depois fora rejeitado e caluniado. O castigo estava apenas começando. Pois ele não dizia sempre que, se fosse embora, todos eles iam virar pescadores de caranguejos?

E as viúvas trabalhavam como homens. Quando a ravina virou um barranco, elas construíram uma ponte de troncos de coqueiro. O barranco alargou-se; os troncos desabaram. As viúvas construíram outra ponte; ela desabou também. As viúvas convenceram a sra. Tulsi a comprar uns trilhos ferroviários.

Os trilhos foram postos sobre o barranco; troncos de coqueiro foram colocados neles, e durante algum tempo essa estrutura aguentou-se, precária, cheia de buracos pelos quais uma criança podia cair na rocha lá embaixo.

O sr. Biswas não podia mais ignorar a decadência que o cercava; no entanto, quando falava em mudar-se, Shama, embora excluída do conselho de viúvas e as outras irmãs não se abrissem com ela, ficava emburrada e às vezes até chorava.

Então explodiu o escândalo dos oitenta dólares.

Um belo dia, Chinta anunciou que alguém havia roubado oitenta dólares de seu quarto. Aquilo causou espanto não apenas porque nunca ninguém acusara ninguém de roubo na família, mas também porque ninguém sabia que Chinta e Govind tinham tanto dinheiro. Chinta falava repetidamente sobre a última vez que contara o dinheiro e o acidente que a levara a dar por sua falta. Disse que sabia quem tinha roubado seu dinheiro, mas estava esperando que o próprio ladrão se traísse.

Passaram-se alguns dias e o ladrão ainda não tinha se traído, e Chinta continuava procurando, arrastando uma pequena multidão para todos os lugares onde ia. Às vezes recitava sortilégios em híndi; às vezes fazia suas buscas com uma vela numa das mãos e um crucifixo na outra; às vezes cuspia na palma da mão esquerda, batia com um dedo no cuspe e procurava seguindo a direção para onde o cuspe havia espirrado. Por fim resolveu fazer um julgamento com Bíblia e chave.

— Filha de peixe católica, católica é — disse o sr. Biswas a Shama. — Igualzinha à bisca da mãe. Mas, olhe, não quero ver meus filhos metidos nessas bobagens supersticiosas.

Esse comentário foi repetido por toda a casa.

Chinta disse:

— Eu sei por que ele diz isso.

O julgamento com Bíblia e chave durou toda uma tarde. Chinta invocava os nomes de S. Pedro e S. Paulo e repetia as acusações; dona Pretinha, invocando os mesmos nomes, defendia; e ficou provada a inocência de todos, menos a do sr. Biswas e sua família.

O sr. Biswas proibiu que dessem buscas em seu quarto e não deu ouvidos a Shama, que implorava para que ele deixasse as crianças serem julgadas.

— Por que é que eu vou fazer o jogo daquela bisca católica? — disse ele.

Já há algum tempo ele e Govind não se falavam; agora parou de falar com Chinta também. Shama tentou manter boas relações com Chinta, mas a outra a rechaçou.

— Não estou pondo a culpa em ninguém — disse Chinta. — Só ponho a culpa no homem que deu o exemplo.

Então começaram os cochichos.

— Não falem com eles. Mas fiquem de olho neles.

— Vidiadhar! Depressa! Deixei minha bolsa na mesa da sala de jantar.

— O Anand gosta quando o nariz escorre. Ele engole a meleca. Para ele é igual a leite condensado.

— Savi come casca de ferida.

— Já viu o cabelo da Kamla? Cheio de piolho. Mas ela é que nem macaco. Ela come piolho.

E as meninas imploravam para que o sr. Biswas se mudasse.

Ele havia encontrado um lugar tal como sempre desejara, isolado, sem uso e cheio de potencialidades. Ficava a certa distância da casa dos Tulsi, numa colina baixa coberta de mato, bem afastada da estrada. A casa começou a ser construída e, sem ser abençoada, ficou pronta em menos de um mês. A planta era exatamente igual à da casa que ele tentara construir em Green Vale, a mesma de milhares de casas do interior de Trinidad. Tinha uma varanda, dois quartos e uma sala e fora construída sobre pilares altos. Madeira para a construção não faltava na propriedade; só tinha que pagar o trabalho de serrá-la. O sr. Biswas comprou ferro corrugado para o telhado, vidro normal e vidro fosco para as janelas, vidro colorido para a porta da sala e cimento para os pilares.

A velocidade com que a casa foi aprontada o surpreendeu. Os construtores não lhe deram chance de voltar atrás, e no final ele percebeu que suas economias tinham sido quase totalmente gastas. Sentia-se inseguro. Sua situação havia mudado; porém sua ambição permanecera a mesma, e agora lhe parecia idílica e ridícula. Havia construído sua casa num lugar bem bucólico e afastado de tudo, tal como ele sempre quisera. Mas Shama tinha de andar um quilômetro e meio até a aldeia para fazer compras; era necessário buscar água ladeira acima numa fonte no meio do cacaual. E havia o problema do transporte. O sr. Biswas era obrigado a cobrir longas distâncias de bicicleta diariamente, e, embora tivesse rompido com os Tulsi, seus filhos tinham que ir à escola no carro da família.

Depois que ele comprou uma cama Slumberking (trazida de caminhão de Port-of-Spain por dois carregadores que vociferavam palavrões durante as diversas viagens que tiveram que fazer por uma picada íngreme e malfeita), seu dinheiro acabou. A casa não foi pintada. Lá ficou, de um tom de vermelho de carne viva, em meio ao mato verde; parecia aguardar não moradores, e sim a destruição.

Shama, embora sofresse por causa da briga com Chinta, foi contra a mudança. Achava que aquilo era uma provocação, e, como as crianças, assistira à construção da casa desejando que ela jamais chegasse ao fim. As crianças queriam era voltar para Port-of-Spain, para a vida que levavam antes de se mudarem para Shorthills. Sabiam que havia uma crise de habitação, mas mesmo assim achavam que a culpa era do sr. Biswas, que não havia se esforçado o bastante. A casa nova, para elas, era uma prisão no meio do mato e do silêncio. Não havia diversões, cinema, passeios, nem mesmo brincadeiras, pois o terreno ao redor da casa ainda cheirava a cobras. As noites pareciam mais longas e mais escuras. As meninas não largavam Shama, como se tivessem medo de ficar sozinhas; e em sua cozinha tosca Shama cantava canções tristonhas em híndi.

Num final de tarde, não muito tempo depois da mudança, Anand se viu sozinho na casa. O sr. Biswas estava no trabalho, as meninas estavam na cozinha com Shama. A casa parecia nua, intata, ainda vulnerável; não havia segredos nos cantos; os móveis pareciam ainda não ter encontrado seus lugares. Mais por falta do que fazer do que por curiosidade, Anand abriu a última gaveta da penteadeira de Shama. Num envelope encontrou a certidão de casamento dos pais e as certidões de nascimento de suas irmãs, bem como a sua. Numa dessas certidões, que de início ele não percebeu ser de Savi, viu um nome, Basso, que jamais ouvira ninguém usar. Viu uns garranchos com a letra de seu pai: *Nome de chamar verdadeiro*: *Lakshmi*. Onde dizia "Profissão do pai", a palavra *trabalhador* fora riscada com força e acima dela fora escrito *proprietário*. Nenhuma das outras certidões estava rabiscada. Havia algumas fotos embrulhadas em papel pardo amarrotado. Uma era das irmãs Tulsi, enfileiradas, todas de cara amarrada. As outras mostravam toda a família Tulsi, a Casa de Hanuman, o pândita Tulsi, o pândita Tulsi na Casa de Hanuman.

Na cozinha Shama cantava uma canção tristonha e batia massa de pão entre as palmas das mãos.

Anand encontrou um maço de cartas. Todas ainda estavam dentro de seus respectivos envelopes. Os selos eram ingleses, com a efígie de Jorge V. De um dos envelopes caíram fotografias amareladas de uma menina inglesa, um cachorro, uma casa com um X desbotado na janela; num outro envelope havia um recorte de jornal com um nome sublinhado a tinta em meio a um longo parágrafo só de nomes. As cartas estavam escritas com uma letra caprichada e se alongavam muito para dizer pouco. Falavam sobre cartas recebidas, sobre escola, sobre férias; agradeciam fotos recebidas. Subitamente exprimiram sentimentos: surpresa pela decisão repentina de casar-se; depois a surpresa era disfarçada com felicitações. E depois não havia mais cartas.

Anand fechou a gaveta e voltou para a sala. Apoiou os cotovelos no parapeito da janela e olhou para fora. O sol acabava de se pôr, e a mata escurecia contra um céu ainda claro. Da porta e da janela da cozinha saía fumaça; Anand ficou a escutar a cantoria de Shama. A escuridão cobria o vale.

Naquela noite, Shama descobriu que haviam mexido na gaveta.

— Ladrão! — disse ela. — Deu ladrão na casa.

Recusando-se a afundar na depressão como o resto de sua família e a reconhecer sua própria impressão de que agira de modo impensado, o sr. Biswas resolveu limpar a terra. Só poupou os pés de ipê-amarelo, por causa de seus galhos e suas flores amarelas, vistosas e puras, que duravam uma semana por ano. A integridade da mata viva foi substituída por um caos pardacento de árvores derrubadas e moribundas. O sr. Biswas fez uma picada tortuosa que ligava a casa à estrada, fazendo degraus na terra e os escorando com bambu. Não podia queimar as árvores derrubadas imediatamente, pois, embora as folhas estivessem mortas e quebradiças, a madeira estava verde. Enquanto esperava, o sr. Biswas cortava galhos de ipê-amarelo e os queimava no fogo. E isso o fez lembrar-se de um compromisso.

Mandou buscar sua mãe. Ele dizia a ela há muito tempo — desde a época em que, ainda menino, morava com ela na ruela distante — que iria chamá-la para ficar com ele assim que construísse sua própria casa; agora duvidava se ela viria mesmo. Porém Bipti veio e ficou duas semanas. Era impossível adivinhar os sentimentos dela. De início, o sr. Biswas deu demonstrações extravagantes de afeto. Mas Bipti permaneceu reservada, e ele resolveu imitá-la. Era como se o relacionamento entre os dois fosse algo natural, que bastava aceitar.

As crianças entendiam o híndi, porém não sabiam mais falá-lo, o que dificultava sua comunicação com Bipti. Desde o início, porém, Shama e Bipti se deram bem. Shama não demonstrou nem um pouco daquele mau humor que lhe inspirava Tara, a irmã de Bipti; para surpresa e satisfação do sr. Biswas, ela tratava Bipti com todo o respeito que uma mulher hindu deve a sua sogra. Quando Bipti chegou, ela tocou-lhe os pés com os dedos, e jamais aparecia perante ela sem estar coberta pelo véu.

Bipti ajudava nos trabalhos domésticos e também no desmatamento do terreno. Quando, após a morte de Bipti, o sr. Biswas pensava nela, lembrava-se menos da infância e da ruela distante do que das duas semanas que ela passara em Shorthills. Lembrava-se de um momento em particular. O trecho do terreno bem à frente da casa ainda não tinha sido inteiramente desmatado, e uma tarde, após subir com a bicicleta pela trilha de degraus até o alto da colina, o sr. Biswas viu que uma parte do terreno, que naquela manhã ainda estivera cheia de mato, agora estava limpa, o chão aplainado e afofado. A terra escura estava macia e sem pedras; a pá entrara nela com facilidade, formando superfícies úmidas tão lisas quanto pedras polidas. Aqui e ali os dentes do forcado haviam deixado marcas paralelas na terra revolvida. À luz triste do entardecer, vendo Bipti trabalhando num jardim que, por um momento, lhe pareceu semelhante a um outro que ele conhecera numa época de trevas, muitíssimo remota, o sr. Biswas teve a impressão de que todos os anos que o separavam daquele tempo haviam desaparecido de repente. Daí em diante, toda vez que via marcas de forcado na terra, lembrava-se daquele momento no alto do morro e pensava em Bipti.

As crianças aguardavam com ansiedade a queima do mato, como se fosse uma comemoração. As autoridades da Defesa Civil haviam despertado nelas o gosto por grandes incêndios, e agora elas iam presenciar um incêndio dos bons em seu próprio quintal. Seria quase tão divertido quanto o bombardeio simulado na pista de corridas de Port-of-Spain. Naturalmente, não haveria simulacros de casa ardendo, nem ambulâncias, nem enfermeiras cuidando de pessoas gemendo com feridas imaginárias, nem escoteiros correndo de um lado para o outro, em meio à fumaça, em suas bicicletas motorizadas, transmitindo mensagens de faz de conta; por outro lado, também não haveria bombeiros conscienciosos que, apesar dos protestos gerais, salvavam os simulacros de casas antes mesmo que ficassem chamuscados.

481

O sr. Biswas, exibindo uma destreza que seus filhos no fundo não levavam a sério, escavou valas e preparou pequenos ninhos com gravetos e folhas em pontos por ele considerados estratégicos. Na tarde de sábado convocou as crianças, mergulhou um pau em óleo, ateou-lhe fogo e começou a correr de ninho em ninho, encostando a tocha em cada um deles e dando um salto para trás, como se o ninho fosse explodir. Um ou outro graveto ou folha ardia, murchava, fumegava e apagava. O sr. Biswas não esperava para ver. Ignorando os gritos das crianças, continuava correndo, deixando uma trilha de fumacinhas negras.

— É assim mesmo — disse ele, descendo a encosta, pingando fogo de sua tocha. — É assim mesmo. Fogo é um negócio engraçado. A gente pensa que acabou, mas bem lá no fundo está um verdadeiro inferno.

Uma das fumacinhas encolheu, como um repuxo desligado de repente.

— Aquele ali seguiu o seu conselho e foi lá pro fundo — disse Savi.

— Não sei, não — disse ele, coçando um calcanhar com o outro —, mas é capaz de ainda estar muito verde. Talvez seja melhor esperar até a semana que vem.

Houve protestos.

Savi pôs a mão no rosto e afastou-se.

— Que foi?

— O calor — disse ela.

— Pode fazer graça, que você vai acabar sentindo calor em outro lugar. Uns palhaços. É para isso que os meus filhos dão. Um bando de palhaços.

Shama gritou da cozinha:

— Depressa com isso. O sol está se pondo.

Foram examinar os ninhos que o sr. Biswas havia incendiado. Haviam desabado e diminuído em tamanho: montículos de folhas cinzentas e gravetos negros. Apenas um havia incendiado, e dele partira um fogo medíocre, que evitava os galhos mais grossos e mordiscava os mais finos, queimando a casca,

482

atacando a madeira verde com muita fumaça, escurecendo-a, depois recuando e subindo por um galho com eficiência aparente, chamuscando as folhas pardacentas, acendendo uma chama efêmera, depois estacando. No chão havia algumas chamas isoladas, todas pequenas.

— Fogos de artifício — disse Savi.

— Então faça você mesma.

As crianças correram até a cozinha e pegaram o óleo que Shama comprara para os lampiões. Despejaram-no a esmo sobre o mato e tocaram fogo. Rapidamente o mato incendiou-se, transformando-se num mar de chamas amarelas, vermelhas, azuis e verdes. As crianças trocavam hipóteses a respeito das diversas cores; escutavam com prazer o crepitar e os estalidos do fogo rápido. Em pouco tempo as labaredas começaram a diminuir. O sol se pôs. Folhas queimadas subiam no ar. Depois do jantar, tiveram que empreender a ingrata tarefa de apagar o fogo nas margens da vala. O mar de marrom agora estava negro, com faíscas vermelhas aqui e ali.

— Chega — disse o sr. Biswas. — Acabou o *puja*. Hora de estudar.

Foram para a sala vazia. De vez em quando iam até a janela. O morro era uma silhueta negra contra um céu mais claro. Aqui e ali explodia de vez em quando uma chama amarela, que parecia solta no ar, dançando.

Anand estava dentro de um ônibus, um daqueles ônibus caindo aos pedaços, apinhados de gente, que ligavam Shorthills a Port-of-Spain. Havia algo de errado. Ele estava deitado no chão do ônibus, e as pessoas olhavam para baixo, para ele, falando. O ônibus devia estar passando por uma estrada recém-consertada: as rodas levantavam pedrinhas que batiam nos para-lamas.

Myna e Kamla estavam em pé a seu lado, enquanto Savi o sacudia. Ele estava deitado sobre seus cobertores, na sala.

— Fogo! — disse Savi.

483

— Que horas são?

— Duas ou três. Levante-se. Depressa.

As vozes das pessoas, as pedrinhas batendo nos para-lamas eram os ruídos do fogo. Pela janela ele viu que o morro estava vermelho, e a terra estava avermelhada em lugares onde não era para estar pegando fogo.

— Papai? Mamãe?

— Estão lá fora. Temos que ir à casa grande e avisar as pessoas.

A casa parecia estar cercada de mato vermelho, que não estava queimando. O calor dificultava a respiração. Anand procurou os dois pés de ipê-amarelo no alto do morro. Estavam negros e sem folhas, delineados contra o céu.

Anand vestiu-se apressado.

— Não vá sem nós — disse Myna.

Anand ouviu o sr. Biswas gritando lá de fora:

— Não deixe o fogo entrar pela cozinha. A casa está segura. Não tem mato em volta. Não deixe entrar pela cozinha.

— Savi! — gritou Shama. — Anand acordou?

— Não vá sem nós — gritou Kamla.

As quatro crianças saíram da casa, passando pela terra recém-desmatada à frente dela e tomando a picada que levava à estrada. Mal começaram a descida, surpreenderam-se com a escuridão total. Entre a picada e a estrada não havia fogo.

Myna e Kamla começaram a chorar, com medo da escuridão à sua frente, do fogo atrás delas.

— Deixe-os — disse Shama. — E venham depressa.

Savi e Anand foram descendo com cuidado os degraus que não conseguiam enxergar.

— Pode segurar a minha mão — disse Anand.

De mãos dadas, foram descendo o morro; atravessaram a ravina e chegaram à estrada. As árvores pairavam sobre a escuridão. A escuridão era como um peso; era como se estivessem com chapéus enfiados até as sobrancelhas. Não olhavam para cima, para não ver que a escuridão se estendia acima deles, tanto quanto atrás e à frente deles. Fixaram a vista na estrada, chutando o cascalho solto para fazer barulho. Estava frio.

— Diga *Rama Rama* — aconselhou Savi. — Isso afasta qualquer coisa.

Os dois começaram a dizer *Rama Rama*.

— A culpa toda é do papai — disse Savi de repente.

A repetição de *Rama Rama* lhes dava forças. Seus olhos acostumaram-se com a escuridão. Já podiam divisar as árvores alguns metros à sua frente. A caixa de concreto com porta de aço onde eram guardados os explosivos da propriedade era uma mancha branca ao lado da estrada, uma visão tranquilizadora.

Por fim chegaram à ponte de troncos de coqueiro. Já se viam os arabescos ao longo dos beirais da casa. No quarto da sra. Tulsi havia um lampião aceso, como todas as noites. Atravessaram a ponte perigosa e saíram numa clareira, e por um momento sentiram gratidão por Govind e W. C. Tuttle, que haviam devastado a área. O capim alto e úmido da alameda acariciava-lhes as pernas nuas. As crianças farejavam, atentas para qualquer cheiro de cobra.

Ouviram um resfolegar ruidoso. Não sabiam de onde vinha. Pararam de murmurar *Rama Rama*, apertaram-se uma contra a outra e começaram a correr em direção à escada de concreto, um vulto acinzentado ao longe. O resfolegar os seguia, juntamente com um tropel surdo e lento.

Olhando para a esquerda, Anand viu a mula no campo de críquete. Ela os seguia, correndo ao longo da cerca emaranhada de arame farpado. Chegaram ao fim da alameda. A mula chegou ao canto do campo e parou.

Subiram correndo a escada de concreto, abaixando-se para não bater na moscadeira cujos galhos desciam sobre os degraus. Abriram desajeitadamente o trinco do portão da varanda, e o barulho os assustou. Arranharam portas e janelas, bateram na parede do quarto da sra. Tulsi, sacudiram as altas portas da sala de visitas. Gritaram. Nada. Cada barulho que faziam soava como uma explosão. Mas, naquele silêncio e naquela escuridão, estavam apenas cochichando. Seus passos, suas batidas, o tropeção de Anand nos bolinhos velhos e no milho das viúvas — tudo isso era como ruído de ratos.

Então ouviram vozes, baixas e assustadas: uma das tias cochichando para outra, a sra. Tulsi chamando Sushila.

Anand gritou:

— Tia!

As vozes silenciaram. Então ouviram-se novamente, dessa vez em tom de desafio. Anand bateu com força numa janela.

Uma voz de mulher disse:

— São dois espíritos!

Ouviu-se uma exclamação.

Estavam pensando que as crianças eram os espíritos de Hari e Padma.

A sra. Tulsi gemeu e rezou um exorcismo em híndi. Lá dentro portas se abriram, passos pesados ressoaram no chão. Falava-se alto e agressivamente sobre porretes, machetes e Deus, enquanto Sushila, a viúva enfermeira, perita em assuntos sobrenaturais, perguntou, com uma voz doce e conciliatória:

— Alminhas queridas, o que podemos fazer por vocês?

— Fogo! — gritou Anand.

— Fogo — disse Savi.

— Nossa casa está pegando fogo!

E Sushila, embora tivesse participado da campanha de cochichos maliciosos contra Savi e o sr. Biswas, viu-se obrigada a continuar falando de modo carinhoso com Savi e Anand.

A apreensão das irmãs transformou-se em energia exuberante assim que ficaram sabendo do incêndio.

— Mas me digam — comentou Chinta, aprontando-se, cheia de alegria, para sair —, existe alguém tão bobo neste mundo que não saiba que é um perigo tocar fogo no mato de noite?

Acendiam-se lampiões em todos os cômodos. Bebês choravam e eram acalmados. Ouviu-se a sra. Tuttle dizer: — Cubra sua cabeça, homem. O sereno não faz bem a ninguém. — A viúva de Sharma gritava: — Um machete, um machete! — E as crianças, excitadas, espalhavam a notícia: — A casa do tio

Mohun está pegando fogo! — Alguns alarmistas, exaltados, temiam que o incêndio se alastrasse pelo mato e chegasse à casa grande; especulava-se a respeito do efeito do fogo sobre os explosivos.

A caminhada até o local do incêndio foi como um passeio. Ao chegarem lá, os Tulsi começaram a trabalhar com toda a vontade, cortando, arrancando, batendo. Shama, pela segunda vez anfitriã para sua família, preparou café na cozinha, que estava intata. E o sr. Biswas, esquecendo a animosidade, gritava para todos:

— Está tudo bem, tudo bem. Tudo sob controle.

Alguns ovos foram descobertos, carbonizados, secos por dentro. Se eram ovos de cobras ou das galinhas fugidas das viúvas, isso ninguém sabia. Encontraram uma cobra queimada a menos de vinte metros da cozinha.

— A mão de Deus — disse o sr. Biswas. — Queimou a desgraçada antes que ela me picasse.

Pela manhã, a casa, ainda vermelha, cor de carne viva, estava cercada de cinzas, fumaça e desolação. Os aldeãos vieram correndo para ver e ficaram convictos de que a aldeia fora tomada por vândalos.

— Carvão, carvão — gritava o sr. Biswas para eles. — Alguém quer carvão?

Durante os dias que se seguiram, as cinzas escureciam o vale toda vez que ventava. As cinzas cobriram o terreno que Bipti limpara.

— Melhor coisa que há para a terra — disse o sr. Biswas. — Melhor fertilizante que existe.

4. ENTRE OS LEITORES E ESTUDIOSOS

Ele não podia simplesmente abandonar a casa de Shorthills. Tinha que ser libertado dela. E foi o que pouco depois aconteceu. O transporte tornou-se impossível. O serviço de ônibus deteriorava-se; o carro esporte começou a dar tantos problemas quanto o anterior e teve que ser vendido. E mais ou menos nesta época a casa da sra. Tulsi em Port-of-Spain ficou vazia. Dois quartos da casa foram oferecidos ao sr. Biswas, que imediatamente os aceitou.

Ele considerava-se um homem de sorte. A escassez de moradias em Port-of-Spain se agravara com a chegada constante de imigrantes clandestinos das outras ilhas, que procuravam empregos com os americanos. Uma enorme favela surgira no lado leste da cidade; e nem mesmo comprando uma casa podia-se ter certeza de ter onde morar, pois agora havia leis contra despejos arbitrários como os que Shama realizava antes com tanta naturalidade.

O sr. Biswas colocou uma placa no meio do cenário de desolação que ele próprio criara: ALUGA-SE OU VENDE-SE ESTA CASA. Em seguida, mudou-se para Port-of-Spain. Terminara a aventura de Shorthills. Nela só adquirira dois móveis: a cama Slumberking e a estante de Théophile. E, quando se mudou de volta para a casa de Port-of-Spain, não foi sozinho.

Vieram também os Tuttle, Govind e Chinta com seus filhos, mais Basdai, uma viúva. Os Tuttle ocuparam a maior parte da casa: a sala de visitas, a sala de jantar, um quarto, a cozinha, o banheiro; isto lhes garantia o controle das duas varandas, a da frente e a dos fundos, pelas quais não pagavam aluguel. Govind e Chinta tinham apenas um quarto. Chinta dava a entender que eles podiam ter mais espaço se quisessem, só que estavam economizando para poderem melhorar de vida; e, como se para reforçar essa ideia, de repente Govind parou de usar roupas toscas e durante seis dias sucessivos, em que ficou sorrindo para todos como se estivesse louco, andou de terno completo, com colete e tudo, cada dia um terno diferente. Todas as manhãs Chinta punha na corda cinco dos ternos de Govind, para pegar sol, e os escovava. Cozinhava embaixo da casa, cujos pilares eram altos, e seus filhos também dormiam debaixo da casa em compridos bancos de cedro que Théophile fizera em Shorthills. Basdai, a viúva, morava no quarto de empregada, que era uma construção à parte, no quintal.

Só se podia ter acesso aos dois quartos do sr. Biswas passando pela varanda da frente, que era território dos Tuttle; um dos quartos dava acesso ao outro. De início, o sr. Biswas dormia no quarto de dentro. Mas o tabique não ia até o teto, e pela fresta de ventilação entravam luz e barulho da sala de visitas, que era dos Tuttle. O sr. Biswas passou a dormir no quarto de fora, e lá se irritava com Shama e as crianças, que a toda hora entravam e saíam do quarto de dentro. Como Chinta, Shama cozinhava embaixo da casa; e quando o sr. Biswas gritava pedindo comida ou Pó Estomacal de Maclean a refeição ou o remédio era trazido pela escada da frente, às vistas de toda a rua.

Nunca havia silêncio na casa, e o barulho tornou-se quase insuportável depois que W. C. Tuttle comprou uma vitrola. Ele tocava o mesmo disco repetidamente:

> *Numa noite de luar e de calor*
> *Rosita conheceu o seu amor.*
> *Ele tomou-a nos braços*
> *E a beijou com fervor.*
> *Típi-típi-tum, típi-tum*

— e neste ponto W. C. Tuttle sempre acompanhava o disco, assobiando, cantando, tamborilando, de modo que, toda vez que a vitrola era ligada, o sr. Biswas era obrigado a escutar e esperar pelo momento em que W. C. Tuttle acompanhava o estribilho:

> *Típi-típi-tum típi-tum*
> *Típi-típi-tííi pi-tum-tum tum.*

Surgiu também um conflito entre W. C. Tuttle e Govind. Os dois estacionavam seus carros na garagem ao lado da casa, e de manhã fatalmente um dos veículos obstruía a passagem do outro. Essa briga foi levada adiante sem que um jamais falasse com o outro. W. C. Tuttle dizia à mulher que seus cunhados eram ignorantes, Govind reclamava com Chinta e as duas mulheres escutavam os maridos com ar contrito. E agora que a sra. Tulsi não estava por perto as irmãs também brigavam diariamente, uma acusando os filhos da outra de terem sujado a roupa lavada ou de não terem dado a descarga. Basdai, a viúva, muitas vezes atuava como mediadora, e por vezes havia cenas patéticas de reconciliação na varanda de fundos dos Tuttle. Foi Chinta quem comentou que essas reconciliações costumavam acontecer logo depois que os Tuttle adquiriam um móvel novo ou uma roupa nova.

Apesar de sua ortodoxia religiosa, W. C. Tuttle era inteiramente a favor da modernização. Além da vitrola, possuía um rádio, algumas mesinhas delicadas, um jogo de móveis de sala de estilo; e causou sensação quando comprou uma estátua, de um metro e vinte de altura, que representava uma mulher nua com uma tocha na mão. Uma trégua excepcionalmente prolongada seguiu-se à chegada da estátua; porém um dia Myna, andando pelo território dos Tuttle, quebrou sem querer o braço que segurava a tocha. Os Tuttle fecharam as fronteiras novamente. Myna, em reação a uma pressão jamais expressa em palavras, tomou uma surra, e mais uma vez tornaram-se glaciais as relações entre os Tuttle e os Biswas. A situação piorou ainda mais quando Shama anunciou que havia encomendado uma cristaleira do marceneiro que morava em frente.

Chegou a cristaleira.

Chinta gritava para os filhos, em inglês:

— Vidiadhar e Shivadhar! Não cheguem perto do portão da frente. Não quero que vocês quebrem as coisas dos outros para depois ficarem dizendo que é porque eu tenho inveja.

Quando o belo móvel estava sendo transportado escada acima, uma das portas abriu-se, bateu num dos degraus e espatifou-se. A cena foi presenciada pelos Tuttle, não muito bem escondidos atrás das gelosias ao lado da porta da sala de visitas.

— Ah! — disse o sr. Biswas aquela noite. — Chegou a cristaleira, Shama. Chegou a cristaleira, menina. Agora só falta você arranjar alguma coisa para pôr dentro dela.

Shama colocou o aparelho de café japonês numa das prateleiras. As outras permaneceram vazias, e a cristaleira, que a

490

obrigaria a ficar endividada por muitos meses, tornou-se mais um dos pertences de Shama que eram motivos de deboche, como sua máquina de costura, sua vaca, seu aparelho de café. Foi colocada no quarto de fora, que já estava entupido, com a cama Slumberking, a estante de Théophile, o cabide de chapéus, a mesa de cozinha e a cadeira de balanço. Disse o sr. Biswas:

— Sabe, Shama, para esses quartos ficarem perfeitos, só falta mesmo é mais uma cama.

A casa foi ficando cada vez mais apertada. Basdai, a viúva, que se instalara no quarto de empregada para tentar fazer fortuna na cidade, abandonou esse plano e resolveu abrir uma pensão com a clientela de Shorthills. As viúvas agora queriam desesperadamente que seus filhos se instruíssem. Não havia mais uma Casa de Hanuman que os protegesse; agora era cada um por si num mundo novo, o mundo no qual Owad e Shekhar haviam entrado, em que a instrução era a única proteção. Assim que terminavam o jardim da infância de Shorthills, as crianças eram enviadas para Port-of-Spain. Iam todas ficar com Basdai.

Entre o pequeno quarto de empregada e a cerca dos fundos, Basdai construiu um quarto adicional, de ferro galvanizado. Era ali que cozinhava. As crianças comiam sentadas nos degraus do quarto de empregada, no quintal e embaixo da casa. As meninas dormiam com Basdai no quarto de empregada; os meninos, embaixo da casa, com os filhos de Govind.

Às vezes, não suportando a multidão e o barulho, o sr. Biswas levava Anand para longas caminhadas noturnas pelos bairros mais tranquilos de Port-of-Spain.

— Até mesmo as ruas aqui são mais limpas que aquela casa — disse ele. — No dia que o inspetor sanitário visitar a casa, vai todo mundo parar na cadeia. Os pensionistas, os hóspedes, todo mundo. Estou louco para entregar um relatório às autoridades.

A casa, de onde saía uma torrente de crianças todas as manhãs, que voltava à tarde, logo atraiu a atenção da rua. E, fosse por isso ou porque o inspetor sanitário realmente tivesse feito alguma ameaça, chegou de Shorthills a notícia de que a sra. Tulsi resolvera fazer alguma coisa. Falava-se em colocar assoalho e paredes no espaço embaixo da casa e depois dividi-lo em cômodos, colocar treliças na parte de cima das paredes de tijolos. Os pilares de fora foram unidos por uma meia-parede de tijolos ocos de barro, que foi em parte coberta de reboco mas não chegou a ser pintada; quanto às treliças, nada. Em vez disso, para tornar a casa menos devassada, a cerca de arame foi retirada e substituída por um muro alto de tijolos, o qual foi devidamente rebocado e pintado; e os outros moradores da rua ficavam a imaginar de que modo eram alimentadas e acomodadas as incontáveis crianças que, no final de cada tarde e todas as manhãs, produziam um zumbido semelhante ao de uma escola.

As crianças eram divididas em moradoras e pensionistas e subdivididas em grupos familiares. Os conflitos eram frequentes. Os pensionistas, além disso, traziam desentendimentos de Shorthills e os resolviam em Port-of-Spain. E à tardinha, além do zumbido habitual, ouviam-se os sons de surras (Basdai tinha autoridade para bater nos pensionistas) e a voz de Basdai gritando:

— Leia! Estude! Estude! Leia!

E todas as manhãs, cabelos bem escovados, camisa limpa, gravata cuidadosamente ajustada, o sr. Biswas saía desse inferno, pegava sua bicicleta e ia para a redação espaçosa, bem iluminada, bem ventilada do *Sentinel*.

Agora, quando ele reclamava com Shama que a família dela o prendera num buraco, suas palavras eram mais relevantes do que nunca — para azar dele. Pois, se antes ele falava de sua casa no interior e da propriedade de sua sogra, agora o sr. Biswas mantinha seu endereço em segredo, tal como um animal esconde sua toca. E seu buraco não era um refúgio. Sua indigestão voltou, com força renovada; e seus filhos sofriam cada vez mais de males de fundo nervoso. Savi tinha uma brotoeja constante, e Anand de repente tornou-se asmático; a doença deixava-o de cama três dias seguidos, sufocado, e a pele de seu peito queimava e descascava com as aplicações inúteis de um emplastro.

E vinham ainda mais pensionistas. A febre de instrução atingira os amigos e agregados da sra. Tulsi em Arwacas. Todos queriam que seus filhos fossem estudar em Port-of-Spain, e a sra. Tulsi, cumprindo uma obrigação que lhe fora imposta numa era já remota, tinha de aceitá-los. E Basdai os recebia. As surras e brigas aumentaram. Aumentaram os gritos de "Leia! Estude!"; e todas as manhãs, pouco depois da hora em que as crianças barulhentas saíam em bando pelo portão estreito entre altos muros, o sr. Biswas surgia, alinhado, em sua bicicleta e ia para a redação do *Sentinel*.

Apesar de suas obrigações profissionais e do medo de ser despedido que ele jamais perdera, nem mesmo durante o período da aventura de Shorthills, a redação era agora o refúgio para o qual o sr. Biswas escapava todas as manhãs; e, como o editor-geral do sr. Burnett, ele temia a hora de sair de lá. Era só ao meio-dia, quando os leitores e estudiosos estavam na escola e W. C. Tuttle e Govind estavam no trabalho, que ele achava a casa suportável. Passou a alongar a hora do almoço e depois ficava trabalhando na redação até mais tarde.

Então, mais uma vez, Shama começou a pegar seus cadernos de contas e mostrar ao sr. Biswas que era impossível eles viverem com o dinheiro que ele ganhava. O desprezo por si próprio levava-o à raiva, aos gritos, às lágrimas, mais um elemento da confusão geral dos fins de tarde, à impotência desesperadora. Durante o dia, num automóvel do *Sentinel* e acompanhado de um fotógrafo do jornal, ele andava pela planície visitando fazendeiros indianos, recolhendo material para um artigo sobre "As perspectivas da produção de arroz deste ano". Os fazendeiros, analfabetos, que não sabiam para onde ele se recolheria ao final da tarde, tratavam o sr. Biswas como um ser incrivelmente superior. E aqueles mesmos homens, que, como seus irmãos, haviam começado como trabalhadores braçais, economizado dinheiro e comprado terra, agora estavam construindo mansões; mandavam seus filhos para os Estados Unidos e o Canadá para estudarem medicina e odontologia. Havia dinheiro na ilha. Era o que revelavam os ternos de Govind, que transportava americanos em seu táxi; as aquisições de W. C. Tuttle, que fretava seu caminhão a eles; os carros novos; os prédios novos. E desse dinheiro, apesar de Marco Aurélio e Epicteto, apesar de Samuel Smiles, o sr. Biswas não recebia um tostão.

Então ele começou a falar aos filhos sobre sua infância. Falou-lhes da cabana, dos homens que escavavam o jardim à noite; falou-lhes do petróleo que depois foi encontrado na terra. Como eles poderiam estar ricos agora se seu pai não tivesse morrido, se ele tivesse continuado na terra como seus irmãos, se não tivesse ido para Pagotes, não tivesse virado pintor de cartazes, não tivesse ido à Casa de Hanuman, não tivesse casado! Se tantas coisas não tivessem acontecido!

Culpava seu pai; culpava sua mãe; culpava os Tulsi; culpava Shama. Em sua cabeça, uma acusação se sucedia a outra, confusamente; porém cada vez mais o grande culpado parecia-lhe ser o *Sentinel*, e com ferocidade, quase como se Shama fosse um dos diretores do jornal, ele disse a ela que estava à procura de outro emprego e que, na pior das hipóteses, poderia empregar-se como trabalhador braçal com os americanos.

— Trabalhador! — disse Shama. — Com esses músculos que parecem redes, eu queria era ver quanto tempo você aguentava.

Nesse ponto ou bem ele ficava zangado ou bem tornava-se ridiculamente travesso. Deitado na cama Slumberking, de cuecas e camiseta, como costumava ficar quando se entregava a especulações sobre o futuro, levantava uma perna e cutucava com o dedo os músculos flácidos da barriga da perna ou fazia-os balançar, como nos tempos em que ainda eram recém-casados, no quarto comprido da Casa de Hanuman. Nessas ocasiões (pois as crianças não eram excluídas das conversas sobre dinheiro), o sr. Biswas fazia sermões insinceros sobre a honestidade de sua profissão e dizia aos filhos que tudo o que ele tinha para legar-lhes era uma boa formação moral e intelectual.

Foi numa dessas ocasiões que Anand disse que na escola os meninos estavam desafiando os outros a dizerem o que seus pais faziam. Era uma brincadeira nova, que chegara até a turma de candidatos às bolsas de estudos. Os desafiantes mais assíduos eram justamente os oriundos das classes mais sofridas e inseguras, e seus modos agressivos davam a entender que eles não eram nem sofridos nem inseguros. Anand, tendo lido num jornal americano que a palavra "jornalista" era um tanto pomposa, dissera que seu pai era repórter; o que, ainda que não fosse muita coisa, era perfeitamente respeitável. Vidiadhar, o filho de Govind, dissera que seu pai trabalhava para os americanos.

— É o que todo mundo diz agora — comentou Anand. — Por que o Vidiadhar não disse logo que o pai dele era motorista de táxi?

O sr. Biswas não sorriu. Govind tinha seis ternos, Govind estava ganhando dinheiro; logo teria casa própria. Vidiadhar iria estudar no estrangeiro e tornar-se profissional liberal. E o que o futuro reservava para Anand? Um emprego na alfândega, no funcionalismo público: intrigas, humilhações, dependência.

Anand achou que a piada não havia agradado. E alguns dias depois, quando surgiu uma nova brincadeira na escola — como é que os meninos chamavam os pais? —, Anand, apenas para se humilhar, mentiu, dizendo que os chamava de *bap* e *mai*, e foi ridicularizado por todos. Vidiadhar, porém, já escolado, apesar do pouco tempo de escola que tinha, respondeu sem vacilar que os chamava pelos termos ingleses. Pois esses meninos, que chamavam os pais de *ma* e *pa*, todos oriundos de lares onde a súbita torrente de dólares americanos desencadeara a ambição, a agressividade e a incerteza, esses meninos estavam começando a levar muito a sério a disciplina de redação em inglês; seus *daddies* trabalhavam em escritórios, e nos fins de semana *Daddy* e *Mummy* os levavam de carro à praia, com pesados cestos de comida.

O sr. Biswas sabia que, apesar de suas ameaças, jamais largaria o jornal para trabalhar para os americanos como trabalhador braçal, funcionário de escritório ou chofer de praça. Não tinha personalidade de motorista de táxi nem músculos de trabalhador braçal; além disso, tinha medo de abandonar o emprego: os americanos não ficariam na ilha para sempre. Porém, num gesto de protesto contra o *Sentinel*, colocou todos os seus filhos na associação infantil do *Guardian*, o grande rival do *Sentinel*; e, durante os anos que se seguiram, no *Junior Guardian* os filhos do sr. Biswas eram sempre felicitados por ocasião de seus aniversários. O prazer que esse fato lhe proporcionava foi acentuado quando W. C. Tuttle imitou-o e também colocou seus filhos na associação do *Guardian*.

O *Sentinel* vingou-se. Uma queda na circulação, constante, ainda que pequena, levou os diretores do jornal a pensar que talvez não fosse tão boa assim a política de afirmar que a situação da colônia era a melhor possível; começaram a admitir que talvez os leitores quisessem às vezes opiniões em vez de notícias e que nem toda notícia era necessariamente boa. Pois o *Guardian* estava não apenas conquistando leitores do *Sentinel* como também atingindo pessoas que antes não liam jornais. Foi por isso que o *Sentinel* criou o Fundo dos Pobres Merecedores, cujo nome dava a entender que não havia necessariamente uma incompatibilidade entre o fundo e os líderes que afirmavam que os desempregados não tinham como arranjar emprego. O Fundo dos Pobres Merecedores era uma resposta ao Fundo dos Mais Necessitados, instituído pelo *Guardian*; mas, enquanto o Fundo dos Mais Necessitados só existia no período natalino, o Fundo dos Pobres Merecedores seria uma instituição permanente.

O sr. Biswas foi nomeado investigador. Cabia a ele a tarefa de ler os pedidos entregues por pobres, rejeitar os que não eram merecedores, visitar os outros para ver quem era mais merecedor ou estava mais desesperado e então, se fosse o caso, redigir textos dramáticos sobre as condições de vida dos pobres em questão, dramáticos o bastante para estimular contribuições para o fundo. Ele tinha que encontrar um pobre merecedor por dia.

— Pobre Merecedor número um — disse ele a Shama. — M. Biswas. Profissão: investigador do Fundo dos Pobres Merecedores.

O *Sentinel* não poderia ter encontrado uma maneira melhor de aterrorizar o sr. Biswas, de reativar seu medo de ser despedido, adoecer ou sofrer algum acidente súbito. Dia após dia ele visitava gente mutilada, derrotada, inútil e desequilibrada, vivendo em circunstâncias não muito diferentes das suas: em verdadeiros canis de madeira podre, em barracos de papelão, lona e zinco, em cavernas escuras e sufocantes de concreto. Dia após dia visitava os bairros da zona leste, onde as casas estreitas apertavam suas fachadas cheias de feridas e cicatrizes e escondiam os horrores que havia por trás delas: os quintais espremidos e inundados, cobertos de lama esverdeada, sempre à sombra das casas adjacentes e dos altos muros de pedra, encostados aos quais outros casebres tinham sido construídos depois; quintais obstruídos por cozinhas improvisadas, galinheiros superlotados cercados de arame, coradouros cobertos de roupa mal lavada; cheiros e mais cheiros, porém nenhum deles mais forte que o fedor das cloacas e fossas sépticas sobrecarregadas; horror acentuado pelas multidões de crianças, em sua maioria filhos ilegítimos, com umbigos protuberantes, como se tivessem sido arrancadas dos ventres das mães com pressa e nojo. No entanto, de vez em quando havia um quarto arrumado, com um móvel importante — uma mesa ou cadeira — bem lustrado, brilhando, contrastando completamente com a sordidez do quintal. Dia após dia ele conhecia gente tão derrotada, tão apática, que seria necessário dedicar toda a vida à tarefa de reanimá-las. Mas tudo que ele podia fazer era enrolar as bainhas das calças, andar com cuidado pela lama, investigar, escrever e seguir em frente.

Ele era tratado com respeito pela maioria dos PMs, termo que ele passara a empregar para diminuir o horror que eles lhe inspiravam. Porém às vezes um dos pobres se aborrecia, incomodado pelas indagações do sr. Biswas, e recusava-se a revelar os detalhes dolorosos que eram necessários para a redação da reportagem. Nessas ocasiões, os pobres o acusavam de estar do lado dos ricos, dos felizes, do governo. Às vezes o ameaçavam fisicamente. Então, sem pensar nos sapatos nem nas bainhas das calças, fugia mais que depressa para a rua, perseguido por xingamentos, sua fuga vergonhosa sendo presenciada sem muito interesse por dezenas de pessoas, todas pobres, todas, talvez, merecedoras. "Pobre merecedor se desespera", pensou ele, imaginando a manchete do dia seguinte. (Se bem que isto seria impossível: o *Sentinel* só queria os detalhes dolorosos, a gratidão abjeta.)

Sua bicicleta sofria. Primeiro roubaram as tampas das válvulas dos pneus; depois, as borrachas do guidom; depois a campainha; depois a bolsa na qual ele transportara tantas vezes as frutas que saqueava em Shorthills; e um dia roubaram o selim. Era um selim Brooks, de antes da guerra, muito cobiçado, já que aquela marca não se encontrava mais no mercado. Naquela tarde, o sr. Biswas foi de bicicleta da zona leste para a oeste sem poder sentar-se direito, uma viagem cansativa e, a julgar pelo modo como olhavam para ele, uma cena insólita.

Havia outros perigos. Às vezes era abordado por negros corpulentos, fortes e saudáveis, que diziam: — Indiano, me dê um dinheiro. — De vez em quando exigiam quantias específicas: — Indiano, me dê um xelim. — Ele já sofrera muitas ameaças desse tipo de negros saudáveis nas portas dos cinemas, mas lá a iluminação das ruas e a presença da polícia davam-lhe coragem para dizer não. Na zona leste, a iluminação era escassa e os policiais eram raros; e, para não antagonizar os pobres mais do que o estritamente necessário, antes de ir para lá fazer suas investigações ele tomava a precaução de distribuir moedas pelos bolsos. Estas moedas eram dadas aos que pediam; posteriormente ele recuperava o dinheiro, cobrando-o do jornal como despesas.

E havia ainda outros perigos. Uma vez, após subir uma pequena escada e empurrar para o lado uma cortina de renda num quarto excepcionalmente arrumado, viu-se frente a frente com uma mulher bem robusta. Os beiços estavam grotescamente pintados; o ruge destacava-se nas bochechas negras.

— Você é do jornal? — perguntou a mulher. Ele fez que sim. — Me dê um dinheiro — disse ela, ríspida como um homem. Ele deu-lhe um pêni. A rapidez de sua reação surpreendeu-a. Ela olhou para a moeda, impressionada, depois beijou-a. —

Você não imagina o que é um homem *dar* dinheiro para a gente. — Com sua experiência de tribunal, o sr. Biswas reconheceu a típica conversa de prostituta; fez algumas perguntas rotineiras e preparou-se para ir embora. — E o meu dinheiro? — exclamou a mulher. Foi atrás dele até a porta, gritando: — Esse homem me f... aqui, atrás dessas cortina, e agora não quer pagar. — Ela chamou como testemunhas as mulheres e crianças do quintal e dos quintais vizinhos; e o sr. Biswas, achando que seu terno, seu ar de respeitabilidade e a hora do dia tornavam verossímil aquela acusação, foi embora depressa, com ar de culpado.

Levou algum tempo para aprender a distinguir os pedidos autênticos dos fraudulentos: pessoas que só queriam aparecer, que queriam desforra, que só queriam escrever, e um número surpreendente de comerciantes, funcionários e motoristas de táxi prósperos, que queriam dinheiro e publicidade e propunham ao sr. Biswas dividir com ele o dinheiro que conseguissem obter. Muitas de suas primeiras visitas não deram em nada, e como ele tinha de encontrar um pobre autêntico por manhã às vezes era obrigado a exagerar a situação de um pobre não muito pobre.

As autoridades do *Sentinel* continuavam a não fazer nenhum comentário sobre seu trabalho nem interferir com ele; e esta política, que de início lhe parecera sinistra, agora lhe conferia responsabilidade e poder. Suas recomendações eram as únicas opiniões levadas em conta; suas decisões eram definitivas. Suas matérias passaram a sair assinadas, e ele era apresentado como "investigador especial", o que granjeou respeito para Anand na escola. E pela primeira vez na vida o sr. Biswas estava recebendo propostas de suborno. Era um sinal de *status*. Porém, principalmente por não confiar nos PMs, ele nunca aceitava nada; apenas uma vez aceitou que um marceneiro negro aleijado lhe fizesse uma mesa de jantar a um preço reduzido.

Mais tarde ele arrependeu-se, pois quando a mesa foi entregue seus quartos ficaram totalmente congestionados. A cristaleira de Shama foi levada para o quarto de dentro e a mesa foi colocada no quarto do sr. Biswas, paralela à cama e separada dela por uma passagem tão estreita que, após abaixar-se para amarrar os sapatos, por exemplo, o sr. Biswas com frequência dava cabeçadas quando endireitava o corpo; e quando, após calçar os sapatos, se levantava muito depressa batia com o quadril na mesa. O generoso marceneiro fizera uma mesa de um metro e oitenta de comprimento por quase um e vinte de largura, de modo que para abrir e fechar a janela lateral era necessário subir nela. Em suas noites de insônia, o sr. Biswas costumava relegar Anand para o pé da cama Slumberking; agora, quando isso acontecia Anand levantava-se aborrecido e passava o resto da noite deitado na mesa; o sr. Biswas tentou fazer com que esse hábito se tornasse permanente. A janela tinha de ficar aberta, senão o calor no quarto era insuportável. A chuva da tarde era repentina e violenta. Shama nunca conseguia subir na mesa a tempo de fechar a janela antes do pior acontecer; e com o tempo o trecho da mesa diretamente embaixo da janela adquiriu um tom mais escuro, que desafiava todos os lustradores e vernizes e esfregações de Shama.

— Primeira e última vez que eu compro uma mesa de jantar — disse o sr. Biswas.

Uma noite ele estava deitado na cama Slumberking de cuecas e camiseta, lendo, tentando ignorar os zumbidos e gritos dos leitores e estudiosos e a zoeira do novo disco de W. C. Tuttle, de um garoto americano chamado Bobby Breen, que cantava "Quando surge no rio um arco-íris". Alguém entrou no quarto, e o sr. Biswas, de costas para a porta, deu sua contribuição ao pandemônio perguntando, em voz alta, quem fizera a gracinha de lhe fazer sombra.

Era Shama.

— Depressa, se vista — disse ela, excitada. — Tem umas pessoas querendo falar com você.

Por um momento, o sr. Biswas ficou em pânico. Havia mantido seu endereço em segredo, porém desde que se tornara investigador já fora seguido até sua casa diversas vezes. Uma vez foi abordado por um pobre no momento em que entrava com sua bicicleta pelo portão. Fingiu que estava indo investi-

500

gar mais um caso de pobreza merecedora e, como a afirmativa era verossímil, ele conseguiu livrar-se do homem anotando os dados referentes ao seu caso ali mesmo e prometendo ir investigá-lo assim que pudesse.

O sr. Biswas virou a cabeça para trás e viu que Shama estava sorrindo, um sorriso cheio de presunção.

— Quem? — perguntou ele, saltando da cama e batendo com o quadril na mesa de jantar. No espaço entre a mesa e a cama não dava para ele abaixar-se e pegar os sapatos. Sentou-se na cama cuidadosamente e pescou um sapato.

Shama disse que eram as viúvas de Shorthills.

Ele relaxou.

— Não dá para falar com elas lá fora?

— É particular.

— Mas como é que eu posso recebê-las aqui dentro? — Era mesmo um problema. As viúvas teriam de ficar em pé bem junto à porta, no exíguo espaço entre a cama e o tabique; e ele teria de ficar entre a cama e a mesa. Porém já era noite. Ele pegou embaixo do travesseiro o lençol de algodão e cobriu-se.

Shama saiu para chamar as viúvas, e as cinco entraram quase imediatamente, com suas melhores roupas brancas e véus, os rostos endurecidos pela chuva e o sol, com o ar grave de conspiradoras que sempre assumiam quando tramavam um de seus planos desastrosos, como a criação de galinhas, de gado leiteiro ou carneiros, ou o plantio de uma horta.

Coberto com o lençol até o meio do tórax, o sr. Biswas coçou os braços nus e moles.

— Não posso convidá-las a sentar — explicou. — Não tem onde sentar. Só se for na mesa.

As viúvas não sorriram. Sua seriedade afetou o sr. Biswas. Ele parou de coçar os braços e puxou o lençol até a altura das axilas. Apenas Shama, com suas roupas sujas e remendadas de andar em casa, continuava a sorrir.

Sushila, a viúva mais velha, aproximou-se do pé da cama e falou:

— Elas poderiam ser consideradas pobres merecedoras?

Falou com uma voz firme, controlada.

O sr. Biswas ficou constrangido demais para responder.

— Naturalmente — disse Shushila —, que não podiam *todas* ser pobres merecedoras. Mas uma só não podia?

Era impossível. Por mais pobres que fossem, elas eram parentes. Porém elas haviam vestido suas melhores roupas e colocado suas melhores joias e vindo lá de Shorthills, e ele não podia rejeitá-las logo de saída.

— E o nome? — indagou ele.

Elas já tinham pensado nisso. Não era necessário mencionar o nome dos Tulsi. Podiam usar os nomes dos maridos.

O sr. Biswas pensou depressa:

— E as crianças na escola?

Elas também tinham pensado nisso. Sushila não tinha filhos. E, quanto às fotografias, com véu, óculos e algumas joias ela conseguiria disfarçar-se.

O sr. Biswas não conseguiu pensar em nenhuma outra objeção secundária. Coçou os braços lentamente.

As viúvas ficaram a olhar para ele, muito sérias, depois com olhares de acusação. O sorriso de Shama transformou-se numa expressão de contrariedade; por fim também ela dirigiu a ele um olhar acusador.

O sr. Biswas deu um tapinha no braço esquerdo.

— Se eu faço isso, eu perco meu emprego.

— Mas daquela vez — disse Sushila — que você era o Pimpinela Escarlate você andou distribuindo fichas para sua mãe, seus irmãos e todas as crianças.

— Aquilo foi diferente — disse o sr. Biswas. — Lamento, mas não posso.

As cinco viúvas ficaram caladas. Durante algum tempo permaneceram imóveis, olhando fixamente para o sr. Biswas, até que seus olhares tornaram-se vazios. Ele evitou olhar para elas, procurou os cigarros com a mão, dando tapinhas na cama até ouvir o chocalhar da caixa de fósforos.

Sushila começou a emitir um suspiro profundo, e uma por uma as viúvas, olhando para a testa do sr. Biswas, suspiraram e sacudiram as cabeças. Shama dirigiu um olhar furioso a ele. Então ela e as viúvas saíram juntas do quarto.

Lá embaixo, uma criança estava levando uma surra. A vitrola de W. C. Tuttle tocava "Numa noite de luar e calor".

— Sinto muito — disse o sr. Biswas, olhando para as costas da última viúva. — Mas eu perco o meu emprego.

E ele de fato lamentava não poder fazer nada. Porém, mesmo se elas não fossem parentes, ele não conseguiria tornar o caso delas convincente. Como classificar de pobre uma mulher que morava na propriedade de sua mãe, numa das três casas de sua mãe, com um irmão estudando medicina na Inglaterra e outro irmão cada vez mais importante no sul, com o nome sempre saindo nos jornais, nas colunas sociais, nas seções de notícias, que falavam de seus negócios e suas declarações políticas e publicavam anúncios sofisticados de seus empreendimentos ("Os Cinemas Tulsi de Trinidad orgulham-se de apresentar...")?

Não muito tempo depois, o sr. Biswas recebeu outro pedido que o perturbou. Era de Bhandat, o irmão de Ajodha que caíra no ostracismo. O sr. Biswas não o via desde a época em que Bhandat trocara o bar em Pagotes por sua amante chinesa em Port-of-Spain; apenas soubera, através de Jagdat, o filho de Bhandat, que Bhandat estava vivendo em pobreza, com estoicismo. O sr. Biswas não podia fazer nada por Bhandat. Eram parentes, e — como no caso de Sushila — era impossível classificar de pobre um homem cujo irmão era um dos homens mais ricos da colônia.

Bandhat dera um endereço no centro que poderia levar uma pessoa que não conhece as favelas da cidade a pensar que Bhandat era negociante de cacau ou açúcar, um magnata do comércio de importação e exportação. Na verdade ele morava num cortiço que ficava entre uma firma importadora de produtos orientais e uma exportadora de açúcar e copra. Era um prédio antigo, em estilo espanhol. A fachada lisa, diversificada por áreas irregulares onde o reboco caíra, janelas estreitas de persianas quebradas e duas sacadas de ferro enferrujadas, elevava-se diretamente da calçada.

Da firma de exportação vinha um cheiro rançoso de copra e um odor pesado de açúcar ensacado, muito diferente do fedor adocicado dos engenhos de açúcar e das poças de búfalos da infância do sr. Biswas. Da firma importadora vinham cheiros pungentes e diferenciados de especiarias. Da rua vinha uma mistura de cheiros, de poeira, palha, urina e bosta de cavalos, burros e mulas. Em todos os lugares em que a água havia empolado, formara-se nas sarjetas uma camada de escuma esbranquiçada como nata, enrugada, com um cheiro acre e pungente, que, com o sol da tarde, subia da estrada, sufocante, e perseguia o sr. Biswas mesmo depois que ele mergulhava na sombra de um arco que separava o cortiço da firma de exportação. O sr. Biswas encostou a bicicleta na parede fresca, espantou as abelhas atraídas pelo açúcar da exportadora e foi descendo uma viela estreita, pavimentada com pedras, ao lado da qual corria uma sarjeta rasa, esverdeada e escura, que brilhava na escuridão. A viela dava para um quintal coberto que era só um pouco mais largo que ela. De um dos lados ficava a parede alta e incompleta da firma de exportação; do outro, a parede do cortiço, com janelas negras e cortinas sujas. Uma calha torta pingava água sobre um trecho da sarjeta coberto de musgo; na extremidade do quintal, com as portas abertas, havia uma privada, cercada de pedaços de jornal, e um banheiro descoberto. Lá em cima via-se o céu, de um azul vivo. O sol riscava na diagonal o alto da parede da exportadora.

Depois do cano o sr. Biswas entrou numa passagem estreita. Estava passando por uma porta cortinada quando ouviu uma voz estridente gritar, quase com alegria:

— Mohun!

Ele sentiu que havia se tornado menino outra vez. Sua fraqueza e vergonha voltaram com toda a força.

Era um cômodo sem janelas, de teto baixo, iluminado apenas pela luz que vinha da passagem. Um biombo ocultava

504

um canto. Num outro canto havia uma cama, e dela vinha um gorgolejar alegre. Bhandat não estava decrépito. O sr. Biswas, que temia encontrá-lo reduzido à melodramática decrepitude dos hindus, ficou aliviado. Seu rosto estava magro; porém os calombos do lábio superior continuavam iguais; as sobrancelhas, ainda ameaçadoras, curvavam-se acima dos olhos, brilhantes como outrora.

Bhandat levantou os braços magros.

— Você é meu filho, Mohun. Venha. — Aquele tom estridente era novo.

— Como está, titio?

Bhandat pareceu não ouvi-lo.

— Venha, venha. Você pode achar que já está homem feito, mas para mim continua a ser meu filho. Venha, deixe-me lhe dar um beijo.

O sr. Biswas pisou no tapete de saco de açúcar e curvou-se sobre a cama malcheirosa. Imediatamente foi puxado para baixo com força. Viu que o teto e as paredes caiadas estavam cobertas de poeira e fuligem, sentiu o queixo barbado de Bhandat arranhando-lhe o pescoço, sentiu os lábios secos de Bhandat no rosto. Então gritou. Bhandat havia-lhe puxado os cabelos com força. Saltou para trás, e Bhandat soltou uma espécie de pio.

Enquanto esperava que Bhandat se acalmasse, o sr. Biswas olhou ao redor. Havia roupas dependuradas de pregos enfiados entre a argamassa e as pedras. No chão de concreto cheio de areia havia algo que de início pareceu-lhe um monte de roupas, mas que depois constatou ser uma pilha de jornais. Ao lado do biombo havia uma mesinha também cheia de jornais, um bloco de papel barato, um vidro de tinta e uma caneta mastigada: sem dúvida, fora naquela mesa que Bhandat escrevera sua carta.

— Está examinando minha mansão, Mohun?

O sr. Biswas recusou-se a sentir-se comovido.

— Não sei. Tenho a impressão de que o senhor está bem aqui. O senhor precisava ver como vivem certas pessoas. — E por um triz não acrescentou: "O senhor precisava ver como *eu* vivo".

— Estou velho — disse Bhandat, com aquela voz nova que parecia um pio de coruja. Seus olhos umedeceram-se, e um sorriso sutil e insincero desenhou-se em seus lábios.

O sr. Biswas afastou-se um pouco mais da cama.

Vieram ruídos do canto atrás do biombo sujo de algodão: alguém bateu num braseiro, riscou um fósforo e começou a abanar vigorosamente. A chinesa. O sr. Biswas estremeceu de curiosidade. Uma fumaça branca saiu por detrás do biombo, serpenteou pelo quarto e saiu depressa pela porta.

— Por que você usa sabonete Lux?

O sr. Biswas percebeu que Bhandat o olhava muito sério.

— Lux? Acho que a gente usa Palmolive. Um que é verde...

Bhandat disse, em inglês:

— Eu uso sabonete Lux porque é o sabonete usado por nove entre dez estrelas de cinema.

O sr. Biswas ficou perturbado.

Bhandat virou-se de lado e começou a remexer os jornais que estavam no chão.

— Os vagabundos dos meus filhos nunca me visitam. Só você, Mohun. Mas você sempre foi assim. — Olhou para um dos jornais, franzindo a testa. — Não. Esse aqui já acabou. Rum Fernandes. O rum que todos repetem. É o tipo de coisa que eles querem. Rum, Mohun. Lembra? Ah! É esse aqui. — Entregou ao sr. Biswas um jornal. Ali estavam explicitadas as regras do concurso de *slogans* para o sabonete Lux. — Ajude um velho, Mohun. Diga-me por que você usa sabonete Lux.

Disse o sr. Biswas:

— Eu uso sabonete Lux porque ele é antisséptico, refrescante, aromático e barato.

Bhandat franziu a testa. Aquelas palavras não lhe causaram nenhuma impressão. E foi então que o sr. Biswas teve confirmada sua desconfiança inicial, que depois havia deixado de lado: Bhandat estava mesmo surdo.

— Escreva isso, Mohun — exclamou Bhandat. — Escreva antes que eu esqueça. Não tenho sorte com essas coisas. Palavras cruzadas. Concursos de encontrar o tesouro. Concursos de *slogans*. Tudo a mesma coisa.

Enquanto o sr. Biswas escrevia, Bhandat começou a falar sobre sua vida. Certamente já estava surdo há algum tempo: utilizava frases completas, de modo que sua fala tinha algo de literário. Era a velha história de sempre: empregos obtidos e perdidos, grandes empreendimentos que não deram certo, maravilhosas oportunidades que Bhandat não aproveitara por causa de sua honestidade ou da desonestidade de seus sócios, que agora estavam todos ricos e famosos.

Ele gostou do *slogan*:

— Esse vai ganhar na certa, Mohun. E as palavras cruzadas, Mohun? Será que você consegue que eu ganhe uma vez?

O sr. Biswas não precisou responder, pois justamente nesse instante apareceu a mulher que estava atrás do biombo. Com movimentos rápidos e furtivos, ela colocou um prato esmaltado com bolinhos amarelos sobre a mesa, pegou a cadeira e colocou-a ao lado do sr. Biswas e rapidamente voltou para seu canto atrás do biombo. Era uma mulher de meia-idade, muito magra, de pescoço comprido e rosto miúdo. Tudo nela era perpendicular: os cabelos negros e sujos caíam lisos, o vestido de algodão, de um azul desbotado, caía-lhe em linha reta, as pernas finas eram bem retas.

O sr. Biswas olhou para Bhandat para ver se ele estava envergonhado. Porém Bhandat continuou falando, sem nenhum constrangimento, sobre os concursos dos quais ele havia participado, sem sucesso.

A mulher apareceu novamente, com duas grandes xícaras esmaltadas de chá. Pôs uma delas na mesa e empurrou o prato de bolinhos em direção ao sr. Biswas, que agora estava sentado na cadeira que ela havia trazido até ele. Deu a outra xícara a Bhandat, que se sentou para pegá-la e entregou a ela o papel em que o sr. Biswas escrevera o *slogan*.

Bhandat provou o chá, e por um momento ficou igual a Ajodha. O gesto era o mesmo: a xícara levada até os lábios, os olhos entrecerrados, os lábios pousados na borda, o ato de soprar o chá. Então sorveu a bebida de olhos fechados, como se ela estivesse consagrada; e a paz se estampou em seu rosto atormentado.

Abriu os olhos: o tormento voltou.

— Está bom, hein? — disse à mulher, em inglês.

Ela olhou de relance para o sr. Biswas. Parecia ansiosa por voltar para trás do biombo.

— Agora ele está crescido — prosseguiu Bhandat. — Mas, sabe, eu o conheci quando ele era desse tamanho. — Piou. — É, desse tamanhinho, assim.

Para evitar o olhar de Bhandat, o sr. Biswas pegou um dos bolinhos amarelos e mordiscou-o.

— Desde que ele era desse tamanhinho. Agora ele é homem feito. Mas eu dava umas boas surras nele, sabe? Não é, Mohun? — Bhandat segurou a xícara com a mão esquerda e bateu com o indicador direito contra o polegar.

Era este o momento que o sr. Biswas temia. Porém, agora que o momento havia chegado, ele constatou que só sentia alívio. Bhandat não redespertara a sensação de vergonha, e sim a abolira.

A xícara tremia na mão de Bhandat. A mulher correu até a cama e escancarou a boca. Dela não saiu palavra alguma: apenas um estalido de língua, que acabou transformando-se num grasnido estridente.

Bhandat havia derramado chá na cama e em si próprio. E o sr. Biswas, pensando em surdez, mudez, loucura, no horror do ato sexual realizado dentro daquele quarto imundo, sentiu o bolinho amarelo transformar-se numa pasta escorregadia em sua boca. Não conseguia nem mastigar nem engolir. Na cama, Bhandat estava num paroxismo de raiva, xingando em híndi; enquanto isso a mulher, indiferente, tirou a xícara de sua mão, correu para trás do biombo e trouxe um pedaço de saco de farinha, queimado em alguns lugares, e começou a esfregá-lo com energia no lençol e na camiseta de Bhandat.

— Sua vaca estéril e desajeitada! — gritava Bhandat em híndi. — Sempre enche até a borda! Sempre enche até a borda!

508

Enquanto ela esfregava, seu vestido fino tremia, revelando os pelos grossos e abundantes das axilas, a forma desgraciosa do corpo, o contorno da roupa de baixo. O sr. Biswas obrigou-se a engolir a pasta que se formara em sua boca, ajudando-a a descer com um gole de chá forte e açucarado. Ficou aliviado quando a mulher dobrou o pano, colocou-o debaixo da camiseta de Bhandat e voltou para trás do biombo.

Bhandat acalmou-se imediatamente. Dirigiu um sorriso malicioso ao sr. Biswas e disse:

— Ela não entende híndi.

O sr. Biswas levantou-se para ir embora.

A mulher apareceu de novo e grasnou para Bhandat.

— Fique para almoçar, Mohun — disse Bhandat. — Não sou tão pobre a ponto de não poder oferecer uma refeição a meu filho.

O sr. Biswas sacudiu a cabeça e deu uns tapinhas no caderno no bolso de seu paletó.

A mulher recolheu-se.

— Antisséptico, aromático, refrescante e barato, hein? Deus há de abençoá-lo por isto, Mohun. E quanto àqueles vagabundos dos meus filhos... — Bhandat sorriu. — Deixe-me beijá-lo antes de você ir embora, Mohun.

O sr. Biswas sorriu, deixou Bhandat piando e foi atrás do biombo despedir-se da mulher. Havia um braseiro em cima de uma caixa; numa outra caixa havia legumes e pratos. No chão úmido e negro havia uma bacia de água suja.

Ele disse:

— Vou ver o que posso fazer. Mas não posso prometer nada.

A mulher fez que sim com a cabeça.

— O problema é as costas dele, sabe?

Falou baixo, porém as palavras eram nítidas. Ela não era muda!

Ele não esperou por uma explicação. Saiu mais que depressa do quarto. Lá fora o calor era sufocante. Mais uma vez recebeu o impacto dos cheiros quentes da rua. As abelhas, que faziam mel, zumbiam em torno dos sacos de açúcar da exportadora, que suavam. Ainda havia pedacinhos do bolinho malfeito entre seus dentes. Ele engoliu. Imediatamente sua boca encheu-se de saliva outra vez.

Assim que chegou em casa, foi até a estante velha, remexeu por baixo de seus recortes de jornais, da correspondência com a Escola Ideal, de um ninho de ratos cheio de filhotes cegos e rosados e pegou suas histórias inacabadas, intituladas "Fuga", com a heroína estéril de seus sonhos. Levou as histórias para a privada do quintal e lá ficou por algum tempo, dando sua contribuição para a barulheira da casa, puxando a descarga repetidamente. Quando saiu, havia uma pequena fila de leitores e estudiosos, impacientes porém interessados.

Aos domingos, a barulheira dos leitores e estudiosos atingia o auge, e o sr. Biswas voltou a levar seus filhos a Pagotes. Mas agora ele ficava pouco tempo com as crianças ao chegar lá. Jagdat, como um garoto ansioso por corromper os outros, queria logo tirar o sr. Biswas da casa, e o sr. Biswas sempre estava disposto a ir com ele. Entre os dois brotara um relacionamento fácil e relaxante. Jamais brigavam; jamais eram amigos; porém sempre gostavam de se ver. Um não acreditava nem se interessava no que o outro dizia, nem mesmo se sentia na obrigação de prestar atenção. Além disso, o sr. Biswas gostava de estar com Jagdat em Pagotes, pois fora da casa Jagdat era uma pessoa importante, o herdeiro de Ajodha; e agia como se estivesse acostumado a ser tratado com obediência e afeição. Apesar de sua idade, de sua família, de seus belos cabelos prematuramente grisalhos, Jagdat continuava sendo tratado como o rapazinho com quem todos têm de ser tolerantes. Nada lhe dava mais prazer do que quebrar as regras estabelecidas por Ajodha, e durante algumas horas o sr. Biswas tinha que fazer de conta que essas regras também se aplicavam a ele. Fumar era proibido: eles começavam a fumar assim que se viam na estrada. Beber era proibido, e nas manhãs de domingo os bares ficavam fechados por determinação legal: por isso bebiam. Jagdat tinha um acordo com um dono de bar: em troca da gasolina gratuita que ele lhe dava, do posto de Ajodha, o outro lhe oferecia a sala de visitas de sua casa para beber nas manhãs de domingo. Nesta sala, curiosamente respeitável, com quatro cadeiras de braços muito bem lustradas ao redor de uma mesinha, o sr. Biswas e Jagdat bebiam uísque com soda. No início eram jovens para quem o mundo ainda era novo, e jamais falavam sobre os relacionamentos aos quais teriam que voltar depois. Mas sempre chegava uma hora em que, após uma pausa, embora os dois continuassem querendo falar como antes, as ansiedades e as ligações afetivas voltavam à baila. Jagdat falava em sua família; dizia os nomes de cada pessoa: tornavam-se indivíduos. O sr. Biswas falava sobre o *Sentinel*, sobre Anand e a bolsa de estudos. E sempre, no final, falavam sobre Ajodha. O sr. Biswas ouvia histórias, velhas e novas, sobre o egoísmo e a crueldade de Ajodha; vez após vez era-lhe repetido que Ajodha só tivera sucesso inicialmente graças a Bhandat. Desconfiado daquela família, apesar da bebida, o sr. Biswas ouvia sem fazer comentários, limitando-se a dizer de vez em quando, uma ou outra coisa a respeito dos Tulsi, tentando, sem muito empenho, dar a entender que ele, tanto quanto Bhandat, fora usado e traído. Numa manhã de domingo o sr. Biswas falou a Jagdat sobre sua visita a Bhandat.

— Ah! Então você foi ver o velho, Mohun? Como é que ele está? Me diga, ele falou alguma coisa sobre aquele porco explorador?

Sem dúvida, Jagdat referia-se a Ajodha. O sr. Biswas, olhando para o copo, como se estivesse profundamente comovido, sacudiu a cabeça.

— Para você ver o tipo de pessoa que ele é, Mohun. Não guarda rancores.

O sr. Biswas bebeu um pouco de uísque.

— Ele me disse que nem você nem seu irmão vão visitá-lo, nem dão nenhuma ajuda a ele, nem nada.

Após uma pausa, Jagdat disse:

— Mentiroso filho da puta. Aquela vaca que vive com ele

também é muito esperta, sabe? Vive enchendo a cabeça do velho de coisas.

Nunca mais Jagdat falou sobre Bhandat, e o sr. Biswas decidiu daí em diante só ouvir sem dizer nada.

Nesses encontros, Jagdat dava todos os sinais de que estava ficando embriagado. O sr. Biswas quase sempre ficava bêbado, e quando saíam da sala do dono do bar às vezes resolviam violar mais normas. Iam à garagem de Ajodha, pegavam um dos caminhões dele, enchiam o tanque com gasolina também sua e iam até o rio ou a praia. Jagdat corria muito, porém dirigia com perícia; e o sr. Biswas sempre ficava mortificado quando, assim que voltavam para a casa de Ajodha, Jagdat tornava-se perfeitamente sóbrio. Dizia que tinha ido resolver uns negócios, relatava conversas e incidentes com uma abundância de detalhes inconsequentes e verossímeis e conversava com animação durante todo o almoço. O sr. Biswas falava pouco e movia-se com uma lentidão precisa. Seus filhos percebiam que ele estava com os olhos vermelhos e não entendiam o que o teria feito perder a vivacidade que ele manifestava naquela manhã no terminal rodoviário de Port-of-Spain.

No almoço, Ajodha invariavelmente falava com o sr. Biswas sobre seus problemas no trabalho. — Não consegui ganhar aquele contrato, sabe, Mohun? Acho que você devia escrever um artigo sobre esses contratos dos Conselhos Rodoviários Locais. — Ou então: — Mohun, não querem me dar uma licença para importar caminhões a óleo diesel. Será que você consegue descobrir por quê? Você escreve uma carta a eles para mim? Aposto que as companhias de petróleo estão por trás dessa história. Por que você não escreve um artigo sobre isso, Mohun? — E em seguida Ajodha mostrava formulários, cartas, livretos ilustrados de companhias americanas, enquanto o sr. Biswas, adotando uma atitude de distanciamento, evitando respirar perto do rosto de Ajodha, murmurava comentários vazios, de lábios entrecerrados, a respeito das restrições causadas pela guerra.

Quando as crianças lhe perguntavam o que ele tinha, o sr. Biswas queixava-se de indigestão; às vezes dormia o resto da tarde. E acabava com indigestão mesmo: o aumento do consumo do Pó Estomacal de Maclean, seu silêncio, sua sede insaciável eram sintomas que Shama acabou por entender, e que a envergonhavam.

Assim, as crianças muitas vezes se viam sozinhas em Pagotes. Apenas Tara lhes dava atenção, porém ela tornara-se inválida por causa da asma. Na casa grande, confortável e vazia, a única coisa que se fazia sentir era o antagonismo entre Ajodha e seus sobrinhos. Qualquer coisa podia desencadear uma briga: a pronúncia do nome "Iraque", uma análise das qualidades do Buick. As discussões, à medida que se tornavam mais frequentes, tornavam-se também mais curtas, porém tão violentas e obscenas que se tinha a impressão de que o tio e os sobrinhos jamais voltariam a se falar. Porém minutos depois Ajodha saía do quarto, de óculos, jornal na mão, e a conversação era normal; havia até mesmo risos. Ajodha estava preso a seus sobrinhos, e eles, a Ajodha. Ajodha precisava de seus sobrinhos para trabalharem com ele, pois desconfiava de estranhos; precisava deles ainda mais em sua casa, pois tinha medo de ficar sozinho. E Jagdat e Rabidat, com famílias extensas e clandestinas, sem dinheiro, sem talentos e nenhum *status* que não o decorrente de serem protegidos de Ajodha, sabiam que estavam presos a ele enquanto ele estivesse vivo. Rabidat, o que fazia questão de expor o belo físico, parecia estar constantemente prestes a sorrir de escárnio com sua boca de prognata. As risadinhas de Jagdat podiam a qualquer momento transformar-se em gritos e soluços. Na presença de Ajodha, ele estava sempre a um passo da histeria: era o que se via em seus olhinhos inquietos, que sempre contradiziam sua jovialidade efusiva.

Cada vez mais as crianças sentiam-se deslocadas ali. Tomavam consciência de sua situação. E terminaram sendo humilhadas.

Atendendo a uma solicitação da tia Juanita, da associação infantil do *Guardian*, Anand andava com um cartão azul recolhendo dinheiro para crianças refugiadas polonesas. Havia obtido contribuições de professores, do zelador da escola, de

513

comerciantes, até mesmo de W. C. Tuttle. A caixa da leiteria em Port-of-Spain lhe dera seis centavos e o elogiara por fazer o bem, embora ainda tão jovem. E na varanda dos fundos, em Pagotes, numa manhã de domingo, após ler para Ajodha um artigo sobre a importância da respiração, Anand mostrou o cartão azul a ele e pediu-lhe uma contribuição.

Ajodha franziu a testa e pareceu ofendido.

— Família gozada — disse ele. — O pai recolhe dinheiro para os pobres. Você recolhe dinheiro para os refugiados poloneses. E quem é que recolhe dinheiro para vocês?

Anand ficou muito tempo sem voltar à casa de Ajodha. Parou de recolher dinheiro para os refugiados poloneses, rasgou o cartão azul. O dinheiro que ele havia coletado foi gasto, e durante alguns meses Anand vivia com medo de que a tia Juanita o chamasse e cobrasse o dinheiro. A gentileza com que a mulher da leiteria o tratava todas as tardes lhe doía.

Aquelas viagens dominicais — manhãs de fingimento, tardes de constrangimento — começaram a rarear, e o sr. Biswas começou a se envolver mais com sua guerra doméstica.

Para combater a vitrola de W. C. Tuttle, Chinta e Govind estavam promovendo sessões de cânticos religiosos do *Ramayana*. O estudo do *Ramayana*, que Chinta iniciara muitos anos antes, no tempo em que o sr. Biswas ainda morava em Green Vale, aparentemente terminara; ela estava cantando muito bem. A voz de Govind era menos melíflua: era um misto de gemido com grunhido, por causa de seu hábito de cantar deitado de bruços. Entre dois fogos sonoros, que às vezes duravam até a hora de dormir, o sr. Biswas, depois de aguentar algum tempo, de repente, de cuecas e camiseta, corria para o quarto de dentro e batia no tabique do quarto de Govind e no da sala de W. C. Tuttle.

Os Tuttle nunca esboçavam qualquer reação. Chinta cantava com entusiasmo renovado. Govind às vezes limitava-se a dar risadinhas entre os versos, dando a impressão de que o riso fazia parte da música: quem canta o *Ramayana* pode acrescentar toques pessoais entre parelhas de versos. Às vezes, porém, ele interrompia o canto para gritar insultos; o sr. Biswas xingava-o também, e Shama tinha que subir correndo para fazer o marido calar-se.

Govind havia se tornado o terror da casa. Era como se as longas horas que passava dentro do táxi, de costas para os passageiros, o tivessem transformado num misantropo consumado; como se seus ternos representassem a extinção do que ainda lhe restava de lealdade e entusiasmo, transformando-o num azedume que periodicamente explodia sob forma de acessos de raiva. Govind também sofrera uma mudança física correspondente. Seu rosto fraco e bonito ficara grosseiro e enigmático, e desde que se tornara chofer de praça seu corpo perdera a dureza e se alargara, de modo que agora precisava de um colete para dar a impressão de que a carne inchada estava sob controle. Comportava-se de modo estranho e imprevisível. O hábito de cantar o *Ramayana* tomara todos de surpresa e seria até engraçado, se não tivesse surgido juntamente com diversas demonstrações de violência. Passava dias sem falar com ninguém; então, sem que o tivessem provocado, focalizava a atenção em alguém e começava a perseguir sua vítima com provocações infantis e um sorriso assustador. Insultava Shama e seus filhos; Shama, cônscia das limitações dos músculos do sr. Biswas, ouvia os insultos em silêncio. Govind volta e meia atacava inesperadamente os leitores e estudiosos de Basdai e os aterrorizava. De nada adiantava apelar para Chinta; o medo que o marido inspirava era-lhe motivo de orgulho. Ela contou aos filhos a história da surra que Govind dera no sr. Biswas; as crianças contaram-na para os leitores e estudiosos, que ficaram mais apavorados do que nunca.

Uma discussão entre Govind e o sr. Biswas no andar de cima era invariavelmente acompanhada por uma discussão entre os filhos dos dois no andar de baixo.

Uma vez Savi disse:

— Não sei por que papai não compra uma casa.

A filha mais velha de Govind retrucou:

— Certas pessoas, se fizessem o que vivem dizendo que vão fazer, já estariam morando em palácios.

— Certas pessoas só têm boca e barriga.

— Certas pessoas pelo menos têm barriga. Outras nem isso.

Savi sofria muito com essas derrotas. Assim que terminava a briga lá em cima, ela ia para o quarto de dentro e deitava-se na cama de quatro colunas. Para não sofrer de novo e não magoar o pai, não lhe contava o que havia acontecido; e ele era a única pessoa que poderia consolá-la.

Nessas circunstâncias, W. C. Tuttle passou a ser considerado um aliado importante. Sua força física equivalia à de Govind (embora os filhos de Govind negassem tal fato), e a disputa entre os dois relativa à garagem prosseguia. Também ajudava um traço comum a W. C. Tuttle e ao sr. Biswas: ambos achavam que, casando-se com membros da família Tulsi, haviam caído na barbárie. W. C. Tuttle considerava-se um dos últimos baluartes da cultura brâmane em Trinidad; ao mesmo tempo, achava que reconhecia, magnânimo, o que havia de melhor na civilização ocidental: a literatura, a música, a arte. Comportava-se constantemente com dignidade. Não trocava palavras ásperas com ninguém, contentando-se com silenciosas manifestações de desdém, fazendo estremecer as narinas peludas.

E realmente, fora o incômodo da vitrola, a única rivalidade que surgira entre W. C. Tuttle e o sr. Biswas fora a causada pelo braço da estátua quebrado por Myna e pela cristaleira comprada por Shama. O sr. Biswas perdeu a guerra de aquisições por desistência. Após a compra da cristaleira (cuja porta ficou quebrada e cujas prateleiras de baixo acabaram cheias de livros e jornais) e da mesa de jantar feita pelo pobre merecedor, o sr. Biswas ficou sem espaço para adquirir mais nada. Já W. C. Tuttle tinha toda a varanda da frente: comprou duas cadeiras de balanço, um abajur de pé, uma escrivaninha de tampo corrediço e uma estante com portas de vidro corrediças. O sr. Biswas ganhara uma pequena vantagem ao se tornar o primeiro a colocar os filhos na associação infantil do *Guardian*; porém perdera esta vantagem ao passar a usar uma bermuda cáqui igual à de W. C. Tuttle. A bermuda de W. C. Tuttle tinha sido comprada pronta e ele tinha físico para usá-la; enquanto o sr. Biswas não tinha pernas apresentáveis e sua bermuda não passava de uma calça que Shama, contra a vontade dela, havia amputado e embainhado em sua máquina com linha branca de algodão, e a bainha não ficara muito reta. O sr. Biswas sofreu mais uma derrota quando os filhos de W. C. Tuttle revelaram que seu pai havia feito seguro de vida.

— Querem que eu faça também? — disse o sr. Biswas a Myna e Kamla. — Se eu começasse a pagar seguro todo mês, vocês acham que iam chegar a receber o dinheiro?

A guerra dos quadros teve início quando o sr. Biswas comprou dois desenhos numa livraria indiana e emoldurou-os com *passe-partout*. Descobriu que gostava de emoldurar quadros. Gostava de brincar com cartolina lisa e facas afiadas; gostava de experimentar cores e formas diferentes de molduras. Mandava cortar vidro do tamanho exato, voltava de bicicleta para casa segurando o vidro com todo o cuidado, e toda sua noite se transformava. Emoldurar um quadro era como fazer um letreiro: exigia capricho e precisão; ele podia concentrar-se no que suas mãos estavam fazendo, esquecer-se da casa, deixar de lado sua irritação. Logo seus dois quartos estavam tão cheios de quadros quanto seu quarto em Green Vale ficara cheio de citações religiosas.

W. C. Tuttle começou com uma série de fotos de si próprio, com grandes molduras de madeira. Uma delas mostrava-o quase nu, só de tanga, fio sagrado e marcas de sua casta, cabeça raspada, fora um tufo no cocuruto, sentado sobre as pernas cruzadas, as mãos fechadas, delicadamente pousadas sobre as solas dos pés, meditando de olhos fechados. Ao lado desta foto havia outra em que W. C. Tuttle, de paletó, calças, colarinho, gravata, chapéu, sapatos finos, um dos pés no estribo de um automóvel, ria, revelando um dente de ouro faiscante. Havia também fotos

517

de seu pai, sua mãe, a casa de seus pais; seus irmãos, em grupo e separados; suas irmãs, em grupo e separadas. Havia fotos de W. C. Tuttle em diversas fases de transição: com barba, suíças e bigode; só com barba; só com bigode; posando de halterofilista (de calção, olhando fixamente para a câmara, levantando os pesos que ele havia feito com o chumbo do gerador abandonado em Shorthills); com trajes cerimoniais hindus; vestido de pândita, com turbante, tanga, colar de contas, em pé, com uma jarra de latão numa das mãos, rindo (no fundo, diversos rostos indefinidos, cheios de admiração). Entremeadas aos retratos viam-se paisagens do interior da Inglaterra na primavera, uma vista do Matterhorn, uma fotografia do Mahatma Gandhi e uma gravura com a legenda: "Quando viste teu pai pela última vez?". Era assim que W. C. Tuttle combinava oriente com ocidente.

Porém Govind, dirigindo seu táxi, grunhia o *Ramayana*, permanecia indiferente a essa rivalidade e a todas as outras e continuava ameaçador e agressivo como sempre. Os leitores e estudiosos desejavam a viva voz que ele ficasse estropiado ou morresse num acidente de carro. Em vez disso, porém, Govind ganhou um prêmio por segurança ao volante e apertou a mão do prefeito de Port-of-Spain. Com isso ele perdeu todas as inibições que ainda lhe restavam, e tanto Basdai quanto o sr. Biswas passaram a falar em chamar a polícia.

Porém a polícia nunca foi chamada. Pois, sem mais nem menos, Govind deixou de ser um problema.

Um silêncio súbito e inesperado desceu sobre a casa uma noite. Os leitores e estudiosos cessaram sua cantilena. A vitrola de W. C. Tuttle calou-se. A cantoria do *Ramayana* foi interrompida no meio de um verso. E do quarto de Govind veio uma série de gemidos, baques, ruídos de coisas se quebrando e espatifando.

Anand veio correndo na ponta dos pés até o quarto do sr. Biswas e cochichou, satisfeito:

— O pai está batendo na mãe.

O sr. Biswas sentou-se na cama e ficou a escutar. Parecia verdade. O pai de Vidiadhar estava batendo em sua mãe.

Toda a casa ficou a escutar. E quando cessaram os ruídos no quarto de Govind e este recomeçou a rosnar o *Ramayana*, o zumbido do andar de baixo recomeçou, agora mais contente, e a vitrola de W. C. Tuttle voltou a tocar, triunfante.

Era o que ocorria toda vez que Govind batia em Chinta. O que agora era frequente. Os leitores e estudiosos não tinham mais medo, pois, tendo encontrado essa válvula de escape, Govind não procurava outra. As surras deram a Chinta uma dignidade de matriarca e, curiosamente, conquistaram-lhe um respeito que antes ela não inspirava. Tiveram também alguns efeitos secundários: seus filhos pararam de se vangloriar, Chinta deixou de cantar e entrou na disputa de rivalidades culturais.

Vidiadhar também estava na turma de candidatos a bolsas de estudos. Não fazia parte do grupo mais destacado, como Anand; mas esse fato Chinta atribuía a suborno e corrupção. E uma tarde, quando Anand estava sentado num banquinho numa das extremidades do balcão da leiteria, entrou um menino indiano. Era Vidiadhar. Anand ficou espantado. Vidiadhar também pareceu surpreso. E, ambos surpresos, um não falou com o outro. Vidiadhar passou por Anand e foi até o banco na extremidade oposta do balcão; sentou-se e pediu leite. Anand ficou satisfeito de vê-lo cometer esse erro: era necessário primeiro pagar na caixa e depois trazer a ficha para o balcão. Assim, Vidiadhar teve que andar de volta até a outra ponta do balcão, pagar e depois andar novamente até o último banco, o que ele havia escolhido. Sem que um olhasse para o outro, os dois tomaram o leite devagar; nenhum dos dois queria ser o primeiro a sair. Um não tivera intenção de ignorar o outro; a coisa acontecera sem querer. Mas ambos consideravam-se ofendidos: e nunca mais, até chegarem à idade adulta, voltaram a se falar. Na confusão dos relacionamentos daquela casa superlotada, em que os realinhamentos eram frequentes, esse silêncio tornou-se uma constante. Tornou-se histórico. Então Vidiadhar disse que ele é que tomara a iniciativa de ignorar o outro na leiteria, e Anand disse que não, a iniciativa fora sua. E todas as tardes, às três e cinco, as pessoas da leiteria viam dois meninos indianos sentados nas extremidades opostas do balcão bebendo leite de canudinho, um sem olhar para o outro, sem se falar.

Myna e Kamla, ressentidas com o desafio de Vidiadhar, que agora andava comendo ameixas abertamente, começaram a falar sobre os extraordinários progressos de Anand nos estudos.

— Meu irmão já leu mais livros que vocês todos juntos.

— Não diga. Mas está bem. Se o Anand lê tanto, quero que ele me diga quem foi que escreveu *O silvo das armas.* — O desafio partiu de um dos Tuttlezinhos.

— Diga a ele, Anand. Diga a ele quem foi que escreveu *O silvo das armas.*

— Não sei.

— Ahã!

— Mas como é que você queria que ele soubesse isso? — disse Myna. — Ele só lê livros de bom-senso.

— Está bem. Anand lê um monte de livros. Mas o meu irmão *escreveu* um livro. Um livro *inteirinho.* E agora está escrevendo outro.

Era verdade. Tratava-se do filho mais velho dos Tuttle. Ele impressionava os pais pedindo mais e mais cadernos e escrevendo sem parar. Dizia que estava fazendo anotações. Na verdade, estava copiando, palavra por palavra, a *Geografia antilhana de Nelson*, do capitão Cutteridge, diretor de educação, autor das *Cartilhas antilhanas de Nelson* e da *Aritmética antilhana de Nelson*. Havia completado a *Geografia* em mais de doze cadernos, e no momento estava trabalhando com o primeiro volume da *História antilhana de Nelson*, do capitão Daniel, diretor-assistente de educação.

Como faltavam menos de dois meses para o concurso, Anand estudava o tempo todo. De manhã, antes das aulas regulares, tinha meia hora de aula particular; à tarde, findas as aulas, tinha mais uma hora de aula particular; e a manhã de sábado era toda tomada por aulas particulares. E além de todas essas aulas particulares, dadas por seu professor regular,

Anand começou a ter aulas também com o diretor da escola, na casa do diretor, das cinco às seis. Ia da escola à leiteria e de lá voltava para a escola; depois ia para a casa do diretor, onde Savi o esperava com sanduíches e Ovomaltine morno. Assim, saía de casa às sete da manhã e voltava às seis e meia da tarde. Jantava. Depois fazia os deveres de casa da escola; depois se preparava para as aulas particulares.

Todos os meninos do grupo de destaque da turma especial sofriam privações quase idênticas, porém esforçavam-se para dar a impressão de que eram meninos dados a travessuras, gozando os dias mais despreocupados de suas vidas. Havia uns poucos meninos ansiosos que só falavam de estudos. Porém a maioria falava sobre a temporada de futebol que estava começando, a corrida de Santa Rosa que estava terminando, dando a entender que seus pais os haviam levado para assistirem às corridas, de carro, com cestos pesados de comida, e que eles haviam apostado, e perdido, grandes quantias. Discutiam sobre os cavalos que tinham mais chance de ganhar o grande prêmio do Natal, se Jetsam ou Brown Bomber (o concurso seria no início de novembro; esta era uma maneira de antegozar a hora em que o concurso já seria coisa do passado). Anand não ficava de fora dessas conversas. Embora as corridas de cavalo o entediassem profundamente, ele se especializara nesse assunto. Sabia, por exemplo, que Jetsam era filho de Flotsam e Hope of the Valley; afirmava ter visto todos os três, e espalhou a história de que Jetsam, quando pequeno, costumava comer as roupas que via penduradas nos varais. Passando adiante mais informações ouvidas no hipódromo, afirmava (e começou a tornar-se conhecido por essa afirmação) que, apesar de sua carreira desastrosa, Whitstable era o melhor cavalo da colônia; era uma pena que ele fosse tão imprevisível, mas os cavalos pardos eram sempre temperamentais, não eram?

Numa segunda-feira, na hora do almoço, começaram a falar sobre cinema; pelo visto, quase todos os meninos de Port-of-Spain já tinham assistido ao programa duplo do Cine London no fim de semana: *Jesse James* e *A volta de Frank James*.

— Que programão! — exclamavam os meninos. — Muito bom! Anand, que por defender Whitstable adquirira reputação de espírito de porco, disse que não tinha gostado dos filmes.

Os outros caíram nele.

Anand, que não vira o programa duplo, repetiu que não tinha gostado.

— Mil vezes *No tempo dos Dalton* e *Os Dalton atacam de novo*. Mil vezes, rapaz.

Por azar, um dos meninos disse então:

— Aposto que ele nem foi ver! Você imagina esse cu de ferro indo ao cinema?

— Você é um hipocritazinho — disse Anand, usando uma palavra aprendida com o pai. — Você é mais cu de ferro que eu.

O garoto queria mudar de assunto: era um tremendo cu de ferro. Repetiu, com menos ênfase:

— Aposto que você nem foi ver.

Porém, a essa altura, os outros meninos estavam dispostos a ouvir, e o acusador, tornando-se mais confiante, disse:

— Está bem, está bem. Então ele foi. Agora, quero ver ele dizer o que foi que aconteceu quando o Henry Fonda...

Anand disse:

— Não gosto do Henry Fonda.

Esta afirmação gerou uma pequena digressão.

— Como que você não gosta do Henry Fonda! Parece até que você nunca viu o Fonda andando.

— Andar é fácil, rapaz.

— Está bem, está bem — prosseguiu o acusador. — O que aconteceu quando o Henry Fonda e o Brian Donlevy...

— Também não gosto dele, não — disse Anand. E, para seu grande alívio, o sinal tocou.

Pelo aborrecimento do menino que o acusara, Anand sabia que o interrogatório continuaria no dia seguinte. Depois das aulas, foi direto à leiteria; quando voltou, já era hora das aulas particulares; e depois da aula particular conseguiu escapulir direto para a casa do diretor. Quando chegou em casa, disse que não ia aguentar estudar aquela noite e queria ir ao Cine London, para descansar o cérebro.

— Não tenho dinheiro — disse Shama. — Só você pedindo ao seu pai.

Disse o sr. Biswas:

— Quando você chegar à minha idade, você não vai querer saber de filmes de faroeste.

Anand irritou-se:

— Quando eu chegar à sua idade, não quero ser igual ao senhor.

Arrependeu-se de ter dito aquilo. Estava realmente cansado; e o jeito arrogante com que o pai o tratou lhe pareceu uma falta de consideração. Porém não pediu desculpas. Em vez disso, falou sobre as dores de cabeça que vinha sentindo e disse ter certeza de que estava sofrendo de fadiga mental e meningite, os males típicos do cu de ferro, doenças que seus rivais viviam prevendo para ele.

Disse o sr. Biswas:

— Não tenho um tostão furado. Só recebo depois de amanhã. Estou tendo que pegar trocados do fundo dos PMs lá na redação. Vá pedir à sua mãe.

Como sempre, acabou que Shama tinha mesmo um pouco de dinheiro.

— Quanto você quer?

Anand calculou. Adulto, doze centavos; crianças, a metade. Só para ter uma margem de segurança, no entanto, disse:

— Trinta e seis centavos.

Depois devolveria o troco.

— Trinta e seis centavos. Você vai me deixar lisa. Olhe só.

Dentro da bolsa de Shama, Anand viu apenas algumas moedas de cobre. Mas ela sempre dava um jeito. E o dia do pagamento era depois de amanhã.

A sessão noturna começava às oito e meia. O sr. Biswas e Anand saíram de casa por volta das oito. Perto do cinema ficava um café chinês. Ali tinham de comprar alguma coisa; fazia parte do ritual de ir ao cinema. Tinham dezoito centavos para gastar. Compraram amendoins, grão-de-bico e umas balas de hortelã, seis centavos ao todo.

A entrada da plateia do Cine London era um túnel estreito, como um calabouço de um romance. Só dava para uma pessoa passar de cada vez, de modo que o porteiro, que ficava sentado no fundo da sala com um porrete dos bons apoiado nos braços de sua cadeira, podia impedir a entrada de penetras. O sr. Biswas e Anand encontraram a boca do túnel obstruída por uma multidão barulhenta e zangada. Hesitaram à beira da multidão, e no instante seguinte, empurrados por trás, já faziam parte dela. Perderam o controle de suas próprias mãos e pés. Anand, espremido entre homens altos, sem acesso à luz nem ao ar, nada podia fazer senão deixar-se ser arrastado. Gritos de frustração e angústia pipocavam na multidão: o filme já tinha começado; já se ouvia a música de abertura. A pressão sobre Anand aumentou; ele temia ser esmagado na quina entre a parede e o túnel; o sr. Biswas o chamava com uma voz que parecia vir de longe; Anand não podia responder; não podia olhar para cima nem para baixo. Só conseguia pensar que no final do túnel estavam Henry Fonda, Brian Donlevy e Tyrone Power, todos os quais, apesar do que ele dissera na escola, eram objeto de sua profunda admiração. Ouviu homens gritando, pedindo os ingressos; estavam chegando perto. Através de um pequeno buraco semicircular e iluminado na parede do túnel, dinheiro era enfiado e ingressos eram entregues; de vez em quando viam-se de relance as mãos da bilheteiras, mãos gordas e frescas.

Chegou a vez do sr. Biswas. Esforçando-se para permanecer à frente do buraco e não ser arrastado, sem ingresso, até o lugar onde estava o porteiro com seu porrete, colocou um xelim sobre a madeira lisa e lustrosa.

— Uma inteira e uma meia.

— Meia só na matinê — disse uma voz de mulher. As mãos, prestes a arrancar um ingresso do rolo, esperavam.

— Então duas.

Dois ingressos verdes foram empurrados em sua direção, e ele e Anand cederam à pressão dos que vinham atrás.

— Ei, você! — gritou a mulher.

A venda de ingressos havia cessado, e o clamor de vozes no túnel aumentou ainda mais.

— Você!

O sr. Biswas voltou ao buraco iluminado.

— Que ideia é essa de me dar só um xelim? — A moeda estava na palma de sua mão.

— Duas entradas, doze centavos cada.

— *Vinte* centavos cada. Faltam dezesseis centavos.

Anand ficou estatelado. A zoeira, os gritos tornaram-se coisas distantes.

A trilha sonora indicava que estava havendo um incêndio. As pessoas que já tinham assistido ao filme reconheceram o som; ficaram desesperadas.

Como ele poderia ter esquecido que só havia meia-entrada nas matinês? Como poderia ter esquecido que às segundas, como aos sábados e domingos, o ingresso era vinte centavos e não doze?

O sr. Biswas recolocou os dois ingressos na madeira. Um foi arrancado do outro e devolvido a ele, com quatro centavos de troco.

Estavam encostados na parede perto da bilheteria, enquanto os homens que estavam atrás deles passavam apressados, ajeitando as roupas.

— Vá você — disse o sr. Biswas.

A bala de hortelã formava um calombo na bochecha de Anand. Ele não a estava chupando mais; a bala era uma coisa fria e úmida. Sacudiu a cabeça. O susto o fizera perder completamente a vontade de ver os filmes; se ele ficasse, teria de voltar para casa a pé à meia-noite.

Todos que passavam por eles os empurravam. Estavam atrapalhando a passagem.

Disse o sr. Biswas:

— Eu volto para buscar você.

Anand hesitou. Mas naquele momento houve mais uma correria em direção à sala de projeção; alguém gritou: — Se não vai entrar, sai daí! — E o porteiro disse: — Tomem uma decisão. Vocês estão no caminho. — Então Anand disse ao sr. Biswas: — Vá o senhor. — E o sr. Biswas, como se o obedecesse imediatamente, desapareceu atrás de diversas pessoas e foi empurrado para dentro do cinema para ver dois filmes que ele não queria ver.

Anand ficou no túnel, espremido contra a parede, enquanto as pessoas que entravam passavam por ele. Depois de algum tempo, quando o filme já estava bem adiantado, o túnel ficou vazio. As paredes amarelas estavam lustrosas de tantas pessoas roçarem nelas. No buraco iluminado, as mãos tricotavam.

Anand voltou, passando pela Woodbrook Market Square, pelo café chinês, pelo *playground* da Murray Street. A casa, quando ele chegou, zumbia de atividade. Mas ninguém o viu. Ele foi direto para o quarto de fora, tirou os sapatos e deitou-se na cama Slumberking.

E lá Shama o encontrou quando subiu e acendeu a luz.

— Menino! Que susto você me deu. Você não foi ao cinema?

— Fui. Mas eu estava com dor de cabeça.

— E o seu pai?

— Ele está lá.

Ouviu-se um ruído no portão da frente e alguém subindo a escada de concreto. A porta abriu-se e o sr. Biswas entrou.

— Ora! — exclamou Shama. — Você também estava com dor de cabeça?

Ele não respondeu. Espremeu-se entre a mesa e a cama e sentou-se nesta.

— Eu que não entendo vocês dois — disse Shama. Foi para o quarto de dentro, saiu com o material de costura e foi para o andar de baixo.

Disse o sr. Biswas:

— Menino, pegue o Shakespeare. E minha caneta.

Anand ficou de pé sobre a cama, foi até a cabeceira e pegou o livro e a caneta.

Durante algum tempo o sr. Biswas escreveu.

— Essa porcaria borra como o diabo. Mas leia assim mesmo.

Na folha de guarda, embaixo dos quatro nomes masculinos que tinham sido escolhidos para Savi antes de ela nascer, Anand leu: *"Eu, Mohun Biswas, prometo a meu filho, Anand Biswas, que, caso ele ganhe uma bolsa de estudos no concurso, eu lhe darei uma bicicleta"*. Depois vinham a data e a assinatura.

Disse o sr. Biswas:

— Melhor você assinar como testemunha.

Anand colocou a mais recente versão de sua assinatura e acrescentou "testemunha" entre parênteses.

— Agora está tudo certo — disse o sr. Biswas. — Mas espere aí. Me dê o livro de novo. Acho que esqueci uma coisa.

Pegou o Shakespeare, transformou o ponto final de sua declaração numa vírgula e acrescentou: *"se a situação de guerra permitir"*.

Na casa, as erupções de som já haviam cessado. O zumbido reduzira-se a um ruído suave e constante. Era tarde. Shama e Savi subiram e foram para o quarto de dentro, onde Myna e Kamla já dormiam. Anand deitou-se na cama Slumberking, separado do sr. Biswas por uma pilha de travesseiros. Cobriu a cabeça com o lençol de algodão, por causa da luz, e rapidamente adormeceu. O sr. Biswas ficou acordado por algum tempo, lendo. Depois levantou-se, apagou a luz e voltou para a cama tateando.

Acordou, como agora quase sempre acontecia, quando ainda era noite fechada. Nunca queria saber que horas eram: seria ou cedo demais ou tarde demais. A casa estava cheia de sons: com inquilinos, leitores e estudiosos nos dois andares, toda a casa roncava. O mundo não tinha cor; não aguardava que ninguém acordasse. Pela janela aberta, acima das silhuetas das árvores e do telhado da casa vizinha, ele via o céu cheio de estrelas. Aquilo aumentou seu mal-estar. A angústia virou pânico, aquele nó no estômago que ele conhecia tão bem.

Dormiu até tarde; tomou banho no banheiro ao ar livre, comeu no quarto da frente, ensolarado, vestiu a camisa da véspera (trocava de camisa a cada dois dias), colocou o relógio de pulso, a gravata, o paletó e o chapéu; e, vestido de modo respeitável, pegou a bicicleta e foi entrevistar os pobres.

E na escola, quando seu acusador o interpelou, Anand disse:

— É claro que eu fui. Mas eu detestei tanto que saí antes que o filme começasse.

Todos concordaram que aquele comentário era típico dele.

As crises de asma de Anand ocorriam com intervalos de quatro semanas ou menos, e o sr. Biswas e Shama temiam que ele passasse mal durante a semana do concurso. Porém a crise veio uma semana antes, durou os três dias de praxe e então Anand, o peito manchado e descascando por causa dos emplastros, pôde comparecer a suas últimas e intensivas aulas particulares. Sua carga de trabalho aumentou ainda mais quando o sr. Biswas, para depender o mínimo possível do acaso, escreveu composições sobre a campanha Plante Mais Alimentos e sobre a Cruz Vermelha e fez Anand decorá-las. O sr. Biswas orgulhava-se de ter disfarçado sua personalidade nessas composições tão bem que elas pareciam ter sido escritas não por um dissidente adulto, e sim por um escolar brilhante e obediente. Eram tão cheias de sentimentos nobres quanto um editorial do *Sentinel*; faziam apelos urgentes para que se desse apoio à campanha e à organização; afirmavam que era preciso ganhar a guerra para preservar aquelas instituições livres que Anand amava tanto.

O concurso seria no sábado. Na noite de sexta, Shama separou as melhores roupas de Anand e todo o seu equipamento. Anand, não gostando das roupas, disse que aquilo parecia a preparação de um *puja*. E Chinta, que tinha mantido seus planos em segredo, realizou mesmo um *puja* para Vidiadhar. Um pândita veio de Arwacas, de motocicleta, na tarde de sexta, e passou a noite entre os leitores e estudiosos embaixo da casa. Na manhã de sábado, enquanto Anand fazia uma revisão de última hora, Vidiadhar banhou-se em água benta, vestiu uma tanga e sentou-se de frente para o pândita, com a chama do sacrifício entre os dois. Ouviu as preces do pândita, queimou manteiga de búfalo e pedaços de coco e açúcar mascavo, enquanto os leitores e estudiosos tocavam sinos e batiam gonzos.

Anand também teve que passar por um ritual. Teve que vestir as calças curtas de sarja azul-escura, a camisa branca, a gravata mais nova, que ele não mastigara; e Shama, com medo de que ele ficasse zangado, borrifou água de lavanda em sua camisa quando ele não estava prestando atenção. Anand disse que na escola havia um relógio, mas assim mesmo entregaram-lhe o relógio Cyma do sr. Biswas; o relógio ficou dependurado de seu pulso como uma pulseira larga e teve que ser enfiado quase até a altura do cotovelo. Levou também a caneta do pai, para o caso de a sua dar algum problema. Ganhou um vidro grande e novo de tinta, porque podia não haver o bastante na sala. Deram-lhe também muitos mata-borrões, muitos lápis do *Sentinel*, um apontador, uma régua, duas borrachas, uma para lápis e outra para tinta. Comentou Anand:

— Quem vê pensa até que eu vou me casar.

Por fim, Shama lhe deu dois xelins. Não explicou o motivo dessa precaução, e ele não perguntou nada.

Atenções semelhantes eram conferidas a Vidiadhar, que, com um sorriso apatetado, não parava de lamber os lábios. Porém Chinta deu-lhe também diversos amuletos, que foram colocados nele sob a supervisão do pândita após medidas ostensivas de sigilo, tendo sido expulsos muitos leitores e estudiosos curiosos. Por fim os meninos foram para a escola, ambos cheirando a lavanda, Vidiadhar no táxi do pai, Anand a pé, acompanhado pelo sr. Biswas, que levava sua bicicleta Royal Enfield. Já na rua, Anand pôs a mão no bolso das calças e sentiu algo macio, pequeno e redondo. Era um limão seco. Certamente Shama o colocara ali para afastar o azar. Anand jogou-o na sarjeta.

Foi tudo tal como Anand temia. Os candidatos, há anos se preparando para o dia do sacrifício, estavam todos vestidos para o sacrifício. Todos trajavam calças curtas de sarja, camisas brancas e gravatas; Anand ficou a imaginar que amuletos estariam ocultos naquelas roupas. Seus bolsos estavam cheios de canetas e lápis. Nas mãos levavam mata-borrões, réguas, borrachas e vidros de tinta novos; alguns levavam estojos completos de instrumentos matemáticos; muitos estavam com relógios de pulso. O pátio estava cheio de pais, heróis de tantas composições; pareciam ter caprichado tanto na indumentária quanto seus filhos. Os meninos olhavam para os pais; os pais, sem relógios de pulso, olhavam para os genitores dos rivais de seus filhos. Havia poucos carros à frente da escola, e Vidiadhar conquistou uma glória efêmera quando chegou ao carro do pai. Mas Govind não foi embora rápido o suficiente, de modo que os meninos, peritos em perceber detalhes, viram o H na placa que indicava que o carro era um táxi. Era mesmo um dia terrível, um verdadeiro juízo final, os pais expostos a olhares perscrutadores de todos os lados, e mais o exame depois.

Anand queria que o sr. Biswas fosse embora logo. Não que o sr. Biswas não pudesse suportar olhares perscrutadores; mas com um pai ansioso ao lado nenhum menino podia fingir que não dava importância ao concurso, e Anand queria desesperadamente dar esta impressão. O sr. Biswas cedeu aos apelos e foi embora pensando na ingratidão e falta de consideração das crianças. Anand foi juntar-se aos outros meninos sem pais, os quais, para a plateia formada pelos pais dos outros, estavam dando uma demonstração exagerada de comportamento típico de escolares: gritavam, implicavam com os mais fracos, chamavam um ao outro por apelidos e riam espalhafatosamente de piadas já velhas, cujo sentido, porém, só eles conheciam. Em voz bem alta comentaram a partida de futebol que ia haver aquela tarde na Savannah, no final da rua; muitos disseram que iam assistir. Um menino particularmente intrépido falou do filme que vira na véspera. Falavam, e suas mãos suadas manchavam os mata-borrões e réguas, e quase deixavam cair os vidros de tinta; e esperavam.

Quando tocou o sinal, o pátio imediatamente silenciou. Gritos foram interrompidos, frases ficaram por concluir.

Podia-se ouvir o trânsito da Tragarete Road, bem como o barulho das cozinhas do Queen's Park Hotel. Um esvoaçar de camisas brancas; sapatos recém-engraxados batendo no asfalto do pátio e raspando na escada de concreto; uma linha sinuosa de sarja azul a cada porta; passos hesitantes no salão; aqui e ali, um agressivo bater de tampa de carteira. Depois, silêncio. E os pais, sozinhos no pátio, olhavam para as portas.

Lentamente se dispersaram. Três horas depois voltaram a reunir-se, as roupas um pouco mais desalinhadas, os rostos lustrosos. Muitos carregavam embrulhos manchados de óleo. Parados à sombra dos prédios e árvores, olhavam para as portas do salão. Um inspetor andava tranquilo de um lado para o outro, em mangas de camisa, com folhas de papel na mão; de vez em quando tossia silenciosamente na mão fechada. Parou um carro não muito longe dos portões da escola; o motorista, um homem de meia-idade, encostado no ângulo formado pela porta e o banco, apoiava o jornal no volante e o lia com o dedo no nariz.

Então apareceu um cesto de comida. Um cesto de vime, das beiras do qual saíam as pontas de um guardanapo branco passado a ferro. Uma criada de uniforme segurava o cesto e esperava à sombra da árvore ao lado da casa do zelador, ignorando os olhares dos pais que traziam embrulhos manchados de óleo.

Vieram mais carros. O sr. Biswas, que acabara de escrever para a edição dominical uma reportagem sobre um caso sensacional de declínio e queda de um homem que acabou virando pobre merecedor, chegou em sua Royal Enfield. Movido pela força do hábito que adquirira desde que começara a visitar casas de pobres, acorrentou a bicicleta às grades da escola. Entrou no pátio da escola ainda com os grampos nas calças, os quais lhe emprestavam um ar de eficiência e energia.

Mais dois cestos apareceram. Um era carregado por uma criada de uniforme; o outro, por uma mulher de blusão. As duas ficaram ao lado da primeira criada com cesto.

Chegou Govind. Não estava com a mesma disposição de espírito que manifestara pela manhã. Bateu a porta de seu táxi com força e ficou a andar de um lado para o outro à frente dos portões da escola, sorrindo para a calçada, cantarolando, com as mãos para trás.

Um ruído como de pombos esvoaçando na sala: provas sendo recolhidas. O som prolongado de tampas de carteiras batendo, pés raspando no chão, passos mais seguros de si do que de manhã, uma explosão desordenada de camisas brancas, muitas linhas interrompidas de sarja azul: como se o batalhão disciplinado de algumas horas antes tivesse sido desbaratado e agora batesse em retirada apressadamente, abandonando seus equipamentos. E os pais avançaram, como quem recebe um trem que chega à estação, alguns decididos, indo direto para o lugar certo, outros se perdendo nos redemoinhos de branco e azul-escuro, hesitantes.

Mesmo em meio àquela confusão os cestos foram percebidos, e dois deles deram em surpresas: os meninos a quem se destinavam eram tímidos e insignificantes; estavam agora sendo levados para as salas de aulas pelas empregadas, que os dominavam.

Todos os pais estavam recebendo relatórios verbais. Folhas de perguntas eram exibidas, dedos sujos de tinta apontavam. Alguns já davam as costas à multidão e começavam a explorar os embrulhos de papel pardo ou branco, furtivamente.

O sr. Biswas viu primeiro Vidiadhar: descia as escadas correndo, um limão claramente visível em cada bolso da calça, as roupas um pouco amarrotadas, porém o rosto tão fresco e alegre e limpo quanto estava ao chegar. O hipocritazinho. Juntou-se a um grupo de meninos sem pais que se havia formado em torno do professor da turma. Agora não estavam mais tentando impressionar os pais ou os colegas: estavam ansiosos, excitados, esganiçados.

Anand evitou-os quando saiu. A caneta que o sr. Biswas lhe emprestara para qualquer eventualidade tinha vazado no bolso de sua camisa, fazendo uma grande mancha úmida: era como se seu coração tivesse sangrado tinta. Seus cabelos estavam despenteados; havia tinta nos lábios e acima deles, formando um bigode; e manchas de tinta nas bochechas e na testa. O rosto estava tenso; parecia abatido, exausto e irritadiço.

— Bem — disse o sr. Biswas, sorrindo, decepcionado —, correu tudo bem?

— Tire os grampos das calças!

Estupefato com a veemência do menino, o sr. Biswas obedeceu.

Anand lhe entregou as folhas de perguntas, mal dobradas, já sujas. O sr. Biswas começou a desdobrá-las.

— Ah, guarde no seu bolso — disse Anand, e o sr. Biswas obedeceu novamente.

Um menino chinês preocupado, irremediavelmente sujo e desarrumado, com calças de sarja largas e compridas demais, chegando abaixo dos joelhos magros, destacou-se do grupo ao redor do professor e aproximou-se deles. Numa das mãozinhas trazia, desavergonhadamente, um enorme sanduíche de queijo, grosso demais, ao que parecia, para sua boca pequena; mas numa das pontas do sanduíche já havia marcas irregulares de dentadas. Na outra mão tinha uma garrafa de água gaseificada. Seu rosto miúdo estava desfigurado de ansiedade; o sanduíche e a água eram irrelevantes.

— Biswas — disse ele, ignorando a presença do sr. Biswas —, aquele problema do ciclista...

— Ah, não me encha — disse Anand.

O sr. Biswas sorriu para o menino, pedindo desculpas, mas o menino não reparou. Sem pai, afastou-se, sozinho com sua ansiedade, sem ninguém para garantir-lhe que a sua resposta estava certa e a do professor estava errada.

— Você não devia fazer isso — disse o sr. Biswas.

— Tome a sua caneta.

O sr. Biswas pegou a caneta. Estava pingando tinta.

— E o seu relógio. — Anand estava ansioso para se livrar de todas as coisas que lembrassem os preparativos daquela manhã.

Govind e Vidiadhar já tinham ido embora. Os outros carros também. O pátio estava menos barulhento. O sr. Biswas levou Anand à leiteria para almoçar. Cheia de meninos acompanhados de seus pais, a leiteria se transformara num lugar estranho. Como prêmio, Anand tomou leite com chocolate em vez de leite puro; porém não achou graça no chocolate, nem em nada: tudo aquilo era só parte do ritual daquele dia de sacrifício.

O pátio encheu-se outra vez. Os carros voltaram, largaram os meninos e foram embora. Os cestos e as criadas também se foram. Quando o sinal tocou, não houve silêncio imediato, como de manhã, e sim conversas, ruídos de passos e de carteiras se fechando, que aos poucos foram morrendo, até o silêncio.

O sr. Biswas desdobrou as folhas de perguntas de Anand. As margens da prova de aritmética estavam cheias de cálculos frenéticos e espremidos: frações sendo reduzidas e inúmeras multiplicações, algumas terminadas, outras abandonadas no meio. O sr. Biswas não gostou daquilo. Então viu que na prova de geografia Anand escrevera suas iniciais com muito capricho, primeiro traçando os contornos a lápis, depois preenchendo-os, também a lápis; isto encheu o sr. Biswas de desânimo.

A sessão da tarde foi mais curta, e no final havia poucos pais no pátio. Só um carro veio. A tensão dramática do dia terminara. Ninguém saiu correndo da sala. Os meninos tiravam as gravatas, dobravam-nas e as punham nos bolsos das camisas, com a extremidade mais larga para fora (uma moda recente). Um inspetor, com um paletó surrado e grampos nas calças, descia a escada com sua bicicleta desengonçada: não era mais uma figura inatingível que inspirava medo, e sim apenas um homem voltando para casa depois do expediente.

Anand, gravata enfiada no bolso, colarinho virado para cima, correu sorridente até o sr. Biswas.

— Olhe! — disse ele, mostrando a prova de inglês.

Um dos temas de redação era a campanha Plante Mais Alimentos.

Trocaram um sorriso de conspiradores.

— Biswas! — gritou um garoto. — Você vai na Savannah?

— Vou, sim!

Correu para os colegas; e o sr. Biswas, com caneta, lápis, régua, borrachas e vidros de tinta, foi para casa de bicicleta.

534

Curiosamente, os meninos, que haviam passado o semestre inteiro falando de futebol e corridas, agora, assistindo a uma importante partida de futebol, só falavam sobre as provas.

Anand voltou para casa pouco depois do entardecer. Suas calças de sarja estavam sujas de poeira, sua camisa úmida de suor, e ele estava muito deprimido.

— Não passei — disse ele.

— O que houve? — perguntou o sr. Biswas.

— A prova de ortografia. Os sinônimos e homônimos. Eram tão fáceis que resolvi deixar para o final. Aí eu esqueci de fazer.

— Quer dizer que você deixou em branco uma questão inteira?

— Eu só me lembrei lá na Savannah.

A depressão contagiou Savi, Myna, Kamla e Shama e foi acentuada pela alegria dos irmãos de Vidiadhar, o qual, imune aos acontecimentos do dia, estava naquele momento no Cine Roxy assistindo ao seriado completo *Os temerários do Círculo Vermelho*. As folhas de perguntas que ele trouxera para casa estavam quase intatas — nelas ele só fizera marcas alegres que assinalavam as perguntas que havia respondido. As respostas às questões de aritmética, muito bem copiadas num pedacinho de papel, estavam todas corretas. Ele soubera o significado de todas as palavras difíceis; havia descoberto os sinônimos e não fora enganado por nenhum homônimo. E ele não tivera aulas particulares. Não tinha assistido a uma infinidade de aulas particulares. Ninguém tinha ido levar-lhe Ovomaltine e san-duíches às cinco horas. Ele não estudava há muito tempo em Port-of-Spain; bebera pouco leite e comera poucas ameixas.

— Bem que eu sempre dizia — comentou Shama, embora jamais tivesse dito coisa parecida — que a sua desatenção ia estragar tudo.

— Daqui a uns anos você vai rir quando se lembrar disso tudo — disse o sr. Biswas. — Você fez o melhor que pôde. E todo esforço verdadeiro sempre vale a pena. Não se esqueça disso.

— Ah, é? E o senhor? — disse Anand.

E, embora dormissem na mesma cama, os dois não se falaram mais o resto da noite.

Anand não tinha mais estudos a fazer aquele ano, nem mais leite a beber, porém na segunda-feira foi à escola. Todos os candidatos do sábado estavam lá. Haviam se tornado uma casta superior ociosa. Alguns dos meninos passaram o dia tentando responder às questões do concurso do mesmo modo como haviam feito no sábado. (O menino chinês, com uma mortificação que era quase terror, conseguiu encontrar a resposta correta para o problema do ciclista.) Os outros exibiam seu ócio. De início contentavam-se em ficar dentro da sala de aula sem fazer parte da turma, vendo os candidatos do ano seguinte aprendendo a matéria do concurso. Mas em pouco tempo isso perdeu a graça, e eles foram para o pátio. Sua atitude em relação ao concurso não era mais a mesma da tarde de sábado: agora todos só falavam em fracasso. Anand, que não acreditava em nenhum deles, exagerou o erro que cometera. No final, todos estavam se proseando do quanto haviam se dado mal no concurso; e davam a impressão de que pouco se importavam com isso. O tempo demorava a passar, e o surgimento de um maço de cigarros apenas animou a tarde um pouco: foi decepcionante, mas pelo menos era uma travessura. Pela primeira vez em muitos anos, Anand pôde ir para casa assim que soou o sinal da tarde. Até a semana anterior, aquilo fora para ele o máximo em matéria de liberdade. Mas agora ele tinha medo de afastar-se dos colegas, tinha medo de voltar para casa. Só chegou às seis.

Excepcionalmente, o sr. Biswas estava embaixo da casa, no lugar normalmente usado por Shama para cozinhar. Estava com roupas de trabalho e cansado, mas muito alegre.

— Ah, eis que chegou o rapazinho — disse, saudando

Anand. — Estou a sua espera. Tenho uma coisa para você, meu jovem. — Tirou um envelope do bolso do paletó.

Era uma carta de um juiz inglês. Ele dizia que vinha acompanhando o trabalho do sr. Biswas no *Sentinel*, que o admirava e gostaria de conhecê-lo para tentar convencê-lo a entrar para um grupo literário que ele havia organizado.

— "E o senhor", é? "E o senhor", é? Pois é como eu lhe digo, rapaz, todo esforço verdadeiro sempre vale a pena. Não que eu espere receber alguma coisa daquela porcaria de jornal. Nem de você.

O entusiasmo do sr. Biswas era extravagante. Anand achava que sabia por quê. Mas não estava com disposição de confortar ninguém, de associar-se à fraqueza. Devolveu a carta ao sr. Biswas sem dizer palavra.

O sr. Biswas pegou a carta, distraído, disse a Shama que levasse sua comida para cima e foi para o quarto de fora. Estava sozinho, também, quando acordou no meio da noite, toda a casa roncando, Anand dormindo a seu lado, e olhou pela janela para o céu limpo e morto.

Encontrou-se com o juiz no dia seguinte e foi à reunião do grupo literário na noite de sexta. Era uma hora ótima de sair de casa, pois na tardinha de sexta as viúvas vinham de Shorthills e passavam a noite embaixo da casa. Estimuladas pelo sucesso dos camiseiros indianos, elas tinham resolvido entrar no ramo das confecções. Como nenhuma das cinco sabia costurar bem, resolveram aprender, e todas as sextas iam às aulas de corte e costura ministradas no Royal Victoria Institute; cada viúva se especializava num aspecto diferente do *métier*. Chegavam no final da tarde, eram recebidas com entusiasmo pelos leitores e estudiosos e alimentadas por Basdai. Os leitores e estudiosos, que não apanhavam de Basdai quando suas mães estavam presentes, ficavam particularmente barulhentos; havia um clima de festa na casa.

O sr. Biswas se viu um pouco deslocado no grupo literário. Fora os que lera na *Cartilha real* e no *Livro do declamador*, os únicos poemas que conhecia eram os de Ella Wheeler Wilcox e Edward Carpenter; e na casa do juiz o forte era a poesia. Mas a bebida era farta, e já era tarde quando o sr. Biswas voltou e estacionou sua bicicleta embaixo da casa, a cabeça cheia de nomes como Lorca, Eliot e Auden. Os leitores e estudiosos dormiam em cima de bancos e mesas. As viúvas, vestidas de branco e cantando baixinho, sentadas à luz de uma lâmpada fraca, jogavam cartas, tomando café e manuseando peças de costura que, após semanas de aula, já estavam sujas. Subiu a escada da frente no escuro e acendeu a luz de seu quarto. Anand estava esparramado na cama, atrás da pilha de travesseiros. Ele despiu-se e espremeu-se entre a mesa e a cama. Atraída pela luz, Shama veio do quarto de dentro e percebeu os sintomas — lentidão, precisão de movimentos e silêncio — que ela associava às idas do sr. Biswas a Pagotes nos domingos.

Para ser aceito como membro do grupo, ele tinha que ler um trabalho seu. Não sabia o que mostrar. Não sabia escrever poemas e havia jogado fora as histórias intituladas "Fuga". Porém conhecia bem aquela história; podia reescrevê-la. Ainda não conseguira imaginar um fim satisfatório, mas já lera textos de ficção moderna em quantidade suficiente para saber que um final muito definido talvez desagradasse ao grupo. Não podia usar como protagonista o "John Lubbard" sem rosto, "alto, bonito, de ombros largos"; isto causaria hilaridade. Tinha que ser implacável. Seu herói seria Gopi, um comerciante do interior, "pequeno, magro e mirrado". Pegou um bloco do *Sentinel*, deitou-se e, com uma letra caprichada, começou a escrever as palavras já tão conhecidas: *Aos trinta e três anos de idade, quando já era pai de quatro filhos...*

Estas palavras jamais chegaram a ser lidas para o grupo. Este conto, como os anteriores, jamais foi terminado. Pois, antes mesmo que Gopi tivesse tempo de conhecer sua heroína estéril, o sr. Biswas foi informado de que Bipti, sua mãe, havia morrido.

Ele pegou as crianças na escola e foram todos, com Shama, à casa de Pratap. Já da estrada dava para ver que a varanda e as escadas estavam cheias de gente; pareciam estar cobertas de panos brancos. Ele não esperava tamanha multidão. Lá estavam Tara e Ajodha, este com uma cara aborrecida. Mas as pessoas, em sua maioria, eram desconhecidas: as famílias de sua cunhada, os amigos de seu irmão, as amigas de Bipti. Era como se estivessem no enterro de uma desconhecida. O corpo que jazia no caixão na varanda pertencia mais a eles. O sr. Biswas ansiava por sentir dor. Surpreso, constatou que só sentia ciúme.

Shama, cumprindo sua obrigação, chorou. Dehuti, que vivia no ostracismo desde que se casara, estava sentada no meio da escada; a cada um que chegava ela soltava gritos lancinantes e agarrava os pés do recém-chegado como se quisesse derrubá-lo e impedi-lo de chegar à varanda. A pessoa em questão, vendo sua calça ou saia apertada contra um rosto úmido, acariciava a cabeça de Dehuti por cima do véu e ao mesmo tempo tentava livrar sua roupa das mãos dela. Ninguém tentava tirar Dehuti dali. Todos conheciam sua história e achavam que ela estava fazendo penitência e portanto não devia ser interrompida. Ramchand, embora mais contido, também surpreendeu. Ocupava-se com os detalhes do funeral agindo com tanta autoridade que ninguém poderia imaginar que ele nunca falara com Bipti nem com os irmãos do sr. Biswas.

O sr. Biswas passou por Dehuti e foi ver o corpo. Depois não quis mais olhar para ele. Mas, enquanto andava pelo quintal e entre as pessoas, o cadáver não lhe saía da cabeça. Oprimia-o uma sensação de perda: não uma perda presente, porém algo que perdera no passado. Tinha vontade de ficar sozinho, comungar com esse sentimento. Porém o tempo era curto, e o tempo todo via Shama e as crianças, aqueles seres alheios, aquelas afeições alheias, que se nutriam dele e o expulsavam daquela parte de seu próprio ser que permanecia puramente sua, que por tanto tempo estivera submersa e agora desapareceria para sempre.

As crianças não foram ao cemitério. Ficaram vagando pelo amplo quintal da casa de Pratap, olhando a distância para outros

539

grupos de crianças — um confronto entre crianças da cidade e crianças do interior. Anand, com o traje do concurso, levou as irmãs à horta e ao estábulo. Examinaram uma roda de carroça quebrada. Atrás do galinheiro viram uma galinha e seus pintos remexendo um monte de bosta. As meninas e as aves fugiram em direções opostas, e as crianças do interior riram.

De volta a Port-of-Spain, os outros começaram a perceber a quietude do sr. Biswas, seus silêncios, seu recolhimento. Não se queixava do barulho; desestimulava, ainda que delicadamente, todas as tentativas de envolvê-lo em conversas; dava longas caminhadas noturnas sozinho. Não mandava ninguém pegar-lhe fósforos, cigarros ou livros. E escrevia. Não dizia a ninguém o que estava escrevendo. Escrevia com energia mas sem entusiasmo, com determinação, amarrotando folha após folha. Comia pouco, porém sua indigestão havia passado. Shama comprou para ele salmão em lata, sua comida favorita; mandou as meninas limparem sua bicicleta e encarregou Anand de encher os pneus todas as manhãs. Porém o sr. Biswas parecia não perceber essas atenções.

Uma tarde, Shama foi ao quarto de fora e ficou parada à cabeceira. Ele estava escrevendo de costas para ela. Shama estava fazendo sombra, mas ele não gritou.

— O que há com você, Mohun?

Ele disse, com uma voz neutra:

— Você está fazendo sombra. — Largou papel e lápis.

Shama espremeu-se entre a mesa e a cama e sentou-se na beira da cama, perto da cabeça dele. Seu peso causou um pequeno tumulto. O travesseiro inclinou-se, e a cabeça do sr. Biswas escorregou para fora, quase caindo no colo de Shama. Ele tentou mexer a cabeça, mas quando ela a segurou ele ficou imóvel.

— Você não parece bem — disse ela.

Ele aceitou as carícias. Ela alisou-lhe os cabelos, elogiou-lhes a qualidade, disse que estavam rareando mas, gra-

540

ças a Deus, não estavam embranquecendo, como os dela. Ela arrancou um fio de seu próprio cabelo e colocou-o sobre o peito dele.

— Olhe — disse ela —, completamente branco. — E riu.

— Branco mesmo.

Shama olhou para as folhas que ele havia largado. Viu as palavras *Meu caro doutor*; o "meu" fora riscado e reescrito por cima.

— Para quem você está escrevendo?

Não conseguiu ler o resto, pois depois da primeira linha sua letra estava totalmente ilegível.

Ele não respondeu.

Durante algum tempo, até que a posição tornou-se desconfortável para Shama, ficaram assim, em silêncio. Ela alisava-lhe os cabelos, olhava para ele e para a janela aberta, ouvia o zumbido e os gritos que vinham dos dois andares da casa. Ele fechava os olhos e os abria de novo, enquanto ela o acariciava.

— Quem é esse médico? — Apesar do longo intervalo, parecia não haver nenhuma interrupção entre as perguntas que ela fazia.

Ele não disse nada.

Então disse:

— O dr. Rameshwar.

— Aquele que...

— É. O que assinou o atestado de óbito da minha mãe.

Ela continuou a alisar seus cabelos, e lentamente ele começou a falar.

Tinha havido um problema com o atestado. Não, não exatamente um problema. Pratap mandara avisar as pessoas; Prasad veio e os dois foram, tristes e ansiosos, procurar o médico. Era meio-dia; o calor era intenso; o corpo não aguentaria muito tempo. Tiveram que esperar muito tempo na varanda do médico; reclamaram, e o médico xingou os dois e a mãe deles. Seu mau humor continuou até chegar à casa; com raiva e desrespeito, examinou o corpo de Bipti, assinou o atestado, cobrou seus honorários e foi embora. Os dois irmãos haviam contado

541

isso ao sr. Biswas não com raiva, mas simplesmente como se o incidente fosse mais uma das atribulações daquele dia: a morte, os avisos enviados, os preparativos.

— E por que você não me falou? — perguntou Shama em híndi.

Ele não respondeu. Era algo que só dizia respeito a ele. Se falasse sobre o assunto, estaria se expondo ao desprezo de Shama e das crianças; ao mesmo tempo, estaria envolvendo-se em sua própria humilhação.

O consolo de Shama foi uma surpresa. Ela falou com as crianças, e ele sentiu-se ainda mais fortalecido quando elas manifestaram não mágoa, mas raiva.

Ele ficou quase alegre e dedicou-se à tarefa de redigir a carta com certo entusiasmo. Leu para Anand os rascunhos que escrevera e pediu-lhe comentários. Os rascunhos eram histéricos e difamatórios. Mas com sua nova disposição de espírito, e depois de reescrevê-la muitas vezes, a carta transformou-se num ensaio filosófico abrangente sobre a natureza do homem. Tanto ele quanto Anand a acharam engraçada, benevolente e, em alguns trechos, condescendente na medida certa; e excitava-os a ideia de que o médico ficaria surpreso ao receber uma carta como aquela de um parente de alguém que lhe parecera não passar de uma camponesa. O sr. Biswas se identificava como filho da mulher para quem o médico passara o atestado de óbito de modo tão grosseiro. Comparava o médico ao herói irado de uma epopeia hindu, e pedia desculpas por mencionar uma epopeia hindu para um médico que abandonara sua religião em favor de uma superstição recém-surgida, que agora estava sendo exportada em massa para povos selvagens de todo o mundo (o médico era cristão). Talvez o médico tivesse agido dessa forma por motivos políticos ou sociais ou simplesmente para fugir de sua casta; mas ninguém podia fugir daquilo que era. Esse tema era desenvolvido, e a carta concluía afirmando que ninguém podia negar sua própria humanidade sem perder seu amor-próprio. O sr. Biswas e Anand procuraram por toda a obra de Shakespeare e acharam, na peça *Medida por medida*, muita coisa que podia ser citada. Citaram também trechos do Novo Testamento e do *Gita*.* A carta chegou a oito páginas. Foi datilografada na máquina de escrever amarela e posta no correio; e o sr. Biswas, empolgado com o resultado de suas duas semanas de trabalho, disse a Anand:

— Que tal mais algumas cartas antes do Natal, hein? Uma para um homem de negócios. Para acertar as contas com o Shekhar. Outra para um diretor de jornal. Acertar contas com o *Sentinel*. Depois publicar tudo num livreto. Dedicado a você.

Mas a ferida permanecia, funda demais para a raiva ou pensamentos de vingança. O que acontecera estava guardado no tempo. Porém era um erro, e não parte da verdade. Ele queria afirmar isso e fazer algo que fosse um desafio ao que havia acontecido. O corpo, enterrado, não fora consagrado, e cabia a ele homenageá-lo: a mãe que permanecera desconhecida e que ele jamais tinha amado. Acordando no meio da noite, ele sentia-se exposto e vulnerável. Ansiava por mãos que o cobrissem todo, e só conseguia pegar no sono outra vez com as mãos sobre o umbigo; não suportava o contato de qualquer objeto estranho, por mais tênue que fosse, com aquela parte de seu corpo.

Para homenagear, faltava-lhe o talento. Ele não tinha palavras para dizer o que queria dizer, as palavras do poeta, que encerram um significado total maior do que a soma dos sentidos das partes. Porém uma noite, quando, acordado, olhava para o céu pela janela, resolveu levantar-se, chegou até o interruptor, acendeu a luz, pegou papel e lápis e começou a escrever. Dirigia-se a sua mãe. Não pensava em ritmo; não usava palavras abstratas e desonestas. Escreveu sobre o dia em que chegou ao alto do morro e viu a terra negra e revolvida, as marcas da pá, os riscos feitos pelos dentes do forcado. Escreveu sobre uma viagem que fizera muitos anos antes. Estava cansado; ela o fez descansar. Tinha fome; ela lhe deu de comer. Não tinha para onde ir; ela o recebeu de braços abertos. O trabalho de

---

* O *Bhagavad Gita*, texto sagrado do hinduísmo. (N. T.)

543

escrever o excitava e aliviava; tanto assim que conseguiu olhar para Anand, que dormia a seu lado, e pensar: "Coitadinho. Foi reprovado no concurso".

Tendo escrito o poema, violado sua intimidade, sua integridade foi restaurada. E quando, na sexta-feira, as cinco viúvas chegaram a Port-of-Spain para as aulas de corte e costura no Royal Victoria Institute, e a casa ficou cheia de barulhos, gritos, falatórios e cantorias, sons de rádio e de vitrola, o sr. Biswas foi à reunião de seu grupo literário e anunciou que finalmente ia ler um texto seu.

— É um poema — disse. — Em prosa.

Tudo brilhava na varanda do juiz, imersa na penumbra. Sobre a mesa havia garrafas de uísque e rum, soda e refrigerante de gengibre, mais uma tigela de gelo picado.

O sr. Biswas sentou-se na cadeira mais próxima à luz e bebeu um gole de uísque com soda.

— Não tem título — disse. E, tal como ele esperava, esta afirmação foi bem recebida.

Então deu um vexame. Julgando-se livre do que havia escrito, começou a ler o poema com frieza, até mesmo com um pouco de ironia. Mas, à medida que foi lendo, suas mãos começaram a tremer, fazendo barulho com o papel; e quando falou da viagem sua voz começou a falhar. Repetidamente sua voz falhava; sentia cócegas nos olhos. Porém seguiu em frente, tão emocionado que, quando terminou, ninguém disse palavra. Ele dobrou o papel e guardou-o no bolso do paletó. Alguém encheu seu copo. Ele ficou olhando para baixo, como se estivesse zangado, como se estivesse completamente sozinho. Não disse mais nada durante o resto da reunião, e a vergonha e o constrangimento levaram-no a beber demais. Quando chegou em casa, as viúvas cantavam baixinho, as crianças dormiam; e ele envergonhou Shama vomitando ruidosamente no banheiro de fora.

Acontecesse o que acontecesse, Anand faria o curso colegial. Foi o que o sr. Biswas e Shama resolveram. Não seria fácil, mas seria cruel e insensato dar ao menino apenas instrução primária. As meninas concordaram. Elas não haviam recebido leite nem ameixas e tinham pouca possibilidade de vir a cursar o colegial; porém não estavam indo bem nos estudos e não se consideravam merecedoras. Myna e Kamla insistiam em que o sr. Biswas devia fazer uma declaração pública no sentido de que Anand iria para o colégio, pois Vidiadhar estava agindo como se já tivesse ganhado a bolsa e estava abertamente estudando latim, francês, álgebra e geometria, as matérias maravilhosas que eram ensinadas no colegial.

A declaração foi feita, embora nem o sr. Biswas nem Shama soubessem de onde viria o dinheiro para custear os estudos de Anand.

Shama falou em pegar sua vaca, Mutri, e trazê-la de Shorthills.

— Onde é que ela vai ficar? — perguntou o sr. Biswas. — Lá embaixo, com os pensionistas?

— O leite está custando de dez a doze centavos a garrafa — disse Shama.

— E a grama, hein? Você acha que é só amarrar a Mutri lá na Adam Smith Square ou no *playground* da Murray Street? Você anda lendo demais os livros do capitão Cutteridge. E quanto leite você acha que a coitada da Mutri vai poder dar depois desses anos todos com a sua família?

A cabeça de Shama andava cheia de planos empresariais, desde a sexta-feira em que uma das viúvas, tendo concluído que a ideia da confecção só daria frutos a longo prazo, trouxe um saco de laranjas de Shorthills. Com uma cara excepcionalmente séria, chamou um de seus filhos e mandou-o colocar as laranjas numa bandeja, a bandeja em cima de uma caixa e a caixa na calçada. Então foi ao Royal Victoria Institute. A ideia da viúva era de uma simplicidade cristalina: não exigia muito esforço nem nenhum investimento. Houve muitas discussões acaloradas entre as viúvas aquela noite; muitos planos foram esboçados, e vagos futuros vislumbrados. A viúva que tomara a iniciativa não dizia nada; continuava tão séria e fúnebre quanto antes, chupando linha, enfiando linha na agulha e costurando.

O aparecimento de uma pequena pilha de laranjas sobre uma bandeja à frente do muro alto e liso da casa criou uma pequena sensação naquela rua residencial. E com isso aumentou o medo do sr. Biswas de que pobres impacientes localizassem sua residência.

Com o concurso de Anand e a morte de sua mãe, ele havia se descuidado dos pobres. Havia correspondência acumulada, e estava ele sentado em sua sala no *Sentinel* uma manhã, datilografando pela enésima vez: *Prezado senhor: Encontrei sua carta ao regressar de minhas férias...*, quando um repórter aproximou-se de sua mesa e disse:

— Parabéns, meu velho.

Era o correspondente de educação do jornal. Tinha nas mãos umas folhas datilografadas. Era o resultado do concurso de bolsas.

Numa página cheia de nomes, lá estava o de Anand.

Havia se classificado em terceiro lugar e ganhara uma das doze bolsas.

Tão fascinante quanto a notícia em si foi a generosidade com que ela foi recebida pelos empregados mais velhos do jornal. Os muito jovens, que haviam feito o mesmo concurso não muitos anos antes, permaneceram distantes e indiferentes.

Terceiro lugar! Terceiro em toda a ilha! Era fantástico. Só dois meninos mais inteligentes! Não havia como apreender o fato de estalo.

Recuperando-se, o sr. Biswas tentou esquivar-se dos elogios.

— Mas o professor foi muito bom. — Porém não conseguiu levar isso adiante. — E o menino foi descuidado, sabe? Deixou uma questão inteira em branco. Na prova de ortografia. Sinônimos e homônimos.

Começou a perder sua plateia.

— Sabia, mas achou que era fácil demais.

Os repórteres foram voltando para suas mesas.

— E aí esqueceu de fazer. Deixou em branco. Uma questão inteira.

Depois de uma manhã alegre, durante a qual investigou as circunstâncias de dois pobres com um bom humor que os ofendeu, voltou à redação e convidou o correspondente de educação e o editor-geral do sr. Burnett a tomar cerveja com ele no bar da esquina. Lá, cercados por murais extravagantes de praias tropicais, beberam: três homens, todos com menos de quarenta anos, que consideravam suas carreiras profissionais já encerradas, cujas ambições se baseavam nas realizações de seus filhos. O sucesso do filho de um deles dava esperança aos outros. Compartilhavam da alegria do sr. Biswas; mas não de seu delírio.

— Pode deixar a Mutri morrer em paz — disse ele a Shama quando chegou à casa, silenciosa, ao meio-dia; e sua alegria a deixou intrigada. — E as laranjas? Quer começar a vender também? Virar sócia das viúvas? As cinco bruxas das finanças.

Na verdade, o esquema das laranjas não dera certo. Três laranjas tinham sido vendidas a um soldado americano desgarrado por um pêni; as outras haviam se estragado ao sol. O fracasso foi atribuído ao ponto pouco adequado e ao esnobismo e ciúme dos vizinhos, os quais, só para fazer pirraça, preferiram ir até o mercado para comprar laranjas a um preço mais alto. Também o filho da viúva recebeu uma parcela de culpa por sua falta de entusiasmo e falso orgulho: ele tinha ficado a uma certa distância das laranjas, tentando fazer de conta que nada tinha a ver com elas.

Quando o sr. Biswas deu a notícia da bolsa, Shama começou a defender as viúvas, e ela e o sr. Biswas tiveram uma longa e amistosa discussão sobre os Tulsi. Foi como nos velhos tempos, e o sr. Biswas, que saiu vitorioso como sempre, consolou Shama com uma promessa que não repetia há algum tempo:

— Vou comprar aquele broche de ouro para você, menina! Um dia desses.

— Acho que vai ficar bonito no meu caixão.

A escola tinha conquistado os quatro primeiros lugares do concurso e ganhado sete das doze bolsas. As notas de aula e as aulas particulares do professor, cuja fama era legendária, mais uma vez haviam triunfado. Cinco das bolsas foram ganhas por cus de ferro notórios, como Anand e o menino chinês, e não suscitaram muitos comentários. A sexta ficou com um dos meninos tímidos que receberam cestos de comida; agora passou a ser considerado sonso. Porém a maior surpresa de todas foi o menino que tirou o primeiro lugar. Era um negro de estatura imensa, um ano mais moço que Anand, mas que parecia ser muito mais velho. Seus antebraços já tinham veias visíveis, e no queixo e nas faces já brotavam pelos. Ele havia criticado com veemência os cus de ferro; fora um dos principais participantes das conversas sobre cinema e esportes; tinha conhecimentos fenomenais sobre os escores dos campeonatos de críquete da Inglaterra de toda a década de 30; e fora o primeiro a falar em sexo. Afirmava já ter tido muitas relações sexuais, dando a entender que, quando saía da aula particular, com a sacola quicando sobre as nádegas proeminentes, não ia fazer deveres de casa e sim buscar encontros amorosos, pois as mulheres mais velhas o assediavam. Exibia conhecimentos convincentes sobre anatomia e fisiologia femininas; e a ideia de que sua vida fora da escola caracterizava-se pela indiferença aos livros de estudo e notas de aula era reforçada por sua paixão pelos romances de P. G. Wodehouse,* cujo estilo ele imitava em suas composições com muito sucesso. Sua popularidade nunca foi tão baixa como naquela manhã; seu êxito no concurso punha em dúvida todas as suas histórias de aventuras sexuais. Ele insistiu em que não havia estudado muito, que só fizera uma revisão apressada na última hora, que o resultado surpreendera a ele mais do que a qualquer outro. Porém ninguém acreditou.

* Humorista inglês, de estilo rebuscado, característico (1881-1975). (N. T.)

Vieram fotógrafos dos jornais. Os bolsistas endireitaram suas gravatas e foram fotografados. Depois estavam livres. Não eram mais alunos da escola. A escola e o professor perderam a importância, e eles estavam ansiosos por sair dali. Nenhum ousava afirmar que queria chegar logo em casa para dar a notícia; além disso, nenhum queria que aquele dia terminasse logo.

A cidade ao sol era um cenário em preto e branco. As árvores estavam imóveis, o céu longínquo. Os meninos andaram até a Savannah, onde ficaram sentados vendo as pessoas que entravam e saíam do Queen's Park Hotel. Nos dois vãos caiados ao lado da entrada do hotel ficavam dois porteiros de raro negrume, com túnicas engomadas alvas como a neve. O efeito era austero, porém pitoresco. Os meninos ficaram a se perguntar, falando bem alto, por que motivo o hotel havia procurado os homens mais negros da ilha para aquela função e o que os levara a aceitar o emprego. Em seguida, discutiram exaustivamente a questão de se eles aceitariam aquele trabalho se fossem tão negros. Os motoristas de táxi, acocorados no asfalto, riam baixinho; e os porteiros, obrigados a manter sua pose de estátuas, já que o entra e sai era constante, só podiam fazer gestos furtivos de ameaça e formar com os lábios palavrões rápidos e silenciosos. Os meninos riram e foram embora. Caminharam pela Savannah, sempre à sombra das árvores maiores. Em Queen's Park West encontraram uma carrocinha vendendo raspas de gelo de duas cores. Compraram; chuparam; sujaram as mãos, os rostos, as camisas. Então o menino negro, ansioso para reconquistar seu prestígio, sugeriu que fossem ao Jardim Botânico para procurar casais copulando. Foram e olharam. O menino negro despachou um menino para cada direção; encontraram um casal, fazendo com que os amantes tivessem que restabelecer sua compostura rapidamente. Da segunda vez, foram perseguidos por um marinheiro americano indignado. Fugiram para o Jardim de Pedras e passaram pelas maravilhas arquitetônicas da Maraval Road. Passaram pelo castelo baronial escocês, a mansão mourisca, o palácio semioriental, a residência do bispo, em estilo colonial espanhol, e chegaram ao colégio azul e vermelho, em estilo italiano; estava vazio, embora houvesse dois carros parados sob a sacada com pilares e balaustrada. Os meninos estavam orgulhosos e um pouco assustados. Reis por meio dia, logo passariam a ser calouros ali; ou seja, nada. O relógio deu três horas. Olharam para a torre. Aquele mostrador seria visto durante semanas, meses, anos; aqueles sinos se tornariam rotineiros. Assinalariam muitas coisas, muitos inícios e fins. Agora o meio-feriado chegara ao fim.

— Até o início das aulas — disseram os meninos, e foram embora, cada um para um lado.

Aquela noite, enquanto o sr. Biswas e os pais dos outros bolsistas iam até a casa do professor levando presentes — rum, uísque, galinhas e cabras —, os Tuttlezinhos foram obrigados a estudar com uma severidade incomum, embora o Natal não estivesse distante e o semestre estivesse quase no fim. O menino escritor, incentivado, terminou o primeiro volume da *História das Antilhas,* do capitão Daniel. Para Vidiadhar, foi uma noite triste. Ficou sem jantar. Pois Vidiadhar não havia ganhado a bolsa — ele, que trouxera para casa folhas de perguntas imaculadas, com marcas ao lado das questões que havia respondido e uma lista caprichada das respostas corretas das questões de aritmética; ele, que havia começado a estudar latim e francês, que assistira à partida de futebol entre os times dos colégios e torcera pelo seu. Agora, privado de seus livros de latim e francês, Vidiadhar foi obrigado a estudar até tarde suas notas de aula, levando surras frequentes de Chinta.

No dia seguinte, os jornais publicaram fotos de Anand e dos outros vencedores do concurso. Havia também várias colunas em que vinham os nomes, em letras pequenas, dos candidatos que apenas tinham sido aprovados. Os leitores e estudiosos procuraram o nome de Vidiadhar entre eles. Não o encontraram. Sempre do lado do vencedor, os leitores e estudiosos viraram a página e fingiram que procuravam o nome do menino ali e, depois, fingiram procurá-lo na seção de classificados, onde eram usadas as mesmas letras pequenas. Como não tinha autoridade para dar surras nos leitores e estudiosos e não podia agora ameaçá-los com Govind, Chinta só podia xingá-los. Xingou-os um por um; xingou Shama; xingou W. C. Tuttle; xingou Anand e suas irmãs; acusou o sr. Biswas de subornar a banca; mencionou o velho assunto do roubo dos oitenta dólares. Sua voz era um vagido áspero; os olhos estavam vermelhos, o rosto todo inflamado. Os leitores e estudiosos riam. Vidiadhar, gozando o feriado concedido à escola por seus êxitos no concurso, foi obrigado a voltar às suas notas de aula. De vez em quando Chinta interrompia seus impropérios para gritar com ele.

— Cuidado comigo! Me deem aquela faca para ver se eu não corto fora a língua dele. — Dizia também: — De agora em diante você vai passar a pão e água. Só assim que certas pessoas dessa casa vão ficar satisfeitas.

Às vezes calava-se e corria, literalmente corria, até a mesa onde Vidiadhar estava sentado e torcia suas orelhas como quem dá corda num despertador, até que o menino, como se fosse de fato um despertador, abria o berreiro. Então ela lhe dava socos e tabefes, puxava-lhe os cabelos e apertava-lhe a garganta. Estupefato, Vidiadhar enchia páginas e mais páginas com notas de aula que nada significavam agora, com sua letra mirrada, enquanto seus irmãos olhavam de cara feia para todo mundo, como se todos fossem responsáveis pelo fracasso e castigo de Vidiadhar.

Todo o dia e pela noite adentro Chinta continuou a esbravejar, fazendo de sua voz esganiçada parte do ruído de fundo da casa, até que W. C. Tuttle foi levado a fazer um comentário, em seu híndi castiço, com uma voz alta o bastante para chegar até o quarto do sr. Biswas, preparando o caminho para uma reconciliação entre os dois homens, a qual se efetuaria quando o segundo filho de W. C. Tuttle, que ia se preparar para o concurso do ano seguinte, veio pedir a Anand para lhe dar aulas particulares.

E foi dos Tuttle que Anand recebeu os únicos presentes que ganhou por sua aprovação: um exemplar de *O talismã*, dado por W. C. Tuttle, livro que ele achou ilegível, e um dólar, dado pela sra. Tuttle, o qual ele deu a Shama. O sr. Biswas ficou com vergonha de mencionar a promessa escrita no volume de Shakespeare, e Anand não cobrou: contentou-se em achar que a situação de guerra não permitia a compra de uma bicicleta. A escola também não lhe deu prêmio algum. Mais uma vez, a situação de guerra não permitia; e como compensação Anand recebeu um certificado impresso na Imprensa Oficial no final da rua, "em substituição" ao livro encadernado em couro, com letras em ouro, com o selo da escola.

Fora um ano de privações, de preços cada vez mais altos e brigas nas lojas para comprar farinha. Mas no Natal as calçadas encheram-se de pessoas do interior, com roupas exageradamente formais, a fazer compras, e as ruas ficaram entupidas, com um tráfego lento porém ruidoso. Nas lojas só se encontravam brinquedos de madeira desengonçados, de fabricação local, porém os letreiros estavam tão alegres quanto de costume, com papais-noéis de bochechas rosadas, renas saltitantes, folhas e frutas de azevinho e letras cobertas de neve. Nunca os pobres tinham sido tão merecedores, e o sr. Biswas trabalhou mais do que nunca. Porém tudo — as lojas, os letreiros, as multidões, o barulho, a animação — gerava uma alegria esfuziante que fazia parte do período de festas. O ano estava acabando bem.

E ia acabar melhor ainda.

Uma manhã cedo, na semana do Natal, o sr. Biswas estava folheando pedidos na esperança de achar um carpinteiro pobre e merecedor para a véspera de Natal quando um homem de meia-idade, bem vestido, o qual ele não conhecia, foi direto até sua mesa, entregou-lhe um envelope com um gesto formal e, sem dizer palavra, virou-se e saiu rapidamente da redação.

O sr. Biswas abriu o envelope. Então empurrou a cadeira para trás e saiu correndo para a rua. O homem estava dentro de um carro, que já estava indo embora.

— Você não chegou a vê-lo? — perguntou o recepcionista. — Ele perguntou por você. Um médico. Um tal de Rameshwar.

Ele havia respondido à carta. O erro fora reconhecido.

— O que você acha, menino? — perguntou ele a Anand mais tarde. — Uma série de cartas. A um médico. Um juiz. Um negociante e um diretor de jornal. Cunhado, sogra. *Doze cartas abertas*, de M. Biswas. Que tal?

5. O VAZIO

O sr. Biswas era o pai de aluno mais participante do colégio. Adorava todas as regras, cerimônias e costumes do educandário. Adorava os livros didáticos adotados e não abria mão do prazer de levar ele próprio o certificado de bolsista à loja de Muir Marshall na Marine Square e voltar para casa com o pacote de livros, pelos quais nada pagara. Era ele que encapava os livros e escrevia os títulos nas lombadas. Nas folhas de guarda da frente e de trás de cada livro escrevia o nome de Anand, sua série, o nome do colégio e a data. Anand fazia o possível para ocultar isso dos colegas, que escreviam eles próprios seus nomes e tinham liberdade de rabiscar seus livros como bem entendessem. Embora nem Anand nem ele estivessem envolvidos, o sr. Biswas foi ao colégio no dia de entrega de prêmios referente ao ano anterior. Também fez questão de ir lá no Dia das Ciências, e estragou o dia para Anand; pois, enquanto o menino negro corria para os alunos sem pais dizendo: "Venham ver, o caracol trepa com ele mesmo", Anand tinha de ficar com o sr. Biswas, o qual, começando no início, demorou-se a examinar detalhadamente os trabalhos de eletricidade e não chegou a ir além dos microscópios.

— Fique aqui — disse ele a Anand. — Me esconda enquanto eu pego esta lâmina. Vou tossir e cuspir nela. Depois a gente olha no microscópio.

— Está bem, *papai* — disse Anand. — Claro, *papai*.

Porém não chegaram a ver os caracóis. Quando, a título de experiência, cada menino recebeu um caderno de deveres de casa que deveria ser preenchido e assinado todos os dias pelos pais ou responsáveis, o sr. Biswas passou a preencher e assinar meticulosamente. A maioria dos pais não o fez; e pouco depois os cadernos de deveres de casa foram abolidos; o sr. Biswas preencheu e assinou o de Anand até o fim. Ele não duvidava de que o interesse que tinha por Anand era compartilhado por todo o colégio; e quando Anand voltava às aulas após suas crises de asma o sr. Biswas sempre perguntava, à tarde: — Então, o que foi que eles disseram, hein? —, como se a ausência de Anand tivesse afetado a rotina do colégio.

Em outubro, Myna passou a ser alimentada à base de leite e ameixas. Inesperadamente, tinha sido escolhida para participar do concurso de bolsas de novembro. O sr. Biswas e Anand foram com ela ao salão do concurso; Anand, condescendente, agia como quem revê os cenários de sua infância. Viu seu nome pintado no quadro no gabinete do diretor e ficou emocionado com esse detalhe, através do qual a escola tentava compartilhar de sua glória. Quando Myna saiu para almoçar, estava muito animada, mas, com o questionário severo que Anand lhe fez, ficou confusa e triste, admitiu alguns erros e tentou mostrar de que modo outros erros poderiam ser entendidos como respostas corretas. Então levaram-na à leiteria; os três sentiam que aquilo era um desperdício de dinheiro. Quando o resultado do concurso foi divulgado, ninguém parabenizou o sr. Biswas, pois o nome de Myna veio perdido nas colunas de letras pequenas, entre os nomes daqueles que apenas haviam passado.

Ele sofrera a mudança sem perceber. Não havia ocorrido um momento específico em que a cidade perdeu seu romantismo, sua promessa; nenhum momento em que ele passou a se considerar velho, sua carreira encerrada, em que passou a sonhar com o futuro apenas através de Anand. Cada vez que ele se dava conta de algo, não se tratava de uma surpresa, e sim da constatação de uma situação já aceita há muito tempo.

Porém foi diferente quando, acordando no meio da noite uma vez, ele viu que há algum tempo já vinha aceitando como algo inalterável sua situação residencial: a casa barulhenta; a cozinha embaixo da casa; a comida que lhe era trazida pela escada da frente; as crianças crescidas, Shama e ele espremidos em dois quartos. Havia passado a considerar as casas — as salas de visitas iluminadas de porta aberta, o tinir de talheres nas salas de jantar às oito horas, quando ele ia ao cinema, as garagens, os jardins regados com mangueiras nas tardes, as pessoas que, de pernas nuas, descansavam nas varandas nas manhãs de domingo — como coisas que só tinham a ver com os outros, como as igrejas, açougues, partidas de críquete e futebol. Tais coisas já não lhe despertavam a ambição nem lhe causavam desgosto. Ele havia perdido a visão da casa.

Foi mergulhando no desespero como no vazio que, em sua imaginação, sempre representara a vida que ainda haveria de viver. A cada noite afundava mais. Porém agora não havia pânico nem angústia. Ele descobriu em si mesmo apenas uma grande relutância, e aquela parte de sua consciência que temia as consequências desse retraimento foi silenciando cada vez mais.

Prosseguiam as investigações das condições de vida dos pobres; escreviam-se os artigos sobre os merecedores. A trégua com W. C. Tuttle foi rompida, refeita e rompida outra vez. Os leitores e estudiosos liam e estudavam. Anand e Vidiadhar continuavam sem se falar, e este silêncio entre os primos estava começando a ser percebido no colégio, para o qual Vidiadhar também tinha conseguido entrar, se bem que de modo menos honroso, naturalmente. Govind batia em Chinta, usava ternos completos e dirigia seu táxi. As viúvas pararam de frequentar o curso de corte e costura no Royal Victoria Institute, abandonaram o plano da confecção e todos os outros. Uma veio e, não tendo quarto, acampou debaixo da casa, ameaçou abrir uma barraca na feira de George Street, foi dissuadida e voltou para Shorthills. W. C. Tuttle comprou um disco de uma cantora americana de quinze anos de idade, chamada Gloria Warren, interpretando "Você está sempre no meu coração". E todas as manhãs, depois que os leitores e estudiosos saíam da casa, o sr. Biswas escapulia para a redação do *Sentinel*.

* * *

De repente, inesperadamente, o sr. Biswas ganhou alma nova.

Aconteceu durante o segundo ano de Anand no colégio. Com sua experiência inigualável junto aos pobres, o sr. Biswas tinha se tornado o perito do *Sentinel* em assuntos referentes ao bem-estar social. Entre outras atribuições secundárias, ele entrevistava organizadores de obras de caridade e comparecia a inúmeros jantares. Certa manhã, encontrou em sua mesa um recado: teria de entrevistar a recém-chegada diretora do Departamento de Bem-Estar Comunitário. Tratava-se de um novo órgão governamental que ainda não havia começado a funcionar. O sr. Biswas sabia que aquilo fazia parte do plano de desenvolvimento do pós-guerra, mas não sabia o que o departamento pretendia fazer. Mandou buscar o material pertinente no arquivo. Não era muito informativo. Ele próprio escrevera a maior parte do material, e depois o esquecera. O sr. Biswas telefonou, marcou uma entrevista para aquela manhã e foi para lá. Quando, uma hora depois, descia as escadas da Casa Vermelha, chegando ao pátio de asfalto, estava pensando não na matéria a redigir, mas na carta de demissão que entregaria ao *Sentinel*. Tinham-lhe oferecido, e ele tinha aceitado, o cargo de Coordenador de Bem-Estar Comunitário, com um salário mensal cinquenta dólares acima do que ele recebia no *Sentinel*. E ele ainda não entendia direito quais eram os objetivos do departamento. Achava que fosse o de organizar a vida das aldeias; por que era necessário organizar a vida das aldeias — e como isso seria feito, isso ele não sabia.

Sentiu-se imediatamente atraído pela srta. Logie, a diretora do departamento. Era uma mulher alta e cheia de energia, já velhusca. Não era pomposa nem agressiva, como era a maioria das mulheres que ele conhecera em posições de autoridade. Era refinada, e mesmo antes de ela falar no emprego o sr. Biswas se viu tentando agradá-la. Além disso, para ele a srta. Logie representava uma novidade. Ele nunca conhecera uma mulher indiana daquela idade tão cheia de vivacidade, inteligência e curiosidade. E, quando o emprego foi mencionado, o sr. Biswas não hesitou. Quando a srta. Logie lhe ofereceu tempo para pensar, ele rejeitou a oferta; temia os adiamentos.

Voltou para a redação caminhando pela St. Vincent Street em estado de graça. O que acabava de acontecer era inesperado sob todos os aspectos. Ele havia parado de pensar em arranjar outro emprego. Tudo o que se andava falando a respeito de desenvolvimento pós-guerra só lhe interessara enquanto assunto para reportagens, pois ele não via de que modo aquilo podia afetar a ele e a sua família. E agora, numa manhã de segunda-feira, havia arranjado um emprego novo, e este emprego o tornava participante da nova era. E um cargo público ainda por cima! Pensou com prazer em todas as piadas que já ouvira sobre os funcionários públicos e se deu conta do medo com que convivia desde a demissão do sr. Burnett. Poderia ter sido demitido também a qualquer momento; não havia nada nem ninguém que o protegesse. Porém no funcionalismo público ninguém podia ser despedido assim sem mais nem menos. Lá havia comissões paritárias, ele imaginava. A questão teria de seguir todos os trâmites legais — palavra deliciosa "trâmites"! —, de modo que, ele pensava, o processo era tão complicado que raramente um funcionário público era demitido. Lembrava-se de uma história a respeito de um mensageiro que roubara e vendera todas as máquinas de escrever de um departamento. Tudo que fizeram foi dizer: "Ponham este homem num departamento em que não haja máquinas de escrever".

Quantas cartas de demissão ele já não redigira mentalmente para entregar ao *Sentinel*! Porém, quando, tendo trocado cartas com o departamento de Bem-Estar Comunitário, o sr. Biswas, sentado na cama Slumberking, começou a escrever sua carta de demissão, ele não usou nenhuma das expressões e frases que havia elaborado durante todos aqueles anos. Ao invés disso, para sua surpresa, constatou que sentia gratidão pelo jornal, por lhe ter proporcionado emprego por tanto tempo, seu primeiro emprego na cidade, que o preparara para o serviço público.

557

Sentiu-se ridículo quando recebeu a resposta do diretor do jornal. Em cinco linhas, o diretor agradecia, reconhecia o valor de seu trabalho, lamentava o afastamento e desejava-lhe boa sorte no novo emprego. A carta fora datilografada por uma secretária, que colocara suas iniciais, em minúsculas, no canto de baixo à esquerda do papel.

Tendo dado o aviso prévio, o sr. Biswas descuidou dos PMs e se preparou, com entusiasmo, para seu novo emprego. Retirou livros da Biblioteca Central e da pequena coleção do departamento. Começou com obras de sociologia, e imediatamente deu-se mal: não conseguiu entender nem as tabelas nem a linguagem técnica. Resolveu ler umas brochuras mais simples a respeito da reconstrução de aldeias na Índia. Estas eram mais divertidas: continham fotos de esgotos antes e depois, mostravam como construir chaminés bem baratas, como cavar poços artesianos. Essas leituras empolgaram o sr. Biswas a tal ponto que, durante alguns dias, ele ficou considerando a possibilidade de praticar as novas técnicas na pequena comunidade de sua casa. Diversos livros davam uma ênfase curiosa à prática de danças e cantos folclóricos durante a execução de tarefas comunitárias; alguns davam exemplos de canções. O sr. Biswas começou a imaginar-se liderando um grupo de aldeãos que, cantando, consertavam estradas, construíam cabanas de excepcional qualidade e cavavam poços, tudo num clima de cooperação e harmonia; todos cantando, um cultivava a roça do outro. Aquela imagem não o convenceu, porém: ele conhecia muito bem os aldeãos indianos. Govind, por exemplo, cantava, e W. C. Tuttle gostava de música; mas o sr. Biswas não conseguia se imaginar coordenando o trabalho dos dois, mais os leitores e estudiosos, todos cantando, consertando o concreto do chão embaixo da casa, colocando reboco nas meias-paredes, construindo um banheiro ou uma latrina nova. Duvidava que sequer conseguisse fazê-los cantar. Lia a respeito de indústrias artesanais: um termo romântico, que evocava aldeãos bem vestidos, com feições clássicas, compenetrados, diante de rodas de fiar, numa grande cabana, construída pela comunidade, fazendo metros e metros de tecido, para depois ir participar de danças e cantos folclóricos sob a árvore da aldeia ao cair da tarde, à luz de archotes. Mas ele sabia como eram as aldeias à noite, depois que se esvaziavam os bares. Viu-se a si próprio então numa grande construção de madeira, andando entre fileiras de aldeãos disciplinados fazendo cestas. Sua atenção foi desviada das indústrias artesanais pela delinquência juvenil, que ele achou mais interessante do que a adulta. Gostou particularmente das fotos de delinquentes empedernidos: cigarro no canto da boca, raquíticos, arrogantes, tremendamente fascinantes. O sr. Biswas imaginou-se conquistando-lhes a confiança; eles lhe seriam gratos para o resto da vida. Leu livros de psicologia e aprendeu termos técnicos que designavam o comportamento de Chinta quando ela surrava Vidiadhar.

A srta. Logie, que de início estimulara seu entusiasmo, agora tentava controlá-lo. Ele a viu com frequência durante aquele mês, e seu relacionamento com ela tornou-se melhor ainda. Sempre que ela o apresentava a alguém, dizia que o sr. Biswas era seu colega — uma delicadeza que nunca ninguém tivera com ele; se antes já se sentia descontraído com ela, chegou a tornar-se jovial.

Então levou um susto.

A srta. Logie disse que gostaria de conhecer a família dele.

Leitores e estudiosos! Govind! Chinta! A cama Slumberking e a mesa feita pelo pobre! E, sabia-se lá, uma viúva ao lado do portão, com uma bandeja cheia de laranjas ou abacates.

— Caxumba — disse ele.

Em parte, era verdade. A doença atingira em cheio os leitores e estudiosos de Basdai e atacara um dos Tuttlezinhos; porém ainda não chegara aos filhos do sr. Biswas.

— Estão todos com caxumba, infelizmente.

E quando, tempos depois, a srta. Logie perguntou como estavam as crianças, o sr. Biswas foi obrigado a dizer que já estavam boas, embora na verdade tivessem acabado de adoecer.

Exatamente no final do mês, o *Sentinel* deixou de ser entregue gratuitamente em sua casa.

— O senhor não acha que seria bom tirar umas férias antes de começar? — sugeriu a srta. Logie.

— Eu estava pensando nisso. — A frase saiu-lhe espontaneamente; era coerente com seu novo jeito de ser. E imaginou-se condenado a uma semana, sem receber pagamento, entre os leitores e estudiosos. — É, tirar férias antes de começar é uma boa ideia.

— Sans Souci é um bom lugar.

Sans Souci ficava no nordeste da ilha. A srta. Logie, ainda recém-chegada a Trinidad, já estivera lá; o sr. Biswas, nunca.

— É — concordou ele. — Sans Souci é um bom lugar. Ou Mayaro — acrescentou, tentando manifestar independência ao citar um lugar no sudeste.

— Estou certa de que sua família vai gostar.

— É, imagino que sim. — Família outra vez! Ele esperou. E o inevitável aconteceu: ela continuava querendo conhecer sua família.

O sr. Biswas perdeu o *aplomb*. O que poderia propor? Trazê-los todos à Casa Vermelha, um por um?

A srta. Logie o livrou do embaraço. Perguntou se eles não poderiam ir todos a Sans Souci no domingo.

Isso já não era tão mau.

— Mas claro, claro — disse ele. — Minha mulher pode preparar algo para se comer. Onde nos encontramos?

— Eu posso pegá-los em casa.

Não havia saída.

— Sabe, eu aluguei uma casa em Sans Souci — disse a srta. Logie. E então expôs seu plano. Ela queria que o sr. Biswas passasse uma semana lá com a família. Transporte era um problema, mas o carro viria pegá-los no final da semana. Se o sr. Biswas não fosse, a casa ficaria vazia, o que era uma pena.

Ele ficou entusiasmado. Sempre encarara as férias como simplesmente um período em que não ia trabalhar; jamais pensara que poderia usar esse período para levar sua família a algum lugar agradável: isso era algo acima de suas ambições. Poucas pessoas viajavam nas férias. Não havia pensões nem hotéis, só casas para alugar, que, ele imaginava, certamente seriam caras. E agora esse convite! Depois de todas aquelas cartas escritas para pobres, que começavam assim: *Prezado senhor: Encontrei sua carta ao regressar de minhas férias...*

Fez objeções, mas a srta. Logie insistiu. Ele achou melhor não criar muito caso, para não dar a impressão de estar fazendo uma tempestade num copo d'água. A srta. Logie fizera aquele convite como amiga; ele o aceitaria como amigo. Mas explicou a ela que teria de consultar Shama, e a srta. Logie disse que compreendia.

Porém ficou achando que havia se traído, que tinha revelado mais de si próprio à srta. Logie do que imaginara; e essa sensação tornou-se particularmente opressiva na manhã seguinte, quando, após tomar banho no banheiro externo, se viu diante da penteadeira de Shama no quarto de dentro. Em seus momentos de autorrejeição, detestava o ato de vestir-se, e naquela manhã constatou que seu pente, o pente que tantas vezes afirmara ser exclusivamente seu, estava cheio de cabelos de mulher. Quebrou o pente, quebrou outro pente, usou expressões que não condiziam nem com suas roupas nem com as maneiras que assumia quando as vestia.

Disse à srta. Logie que Shama ficara encantada com o convite, e logo esqueceu suas autoacusações quando ele e Shama começaram a preparar-se para a viagem. Agiam como conspiradores. Tinham resolvido fazer segredo. Não havia nenhum motivo específico para isso; porém o segredo era uma das regras da casa: por exemplo, os Tuttle ficaram excepcionalmente distantes nos dias que antecederam a chegada da estátua da mulher nua com o archote, e Chinta quase parecia estar de luto antes de Govind começar a ostentar seus ternos completos.

No sábado, Shama começou a encher um cesto.

Não era mais possível esconder o segredo das crianças. O cesto cheio, o carro, o passeio à praia: isso era coisa que elas conheciam muito bem.

— Vidiadhar e Shivadhar! — gritou Chinta. — Vocês fiquem quietinhos e estudando, ouviram? O pai de vocês não

561

pode se dar ao luxo de ficar passeando com vocês por aí. Ele não recebe dinheiro do governo, ouviram?

Os leitores e estudiosos rodearam Shama quando ela estava preparando o cesto. Shama, anormalmente séria e absorta, ignorou-os. Agia de modo a dar a entender — o que, aliás, ela disse explicitamente a Basdai, a viúva, que viera ajudá-la e oferecer-lhe conselhos — que aquela história de viagem era uma grande chateação e que ela só estava fazendo aquilo para fazer a vontade dos filhos e do marido.

O lugar para onde iam e a duração das férias tinham sido revelados. O meio de transporte permanecia em segredo: seria a surpresa final. Era também uma fonte de profunda angústia para o sr. Biswas. Durante toda a semana, aguardou com terror a chegada da srta. Logie, em seu Buick novo em folha. Ele queria que, entre a chegada e a partida do carro, transcorresse o mínimo de tempo possível. Não permitiria, sob quaisquer circunstâncias, que a srta. Logie saltasse do carro, pois neste caso ela poderia entrar pelo portão e ver o que havia embaixo da casa; poderia até cismar de entrar. Ou então subiria a escada da frente e bateria à porta; W. C. Tuttle viria abrir, e sabia-se lá de que ele estaria fantasiado naquela manhã: iogue, halterofilista, pândita, motorista de caminhão em dia de folga. O mais fundamental era impedir que ela entrasse no quarto do sr. Biswas e visse a cama Slumberking na qual ele redigira sua carta de aceitação do cargo de Coordenador do Bem-Estar Comunitário, a mesa de jantar feita pelo pobre, ainda coberta de livros sobre sociologia, reconstrução de aldeias e delinquência juvenil.

Assim, embora a srta. Logie tivesse combinado que chegaria às nove, as crianças já estavam alimentadas e vestidas às oito, sendo depois colocadas como sentinelas no portão. De vez em quando desertavam de seu posto; então, depois de buscas nervosas, eram arrancadas de grupos de leitores e estudiosos ou instigadas a saírem depressa do banheiro. A toda hora Shama lembrava-se de mais uma coisa que havia esquecido: escovas de dentes, toalhas, abridor de latas. O próprio sr. Biswas não

562

conseguia escolher um livro para levar, e entrava e saía constantemente do quarto de fora. Por fim, tudo estava pronto, e a família ficou na escada da frente à espera do momento de avançar. O sr. Biswas estava com roupas apropriadas para as férias: sem gravata, com a camisa de sábado ainda com a marca da gravata de sábado, o paletó pendurado no braço e um livro na mão. Shama estava com seu melhor traje de fazer visitas; poderia perfeitamente estar indo a um casamento.

Enquanto esperavam, alguns leitores e estudiosos se infiltravam.

— Fora daqui — sussurrava o sr. Biswas, possesso. — Volte para dentro de casa. Vá se pentear. E você, vá calçar os sapatos.

Alguns dos menores foram intimidados; os mais velhos, sabendo que o sr. Biswas não tinha autoridade para dar-lhes ordens nem surras, manifestaram seu desdém abertamente e, para a consternação do sr. Biswas, foram para a calçada e lá ficaram, como cegonhas, com um dos pés apoiado no muro caiado, sujo e riscado. A vitrola tocava uma música de um filme hindu; Govind grasnava versos do *Ramayana*; a voz áspera de Chinta se elevava, em alguma discussão; Basdai gritava, chamando algumas meninas para a ajudarem a preparar o almoço.

Então ouviram-se os gritos. Um Buick verde tinha virado a esquina. O sr. Biswas e sua família desceram a escada com malas e cestas; ele gritava com os leitores e estudiosos, irritado, para que fossem embora.

Quando o carro parou, o sr. Biswas e sua família estavam no meio-fio. A srta. Logie, sentada ao lado do chofer, sorriu e acenou para eles usando apenas os dedos. Pareceu compreender o que se pedia a ela e não saltou do carro. Sem nenhuma expressão no rosto, o chofer abriu portas e guardou malas e cestos no porta-malas.

W. C. Tuttle veio até a varanda, vestido de motorista de caminhão em dia de folga. Sua bermuda cáqui deixava à mostra as pernas roliças e fortes, e a camiseta branca revelava um tórax largo e braços grandes e flácidos. Debruçado na meia-parede da varanda, debaixo das samambaias, levou o dedo comprido deli-

563

cadamente a uma das narinas trêmulas e, com um ruído breve e explosivo, expulsou um pedaço de meleca da outra.

O sr. Biswas falava a esmo, confuso, para que a srta. Logie não prestasse atenção nos leitores e estudiosos e em W. C. Tuttle, para abafar os ruídos que vinham da casa, o grito súbito e lancinante de Chinta, como se ela agonizasse:

— Vidiadhar e Shivadhar! Voltem aqui agora mesmo, senão eu quebro um pé de cada um!

Um fluxo constante de leitores e estudiosos, tímidos e curiosos, saía do portão.

— Tem muito espaço — disse a srta. Logie, sorrindo. — Não vamos ficar apertados por muito tempo. Não vou até Sans Souci, não. Não estou me sentindo muito bem, e passar o dia na praia hoje seria demais para mim.

O sr. Biswas compreendeu.

— São só esses quatro — disse. — Só esses quatro. — Deu um chute para trás, em direção aos leitores e estudiosos.

Tudo o que eles fizeram foi abrir um pouco o círculo ao redor dele.

— Órfãos — explicou o sr. Biswas.

Então, felizmente, conseguiram partir; alguns dos órfãos ainda correram atrás do Buick por um trecho.

Lamentaram a indisposição da srta. Logie e imploraram que ela mudasse de ideia; se ela não fosse também, não teria a menor graça. Ela afirmou que não estava mesmo pretendendo tomar banho de mar; apenas viera com eles pelo passeio. Porém depois, quando ficou absolutamente claro que só havia quatro crianças no carro e que não iriam parar para pegar mais nenhuma, a srta. Logie foi mudando de ideia e disse que o ar fresco a reanimara um pouco e, portanto, ela iria com eles também.

Quando os transeuntes olhavam para elas, as crianças não sabiam se sorriam, fechavam a cara ou desviavam a vista; as que estavam perto das alças ficaram agarradas a elas. Nunca o norte de Trinidad lhes parecera tão belo quanto agora, visto das janelas daquele Buick. Observaram, como se nunca tivessem visto aqueles lugares do ônibus, de que modo a paisagem mudava:

pântanos nos arredores de Port-of-Spain; depois, um subúrbio esparramado; depois, serra; depois, aldeias, cidades do interior, arrozais e canaviais, com a Serra do Norte sempre à esquerda. Seguiam pela estrada nova, a dos americanos; foram detidos ao entrar e ao sair da base americana por soldados armados e de capacete. Então tomaram uma estrada sinuosa, ladeada por árvores frescas, até chegarem a Arima, onde uma placa dava as boas-vindas aos motoristas cuidadosos; depois chegaram a Valência, onde havia uma reta que se estendia por quilômetros, com mata virgem dos dois lados da estrada.

Estavam passeando de carro — refletiu Anand —, com cestos pesados de comida, em direção ao mar. A redação finalmente virava realidade.

O sr. Biswas estava preocupado com Shama. Sentada ao lado da srta. Logie no banco da frente, gorda, o véu fino de *georgette* cobrindo os cabelos, Shama estava muito senhora de si, até mesmo loquaz. Emitia opiniões sobre a nova constituição, a federação, a imigração, a Índia, o futuro do hinduísmo, a educação das mulheres. O sr. Biswas ouvia com surpresa e grande ansiedade. Ele jamais imaginara que Shama fosse tão bem informada e tão cheia de preconceitos radicais; e sofria cada vez que ela cometia um solecismo.

Pararam em Balandra e caminharam até a parte perigosa da baía, onde as ondas chegavam a um metro e meio de altura e havia placas proibindo o banho de mar. Água nenhuma jamais parecera tão azul, areia alguma nunca brilhara com brilho tão dourado, nem baía descrevera curva tão bela, nem ondas se quebraram com tanta perfeição. Era um mundo perfeito, em que a curva dos coqueiros repetia a curva da baía, o encrespar das ondas, o arco do horizonte. Já sentiam um gosto de sal nos lábios. Um vento vigoroso soprava; as calças do sr. Biswas e do chofer enchiam-se de ar, lembrando salsichas; as mulheres e meninas seguravam as saias.

Caíram n'água no lugar em que não havia perigo.

(E depois Anand comentou com o sr. Biswas que, apesar do que dissera antes, a srta. Logie havia trazido seu maiô.)

565

Abriram os cestos e comeram na areia seca à sombra perigosa dos coqueiros ("Mais de um milhão de cocos cairão hoje na Costa Leste" — fora este o início otimista e vazio de um artigo que o sr. Biswas uma vez publicara no *Sentinel* a respeito da indústria de copra.).

Então voltaram para o carro e seguiram em direção a Sans Souci por estradas estreitas e esburacadas, escurecidas pelo mato que crescia dos dois lados. De vez em quando eram surpreendidos por vilarejos perdidos e isolados. E agora o mar estava sempre com eles. Invisível, rugia constantemente. O vento não parava de silvar nas árvores; acima do mato agitado, plumas verdes a dançar, o céu pairava longínquo e aberto. De vez em quando vislumbravam o mar: tão próximo, tão infinito, tão vivo, tão impessoal. O que aconteceria se, por acidente, o carro se desviasse da estrada e mergulhasse nele?

Foi o que aconteceu num sonho naquela noite, e Kamla acordou aliviada; porém logo em seguida um novo pavor a dominou, pois havia se esquecido do quarto em que todos tinham ido dormir, no casarão vazio no alto do morro, cercado de um negrume impenetrável, com o mar batendo ali perto e os coqueiros gemendo no vento incessante.

Haviam chegado ao cair da tarde e não tiveram muito tempo de explorar os arredores. A srta. Logie, o chofer e o Buick tinham voltado; e ao se verem sozinhos, numa casa grande, de férias, todos haviam se tornado constrangidos uns com os outros. Com a chegada da noite, o mal-estar aumentou. Naquela sala estranha, cheirando a mofo, de paredes nuas, ficaram sentados em torno de um lampião a óleo; a comida da cesta já estava velha e nada apetitosa; o requeijão, comprado na leiteria na véspera, já estava estragado. A casa era tão grande que daria para cada um ficar num quarto; mas o barulho, a solidão, o negrume inexplorado a sua volta os fizeram ficar todos no mesmo quarto.

Vento e mar os aguardavam pela manhã. A luz mostrava-lhes onde estavam. Durante toda a noite o vento e o mar rugiam ferozes, mas agora eram arautos frescos do novo dia. As crianças andavam pela relva úmida do alto do morro; lá embaixo, por entre os coqueiros atormentados, via-se o mar. Em pouco tempo todos ficaram com as mãos e o rosto grudentos de sal.

Aos poucos o constrangimento foi passando. Conheceram praias desertas, com árvores estranhas, destroçadas, semicobertas de areia, árvores trazidas do outro lado do mar. Além da linha de algas trazidas pela maré, a areia áspera estava cheia de furinhos de tatuís, criaturinhas nervosas da cor da areia. Foram até a lugares com nomes franceses: Blanchisseuse, Matelot; e conheceram Toco e Salybia Bay. Cataram amêndoas e as chuparam, quebrando as sementes depois; era uma terra tão virgem e tão remota que era inconcebível que fosse propriedade de alguém. Das árvores que ladeavam a estrada colhiam cajus de um vermelho vivo e, depois de chupá-los, guardavam as castanhas para, mais tarde, assá-las em casa. Os dias alongavam-se. Uma vez encontraram um grupo de pescadores falando um patoá francês; de outra feita deram com um grupo de rapazes indianos barulhentos e bem-vestidos, um dos quais perguntou a Myna qual era o nome de Savi, e o sr. Biswas percebeu que, como pai, tinha agora novas responsabilidades. Quando a noite chegava, ao som do barulho de mar e vento, agora um som tranquilizador, jogavam cartas: tinham encontrado quatro baralhos na casa.

Outra descoberta, ocorrida num armário cheio de comida enlatada, foi o Sal Cerebos. Nunca tinham visto sal em lata. O sal que conheciam era grosso e úmido; aquele era fino e seco, e saía com facilidade, tal como aparecia na ilustração do rótulo.

Esqueceram a casa de Port-of-Spain e se espalharam pela casa no alto do morro. Era como se não houvesse mais ninguém no mundo além deles, nada de vivo além deles, do mar e do vento. Haviam-lhes dito que, com o tempo bom, dava para ver Tobago; mas isso não chegou a acontecer.

E então o Buick veio pegá-los.

Enquanto voltavam para Port-of-Spain, o tímido prazer de sentirem-se sozinhos, recém-descoberto, foi esquecido. Estavam se preparando para os dois quartos, as calçadas da cidade, o assoalho de concreto malfeito embaixo da casa, o barulho, as brigas. Antes, na viagem de ida, temiam a chegada, o desconhecido; agora temiam voltar para aquilo que conheciam. Porém falavam de outras coisas. Shama falava sobre o jantar; lembrou que não tinha nada. O carro parou diante de uma loja na Eastern Main Road, e a família gozou a distinção efêmera de estar viajando num carro dirigido por chofer.

Ninguém veio recebê-los em Port-of-Spain quando chegaram, à tardinha. Os leitores e estudiosos estavam lendo e estudando. Tudo estava exatamente como antes: as lâmpadas fracas, as mesas compridas, a ladainha dos leitores que tentavam decorar as lições. A única diferença era que a casa parecia mais escura, mais baixa, sufocante. De início, foram ignorados. Mas logo começaram as perguntas, as sondagens que visavam descobrir se alguma catástrofe havia ocorrido, pois a tristeza da volta já os tornara irritadiços e mal-humorados.

Aquele lugar deserto realmente existia? Aquela casa estaria ainda no alto daquele morro? O vento continuaria fazendo os coqueiros gemerem? O mar estaria a quebrar-se naquelas praias vazias? Estariam as ondas, naquele momento da noite, trazendo para a praia aquelas frutas negras, galhos e ramos de alga vindos de distâncias inimagináveis?

Adormeceram com o rugido do vento e do mar na cabeça. Acordaram de manhã com o zumbido da casa.

O sr. Biswas não começou logo a coordenar fileiras de aldeãos a fazer cestas. Ninguém cantou para ele. E ele não incentivou ninguém a construir cabanas melhores ou organizar indústrias artesanais. Começou a levantar dados referentes a uma área; ia de casa em casa preenchendo questionários preparados pela srta. Logie. A maioria dos entrevistados sentia-se lisonjeada; alguns ficavam intrigados: — Quem mandou o senhor? O governo? E ele lá quer saber da gente? — Alguns não ficaram apenas intrigados: — Quer dizer que estão pagando o senhor para fazer isso? Só para descobrir como a gente está vivendo?

Mas isso eu posso dizer para eles de graça, ora. — O sr. Biswas dava a entender que havia mais por trás daquele questionário do que eles imaginavam; se o pressionavam, ele blefava. Era igual ao trabalho de entrevistar pobres; só que agora ninguém ia ganhar um tostão com isso, só ele. E ele estava ganhando bem. Além do salário, tinha o direito de pedir reembolso das despesas com alimentação e transporte; e muitas vezes, à noite, ele punha de lado seus livros e ia preencher os formulários. Depois de feito o pedido, entregava-o ao departamento e, alguns dias depois, recebia um comprovante. Levava o comprovante ao Tesouro e o entregava a um homem que ficava dentro de uma espécie de jaula de jardim zoológico; o homem lhe entregava em troca outro comprovante, um papel mole de tanto que já fora manuseado, riscado, rubricado, assinado e carimbado em várias cores. Esse comprovante era trocado em outra jaula, dessa vez por dinheiro de verdade. O processo era demorado, mas essas idas ao Tesouro lhe davam a impressão de que por fim ele estava recebendo uma parte do ouro da colônia.

Descobriu que o dinheiro a mais que agora estava ganhando podia ser gasto de várias maneiras diferentes, e não economizou tanto quanto esperava. Savi tinha que ir para uma escola melhor; era preciso melhorar a qualidade da comida; a asma de Anand exigia que se fizesse alguma coisa. E ele resolveu — com o apoio de Shama — que precisava comprar uns ternos novos, condizentes com seu novo cargo.

Fora o terno de sarja que ele usava para ir a enterros, o sr. Biswas jamais possuíra um terno decente, só umas coisas baratas de seda e linho; e mandou fazer os ternos novos com amor. Descobriu que era um dândi. Fazia mil exigências quanto à qualidade e à cor do tecido, o corte dos ternos. Gostava de provar roupas: o cheiro da roupa alinhavada, a disposição reverente do alfaiate para constantemente destruir seu próprio trabalho. Quando seu primeiro terno ficou pronto, resolveu usá-lo imediatamente. A fazenda pinicava-lhe as batatas das pernas; o cheiro do pano era diferente; e, quando olhou para baixo e viu seu próprio corpo envolto em fazenda marrom, o sr. Biswas achou-se grotesco e assustador. Porém o espelho restituiu-lhe a tranquilidade, e ele sentiu necessidade de exibir o terno o mais rápido possível. Havia uma partida de críquete entre times de diferentes colônias na Oval. Ele não entendia nada de críquete, mas sabia que tais partidas sempre atraíam multidões, que lojas fechavam e escolas suspendiam as aulas por causa delas.

Na época, era moda os homens comparecerem a eventos esportivos com uma lata redonda contendo cinquenta cigarros ingleses e uma caixa de fósforos seguras na mesma mão, o indicador apertando a caixa de fósforos contra a tampa da lata. Os fósforos o sr. Biswas já tinha; gastou metade de uma diária para comprar os cigarros. Para não deformar o paletó, foi de bicicleta até a Oval com a lata na mão.

Quando subia a Tragarete Road, ouviu ao longe aplausos fracos. Era pouco antes da hora do almoço, cedo demais; depois da hora do chá haveria muito mais público. Não obstante, o sr. Biswas foi até as arquibancadas, encostou a bicicleta na cerca de ferro corrugado enferrujada, passou a corrente, retirou os grampos das calças cuidadosamente dobradas, ajeitou-as, alisando as dobras, e endireitou a jaqueta sobre os ombros, pois o tecido também pinicava-lhe o pescoço. Não havia fila. Pagou um dólar pelo ingresso e, com a lata de cigarros e a caixa de fósforos, foi subindo a escada das arquibancadas. Menos de um quarto dos lugares estava ocupado. A maioria do público estava na frente. O sr. Biswas viu um lugar vazio no meio de uma das poucas fileiras cheias.

— Com licença — disse ele, e começou lentamente a avançar em direção ao lugar vazio; pessoas se levantavam a sua frente, pessoas se levantavam na fileira atrás da sua, pessoas voltavam a se sentar depois que ele passava; e ele repetia: — Com licença —, com muita urbanidade, sem perceber o transtorno que estava causando. Por fim chegou a seu lugar, limpou-o com o lenço, curvando-se ligeiramente, atendendo a um pedido feito por um espectador que estava atrás dele. Enquanto desabotoava o paletó, subitamente a plateia começou a aplaudir. Olhando distraído para o campo de críquete, o sr. Biswas aplaudiu também. Sentou-se, repuxou as calças, cruzou as pernas, abriu, com o abridor que vinha na tampa, a lata de cigarros, retirou um cigarro e acendeu-o. Houve uma tremenda salva de palmas. Todo mundo na arquibancada ficou de pé. Cadeiras foram empurradas para trás; algumas caíram. O sr. Biswas levantou-se e aplaudiu também. A pequena multidão invadiu o campo; os jogadores estavam indo embora, ágeis manchinhas brancas. As estacas já tinham sido retiradas; os árbitros, no meio da multidão, caminhavam sem pressa rumo ao pavilhão. A partida terminara. O sr. Biswas não foi ver o campo. Saiu, pegou a bicicleta e foi para casa com a lata de cigarros na mão.

Seu único terno, pendurado na corda de Shama no quintal para pegar sol, não impressionava muito quando comparado com os cinco ternos completos de Govind, pendurados na corda de Chinta, que precisava se apoiar em duas forquilhas. Mas já era um começo.

Findas as entrevistas, cabia agora ao sr. Biswas analisar as informações recolhidas. E nisso ele se atrapalhou. Havia investigado duzentas moradias; mas, após cada classificação, após fazer as somas, ele nunca conseguia encontrar um total de duzentos, o que o obrigava a rever todos os questionários. Estava lidando com uma sociedade sem regras e sem padrões; fazer classificação era uma tarefa caótica. Encheu folhas e mais folhas de somas compridas, feito cobras, e a cama Slumberking ficou coberta de questionários. Chamou Shama e as crianças para ajudá-lo, xingou-as por serem incompetentes, despachou-as e ficou até altas horas da noite trabalhando, acocorado numa cadeira, diante da mesa de jantar. A mesa era alta demais; sentar-se sobre almofadas não dera certo; assim, o jeito era ficar de cócoras mesmo. Às vezes ameaçava serrar ao meio as pernas da mesa, e xingava o pobre que a tinha feito.

— Esta porcaria está me botando doente — gritava toda vez que Shama e Anand tentavam convencê-lo a ir se deitar. — Me botando doente. *Doente*. Não sei por que cargas d'água eu não fiquei com os meus PMs.

— Com você é sempre assim — disse Shama.

Ele não revelou a ela seus temores mais sérios. O departamento já estava sendo atacado. Cidadão, Contribuinte, Pró-Bônus Público e outros haviam escrito para os jornais perguntando o que exatamente estava fazendo o tal departamento, protestando contra o desperdício do dinheiro do contribuinte. O partido de comerciantes do sul ao qual pertencia Shekhar dera início a uma campanha para abolir o departamento: finalmente havia encontrado uma causa que o distinguisse dos outros; pois nenhum partido tinha programa, embora todos tivessem o mesmo objetivo: fazer com que todos os habitantes da colônia se tornasse ricos e iguais.

Era a primeira vez que o sr. Biswas se via alvo de críticas feitas em público, e não o consolava saber que cartas como aquelas eram normais, que todos os departamentos do governo estavam sempre sendo criticados por todos os partidos da ilha. Tinha medo de abrir os jornais. Pró-Bônus Público fora o pior de todos: escrevera a mesma carta para todos os três jornais, e uma quinzena inteira transcorrera entre a primeira publicação da carta e a última. Também não o consolava saber que ninguém mais parecia se preocupar com isso. Shama achava o governo impossível de ser derrubado; mas Shama era Shama. A srta. Logie podia sempre voltar para a terra dela. Os outros funcionários haviam sido transferidos de outros órgãos do governo e, na pior das hipóteses, podiam voltar para seus departamentos de origem. O sr. Biswas só tinha como alternativa voltar a trabalhar no *Sentinel* e a ganhar cinquenta dólares a menos.

Ainda bem que escrevera uma carta de demissão tão simpática. E, preparando-se para o pior, passou a visitar a redação do jornal. A atmosfera da redação jamais deixava de o excitar, e a maneira como o recebiam lá tranquilizava-o: ele era considerado uma pessoa que havia se dado bem na vida. Porém, quanto mais sua situação melhorava, quanto mais dinheiro economizava, mais vulnerável se sentia: aquilo era bom demais para durar.

Por fim completou suas tabelas (para apresentar a classificação com clareza, colou três folhas abertas de papel almaço, formando uma tripa de quase um metro e meio, que fez a srta. Logie rir às bandeiras despregadas) e redigiu seu relatório. As tabelas e o relatório foram datilografados, copiados e — segundo lhe disseram — enviados para diversas partes do mundo. E então, por fim, ele teria oportunidade de fazer os aldeãos cantarem e abrirem indústrias artesanais. Foi-lhe designada uma região, e um memorando informou-o de que, para facilitar seu transporte na região, ele receberia um automóvel, a ser pago mediante um empréstimo do governo, com juros reduzidíssimos.

Mais uma vez observou-se a regra da casa. As crianças juraram manter a notícia em segredo. O sr. Biswas trouxe para casa folhetos coloridos com um cheiro aromático de papel cuchê, que parecia conter o odor do carro novo. Em segredo, cursou uma autoescola e tirou carteira de motorista. Então, numa manhã de sábado absolutamente normal, chegou em casa dirigindo um Prefect novo em folha, estacionou-o com a maior naturalidade à frente do portão, não muito alinhado com o meio-fio, e subiu a escada da frente, indiferente ao rebuliço que havia causado.

— Vidiadhar! Volte para cá agora mesmo, se não quer que eu vá aí quebrar sua mão e seu pé.

Quando Govind chegou na hora do almoço, viu que sua vaga estava ocupada. Seu Chevrolet era maior, porém estava velho e sujo; os para-lamas estavam amassados e cheios de remendos; uma das portas fora pintada com uma tinta fosca um pouco diferente do tom do resto do carro; a placa continha o H que o identificava como carro de praça; e o para-brisa era enfeiado por diversos adesivos e uma placa circular com a foto de Govind e sua licença de motorista de táxi.

— Caixa de fósforos — murmurou Govind. — Quem largou aquela caixa de fósforos ali?

Mas não conseguiu impressionar os órfãos, tampouco atenuar a energia com que os filhos do sr. Biswas, desde o momento em que ele fora tão desleixadamente estacionado ali, estavam a espanar o carro, comentando, contrariados, que carro novo atrai poeira sem parar. Encontraram poeira por toda parte: na carroceria, nas molas, no lado de dentro dos para-lamas. Espanavam, limpavam e descobriram, aflitos, que estavam arranhando a pintura muito de leve, sem dúvida, porém de certos ângulos dava para ver os arranhões. Myna foi relatar esse fato ao sr. Biswas.

Ele estava deitado na cama Slumberking, cercado por inúmeros folhetos. Perguntou:

— Você ouviu algum comentário? O que eles estão dizendo, hein?

— O Govind disse que é uma caixa de fósforos.

— Caixa de fósforos, é? Carro inglês. Vai durar muito tempo, vai estar funcionando ainda quando o Chevrolet dele estiver no lixo.

E voltou a examinar um desenho complexo, em vermelho e preto, que explicava a fiação do carro. Ele não entendia o esquema muito bem, mas tinha por hábito, sempre que comprava uma coisa nova, fosse um par de sapatos ou um vidro de remédio, ler todas as informações fornecidas junto com o produto.

Kamla entrou no quarto dizendo que os órfãos estavam sujando com os dedos o carro recém-lustrado.

O sr. Biswas ficou de joelhos na cama e foi até a janela da frente. Levantou a cortina e, debruçando-se para fora, de camiseta, gritou:

— Você aí! Menino! Larga esse carro! Está pensando que é táxi?

Os órfãos se dispersaram.

— Eu vou aí e quebro a mão de vocês — gritou Basdai, a viúva.

A informação de que ela se aproximava e havia parado no caminho para arrancar um galho de amargosa para usar como vara foi transmitida por meio de guinchos, gritos e risadas.

Alguns órfãos que se recusaram a fugir foram surrados na calçada. Houve choradeiras, e Basdai disse:

— Bem, *algumas* pessoas devem estar satisfeitas agora.

Shama permaneceu embaixo da casa e não saiu para ver o carro. E quando Suniti, a ex-contorcionista, agora grávida, que muitas vezes aparecia na casa, estava indo ou vindo de Shorthills após brigas e reconciliações com o marido, e tentava chocar falando em divórcio, e usava vestidos feios e impróprios para mostrar como era moderna — quando Suniti foi a Shama e disse: — Então, titia, agora a senhora está chique. Carro e tudo mais —, Shama respondeu: — É, minha filha — como se o carro fosse mais um dos excessos humilhantes do sr. Biswas. Porém ela já havia começado a preparar outro cesto.

O sr. Biswas nem precisou perguntar aonde eles queriam ir. Todos queriam ir a Balandra para reviver a experiência deliciosa: o passeio de automóvel, o cesto, a praia.

Foram a Balandra, mas dessa vez a experiência foi diferente. Não ligaram para a paisagem. Deleitaram-se com o cheiro de couro novo, o doce cheiro de carro novo. Ficaram a escutar o ritmo suave e uniforme do motor, comparando-o com o barulho áspero e discordante dos veículos pelos quais passavam. E prestavam atenção a qualquer barulho anormal. A tampa do cinzeiro de uma das portas não fechava direito, produzindo um retinir desagradável; tentaram prendê-la com um palito de fósforos. A chave de ignição já fora colocada num chaveiro pelo sr. Biswas. A correntinha do chaveiro batia no painel. Esse ruído também era desagradável. Num certo momento, pareceu que ia começar a chover; algumas gotas caíram no para-brisa. Imediatamente Anand ligou o limpador.

— Você vai arranhar o vidro! — gritou o sr. Biswas.

Evitavam encostar os sapatos nos tapetes do chão. Consultavam o relógio do painel constantemente, comparando-o com os relógios que viam na estrada. Maravilhavam-se com o funcionamento do velocímetro.

— O homem me disse — afirmou o sr. Biswas — que esse relógio do Prefect estraga logo, logo.

E resolveram visitar Ajodha.

Pararam o carro na estrada e contornaram a casa, até a varanda dos fundos. Tara estava na cozinha. Ajodha lia a edição dominical do *Guardian*. O sr. Biswas disse que estavam indo à praia, só haviam parado para uma visita rápida. Fez-se uma pausa, e todos ficaram a pensar se deviam contar.

Ajodha comentou que todos eles pareciam adoentados, beliscou os braços de Anand e riu quando o menino estremeceu de dor. Então, como se para curar todos eles, serviu-lhes leite fresco e mandou a criada descascar umas laranjas do saco que havia no canto da varanda.

Jagdat entrou, com seu traje de enterro atenuado pela gravata larga e colorida, os punhos da camisa desabotoados e dobrados, exibindo os pulsos peludos. Perguntou, em tom de gozação:

— Seu carro está lá fora, Mohun?

As crianças olharam para seus copos de leite.

Disse o sr. Biswas, baixinho:

— Está, sim.

Jagdat riu, como quem ri de uma boa piada.

— Ah, velho Mohun de guerra!

— Carro? — exclamou Ajodha, perplexo, petulante. — Mohun?

— Um Prefectizinho — disse o sr. Biswas.

— Tem uns carros ingleses de antes da guerra até bem bonzinhos — disse Ajodha.

— Esse é novo — disse o sr. Biswas. — Comprei ontem.

— Papelão — disse Ajodha, juntando os dedos. — Amassa que nem papelão.

— Quero dar uma volta, rapaz! — disse Jagdat.

As crianças e Shama ficaram alarmadas. Olharam para o sr. Biswas; Jagdat sorria, batendo palmas.

O sr. Biswas percebeu a reação de sua família.

— Você tem razão, Mohun — disse Ajodha. — Se deixar, ele escangalha.

— Não é isso — disse o sr. Biswas. — A praia. — Consultou

576

o relógio Cyma. Depois, percebendo que Jagdat havia parado de sorrir, acrescentou: — Amaciando, sabe?

— Eu já amaciei mais carros que você — disse Jagdat, zangado. — Maiores e melhores.

— Se deixar, ele escangalha — repetiu Ajodha.

— Não é isso — disse o sr. Biswas mais uma vez.

— Olhem só — disse Jagdat. — Mas não me venha com essa, rapaz. Escute, eu já dirigia carro antes de você aprender a conduzir carroça puxada a burro. Olhe para mim. Acha que estou morrendo de vontade de dirigir aquela sua lata de sardinhas? Acha, é?

O sr. Biswas parecia constrangido.

As crianças não ligaram. O importante era que o carro estava salvo.

— *Mohun! Você acha, hein?*

Com o grito de Jagdat, as crianças pularam.

— Jagdat — disse Tara.

Ele desceu para o quintal, xingando.

— Eu entendo como é, Mohun — disse Ajodha. — A primeira vez que a gente tem um carro é sempre assim. — Com um gesto largo, indicou o quintal, onde se espalhavam os restos mortais de muitos veículos.

Foi com eles até a estrada. Quando viu o Prefect, guinchou.

— Seis cavalos? — perguntou. — Oito?

— Dez — disse Anand, apontando para o disco vermelho embaixo do capô.

— É, dez. — Virou-se para Shama. — E então, sobrinha, onde é que vocês estão indo no carro novo?

— Balandra.

— Espero que não vente muito.

— Por quê, tio?

— Senão vocês não chegam lá. Puf! O vento tira vocês da estrada.

Seguiram viagem melancólicos por algum tempo.

— Queria dirigir meu carro — disse o sr. Biswas. — Como

se eu fosse deixar. Eu sei como ele dirige. Escangalha na mesma hora. Não respeita carro. E ainda fica zangado depois, garanto.

— Eu sempre digo que você tem uns parentes muito ordinários — disse Shama.

— Se fosse outra pessoa, nem pedia uma coisa dessas — disse o sr. Biswas. — *Eu* não pedia. Está sentindo como o carro é estável? Hein, Anand? Hein, Savi?

— É, pai.

— Puf! O vento tira vocês da estrada. Quem diria, um velho como ele ficar com inveja, hein? Mas é isso mesmo: inveja.

No entanto, cada vez que viam outro Prefect na estrada, era-lhes impossível não perceber como ele parecia pequeno e desconjuntado; e isso era estranho, pois o deles lhes proporcionava uma sensação perfeita de segurança e não parecia pequeno em absoluto. Continuavam atentos para ruídos estranhos. Anand segurava o chaveiro da ignição para não bater no painel. Quando pararam em Balandra, tiveram o cuidado de deixá-lo afastado dos coqueiros; e ficaram preocupados com o efeito do sal do ar sobre a lataria.

O desastre ocorreu quando estavam indo embora. As rodas de trás afundaram na areia quente e fofa. Giravam em vão, jogando areia para o alto; eles achavam que o carro tinha sido irremediavelmente danificado. Enfiaram galhos de coqueiros, cascas de cocos e pedaços de madeiras achados na areia, e por fim conseguiram desatolar. Mas Shama ficou cismando que agora o carro estava torto; toda a carroceria, segundo ela, ficara empenada.

Na segunda-feira, Anand foi para a escola de bicicleta, na Royal Enfield; e a promessa anotada no volume de Shakespeare foi em parte cumprida. As condições de guerra finalmente o haviam permitido; aliás, a guerra já acabara há algum tempo.

Durante esse tempo todo, W. C. Tuttle não havia se manifestado. Não esboçara nenhuma reação aos ternos novos do sr. Biswas, ao carro novo, à viagem de férias; assim, tinha-se a impressão de que todos esses reveses, vindos um depois do outro, haviam sido demais para ele. Mas, quando a glória do Prefect começou a fenecer, quando tornou-se um fato aceito que os tapetes ficavam sujos, quando lavar o carro passou a ser uma tarefa rotineira, que as crianças delegaram a Shama, quando o relógio do painel pifou e ninguém mais reparava no ruído da tampa do cinzeiro, W. C. Tuttle, de um golpe só, anulou todas as vantagens do sr. Biswas e pôs fim à rivalidade, colocando-se acima dela.

Através de Basdai, a viúva, ele anunciou que havia comprado uma casa em Woodbrook.

O sr. Biswas recebeu mal a notícia. Rejeitou os consolos de Shama, puxando briga com ela. — "A gente é o que é" — disse ele, imitando a voz da mulher. — Então é essa a sua filosofia, é? Pois eu vou lhe dizer qual é a sua filosofia. Pegue seu homem. Case com ele. Jogue ele dentro de um barril de carvão. Esta é a filosofia da sua família. Pegue seu homem e jogue ele num barril de carvão. — Tornou-se muito sensível às críticas dirigidas ao Departamento de Bem-Estar Comunitário. Os livros sobre serviço social e delinquência juvenil foram acumulando poeira na mesa de jantar, e ele voltou a seus filósofos. A vitrola dos Tuttle tocava com uma alegria irritante, e o sr. Biswas batia no tabique e gritava:

— Ainda tem gente morando aqui, sabia?

Adotando uma atitude filosófica, tentou ver a coisas pelo ângulo positivo. O problema da garagem seria simplificado: com três veículos, a coisa estava impossível, e muitas vezes ele tinha que deixar o carro dormir na rua. Também não haveria mais vitrola. E talvez até ele pudesse alugar os cômodos que os Tuttle estavam ocupando.

Porém os dias passavam e os Tuttle não se mudavam.

— Por que diabo ele não pega a vitrola e a mulher nua e sai daqui? — o sr. Biswas perguntou a Shama. — Se é que ele comprou a casa mesmo.

Basdai forneceu informações adicionais. A casa estava cheia de inquilinos, e W. C. Tuttle, apesar de sua calma proverbial, estava agora metido num litígio complicado para tentar expulsá-los.

— Ah — disse o sr. Biswas —, então é esse tipo de casa. — Imaginou um cortiço como aqueles que visitava no tempo dos pobres merecedores. E, a partir de então, ora queria que W. C. Tuttle fosse embora o mais rápido possível, ora torcia para que ele perdesse a causa contra os inquilinos. — Quer expulsar os pobres-diabos da casa. Onde é que eles vão morar, hein? Mas a sua família não liga para essas coisas.

Um dia, de manhã, o sr. Biswas viu W. C. Tuttle saindo de casa de terno, gravata e chapéu. E naquela tarde Basdai informou que ele havia perdido a causa na Justiça.

— Pensei que ele estava indo ao estúdio tirar mais uma foto — disse o sr. Biswas.

Felicíssimo, fez o que até então havia evitado fazer: foi ver a casa. Para sua decepção, a casa ficava num bairro bom, num terreno grande: uma sólida casa de madeira, antiquada, que só precisava ser pintada.

Pouco tempo depois, Basdai anunciou que os inquilinos estavam saindo. W. C. Tuttle havia convencido a Câmara de Vereadores de que a casa estava em mau estado, a ponto de ofe-recer perigo, e precisava ser consertada, ou mesmo derrubada.

— Ele apela para qualquer coisa só para expulsar os pobres coitados — comentou o sr. Biswas. — Se bem que, com dez Tuttle gorduchos pulando de um lado para o outro, não há casa que aguente. Consertos, é? Imagino que vai pegar o caminhão, subir até Shorthills e derrubar mais umas árvores.

— É exatamente o que ele está fazendo — disse Shama, indignada com aquele ato de pirataria.

— Quer saber por que é que eu não vou para a frente neste lugar? É por isso. — E no momento exato em que falou ele se deu conta de que estava falando igualzinho a Bhandat em seu quarto de concreto.

Os Tuttle foram embora sem maiores cerimônias. Apenas a sra. Tuttle, enfrentando o antagonismo geral, beijou as irmãs e as crianças que encontrou no caminho. Estava triste, porém séria, dando a entender que, embora ela nada tivesse a ver com a pirataria do marido, seu ato se justificava e ela estava preparada para o que desse e viesse. Acuadas, às irmãs só restava ficarem tristes também, e a despedida foi tão lacrimosa quanto se a sra. Tuttle tivesse acabado de se casar.

O plano do sr. Biswas de alugar os cômodos antes ocupados pelos Tuttle foi frustrado quando se ficou sabendo que a sra. Tulsi estava vindo de Shorthills para morar neles. A notícia mergulhou toda a casa na melancolia. As filhas já estavam resignadas para o fato de que a vida ativa da sra. Tulsi terminara, que agora só lhe restava aguardar a morte. Porém ela ainda as controlava de diversos modos, e era necessário aturar seus caprichos. Por estar infeliz, Basdai tornou infelizes os leitores e estudiosos, ameaçando-os com coisas que a sra. Tulsi faria com eles.

Ela veio com Sushila, a viúva enfermeira, e dona Pretinha; e imediatamente a casa ficou mais silenciosa. Os leitores e estudiosos ficaram acuados, mas por outro lado a vinda da srta. Tulsi lhes trouxe uma vantagem inesperada: eles sabiam que, se gritassem bem alto antes do castigo, não levariam surras.

A sra. Tulsi não sofria de nenhuma doença específica: apenas estava doente. Seus olhos doíam; o coração estava mal; a cabeça doía constantemente; o estômago tinha problemas; as pernas não tinham firmeza; e, dia sim, dia não, a febre voltava. Era necessário manter sua cabeça constantemente encharcada de rum aromático; ela precisava de uma massagem por dia; exigia emplastros de diversos tipos. Tinha sempre vela ou Vick Vaporub enfiado nas narinas; usava óculos escuros; e quase sempre tinha uma atadura em torno da testa. Sushila vivia ocupada o dia inteiro. Na Casa de Hanuman, Sushila tentara ganhar poder tornando-se enfermeira da sra. Tulsi; agora que a organização da casa se dissolvera, o posto de enfermeira não acarretava mais poder algum, porém Sushila não tinha como abandoná-lo, nem tinha filhos que a salvassem.

O tempo custava a passar para a sra. Tulsi. Ela não lia. O rádio a indignava. Nunca estava bem o bastante para sair de casa. Ia de seu quarto ao banheiro ou à varanda da frente e depois voltava para o quarto. Sua única distração era conversar. Sempre havia filhas com quem conversar, porém falar com elas parecia ter o único efeito de irritá-la; e, à medida que sua saúde deteriorava, aperfeiçoava-se seu repertório de xingamentos e palavrões. O alvo mais frequente de seus acessos de raiva era Sushila, a qual a sra. Tulsi expulsava de casa uma vez por semana. Gritava que todas as suas filhas só estavam esperando que ela morresse, que eram todas umas sanguessugas; amaldiçoava as filhas e os netos, ameaçava expulsá-los todos da família.

— Não tenho sorte com minha família — dizia ela a dona Pretinha. — Não tenho sorte com minha raça.

E era dona Pretinha que ouvia suas confidências, que dava informações e consolo. E também o médico, um judeu refugiado. Ele vinha uma vez por semana e a escutava. A casa era sempre preparada especialmente para recebê-lo, e a sra. Tulsi tratava-o com amor. Ele sabia fazer renascer nela tudo o que lhe restava de doçura e bom humor. Quando ele saía, ela dizia a dona Pretinha: — Não confie na sua raça, Preta. Nunca. — E dona Pretinha dizia: — Não, senhora. — Regularmente dava frutas de presente ao médico e às vezes mandava de repente Basdai e Sushila prepararem uma refeição elaborada e entregá-la na casa do médico, com urgência, como se estivesse satisfazendo um desejo intenso seu.

Ainda assim, as filhas vinham visitá-la. Elas sabiam que tinham um certo poder, ainda que pequeno, sobre ela: sabiam que ela temia a solidão e não queria jamais afastá-las inteiramente; sabiam que, não a procurando, estariam-na magoando. Se dona Pretinha informava que uma filha ficara particularmente ofendida, a sra. Tulsi tomava a iniciativa de fazer as pazes e fazia promessas. Em situações assim, era capaz de dar uma joia, tirar um anel ou pulseira para dar a uma filha. Assim, as filhas vinham visitá-la, e nenhuma estava disposta a deixar a mãe sozinha com uma irmã. As visitas da sra. Tuttle eram as que mais inspiravam desconfiança. Ela suportava as ofensas com uma paciência excepcional e depois ainda sugeria que a sra.

Tulsi olhasse para as plantas, porque o verde alimentava a vista e tranquilizava os nervos.

Embora xingasse as filhas, a sra. Tulsi tinha o cuidado de não ofender os genros. Cumprimentava o sr. Biswas rapidamente, porém com delicadeza. E jamais tentava se opor a Govind, que continuava se comportando como antes. Ele batia em Chinta quando lhe dava na veneta e, apesar de lhe pedirem silêncio por causa das dores de cabeça da sra. Tulsi, cantava o *Ramayana*. Cabia às irmãs reclamar do comportamento de Govind.

Havia momentos em que ela queria crianças por perto. Então chamava os leitores e estudiosos e os mandava lavar o chão da sala e da varanda ou os fazia cantar hinos em híndi. Suas mudanças de humor eram imprevisíveis, e os leitores e estudiosos viviam constantemente apreensivos, jamais sabendo se deviam ficar sérios ou brincalhões. Às vezes ela os colocava em fila em seu quarto e mandava-os recitar a tabuada, batendo nos que erravam com todo o vigor que ainda restava em seus braços flácidos e murchos, que eram largos e frouxos perto das axilas e pendiam como carne morta. Dona Pretinha dava risinhos agudos quando uma criança cometia um erro grosseiro ou quando a sra. Tulsi fazia um comentário espirituoso; e a sra. Tulsi, os olhos ocultos pelas lentes escuras, dava um sorriso torto de satisfação. Quando ela ficava séria, também dona Pretinha tornava-se séria, mexendo o maxilar rapidamente, dizendo "Hm!" cada vez que a sra. Tulsi golpeava a criança castigada.

Outro sofrimento para os leitores e estudiosos era a constante preocupação que a sra. Tulsi tinha com a saúde deles. A cada cinco semanas, mais ou menos, nos sábados, a sra. Tulsi chamava-os a seu quarto e fazia-os tomar sal de Epsom, estragando o fim de semana para eles; e entre uma e outra aplicação do remédio ficava atenta para tosses e espirros. Não havia como escapar dela. A sra. Tulsi sabia reconhecer cada voz, cada riso, cada passo, cada tosse e cada espirro. Interessava-se particularmente pelo chiado e a tosse de cachorro de Anand. Comprou para ele uns cigarros herbais venenosos; como não tiveram nenhum efeito, receitou-lhe conhaque com água e lhe deu uma garrafa de conhaque. Anand, embora detestasse o gosto, bebia a mistura por causa de suas associações literárias: lera sobre conhaque com água nos romances de Dickens.

Às vezes a sra. Tulsi chamava velhas amizades de Arwacas. As visitas vinham e ficavam acampadas por uma semana, mais ou menos, ouvindo a sra. Tulsi falar. A velha, reanimada, falava o dia inteiro, até tarde da noite, enquanto as visitas, deitadas em cobertores no chão, faziam afirmações mecânicas, sonolentas: — Sim, senhora. Sim, senhora. — Algumas visitas eram interrompidas por doenças, outras por sonhos de mau agouro, cuidadosamente documentados; as visitas que aguentavam até o fim iam embora fatigadas, bestificadas, de olhos vermelhos.

Além disso, regularmente ela realizava *pujas*, rituais austeros voltados apenas para Deus, sem as festividades e a alegria que antigamente caracterizavam as cerimônias na Casa de Hanuman. Vinha o pândita e a sra. Tulsi sentava-se a sua frente; ele lia os textos sagrados, cobrava seus honorários, trocava de roupa no banheiro e ia embora. Mais e mais bandeiras de preces eram fincadas no quintal, flâmulas brancas e vermelhas que ficavam a tremular até se esfarraparem; os mastros de bambu ficavam amarelos, pardos, cinzentos. Para cada *puja* a sra. Tulsi chamava um pândita diferente, já que nenhum pândita a satisfazia tanto quanto Hari. E, como nenhum pândita a satisfazia, sua fé claudificava. Mandava Sushila ir acender velas na igreja católica; pôs um crucifixo em seu quarto; e mandou limpar a sepultura do pândita Tulsi para o Dia de Todos os Santos.

Quanto mais lhe recomendavam que não fizesse muito esforço, menos esforço ela conseguia fazer; por fim, parecia viver apenas para a doença. Tornou-se obcecada com sua decadência física; acabou pedindo às meninas que procurassem piolhos em sua cabeça. Não havia piolho no mundo capaz de resistir às doses de rum aromático que seus cabelos recebiam de hora em hora, mas a sra. Tulsi ficou irritada quando as meninas não encontraram nada. Chamou-as de mentirosas, beliscou-as, puxou-lhes os cabelos. Às vezes estava apenas aborrecida; então ia, arrastando os pés, até a varanda, onde ficava sentada, a ponta do véu na boca, alimentando a vista com o verde, tal como a sra. Tuttle havia recomendado. Não falava com ninguém, recusava-se a comer, rejeitava todos os cuidados. Ficava alimentando a vista com o verde, as lágrimas escorrendo pelas faces magras, saindo debaixo das lentes escuras.

De todas as mãos, gostava mais das de Myna. Queria que Myna catasse piolhos em sua cabeça, queria que Myna os matasse, queria ouvir o barulho dos piolhos sendo esmagados pelas unhas de Myna. Essa predileção gerava ciúmes, aborrecia Myna e irritava o sr. Biswas.

— Não vá catar piolhos na cabeça dessa velha besta — dizia o sr. Biswas.

— Não ligue para seu pai — dizia Shama, não querendo abrir mão daquele inesperado poder sobre a sra. Tulsi.

E Myna passava horas no quarto da sra. Tulsi explorando com seus dedos esguios cada fio dos ralos e grisalhos cabelos da sra. Tulsi, que recendiam a rum aromático. De vez em quando, para contentar a velha, Myna estalava as unhas, e a sra. Tulsi engolia e exclamava "Ah!", satisfeita porque um dos piolhos fora apanhado.

A tensão aumentava quando Shekhar e família vinham visitar a sra. Tulsi. Se Shekhar viesse sozinho, seria mais bem recebido pelas irmãs. Mas o antagonismo entre elas e a esposa presbiteriana de Shekhar, Dorothy, fora aumentando à medida que Shekhar se tornara mais próspero e o presbiterianismo de Dorothy, mais agressivo e exclusivista. Uma vez quase chegaram a brigar porque Shekhar, quando as viúvas lhe pediram um empréstimo para abrir um restaurante sobre rodas, lhes ofereceu, como contraproposta, empregos em sua rede de cinemas. As viúvas tomaram o convite como um insulto e acharam que aquilo era coisa de Dorothy. Naturalmente, não aceitaram: não queriam trabalhar para Dorothy e jamais trabalhariam na área de entretenimento público.

Shekhar não podia ser mais do que uma visita ali. Vinha em seu carro, subia com a mulher e as cinco filhas elegantes, e por muito tempo só se ouviam passos de vez em quando e a voz baixa e constante da sra. Tulsi. Então Shekhar descia a escada sozinho, com uma elegância assustadora, de camisa esporte branca de manga curta e calças brancas. Tendo ouvido a mãe, agora ouvia as irmãs, olhando-as nos olhos e murmurando "Hm... hm...", o lábio superior quase ocultando o inferior. Falava pouco, como se não quisesse perturbar a posição dos lábios. As palavras saíam abruptamente, a expressão nunca se alterava, e tudo que ele dizia parecia uma indireta. Quando tentava ser simpático com os leitores e estudiosos, só conseguia assustá-los. Porém ele nunca parecia antipático, e sim apenas ausente.

Depois do almoço, preparado por Basdai e Sushila e comido no andar de cima, Dorothy e as filhas passavam pelo andar de baixo. Dorothy saudava as pessoas com sua voz possante; as filhas, uma bem junto à outra, falavam com vozinhas finas, quase inaudíveis. Então Dorothy olhava para o relógio de pulso e dizia: — *Caramba! Ya son las tres. Donde está tu padre? Lena, va a llamarle. Vamos, vamos. Es demasiado tarde.* Bem, até logo, pessoal — dizia ela, virando-se para as irmãs indignadas e os leitores e estudiosos intrigados —, temos que ir embora. — Desde que começaram a passar as férias na Venezuela e na Colômbia, Dorothy usava o espanhol para dirigir-se às filhas ou a Shekhar na presença das cunhadas. Depois, as irmãs comentavam que tinham pena de Shekhar; todas tinham reparado em seu ar de infelicidade.

Antes de irem embora, Shekhar e Dorothy sempre iam ver o sr. Biswas. Ele não gostava dessas visitas. Não era só porque o partido de Shekhar estava movendo uma campanha contra o Departamento de Bem-Estar Comunitário. Shekhar jamais esquecera que o sr. Biswas era um palhaço, e sempre que estava com ele tentava provocar uma palhaçada. Fazia um comentário depreciativo, esperando que o sr. Biswas desenvolvesse o comentário de modo espirituoso e extravagante. Para aumentar a fúria do sr. Biswas, Dorothy também tinha adotado essa atitude; e desse relacionamento não havia como fugir, pois a raiva e a retaliação eram consideradas parte da brincadeira. Shekhar entrava no quarto de fora e perguntava, com seu jeito seco e sério: — O coordenador do bem-estar comunitário ainda está bem alimentado? — Então sentava-se na mesa feita pelo pobre e ameaçava o sr. Biswas de destruir seu departamento e deixá-lo desempregado. Durante algum tempo, o sr. Biswas reagia à sua maneira antiga. Contava histórias de funcionários públicos, falava da dificuldade que tinha de encontrar o que fazer. Porém logo começava a demonstrar seu aborrecimento.

— Você encara tudo como ofensa pessoal — dizia Shekhar, ainda jogando o jogo. — Nossas discordâncias são só políticas. Você tem que ser um pouco mais sofisticado, rapaz.

— Mais sofisticado — dizia o sr. Biswas depois que Shekhar ia embora. — Sofisticado de barriga vazia? Aquele escorpião. Se amanhã eu ficasse desempregado, ele não ia ligar a mínima.

Durante algum tempo já corriam boatos. E agora, por fim, foi dada a notícia: Owad, o filho caçula da sra. Tulsi, ia voltar da Inglaterra. Todos ficaram entusiasmados. Vinham irmãs de Shorthills, com suas melhores roupas, para comentar a notícia. Owad era o aventureiro da família. Sua ausência o transformara numa figura lendária, e sua glória não era nem um pouco diminuída pelo número crescente de estudantes que iam embora da colônia a cada semana para estudar medicina na Inglaterra, nos Estados Unidos, no Canadá e na Índia. O que ele fizera exatamente ninguém sabia, porém todos achavam que fora algo de extraordinário, quase além do entendimento. Era médico, um profissional, com diploma e tudo! E era da família! Shekhar não podia mais ser considerado um deles. Porém cada irmã tinha uma história que provava seu grau de intimidade com Owad, a consideração que ele tinha por ela.

O sr. Biswas também sentia o mesmo que as irmãs em relação a Owad, e estava tão entusiasmado quanto elas. Porém preocupava-se. Já uma vez, muitos anos antes, sentira que teria de sair da Casa de Hanuman antes que Owad e a sra. Tulsi voltassem para lá. Agora sentia a mesma apreensão: a mesma sensação de ameaça, a mesma necessidade de ir embora antes que fosse tarde demais. Repetidamente conferia o dinheiro que havia economizado, o dinheiro que ainda ia economizar. Suas contas apareciam nos maços de cigarros, nas margens dos jornais, nas contracapas de folhetos do governo. O total era sempre o mesmo: acumulara seiscentos e vinte dólares; até o final do ano teria setecentos. Era uma quantia estupenda; ele nunca possuíra tanto dinheiro. Mas com aquele dinheiro não poderia fazer um empréstimo para comprar uma casa, a não ser que fosse um daqueles cortiços de madeira prestes a serem condenados. Podia-se comprar um deles por apenas dois mil dólares, mais ou menos, mas para isso só mesmo um especulador, capaz de levar os inquilinos à Justiça, reconstruir o prédio ou esperar que o lugar se valorizasse. Agora, cada vez mais ansioso à medida que aumentava a excitação da família, o sr. Biswas passou a consultar listas de agentes imobiliários todas as manhãs e rodava pela cidade procurando casas para alugar. Quando, durante uma semana inteira, a Câmara de Vereadores comprou páginas e mais páginas dos jornais para anunciar as casas que estavam indo a leilão por não terem sido pagas, o sr. Biswas, juntamente com todos os agentes imobiliários da cidade, foi até a Prefeitura; mas faltou-lhe autoconfiança para fazer qualquer lance.

Ele não podia evitar a sra. Tulsi quando voltava para casa. Estava sentada na varanda, alimentando a vista com o verde, levando a ponta do véu aos lábios.

E, embora ele já estivesse se preparando para o choque, ficou em pânico quando chegou a hora.

Foi Shama quem trouxe a notícia.

— Aquela vaca velha não pode me expulsar desse jeito — disse o sr. Biswas. — Eu tenho meus direitos. Ela tem que me arranjar uma alternativa de moradia. — Disse também: — Morra, sua vaca! — Olhou para a varanda e sussurrou: — Morra!

— Mohun!

588

— Morra! Mandando a pobrezinha da Myna catar os piolhos dela. Adiantou para alguma coisa? Hein? Acha que ela seria capaz de expulsar o deusinho desse jeito? Ah, isso não. O deus precisa de um quarto só para ele. Agora eu, você e meus filhos podemos dormir em sacos de açúcar. O saco de dormir Tulsi. Marca registrada. Morra, sua vaca!

Ouviram a sra. Tulsi murmurando algo placidamente para Sushila.

— Tenho meus direitos — disse o sr. Biswas. — Não é mais como antigamente. Não é só colar um pedaço de papel na minha porta e me expulsar. Tem que oferecer uma alternativa de moradia.

Mas a sra. Tulsi tinha providenciado uma alternativa: um quarto num daqueles cortiços onde, anos antes, Shama ia cobrar aluguéis. As paredes de madeira não eram pintadas, eram de um tom escuro de cinza, apodrecidas; a cada passo que se dava no assoalho de madeira, precário, cheio de emendas, chovia uma poeira fina, produto das escavações dos cupins; não havia teto, e o telhado nu de ferro galvanizado estava peludo de fuligem; não havia eletricidade. Onde ficariam os móveis? Onde iriam dormir, cozinhar, tomar banho? Onde as crianças iam estudar?

O sr. Biswas jurou nunca mais falar com a sra. Tulsi; e ela, como se soubesse de sua decisão, não falava com ele também. Todas as manhãs ele ia de casa em casa procurando quartos para alugar, até ficar exausto, e o cansaço extinguia sua raiva. Então, à tarde, ia para sua região, onde ficava até o anoitecer.

Uma vez, voltando tarde da noite para casa, que lhe parecia cada vez mais organizada e acolhedora, o sr. Biswas viu a sra. Tulsi sentada na varanda, no escuro. Estava cantarolando um hino, baixinho, como se estivesse sozinha, isolada do mundo. Ele não a cumprimentou, e estava indo para seu quarto quando ela falou.

— Mohun? — Sua voz era vacilante, amistosa.

Ele parou.

— Mohun?

— Sim, mãe.

— Como está Anand? Não tenho ouvido a tosse dele de uns dias para cá.

— Ele está bem.

— Crianças, crianças. Problemas, problemas. Mas você lembra como o Owad trabalhava? Comendo e lendo. Trabalhando na loja e lendo. Contando dinheiro e lendo. Dando duro como todo mundo e lendo ao mesmo tempo. Você lembra da Casa de Hanuman, Mohun?

Ele identificou o estado de espírito dela, e não queria ser seduzido por ele.

— Era uma casa grande. Maior que a casa onde a gente vai morar.

Ela não se perturbou. — Já lhe mostraram a carta do Owad?

As cartas de Owad que circulavam de mão em mão falavam mais sobre as flores da Inglaterra e o clima inglês. Eram de caráter semiliterário, e eram escritas numa letra esparramada, com grandes intervalos entre uma palavra e outra e amplos espaços entre as linhas. "As brumas de fevereiro por fim se dissiparam" — escrevia ele —, "deixando uma espessa camada negra em cada parapeito. A neve já veio e já se foi, porém em breve os narcisos estarão florescendo. Plantei seis narcisos no meu pequeno jardim. Cinco brotaram. O sexto parece que não pegou. Só espero que eles não sejam como os do ano passado, que não deram flor".

— Ele nunca ligou muito para flores quando era menino — disse a sra. Tulsi.

— Imagino que a leitura não o deixava pensar em mais nada.

— Ele sempre gostou de você, Mohun. Acho que porque você também sempre leu muito. Não sei, não, mas talvez tivesse sido melhor eu casar todas as minhas filhas com homens que lessem muito. Owad sempre dizia isso. Mas o Seth, sabe... — fez uma pausa; era a primeira vez que o sr. Biswas a ouvia pronunciar aquele nome em vários anos. — Os velhos costumes saíram de moda tão depressa, Mohun. Soube que você está procurando casa.

— Já tenho algo em vista.

— Desculpe o incômodo. Mas temos que aprontar a casa para o Owad. Não é a casa do pai dele, Mohun. Não seria bom se ele pudesse voltar para a casa do pai?

— Muito bom.

— Você não ia gostar do cheiro de tinta. E além disso é perigoso. Vamos instalar uns toldos e venezianas, sabe. Coisas modernas.

— Que ótimo.

— É tudo para o Owad. Se bem que acho que você também vai gostar quando voltar.

— Voltar?

— Você não vai voltar?

— Mas claro — disse ele, sem conseguir conter o tom de entusiasmo. — Claro. Ótima ideia, as venezianas.

Shama ficou exultante quando soube.

— Eu nunca acreditei — disse ela — que a mamãe quisesse expulsar a gente de vez. — E falou do interesse da sra. Tulsi por Myna, do conhaque que ela dera a Anand.

— Meu Deus! — exclamou o sr. Biswas, subitamente ofendido. — Quer dizer que é essa a recompensa por ela catar piolhos, é? Você vai mandar a Myna catar mais, não vai? Meu Deus! Meu Deus! Que armadilha!

Revoltava-o ter caído na armadilha da sra. Tulsi e demonstrado gratidão a ela. A velha estava fazendo com ele o mesmo que fazia com as filhas: mantendo-o a seu alcance. E ela o tinha em seu poder desde o dia em que ele fora à Loja Tulsi e vira Shama atrás do balcão.

— Armadilha!

A qualquer momento ela poderia mudar de ideia. Mesmo que isso não acontecesse, onde eles ficariam quando voltassem? Teriam dois quartos, um quarto ou apenas um lugar para acampar embaixo da casa? Ela havia demonstrado seu poder; agora era necessário cortejá-la e agradá-la. Quando ficava nostálgica, ele tinha que compartilhar sua nostalgia; quando tornava-se agressiva, ele tinha que esquecer.

Para fugir, o sr. Biswas só tinha seiscentos dólares. Trabalhava no Departamento de Bem-Estar Comunitário: era um funcionário público ainda sem estabilidade. Se o órgão fosse extinto, ele ficaria desempregado.

— Armadilha! — gritava ele para Shama, em tom de acusação. — Armadilha!

Puxava brigas com ela e as crianças.

— Vamos vender a porcaria do carro! — gritava ele. E, sabendo como isso humilhava Shama, fazia-o embaixo da casa, para ser ouvido pelas irmãs e pelos leitores e estudiosos.

Tornou-se carrancudo; sofria dores constantes. Em seu quarto, jogava os objetos de um lado para o outro. Arrancou das paredes as gravuras que emoldurara e as quebrou. Jogou um copo de leite na cara de Anand e cortou-lhe o supercílio. Esbofeteou Shama no andar de baixo. Assim, para os moradores da casa ele tornou-se, como Govind, um ser desprezível e ridículo. Em comparação com ele, o Coordenador de Bem-Estar Comunitário, Owad, o grande ausente, brilhava de virtude e sucesso e era adorado por todos.

Levaram a cristaleira, a penteadeira de Shama, a estante de Théophile, o cabide de chapéus e a cama Slumberking para o cortiço. A cama de quatro colunas foi desmontada e levada para o andar de baixo, juntamente com a mesa de jantar do pobre e a cadeira de balanço, que começou a se estragar em contato com o concreto irregular e áspero. A vida tornou-se um pesadelo, dividida entre o quarto no cortiço e a área embaixo da casa. Shama continuava cozinhando lá, e às vezes as crianças dormiam ali também, com os leitores e estudiosos; às vezes dormiam com o sr. Biswas no cortiço.

E todas as tardes o sr. Biswas ia até sua região para divulgar informações sobre as coisas que tornam a vida melhor de se viver. Distribuía livretos; dava palestras; formava organizações e se envolvia na complicada política das aldeias; e tarde da noite voltava a Port-of-Spain, para aquele cortiço que era muito pior do que qualquer uma das casas que ele havia visitado durante o dia. O Prefect foi ficando coberto de poeira, que a chuva endurecia e transformava em placas de sujeira; os tapetes estavam imundos; o banco de trás estava empoeirado e cheio de folhetos e jornais velhos, amarelecidos.

Suas obrigações o levavam a Arwacas, onde ele estava organizando um curso de "liderança". E, para evitar a longa volta a Port-of-Spain tarde da noite, para evitar o cortiço e sua própria família, resolveu ficar na Casa de Hanuman. A casa dos fundos estava desocupada há algum tempo, e lá só morava uma viúva que, envolvida em alguma atividade comercial secreta, havia voltado clandestinamente de Shorthills, achando-se insignificante demais para ser descoberta por Seth. Não havia motivo para ela se preocupar. Após a morte da esposa, durante algum tempo Seth fez loucuras. Fora acusado de ferir uma pessoa e insultar outras, perdendo o apoio de boa parte da população. Além disso, parecia ter perdido seu tino comercial. Uma vez tentou segurar-e-botar-fogo num de seus caminhões velhos, foi apanhado em flagrante e acusado de conluio. Foi absolvido, mas o processo lhe custou muito dinheiro; e daí em diante ele tornou-se menos ativo. Cuidava da espelunca de sua mercearia, não fazia mais ameaças e não falava mais em comprar a Casa de Hanuman. A briga de família, que jamais explodira em incidentes violentos, tornara-se coisa do passado; nem Seth nem os Tulsi tinham mais a importância que haviam tido outrora.

Na loja, o nome Tulsi fora substituído pelo nome escocês de uma firma de Port-of-Spain, e este nome já era pronunciado há tanto tempo que já se tornara familiar e ninguém o estranhava mais. Um grande anúncio vermelho de sapatos Bata fora pendurado embaixo da estátua de Hanuman, e a loja estava iluminada e cheia de vida. Porém a casa atrás dela estava morta. O pátio estava coberto de embalagens, palha, folhas grandes de papel pardo e móveis de cozinha baratos, de madeira não envernizada. Na casa de madeira, a porta que ligava a cozinha ao salão fora fechada com tábuas, e o salão passara a ser usado como depósito de arroz, que enchia o ambiente com seu cheiro de mofo e seu pó quente, que fazia cócegas no nariz. O sótão continuava tão escuro e bagunçado como sempre. O tanque continuava em seu lugar no quintal, mas não havia peixes nele; a tinta preta estava descascando, e a água da chuva que nele se acumulara, com manchas iridescentes, como de óleo, na superfície, pululava de larvas de mosquito. A amendoeira continuava com poucas folhas, como se uma tempestade as tivesse arrancado durante a noite; a terra a seu redor estava seca e fibrosa. No jardim, a extremosa tinha virado árvore; o oleandro crescera tanto que se exaurira e não dava mais flores; as zínias e cravos-de-defunto se perdiam no meio do mato. Os sindis que eram agora os proprietários da loja ao lado tocavam melancólicas canções de filmes indianos em sua vitrola o dia inteiro, e suas comidas tinham cheiros estranhos. Porém havia momentos em que a casa de madeira parecia aguardar uma ressurreição: quando, no silêncio de uma tarde quente, vinha não de muito longe o cacarejar discreto das galinhas, ruídos de atividades pachorrentas; quando, ao cair da tarde, os lampiões a óleo eram acesos e ouviam-se vozes, risos, alguém chamando um cachorro, uma criança levando uma surra. Mas a Casa de Hanuman permanecia em silêncio. Ninguém ficava nela depois que a loja fechava; e os sindis da loja ao lado dormiam cedo.

A viúva se instalara no Quarto dos Livros. Este quarto espaçoso sempre fora um tanto árido. Agora, sem suas pilhas de folhas impressas, cercado de vazio, com os ruídos abafados de vidas alheias vindo das casas vizinhas, o arroz empilhado no salão no andar de baixo, parecia mais desolado do que nunca. Num canto havia uma cama de lona; perto dela, pregadas nas paredes, bem baixo, viam-se gravuras religiosas e consoladoras; ao lado da cama ficava um pequeno baú, no qual a viúva guardava suas coisas.

A viúva, cuidando de seus negócios, fazendo visitas, quase nunca parava em casa. Aquele silêncio, aquela tranquilidade agradavam ao sr. Biswas. Ele requisitou uma escrivaninha e uma cadeira giratória do governo (eram estranhos aqueles privilégios do poder) e transformou o quarto comprido em escritório. Naquele quarto, onde ainda se viam flores de lótus nas paredes, ele vivera com Shama. Por aquela janela ele tentara cuspir em Owad e despejara o prato de comida em cima dele. Ali ele fora espancado por Govind, ali ele chutara o *Livro do declamador* e amassara a capa. Ali, desvinculado de todos, ele refletira sobre a irrealidade de sua existência e desejara fazer uma marca na parede como prova de que ele vivera. Agora não precisava mais provar tal coisa. Tinham surgido relacionamentos antes inexistentes; ele era o centro deles. Aquela irrealidade de outrora fora sua liberdade. Agora estava atado a diversos compromissos, e era na Casa de Hanuman que tentava esquecê-los: as crianças, a mobília espalhada, o quarto escuro no cortiço, e Shama, tão impotente quanto ele, mas agora — tal como ele sempre desejara — dependente dele.

Na escrivaninha coberta de baeta, no quarto comprido, havia copos e colheres sujos de Pó Estomacal de Maclean, pilhas e mais pilhas de papéis ligados a seu trabalho no Departamento de Bem-Estar Comunitário e o bloco comprido, já na metade, no qual o sr. Biswas anotava as despesas de seu Prefect, estacionado no pátio do tribunal.

A redecoração da casa em Port-of-Spain foi um processo lento. Assustada com os preços, a sra. Tulsi não contratou empreiteiro. Em vez disso, empregava trabalhadores individuais, os quais ela constantemente xingava e despedia. Ela não tinha nenhuma experiência com trabalhadores urbanos e não entendia por que eles não estavam dispostos a trabalhar em troca de comida e alguns trocados. Dona Pretinha punha a culpa nos americanos e dizia que a ganância era um dos defeitos de sua gente. Mesmo depois que se combinava um salário, a sra. Tulsi nunca queria pagar na íntegra o que fora acertado. Uma vez, depois de trabalhar duas semanas na obra, um pedreiro grandalhão, insultado pelas duas mulheres, saiu da casa chorando, ameaçando dar parte à polícia.

— Essa minha gente... — disse dona Pretinha, como quem pede desculpas.

A obra só ficou pronta quase três meses depois. A casa estava toda pintada, em cima e embaixo, por dentro e por fora. Sobre as janelas havia toldos listrados; e venezianas de vidro, frágeis, que pareciam deslocadas naquela casa malfeita e pesada, escureciam as varandas.

E o pesadelo do sr. Biswas chegou ao fim. Foi convidado a voltar do cortiço. Não lhe foram devolvidos os dois quartos de antes, e sim, tal como ele temia, um apenas, nos fundos. Seus dois quartos antigos estavam reservados para Owad. Govind e Chinta mudaram-se para o quarto de Basdai, e a viúva, reduzida à condição de pensionista, foi para baixo da casa, junto com os leitores e estudiosos. Em seu único quarto o sr. Biswas colocou as duas camas, a estante de Théophile e a penteadeira de Shama. A mesa de jantar do pobre permaneceu no andar de baixo. Não havia lugar para a cristaleira de Shama, porém a sra. Tulsi propôs que ela fosse colocada em sua sala de jantar. Ali estaria protegida e daria um toque agradável e moderno ao ambiente. Às vezes as crianças dormiam no quarto; às vezes dormiam no andar de baixo. Nada era fixo. Porém depois do cortiço a nova organização parecia ótima; era um alívio.

E agora o sr. Biswas começou a fazer novos cálculos: repetidamente, calculava quantos anos faltavam para que cada um de seus filhos se tornasse adulto. Savi, sem dúvida, já era gente grande. Por dar toda a atenção a Anand, ele não reparara nela direito. E ela própria se tornara reservada e séria; já não brigava com os primos, embora às vezes ainda fosse áspera com eles; e nunca chorava. Anand já estava na segunda metade do colegial. Logo — pensou o sr. Biswas — suas responsabilidades chegariam ao fim. Os mais velhos cuidariam dos menores. Tal como dissera a sra. Tulsi no salão da Casa de Hanuman, quando Savi nasceu, de algum jeito eles sobreviveriam: não iam morrer. Então ocorreu-lhe o pensamento: "Eu nem aproveitei a infância deles".

6. A REVOLUÇÃO

Uma carta de Londres. Um cartão-postal de Vigo. A sra. Tulsi agora não estava mais doente e irritadiça e passava a maior parte do tempo na varanda da frente esperando. A casa começou a encher-se de irmãs, com seus filhos e netos, de gritos e passos pesados. Uma grande barraca foi armada no quintal. Os mastros de bambu foram enfeitados com galhos de coqueiros, que formavam arcos, e em cada arco foram penduradas frutas. As mulheres cozinhavam até altas horas da noite, cantando; e cada um dormia no primeiro lugar que encontrava. Era como uma festividade de outrora na Casa de Hanuman. Desde a partida de Owad não acontecia nada semelhante.

Um telegrama de Barbados instaurou na casa um clima de frenesi. A sra. Tulsi ficou exultante. — Cuidado com o coração — disse dona Pretinha. Mas a sra. Tulsi não conseguia ficar parada. Insistia para que a levassem ao andar de baixo; fiscalizava; fazia graça; subia e descia escadas; ia dez vezes aos quartos reservados para Owad. E, com toda aquela confusão, uma pessoa foi despachada para chamar o pândita quando o pândita já tinha chegado. Era um homem de aparência bem discreta, vestido à maneira normal, que passara despercebido no meio daquela multidão cada vez maior.

As irmãs anunciaram sua intenção de passar aquela noite em claro. Tinham muitas comidas a preparar, disseram. As crianças dormiram. O grupo de homens ao redor do pândita foi diminuindo; o pândita dormiu. As irmãs cozinhavam e queixavam-se, alegres, do excesso de trabalho; cantavam melancólicas canções nupciais; faziam tinas de café; jogavam baralho. Algumas irmãs desapareciam por uma hora ou duas, mas nenhuma admitia que tinha dormido, e Chinta gabava-se de poder ficar sem dormir por setenta e duas horas, orgulhosa, como se Govind ainda fosse um membro querido da família, como se suas brutalidades não tivessem existido, como se o tempo não tivesse passado e elas todas ainda fossem irmãs no salão da Casa de Hanuman.

Pouco antes do amanhecer começaram a ficar letárgicas, porém a luz do dia as reanimou, e entraram num ritmo febril de atividade. As crianças foram lavadas, alimentadas e vestidas antes que o resto da rua despertasse; a casa foi varrida e limpa. A sra. Tulsi foi lavada e vestida por Sushila; em sua pele lisa havia pequenas gotas de suor, embora o sol ainda não tivesse aparecido e ela raramente transpirasse. Aos poucos as visitas foram chegando; muitas delas tinham uma relação bem tênue com a família, e não poucas — por exemplo, os parentes de um cônjuge de um neto ou neta — eram desconhecidas. A rua ficou cheia de carros e enfeitada com os vestidos coloridos das mulheres e meninas. Vieram Shekhar, Dorothy e as cinco filhas. Cada um se preocupava com alguma coisa: crianças, comida, permissões para entrar no cais, transporte. A toda hora carros arrancavam, cheios de importância. Os motoristas, voltando, exibiam as permissões e falavam do susto dos funcionários com quem haviam conversado.

Para o sr. Biswas, a noite tinha sido difícil. E a manhã começou mal. Quando pediu a Anand que lhe trouxesse o *Guardian*, o menino lhe disse que o jornal fora levado pelo pândita. Depois ele foi expulso do quarto, para Shama e as meninas se vestirem. No andar de baixo, o caos era total. Foi até o banheiro, olhou e resolveu não usá-lo naquele dia. Quando voltou para o quarto, havia um cheiro leve, porém desagradável, de pó de arroz e roupas espalhadas por todos os lados.

— Mais parece um naufrágio — comentou ele, limpando com um pente sua escova, que estava cheia de cabelos de mulher, fungando por causa da poeira que se via subir no facho de sol que vinha por baixo do toldo.

Shama percebeu sua irritação mas não fez nenhum comentário, o que o irritou mais ainda. Nos dois andares da casa ressoavam passos impacientes, gritos e guinchos.

O cortejo partiu em seções. A sra. Tulsi foi no carro de Shekhar. O sr. Biswas foi em seu Prefect; mas sua família, dispersa, tinha ido em outros carros, e ele foi obrigado a levar umas pessoas que não conhecia.

O transatlântico, branco e plácido, estava ancorado no golfo. Pegaram uma cadeira para a sra. Tulsi e a encostaram na parede carmim do galpão da alfândega. Ela estava de branco, de véu levantado. De vez em quando apertava os lábios e amarrotava um lenço numa das mãos. A seu lado estavam dona Pretinha, endomingada, com um chapéu de palha enfeitado por uma fita vermelha, e Sushila, carregando uma bolsa volumosa cheia de remédios.

Um rebocador apitou. O transatlântico estava sendo trazido para o cais. Algumas das crianças, as que haviam aprendido na escola que uma das provas da esfericidade da Terra era a maneira como os navios desapareciam atrás do horizonte, exageraram a distância entre o navio e o cais. Muitas disseram que o navio chegaria em duas ou três horas. Shivadhar, o filho menor de Chinta, afirmou que isso só aconteceria no final da tarde do dia seguinte.

Porém os adultos estavam preocupados com outra coisa.

— Não diga nada a *mai* — sussurravam as irmãs.

Seth estava no cais. Estava a dois galpões da alfândega dali. Usava um terno barato de um tom atroz de marrom; para todos aqueles que se lembravam dele de uniforme cáqui e botinas pesadas, parecia um trabalhador com seu terno domingueiro.

O sr. Biswas olhou para Shekhar. Ele e Dorothy olhavam fixamente para o navio, que se aproximava.

Seth estava pouco à vontade. Mexia-se sem parar. Tirou sua comprida piteira do bolso do paletó e, concentrando-se no que fazia, colocou um cigarro nela. Com aquele terno e com gestos tão inseguros, a piteira era uma afetação absurda, e foi esta a impressão que tiveram as crianças que não se lembravam dele. Assim que acendeu o cigarro, um funcionário de uniforme cáqui correu para ele e apontou para os cartazes com letras grandes, em inglês e francês, pregados nos galpões da alfândega. Seth jogou fora o cigarro e amassou-o com a sola do sapato, que não estava engraxado. Recolocou a piteira no bolso e ficou com as mãos para trás.

Em pouco tempo — muito pouco, para algumas das crianças — o navio chegou. Os rebocadores apitaram, recolheram suas cordas. As cordas foram jogadas no cais, o qual, à sombra do casco branco do navio, tornara-se um espaço fechado, quase como uma sala.

Então viram Owad. Estava com um terno que ninguém jamais vira e um bigode à Robert Taylor. O paletó estava desabotoado, as mãos enfiadas nos bolsos das calças. Seus ombros estavam mais largos; ele estava maior sob todos os aspectos. Seu rosto, mais cheio, com enormes bochechas arredondadas, estava quase gordo; se não fosse alto, Owad pareceria roliço.

— É o frio da Inglaterra — disse alguém, explicando as bochechas.

A sra. Tulsi, dona Pretinha, as irmãs, Shekhar, Dorothy e todas as netas que já tinham tido filho começaram a chorar silenciosamente.

Uma mulher jovem e branca veio até Owad, e ficaram a rir e conversar à amurada.

— *Are bap!** — exclamou uma das amigas da sra. Tulsi, por entre as lágrimas.

Mas foi apenas um susto passageiro.

A prancha de desembarque foi lançada. As crianças foram até a beira do cais examinar as cordas da amarração e tentaram olhar para dentro das vigias iluminadas. Alguém puxou uma conversa sobre âncoras.

E então ele desembarcou. Seus olhos estavam úmidos.

A sra. Tulsi, sentada em sua cadeira, já sem qualquer vestígio de vivacidade, virou o rosto para cima quando ele se abaixou para beijá-la. Então ela abraçou-lhe as pernas. Sushila, em lágrimas, abriu a bolsa e ficou segurando um vidro azul de sais, para qualquer eventualidade. Dona Pretinha chorava junto com a sra. Tulsi, e cada vez que esta fungava a outra fazia "Hm, hm. Hm. Hm.". As crianças, ignoradas, olhavam. Os irmãos trocaram um másculo aperto

---

* Meu Deus! (em híndi). (N. T.)

de mãos e sorriram. Então chegou a vez das irmãs. Foram beijadas; começaram a chorar novamente e tentaram, ávidas, apresentar os filhos que haviam nascido depois da partida de Owad, o qual, chorando e beijando, rapidamente deu conta das irmãs. Então chegou a vez dos oito maridos sobreviventes. Govind, que conhecia Owad muito bem, não estava presente, mas W. C. Tuttle, que mal o conhecia, estava. Longos pelos de brâmane brotavam-lhe das orelhas, e ele chamou a atenção de todos fechando os olhos, livrando-se das lágrimas com um gesto simples de sacudir a cabeça e colocando a mão na cabeça de Owad ao mesmo tempo que o abençoava em híndi. À medida que se aproximava sua vez, o sr. Biswas sentiu que enfraquecia, e quando ofereceu sua mão estava prestes a chorar. Porém Owad, embora pegasse sua mão, subitamente tornou-se distante.

Seth estava se aproximando de Owad. Sorria, os olhos rasos d'água, levantando as mãos enquanto caminhava.

Nesse momento todos compreenderam que, apesar de sua idade, apesar de Shekhar, Owad era o novo chefe da família. Todos olharam para ele. Se ele desse o sinal, haveria uma reconciliação.

— Meu filho, meu filho — disse Seth em híndi.

O som daquela voz, que não se ouvia há anos, emocionou a todos.

Owad ainda apertava a mão do sr. Biswas.

O sr. Biswas percebeu o paletó barato de Seth, a piteira manchada: Seth estendeu os braços e quase encostou em Owad.

Owad virou-se e disse, em inglês:

— Acho melhor eu ir ver a bagagem. — Soltou a mão do sr. Biswas e afastou-se rapidamente, balançando o paletó.

Seth permaneceu imóvel. Suas lágrimas cessaram de repente. Porém o sorriso permaneceu.

A multidão dos Tulsi ficou agitada, disfarçando a sensação de alívio com o barulho.

Ele podia ter se virado antes, o sr. Biswas não parava de pensar. Ele podia ter se virado antes.

As mãos de Seth baixaram lentamente. O sorriso morreu. Uma das mãos subiu até a piteira, e ele segurou a cabeça virada para um lado, como se fosse dizer alguma coisa. Porém limitou-se a mexer na piteira, virar-se para trás e se afastar, com passos firmes, passando por entre dois galpões da alfândega, em direção ao portão principal.

Owad voltou ao grupo.

— Com a mãe? Com o irmão? Com o pai? Ou com todo mundo? — perguntou alguém, e o sr. Biswas reconheceu a voz sardônica do fotógrafo do *Sentinel*.

O fotógrafo olhou para o sr. Biswas com um sorriso e um movimento de cabeça, como se o tivesse apanhado em flagrante.

— Sozinho — disse a sra. Tulsi. — Só ele, sozinho.

Owad jogou os ombros para trás e riu. Seus dentes apareceram; seu bigode alargou-se; as bochechas, reluzentes, absolutamente redondas, subiram e encostaram no nariz.

— Obrigado — disse o fotógrafo.

Um repórter jovem, que o sr. Biswas não conhecia, aproximou-se com um caderno e um lápis, e só pela maneira como ele segurava esses instrumentos de trabalho o sr. Biswas podia ver que era inexperiente, tão inexperiente quanto ele próprio era no dia em que entrevistou o romancista inglês, tentando arrancar dele afirmações sensacionais sobre Port--of-Spain.

Muitas emoções lhe sobrevieram, e, sem se despedir de ninguém, o sr. Biswas saiu do meio da multidão e entrou no Prefect, o qual, de janelas fechadas, estava um verdadeiro forno, e foi para sua região.

— Tulipas e narcisos! — murmurou ele, lembrando-se das cartas de Owad, enquanto seguia pela Churchill-Roosevelt Highway, passando pelos pântanos, os casebres mambembes, os arrozais.

Eram dez e pouco quando ele voltou para Port-of-Spain. A casa estava silenciosa, e o andar de cima, às escuras: Owad já havia se deitado. Porém no andar de baixo e na barraca havia luzes. Apenas as crianças menores dormiam; para todos os outros, inclusive as visitas daquela manhã que tinham resolvido passar a noite lá, as emoções do dia ainda não haviam terminado. Alguns comiam, outros jogavam cartas; muitos conversavam em cochichos; e um número surpreendente de pessoas estava lendo jornais. Anand, Savi e Myna correram para o sr. Biswas assim que o viram e começaram a falar-lhe das aventuras de Owad na Inglaterra: seu trabalho como bombeiro durante a guerra, os salvamentos que realizara, os perigos a que se expusera, as operações que havia feito, correndo contra o tempo, em pessoas famosas, os empregos que lhe haviam oferecido em reconhecimento de seu trabalho, até uma cadeira no Parlamento; os homens importantes que conhecera e que às vezes derrotara em debates públicos: Russell, Joad, Radhakrishnan, Laski, Menon:* estes nomes já eram conhecidos por toda a família. A casa inteira fora cativada por Owad, e dentro da barraca havia pequenos grupos rememorando as histórias por ele contadas. Chinta já sentia uma profunda antipatia por Krishna Menon, um dos principais desafetos de Owad. E, numa única tarde, toda a reverência que a família sentia pela Índia fora destruída: Owad não gostava de nenhum dos hindus da Índia que conhecera. Eles envergonhavam os hindus de Trinidad: eram arrogantes, ladinos e libidinosos; falavam inglês com um sotaque esquisito; eram lerdos, estúpidos e só recebiam diplomas porque as universidades tinham pena deles; eram desonestos em relação a dinheiro; na Inglaterra, envolviam-se com babás e outras mulheres de classe inferior e com frequência metiam-se em escândalos; não sabiam preparar direito pratos indianos (as únicas refeições

---

* Bertrand Russell (1872-1970), filósofo e ativista; C. E. M. Joad (1891-1953), filósofo e ativista; Sarvepalli Radhakrishnan (1888-1975), estudioso e estadista hindu (professor de Oxford na época do romance); Harold Laski (1893-1950), cientista político e estadista; V. K. K. Menon (1897-1974), líder nacionalista hindu. (N. T.)

indianas autênticas que Owad fizera na Inglaterra foram as que ele próprio preparara); falavam mal o híndi (muitas vezes Owad percebera solecismos em sua fala); os rituais religiosos que realizavam eram descaracterizados; assim que chegavam na Inglaterra comiam carne e bebiam álcool para mostrar que eram modernos (um rapaz brâmane oferecera a Owad carne com *curry* num almoço); e, inexplicavelmente, eles esnobavam os hindus das colônias. As irmãs disseram que, na verdade, nunca haviam levado muito a sério os indianos da Índia; falavam do comportamento dos missionários, comerciantes, médicos e políticos que haviam conhecido; e ficaram sérias, dando-se conta de suas responsabilidades como os últimos representantes autênticos da cultura hindu.

O pândita, de tanga, camiseta, fio sagrado, marcas da casta e relógio de pulso, estava reclinado num cobertor estendido sobre a terra varrida e socada. Estava lendo um jornal que o sr. Biswas nunca vira antes. Então o sr. Biswas percebeu que os diversos outros jornais que havia na tenda eram semelhantes ao do pândita. Era o *Soviet Weekly*.

Já passava da meia-noite quando o sr. Biswas, andando de um grupo a outro, resolveu que ouvira o suficiente; e, quando Anand tentou falar-lhe do encontro entre Owad e Molotov,* das realizações do Exército Vermelho e das glórias da Rússia, o sr. Biswas disse que era hora de irem para a cama. Subiu para seu quarto, deixando Anand e Savi na atmosfera festiva do andar de baixo. Sua cabeça estava cheia de nomes famosos, que as crianças e as irmãs repetiam com tanta familiaridade. E pensar que o homem que conhecera aquelas pessoas famosas estava dormindo naquela mesma casa! Sem dúvida, era lá, no lugar onde Owad estivera, que se encontrava a verdadeira vida.

---

* V. M. Molotov (1890-1986), diplomata soviético, um dos principais porta-vozes da União Soviética nas conferências internacionais do pós-guerra. (N. T.)

**

Durante uma semana inteira, a festa continuou. Visitas iam embora; outras chegavam. Pessoas absolutamente desconhecidas — o entregador de gelo, o vendedor de amendoins, o carteiro, os mendigos, os garis, diversos moleques de rua — eram convidadas a entrar e almoçar. A comida era fornecida pela sra. Tulsi, e voltou-se a cozinhar em comum, como nos velhos tempos; a prática aparentemente retornara junto com Owad. As frutas penduradas dos galhos de coqueiros desapareceram; as folhas amarelaram. Porém olhares cheios de admiração continuavam acompanhando Owad; ainda era uma honra falar com ele, e tudo que ele dizia era repetido. A qualquer momento, para qualquer interlocutor, Owad podia começar a contar uma história nova; imediatamente uma multidão se formava a seu redor. À noite havia sempre uma reunião na sala de visitas ou — quando Owad estava cansado — no quarto dele. O sr. Biswas comparecia sempre que possível. A sra. Tulsi, esquecida de seus achaques e ansiosa por cuidar do filho, ficava a segurar-lhe a mão ou a cabeça enquanto ele falava.

Ele havia feito campanha para o Partido Trabalhista em 1945 e fora considerado por Kingsley Martin* um dos responsáveis pela vitória do partido. Na verdade, Kingsley Martin chegara a insistir para que ele entrasse para a equipe do *New Statesman and Nation*; mas Owad, rindo como que para si próprio, disse que não aceitara. Tornara-se odiado pelo Partido Conservador ao fazer uma crítica contundente ao discurso de Churchill em Fulton.** "Contundente" era uma de suas palavras favoritas, e o indivíduo que ele tratava de modo mais contundente era Krishna Menon. Embora Owad não o dissesse, com base no que ele dizia tinha-se a impressão de que ele fora gratui-

---

* Diretor, de 1931 a 1960, do importante periódico inglês *New Statesman and Nation*. (N. T.)

** Cidade americana onde, em 5 de março de 1946, Churchill pronunciou um discurso fortemente antissoviético, que popularizou a expressão "cortina de ferro". (N. T.)

605

tamente insultado por Menon em público. Owad havia ajudado a recolher contribuições em favor de Maurice Thorez* e havia conversado com ele na França sobre a estratégia do partido. Falava em tom de familiaridade sobre generais russos e as batalhas em que eles haviam lutado. Pronunciava os nomes russos com uma perfeição que impressionava a todos.

— Esses nomes russos são feios como o diabo — arriscou o sr. Biswas uma vez.

As irmãs olharam para o sr. Biswas, depois olharam para Owad.

— A beleza está no olho de quem vê — disse Owad. — Biswas é um nome engraçado, se você encarar de um certo ângulo.

As irmãs olharam para o sr. Biswas.

— Rokossovski, Coca-Cola-kovski — disse o sr. Biswas. — Feio como o diabo.

— Feio? Viatcheslav Molotov. A senhora acha feio, mãe?

— Não, meu filho.

— Josef Dugachvili — disse Owad.

— Era nesse mesmo que eu estava pensando — disse o sr. Biswas. — Não vá me dizer que você acha *esse* bonito.

Disse Owad, contundente: — Pois *eu* acho.

As irmãs sorriram.

— Gogl — disse Owad, levantando o queixo (ele estava deitado na cama), fazendo um ruído de quem está engasgado.

A sra. Tulsi tirou a mão do próprio queixo e colocou-a no pomo de adão do filho.

— Que foi isso? — perguntou o sr. Biswas.

— Gogol — disse Owad. — O maior escritor cômico do mundo.

— Pois eu achei que fosse um gargarejo — disse o sr. Biswas, esperando aplausos; porém Shama dirigiu-lhe um olhar de advertência, e mais nada.

---

* Líder comunista francês (1900-1964). (N. T.)

— Na Rússia você não podia dizer isso — disse Chinta.

Com isso, Owad mudou de assunto, da beleza dos nomes russos para a própria Rússia.

— Lá tem trabalho para todo mundo, e todo mundo tem que trabalhar. Está explicitado na constituição soviética (Basdai, me dê aquele livrinho ali) que quem não trabalha não come.

— É justo — disse Chinta, pegando o exemplar da constituição soviética que Owad lhe entregara, olhando para a folha de rosto, fechando-o e passando-o adiante. — É justamente o tipo de lei que a gente precisava aqui em Trinidad.

— Quem não trabalha não come — repetiu a sra. Tulsi lentamente.

— Eu até que gostaria se mandassem umas pessoas do *meu* povo para a Rússia — disse dona Pretinha, mordendo os lábios, sacudindo a saia e mudando de posição na cadeira, para exprimir o desespero a que seu povo a reduzia.

Perguntou o sr. Biswas:

— Mas, se uma pessoa não come, como é que ela pode trabalhar?

Owad ignorou-o.

— Na Rússia, sabe, mãe — disse ele (tinha o hábito de dirigir muitas de suas frases a ela) —, eles plantam algodão de cores diferentes. Algodão vermelho, azul, verde e branco.

— Já cresce assim? — perguntou Shama, para compensar a irreverência do sr. Biswas.

— Já cresce assim. E você — disse Owad, dirigindo-se a uma viúva que estava tentando, sem sucesso, plantar arroz em Shorthills —, você sabe como é trabalhoso plantar arroz. Tem que se abaixar, até os joelhos, em água lamacenta, debaixo do sol, todo santo dia.

— Dor nas costas — disse a viúva, curvando as costas e colocando a mão no lugar onde doía. — Nem precisa me dizer. É só meio hectare, e quase que eu vou parar no hospital.

— Na Rússia não tem nada disso — disse Owad. — Não tem que se abaixar, não tem dor nas costas. Sabe como é que eles plantam arroz na Rússia?

Todos sacudiram a cabeça.

— De avião. Não jogam bombas, não. Jogam arroz.

— De avião? — disse a viúva do arroz.

— De avião. Você plantaria arroz no seu terreno em alguns segundos.

— Desde que não errasse a pontaria — disse o sr. Biswas.

— E você — dirigiu-se a Sushila. — Você devia ser médica. Você dá para isso.

— É o que sempre digo a ela — comentou a sra. Tulsi.

Sushila, que já não aguentava mais cuidar da sra. Tulsi, detestava cheiro de remédio e só queria na vida uma lojinha para sustentá-la na velhice, assim mesmo concordou.

— Na Rússia, você seria médica. E de graça.

— Médica igual a você? — perguntou Sushila.

— Igualzinho. Não tem diferença entre os sexos. Não tem essa bobagem de mandar os meninos para a faculdade e deixar as meninas de lado.

Chinta disse:

— Vidiadhar vive dizendo que quer ser engenheiro aeronáutico.

Era mentira. Vidiadhar nem sabia o que as palavras queriam dizer; apenas achava o termo bonito.

— Lá ele seria engenheiro aeronáutico — disse Owad.

— Para tirar os grãos de arroz do tanque de gasolina do avião — disse o sr. Biswas. — Mas e eu?

— Você, Mohun Biswas. Funcionário do Departamento de Bem-Estar Comunitário. Depois que eles arrasam a vida das pessoas, tiram todas as oportunidades delas, mandam você ir lá, que nem um gari, para catar os pedaços. Um típico truque capitalista, mãe.

— É, meu filho.

— Hmmm — ronronou dona Pretinha.

— Usam você como um instrumento. Vocês nos deram quinhentos dólares de lucro. Pronto, tomem aí cinco dólares de esmola.

As irmãs concordaram com a cabeça.

Ah, meu Deus, pensou o sr. Biswas, mais um escorpião tentando acabar com o meu emprego.

— Mas você no fundo não é um lacaio capitalista — disse Owad.

— Não, no fundo, não — disse o sr. Biswas.

— No fundo você não é um burocrata. Você é um jornalista, um escritor, um literato.

— É, é verdade. É, rapaz.

— Na Rússia, se você é jornalista e escritor, eles dão a você uma casa, dão comida e dinheiro e dizem assim: "Pode escrever".

— É mesmo? É mesmo? — disse o sr. Biswas. — Dão uma casa, assim sem mais nem menos?

— Vivem dando casas a escritores. Uma *dacha*, uma casa de campo.

— Por que não vamos todos para a Rússia? — perguntou a sra. Tulsi.

— Ah — disse Owad —, mas eles brigaram para conseguir isso tudo. Vocês não sabem o que eles fizeram com o czar.

— Hmmm — disse dona Pretinha, e todas as irmãs concordaram com a cabeça, sérias.

— Você... — disse o sr. Biswas, agora cheio de respeito — você é membro do Partido Comunista?

Owad limitou-se a sorrir.

E sua reação foi igualmente enigmática quando Anand perguntou-lhe como podia ele, um comunista que trabalhava pela revolução, aceitar um emprego como médico do governo.

— Os russos têm um provérbio — disse Owad. — A tartaruga encolhe a cabeça e atravessa um esgoto sem se sujar.

No final da semana, a casa estava em ebulição. Todos esperavam pela revolução. A constituição soviética e o *Soviet Weekly* eram lidos com mais atenção do qué o *Sentinel* ou o *Guardian*. Todas as ideias estabelecidas eram questionadas. Os leitores e estudiosos, satisfeitos de saberem que faziam parte de uma sociedade prestes a ser totalmente destruída, passaram a se esforçar menos para ler e estudar e começaram a desprezar os professores, por quem antes tinham profunda admiração, tachando-os de lacaios ignorantes.

E Owad entendia de tudo. Não apenas opinava sobre política e estratégia militar, não apenas entendia de críquete e futebol como também fazia halterofilismo, nadava, remava e tinha opiniões firmemente estabelecidas sobre artistas e escritores.

— Eliot — disse a Anand. — Eu via ele sempre. Americano, sabe? "A terra arrasada". "A canção de J. Alfred Prufrock". "Então vamos, eu e você..." Eliot é um homem que eu simplesmente abomino.

E na escola Anand disse:

— Eliot é um homem que eu simplesmente abomino. — E acrescentou: — Conheço uma pessoa que conhece ele.

Enquanto aguardavam a revolução, era preciso viver a vida. A barraca foi desmontada. As irmãs e netas casadas visitantes foram embora. Não chegavam mais muitas visitas. Owad assumiu suas funções no Hospital Colonial, e durante algum tempo a casa teve que se contentar com histórias de operações por ele realizadas. O médico refugiado foi dispensado, e Owad passou a cuidar da mãe. Sua saúde melhorou de modo espetacular.

— Esses médicos pararam de estudar há vinte anos — disse Owad. — Nem se dão ao trabalho de ler os periódicos.

E quase todo dia chegavam da Inglaterra periódicos médicos e também amostras de medicamentos, que ele exibia com orgulho, embora às vezes fizesse comentários contundentes.

Não se preparavam mais as refeições em comum, porém as atividades comunitárias prosseguiam. Com frequência vinham irmãs e netas passar a noite ou o fim de semana na casa. Queixavam-se de todas as doenças possíveis, e ele as tratava sem cobrar nada, dando injeções a torto e a direito, usando drogas novas que, segundo ele, ainda eram desconhecidas na colônia. Depois as irmãs calculavam quanto teriam gastado com um outro médico, e havia uma sutil disputa entre elas, cada uma achando que o seu tratamento tinha sido o mais caro.

E o sucesso de Owad crescia. Há muito tempo que a família enfatizava a leitura e o estudo, coisas difíceis para muitos dos leitores e estudiosos, que obedeciam com relutância. Agora Owad dizia que isso era um equívoco. Todo mundo tinha algo a oferecer. A força física e os trabalhos manuais eram tão importantes quanto os estudos acadêmicos, e falou da igualdade entre camponeses, trabalhadores e intelectuais que havia na Rússia. Organizava passeios à praia, expedições em barcos, concursos de pingue-pongue; e eram tamanhos a admiração e o respeito que ele inspirava que até mesmo inimigos participavam juntos. Anand e Vidiadhar jogaram algumas partidas de pingue-pongue, e, embora não trocassem uma palavra antes ou depois do jogo, foram de uma polidez escrupulosa durante o jogo, dizendo "Boa jogada!" e "Que azar!" sempre que surgia uma oportunidade. Vidiadhar, que se tornara maníaco por jogos, porém tinha mais entusiasmo que competência e nunca era escolhido por nenhum time no colégio, brilhava nesses torneios familiares e era o campeão da casa.

— Você não imagina — disse Chinta a Owad — como eu me preocupo com o Vidiadhar. Como esse menino sua! Ninguém consegue fazer ele ficar quieto na cadeira com um livro. Está sempre correndo, jogando, metido em alguma brincadeira violenta. Já quebrou a mão, o pé e umas costelas. Eu vivo tentando fazer ele parar. Mas ele não me ouve. E ele sua demais.

— Isso não é problema nenhum — disse Owad, o médico. — É perfeitamente normal.

— Você tirou uma preocupação da minha cabeça — disse Chinta, desapontada, porque achava que suar demais era sinal de virilidade excepcional e queria que Owad confirmasse isso. — Porque ele sua *demais* mesmo.

Shekhar, Dorothy e as cinco filhas vinham regularmente à casa, e essas visitas proporcionaram às irmãs uma oportunidade de se vingarem. Tratavam Shekhar com todo o respeito devido, porém deixavam claro seu desprezo por Dorothy.

— Desculpe — disse Chinta a ela um domingo —, não entendo o que você diz. Só entendo espanhol.

Dorothy não falava espanhol desde a chegada de Owad, e as irmãs achavam que finalmente estavam conseguindo reduzi-la à insignificância. Porém as consequências foram imprevistas. Pois Owad, percebendo o comportamento das irmãs, passou a dirigir-se a ela em tom de zombaria; ela respondeu no mesmo tom, bem-humorada, e logo brotou uma relação descontraída entre eles; e um domingo, para desespero das irmãs, Dorothy veio acompanhada de uma prima, uma bela jovem que havia se formado na Universidade McGill e tinha toda a elegância das moças hindus do sul de Trinidad. Depois que foi embora, Owad aplacou os temores das irmãs fazendo pouco do diploma canadense da moça, de seu leve sotaque canadense e seus pendores musicais.

— Foi até o Canadá para aprender a tocar violino — disse ele. — Espero que ela não resolva tocar para mim. Eu quebro o arco na cabeça dos pais dela. Gente morrendo de fome, sem ter o que comer em Trinidad, e ela tocando violino no Canadá!

E, embora ele passasse cada vez mais tempo com seus amigos e colegas de trabalho e fosse com frequência à casa de Shekhar, no sul, e embora a casa toda fizesse silêncio e as irmãs e os leitores e estudiosos fossem escondidos quando seus amigos o visitavam, as irmãs continuavam a sentir-se seguras. Pois, após cada viagem, cada reunião, Owad contava suas aventuras a elas. Nunca se cansava de falar; seus dotes histriônicos eram infalíveis; e os comentários que fazia sobre as pessoas que conhecia eram sempre contundentes.

Agora as irmãs pediam-lhe audiência, individualmente ou em pequenos grupos. Elas vinham e esperavam por ele, e quando ele chegava em casa ficavam conversando no andar de baixo, de modo a não perturbar o sono da sra. Tulsi. Com o tempo, cada uma das irmãs ficou convencida de que tinha uma relação especial com ele; e, tendo ouvido as confidências dele, ofereciam-lhe as suas. De início, elas falavam de seus problemas financeiros. Porém Owad não estava disposto a

612

antecipar a revolução. Depois as irmãs passaram a fazer queixas. Queixavam-se dos professores, que não deixavam os filhos passarem de ano; queixavam-se de Dorothy, de Shekhar, dos maridos; queixavam-se das irmãs ausentes. Cada escândalo era examinado, cada questiúncula, cada ressentimento. E Owad ouvia. As crianças ouviam também, pois não conseguiam dormir com a voz das irmãs e seus pigarros e cusparadas constantes (sinal de intimidade: quanto maior o afeto, mais ruidoso o pigarro e mais demorada a permanência do catarro na garganta). Na manhã seguinte, as irmãs que haviam conversado até tarde da noite ficavam cheias de vida e excepcionalmente simpáticas com as pessoas que haviam criticado e manifestavam de forma especialmente pronunciada seus instintos de proprietária em relação a Owad.

A casa sempre se enchia de irmãs aos domingos, quando a cozinha tornava-se comunitária. Às vezes Shekhar vinha sozinho, e então, antes do almoço, os irmãos varões se reuniam com a sra. Tulsi. As irmãs não se sentiam ameaçadas por essas reuniões, ao contrário do que ocorria antes nos encontros da sra. Tulsi com Shekhar e Dorothy. Não se sentiam excluídas, pois com a presença de Owad essas reuniões eram como os velhos conselhos de família na Casa de Hanuman. Assim, as irmãs cozinhavam embaixo da casa e cantavam com alegria. Faziam até questão de exagerar a distância que as separava de seus dois irmãos. Era como se desse modo elas prestassem aos irmãos a reverência devida, a qual as tranquilizava e protegia, pois garantia-lhes um lugar definido. Não falavam híndi, e sim o mais grosseiro dialeto de inglês e as expressões mais rudes, e chegavam a disputar quem assumia as tarefas mais baixas e quem se sujava mais. Assim solidificavam a unidade da família por mais um dia.

Nessas manhãs de domingo, depois da reunião e antes do almoço, o qual era seguido por um passeio à praia, os homens costumavam jogar bridge.

E nessa manhã Shekhar, embora Anand insistisse para que todos se comportassem de modo sofisticado, manifestou sua discordância em relação ao que Owad dissera a respeito do extermínio dos capitalistas e do que os russos fizeram com o czar e tentou mudar de assunto. Curiosamente, começou a falar de arte moderna.

— Para mim, esse tal de Picasso não tem pé nem cabeça — disse Shekhar.

— Picasso é um homem que eu abomino — disse Owad.

— Mas ele não é um camarada? — perguntou Anand.

Owad franziu o cenho.

— E quanto a Chagall, Rouault e Braque...

— O que você acha de Matisse? — perguntou Shekhar, citando um nome que vira na revista *Life* e interrompendo aquele fluxo de nomes desconhecidos.

— Esse é bom — disse Owad. — Cores deliciosas.

Era um tipo de linguagem que Shekhar não dominava. Disse:

— Mas fizeram um bom filme. Se bem que não fez sucesso. *A lua e seis vinténs*. Com George Sanders.

Owad, prestando atenção nas cartas, não respondeu.

— Esses artistas são gozados — disse Shekhar.

Estavam usando fósforos como dinheiro. Anand espalhou sua pilha de fósforos e disse:

— Um quadro de Picasso.

Todos riram, menos Owad.

— Há muito tempo estou querendo ler o livro que serviu de base a esse filme — disse Shekhar. — É do Somerset Maugham, não é?

Anand espalhou seus fósforos de novo.

Disse Owad:

— Se você quer ver um retrato feito pelo Picasso, é só se olhar no espelho.

Claramente, tratava-se de um comentário contundente. As irmãs e seus filhos, que assistiam, caíram na gargalhada. Owad reconheceu o aplauso sorrindo para suas cartas.

Anand sentia-se traído. Havia adotado todas as posições de Owad em relação à política e à arte; havia anunciado aos colegas na escola que era comunista e afirmara que Eliot era um homem que ele abominava. Era sua vez de dar as cartas. Confuso, acabou dando cartas para si próprio antes de dar aos outros.

— Desculpe, desculpe — disse ele, olhando para baixo e tentando injetar um toque de humor em sua voz.

— Não há por que se desculpar — disse Owad, sério. — É apenas sinal de seu egoísmo e egocentrismo pequeno-burguês.

Os espectadores prenderam a respiração.

A atmosfera de jovialidade foi destruída. Shekhar concentrou-se em suas cartas. Owad, de cara amarrada, olhava para as suas. Seu pé batia de modo ritmado no chão de concreto. Vieram mais espectadores.

Anand sentiu as orelhas arderem. Olhava fixamente para suas cartas, sentindo o silêncio que se instaurara na casa inteira. Percebia a chegada dos espectadores, Savi, Myna, Kamla. Percebia a presença de Shama.

Owad respirou fundo e engoliu ruidosamente.

Quando Shekhar fez seu contrato, falou em voz baixa, como se não quisesse se meter na briga. Vidiadhar, o parceiro de Shekhar, fez o seu com uma voz sufocada de saliva; porém o tom era claramente de um homem livre, que estava em paz com o mundo.

Anand fez um contrato péssimo.

Owad mordeu o lábio inferior com força, sacudiu a cabeça lentamente, tamborilou o chão e respirou ruidosamente. Quando fez seu contrato, sua voz, agora cheia de raiva, dava a entender que ele estava tentando salvar uma situação já sem esperanças.

O jogo se arrastava. Anand jogava cada vez pior. Shekhar, com cara de quem faz algo contra a vontade, ganhava vaza após vaza.

Owad respirava e engolia de modo tal que Anand sentia-se aflito; tinha a impressão de que ia engasgar-se. Suas costas estavam geladas; a camisa estava empapada de suor.

615

Por fim o jogo terminou. Com tranquilidade e capricho, Shekhar anotou o escore. Todos esperavam pelo comentário de Owad. Embaralhando as cartas, embora não fosse sua vez, respirando fundo, disse:

— Então é esse o gênio de vocês.

As lágrimas brotaram nos olhos de Anand. Ele levantou-se de um salto, fazendo a cadeira cair para trás, e gritou:

— Eu nunca disse a você que eu era gênio porcaria nenhuma!

Plaft! A face direita lhe ardia, depois tremia, mesmo depois que a mão de Owad se afastou, como se levasse algum tempo para registrar o tabefe. Owad estava em pé, Shekhar agachado, catando as cartas no chão empoeirado. E *plaft!*, a face esquerda ardia e tremia forte. Anand esqueceu os espectadores, só ouvia aquela respiração a sua frente, só via aquela camisa branca. A cadeira de Owad caiu. E Shekhar, debruçado desajeitadamente sobre a mesa, a cadeira empurrada para trás, contemplava as cartas, deixando-as cair de uma das mãos para a outra, a testa franzida, o lábio superior cobrindo o inferior.

A mesa foi empurrada para o lado de repente. Anand se viu de pé, uma figura ridícula, os olhos cheios de lágrimas, que quase o cegavam e o enchiam de vergonha. Owad caminhou decidido, em direção à escada da frente, com passadas rápidas. E só então Anand pôde perceber a excitação, a satisfação dos espectadores, o silêncio da casa, a cantoria de Govind ao fundo, o barulho de crianças na calçada e o ronco de um carro passando na rua principal.

Shekhar continuava sentado à mesa brincando com as cartas.

Um murmúrio vinha dos espectadores.

— Vocês! — disse Anand à plateia. — O que diabo vocês estão fazendo aí, hein? Bz-bz-bz, bz-bz-bz a noite inteira, falando pelos cotovelos.

O efeito foi inesperado e humilhante. Todos riram. Até Shekhar levantou a cabeça e deu uma risada áspera, sacudindo os ombros.

616

A seriedade de Shama tornava-a uma figura quase ridícula.

A plateia se dispersou. Cada um voltou a sua tarefa. Uma atmosfera de descontração, quase alegria, se espalhou pela casa.

Shekhar colocou as cartas sobre a mesa, numa pilha caprichada, levantou-se, pôs as mãos nos ombros de Anand, suspirou e foi para o andar de cima.

Ouviram-se os passos de Owad, andando de um cômodo ao outro.

Anand encontrou o sr. Biswas deitado na cama, de cuecas e camiseta, de costas para a porta, papéis apoiados no joelho. Sem se virar, ele disse:

— É você, menino? Venha cá, veja se você consegue fazer direito essas contas das despesas de viagem. — Entregou-lhe o bloco. — O que foi, menino?

— Nada, nada.

— Está bem, faça esses cálculos. Todo mundo está ganhando uma fortuna com os carros deles. Eu garanto que estou perdendo dinheiro.

— Papai.

— Só um minuto, menino. Zero vezes zero, zero. Dois vezes cinco, dez. Anoto o zero. Vai um. — O sr. Biswas estava tranquilo, até mesmo bancando o palhaço: sabia que seu método de fazer multiplicações sempre provocava risos.

— Papai. A gente tem que se mudar daqui.

O sr. Biswas virou-se.

— A gente tem que se mudar. Não aguento morar aqui nem mais um dia.

O sr. Biswas sentiu o tom de urgência na voz de Anand. Porém não estava disposto a explorá-lo.

— Mudar? Quando chegar a hora, quando chegar a hora. Primeiro vamos esperar a revolução e a minha *dacha*.

Esses momentos de descontração de seu pai estavam se tornando raros. E Anand não disse mais nada.

Fez as contas complicadas. Pouco depois ouviu os ruídos secos e nítidos da bola de pingue-pongue, as exclamações de Owad, Vidiadhar, Shekhar e dos outros.

Na hora do almoço, pelo qual antes esperava ansiosamente, Anand não desceu; e quando Shama subiu com a comida ele não conseguiu comer nem beber. O sr. Biswas, que continuava bancando o palhaço, ficou de cócoras em sua cadeira e fingiu cuspir em seu prato, para protegê-lo da gula de Anand. Sabia que isso irritava o filho profundamente. Mas Anand não esboçou nenhuma reação.

Lá embaixo, os homens preparavam-se para ir à praia. Filhos pediam toalhas às mães, mães aconselhavam filhos a terem cuidado.

— Não vai com eles, não?

Anand não respondeu.

O sr. Biswas já não participava mais desses passeios. Eles exigiam muita energia, e Owad sempre instigava feitos competitivos perigosos. Em vez disso, depois do almoço ia caminhar sozinho, olhando para as casas, de vez em quando pedindo informações, porém a maior parte do tempo limitando-se a ver.

A alegria das tias e primos, a recém-surgida atmosfera de camaradagem que as excluía, levou Savi, Kamla e Myna a irem ter com Anand em seu quarto, onde ficaram deitadas na cama, por não haver lugar para sentar, puxando conversas aleatórias e constrangidas.

Anand provou seu suco de laranja. O gelo já tinha derretido, o suco estava morno e sem graça. As meninas foram dar uma volta até o Jardim Botânico. Shama foi tomar banho: Anand ouviu-a cantar no banheiro ao ar livre e lavar roupas. Quando voltou, seus cabelos estavam úmidos e lisos, os dedos engelhados, mas apesar de sua cantoria ela continuava tensa.

Disse ela em híndi:

— Vá pedir desculpas ao seu tio.

— Não! — Era a primeira palavra que ele pronunciava em muito tempo.

Ela o acariciou.

— Por mim!

— A revolução — disse ele.

— Não custa nada. Ele é mais velho que você. E é seu tio.

— Meu tio coisa nenhuma. Plantando arroz de avião!

Shama começou a cantar baixinho. Jogou os cabelos para a frente e bateu neles com a toalha esticada, com ruídos semelhantes a espirros abafados.

As meninas voltaram do passeio. Estavam mais alegres, conversando com mais descontração.

Então calaram-se.

Os homens haviam chegado. Ouviram-nos falando alto, pisando forte; a voz alegre de Owad, em que as palavras eram interrompidas por risos; as perguntas rotineiras das tias; as despedidas de Shekhar e o ronco da partida de seu carro.

Savi perguntou a Shama, num cochicho:

— O que houve?

— Não houve nada — disse Shama, num tom persuasivo, que se dirigia não a Savi, mas a Anand. — Agora é só ele ir pedir desculpas ao tio e pronto. Não foi nada.

As meninas não queriam abandonar Anand e tinham medo de descer.

— Não esqueçam — disse Shama. — Não digam nada a seu pai. Vocês sabem como ele é.

Shama saiu do quarto. As meninas ouviram-na conversando normalmente com uma das tias, até mesmo fazendo graça, e admiraram sua coragem. Então elas desceram também para enfrentar a integridade dos que eram imunes à perseguição.

O chuveiro do andar de cima estava aberto. Era Owad que tomava banho, cantando uma música de um velho filme indiano. Aquilo fazia parte de sua virtude: era prova de que, apesar do tempo em que vivera na Inglaterra, não fora corrompido; e lisonjeava a todos. Pois a virtude que todos lhe haviam atribuído em sua ausência agora era encontrada nas menores coisas: Anand lembrou-se de que ouvira uma das irmãs dizendo que Owad voltara da Inglaterra com sapatos, camisas e cuecas que havia levado de Trinidad.

— Mesmo sapato oito anos depois — murmurou Anand. — Grandíssimo mentiroso.

O ruído do chuveiro cessou.

619

Shama entrou no quarto.

— Depressa. Antes de eles irem ao teatro.

Anand conhecia a rotina dominical: a partida de bridge, o jogo de pingue-pongue, o almoço, a praia, o banho, o jantar, depois o teatro.

Ouviram-se as vozes dos primos, reunindo-se na sala de jantar. A voz de Owad, abafada pela toalha, vinha de seu quarto.

Anand desceu as escadas dos fundos e subiu até a varanda dos fundos, a mesma varanda onde ficara depois de quase se afogar em Docksite. Da varanda dava para ver a sala de jantar, onde havia puxado a cadeira do pai, fazendo-o cair, na presença de Owad.

Os primos o viram. Algumas tias o viram. As conversas cessaram. Todos olharam para baixo, e as tias assumiram uma expressão séria, ofendida, judiciosa. Então a conversação recomeçou. Os primos jogavam cartas para passar o tempo, aguardando o jantar. Vidiadhar, o que suava muito, sentado à mesa, sorria, lambendo os lábios.

Anand teve que esperar na varanda por algum tempo, até que Owad saiu do quarto. Ele saiu com seus passos rápidos e pesados de sempre. Assim que viu Anand, ficou sério. Fez-se silêncio.

Anand entrou, as mãos nas costas.

— Peço desculpas — disse.

Owad continuou sério.

Por fim disse:

— Está bem.

Anand não sabia o que fazer. Ficou parado onde estava, dando a impressão de que esperava que o convidassem para jantar e ir ao teatro. Mas ninguém disse nada. Virou-se e saiu da sala com passos lentos, voltando à varanda dos fundos. Enquanto descia as escadas, ouviu as conversas recomeçarem, as tias na cozinha fazendo bastante barulho, de propósito.

Shama esperava por ele no quarto. Anand sabia que ela sofria tanto quanto ele, talvez até mais, e não queria aumentar seu sofrimento. Ela esperou que Anand fizesse ou dissesse alguma coisa para poder dizer-lhe palavras tranquilizadoras. Mas Anand permaneceu calado.

— Vai comer alguma coisa agora?

Ele sacudiu a cabeça. Como eram ridículas as atenções que os fracos tinham uns com os outros à sombra dos fortes!

Shama desceu.

Quando Owad e os primos saíram, ela voltou. Agora Anand estava disposto a comer.

Pouco depois, o sr. Biswas voltou de sua caminhada. Seu humor havia mudado. Seu rosto estava contorcido de dor, e Anand teve que lhe preparar uma dose de pó estomacal. Estava cansado de tanto andar e queria deitar-se. Aos domingos podia ir dormir cedo; nos outros dias só voltava de sua região tarde da noite.

A luz da sala de jantar entrava pelo respiradouro comprido no alto do tabique. O sr. Biswas chamou Shama e disse:

— Vá lá e mande eles apagarem essa luz.

Aquele pedido sempre a deixava numa situação difícil, se bem que, antes da volta de Owad, Shama às vezes conseguisse realizar a missão com êxito. Agora nada podia fazer.

O sr. Biswas perdeu a calma. Mandou Shama e Anand arranjarem pedaços de papelão, e com eles tentou fechar os buracos, pulando da cama para o alto do tabique. Dos três pedaços que colocou, dois caíram quase imediatamente.

— Trapalhão — disse Savi.

O sr. Biswas estava quase perdendo a calma com ela também; porém, como que em resposta àquela comoção, a luz da sala de jantar se apagou. Ele deitou-se no escuro e logo adormeceu, rangendo os dentes e produzindo estranhos sons de satisfação com os lábios.

Anand ficou sentado no escuro. Shama veio para o quarto e deitou-se na cama de quatro colunas. Anand não queria descer. Deitou-se ao lado do pai e permaneceu imóvel.

Foi incomodado por ruídos de vozes e passos pesados e acordou de vez com a luz que entrou pelas duas seções abertas do respiradouro. Algumas tias que estavam esperando embaixo da casa agora começaram a movimentar-se na cozinha. As vozes prosseguiram, com risadas.

O sr. Biswas acordou e gemeu:

— *Meu Deus!*

Anand percebeu que Shama estava acordada e tensa. O vozerio era insuportável como uma torneira gotejante.

— *Meu Deus!* — gritou o sr. Biswas.

Houve um momento de silêncio na sala de jantar.

— Tem mais gente nessa casa — berrou o sr. Biswas.

As irmãs visitantes e os leitores e estudiosos começavam a despertar no andar de baixo.

Em voz baixa, como se estivesse se dirigindo apenas às pessoas que estavam com ele, Owad disse:

— Como se a gente não soubesse. — Ouviram-se risadinhas.

As risadinhas enlouqueceram o sr. Biswas de raiva.

— Vão para a França! — gritou.

— E você vá para o inferno. — Era a sra. Tulsi. Suas palavras, pronunciadas lentamente, eram frias, firmes e nítidas.

— Mãe!— disse Owad.

O sr. Biswas não sabia o que dizer. A surpresa foi seguida de choque, o choque da raiva.

Shama levantou-se da cama e disse:

— Mohun, Mohun.

— Ele que vá para o inferno — disse a sra. Tulsi, quase num tom normal de conversação. Depois de sua voz ouviu-se um gemido, seguido do ranger de um colchão de molas e passos.

Acenderam-se luzes no andar de baixo, que iluminavam o quintal e refletiam-se, atravessando as gelosias da porta, dentro do quarto do sr. Biswas.

— Para o inferno? — disse o sr. Biswas. — O inferno? Para preparar a vinda da senhora? Rezando a Deus, hein? Limpando a cova do velho.

— Pelo amor de Deus, Biswas — disse Owad —, cale essa boca!

— Não me venha falar de Deus. Algodão vermelho e azul! Plantar arroz de avião!

622

As meninas entraram no quarto.

Savi disse:

— Papai, pare com essa besteira. Pelo amor de Deus, pare com isso.

Anand estava em pé entre as duas camas. O quarto era como uma jaula.

— Ele que vá para o inferno — disse a sra. Tulsi, entre soluços. — Que vá embora.

— Vizinha! Vizinha! — gritou uma voz estridente de mulher da casa ao lado. — Algum problema, vizinha?

— Eu não aguento — gritou Owad. — Não aguento. Foi para isso que eu voltei! — Ouviram-se seus passos pesados na sala de visitas. Murmurou palavras indistintas e zangadas bem alto.

— Meu filho, meu filho — disse a sra. Tulsi.

Ouviram-no descer a escada, o portão fechar-se e estremecer.

A sra. Tulsi começou a gemer alto.

— Vizinha! Vizinha!

Uma frase maravilhosa formou-se na mente do sr. Biswas e ele disse:

— O comunismo, como a caridade, devia começar em casa.

A porta do quarto do sr. Biswas foi aberta, mais luzes e sombras confundiram-se nas paredes, e Govind entrou, sem cinto nas calças, a camisa desabotoada.

— Mohun!

Sua voz era bondosa. O sr. Biswas sentiu-se dominado pelas lágrimas.

— O comunismo, como a caridade — disse ele a Govind —, devia começar em casa.

— Já se sabe, já se sabe — disse Govind.

Sushila estava consolando a sra. Tulsi. O gemido se transformava numa sucessão de soluços.

— Estou notificando a senhora — gritou o sr. Biswas. — Vou embora daqui. Maldita a hora que entrei na sua casa.

— Mohun, Mohun — disse Shama.

— Maldita a hora? — disse a sra. Tulsi. — Quando chegou lá em casa todas as roupas que você tinha cabiam penduradas no mesmo prego.

Esse comentário doeu. O sr. Biswas não pôde revidar imediatamente.

— Eu estou notificando a senhora — repetiu, por fim.

— *Eu* é que estou notificando você — disse a sra. Tulsi.

— Eu falei primeiro.

Fez-se silêncio de repente. Então, na sala de visitas de repente recomeçaram as vozes, animadas, e no andar de baixo os leitores e estudiosos, que até então permaneciam em silêncio, começaram a cochichar.

— Tcha! — exclamou a vizinha. — Me meter na vida dos outros.

Govind deu uns tapinhas no ombro do sr. Biswas, riu e saiu.

No andar de baixo os cochichos diminuíram. A luz que vinha do quintal pelas gelosias e traçava riscos na parede apagou-se. Os risos na sala de visita foram morrendo. Ouviram-se pigarros levemente satíricos e risadinhas abafadas e apreensivas. Então a luz se apagou, o quarto mergulhou na escuridão e a casa ficou completamente silenciosa.

Eles permaneceram aterrorizados no quarto, sem ousar mexer-se para não quebrar o silêncio, tentando, no escuro e no silêncio, acreditar no que acabava de acontecer.

Por fim, cansadas de tanta imobilidade, as crianças foram para o andar de baixo.

A manhã revelaria na íntegra o horror daqueles minutos.

Acordaram com uma sensação de mal-estar. Quase imediatamente lembraram-se do ocorrido. Um evitava o outro. Tentavam ouvir, em meio aos pigarros e escarradas, as torneiras abertas, o constante arrastar de passos, os ruídos de brasas sendo atiçadas e o sibilar metálico da descarga, os passos e vozes da sra. Tulsi e Owad. Porém o andar de cima estava silencioso. Então foram informados de que Owad havia se levantado cedo e tinha ido passar uma semana em Tobago. Instintivamente, os filhos do sr. Biswas queriam escapar imediatamente, fugir da casa, para a realidade diferente da rua e da escola.

A raiva do sr. Biswas arrefecera; agora era-lhe um fardo. Além disso, sentia também vergonha de seu comportamento, de toda aquela cena indecorosa. Porém a sensação de incerteza que experimentava desde que soube da volta iminente de Owad havia desaparecido. Agora era fácil ignorar seus temores; e após o banho sentiu-se cheio de energia, quase embriagado. Ele também estava ansioso por sair de casa. E, ao sair, sentiu pena de Shama, pois ela teria que ficar.

As irmãs pareciam ressabiadas. Como não eram as vítimas da perseguição, sentiam-se íntegras; e, embora soubessem que ao ir embora com raiva Owad envolvia todas elas na mesma vergonha e ameaçava a todas, cada uma achava que seu relacionamento com Owad era sólido o suficiente para sobreviver e culpava Shama, afastando-se dela.

— Então, tia — disse Suniti, a ex-contorcionista —, quer dizer que a senhora vai se mudar.

— É, minha filha — disse Shama.

Na escola, Anand passou a defender Eliot, Picasso, Braque e Chagall. Ele, que antes deixava exemplares do *Soviet Weekly* na sala de leitura entre as páginas da *Punch* e de *The Illustrated London News*, agora anunciou que desaprovava o comunismo. Aquela expressão causou espanto; porém o ato em si, numa época em que intelectuais renomados da Europa e da América estavam se afastando do comunismo, não causou muitos comentários.

Uma vez, pouco depois de começar a trabalhar no *Sentinel*, o sr. Biswas foi ao centro da cidade tarde da noite para entrevistar as pessoas que não tinham onde morar, famílias inteiras que dormiam na Marine Square. "Este dilema — a questão habitacional —" tinham sido as palavras iniciais de seu artigo; e, embora tivessem sido cortadas pelo sr. Burnett, havia na expressão um ritmo que ficou na cabeça do sr. Biswas, e ele jamais a esqueceu. As palavras voltaram-lhe à memória naquela manhã; ele as repetia e remoía baixinho; e durante toda a reunião de segunda-feira, no escritório, ele ficou excepcionalmente agitado, falando mais do que de costume. Finda a reunião, ele desceu a St. Vincent Street em direção ao café dos murais alegres; sentou-se ao balcão e ficou esperando os conhecidos.

— Fui despejado, rapaz — disse.

Falou num tom despreocupado, esperando compaixão, porém o outro respondeu no mesmo tom:

— Vamos acabar juntos lá na Marine Square — disse um repórter do *Guardian*.

— Mas a coisa é séria mesmo. Casado, com quatro filhos, e não tenho para onde ir. Sabe de alguma casa para se alugar?

— Se soubesse eu estava lá agora.

— É. Pelo jeito, vamos acabar na praça mesmo.

— É o que parece.

O café, próximo às redações dos jornais, repartições públicas e tribunais, era frequentado por jornalistas e funcionários; por pessoas que vinham tomar um trago antes de comparecer ao tribunal e depois sumiam, às vezes por meses; por escriturários que passavam dias monótonos procurando documentos no Departamento de Arquivos.

Foi um desses escriturários que disse: — Se o Billy ainda estivesse por aqui eu mandava você procurar o Billy. Vocês se lembram do Billy? Ele prometia às pessoas que ia não só arrumar casa para elas mas também fazer a mudança de graça. Todo mundo louco para garantir a mudança de graça — vocês sabem como são os pretos — e pagando um sinal ao Billy. Quando ele já estava com um bom número de sinais no bolso, ele achou que já era hora de acabar com essa bobagem e ir embora para os Estados Unidos. Mas tem mais. Na véspera dele viajar, alguém descobriu o plano e a notícia se espalhou. Mas o Billy soube que a notícia se espalhou. Aí, no dia seguinte, o navio do Billy esperando no porto, o Billy fretou um caminhão, vestiu a roupa de trabalho dele e foi nas casas de todas as pessoas que tinham dado dinheiro a ele. Todo mundo ficou tão surpreso que até esqueceu que estava com raiva dele. Todo mundo disse a ele que tinha chamado a polícia, dizendo: "Mas, Billy, a gente soube que você ia embora hoje". E o Billy: "Não sei de onde vocês tiraram essa ideia. Não vou a lugar nenhum. *Vocês* é que vão embora. Vim aqui para fazer a mudança. Está tudo pronto?". E claro que não estava, e aí o Billy ficava irritado, quase perdia a calma, dizia que estavam fazendo ele perder tempo, que estava até pensando em não fazer a mudança para eles. Aí as pessoas acalmavam o Billy, diziam que se ele passasse de tarde tudo ia estar pronto para a mudança. Aí Billy ia embora e as pessoas faziam as malas, aprontavam tudo para a mudança e ficavam esperando o Billy. Estão esperando até hoje.

A gargalhada foi geral, mas o sr. Biswas não conseguiu rir junto com os outros. Lá fora estava escuro. Tudo ficou azul por um instante, e depois do raio explodiu o trovão. A ideia de ir até sua região com as janelas do carro fechadas não o atraía nem um pouco. Ele havia bebido cerveja demais, e a bebida o reduzira ao silêncio e à imobilidade. Ele não queria ir para o campo; não queria ficar no café. Mas a chuva, que começara a cair em gotas grossas, salpicando a calçada e logo a encharcando e transbordando para a rua, o fazia ficar ali, calado, sem prestar atenção no que se dizia, sentado num banco alto no balcão, bebendo chope, olhando para os murais toscos, de cores vivas, afundando na melancolia.

Sentiu uma mão no ombro, virou-se e viu um mulato muito alto e magro. Ele já vira aquele homem na St. Vincent Street e sabia que ele era escriturário. Nos últimos anos eles se cumprimentavam com o olhar, mas nunca haviam se falado.

— É verdade? — perguntou o homem.

— É. — O sr. Biswas observou a altura do homem, seu tom de preocupação e seu rosto de idade indefinida.

— Você realmente está sendo despejado?

Em resposta àquela solicitude, o sr. Biswas apertou os

lábios, baixou a vista e ficou olhando para o copo, concordando com a cabeça.

— Que coisa. Quanto tempo?

— Notificação. Um mês, acho.

— Que coisa. Casado? Filhos?

— Quatro.

— Meu Deus! Já apelou para o governo? Você agora é funcionário público, não é? E eles não têm um plano de empréstimo para casa própria?

— Só para quem é efetivado.

— Você não vai conseguir achar casa para alugar de jeito nenhum — disse o homem. Ele contornou o sr. Biswas, separando-o dos outros, que conversavam e já começavam a comer no balcão ou em mesas. — Muito mais fácil comprar uma casa. A longo prazo. O que você está bebendo? Chope? Mais dois. Que coisa, rapaz.

Os chopes vieram.

— Eu sei como é — disse o homem. — Eu estive nessa mesma situação não muito tempo atrás. Eu só tinha a minha mãe. Mas mesmo assim não foi fácil, estou lhe dizendo. É como ficar doente.

— Doente?

— Quando a gente fica doente, até esquece como é estar com saúde. E quando a gente está bem de saúde a gente não sabe direito como é estar doente. É a mesma coisa não ter um lugar para voltar depois do trabalho.

As luzes do café se acenderam. Havia grupos de pessoas silenciosas parados em cada porta olhando para a chuva. Da rua escura vinham o sibilar de pneus molhados e o ruído da chuva, abafando o tinir de talheres e as vozes.

— Não sei, não — disse o homem. — Mas o que você vai fazer agora?

— Tenho que ir para o campo. Mas com essa chuva toda...

— Por que você não vem almoçar comigo? Não, aqui não. — Olhou a seu redor, e o sr. Biswas viu em seu rosto uma expressão de quem reprova a indiferença dos outros.

628

Saíram do café e correram na chuva, quase esbarrando nas pessoas que estavam encostadas nas paredes. Viraram numa transversal e logo se viram na entrada de um restaurante chinês, de paredes verdes sujas. O tapete de fibra de coco estava preto e úmido, o chão molhado. Subiram a escada nua; o escriturário encontrava pessoas conhecidas constantemente. A todas elas ele dizia, dando um tapinha no ombro do sr. Biswas: — Que coisa. O homem está sendo despejado. E não tem para onde ir. — As pessoas olhavam para o sr. Biswas, produziam ruídos de solidariedade e o sr. Biswas, que com a cerveja, os rostos estranhos e aquele interesse inesperado por seus problemas estava com a mente um tanto anuviada, começou a tornar-se uma figura trágica.

Entraram num reservado forrado de celotex e o escriturário pediu comida.

— Não sei, não — disse ele. — Mas minha situação é a seguinte. Estou morando com minha mãe numa casa de dois andares em St. James. Mas minha mãe já está um pouco idosa, sabe...

— Minha mãe morreu — disse o sr. Biswas, constatando, para seu próprio espanto, que estava comendo. — O desgraçado do médico não queria passar o atestado de óbito. Mas eu mandei uma carta para ele. Uma carta comprida...

— Que coisa, rapaz. Mas minha situação é a seguinte: minha mãe está com uns problemas de coração. Não pode subir escada, essas coisas. Sobrecarrega o coração, sabe? — O escriturário pôs a mão no peito e pôs-se a levantar e baixar os ombros. — E neste exato momento me oferecem uma casa em Mucurapo que ia ser ótima para ela. O problema é que só posso comprar a casa se alguém comprar a minha.

— E você quer que eu compre a sua.

— De certo modo. Eu podia ajudar você e você me ajudava. A mim e à velha.

— Casa de dois andares?

— Com pia, privada, tudo, para ocupar imediatamente.

— Quem dera que eu tivesse dinheiro, rapaz.

629

— Espere só até você ver a casa.

E antes de terminar o almoço o sr. Biswas concordou em ir ver a casa. Sabia o que estava fazendo. Sabia que só tinha oitocentos dólares e que só estava perdendo seu tempo e o tempo do outro. Mas era uma questão de cortesia.

— Seria um favor que você me faria — disse o escriturário.

— E à minha velha também.

Assim, no meio da chuva, o limpador do para-brisa emperrando de vez em quando, desceram a St. Vincent Street, contornaram a Marine Square, pegaram a Wrightson Road — onde moravam pessoas bem de vida —, atravessaram Woodbrook e chegaram à Western Main Road, passando pelo amplo terreno do Quartel-General da Polícia, com sua alameda ladeada de pés de feijão-cru, e entraram na Sikkim Street.

Ainda chovia quando o carro estacionou em frente à casa. A cerca, pilares de concreto unidos por canos de chumbo, era coberta de ipomeias, com florzinhas vermelhas que a chuva virava para baixo. A altura da casa, as paredes creme e cinza, os alizares brancos das portas e janelas, os trechos de tijolo vermelho com massa branca: o sr. Biswas percebeu todos esses detalhes de saída e concluiu que aquela casa não era para ele.

Quando, ao entrarem na casa correndo por causa da chuva, foram recebidos pela velha, que não era tão velha quanto o escriturário o fizera crer, o sr. Biswas ficou surpreso com sua cortesia. Ele sempre tinha a impressão de estar enganando as pessoas com seu terno, gravata, sapatos reluzentes e carro Prefect. Aqui, na casa da Sikkim Street, tão desejada, tão inacessível, aquele logro parecia-lhe particularmente doloroso. Tentou ser tão polido com a velha quanto ela era com ele; tentou não pensar em seu quarto superlotado, seus oitocentos dólares. Lenta e cuidadosamente, sentindo os efeitos da cerveja, tomou chá e fumou um cigarro. Cheio de hesitação, achando que um elogio franco seria indelicado, examinou as paredes caiadas, o teto de celotex com ripas cor de chocolate, aparentemente novas em folha, as janelas e portas de vidro fosco e madeirame branco, as gelosias brancas, o chão encerado, os móveis de sala lustrosos. E, quando o escriturário, franco e confiante, sem saber dos oitocentos dólares, insistiu com o sr. Biswas para que ele fosse ver os quartos no andar de cima, o sr. Biswas foi, mais que depressa, e viu um banheiro com privada e — luxo extraordinário! — pia de porcelana, dois quartos com paredes verdes, uma varanda, tão fresca na ausência do sol, a ipomeia lá em baixo na cerca, seu Prefect estacionado em frente, e por um breve momento ele imaginou que a casa era sua, e aquele pensamento era tão inebriante que ele o rejeitou imediatamente e desceu a escada correndo.

A velha, cujo coração não lhe permitira subir a escada, recebeu-o como se ele estivesse voltando de uma longa viagem.

Ele sentou-se numa poltrona e bebeu mais chá e aceitou mais um cigarro.

Até então, não se dissera nada a respeito de preço. O sr. Biswas ficava imaginando um preço bem alto, inacessível, para livrar-se da responsabilidade e depois não sentir nenhum remorso. Pensou em oito mil, nove mil. Tão perto da Main Road; lugar ideal para uma loja. E, no entanto, tão silencioso na chuva!

— Por seis mil não é nada mau — disse o escriturário.

O sr. Biswas ficou a fumar, sem dizer nada.

A velha veio da cozinha com um prato de bolinhos. O escriturário insistiu para que o sr. Biswas experimentasse um deles. A velha os fizera ela própria.

O sr. Biswas pegou um bolinho. A velha sorriu para ele, ele sorriu para ela.

— Bem, vamos ser francos. Nós dois estamos com pressa. Então fica por cinco e meio.

Uma vez o sr. Biswas lera uma história de um autor francês a respeito de uma mulher que trabalhou vinte anos para pagar uma dívida contraída por causa de um colar de fantasia. Ele nunca conseguira entender por que aquela história era considerada cômica. O endividamento era uma coisa terrível; e aquele conto, com todos os pensamentos daquilo que poderia ter sido e não foi, era demasiadamente real: esperanças seguidas de desastre, o passar dos anos, o passar da própria vida e por fim a revelação do engano: Ah, minha pobre Matilda! Mas o meu colar era falso! Agora, sentado na poltrona do escriturário, o sr. Biswas sabia que estava prestes a contrair uma dívida como aquela, a sofrer um desastre como aquele: e viu-se novamente deitado na cama, no escuro, acordado, olhando para o céu vazio lá fora, varrido por holofotes silenciosos.

— Cinco e quinhentos, incluindo a mobília da sala. — O escriturário deu uma risadinha. — Sempre me disseram que os indianos eram grandes pechincheiros, mas só hoje é que eu estou sentindo isso na carne.

A velha continuava com o sorriso benévolo de sempre.

— Eu vou ter que pensar.

A velha sorria.

No caminho de volta, o sr. Biswas resolveu tornar-se agressivo.

— Se você está tão ansioso por vender a sua casa, não entendo por que não procura um agente.

— Eu? Então você não ouviu o que as pessoas estavam dizendo no bar? Esses agentes são todos uns ladrões, rapaz.

O sr. Biswas sentia que jamais voltaria a ver a casa. Mal sabia ele que, nos cinco anos de vida que lhe restavam, o caminho da Western Main Road, passando por Woodbrook, chegando à Wrightson Road e South Quay, se tornaria muito familiar, até mesmo tedioso.

Quando se viu sozinho novamente, voltou a depressão, a sensação de pânico. Porém ao chegar em casa assumiu um ar de confiança e seriedade e disse bem alto a Shama, que ficou surpresa ao vê-lo voltar tão cedo:

— Hoje não fui ao campo. Estive olhando umas propriedades.

A dor de cabeça que o incomodava, que ele havia atribuído à tensão, agora definiu-se como a cefaleia pós-alcoólica que lhe vinha sempre que ele bebia durante o dia. Subiu até o quarto, ficou de cuecas e camiseta, tentou ler Marco Aurélio, não conseguiu e logo adormeceu, para surpresa dos filhos, que não entendiam como, no meio de uma crise que os afetava a todos, seu pai podia se dar ao luxo de dormir tão cedo.

Ele vira a casa como convidado, com uma pesada dívida de gratidão para com seu anfitrião. Se não estivesse chovendo, talvez ele tivesse dado a volta no quintal e percebido a forma absurda da casa. Teria visto os lugares sob os beirais de onde as placas de celotex haviam caído, permitindo a entrada irrestrita dos morcegos do bairro. Teria visto a escada dos fundos, aberta, só com um corrimão e protegida por ferro corrugado sem pintura. Não teria sido enganado pela cortina pesada na parede dos fundos do andar de baixo: teria visto que não havia porta dos fundos. Se não tivesse saído correndo da casa por causa da chuva, talvez tivesse percebido que havia um poste de iluminação bem na frente da casa; sabia que os postes, tão perto de uma rua movimentada, atraíam gente desocupada como mariposas. Porém não viu nada disso. Só tinha na memória a imagem de uma casa acolhedora no meio da chuva, com um assoalho encerado e uma velha preparando bolinhos na cozinha.

Se não estivesse transtornado, talvez tivesse questionado a precipitação do escriturário de modo mais indelicado. Porém tudo aconteceu depressa demais, com coincidência demais. Uma briga no meio da noite, a oferta de uma casa a ser desocupada imediatamente na tarde do dia seguinte. E, ainda naquele mesmo dia, a quantia de cinco mil e quinhentos dólares viria a tornar-se menos inacessível.

— Tem um homem que quer falar com você — Shama estava lhe dizendo.

O sr. Biswas acordou e ficou intrigado ao constatar que já estava escuro.

— Mais um PM? — Embora ele não estivesse mais no *Sentinel*, sua fama perdurava; de vez em quando ainda era procurado por pobres.

— Não sei. Acho que não.

Ele vestiu-se, a cabeça ainda zunindo, atravessou o andar de baixo e chegou ao pé da escada da frente, surpreendendo o visitante, um negro bem vestido, pertencente à classe dos artesãos, que o aguardava no alto da escada.

— Boa noite — disse o negro. O sotaque deixava claro que era um imigrante ilegal, oriundo de uma das ilhas menores. — É a respeito da casa. Eu quero comprar.

Pelo visto, todo mundo queria comprar ou vender casas naquele dia.

— Eu ainda nem dei a entrada — disse o sr. Biswas.

— A casa de Shorthills?

— Ah. Essa. Sei. Mas essa eu não posso vender. A terra não é minha. Não posso nem alugar.

— Eu sei. Se eu comprar a casa, eu tiro ela de lá. — E explicou. Havia comprado um terreno em Petit Valley. Queria construir uma casa, mas os materiais de construção estavam caros e eram difíceis de ser obtidos. Queria comprar a casa do sr. Biswas, não pelo lugar onde ela estava, mas pelos materiais. Disse que não tinha condições de discutir preços. Havia examinado a casa com cuidado e estava disposto a oferecer quatrocentos dólares.

E quando o sr. Biswas voltou para o quarto, onde as camas estavam desfeitas, os móveis estavam fora do lugar e o caos reinava sobre a penteadeira de Shama, havia vinte notas de vinte dólares em seu bolso.

— Você não acredita em Deus — disse a Anand. — Pois veja isto.

Entre oitocentos dólares e mil e duzentos dólares há uma grande diferença. Oitocentos dólares não são nada. Mil e duzentos dólares já representam uma quantia considerável. A diferença entre oitocentos e cinco mil é imensa. A diferença entre mil e duzentos e cinco mil é negociável.

Uma semana antes, o sr. Biswas nem sequer consideraria a possibilidade de comprar uma casa por cinco mil dólares.

Queria uma que custasse três mil ou três mil e quinhentos; jamais ia ver casas que custassem mais de quatro mil. E o estranho, agora, era que, tendo ampliado seus horizontes, não lhe ocorreu procurar outras casas na faixa dos cinco mil dólares.

Procurou o escriturário no dia seguinte, entregou-lhe um sinal de cem dólares e teve o cuidado de pedir um recibo carimbado.

— Vou levar esse dinheiro e dar a entrada agora mesmo na casa que eu quero comprar — disse o escriturário. — Estou doido para contar para a velha. Ela vai adorar.

Quando Shama soube, começou a chorar.

— Ah! — exclamou o sr. Biswas. — Emburrada. Contrariada. Você só ficaria satisfeita se a gente continuasse morando com a sua mãe e toda a sua família tão feliz, não é?

— Eu não acho nada. *Você* é que é o dono do dinheiro, *você* é que quer comprar casa, e *eu* não tenho que achar nada.

E foi então que Shama, ao sair do quarto, encontrou Suniti, a qual disse:

— Ouvi dizer que a senhora agora está toda chique, tia. Comprando casa e tudo mais.

— É, minha filha.

— Shama! — gritou o sr. Biswas. — Mande essa menina ir ajudar aquele malandro do marido dela a tomar conta das cabras deles lá em Pokima Halt.

As cabras eram uma invenção do sr. Biswas, que infalivelmente irritava Suniti.

— Cabras! — exclamou ela para o quintal, e mordeu os lábios. — É, algumas pessoas pelo menos têm cabras. Já outras, nem isso.

O sr. Biswas só entendera em parte a reação de Shama. Ela sabia que estava na hora de saírem daquela casa. Porém não queria que isso acontecesse logo depois de uma briga e uma humilhação. Esperava que o desentendimento entre ela e sua mãe passasse, e achava que a decisão do sr. Biswas era uma imprudência e uma provocação.

Ele foi divulgando os detalhes espetaculares um por um.

— Cinco mil e quinhentos — disse.

Conseguiu o efeito desejado.

— Meu Deus! — exclamou Shama. — Você está louco! Está louco! Você está pendurando uma canga no meu pescoço.

— Um colar.

O desespero de Shama o assustou. Porém o fez endurecer: ele mortificava-se para fazê-la sofrer.

— Ainda estamos pagando o carro. E você não sabe quanto tempo vai durar esse emprego no governo.

— O seu irmão quer mais é que não dure nada. Me diga uma coisa. No fundo você também acha que esse meu emprego é pura embromação, não é? Bem no fundo você acha isso. Não é?

— Se é isso que você pensa — exclamou ela, e desceu a escada, indo para a cozinha debaixo da casa, juntando-se aos leitores e estudiosos e irmãs e sobrinhas casadas, que trabalhavam e conversavam à luz de lâmpadas fracas sujas de moscas. Aquelas presenças lhe inspiravam segurança; porém a catástrofe se aproximava e ela estava totalmente sozinha.

Voltou para o quarto.

— Onde é que você vai arranjar dinheiro?

— Não se preocupe com isso.

— Se você vai começar a jogar seu dinheiro fora, eu posso ajudar. Amanhã eu vou na De Lima e compro aquele broche que você vive dizendo que vai comprar.

Ele soltou uma risada abafada.

Assim que ela saiu do quarto, o sr. Biswas entrou em pânico. Foi dar uma volta na Savannah, pelas ruas largas e tranquilas de St. Clair, com gramados nas calçadas, com casas de portas abertas que revelavam interiores opulentos e imperturbáveis, imersos numa luz suave.

Tendo se comprometido, não tinha coragem de voltar atrás; entretanto não lhe faltava energia para seguir em frente. O negativismo de Shama o incentivava; o entusiasmo das crianças o fortalecia. Evitava questionar-se; e, temendo a volta de Owad, preocupava-se com a possibilidade de vir a constatar que ele não estava à altura da casa do escriturário e da velha que preparava bolinhos e os servia com tanta delicadeza.

Foi essa preocupação que o fez ir na quinta à tarde à casa de Ajodha e dizer a Tara, assim que a viu, que viera pedir emprestado quatro mil dólares para comprar uma casa. Tara reagiu bem; disse que ficava satisfeita de ver que finalmente ele ia livrar-se dos Tulsi. E quando Ajodha entrou, abanando-se com o chapéu, o sr. Biswas foi igualmente direto, e Ajodha encarou a questão como uma transação comercial de pouca monta. Quatro mil e quinhentos dólares a juros de oito por cento, a serem pagos em cinco anos.

O sr. Biswas ficou para o jantar e continuou a agir de modo direto, falando alto, cheio de energia. Foi só quando entrou no carro e partiu que se deu conta de que não apenas havia se endividado como também havia sido desonesto. Ajodha não sabia que o carro ainda não estava pago, nem que ele ainda não estava efetivado como funcionário público. E não haveria como ele pagar o empréstimo em cinco anos: só os juros correspondiam a trinta dólares por mês.

No entanto, não faltaram oportunidades de voltar atrás. Por exemplo, quando foram ver a casa na noite de sexta.

Ansioso por mostrar que era merecedor daquela casa, o sr. Biswas insistiu em que as crianças vestissem suas melhores roupas e advertiu Shama no sentido de que falasse o mínimo possível quando chegassem lá.

— Então não me leve. Não me leve — disse Shama. — Vou envergonhar você na frente de sua excelência o vendedor da casa.

E foi arengando durante todo o caminho, até que, logo antes de entrar na Sikkim Street, o sr. Biswas perdeu as estribeiras e disse:

— É. Você vai me fazer passar vergonha, sim. Fique morando com a sua família e me deixe em paz. Eu não quero que você entre na casa comigo.

Shama ficou espantada. Mas não havia tempo para a briga ser esquecida. Já estavam na Sikkim Street. O sr. Biswas pas-

637

sou da casa, parou a alguma distância dela, disse às crianças para irem com ele se quisessem ou ficarem com a mãe e continuarem morando com os Tulsi se preferissem, saltou do carro, bateu a porta e foi andando. As crianças saltaram em seguida e foram atrás dele.

Assim, Shama só viu a casa, antes da compra, de passagem, de dentro do carro em movimento. Viu paredes de concreto suavemente tingidas pela luz do poste de iluminação, com sombras românticas projetadas pelas árvores do terreno vizinho. E ela, que poderia ter percebido a escada malfeita, a curva perigosa das vigas, a falta de acabamento das treliças e de todo o madeirame, ela que poderia ter notado a ausência da porta dos fundos, a ausência de uma infinidade de detalhes pequenos, mas importantes, ficou sentada dentro do carro, dominada pela raiva e pelo pavor.

Enquanto isso, as crianças, muito bem-comportadas, conversavam com a velha e sentiam-se lisonjeadas com o interesse que ela manifestava por eles e a aprovação com que recebia quase tudo que diziam. Viram o chão encerado, as cortinas luxuosas, o teto de celotex, a mobília da sala e não queriam ver mais nada. Tomaram chá e comeram bolinhos, enquanto o sr. Biswas, que absolutamente não estava indiferente ao sucesso de seus filhos, fumava cigarros e bebia uísque com o escriturário. Quando foram para o andar de cima, o escriturário foi à frente. Estava escuro. Não observaram a falta de luz na escada; a escuridão ocultava a rusticidade da estrutura. Acostumados há tanto tempo com coisas improvisadas e antiquadas, deslumbrados com o que tinham visto, e na situação de convidados, não pararam para fazer perguntas; e quando chegaram no segundo andar ficaram impressionados com o banheiro e os quartos verdes e a varanda e o aparelho de rádio.

— Um rádio! — exclamaram. Já não lembravam mais o que era ter um rádio em casa.

— Eu deixo aqui se você quiser — disse o escriturário, como se estivesse se oferecendo para pagar o aluguel do aparelho.

— Então, gostaram? — perguntou o sr. Biswas, depois que saíram.

Claro que gostaram. Uma coisa tão nova, tão limpa, tão moderna, tão reluzente. Estavam ansiosos por convencer Shama, fazer com que ela viesse ver com seus próprios olhos. Mas, frente a frente com a satisfação triunfante do sr. Biswas, Shama foi firme. Disse que não queria causar vergonha ao sr. Biswas e seus filhos.

Durante a semana, a sra. Tulsi, embora doente, permaneceu plácida. Com a volta de Owad, ficou piegas. Passou o dia quase inteiro em seu quarto pedindo que lhe passassem rum aromático nos cabelos e esperando a chegada de Owad. Tentou reconquistá-lo falando-lhe do tempo em que era menino e do pândita Tulsi. Sem xingar ninguém, sem brigar com ninguém, as lágrimas jorrando das fontes que parecia haver atrás de suas lentes escuras, ela contou uma longa história de injustiças, indiferença e ingratidão. Suas filhas vieram escutar. Vieram de cabeça baixa, penitentes, respeitando o silêncio do irmão com sua atitude solene e correta. Falavam em híndi; não se humilhavam; todas tentavam assumir um ar de pecadoras. Porém Owad permaneceu inflexível. Não falou de suas aventuras em Tobago; e os irmãos dirigiam suas acusações silenciosas a Shama. Owad passou a ficar menos tempo em casa. Andava muito com os colegas de trabalho, uma nova casta, separada da sociedade da qual se libertara. Ia ao sul visitar Shekhar. Jogava tênis no Índia Club. E nunca mais se falou de revolução.

7. A CASA

O escriturário cumpriu sua palavra, e assim que a transação foi concluída ele e a velha mudaram-se imediatamente. O sr. Biswas tomou a decisão final na noite de segunda-feira. Na quinta a casa já estava a sua espera.

No final da tarde de quinta, foram no Prefect para a Sikkim Street. O sol entrava pelas janelas abertas do primeiro andar e batia na parede da cozinha. A madeira e o vidro estavam quentes. O lado de dentro da parede de tijolo estava morno. O sol varava a casa e traçava faixas ofuscantes de luz na escada exposta. Apenas a cozinha escapava ao sol; todos os outros cômodos, apesar das treliças e das janelas abertas, estavam abafados, com uma concentração de luz e calor que doía nos olhos e fazia-os suar.

Sem cortinas, vazia, só com a mobília da sala, o chão quente não mais encerado, agora todo arranhado e cheio de marcas de pés na poeira, a casa parecia menor do que parecera antes às crianças, e não lhes dava mais a sensação de aconchego que sentiram naquela noite, a uma luz mais suave, com cortinas espessas que a isolavam do mundo. Sem as cortinas, as extensas superfícies de treliças deixavam a casa exposta ao verde do pé de fruta-pão do terreno vizinho, à trepadeira espessa e cheia de gavinhas sobre a cerca apodrecida, ao barraco de favela nos fundos, aos barulhos da rua.

Descobriram a escada: sem as cortinas, sua feiura era visível. O sr. Biswas descobriu que não havia porta dos fundos. Shama descobriu que dois dos pilares de madeira que sustentavam o patamar da escada estavam podres, já estragados na parte de baixo, e verdes de umidade. Todos descobriram que a escada era perigosa. Estremecia a cada passo; e a menor brisa levantava as folhas de ferro corrugado no meio, fazendo-as estalar, com ruídos que eram como suspiros metálicos.

Shama não fez queixas. Limitou-se a dizer:

— Parece que vamos ter que fazer uns consertos antes da mudança.

Nos dias que se seguiram, fizeram mais descobertas. Os pilares do patamar estavam podres porque estavam encostados a uma torneira que saía da parede de fundos da casa. A água da torneira não era escoada para nenhum lugar; simplesmente era absorvida pela terra. Shama comentou que talvez o terreno estivesse cedendo. Então descobriram que não havia nenhuma

640

drenagem no quintal. Quando chovia, a água que caía do telhado piramidal se acumulava no terreno, enlameando-o; a lama sujava as paredes e portas, que estavam enegrecidas embaixo.

Descobriram que nenhuma das janelas do primeiro andar fechava direito. Algumas arranhavam o parapeito de concreto; outras haviam empenado tanto que os ferrolhos não se encaixavam mais nas fendas. Descobriram que a porta da frente, tão bonita, com madeiramento branco e vidros foscos e treliças dos dois lados, abria, mesmo trancada a chave e trinco, quando ventava muito forte. A outra porta da sala simplesmente não abria: duas das tábuas do assoalho haviam subido, uma apertada contra a outra, formando uma pequena elevação que prendia a porta.

— Construtor de meia-tigela — disse o sr. Biswas.

Descobriram que não havia uma única superfície aplainada, que as treliças eram todas irregulares e em alguns lugares estavam rachadas por pregos cabeçudos, protuberantes.

— Vigarista! Ladrão!

Descobriram que, no segundo andar, não havia duas portas iguais, quanto à forma, estrutura, cor ou forma das dobradiças. Nenhuma fechava direito. Uma ficava a quinze centímetros do chão, como porta de vaivém de bar.

— Nazista! Comunista desgraçado!

O assoalho do segundo andar curvava-se para o centro, e do andar de baixo podia-se perceber que as duas vigas correspondentes estavam curvadas também. Shama achava que o assoalho estava afundando porque a parede da varanda que ele sustentava era de tijolo.

— A gente derruba a parede — disse ela — e coloca um tabique de madeira.

— Derrubar parede? — disse o sr. Biswas. — Você pode acabar derrubando a casa. Sabe-se lá se é essa parede que está segurando toda a porcaria da estrutura.

Anand sugeriu que se instalasse um pilar na sala de visitas para dar apoio para as vigas curvadas.

Em pouco tempo passaram a manter suas descobertas em

segredo. Anand descobriu que os pilares quadrados da cerca da frente, que estava tão bonita coberta de ipomeias, eram feitos de tijolos ocos sem fundações. Os pilares balançavam se alguém encostava o dedo neles. Anand não disse nada; limitou-se a sugerir que o pedreiro desse uma olhada na cerca quando viesse.

Veio o pedreiro para instalar um ralo de concreto em volta da casa e um tanque raso embaixo da torneira dos fundos. Era um negro atarracado, com um bigode felino, que cantava o tempo todo:

> *Era uma vez um tal de Michael Finnegan*
> *Que aparava as suíças de manhã.*

A alegria do pedreiro deprimia a todos.

Diariamente eles vinham da casa Tulsi, território inimigo, à casa da Sikkim Street. Tornaram-se irritadiços. A mobília de sala e o rádio davam-lhes pouco prazer.

— "Eu deixo o rádio aqui para vocês" — disse o sr. Biswas, imitando a voz do escriturário. — Seu vigarista. Ainda vou ver você queimando no inferno!

O aluguel do rádio era dois dólares por mês. O aluguel da terra era dez dólares por mês, seis dólares mais do que ele pagava pelo seu quarto. Os impostos, que antes lhe pareciam tão remotos quanto a neblina e a neve, agora eram coisas concretas. Aluguel da terra, aluguel do rádio, impostos, juros, obras, dívida: ele descobria despesas quase tão depressa quanto ia descobrindo a casa.

Então vieram os pintores, dois negros altos e tristonhos, que estavam há muito tempo sem arranjar serviço e ficaram contentes quando o sr. Biswas lhes ofereceu um pagamento mínimo, que o obrigou a pedir dinheiro emprestado. Vieram com escadas, tábuas, baldes, pincéis; e, quando Anand ouviu-os pulando de um lado para o outro no andar de cima, ficou nervoso e subiu para certificar-se de que a casa não estava desabando. Os pintores não estavam nem um pouco preocupados.

642

Continuaram pulando das tábuas para o chão, e Anand teve vergonha de falar com eles. Ficou a vê-los trabalhar. Agora que a parede da varanda estava recém-caiada, a longa rachadura de aspecto ameaçador que a riscava ficou mais nítida e mais ameaçadora. Enquanto o rádio enchia a casa quente e vazia de músicas leves e anúncios alegres, os pintores conversavam; às vezes falavam de mulheres, mas a maior parte do tempo o assunto era dinheiro. Quando, no rádio, uma mulher começou a cantar, com uma voz que parecia vir de alguma cidade próxima, porém inacessível, de veludo, vidro e ouro, onde tudo brilhava, tudo era tranquilo e até a tristeza era bela —

> *Todos me veem noite e dia*
> *Assim como sou, cheia de alegria,*
> *E mal sabem o que sofro por dentro*

—, um dos pintores disse: — Eu sou assim, rapaz. Rindo por fora, chorando por dentro. — Porém jamais ria nem sorria. E, para Anand, as canções que tocavam vez após vez no rádio, enchendo a casa oca, que recendia a cal, ficaram para sempre associadas a incerteza, ameaça e vazio, e suas letras adquiriram um simbolismo fácil que não seria alterado pela idade nem pelas mudanças de gosto que ele viria a experimentar: "Rindo por fora", "Cada um por si", "Adeus", "As coisas que fizemos no verão passado".

E mais despesas viriam. Naquele trecho da cidade ainda não havia esgoto, e a casa tinha uma fossa séptica. Os pintores ainda estavam trabalhando quando a fossa entupiu. A privada encheu-se e formou bolhas; formaram-se bolhas no quintal; toda a rua fedia. Foi necessário chamar engenheiros sanitários, e tiveram que construir outra fossa. A essa altura o dinheiro que o sr. Biswas tinha pedido emprestado já havia se acabado, e Shama teve que pedir duzentos dólares a Basdai, a viúva dos pensionistas.

Porém chegou o dia em que o sr. Biswas e sua família puderam sair da casa dos Tulsi. Fretou-se um caminhão — mais uma despesa — e toda a mobília foi colocada dentro dele. E, curiosamente, aqueles móveis a que eles já estavam habituados, de repente, expostos a todos os olhares da rua no alto do caminhão, tornaram-se estranhos, velhos, vergonhosos. Iam ser transportados pela última vez aqueles objetos acumulados durante toda uma existência: o guarda-comida (com camadas e mais camadas de verniz e tinta de diversas cores, a tela de aço rasgada e suja), a mesa de cozinha amarela, o cabide de chapéus com o espelho inútil e os ganchos quebrados, a cadeira de balanço, a cama de quatro colunas (desmontada, irreconhecível), a penteadeira de Shama (encostada na cabine, sem o espelho, todas as gavetas retiradas, exibindo a madeira limpa, jamais pintada ou polida, de dentro do móvel, ainda tão nova depois de tantos anos), a estante com escrivaninha embutida, a estante de Théophile, a cama Slumberking (com uma roda cor-de-rosa e íntima na cabeceira), a cristaleira (resgatada da sala de visitas da sra. Tulsi), a mesa do pobre (emborcada, com uma corda amarrada em torno dos pés, carregada de gavetas e caixas), a máquina de escrever (ainda de um amarelo vivo, na qual o sr. Biswas ia escrever artigos para a imprensa inglesa e a americana e escrevera os artigos para a Escola Ideal e a carta para o médico): objetos acumulados durante toda uma existência, há tanto tempo dispersos, até mesmo ignorados, agora todos reunidos em cima do caminhão. Shama e Anand foram no caminhão. O sr. Biswas foi no carro com as meninas; elas levavam vestidos que seriam danificados se fossem empacotados.

Só puderam desfazer as malas à noite. Improvisou-se um jantar na cozinha, e comeram no caos da sala de jantar. Falavam pouco. Apenas Shama não demonstrava constrangimento em seus gestos e seu modo de falar. As camas foram montadas no segundo andar. Anand dormiu na varanda. Ele sentia o assoalho a seus pés curvar-se em direção à parede de tijolo. Pôs a mão na parede, como se desse modo pudesse calcular-lhe o peso. A cada passo, principalmente quando era Shama que andava, ele sentia todo o chão estremecer. Quando fechou os olhos, teve a impressão de que tudo balançava, rodava. Rapidamente abriu os olhos de novo, para assegurar-se de que o assoalho não havia afundado ainda mais, que a casa ainda estava de pé.

Todas as tardes eles viam um velho hindu numa cadeira de balanço na varanda da casa ao lado. Tinha um rosto quadrado, com pálpebras pesadas, quase de chinês; parecia sempre impassível e sonolento. Porém, quando o sr. Biswas, pondo em prática sua política de boa vizinhança, cumprimentou-o, o homem sorriu imediatamente, endireitou o corpo na cadeira de balanço e disse:

— O senhor está fazendo muitas obras.

O sr. Biswas tomou as palavras do homem como um convite para ir até sua varanda. A casa dele era nova e bem construída; as paredes eram sólidas, o chão plano e firme, o madeiramento bem-acabado. Não havia cerca; e dos fundos da casa saía um galpão de madeira escura, coberto de ferro corrugado enferrujado.

— Bela casa a sua — disse o sr. Biswas.

— Com a ajuda de Deus e dos meninos, conseguimos construí-la. Ainda faltam a cerca e a cozinha, como se vê. Mas isso pode esperar. O senhor teve que fazer muitas obras.

— Uns pequenos consertos aqui e ali. Desculpe o problema da fossa.

— Não há de que se desculpar. Eu já esperava por isso. Ele construiu a fossa sozinho.

— Ele quem? O homem?

— E não foi só a fossa. Ele construiu a casa toda sozinho. Trabalhando aos sábados e domingos e às tardes. É uma espécie de *hobby* para ele. Se ele contratou um carpinteiro, eu não vi. E vou logo lhe avisando: foi ele que fez todas as instalações elétricas também. Esse homem era demais. Não sei como a prefeitura aprova uma construção dessas. Ele pegava troncos e galhos de árvores para usar como caibros e vigas.

O homem era velho, e estava satisfeito por ter conseguido, após toda uma existência, com a ajuda dos filhos, construir uma casa sólida, benfeita. O passado permanecia no galpão dos fun-

645

dos, nas casas de madeira mambembes que ainda havia na rua. O velho falava movido apenas por uma sensação de realização, e não por malícia.

— Uma casinha forte, assim mesmo — disse o sr. Biswas, olhando para ela da varanda do velho. E viu como o pé de fruta-pão do velho emoldurava a casa, como era bonita a treliça coberta de trepadeiras, vista de longe, apesar da falta de acabamento. Porém percebeu como era visível a rachadura na parede de tijolo da varanda. E foi só então que percebeu que muitas das placas de celotex haviam caído debaixo dos beirais; e no exato momento em que olhava viu morcegos entrando e saindo pelas aberturas. — Casinha forte. Isso é que é importante.

O velho continuou a falar, sem nenhum toque de impertinência na voz.

— E aqueles pilares nos cantos. Qualquer um teria usado concreto. Sabe o que foi que ele usou? Só tijolos de barro. Ocos por dentro.

O sr. Biswas não pôde ocultar seu susto, e o velho sorriu, bonachão, contente por ter sua informação produzido tal efeito.

— Esse homem era demais — prosseguiu ele. — Como eu disse, era uma espécie de *hobby* para ele. Catava um alizar de janela aqui, outro ali, na base americana, em tudo que era lugar. Uma porta aqui, outra lá, e trazia para casa. Uma vergonha. Não sei como a prefeitura aprovou a construção.

— Mas se aprovou — disse o sr. Biswas — é porque a estrutura é forte.

O velho ignorou o comentário.

— Um especulador, isso é o que ele é. Especulador mesmo. Essa não foi a primeira que ele construiu, sabe? Fez duas, três lá em Belmont, uma em Woodbrook, essa aqui e agora está fazendo uma em Morvant. Ele constrói a casa e mora nela ao mesmo tempo. — O velho balançou a cadeira e riu. — Mas essa aqui ele ficou um bom tempo sem conseguir vender.

— Ele morou muito tempo nela — disse o sr. Biswas.

— Não conseguia achar quem comprasse. E olhe que o ponto é bom. Mas estava pedindo demais. Quatro e quinhentos.

— Quatro e quinhentos!

— Para o senhor ver. E olhe só aquela casinha lá embaixo. — Apontou para um belo bangalô recém-construído, que o sr. Biswas, agora que tinha adquirido olho para essas coisas, reconheceu como uma casa bem desenhada e benfeita. — Pequena, mas muito boa. Pois foi vendida esse ano por quatro e quinhentos.

Um dos Tuttlezinhos, o escritor, apareceu na casa inesperadamente uma tarde, falou sobre vários assuntos e então, como se acabasse de se lembrar de dar um recado, disse que seus pais vinham aquela noite, porque a sra. Tuttle queria pedir um conselho a Shama a respeito de algo.

Rapidamente se aprontaram. O chão foi encerado, e todos foram proibidos de andar nele. As cortinas foram redispostas, e as posições das poltronas e da estante foram trocadas. As cortinas escondiam a escada; a estante e a cristaleira tapavam as treliças, que também estavam cobertas por cortinas. A porta que não fechava foi escancarada, e foram colocadas cortinas na passagem. A porta que não abria ficou fechada e também oculta por trás de uma cortina. As janelas que não fechavam foram escancaradas e também enfeitadas com cortinas. E quando os Tuttle chegaram defrontaram com uma casa acolhedora, reluzente, imersa numa luz suave, em que as poltronas e a palmeirinha no vaso de latão refletiam-se no chão encerado. Shama os fez sentarem-se nas poltronas, deixou-os se maravilharem por um ou dois minutos e depois, tranquila como a mãe do escriturário, preparou chá na cozinha e serviu-o com biscoitos.

E os Tuttle caíram direitinho! Shama o percebia na expressão rígida de indignação e autocomiseração da sra. Tuttle, nos risinhos nervosos de W. C. Tuttle, o qual, com uma elegância em que se fundiam oriente e ocidente, sentado na poltrona, esfregava uma das mãos no tornozelo apoiado no joelho esquerdo e com a outra cofiava os longos pelos que saíam do nariz.

Disse a sra. Tuttle a Myna, que amputara o braço da estátua:

— Olá, Myna. Você não quer mais saber da tia, hein? Imagino que nem quer saber de visitar minha casa velha.

Myna sorriu, como se a sra. Tuttle tivesse dito uma verdade constrangedora.

Disse a sra. Tuttle a Shama, em híndi:

— É, é velha, sim. Mas tem muito espaço. — Fez um gesto de cotovelos que indicava o quanto a casa de Shama era apertada. — E a gente não queria se endividar, sabe.

W. C. Tuttle brincava com os pelos do nariz e sorria.

— Eu não faço questão de nada maior que isso — disse Shama. — Para mim, está bom. Pequena, mas jeitosa.

— É — disse W. C. Tuttle. — Pequena, mas jeitosa.

E houve um momento de pânico quando W. C. Tuttle levantou-se de um salto e, andando até a parede de treliças, começou a medi-la com a palma da mão. Porém só estava interessado no comprimento da parede, não no acabamento da madeira. Mediu, deu um risinho e disse:

— Três e meio por seis.

— Quatro e meio por oito — corrigiu Shama.

— Jeitosa apesar de pequena — disse W. C. Tuttle. — Aí é que está a beleza da coisa.

E Shama teve outro momento de aflição quando W. C. Tuttle pediu para ver o andar de cima. Mas era noite. Haviam cercado a escada de treliças, do corrimão ao teto, e tudo fora pintado. Uma lâmpada fraca iluminava o patamar, mantendo o efeito de aconchego.

E rapidamente esqueceram os defeitos da casa e passaram a vê-la com os olhos das visitas. Acostumaram-se a todas as coisas que não podiam ser escondidas atrás da estante, da cristaleira ou de uma cortina. Consertaram a cerca e fizeram um portão novo. Construíram uma garagem. Compraram roseiras e fizeram um jardim. Começaram a plantar orquídeas, e o sr. Biswas teve a grande ideia de amarrá-las a troncos de coqueiros mortos cravados no chão. Ao lado da casa, à sombra do pé de fruta-pão, fizeram um canteiro de antúrios. Para manter as flores frescas, cercaram-nas de pedaços úmidos e podres de madeira de corticeira, trazidos de Shorthills. E foi numa visita a Shorthills que viram os pilares de concreto no meio do mato, no morro onde uma vez o sr. Biswas construíra uma casa.

Em pouco tempo, as crianças tinham a impressão de nunca terem morado em outro lugar que não na casa em Sikkim Street. Daí em diante suas vidas seriam estruturadas, suas lembranças teriam coerência. A mente, enquanto sã, é misericordiosa. Rapidamente as lembranças da Casa de Hanuman, The Chase, Green Vale, Shorthills e da casa dos Tulsi em Port-of-Spain se tornariam confusas, indistintas; todos os incidentes se amontoariam na memória, muitos seriam esquecidos. De vez em quando uma lembrança dolorosa era despertada — uma poça refletindo o céu azul depois da chuva, um baralho de cartas amassadas, uma dificuldade na hora de dar o laço nos cadarços, um cheiro de carro novo, o som do vento forte entre as árvores, os cheiros e cores de uma loja de brinquedos, o gosto de leite com ameixas — e um fragmento perturbador de experiência já esquecido era evocado, isolado. Numa terra setentrional, numa época de novas separações e ambições, numa biblioteca subitamente escurecida, com o granizo batendo contra as vidraças, o papel marmorizado da folha de guarda de um livro encadernado, cheio de poeira, subitamente incomodava; e era a semana quente e barulhenta antes do Natal na Loja Tulsi: balões de ar cuja textura imitava mármore, cobertos de pó de borracha, numa caixa branca rasa em que era proibido mexer. Assim, mais tarde, e muito lentamente, em tempos de mais segurança, sob diferentes tensões, quando as lembranças não tivessem mais o poder de ferir, com alegria nem dor, elas se estruturariam, resgatando o passado.

Embora tivesse elaborado mentalmente mil formas de tortura a que submeteria o escriturário, o sr. Biswas passou a evitar o café dos murais alegres. E foi com surpresa e constrangimento que ele chegou em casa, uma tarde, menos de cinco meses após a mudança, e encontrou o escriturário, cigarro pendurado no canto da boca, medindo com passos o terreno ao lado da sua casa.

O escriturário estava perfeitamente à vontade.

— Tudo bem? Como vai a patroa? E as crianças? Ainda estão indo bem na escola?

Ao invés de responder o que tinha vontade — "Que crianças, que escola, que nada, seu vigarista, comunista, cachorro!" —, o sr. Biswas disse que estavam todos bem e perguntou:

— Como vai sua mãe?

— Mais ou menos. O coração continua fazendo das suas.

O terreno ao lado estava praticamente vazio. Na extremidade mais afastada da casa do sr. Biswas havia apenas um prédio de dois andares, pequeno e bem construído, a sede de uma associação; assim, daquele lado o sr. Biswas não tinha vizinhos. Aquela atitude de concentração do escriturário não agradou. Porém ele resolveu manter a calma.

— Está gostando de Mucurapo? — perguntou ele. — Mas o que é que eu estou dizendo? É Morvant, não é?

— A velha não gostou do lugar. Úmido, sabe.

— E os mosquitos. Imagino. Ouvi dizer que faz mal para o coração.

— O jeito é continuar tentando — disse o escriturário.

— Já vendeu a casa de Morvant?

— Ainda não. Mas já tive várias propostas.

— E está pensando em construir outra casa aqui.

— Uma casinha como a sua. Dois andares.

— Você não vai construir casinha de dois andares nenhuma aqui, seu vigarista de meia-tigela!

O escriturário parou de medir o terreno e aproximou-se da cerca, colorida de verde e vermelho pela buganvília plantada pelo sr. Biswas. Sacudiu um dedo comprido na frente da cara do outro e disse:

— Dobre a sua língua! O que você disse já dá para você passar uma boa temporada na cadeia. Dobre essa língua! Pelo visto você não conhece a lei.

— A prefeitura não vai aprovar essa casa. Eu pago meus impostos e conheço meus direitos.

— Depois não diga que eu não avisei. Dobre essa língua, ouviu?

Depois que o escriturário foi embora, o sr. Biswas ficou a andar pelo quintal, tentando imaginar como ficariam duas casas altas em forma de caixa uma ao lado da outra. Caminhou, olhando, pensando, medindo. Depois, antes que escurecesse, gritou:

— Shama! Shama! Me traga uma régua ou a sua fita métrica.

Ela trouxe uma régua, e o sr. Biswas começou a medir a largura de seu terreno, começando pelo terreno semibaldio, indo em direção à casa do velho hindu, que havia assistido a toda a cena de sua cadeira de balanço, o rosto de chinês vincado pelo sorriso.

— Ele vai construir outra, é? — gritou o velho quando o sr. Biswas se aproximou. — Eu não me espanto nem um pouco.

— Só se for em cima do meu cadáver — gritou o sr. Biswas, medindo.

O velho balançou a cadeira, divertidíssimo.

— Aha! — exclamou o sr. Biswas, ao chegar ao final do terreno. — Aha! Eu sempre desconfiei. — Abaixou-se e começou a repetir a medição, em sentido contrário, enquanto o velho, balançando-se em sua cadeira, ria gostosamente.

— Shama! — gritou o sr. Biswas, correndo até a cozinha. — Onde está a escritura da casa?

— Na penteadeira.

Ela subiu para pegar. Voltou com o documento e entregou-o ao sr. Biswas.

— Aha! — exclamou ele, lendo. — Aquele trapaceiro! Shama, vamos ganhar um quintal maior.

Por acidente ou de propósito, a cerca instalada pelo escriturário ficava quase quatro metros para dentro dos limites do terreno que constavam na escritura.

— Eu sempre achei — disse Shama — que essa faixa enorme na frente do terreno era supérflua.

— Supérflua, é? — disse o sr. Biswas. — Palavra bonita, hein, Shama? Mas depois de velha você deu de aprender um monte de palavras bonitas mesmo.

E o escriturário não apareceu mais na rua.

— Quer dizer que você pegou o homem — disse o velho. — Agora, uma coisa a gente tem que reconhecer. Ele era esperto.

— A mim ele nunca enganou — disse o sr. Biswas.

No espaço recém-conquistado ele plantou um laburno. A árvore cresceu depressa. Deu a casa um toque romântico, suavizando suas linhas duras e desgraciosas, protegendo-a um pouco do sol vespertino. As flores eram perfumadas, e nas noites quentes e silenciosas seu aroma invadia a casa.

EPÍLOGO

Antes do final do ano Owad mudou-se de Port-of-Spain. Após casar-se com a prima de Dorothy, a violinista presbiteriana, ele largou o emprego no Hospital Colonial e mudou-se para San Fernando, onde abriu uma clínica particular. E no final do ano o Departamento de Bem-Estar Comunitário foi abolido. Não foi por causa do partido de Shekhar, que já havia se desintegrado quando todos os seus quatro candidatos foram derrotados na primeira eleição-geral da colônia, levando Shekhar ("O amigo dos pobres", segundo seus cartazes de propaganda) a desistir da vida pública e a dedicar-se exclusivamente à rede de cinemas. O departamento foi abolido porque tornara-se arcaico. Trinta, vinte ou mesmo dez anos antes, haveria quem o apoiasse. Mas, com a guerra, as bases americanas, a mentalidade americana, todo mundo tinha vontade — e muitos possibilidade — de subir na vida por seus próprios esforços. O estímulo e a orientação do departamento não eram mais necessários. E quando o departamento foi atacado ninguém — nem mesmo os que haviam estudado em seus cursos de formação de "lideranças" — soube defendê-lo. E a srta. Logie, como o sr. Burnett, foi embora.

O sr. Biswas perdeu a pequena distinção de funcionário público e voltou para o *Sentinel*. O carro agora era seu; porém ele passou a ganhar menos do que aqueles que haviam permanecido no jornal. Já havia pagado quinhentos dólares do principal da dívida; agora mal conseguia pagar os juros. Resolveu vender o carro, e um dia veio um inglês para dar uma olhada. Shama foi extremamente grosseira, e o inglês, vendo-se no meio de uma briga de marido e mulher, foi embora. O sr. Biswas cedeu. Shama jamais o criticara pela compra da casa, e ele começara a atribuir-lhe um bom-senso excepcional. Vez após vez ela repetia que não estava preocupada, que a dívida havia de se pagar; e, embora o sr. Biswas achasse que suas palavras fossem vazias, o fato é que elas o tranquilizavam.

Porém a dívida permanecia. À noite, olhando para o céu límpido pelas janelas ligeiramente tortas do segundo andar, o sr. Biswas sentia a passagem do tempo, os cinco anos diminuindo para quatro, para três, tornando mais próxima a hora da catástrofe, devorando sua vida. De manhã, o sol atravessava as treliças do patamar da escada e passava por baixo da porta de seu quarto, a que parecia porta de bar, e a tranquilidade voltava. As crianças cuidariam da dívida.

Porém a dívida permanecia. Quatro mil dólares. Como uma barreira no final de uma estrada, frustrando as energias e ambições. O *Sentinel* era o fim da linha. E, embora de início ele achasse o ambiente da redação estimulante, o clima de pressa, o milagre cotidiano de ver o que ele havia escrito à tarde transformado em matéria impressa lida por milhares de pessoas na manhã seguinte, seu entusiasmo, não mais instigado pela ambição, foi morrendo. Seu trabalho passou a ser lento e oneroso: seus artigos tornaram-se chochos, tão desanimados quanto ele próprio. Ele virou uma pessoa tediosa, rabugenta e desagradável. A vida sempre fora uma preparação, uma espera. E assim os anos haviam passado; agora não havia mais o que esperar.

Restavam as crianças. De repente o mundo se abriu para elas. Savi ganhou uma bolsa de estudos e foi estudar no estrangeiro. Dois anos depois foi a vez de Anand; foi para a Inglaterra. As perspectivas de pagar a dívida desapareceram. Mas o sr. Biswas achava que podia esperar; quando expirasse o prazo de cinco anos, ele daria um jeito.

Sentia saudade de Anand e preocupava-se com ele. As cartas de Anand, de início raras, foram se tornando cada vez mais frequentes. Eram depressivas, cheias de autocomiseração; havia nelas um toque de histeria que o sr. Biswas compreendeu de imediato. Ele escrevia para Anand cartas longas, cheias de humor; falava sobre o jardim; dava conselhos religiosos; uma vez gastou uma boa quantia para enviar, por via aérea, um livro intitulado *Como controlar o nervosismo*, escrito por duas psicólogas americanas. As cartas de Anand voltaram a rarear. Só restava ao sr. Biswas esperar. Esperar por Anand. Esperar por Savi. Esperar pelo fim dos cinco anos. Esperar. Esperar.

Uma tarde vieram avisar Shama. Ela pegou o pijama do sr. Biswas e correu até o Hospital Colonial. Ele havia desmaiado na redação. Não fora um problema de estômago — embora ele sempre dissesse que tinha vontade de tirar fora o estômago e examiná-lo bem, para ver o que havia de errado nele. Fora o coração, do qual ele nunca havia se queixado.

Ele passou um mês no hospital. Quando voltou para casa, viu que Shama, Kamla e Myna haviam caiado as paredes do andar de baixo. O assoalho fora pintado e encerado. O jardim estava florido. O sr. Biswas ficou comovido. Escreveu a Anand que era só agora que via como era boazinha a casa. Porém escrever para Anand era como levar um cego para ver uma paisagem.

Fora-lhe proibido subir escadas; assim, o sr. Biswas vivia no andar de baixo, o que implicava humilhações frequentes, já que o banheiro ficava no segundo andar. O sol da tarde tornava o andar de baixo insuportável em certas horas; mesmo depois que Shama instalou toldos nas janelas, permanecia uma luminosidade excessiva, e o calor continuava sufocante. Sabendo que seu coração não estava bom, ele tinha medo. Tinha medo quando pensava em Anand. Tinha medo quando pensava nos cinco anos. Continuava a escrever cartas alegres para Anand. Muito espaçadas, vinham as respostas, impessoais, breves, vazias, constrangidas.

Então o *Sentinel* passou a pagar meio salário ao sr. Biswas. Um mês depois ele voltou a trabalhar, voltou a subir a escada da redação, a subir a escada da casa, a ir no Prefect, agora velho, cheio de defeitos, aos quatro cantos da ilha, com chuva ou sol; para depois, com muito esforço, escrever seus artigos, tentando extrair um pouco de graça de assuntos insípidos. Enviava os artigos a Anand, porém Anand raramente acusava o recebimento; e, como se tivesse vergonha deles, o sr. Biswas parou de mandá-los. Tornou-se letárgico. Seu rosto ficou inchado. Sua tez escureceu; não era o tom de uma pele naturalmente escura, nem de pele queimada de sol: era um tom escuro que parecia vir de dentro, como se a pele fosse um invólucro turvo, porém transparente, e a pele sob ela, ferida, estivesse agora doente, e a doença subisse em direção à superfície.

Então vieram avisar Shama novamente, e quando ela chegou ao hospital viu que dessa vez a coisa era muito mais séria. A expressão de dor no rosto dele era quase insuportável de se ver; ele não podia falar.

Shama escreveu para Anand e Savi. A resposta de Savi chegou cerca de quinze dias depois. Ela ia voltar o mais depressa possível. Anand escreveu uma carta estranha, piegas, inútil.

O sr. Biswas voltou para casa seis semanas depois. Novamente ficou instalado no andar de baixo. Agora todos já estavam adaptados a seu estado, e não foram feitas preparações para recebê-lo. As paredes ainda pareciam recém-caiadas; as cortinas permaneciam nos lugares de sempre. Ele havia parado de fumar completamente; seu apetite voltou, fazendo-o imaginar que havia feito uma descoberta importante. Escreveu a Anand, aconselhando-o a não fumar, e continuou a falar do jardim e do laburno. Seu rosto inchou mais ainda, tornando-se disforme, e escureceu; e ele começou a engordar. Esperando por Savi, esperando por Anand, esperando pelo final dos cinco anos, o sr. Biswas tornava-se cada vez mais irritadiço.

Então o *Sentinel* o despediu. Deu-lhe aviso prévio três meses antes. E agora o sr. Biswas precisava do interesse e da raiva do filho. No mundo inteiro, não havia outra pessoa para quem ele pudesse se queixar. E finalmente, esquecendo os sofrimentos do próprio Anand, escreveu na máquina amarela uma carta queixosa, histérica, desesperada, em que não mencionava laburno, rosas, orquídeas nem antúrios.

Quando, passadas três semanas, não recebeu resposta de Anand, escreveu para o Departamento de Assuntos Coloniais. Conseguiu que Anand lhe escrevesse uma carta lacônica. Anand dizia que queria voltar. Imediatamente a dívida, o coração, a demissão, os cinco anos perderam importância. Ele estava disposto a endividar-se ainda mais para trazer Anand de volta. Porém o plano não deu em nada: Anand mudou de ideia. E o sr. Biswas nunca mais se queixou. Em suas cartas, voltou a ser tranquilizador. Aproximava-se o dia em que receberia seu último salário do *Sentinel*, e não estava longe também o fim dos cinco anos.

E, já bem perto do fim, tudo pareceu melhorar. Savi voltou, e o sr. Biswas recebeu-a como se ela fosse Savi e Anand reunidos numa só pessoa. Savi arranjou um emprego com um salário maior do que o que o sr. Biswas jamais poderia conseguir; e as coisas correram de tal forma que Savi começou a trabalhar assim que o sr. Biswas parou de receber. Ele escreveu a Anand: "Como é que você pode continuar não acreditando em Deus depois disso?". Foi uma carta muito alegre. Ele estava adorando a companhia de Savi, que aprendera a dirigir; eles faziam pequenos passeios; era extraordinário como Savi se tornara inteligente. O laburno estava florescendo novamente; não era estranho uma árvore que crescera tão depressa produzir flores tão perfumadas?

Um dos primeiros artigos que o sr. Biswas escrevera para o *Sentinel* fora sobre um explorador morto. Na época, o *Sentinel* era um jornal sensacionalista, e seu artigo era uma coisa grotesca; ele se arrependera muitas vezes de tê-lo escrito. Havia tentado diminuir sua culpa pensando que a família do explorador provavelmente não lia o *Sentinel*. Dissera também que, quando ele próprio morresse, queria que a manchete fosse: MORRE REPÓRTER PERIPATÉTICO. Porém o *Sentinel* havia mudado, e sua manchete foi: JORNALISTA TEM MORTE SÚBITA. Nenhum outro jornal publicou a notícia. Uma nota de falecimento foi ouvida duas vezes em todas as rádios da ilha. Mas a nota foi paga.

As irmãs não abandonaram Shama. Todas foram ao enterro. Para elas era uma oportunidade de se reunirem, coisa que já não acontecia com frequência, pois agora cada uma morava em sua casa, algumas na cidade, outras no interior.

As portas da casa foram todas abertas. A porta que não abria foi aberta à força; as dobradiças foram deslocadas. Os móveis foram empurrados contra as paredes. Durante todo o dia e toda a noite, passaram pela casa pessoas bem-vestidas, homens, mulheres e crianças. O chão encerado ficou arranhado e cheio de poeira; a escada estremecia o tempo todo. Mas a casa não desabou.

A cremação, uma das poucas permitidas pelo Departamento de Saúde, foi realizada às margens de um riacho de águas barrentas e atraiu espectadores de diversas raças. Depois as irmãs voltaram para suas respectivas casas, e Shama e as crianças voltaram no Prefect para a casa vazia.

V. S. NAIPAUL nasceu em Trinidad, de família hindu, em 1932. Vive na Inglaterra desde 1950, ano em que recebeu uma bolsa para estudar em Oxford. Em 1954 passou a dedicar-se exclusivamente à literatura. Um dos maiores expoentes da literatura em língua inglesa no mundo, tem mais de vinte obras publicadas, tanto de ficção como de não ficção, entre elas *In a Free State* (vencedor do Booker Prize de 1971). Em 2001, Naipaul ganhou o prêmio Nobel de literatura. Dele, a Companhia das Letras publicou *Os mímicos, Um caminho no mundo, O enigma da chegada, Índia, Além da fé, Entre os fiéis, Meia vida, O massagista místico, Uma curva no rio* e *Sementes mágicas*.

COMPANHIA DE BOLSO

Jorge AMADO
  Capitães da Areia

Hannah ARENDT
  Homens em tempos sombrios

Philippe ARIÈS, Roger CHARTIER (Orgs.)
  História da vida privada 3 — Da Renascença ao Século das Luzes

Karen ARMSTRONG
  Em nome de Deus
  Uma história de Deus

Paul AUSTER
  O caderno vermelho

Marshall BERMAN
  Tudo que é sólido desmancha no ar

Jean-Claude BERNARDET
  Cinema brasileiro: propostas para uma história

David Eliot BRODY, Arnold R. BRODY
  As sete maiores descobertas científicas da história

Bill BUFORD
  Entre os vândalos

Jacob BURCKHARDT
  A cultura do Renascimento na Itália

Peter BURKE
  Cultura popular na Idade Moderna

Italo CALVINO
  O barão nas árvores
  O cavaleiro inexistente
  Fábulas italianas
  Por que ler os clássicos

Bernardo CARVALHO
  Nove noites

Jorge G. CASTAÑEDA
  Che Guevara: a vida em vermelho

Ruy CASTRO
  Chega de saudade
  Mau humor

Louis-Ferdinand CÉLINE
  Viagem ao fim da noite

Jung CHANG
  Cisnes selvagens

Catherine CLÉMENT
  A viagem de Théo

J. M. COETZEE
  Infância

Joseph CONRAD
  Coração das trevas
  Nostromo

Charles DARWIN
  A expressão das emoções no homem e nos animais

Jean DELUMEAU
  História do medo no Ocidente

Georges DUBY (Org.)
  História da vida privada 2 — Da Europa feudal à Renascença

Mário FAUSTINO
  O homem e sua hora

Rubem FONSECA
  Agosto
  A grande arte

Meyer FRIEDMAN, Gerald W. FRIEDLAND
  As dez maiores descobertas da medicina

Jostein GAARDER
  O dia do Curinga
  Vita brevis

Jostein GAARDER, Victor HELLERN, Henry NOTAKER
  O livro das religiões

Fernando GABEIRA
  O que é isso, companheiro?

Luiz Alfredo GARCIA-ROZA
  O silêncio da chuva

Eduardo GIANNETTI
  Auto-engano
  Vícios privados, benefícios públicos?

Edward GIBBON
  Declínio e queda do Império Romano

Carlo GINZBURG
  O queijo e os vermes

Marcelo GLEISER
  A dança do Universo

Tomás Antônio GONZAGA
Cartas chilenas

Philip GOUREVITCH
*Gostaríamos de informá-lo de que amanhã
seremos mortos com nossas famílias*

Milton HATOUM
Dois irmãos
Relato de um certo Oriente

Eric HOBSBAWM
O novo século

Albert HOURANI
Uma história dos povos árabes

Henry JAMES
Os espólios de Poynton
Retrato de uma senhora

Ismail KADARÉ
Abril despedaçado

Franz KAFKA
O castelo
O processo

John KEEGAN
Uma história da guerra

Amyr KLINK
Cem dias entre céu e mar

Jon KRAKAUER
No ar rarefeito

Milan KUNDERA
A arte do romance
A identidade
A insustentável leveza do ser
O livro do riso e do esquecimento

Danuza LEÃO
Na sala com Danuza

Paulo LINS
Cidade de Deus

Gilles LIPOVETSKY
O império do efêmero

Claudio MAGRIS
Danúbio

Naghib MAHFOUZ
Noites das mil e uma noites

Javier MARÍAS
Coração tão branco

Ian McEWAN
O jardim de cimento

Heitor MEGALE (Org.)
A demanda do Santo Graal

Evaldo Cabral de MELLO
O nome e o sangue

Patrícia MELO
O matador

Luiz Alberto MENDES
Memórias de um sobrevivente

Jack MILES
Deus: uma biografia

Ana MIRANDA
Boca do Inferno

Vinicius de MORAES
Livro de sonetos
Antologia poética

Fernando MORAIS
Olga

Toni MORRISON
Jazz

Vladimir NABOKOV
Lolita

V. S. NAIPAUL
Uma casa para o sr. Biswas

Friedrich NIETZSCHE
Além do bem e do mal
Ecce homo
Genealogia da moral
Humano, demasiado humano
O nascimento da tragédia

Adauto NOVAES (Org.)
Ética
Os sentidos da paixão

Michael ONDAATJE
O paciente inglês

Malika OUFKIR, Michèle FITOUSSI
Eu, Malika Oufkir, prisioneira do rei

Amós OZ
A caixa-preta

José Paulo PAES (Org.)
Poesia erótica em tradução

Georges PEREC
A vida: modo de usar

Michelle PERROT (Org.)
História da vida privada 4 — Da Revolução Francesa à Primeira Guerra

Fernando PESSOA
Livro do desassossego
Poesia completa de Alberto Caeiro
Poesia completa de Álvaro de Campos
Poesia completa de Ricardo Reis

Ricardo PIGLIA
Respiração artificial

Décio PIGNATARI (Org.)
Retrato do amor quando jovem

Edgar Allan POE
Histórias extraordinárias

Antoine PROST, Gérard VINCENT (Orgs.)
História da vida privada 5 — Da Primeira Guerra a nossos dias

Darcy RIBEIRO
O povo brasileiro

Edward RICE
Sir Richard Francis Burton

João do RIO
A alma encantadora das ruas

Philip ROTH
Adeus, Columbus
O avesso da vida

Elizabeth ROUDINESCO
Jacques Lacan

Arundhati ROY
O deus das pequenas coisas

Murilo RUBIÃO
Murilo Rubião — Obra completa

Salman RUSHDIE
Haroun e o Mar de Histórias
Os versos satânicos

Oliver SACKS
Um antropólogo em Marte
Vendo vozes

Carl SAGAN
Bilhões e bilhões
Contato
O mundo assombrado pelos demônios

Edward W. SAID
Orientalismo

José SARAMAGO
O Evangelho segundo Jesus Cristo
O homem duplicado
A jangada de pedra

Arthur SCHNITZLER
Breve romance de sonho

Moacyr SCLIAR
A majestade do Xingu
A mulher que escreveu a Bíblia

Amartya SEN
Desenvolvimento como liberdade

Dava SOBEL
Longitude

Susan SONTAG
Doença como metáfora / AIDS e suas metáforas

I. F. STONE
O julgamento de Sócrates

Keith THOMAS
O homem e o mundo natural

Drauzio VARELLA
Estação Carandiru

John UPDIKE
As bruxas de Eastwick

Caetano VELOSO
Verdade tropical

Erico VERISSIMO
Clarissa
Incidente em Antares

Paul VEYNE (Org.)
História da vida privada 1 — Do Império Romano ao ano mil

XINRAN
As boas mulheres da China

Edmund WILSON
Os manuscritos do mar Morto
Rumo à estação Finlândia

Simon WINCHESTER
O professor e o louco

1ª edição Companhia das Letras [1988]
2ª edição Companhia das Letras [2001] 1 reimpressão
1ª edição Companhia de Bolso [2010]

Esta obra foi composta pela Verba Editorial
em Janson Text e impressa pela Prol Editora Gráfica em ofsete
sobre papel Pólen Soft da Suzano Papel e Celulose